Bettina Wohlfarth
Wagfalls Erbe

Bettina Wohlfarth

# Wagfalls Erbe

Roman

Osburg Verlag

Zweite Auflage 2019

www.osburgverlag.de

Lektorat: Bernd Henninger, Heidelberg
Umschlaggestaltung: Judith Hilgenstöhler, Hamburg
Satz: Hans-Jürgen Paasch, Oeste
Druck und Bindung: CPI books GmbH, Leck
Printed in Germany
ISBN 978-3-95510-180-0

*Vertraue niemals der Erinnerung, denn sie ist immer auf unserer Seite; sie verniedlicht das Schreckliche, mildert das Bittere, setzt Lichteffekte dort, wo unsere Schatten herrschten. Die Erinnerung hat immer eine Neigung zur Fiktion.*

Louis Sépulveda, Der Schatten dessen, was wir waren

# *1*

Es gibt heute niemanden mehr, der Isidor Schweig noch gekannt hätte. Außer mir, denn ich selbst war es, Viktor Emanuel Wagfall, der sich vor langer Zeit so nannte. Nur ich allein kann und muss zum Erzähler seiner Geschichte werden.

Der Namenstag der Isidors fällt mit meinem Geburtstag zusammen, dem 4. April, und das ist wahrscheinlich der einzige Grund, warum mir dieser kuriose, in unseren Breitengraden eher ausgefallene Name schon als Kind geläufig war, sodass ich ihn eines Tages zu meinem Pseudonym auserkor. Wenn ich ihn leise flüsternd vor mich hinsprach wie eine magische Formel, *I-Si-Dor*, wurde ich auf der Stelle in eine fantastische Welt versetzt, in eine nur mir bekannte, nur mir zugängliche innere Geheimwelt. Im alten Griechenland bedeutete Isidor »Geschenk der Göttin Isis«. Viel später sind mindestens zwei Isidors in die Geschichte eingegangen. Im siebten Jahrhundert lebte Isidor von Sevilla, ein hochgebildeter Mann seiner Zeit, Kirchenvater und Gelehrter, der nicht nur Schulen und Bibliotheken erbauen ließ, sondern auch die dazugehörigen wissenschaftlichen Werke schrieb. Dann gab es noch Isidore Ducasse, der unter dem Künstlernamen Lautréamont die verruchten und sehnsüchtigen *Gesänge des Maldoror* verfasst hatte. Er starb mit nur vierundzwanzig Jahren unter nie geklärten Umständen. Das war im Jahr 1870, während der Belagerung von Paris durch die Preußen, als es in der ausgehungerten Ville-Lumière außer Krähen, Ratten und den Tieren aus dem zoologischen Garten nichts mehr zu fressen gab.

Ich wurde 1914 geboren, kurz vor dem Ausbruch des nächsten Krieges mit Frankreich. 1914 standen sich auf der einen Seite der Dreibund mit Deutschland, Österreich-Ungarn, Italien und auf der anderen die *Triple Entente* mit Russland, Großbritannien, Frankreich feindlich gegenüber. Italien gehörte also noch – aber nicht mehr für lange Zeit – zu den befreundeten Ländern während dieser spannungsgeladenen Monate vor dem eigentlichen Kriegsbeginn. Dies schicke ich voraus, um zu erklären, warum mich meine Eltern auf die Namen Viktor, der Sieger (der Krieg lag ja schon in der Luft), und Emanuel tauften – nämlich nach Vittorio Emanuele III, dem damaligen König Italiens. Nur ein paar Monate später, nachdem Italien zum Feind übergelaufen war, wäre ihnen dieser Name sicherlich nicht mehr in den Sinn gekommen. Meine gesamte Kindheit und Jugend hindurch trug ich also den Namen eines feindlichen Königs, der noch dazu ab 1918 zu den gegnerischen Siegermächten gehörte, bis sich nach 1933 Hitler-Deutschland und Mussolini-Italien ideologisch wieder angenähert hatten und mein Name dadurch von Neuem akzeptabel wurde.

Was meine Eltern wohl mit dieser Namensgebung im Schilde führten? Ein königlicher Sieger sollte ich wahrscheinlich werden. Wenn mein Vater zu Hause vom Flur hinaufrief: »Viktor Emanuel, komm sofort herunter!« – und nicht etwa nur Viktor oder Vik –, dann wusste ich, dass es Ärger geben würde, oder aber, dass Besuch gekommen war. Es klang scharf, hart und verantwortungsvoll. Ich schaute in den Spiegel, spuckte in die Hände und rieb eine widerborstige Strähne platt. Es war immer dieselbe. Schon früh hatte ich das Gefühl, wegen dieses hochtrabenden Namens Verantwortung für etwas zu tragen, für mich und meine

Familie, vor allem aber dafür, den in mich gestellten Erwartungen gerecht zu werden. Wenn ich also »Viktor Emanuel!« von unten heraufschallen hörte, wünschte ich auf der Stelle, mit einem Zaubertrick verschwinden zu können, am besten, indem ich in eine andere Person hineinschlüpfte. Warum nicht in einen Isidor.

Isidors tatsächliche Existenz begann in meinem sechsten oder siebten Lebensjahr. Der Erste Weltkrieg war schon längst vorbei, ein neues Jahrzehnt hatte begonnen, das zweifellos besser sein würde als das vorhergehende. Isidor war von Anfang an ein leidenschaftlicher Maler. Oder, anders gesagt: Ab einem bestimmten Zeitpunkt hatte ich meine Leidenschaft fürs Malen jener Identität übertragen, der ich, spielerisch und ernsthaft zugleich, den Namen Isidor gegeben hatte. Der saß nun wenn irgend möglich an seinem kleinen, zerkratzten und bekleckten Holztischchen und malte. Er malte konkrete Häuser, abstrakte Wälder, Automobile, die Umrisse seiner Hände und Füße, Fahrräder mit riesigen Rädern, Vögel mit fantastischen Flügeln, Fische, Drachen und seine korpulente Mutter, der dicke Tränen über die Wangen liefen, aber keiner verstand warum, denn nie im Leben hatte sie vor ihren Kindern geweint. Sobald er einen Stift, ein Blatt Papier oder gar einen Farbkasten in die Hände bekam, versank er in eine andere Welt aus Farben und ganz speziellen Gerüchen. Die verschiedenen Düfte von Papier und Schiefer, von Kreide, Kohle, Wachsstiften oder Wasserfarben trieben ihn weit aus sich selbst hinaus – oder tief in sich hinein, je nachdem, wie man es betrachten wollte. Isidor malte. Wasserfarben hatten einen ganz besonders reizvollen Geruch, etwa wie nach schillernden Gewässertümpeln im Wald.

Sobald in seiner Umgebung ein neues Bild oder ein neues Gemälde auftauchte, studierte Isidor es eingehend, ging in sein Zimmer, verschloss die Tür und malte es nach. Nicht nur einmal, sondern mehrmals und in verschiedenen Versionen. Er war nun schon zehn oder elf Jahre alt. Kühe zum Beispiel. Er wurde bald zum Fachmann für gescheckte Kühe. Die Wände in seinem Elternhaus wurden von einer Reihe schwäbischer Landschaften heimischer Maler geziert, farbintensive Gemälde mit Hügeln, Bächen, Bauern, Wiesen, Wegen, mit Katen und Bauernkindern und ebenjenen gescheckten Kühen. Außerdem hingen im Wohnzimmer ein tanzender Mädchenreigen in Trachten und ein Stillleben mit Fruchtschale. Eine Reihe von vier Porträts erhabener Vorfahren, die steif, grimmig oder stolz auf einen hypothetischen Betrachter herabblickten, belebte mehr schlecht als recht die Esszimmerwände. Die Flure und der Treppenaufgang des Hauses waren mit Stichen dekoriert, an denen Isidor geflissentlich vorbeischaute, so hässlich waren sie. Mit Ausnahme einer Serie von eindrucksvollen Pferdestichen, die von einem gewissen Johann Elias Ridinger stammten. Jeder Ridinger-Stich stellte einen Lipizzaner mit Reiter und jeweils eine Figur aus der Hohen Schule der Reitkunst dar. Die Nadelstiche der Gravur setzte Isidor in unendlich vielen Etüden und Varianten mit dem Bleistift in zunächst unbeholfene Zeichenstriche um, verfeinerte mit der Zeit den feurigen Ausdruck der Pferde und übte sich in der Darstellung der edlen, durchtrainierten Muskulatur. Dem Reiter maß er wenig Bedeutung bei und wischte ihn auf dem Papier nur flüchtig dahin.

Zu seinem zwölften Geburtstag erhielt er endlich nach langer, mühsamer Überzeugungsarbeit einen großen Holzkasten, der eine Palette mit Daumenloch, ein Bündel Pinsel (Borsten- und Marderhaarpinsel), Malmesser, Leinöl, Terpentinöl und vor allem vierundzwanzig herrliche Zinntübchen mit reinen Ölfarben enthielt. Ocker, Umbra, Karminrot, Kobaltblau, Indigo, Krapplack, Chromgelb, Smaragdgrün – magische Namen. Nichts liebte er von da an so sehr wie den Geruch von Ölfarbe, für Isidor duftete sie besser als sämtliche Parfums seiner Mutter. Ölfarbe hatte in erster Linie mit den Augen, mit Sehen zu tun, aber es war auch eine Angelegenheit der Nase und sogar der Fingerspitzen. Wenn er wissen wollte, ob die Konsistenz seiner Farbmischung gelungen war, spachtelte er einen kleinen Klecks Farbe auf den Zeigefinger, rieb ihn mit dem Daumen, hielt dann den Finger unter die Nase zum Riechtest und untersuchte schließlich die Farbpigmentierung. Notwendig war das nicht, sein Pinselgefühl hätte ausgereicht, aber es war ein sinnliches Vergnügen. Mit Zugabe von Leinöl wurde die Farbe wieder feuchter und der Trocknungsprozess hinausgezögert, mit Terpentinöl wurde sie dünnflüssiger, ohne an Intensität zu verlieren. Malbutter legte er sich auch bald zu, sie bestand aus zähen Harzen und half ihm, seine Farben anzudicken und einen pastosen Effekt auf die Leinwand zu bringen. Kopaivabalsam hingegen, wenn er frischer Ölfarbe beigemischt wurde, machte die Konsistenz cremiger und sanfter, was besonders weiche Farbübergänge ermöglichte. Er roch nach frischem Pfeffer und Zedernholz. Nachdem die Eltern sich einige Monate lang hatten überzeugen können, dass Isidor seine Ölfarben auch wirklich benutzte, bekam er zu Weihnachten die ersehnte Staffelei mit einem Stapel schon bespannter Keilrahmen.

Isidor führte über viele Jahre hinweg eine Parallelexistenz zu Viktor Emanuel und hatte ein vollständiges, aber diskretes Eigenleben. Ich erinnere mich – sogar ein ganzes Leben später noch – an das Gefühl, das ich zu mir selbst hatte, und das sich änderte, je nachdem, ob ich gerade in der Isidor- oder in der Viktor-Rolle steckte. Nach außen hin gab es natürlich nur den einen, einzigen Viktor. Isidor war wie ein zweites Ich, wie ein heimlicher Schatz in einer verborgenen Kammer meines Selbst, und abwechselnd schlüpfte ich vom einen zum anderen, reibungslos, ohne dabei ein Kostüm wechseln zu müssen. Isidor träumte, Isidor las, Isidor schaute sich eingehend Gemälde an und vor allem: Isidor malte. Sonst nichts. Die beiden führten intensive Gespräche miteinander, unauffällig, weil niemand von Isidors Existenz erfahren durfte. Ich hatte schon als kleiner Junge instinktiv begriffen, dass diese Seite in mir unerwünscht war, nicht in meine bürgerliche Umgebung passte und sogar aus dem Rahmen der Akzeptanzmöglichkeiten meiner Eltern fiel, sollte sie mehr Platz einnehmen als ein kindliches Hobby.

Als Isidor mit den Jahren immer professioneller wurde, vom begabten Kind mit Malkasten zum jugendlichen Talent an der Staffelei herangewachsen war, und ich für mein heimliches Alter Ego eine mögliche Zukunft als Maler zu erhoffen begann, fügte ich dem Isidor, damit es stattlicher klang, auch einen Nachnamen hinzu. Ich hatte im Französischunterricht gerade ein Wort gelernt, das mir besonders gut gefiel: *Chut!* sagte man für »psst«, im Sinn von »sei still«, »schweig still« oder »horch«. Es war ein sanftes Wort, auch ein Wort, das heimliches Einverständnis suggerierte und im Zusammenhang mit einem Geheimnis gesagt wurde. *Chut* wird wie Schüüt ausgesprochen, mit einem zischenden Sch, dem langgezogenen ü und einem sachte gesprochenen t. Man legte den Finger an den Mund und sagte ganz leise *chut!,* nachdem man einem Freund ein Geheimnis anvertraut hatte. Es bedeutete dann so viel wie »sag's nicht weiter«. Oder, wenn man auf einem Spaziergang plötzlich in unmittelbarer Nähe ein wildes Tier bemerkte und es nicht aufschrecken mochte, flüsterte man *chut!* und hielt mit der flachen Hand den an seiner Seite voranschreitenden Begleiter zurück. »Isidor Chut«, dachte ich zunächst, versuchte es mit einem eingedeutschten Schüt, dann Schütt – es befriedigte mich nicht. Der Sinn passte zwar, er bezeichnete ja aufs Beste mein Geheimnis, aber es hörte sich seltsam an. Auch der Anblick der Unterschrift missfiel mir, wenn ich diese

Namensvarianten – Isidor Chut, Schütt, Chüt – zur Probe auf einen Bogen Papier schrieb. So kam ich von der französischen Bedeutung auf das Deutsche zurück: »Isidor Schweig«, sagte ich plötzlich vor mich hin. Dann schrieb ich *Schweig* mit dem hohen, schwungvollen Bogen im S, dem spitzen w in der Mitte und dem g, das einen Schlenker nach unten weg erlaubte. Schweig still, Isidor. Der Name passte und blieb.

Ich war mir zu jener Zeit noch nicht wirklich bewusst darüber, aber ich hatte offenbar das Glück, ein gut aussehender junger Mann zu sein. Heute ist mein Haar weiß und ich bin völlig aus der Form geraten, aber tatsächlich war ich einmal schlank, ein dunkler Typ mit dichtem Haar und üppigen Brauen, geschwungenen, fast ein wenig zu launischen Lippen und einer Nase, nun ja, ich glaube, dass sie ganz gut ins Gesamtbild passt, nicht knollig, nicht zu groß, nicht zu klein – sogar heute noch. Und meine Augen sind bernsteinfarben, brauner Bernstein mit grüner, kupfer- und ockerfarbener Maserung. Isidor und die Malerei gerieten einige Zeit lang ins Hintertreffen, nachdem ich bemerkt hatte, dass sich tatsächlich hübsche Mädchen für mich interessierten, noch bevor ich angefangen hatte, sie überhaupt wahrzunehmen. Die letzten Jahre vor dem Abitur waren hart. Ich musste meine intellektuelle Schwerfälligkeit oder vielmehr die Momente einer seltsamen Abwesenheit im Unterricht durch zusätzliches Lernen zu Hause wettmachen, denn es war ausgeschlossen und völlig inakzeptabel, dass ich das Abitur etwa nicht bestehen würde. Noch dazu hatte der Börsenkrach von 1929 die Wirtschaft und damit auch meinen Vater ruiniert, was unser Familienleben komplizierter machte. Meine Mutter war ständig am Ende ihrer Nerven, mein Vater ließ sich selten blicken oder hatte unerträgliche Launen. Dem Gärtner wurde gekündigt und dann auch der Hausangestellten, schließlich kam es so weit, dass unser Sägewerk endgültig Pleite machte. Mein Vater fühlte sich gedemütigt von seinem vermeintlichen Versagen und musste ein neues Auskommen für die Familie finden. Ein Stockwerk unseres Hauses wurde vermietet.

Der Alltag wurde kleinlicher, enger, schwieriger. Ich stand wie neben mir, als hätte Isidor mich verlassen oder sei aus mir herausgetreten, als hätte dieser Verlust mich aus meinem inneren Gleichgewicht geworfen. Freilich konnte ich mit sechzehn, siebzehn Jahren keine infantilen Zwiegespräche mehr mit meinem Alter Ego führen. Auch konnte ich nicht mehr zwischen Viktor und Isidor hin- und hergleiten, je nachdem, ob ich auf der Schulbank saß oder allein in meinem Zimmer. Isidor war noch da, auf diffuse Weise Teil von mir, aber ich wusste nicht mehr, wie ich ihm begegnen sollte. Wenn ich mich an eine neue Leinwand setzte, kam es vor, dass ich mich dabei lächerlich fühlte, ohne eigenes Talent, fantasielos. Die eiserne, bürgerliche, noch mit einem Fuß im vergangenen Jahrhundert verbliebene Welt, in der ich aufgewachsen war und die mich zutiefst geprägt hatte, prallte mit Wucht gegen die Avantgarde der zwanziger Jahre, die ich in Zeitschriften wie *Der Sturm* oder der *Gazette des Beaux-Arts* mit begeistertem Staunen und einem intuitiven Rest Missbilligung entdeckte. Die deutsche 19.-Jahrhundert-Welt der Spitzweg, Menzel, Leibl, Thoma hatte nichts mehr gemein mit der Auflösung der Formen und Perspektiven von Matisse oder Picasso, mit Fauvismus, Expressionismus und Kubismus oder der Abstraktion von Kandinsky und Klee.

Je mehr der Isidor meiner Kindheit in die Ferne rückte, desto mehr wurde er für mich zu einer Sehnsuchtsgestalt. Manchmal hatte ich gute Lust, alles hinzuwerfen, den Anzug, die Krawatte, die schicke neue Ledermappe, und mich als junger Künstler auf und davon zu machen. Auf in die Welt. Davon nach Paris. Das große Herz der Kunst schlug in Paris, dort und nirgendwo sonst auf der Welt war die europäische Avantgarde zu Hause. Paris war die Stadt der Städte, Mittelpunkt meiner erregten Gedanken, Quelle meiner provinziellen Fantasien.

Die Malerei interessierte mich allmählich auf eine neue Weise, mit einer noch unausgereiften Wissbegierde. Ich lieh mir in der Bücherei einschlägige Werke zur Malereigeschichte aus oder Bände über einzelne Künstler und unternahm erste Ausflüge in die Stuttgarter Staatsgalerie. Mit der Eisenbahn brauchte ich keine halbe Stunde bis in die Stadt. Dort hingen die alten Meister der italienischen und französischen Schule oder Maler des deutschen Klassizismus, und dort entdeckte ich auch Hans Memlings erstaunliche »Bathseba im Bade«, die ich bei jedem Besuch von Neuem fasziniert betrachtete. Vor allem aber begegnete ich in den Sälen, ob es sich nun um Malerei, um Bildhauerei oder das graphische Kabinett handelte, den Schülern der Württembergischen Akademie der bildenden Künste. Sie saßen auf einem kleinen Holzschemel vor einem Gemälde, einer Zeichnung oder einer Skulptur und machten nichts anderes als das, was ich seit der Kindheit mit den Bildwerken meiner direkten Umgebung gemacht hatte: Sie zeichneten es als Studienobjekt ab, und mancher Schüler der Akademie fertigte sogar, mit Staffelei, Palette und Ölfarben ausgerüstet, eine mehr oder weniger exakte Kopie von einem der Gemälde an, das da an der Museumswand hing.

Das imponierte mir. Ich schaute ihnen über die Schulter und guckte mir Tricks und Techniken ab, von denen ich zuvor keine Ahnung hatte. So hatte ich die Vorzeichnungen zu meinen Kopien immer recht frei angelegt, in ungefähren Proportionen, weil es mir ohnehin nie um hundert Prozent exakte Kopien gegangen war, sondern um das Vergnügen am Können, auch daran, die Essenz eines Gemäldes zu erfassen. Dass es aber auch eine Quadratnetzmethode gab, durch die man die Proportionen eines Gemäldes in der Kopie verkleinern oder vergrößern konnte, lernte ich erst durch die Akademieschüler, die mir zeigten, wie man seine Bildvorlage in Raster einteilte, diese dann auf das Kopie-Blatt oder die Kopie-Leinwand übertrug und zuletzt Schritt für Schritt jeden Bildausschnitt abzeichnete. Ich merkte aber auch, dass ich den Kunststudenten in Sachen maltechnischer Geschicklichkeit in keiner Weise nachstand. Mit dem einen oder anderen kam ich häufiger ins Gespräch, wir kannten uns bald bei Namen und tauschten uns über unsere Erfahrungen aus oder sprachen über die Maler, die uns gerade beschäftigten. Da ich kein Akademieschüler war, durfte ich offiziell nichts im Museum nachzeichnen und schon gar nicht mit voller Maler-Ausrüstung vor einem Werk sitzen, um es zu kopieren. Bei meinen Besuchen nahm ich deshalb diskret Block und Bleistift mit, und wählte mir jedes Mal ein anderes Gemälde aus, von dem ich ohne Aufsehen zu erregen kleine Skizzen anfertigte, mir Notizen zu Farben, gestalterischen Besonderheiten und Details machte. Wieder zurück zu Hause fertigte ich dann eine Kopie an. Meistens verschenkte ich sie gleich weiter, es gab bald niemanden mehr unter Freunden und Verwandten, der nicht ein Gemälde von mir an der Wand hängen hatte. »Bathseba im Bade« fand besonderen Anklang, sodass ich sie gleich mehrmals nachmalte – wobei meine Freunde eine üppigere Version der Bathseba bekamen.

Die Erfindung des neuen Isidor war ein langer Prozess. Aber eines Tages stand er vor mir: *Chut*, schweig still, Isidor Schweig, du wirst nicht nur ein Maler, sondern Maler *und* Kopist! Kopist, um noch nicht Fälscher zu sagen (denn zu einem Fälscher wurde ich erst ganz allmählich, viel später), sondern um mir selbst deutlich zu machen, was ich am besten konnte, wozu ich am virtuosesten fähig war, nämlich schon in jungen Jahren meisterlich die Meister zu kopieren. Er (beziehungsweise ich), Isidor Schweig, würde mir helfen, im Spagat den Abgrund zwischen meinem Bedürfnis nach

Malen und der Anpassung an meine Umgebung zu überbrücken. Ich hatte mich dazu entschieden, eine bewusste Doppelexistenz zu führen. Viktor und Isidor waren nicht mehr wie Ying und Yang in einem Rund, sondern zwei unterschiedliche Möglichkeiten meines Selbst, die janusköpfig in entgegengesetzte Richtungen blickten. Je nach der Situation, in der ich mich befand, konnte ich den einen oder den anderen ausspielen wie zwei unterschiedliche Trumpf-Karten.

Ich glaube, dies ist die einzig schlüssige Erklärung für … Für meine Lüge? Oder das notorische Weglassen einer Information? Ein ganzes Leben lang. Denn so muss ich es nun schwarz auf weiß benennen: Ich habe lebenslang einen Teil meiner selbst ausgegliedert und vor meiner nächsten Umgebung verheimlicht. Isidor war ein anderes Ich, ein Alter Ego im wahren Sinn der Worte. Ich empfand es tatsächlich so: Als wären es voneinander abgetrennte Lebensglieder, vergleichbar mit der Redewendung »die eine Hand weiß nicht, was die andere tut«. Auf dem Weg zum vierzigsten Lebensjahr jedoch, das war in den frühen fünfziger Jahren, habe ich Isidor Schweig nach einer langen Agonie endgültig von mir abgestoßen, in einer letzten, unglücklichen Häutung, habe ihn tief hinabgesenkt ins Moor des Vergessens, und ein neues Leben wie auf Stelzen im Morast als ein und derselbe ungeteilte Viktor Emanuel Wagfall mit Haus, Karriere und Familie darauf aufgebaut.

Deshalb kennt heute niemand mehr Isidor Schweig. Er hätte einer der lange unerkannt gebliebenen, dann unter spektakulären Umständen aufgeflogenen oder sich selbst entlarvenden Fälscher werden können, ein Han van Meegeren, ein Eric Hebborn, ein Edgar Mrugalla. Ich aber bin Oberamtsrat Wagfall geworden, ein beamteter Jemand, der niemand Bestimmtes ist, vielleicht der Mann, der ich wirklich war: ein Jedermann. Und wenn ich mir die Bilderrahmen auf dem Regal anschaue, gleich neben meinem Schreibtisch, mit den Fotos darin, bunt, schwarz-weiß, alte Zeiten, jüngere Zeiten, fröhlich, nachdenklich, ich – Viktor – inmitten meiner Lieben, Porträts von den Kindern, Lars, Alicia, Karolin, das große Wagfall-Familientreffen mit allen zusammen auf der Terrasse, Anna entspannt im Urlaub in Griechenland, dann frage ich mich, wo ich eigentlich war, wenn ich *Cheeeeeese* rief und auf den Auslöser drückte, oder aber mild, ein wenig trüb und doch freundlich lächelnd in Annas Kamera schaute, mit diesem seltsamen Blick, das fällt mir jetzt erst auf, der sich entschuldigen möchte. Dafür, dass ich da war, überlebt hatte in dieser Welt, vor allem aber dafür, dass ich ausgerechnet unter diesen Menschen weilte, meiner Familie. Als wäre alles ein dummer Zufall, ein Missverständnis, und als würde ich nur so tun, als ob ich dazugehörte. Als wäre ich ein Usurpator, jemand, der sich ins familiäre Gruppenfoto eingeschlichen hätte, nicht etwa aufdringlich, sondern ehrlich unbeholfen, gegen seinen Willen. Dort, zwischen Anna und den Kindern, hätte auch ein anderer stehen können, und ich, der ich offensichtlich da stand, hätte auch inmitten einer anderen Familie stehen können. Ganz genauso lächelnd. *Cheese.*

## 2

Anna hat gestern mit einem einzigen Satz ins Schwarze getroffen. »Genau genommen bist du ein zutiefst melancholischer Mensch«, sagte sie plötzlich am Frühstückstisch in ein langes Schweigen hinein und kratzte dabei den letzten Löffel Weißes aus ihrem Drei-Minuten-Ei. Dann fügte sie hinzu: »Und das ist es, es ist diese hartnäckige Melancholie, die unser Zusammenleben so unerträglich macht.« Natürlich klang es vorwurfsvoll, denn Anna glaubte, dazu kenne ich sie zu gut, dass man durch einen lauteren Bewusstwerdungsprozess des wollenden, charakterstarken »Selbst« die lästige Melancholie mitsamt ihrem depressiven Gefolge ablegen könnte wie einen blöden Trauerflor und dass folglich ihre Bemerkung einen fruchtbaren Ansatz zu meiner baldigen Besserung darstellen würde. Sosehr ich Anna zu schätzen gelernt habe, kann mich doch ihre Art, auf unsensible Weise recht haben zu wollen oder in unpassenden, eigentlich friedlichen Momenten etwas auszusprechen, das man gerade nicht hören möchte, immer wieder gegen sie aufbringen. Ich ließ deshalb die Zeitung vollends sinken, faltete sie ordentlich zusammen, legte sie wie üblich auf den leeren Platz neben meinem Gedeck, stand auf und sagte höflich: »Die Melancholie war immer schon meine treueste Geliebte, es ist also kaum erstaunlich, dass ich ihr ebenfalls hingebungsvoll zugetan bin!« Und ging hinauf in mein Arbeitszimmer.

Die Idee von der Melancholie als der treuesten Geliebten hatte ich von Kierkegaard, aber das konnte Anna nicht wissen, sie las die sogenannte Belletristik, keine Philosophen. Mein Sätzchen hatte hoffentlich gesessen, jedenfalls rettete es meine tatsächlich trübe Stimmung, ich fühlte mich plötzlich streitlustig und kurzfristig sogar guter Dinge. Selbst wenn der Zusammenhang nicht direkt einleuchtend sein mag, aber es ist Annas Ausruf gewesen, der mich auf den Gedanken gebracht hat, endlich, spät, fast zu spät von Isidor Schweig zu erzählen und das Projekt meiner vorliegenden Aufzeichnungen ins Auge zu fassen. Wenn ich endlich jenen Teil meines Lebens aufschreiben würde, von dem niemand, der mich heute noch kennt, auch Anna nicht, eine leiseste Ahnung hat?

Dieser Gedanke fuhr mir, oben am Treppenabsatz angelangt, wie ein Blitz durch den Kopf. Nie zuvor hatte ich daran gedacht. Ich hatte damals einen wohlüberlegten und entschiedenen Strich unter meine Vergangenheit gezogen. Wie viele andere Zeitgenossen hatte ich die Kriegsjahre in den Hinterhof meines Gedächtnisses schieben und bis in ihre Einzelheiten im Schrott meiner sich überlagernden Erinnerungen vergraben wollen. Sie waren, das ist der Lauf der Dinge, immer unfassbarer geworden, je tiefer sie versackten, und der junge Mann, der ich damals gewesen bin, hatte sich mit den Jahrzehnten so sehr verändert, dass die Vergangenheit definitiv zu etwas Abstraktem geworden war. Wenn ich mich an manche Menschen, Situationen oder Ereignisse zurückerinnerte, fühlte sich diese Vergangenheit an, wie die eines anderen, als hätte ein anderes, längst nicht mehr existierendes »Ich« mein Vorleben gelebt. Rein biologisch gesehen, sind wir ohnehin ungefähr alle sieben Jahre ganz neue Menschen, ganz und gar gehäutet, ein sozusagen anderes Fleisch umgibt unsere Knochen, eine andere Leber arbeitet an unseren Gläsern Rotwein, weil unsere Körperzellen ständig abgebaut und wieder durch neue Zellen ersetzt werden. Ein theoretisch beruhigender Gedanke. Ich stecke also längst nicht mehr in dem Körper, in dem ich etwa 1945 gesteckt habe. Alle sieben Jahre ist er wie neu, und sollte man seine Frau einst betrogen haben, dann ist die Sache von einem rein biologischen Standpunkt aus betrachtet definitiv verjährt. Es ist, zumindest was die Körperzellen anbetrifft, ein anderer gewesen, der da in fremden Betten gelegen hat – Anna würde sich mit solchen Erklärungen wahrscheinlich nicht abspeisen lassen.

Mit meinem nun schon etwa zwölfmal erneuerten, über achtzig Jahre alten, an mancher Stelle schmerzenden Körper saß ich also nach diesem kurzen morgendlichen Schlagabtausch am Schreibtisch und kritzelte so vor mich hin auf ein leeres Blatt. *Aufzeichnungen eines Kunstfälschers* stand dann plötzlich da. Mit einem geschwungenen Eingliederungszeichen fügte ich das Adjektiv *melancholisch* hinzu. Jetzt gefiel mir der Titel meines gerade gefassten Vorhabens. Unzählbar waren die melancholischen Dichter und Denker, Schriftsteller und Maler. Die Liste war lang, aber einen melancholischen Kunstfälscher hatte es meines Wissens noch nie gegeben, und ohne peinliche Vergleiche anstellen zu wollen, befand ich mich, sollte Annas klinisches Verdikt zutreffen, mit meinem Gemütsleiden in bester Gesellschaft. Namen kamen mir spontan in den Sinn, und ich schrieb auch sie auf das Blatt Papier: Ovid, Dante, Michelangelo, Dürer, Hamlet, Rousseau, Caspar David Friedrich, Büchner, Baudelaire, Munch, Hemingway …

Bonnard, natürlich durfte ich Bonnard in meiner Liste nicht vergessen! Ich ging an den Bücherschrank, in dem ich meine kostbaren Kunstbände vor dem Rest der Familie bewahre, und zog ein großes Album über Pierre Bonnard heraus. Alle Maler, die in mein ganz persönliches Pantheon Eingang gefunden hatten, allenfalls mit Ausnahme von Henri Matisse, waren tiefe Melancholiker, selbst Gustave

Courbet. Und Bonnard allemal. Aber das konnte wohl nur entdecken, wer selbst ein Melancholiker war. »Der Maler des Glücks« wurde er manchmal genannt – so stand es jedenfalls in meinem Bonnard-Band. Derlei Missverständnis führte von vorneherein in die Irre. Nicht weil seine Gemälde eher bunt sind und ihm ab und zu auch eine Blumenvase unter den Pinsel gerät, lässt sich sogleich schon auf Glück schließen! Wenn man nämlich seine Gemälde genau betrachtete, mit aller zur Verfügung stehenden Sensibilität, war das sogenannte Glück bei Bonnard längst getrübt, gar gebrochen. Es blieb nur eine Ahnung, dass es einst je existiert hatte. Schon seine Farbpalette ist unterkühlt, er verwendet häufig Blau- und Türkistöne, ein giftiges Gelb mit einem tödlichen Grün, Absinth-Grün habe ich es für mich genannt. Man schaute wie durch den frostigen Filter seines Blicks – seiner Farben und seiner Pinselführung – auf die angeblich freundlichen, warmen oder intimen Sujets.

Aber selbst wenn die dargestellte Szene einen theoretisch schönen Moment festhielt, Badende am Meer zum Beispiel oder Frauen auf einer Terrasse, und sich eindeutig in sommerlicher Wärme abspielte, hatte man als Betrachter das seltsame Bedürfnis, sofort eine zusätzliche Jacke überzuziehen und auch den Figuren etwas Warmes umzuhängen, so sehr brachte seine Farbpalette eine kühle Distanz ins Bild. Nackte Körper lagen in gekachelten Badezimmern in eisigen Wannen wie in einem Sarg oder wie aufgebahrt im Leichenschauhaus der Erinnerung, mal waren die Füße abgeschnitten und mal wollte der Oberkörper partout nicht mit auf die Leinwand. In anderen Gemälden waren seine Figuren nur im Anschnitt zu sehen. Hier ein Arm, der etwas auf die rotweiß karierte Tischdecke stellte, dort eine Frau, die entweder gerade zur Hälfte ins Bild trat oder aber aus dem Rahmen hinausging. Bonnards Welt hatte etwas Fragmentarisches. Und seine Figuren, sollte man sie überhaupt als Ganze sehen, taten darin meist nichts, sie waren in Gedanken versunken oder schauten grübelnd vor sich hin. Ihre Augen waren düstere Flecken, der Blick ging nach innen und nicht hinaus in die Welt.

Warum blätterte ich ausgerechnet in diesem Bildband über Bonnard, nachdem Anna den entscheidenden Satz gesagt hatte? »Genau genommen bist du ein zutiefst melancholischer Mensch!« So hätte ich sie am Frühstückstisch gemalt, mit den Farben Bonnards, umgeben von Absinth-Grün und Blautönen, mit einem Orange, das ins Braune übergeht, oder in einem Violett, das mit Weiß übermalt wurde und deshalb sowohl seine Unmittelbarkeit als auch seine Wärme verlor. Mit diesen Augen, die keinen richtigen Blick haben, sondern nur vage angedeutet sind, hätte ich sie gemalt. Ich hätte sie mit dieser Liebe gemalt, in die das Ende schon eingeschrieben ist. Mit diesem traurigen Bedauern über den Verlust, das ich in jedem Gemälde von Bonnard spüre. Mit dieser undefinierbaren Distanz zum Eigentlichen und mit dem Schleier der Vergänglichkeit. Alles Geliebte im Leben, ein sonniger Nachmittag, ein intimer Moment des Glücks, eine begehrte Frau, schienen bei Bonnard von vorneherein zum Verlust verdammt zu sein.

Ich habe lange aus dem Fenster in den gleißenden Frühling geschaut, sein fast unverschämtes Licht beobachtet (dieser Überschwang!), das zitternd in saftgrüne Baumkronen einfällt. Ein Enthusiasmus, der mich anstecken will. Die hochgeschossene Wiese hätte längst gemäht werden sollen. Jeder Halm glänzt in der Sonne. Die satten Gräser, das Wiesenschaumkraut und die ersten Butterblumen lassen sich vom Wind nehmen, lustvoll, so kommt es mir vor. Sie biegen sich unter seiner sanften Peitsche. Zu lange sitze ich nun schon am Tisch und starre hinaus in den Garten, mit diesem bangen Gefühl im Körper. Endlich ist der Stift fest in meiner Hand. Endlich sind die ersten Seiten geschrieben, ist die erste Hürde genommen. Wie kam es zu Isidor? Endlich habe ich den Sprung in die Vergangenheit gewagt, aber Beklommenheit klebt an mir wie verschüttete pechschwarze Tusche. Der Frühling lacht mir ins Gesicht mit seiner Euphorie. Ich dagegen stehe in meiner rauen, grauen Landschaft, Felsengeröll liegt um mich her, das schwer begehbar ist, vor mir eine unklare Weite, ein ganzes Leben hinter mir. Soll ich mich wirklich noch einmal umdrehen?

Den Stapel alter Schulhefte von den Kindern habe ich in einem Wandschrank im Gästezimmer gefunden. Anna hat sie aufgehoben, weil nur ein paar Seiten beschrieben waren und die vielen leeren Blätter noch einmal nützlich werden könnten. Ein dauerhafter Begleitschaden der Kriegsgeneration, sie kann nichts wegwerfen. In allen Ecken des Hauses gibt es Schränke, Truhen, Kommoden mit Sachen, Dingen, allem möglichen Zeugs – vom Keller bis zum Dachboden. Einmal könnte es wieder von Nutzen sein, glaubt meine Frau. Und tatsächlich erweisen nun die alten Schulhefte mit ihren graublauen Pappumschlägen und weißen Etiketten noch einmal einen letzten Dienst, Schulhefte aus den sechziger oder den siebziger Jahren. Darauf steht in Kinderschrift »Lars Wagfall Deutsch 4c«, »Karolin Wagfall Religion 3f«, »Alicia Wagfall Mathe 7b« – und so weiter. Mit dem obersten Heft des Stapels habe ich angefangen, dem Deutschheft von Lars. Ein paar Seiten sind säuberlich herausgeschnitten, das waren die Seiten, die Lars mit seiner krakeligen, immer schlecht benoteten Schreibschrift versehen hatte. Der Rest ist tatsächlich noch tauglich. Und für meine Aufzeichnungen allemal.

Natürlich habe ich mich schon gefragt, an wen ich mich eigentlich wenden möchte. Die Antwort hat mich selbst erstaunt: An meine Erinnerung. Meine Zeit ist nahezu abgelaufen, ich bin ihrem Gutdünken ausgeliefert und mir bleibt nichts übrig, als mir meine eigene Scheherezade zu sein, mich von Seite zu Seite, Tag für Tag schreibend noch einmal zu überleben, mein Bedürfnis nach Finis – dass endlich der Vorhang fallen möge – so lustvoll wie möglich hinauszuzögern. Jeden Tag ein paar Seiten füllen, methodisch und vor allem unerbittlich mit mir selbst. Solange ich meine Geschichte erzähle, geht es noch einmal weiter.

## *Foto I*

Im Vordergrund steht auf einem Schreibtisch (Holzgestell mit Glasplatte) nichts als ein geschlossener Laptop. Dahinter eine breite Fensterfront, in der die Stadt und ein Stück Himmel liegen: Das Fenster rahmt die Stadt, sie wird zum Bild, und dunkelrote Vorhänge an beiden Seiten machen sie zur Bühne.

Frühmorgens, wenn Karolin mit der Kaffeetasse in der Hand zum Fenster hinausschaute, tauchte die Stadt grauweiß aus dem winterlichen Dunst auf. Ein Himmel aus Stahl lag über dem Meer der Häuser, über geometrisch ineinander verzahnten Würfeln, Kästchen und Barren. Hie und da ragte der Mast einer Kirchturmspitze auf. Während dieser Morgenstunden warf die Sonne von Osten her silbernes Licht über die Stadt. Am Abend ging sie lachsfarben unter, tauchte als orangeroter Ball hinter dem Würfelmeer der Häuser in den Horizont ein, irgendwo zwischen Eiffelturm und Tour Montparnasse, und überschwemmte diese städtische Geometrie mit einem erstaunlich sanften Licht. Dann ließen die Schatten der Straßenschluchten klare Linien entstehen, Konturen traten hervor, bildeten Schneisen und Territorien. Hier, gleich vor dem Fenster in einer weiten Senke, lag das Zentrum. Links, im Südosten, und auch drüben im Westen drängten sich die Hochhäuser der neuen Wohn- und Büroviertel, die entweder schon zu den Vorstädten gehörten oder gerade noch in Paris *intra-muros* lagen. Man sagte »intra-muros«, auch wenn es sich längst nicht mehr um einen historischen Wall handelte, sondern um den vierspurigen Boulevard Périphérique, der die Stadt als rauschendes Verkehrsband umschloss. Links, gen Osten also, lagen die Hochhäuser der siebziger Jahre, rechts, im Westen, die gläsernen Türme der neunziger. Ihre Farben waren Weiß, Grau, Blaugrau. Im alten Zentrum hingegen, im wahrhaftigen Paris, gab es fast keine modernen Gebäude, und je nach Lichteinfall, Tages- oder Jahreszeit erschien der Quaderstein der Häuser aus Karolins Vogelperspektive mehr weißlich grau oder eher ockergelb.

Das Fenster mit dem weiten Blick über die Stadt saß in der Fassade eines Hochhauses im Stadtviertel Belleville. Die eierschalenfarbene Mosaikstein-Verkleidung zwischen den Fensterfronten und langen Balkonen mit Geländern aus Plexiglas war mit den Jahrzehnten schmuddelig geworden. Es war ein typisches Gebäude aus den Jahren, die Karolin die *Zwischenzeit* nannte: Diese fast sorglosen, in vieler Hinsicht tatsächlich revolutionären sechziger und siebziger Jahre, die zwischen der rigiden Nachkriegszeit und den hochmodernen (wie man einmal glaubte) Achtzigern lagen.

Karolin Wagfall war in diese Zwischenzeit hineingeboren worden, in die Epoche des Aufbruchs, der Neuentwürfe und einer Freiheit, in der es zeitweise so schien, als würde sich die Welt als Ganze zu einem definierbar Besseren hin entwickeln. Es war eine zuversichtliche und überschwängliche Zeit, bewundernswerte Jahre, in denen die Vergangenheit tatsächlich vorbei zu sein schien (sie würde uns nie wieder einholen), in denen die Zukunft auf jeden Fall Hoffnungsvolleres brächte als die Gegenwart – und als die Vergangenheit allemal. Es waren Jahre, die rückblickend betrachtet nicht von Dauer sein konnten, derart optimistisch waren sie, mit unbändigen Haaren, VW-Bus und dem Minirock, mit Vollbeschäftigung, antiautoritärer Erziehung und unzähligen Sorten Kunststoff für ein nie da gewesenes Innendesign. Alles war zeitweilig möglich gewesen, auch das forsche Bauen funktionaler Wohnsiedlungen, um jegliche Art von Wachstum zu stimulieren und zu absorbieren.

Es waren die Jahre, gerade bevor es nicht mehr moderner werden konnte, als die Welt noch an Fortschritt glaubte und wenn nicht Gott, dann zumindest die Vernunft oder freie Marktwirtschaft als fähigste Prinzipien am positiven Werk sah. Und während die überheblich gewordene Hochmoderne der achtziger Jahre unweigerlich in eine Postmoderne kippte, während auf lineare und idealistische Konzepte neue Theorien von der eigentlichen Vorherrschaft des Heterogenen, des Chaotischen oder des Fraktalischen folgten, riefen schon einige Zeitgenossen das Ende der Geschichte aus, als müsse sich tatsächlich der zielgerichtete Verlauf der Dinge von Moderne über Hochmoderne bis hin zur Postmoderne (was könnte auch nach *post* noch folgen) zwangsläufig und endgültig in einer historischen Apotheose liquidieren. Die prinzipiellen weltpolitischen Gegensätze und ihre Denkmuster würden sich in einer letzten, in einer wenn nicht großartigen, so doch globalen Synthese gegenseitig aufheben. Nichts Geringeres stände bevor als der Zusammenbruch der politischen Lager mit ihren beiden sich widersprechenden K-ismen, Kommunismus und Kapitalismus, und damit das Zunichtewerden jenes Kampfprinzips, das Geschichte jahrzehntelang am Laufen gehalten hatte. Was kam, war der Mauerfall. Es folgte dann auch tatsächlich das Ende einer Geschichte, sogar das symbolische Ende einer Epoche, und damit der Sieg des einen Existenzmodells über das andere. Aber es sollte nur kurzfristig das Ende aller dogmatischen Antagonismen bleiben. Zu Beginn dieser neuen Zeit (wie sollte man sie nennen: posthistorischer Neokapitalismus?), kurz nach dem Fall der Mauer, war Karolin Anfang der neunziger Jahre nach Paris gezogen. Sie kam mit dem Intercity-Zug an der Gare de l'Est an, mit zu vielen Koffern für die geplanten drei Monate Aufenthalt, und wusste noch nicht, dass sie bleiben würde.

Mehr als ein Vierteljahrhundert war seither vergangen. Karolin hatte in mehr oder weniger lang anhaltenden Beziehungen in unterschiedlichen Stadtvierteln gewohnt, wobei sich mit der Zeit eine deutliche Neigung zur *rive droite* ergab. Nachdem sie dann fast sieben Jahre lang mit einem Jazzpianisten russischer Abstammung und dessen beiden Söhnen in einer ehemaligen Blechwerkstatt im Bastille-Viertel gelebt hatte, war sie nun wieder allein. Die Jahre mit Vadim waren derart dicht gewesen, in jeder Hinsicht pausenlos und zehrend, dass Karolin von einem Tag auf den anderen weggegangen war. An einem Sonntagnachmittag, als wieder einmal viele Stimmen, Lachen, Ausrufe und das Brummen eines Kontrabasses in dem allzu großen Wohnraum mit seinen Metallpfeilern und hohen Fensterfronten widerhallten, hatte sie – nicht zum ersten und wahrscheinlich nicht zum letzten Mal – eine Reisetasche mit den wichtigsten Sachen gepackt. Sie hatte in der Tür zur Küche gestanden, auf das glückliche Desaster geschaut, das sieben Jahre lang ihr Leben gewesen war, und wusste in jenem Moment, dass es nicht mehr möglich war, noch einen einzigen Tag so weiterzumachen.

Es war leichter, mit einer zwangsläufigen inneren Mechanik, ja, einer seltsam sturen Launenhaftigkeit, diese einsame Entscheidung zu treffen, und noch am selben Nachmittag unbehelligt von Vadim und den feiernden Freunden ein paar Utensilien zusammenzupacken, Kleider und Schuhe für die nächsten paar Tage sowie Laptop, Kameras, Objektive, USB-Stick und so weiter, dann forsch, ohne sich umzudrehen aus dem Haus zu gehen, als die folgende, definitive Trennung zu erklären und mit überlegten Worten zu besiegeln. Die Entscheidung dieses Sonntagnachmittags wurde erst in den Tagen und Wochen danach wirklich konkret. Karolin war Vadim und den Jungs mindestens eine Begründung schuldig, aber die war nur schwer zu vermitteln. Sie musste außerdem so schnell wie möglich ein Wohnung finden, was in Paris alles andere als einfach war. Zuletzt galt es, ihre Habseligkeiten umzusiedeln, ihre Bücher, Kleider und auch ein paar Möbelstücke, die eindeutig ihr gehörten. Nach sieben Jahren ununterbrochener Geselligkeit empfand sie ihre neue Einsamkeit als einen möglicherweise auch auf Dauer angenehmen Seinszustand.

Karolin hatte nicht etwa ein unerkanntes Burn-out-Syndrom, sie war auch nicht heroisch oder, im Gegenteil, deprimiert. Sie fühlte sich *in der Schwebe*, hatte ein imperatives Bedürfnis zu verharren, und zwar zwischen zwei Lebensabschnitten, in einem von extremen Emotionen freien Zustand. Vielleicht um einem unbekannten, bedrohlichen Lebensabschnitt (dem der *alternden* Frau?) noch eine Weile auszuweichen, hatte sie entschieden, oder etwas hatte in ihr entschieden, weiterhin in ihrer Schwebe zu bleiben, auf unbestimmte Zeit, bis sie eines Tages wieder Boden unter den Füßen spüren würde. Es würde nicht derselbe Boden sein, auf dem sie zuvor gestanden hatte, und erst dann könnte sie einen neuen Weg einschlagen. Als hätte sie geahnt, dass ihr etwas bevorstand.

Vorerst wollte sie abwarten, und zwar allein. Genau das hatte sie dann einige Tage später versucht, Vadim zu erklären, und war ehrlich bestürzt gewesen, als sie merkte, dass er sie nicht verstand. Nicht etwa, weil er sich aus Wut oder verletzter Liebe geweigert hätte, Karolin zu verstehen, sondern es war ihm tatsächlich unmöglich, zu begreifen, dass für manche Menschen eine Liebesgeschichte derart plötzlich ein Ende finden kann, reißen kann wie ein zu dünner Faden. Seiner Ansicht nach hatte Karolin schlicht den Faden verloren, wie jemand, der plötzlich ins Stocken gerät und nicht mehr imstande ist, eine Geschichte weiterzuerzählen. Ganz unrecht hatte Vadim nicht.

Weil Karolin tatsächlich mit ihrem Leben in der Schwebe war, hatte sie sich für diese Wohnung im zwölften und obersten Stock eines Hochhauses in Belleville entschieden: drei Zimmer, Küche und Bad, weiße, schnurgrade Wände, Parkettboden und große Fenster mit dem Blick von ganz oben auf die Stadt hinunter. Im Winter trieben an manchen sonnigen Tagen sogar ein paar Seemöwen in den Windböen. *Ijà-ijà-ijà iijaaa,* schrien sie über den Dächern, und ihr weißes Gefieder im blassen, kalten Licht wirkte elegant neben grauen Tauben und schwarzen Krähen. Karolin hatte den Kopf sozusagen in den Wolken und nannte die neue Wohnung spöttisch ihren Elfenbeinturm. Zum ersten Mal im Leben war sie einsam, weil sie es sein wollte. All das, der Bruch mit Vadim und ihr Umzug, war im letzten Sommer geschehen. Keine drei Monate nach dem Einzug in den Elfenbeinturm kam ein Anruf aus Deutschland. Ihre Mutter war gestorben.

Am Schreibtisch sitzend musste Karolin nur aufblicken, um die Stadt mit ihrem jeweiligen Himmel und Licht zu betrachten. Aus dieser Perspektive hatte Paris überhaupt nichts Romantisches mehr, auch nichts Pittoreskes oder Sentimentales. Karolin war aller Klischees enthoben, nur des Eiffelturms nicht, aber auch der sah aus der Ferne betrachtet eher wie ein Leuchtturm aus, vor allem nachts, wenn ein greller Scheinwerfer an seiner Spitze kreiste. Genau einmal pro Minute strich der Lichtstrahl am Fenster vorbei. Mit Siebenmeilenstiefeln über die Zeit hinwegzuschreiten, auch das ging recht gut von hier oben aus. Seit August 1944, als Karolins Vater Viktor Wagfall mit den letzten deutschen Besatzern aus dem befreiten Paris floh, waren mehr als sieben Jahrzehnte vergangen, und das Paris von damals hatte mit der Stadt von heute nur noch die imponierende Unzahl von stilvollen Fassaden und beneidenswerten Monumenten gemeinsam. Zwischen der Vergangenheit ihres Vaters und Karolins Gegenwart lagen karge und strebsame Nachkriegszeiten, dann zuversichtlich moderne, selbstsicher hochmoderne und angeregt postmoderne Jahrzehnte. Ein neues Jahrtausend war angebrochen mit seinen ersten Zeiten des Missvergnügens. Außerdem lagen zwischen Vater und Tochter zehn französische Präsidenten von Vincent Auriol bis Emmanuel Macron.

## 3

Schließlich bestand ich das Abitur mit der Gesamtnote Drei plus. Das galt als gerade noch akzeptabel durch das Pluszeichen an der Drei. Mein Vater hatte 1931 nach dem Bankrott des Sägewerkes eine Tankstelle mit Reparaturwerkstatt und Automobilverkauf eröffnet, das erste und lange Zeit einzige Autohaus unseres schwäbischen Kreisstädtchens. Die Geschäfte liefen anfangs mäßig und das Einkommen lag weit unter dem gewohnten Niveau, aber mein Vater, das muss ich ihm lassen, bewies Geschäftssinn und eine gute Intuition für neue Erwerbsquellen. Das Automobil, wie wir damals sagten, hatte Zukunft. Trotz der finanziellen Schwierigkeiten wurde ich auf die Stuttgarter Universität zum Studium der Volkswirtschaft geschickt. Es war das fatale Jahr 1933.

Das Studium lag mir nicht, es war mit zu viel Theorie und vor allem zu viel Mathematik verbunden. Von Anfang an hatte ich es als Nebensache betrachtet und meine neu gewonnene Freiheit im Stuttgarter Studentenzimmer dazu genutzt, die Malerei voranzutreiben. Die Idee von Isidor Schweig, dem Maler und Kopisten berühmter Gemälde, war schon ausgereift und verlangte nur nach einer geeigneten Strategie, um mein fernes Ziel, Paris versteht sich, zu erreichen. Während des ersten Semesters gelang es mir, einen zwar nicht übermäßig lukrativen, aber immerhin funktionierenden Handel mit kopierten Gemälden im Stil des deutschen Realismus – etwa ein Zimmer mit Balkon nach Adolph Menzel oder eine Jagdszene nach Wilhelm Leibl – aufzubauen. Es gab genügend Interessenten, und mithilfe eines befreundeten Stuttgarter Kunst- und Antiquitätenhändlers, Albert Schönit hieß er, konnte ich unter dem Decknamen Isidor Schweig, ohne dass mich jemand zu Gesicht bekam, in einem halben Jahr etwa ein Dutzend Kopien oder freie Nachahmungen bekannter Künstler verkaufen, die wir übrigens ganz offiziell auch als solche ausgaben. Wir wollten nicht betrügen, sondern eine Marktlücke erschließen. Genügend schwäbische Bürger hatten das verständliche Bedürfnis, ihr Heim mit der Kopie einer Genreszene von Carl Spitzweg zu schmücken oder mit einem Stillleben im alten Stil nach Jean-Siméon Chardin auszustatten. Wenn nötig, überbrachte ich durch meinen Galeristen auch gleich die richtige Aussprache zum Gemälde: Chardin werde mit dem nasalen »iñ« ausgesprochen und nicht etwa falsch französisiert »Schaardeng« oder eingedeutscht »Chaardiin«. Für die ganz Mutigen fertigte ich eine impressionistische Landschaft nach Claude Monet an oder ein pastoses Gemälde mit einem üppigen jungen Mädchen im Stil Renoirs, das Lebensfreude und Sinnlichkeit auf einen Punkt brachte: einen großen Akt wie aus dem Garten Eden.

Die Signatur war besonders wichtig, denn darauf wurde als Erstes geschaut. Welcher Besucher im Wohnzimmer meiner Kunden würde unhöflich fragen, ob dieser Spitzweg nun echt sei oder etwa nur eine Kopie. Darin lag allerdings auch der »kriminelle« Akt, denn das Kopieren von Signaturen – selbst wenn ich sie absichtlich nur von Ungefähr nachahmte – war rechtlich unzulässig. Unsere Käufer wussten allerdings, dass sie es nicht mit einem Original zu tun hatten. Albert Schönit gab auf jeder Verkaufsurkunde an, dass es sich um eine Kopie handelte, gemalt von einem gewissen Isidor Schweig, der übrigens der Ehrlichkeit halber auf der Rückseite signierte. Aber ausgerechnet mein sorgfältig gewählter Name Isidor

Schweig, der mich – zumindest was den Vornamen Isidor betrifft – von Kindheit an wie ein liebster Freund begleitete, machte mir nun plötzlich auch zu schaffen. Es gab Kunden, die eine Kopie von einem Isidor Schweig partout nicht kaufen wollten. Die antijüdische Hysterie hatte 1934 längst das ganze Land erfasst. Für manch guten Bürger hatte dieser Name, aus kaum nachvollziehbaren Gründen, einen eindeutig jüdischen Klang und Hintergrund. Was insofern stimmte, als der Name Isidor vom Griechischen über Rom und die Christenheit auch in jüdische Namensregister Eingang gefunden hatte, wahrscheinlich im spätantiken Spanien, wo die römisch-christliche und jüdische Kultur unharmonisch zusammenstießen. Vor allem aber gab es während der Weimarer Zeit eine in der Presse ziemlich breitgetretene Geschichte um den jüdischen Polizeivizepräsidenten in Berlin, Bernhard Weiß. Goebbels hatte ihn zu seinem Erzfeind auserkoren. In einer bissigen Schmähkampagne hängte er ihm den angeblich lächerlich jüdisch klingenden Spitznamen »Isidor« an. Das hatte mich riesig geärgert. Es war, als sei ein zuvor unschuldiger Name plötzlich verdächtig geworden. Vielleicht hießen damals tatsächlich mehr Juden Isidor als Christen. Ich hatte allerdings überhaupt keine Lust, meinen geliebten Namen aufzugeben, der wie eine zweite Haut zu mir gehörte. Noch dazu aus solch absurden Gründen.

Mit meinem Geschäftspartner Albert Schönit musste ich dennoch eine Parade aushecken, nachdem mehrere Kunden an diesem Malernamen Anstoß genommen hatten. Ob das ein Jude sei, fragten sie Schönit. Sogar mein harmloser Nachname Schweig wurde vom Vorurteil erfasst, allzu jüdisch zu klingen. Es gab Juden, die Wagner hießen, so wie es grunddeutsche »Arier« mit dem Namen Salomon gab. Genauso hielt es sich mit Schweig. Aber der hasserfüllte Judenwahn war nun einmal losgetreten. Ich erzählte Albert von Isidor von Sevilla, der 600 bis 636 Erzbischof gewesen war, und unter dessen Kirchenherrschaft in Sevilla Juden verfolgt und Konvertierungen erzwungen wurden. Und dass er sogar ein Werk verfasst habe, das »De Fide Catholica contra Judeos« heiße. Angeblich solle er es für seine Schwester Florentine geschrieben haben, Äbtissin in einem Kloster bei Sevilla, in dem der Legende nach jüdische Kinder, die man ihren Familien entrissen hatte, im reinen christlichen Glauben aufgezogen wurden. Bessere Argumente für römisch-christlich-arische Isidors gab es wohl kaum.

»Könntest du mir nicht ein Gemälde von diesem Isidor von Sevilla machen«, schlug Albert dann vor, »ein Gemälde, das ich bei mir im Antiquitätenladen an die Wand hängen kann und das bei Bedarf Anlass zum Erzählen gibt?« Mir fiel sofort Bartolomé Esteban Murillo ein, ein berühmter Maler aus Sevilla, schönstes spanisches Barock. Eines seiner Gemälde stellt Isidor von Sevilla dar: In kostbare Gewänder gehüllt sitzt der Erzbischof und Kirchenvater erstaunlich entspannt, vielleicht auch schon ein wenig altersmüde, in einem imposanten Thronstuhl, hält in der rechten Hand den Bischofsstab, während seine linke ein riesiges Buch auf dem Schoß stützt. Neben ihm lassen sich zwei seiner Schriften erkennen. Das war es, eine Kopie von Murillo war die Lösung! Und so malte ich für Albert Schönits Kunsthandel in wochenlanger Feinarbeit eine herrliche, großformatige Nachahmung dieses Isidor-Gemäldes, das ich in der Bibliothek in mehreren Abhandlungen als Abbildung auftreiben konnte.

Von dem Tag an gab es keinen Kunden mehr, der nicht nach dem Gemälde gefragt hätte, das dort prunkvoll an der Wand hing. Von wem es sei, wen es darstelle? Albert, der mit der Zeit zu einem Spezialisten sowohl von Isidor von Sevilla als auch von Murillo geworden war, wurde nicht müde, seine Geschichten aufzutischen und gleichzeitig den Kopisten Isidor Schweig für dessen umfassende Talente hervorzuheben. Plötzlich nahm niemand mehr Anstoß am Namen

Isidor Schweig, und meine Kopien verkauften sich, sobald sie im Laden hingen, derart schnell, dass die Farbe oft nicht einmal durchtrocknen konnte. Daran störte sich auch niemand, denn es ging ja nicht darum, eine Fälschung an den Mann zu bringen, sondern einfach und ungeschminkt eine schöne Kopie zu verkaufen oder eben ein Gemälde »im Stil von«. Sonst hätte ich mir unendliche Mühe geben müssen, die Tricks und Kniffe von Fälschern anzuwenden, wie etwa bei einem vorgeblich alten Gemälde zumindest das typische feinrissige Krakelee herzustellen. All das lernte ich auch erst später. Wichtig war mir allerdings von Anfang an die Qualität meiner Arbeit. Deshalb legte ich großen Wert auf eine sachgemäße Grundierung mit Bleiweiß, um ein Tiefenlicht entstehen zu lassen, selbst wenn solche Grundierungen eine Weile brauchten, um trocken zu werden.

Ich verbrachte einen beträchtlichen Teil meiner Freizeit, aber auch meiner vorgeblichen Studienzeit an der Staffelei oder mit den notwendigen Recherchen, um neue Kopien und Nachahmungen anzulegen. Dazu gehörten meine Besuche in Stuttgarter Büchereien, Museen und Kunsthandlungen, aber auch kleine Spritztouren im Automobil meines Vaters, etwa nach München, um dort die Sammlungen der Alten Pinakothek zu besuchen. Trotz alledem bestand ich nach fünf unerfreulichen Volkswirtschafts-Semestern zumindest das Vordiplom. Ich war zweiundzwanzig Jahre alt und volljährig, konnte also theoretisch über mein Leben entscheiden. Mein Vater war der Ratschläge müde geworden. Insgeheim beneidete er mich wahrscheinlich sogar um meinen Plan, auf unbestimmte Zeit nach Paris zu ziehen, um – so die offizielle Version – mein Französisch auf ein perfektes Niveau zu bringen und nach Möglichkeit ein »Mann von Welt« zu werden.

Es war Frühsommer 1936, als ich meine Absicht umsetzte. Während die deutsche Propaganda lautstark für die bevorstehende Olympiade in Berlin warb, während in Spanien die politischen Spannungen, die bald zum Ausbruch des Bürgerkrieges und zum Putsch Francos führen sollten, einen Höhepunkt erreicht hatten, herrschte in Frankreich eine vergleichsweise beschwingte Hochstimmung. Die sozialistisch-kommunistische Regierung unter Léon Blum hatte das Anrecht auf zwei Wochen bezahlten Jahresurlaub durchgesetzt, dem in jenem Frühsommer mindestens halb Frankreich entgegenfieberte. Rote Fähnchen hingen überall im Wind und die Rose, Symbol der französischen Sozialisten, wurde auf der populären Pariser Blumenschau zur schönsten Blume des Jahres gewählt. Selbst der modische Martini-Aperitif wurde in Reklamen auf den berühmten Pariser Litfaßsäulen vornehmlich von seiner roten Proletarier-Seite gezeigt: »Raum ist in der kleinsten Hütte für ein glücklich liebend' Paar – und für ein Glas Martini!«

Ich kam am Montag, dem 1. Juni 1936, abends an der Gare de l'Est an und setzte zum ersten Mal in meinem Leben einen Fuß auf Pariser Boden. Die Gleise lagen wie im Nebel unter einem stickigen Rauchschleier, denn selbst um die späte Uhrzeit standen mehrere Dampflokomotiven am Prellbock, die erst vor Kurzem eingefahren waren. Der Bahnhof wimmelte von Reisenden, von Trägern, Zeitungsverkäufern, fliegenden Händlern, schrägen Typen, die Hotels anpriesen, und Chauffeuren, die die Ankommenden in ihre Taxis zu locken versuchten. Ich ließ mich mit der Menschenflut über den Bahnsteig und durch die riesige Bahnhofshalle treiben, folgte mit einem Koffer in der Hand meinem Träger, der mit den beiden anderen Koffern mühselig seine Schritte ausbalancierte, auf den Vorplatz hinaus.

Und dann saß ich in den tiefen, weichen Sitzen eines Pariser Taxis, eines dunkelroten Renault G7 mit einem breiten Trittbrett zum Einsteigen, und ließ mich, so hatte ich es dem Fahrer aufgetragen, frei der Nase nach durch die Stadt chauffieren. »Fahren Sie, wohin Sie wollen«, hatte ich gerufen, »ich möchte Paris sehen!« Selbst wenn der Platz der Republik am anderen Ende der Stadt gelegen hätte, wäre der Taxifahrer wohl trotzdem als Allererstes nirgendwo anders als dorthin gefahren. Zum Glück war er nur einen Steinwurf vom Bahnhof entfernt und lag auf dem Weg zur Innenstadt, wir brauchten also nur den breiten Boulevard de Magenta hinunterzufahren, um an den riesigen, rechteckigen Platz zu gelangen. Hier stand die personifizierte Republik, Marianne mit der phrygischen Mütze der Freiheit, auf einem monumentalen Sockel. Mit einem Olivenzweig in der hocherhobenen rechten Hand steht sie für Frieden ein, in der linken hält die revolutionäre Marianne eine Tafel mit der Aufschrift »Menschenrechte«. Drei Standbilder, die Freiheit, Gleichheit und Brüderlichkeit darstellen, umgeben als erhabene Maximen das hohe Piedestal der Republik. Der Taxifahrer wollte es sich nicht nehmen lassen, mehrmals rund um das Denkmal herumzufahren, damit ich die Figuren ganz genau von allen Seiten betrachten und die Worte *Liberté – Egalité – Fraternité* auf dem Sockel entziffern konnte.

Zum ersten Mal sah ich die Pariser Hausfassaden mit ihrem hellbeigen Quaderstein und ihren schmiedeeisernen Balkongeländern. Selbst nach neun Uhr abends waren die Straßen belebt wie bei uns nicht einmal am Tag. Das sanfte Licht der alten Gaslaternen tauchte die kleinen Seitenstraßen in eine schummrige, ockergelbe Stimmung, während die Boulevards schon mit den modernen elektrischen Laternen hell beleuchtet wurden, deren Lichtkegel schroffe Schatten malten. Was mich am meisten erstaunte, waren die vielen Cafés und Restaurants, die sogar bis auf die breiten Bürgersteige hinaus ihre Tische aufgestellt hatten und voll besetzt waren. Die Straßen schienen vor Leben bersten zu wollen, und ich befand mich in einem derart exaltierten Zustand, dass der Taxifahrer seinerseits mit immer pathetischeren Gesten die Sehenswürdigkeiten *seiner* Stadt kommentierte.

Wir fuhren die Grands Boulevards entlang, auf den Bürgersteigen flanierten Spaziergänger in der Frühsommernacht, untergehakte Paare, Männer mit Schiebermütze oder Hut, eine Hand in der Hosentasche, raffiniert gekleidete Frauen, schlank, mit kleinen Hütchen auf hochgestecktem Haar, in glockig ausfallenden Röcken, taillierten Jacketts und mit hochhackigen Pumps. Die beleuchteten Theaterhäuser und Kinopaläste mit ihren Reklamen, die überfüllten Cafés und Restaurants glitten wie in einem Traum an mir vorbei. Ich hatte das Fenster heruntergekurbelt und roch zum ersten Mal die Pariser Nachtluft. Lau war sie, und fröhlich flirrend erschien sie mir. In dieser Luft lag meine Zukunft. Dann kamen wir zum Boulevard Haussmann mit seinen Prunkfassaden und fuhren an der beleuchteten Oper vorbei. Über die Rue Royale erreichten wir die Place de la Concorde, ich sah zum ersten Mal den ägyptischen Obelisken und das riesige, goldene Tor, das in die Tuilerien-Gärten führte. In jener ersten Nacht fuhr ich die Champs-Élysées hinauf bis zum Arc de Triomphe und einmal um den Triumphbogen herum. Nach dem obligatorischen Abstecher zum Eiffelturm bat ich den Chauffeur die Champs-Élysées noch einmal hinunterzufahren, zurück zur Place de la Concorde, weil ich mich nicht sattsehen konnte an der Weite dieser Straße, den Lichtern, den Gebäuden und großzügigen Perspektiven.

Wir sind schließlich über die Rue de Rivoli und am Louvre entlang bis Châtelet gefahren, denn meine erste Nacht habe ich in einem Hotel bei der Place du Châtelet verbracht, gleich neben dem Pariser Rathaus. Wahrscheinlich schlief ich bald schon ein, todmüde von der langen Reise und den neuen Eindrücken, auch mit einem etwas bangen Gefühl von Freiheit, weil ich zum ersten Mal so weit von zu Hause weg war, es aber auch niemanden mehr gab, dem ich Rechenschaft ablegen musste. Viktor Wagfall war hinter mir zurückgeblieben.

Ich konnte nun mit Haut und Haar Isidor Schweig werden, ein neues Leben lag offen vor mir wie eine dieser verheißungsvollen Pariser Avenuen.

# 4

Meine Tagesstimmungen sind wechselhaft, stehen unter der Fuchtel des launischen Frühlingswetters. Aber heute sage ich mir, dass es tatsächlich mit einem gewissen Vergnügen verbunden sein könnte, Isidor Schweig mitsamt seinem Pariser Leben aus der Versenkung zu holen. Man legt sein Bild langsam an, skizziert Umrisse, zieht die ersten Pinselstriche, denkt über die Farben nach. Lebensbeichte. Das Gefühl untergründiger Schuld kommt manchmal auf. Gerade im letzten Winter gab es diese Momente, in denen ich mich von meinem eigenen Schweigen erdrückt fühlte. Ich hatte geglaubt, dass es unmöglich wäre, den schweren Deckel über der Vergangenheit noch einmal zu heben. Aber vielleicht ist das Gedächtnis, ist Erinnerung wie ein faszinierendes Labyrinth, und nachdem ich nun in seinen Windungen die ersten Schritte gewagt habe, reizt es mich, immer tiefer einzudringen, um allmählich bis zum Herzstück vorzustoßen.

Der Frühling tut mir außerordentlich gut heute. Ich komme vom Spaziergang zurück, bin mit meinen Gedanken in Paris und fühle mich sogar beschwingt. Nonchalance liegt in der lauen Luft wie eine Parfumnote. Apropos Paris und Parfum: Irgendwann kurz vor dem Schwarzen Freitag 1929 schenkte mein Vater meiner Mutter ein Flakon Chanel N°5 zum Geburtstag. Heute ist es unvorstellbar, was für ein Aufsehen dieses Parfum damals erregt hatte. Von außen ein nichtssagendes, viereckiges Fläschchen und darin verborgen eine völlig neue Vorstellung von Parfum, ein Duft wie ein abstrakter Blumenstrauß. Zuerst Rosen, Jasmin und Maiglöckchen als Kopfnote, dann die Herznote mit Ylang-Ylang und Sandelholz, schließlich der sinnliche Nachklang mit Patchouli, Moschus und Zimt. Am liebsten würde ich nun auch sofort von Adèle erzählen, von Adèle in Paris, deshalb die Assoziation der Frühlingsdüfte mit Coco Chanel, denn ich konnte nicht umhin, es meinem Vater nachzutun und meiner Geliebten ein Flakon zu schenken. Gemach! Eines bleibt jedoch unumstößlich: Wenn ich mein Leben genau betrachte, habe ich in all den mehr als achtzig Jahren nur ein paar Jahre lang wirklich gelebt, intensiv und deckungsgleich mit dem, was so etwas wie »Ich« sein könnte, mit meinen wirklichen Bedürfnissen. Neben meinen Kindheitsjahren sind das die Jahre, die ich in Paris verbracht habe. Wenn ich sie malen sollte, würde ich blendende, satte Farben wählen, Rot, Grün, Blau, Gelb. Ja, wie ein Gemälde von Matisse, mit dieser in Farbe umgesetzten Erfahrung von Intensität. Und der Rest meines Lebens, davor, danach, war ein Vorspiel und ein langes Nachspiel. Die reinen Viktor-Jahre sind Jahre der Pflichthaft gewesen. Ich habe sie aus Pflichterfüllung gelebt, als müsste ich eine immerwährende Examensprüfung bestehen. Oder eine Schuld ableisten. Insgeheim wäre ich manchmal am liebsten aus meinem Leben herausgelaufen wie diese unverstandenen Leute, die eines Tages vorgeben, sie würden nur eben Zigaretten kaufen gehen und dann nie wieder zurückkommen.

Anna ist vorhin in die Stadt gefahren. Ich habe ihre Abwesenheit genutzt, um meine alten Terminkalender und Skizzenblöcke vom Dachboden zu holen. Seit 1954 lagen sie dort unangetastet in einem Karton, ganz hinten in der Dachschräge, versteckt von einem dicken Balken. Auf dem Kartondeckel hatte sich eine filzige Staubschicht gebildet, darunter stapelten sich, sorgfältig geordnet, die vielen, kleinen Bücher, die Blöcke und ein Päckchen Briefe. Über Jahre hinweg hatte ich immer dieselben Terminkalender in unserem Stuttgarter Papierwarengeschäft gekauft, in hellbraunes Schweinsleder gebundene Büchlein mit Goldschnitt. Beim schnellen Durchblättern sehe ich jetzt, dass die Einträge sehr unterschiedlich sind. Manche Seiten blieben leer. Mitte Juni 1936 hatte ich ein Zitat von Anatole France notiert: *Comme je n'étudiais rien, j'apprenais beaucoup* – Weil ich nichts studierte, lernte ich viel. Ich nehme an, dass ich den Spruch als Bestätigung für meinen hochaktiven, immer neugierigen, allerdings eher unakademischen Lebenswandel verstand. Dann: *18 Uhr, Treffen mit Hans* und einige Tage später: *20 Uhr, Dîner mit Mademoiselle Valland.* Das war Ende Juni, Anfang Juli 1936. Und so hat alles wirklich erst angefangen, mit Hans Wendland und auch mit Rose Valland.

## *Foto 2*

Vier mal drei gleich zwölf alte Schulhefte auf dem Schreibtisch ausgelegt wie ein Patience-Spiel. Auf den Etiketten steht in Kinderschrift ein Name, Schulfach, Klasse. Ein schwarzes Moleskine-Notizbuch liegt als dreizehntes Heft dazwischen.

Karolin konnte sich aus Paris nicht mehr wegdenken. Mit den Jahren war die anfänglich noch fremde, abstrakte Metropole, die sie mit dem Finger auf der Karte studierte, zu ihrer vertrauten Stadt geworden. Wenn es hieß, wir fahren in die Rue Vavin, in die Avenue Mozart, Richtung Austerlitz, Montgallet oder in die Rue Nollet, dann kannte sie den Weg, war schon im Geist an der Place de la République, überquerte die Seine, bog am Boulevard Richard Lenoir rechts ab oder nahm die Rue des Dames, die eine Einbahnstraße war, von der Avenue de Clichy aus. Sie wusste, dass die Linie 4 auf den Schildern in den Metroschächten rot markiert war, die Linie 1 gelb und die Linie 14 violett, Balard und Créteil waren die Endstationen der Linie 8. Aber dass es jenseits dieser Vertrautheit noch ältere, viel triftigere Gründe dafür gab, warum die Stadt zu ihrer Stadt geworden war, hatte sie nicht geahnt. Nicht nur aus Gewohnheit war sie hiergeblieben oder wegen der hübschen Pariser Hinterhöfe und des Lichts über der Seine. Auch nicht nur wegen des anmutigen Klangs mancher Worte wie *aéronef, flagorneur, coquelicot, hazardeux* oder wegen des fertig zubereiteten Bœuf Bourguignon im Feinkostladen hatte sie ihren

Aufenthalt in Paris immer wieder verlängert. Selbst die Liebe war kein nennenswerter Grund mehr für ihr Bleiben, die Liebe kam unweigerlich in jeder Stadt früher oder später auf einen zu, und hier, so sagte man, allemal. Aber sie ging auch wieder, zumal – das fügte dann niemand mehr hinzu – in dieser Stadt.

Wenn Karolin also geahnt hätte, dass sie an diesen Ort nicht nur zufällig gekommen war, um dann aus diversen Gründen der Ästhetik und des Geschmacks zu bleiben – das hatte sie nämlich lange Zeit geglaubt: sie sei als Ergebnis einer tatsächlich leicht dahingedachten, fast frivolen Idee mit ihrer Fototasche angereist und dann geblieben –, sondern dass es auch ein wider ihr Wissen geschehenes, ein tatsächlich ererbtes Zurückkommen gewesen ist. Etwas in der Familiengeschichte hatte wie ein schwarzes Bewusstseins-Loch gewirkt, in dem Information und Bedeutung versackt waren wie Materie und Licht im astrologischen Pendant. Ein materielles Erbe ließ sich annehmen oder ablehnen, aber diese ungreifbare Hinterlassenschaft der verschwiegenen Familiengeschichten, der ungelösten inneren Dramen, der verdrängten Schuld und der uneingestandenen Lügen wirkte auf eine heimtückische Weise im Hinterhalt und war insofern unverweigerbar. Sie wurde unter der Hand oder vielmehr jenseits des Bewusstseins von einer Generation an die nächste gereicht, bis der Zeitpunkt kam, an dem die Geschichte durch ein mehr oder minder zufälliges Ereignis an die Oberfläche drängte. Zwanghaft, wie in einem Krimi, wenn der Täter es in seinem Versteck nicht mehr aushält und sich auf verwunderliche Weise selbst verrät oder unaufhaltsam an den Tatort zurückkehren muss. Lange Zeit hatte Karolin geglaubt, eine freie Entscheidung getroffen zu haben. Aber nicht sie selbst, kein *Ich* – nebulöse Instanz, die man gerne mit einem freien Willen ausstatten würde – hatte über ihren Lebensweg verfügt, sondern eine ungelöste, eine unerlöste Geschichte hatte in Wahrheit in ihr gewirkt und entschieden. Genau genommen war Karolin vor allem deshalb nach Paris gekommen, weil sie unbewusst auf einer alten Spur zurückgelaufen war, weil ihr Vater vor mehr als siebzig, achtzig Jahren hier ein Stück Lebensgeschichte hinterlassen hatte, das verleugnet und unerzählt geblieben war.

Was ihr Vater nicht zu Ende gelebt hatte, was von ihm nicht auf sich genommen worden war, war ohne ihr Einverständnis zu einem Auftrag geworden. Die Ereignisse der Vergangenheit, die er verschwiegen hatte und vielleicht selbst vergessen wollte, immer voranschreitend im eisernen Marsch der Lebenszeit, mussten wie ein abgeworfenes Bündel von jemand anderem geschultert werden. Hinterm Rücken fiel die Last unausweichlich auf die Kinder, die Nachgeborenen zurück. Und zumindest eines von ihnen musste sie aufheben, das ließ sich nicht vermeiden. Die Straßen von Paris, durch die ihr Vater einst gelaufen war, sollten von einem Nachfolger, einem Stellvertreter erkundet werden. Durch andere Augen sollte die einst vertraute Stadt wiederentdeckt werden, weil etwas es Viktor Wagfall unmöglich gemacht hatte, zurückzukehren oder Zeugnis abzulegen.

Es war ihm mit den Jahren, dann den Jahrzehnten, immer schwerer geworden, seine Geschichte vom fernen Damals zu erzählen. Aber noch unerträglicher musste ihm die Vorstellung gewesen sein, sie vollends mit sich ins Grab zu nehmen. Nach seinem Tod – nach mir die Sintflut, hatte er sich gesagt – sollte jemand in den dunklen Lauf seiner Vergangenheit tauchen, um sie vor dem ewigen Vergessen zu bergen. So lange hatte er seine Geschichte wie ein hohes Gut in einem Winkel seines Selbst gehütet, dass er nicht abtreten konnte, ohne weiterhin die Fäden ziehend ihr Geschick zu lenken. Wer auch immer auf das Versteck im alten Wagfall-Haus stoßen würde: Mit anzunehmender Wahrscheinlichkeit würde es jemand von der Familie sein. Wer auch immer zufällig mit der Hand in den Haufen muffiger Kleider fahren und unter den Fingerspitzen plötzlich etwas Festes fühlen würde, es herausfischen, dann einen Packen dicht beschriebener Hefte und ein Gemälde von ungefähr fünfzig auf sechzig Zentimetern in der Hand halten würde: Aus seinem, aus Viktors unbekanntem Leben wurde in jenem Moment ein ausgegrabener Schatz, nicht nur History, sondern auch Story, eine Geschichte, ein Abenteuer jenseits von Schuld und Sühne.

Seine Rechnung ging auf. Als Karolin im letzten Herbst nach dem Tod ihrer Mutter das alte Familienhaus in Deutschland leer räumte, fand sie auf dem Dachboden in einer Truhe das Vermächtnis ihres schon lange zuvor verstorbenen Vaters: ein Ölgemälde in einem schmalen Zierrahmen und ein Paket mit zwölf Schulheften aus ihrer Kinderzeit, deren erstes und oberstes beim Aufschlagen den Titel *Aufzeichnungen eines melancholischen Kunstfälschers* trug. Sie erkannte sofort die Handschrift ihres Vaters. Noch auf dem Dachboden begann sie zu lesen.

Dort unten, im Häusermeer der Stadt vor Karolins Fenster, hatte sich damals, Ende der dreißiger Jahre und während des Krieges, die nie erzählte Geschichte ihres Vaters abgespielt. Als sie nach Paris zog, Anfang der neunziger Jahre, lebte er noch. Einige Jahre lang hatte er ihr also kommentarlos von Weitem zugeschaut, hatte mitverfolgt, wie sich allmählich das Leben seiner Tochter in der Stadt verwurzelte, in der ein geheimer Teil seines Selbst zurückgeblieben war. Dennoch hatte er nichts verlauten lassen, das über die allseits bekannten Versatzstücke einer dünnen Familienlegende hinausgegangen wäre. Er kam auch kein einziges Mal zu Besuch. Karolins Mutter Anna reiste allein für ein verlängertes Wochenende an, Viktor blieb im alten Haus der Wagfalls zurück. Er machte nicht einmal Vorwände geltend. Er kam einfach nicht. Karolin hatte ihn allerdings auch nie ausdrücklich darum gebeten. Erstaunlicherweise war es ihr damals nicht einmal in den Sinn gekommen, ihren Vater hierher zu sich nach Paris einzuladen. Und nun galt es, seine Geschichte, die zwangsläufig auch zu

Karolins Geschichte geworden war, wiederaufzunehmen und auf die eine oder andere Weise zu beenden, in den Straßen von Paris die verlorenen Lebensfäden ihres Vaters auflesen, ihr Leben an seines knüpfen.

## 5

In den Tagen nach meiner Ankunft in Paris erkundete ich systematisch die Stadt. Die Seiten in meinem Terminkalender sind entsprechend leer, nur ein einsamer Eintrag am 3. Juni lautet: Hôtel Goudeau, Montmartre, Platz oberhalb von Abbesses, bei Rue Ravignan. Es war ein kleines, muffiges Hotel mit sechs Stockwerken ohne Aufzug, das den Vorteil besaß, billig zu sein und mitten im Montmartre-Viertel zu liegen. Ich nahm ein Zimmer mit Blick in die Kastanienbäume und auf einen ungleich gewinkelten Platz, von dem aus sich die Rue Ravignan den steilen Berg in Richtung Sacré-Cœur hinaufschlängelte. Von meinem Fenster aus konnte ich aufs Bateau-Lavoir hinunterschauen, das zur Straße hin wie ein kleines einstöckiges Gebäude aussah, aber nach hinten heraus gab es noch ein Untergeschoss mit weiteren Künstlerateliers, das mit einer hohen Holzfassade an den Berghang gebaut war. Hier hatte Picasso 1907 seine *Demoiselles d'Avignon* gemalt und damit das erste kubistische Gemälde. Ich erwies ihm vom Hotelfenster aus meine Reverenz.

Die legendären Maler, die das seltsam schiefe, barackenartige Gebäude kurz nach der Jahrhundertwende zum Allerheiligsten der modernen Kunst gemacht hatten, Pablo Picasso natürlich und Henri Matisse, Fernand Léger, Georges Braque, André Derain oder Raoul Dufy, hatten sich mit der Zeit längst etabliert und waren in andere Viertel der

Stadt gezogen. Spätestens seit den zwanziger Jahren war das Viertel um Montparnasse in Mode gekommen, das auf der anderen Seite der Seine und dem Montmartre diametral gegenüber lag. Es war zum neuen Künstler- und Intellektuellenviertel geworden. Eigentlich sprach alles dafür, mir eher am Montparnasse eine Wohnung zu suchen, aber der Zufall, der Reiz des Nachtlebens und sicher auch eine Portion Nostalgie hatten mich zum Montmartre getrieben. Ich hatte mich in die steilen Sträßchen, die Treppen und Gassen verliebt, in die strahlend weiße Sacré-Cœur-Basilika und in das Gefühl, wirklich mitten unter den »echten« Parisern zu sein, den Arbeitern und Wäscherinnen, dem Pferdemetzger, dem Blechschmied und der Fischverkäuferin, und nicht zuletzt den Prostituierten von Pigalle, mit den Tanzlokalen, die dazugehörten. Ich fand recht schnell eine kleine Wohnung in der Rue Lepic und verfrachtete nach einigen Tagen im Hôtel Goudeau zum dritten und letzten Mal meine sperrigen Koffer.

Eine große, schwere Haustüre mit dicken Glasscheiben und schmiedeeisernen Verstrebungen führte unten an der Straße zwischen den Auslagen eines Gemüsehändlers und eines Metzgers in die Rue Lepic Nummer 6. Im Treppenhaus kam man unausweichlich an der Wohn- und Wirkungsstätte von Mademoiselle Vignier vorbei, der Concierge, die im Gegensatz zu dem karikierenden Bild, das man sich gemeinhin von einer Pariser Concierge macht, nicht etwa dick, ungepflegt, hässlich, schwatzhaft und möglicherweise auch noch trunksüchtig daherkam, sondern schlank, jung und gut gelaunt. Mademoiselle war immer adrett gekleidet und steckte ihre üppigen dunklen Haare ganz oben auf dem Kopf zu einem ansehnlichen Gebilde zusammen, das mich an ein Vogelnest denken ließ, sobald ich sie sah, und von dem im Lauf eines langen Tages immer mehr Locken das Weite suchten, die dann gegen Abend in fröhlichem Durcheinander ihr katzenähnliches Köpfchen schmückten. Die Nase saß als spitzes Dreieck mitten im Gesicht, darunter ein drolliger, geschwungener Mund. Tagein-tagaus, jahrein-jahraus trug sie zu einem schlichten, dunklen Rock mit weißer Bluse eine blitzsaubere, hellblau und weiß karierte Schürze, deren gebügelte und gesteifte Schleife über einem wonnigen, wohlgeformten Po wippte. Ich hatte mir mehrere Wohnungen im Viertel angeschaut und möchte nicht ausschließen, dass Mademoiselle Vignier den Ausschlag für meine Entscheidung gegeben hat, genau diese Wohnung in der Rue Lepic Nummer 6 schließlich anzumieten. Recht bald begriff ich dann, dass Fräulein Vignier in ihrer Intimität die weibliche Gesellschaft der männlichen vorzog. Damals konnte ich es mir keine Sekunde lang vorstellen, dass ich noch viele Jahre lang Mieter dieser Wohnung bleiben sollte, auch wenn ich zwischendurch wieder nach Deutschland zurückkehrte, und somit Zeuge des allmählichen Wandlungsprozesses der jungen zur reiferen Mademoiselle Vignier wurde.

Meine neue Wohnung in der Rue Lepic hatte zwei notdürftig möblierte Zimmer, eine Küche, den Luxus eines kleinen Badezimmers mit Waschbecken und Duschzuber, die Toilette lag jedoch wie üblich auf dem Gang. Das kleinere der beiden Zimmer ging auf den Hinterhof hinaus und wurde zu meinem Schlafzimmer. Es hatte einen hübschen Blick über die silbergrauen Pariser Zinkdächer mit ihren unzähligen tönernen Mini-Schornsteinen, die zu Reihen angeordnet wie umgedrehte Blumentöpfe aufragten. Im Winter stiegen unendlich viele zarte Rauchsäulen über den Dächern auf. Das größere Zimmer ging nach vorne auf die Rue Lepic hinaus und hatte, wie im fünften Stock üblich, einen schmalen Balkon. Von hier aus sah ich auf die Flügel von Moulin Rouge, allerdings von hinten, und auf die Place Blanche mit der Bäckerei und dem Café Coquet, das ich bald zu meiner Stammkneipe machte. Weit entfernt im Hintergrund ragte sogar die Spitze des Eiffelturms über den Dächern auf. Die Morgensonne schien ins Schlafzimmer, die Abendsonne ins Wohn- und Arbeitszimmer, wo ich mein Atelier einrichtete. Zwischen einem dunkelroten Diwan, dem ersten selbstgekauften Möbelstück meines Lebens, und einem runden Holztisch mit vier Stühlen, die zum Wohnungsinventar gehörten, stellte ich die gebraucht erstandene Staffelei auf. Meine Farben, Tuben, Töpfchen, Pinsel und Fläschchen fanden auf einer hübschen Louis-Philippe-Kommode mit Marmorplatte ihren neuen Platz. Eine Zimmerwand blieb frei zugänglich, um an größeren Gemälden oder an mehreren gleichzeitig arbeiten zu können, die ich dann an eine eigens angebrachte breite Holzleiste nagelte. Über dem Kamin hing ein großer Spiegel mit goldfarbenem Rahmen und die Zimmerdecke war mit Stuck verziert.

Meinem Terminkalender zufolge traf ich Hans Wendland zum ersten Mal am 25. Juni 1936. Der Kontakt war von meinem Stuttgarter Kunsthändlerfreund Albert Schönit hergestellt worden. Er hatte Hans Wendland meine Adresse in Paris geschickt, und so fand ich schon bald eine Einladung zu einer Ausstellungseröffnung in der Galerie Wildenstein im Briefkasten vor. Seit meiner Ankunft in Paris war ich ausschließlich als Isidor Schweig aufgetreten. Ich hatte sogar den Mietvertrag auf meinen Künstlernamen ausstellen lassen und ein Jahr Miete in bar vorausgezahlt, als Entschädigung dafür, dass ich angeblich meinen Pass nicht finden konnte. Mademoiselle Vignier nannte mich spontan *Monsieur Isidor* und lachte dabei, als sei es ein Scherz, »J'adore votre nom, Monsieur Isidor«, sagte sie. Zu jener Zeit kümmerte sich in Frankreich in den Kreisen, zu denen ich Zugang fand, kein Mensch um eventuelle jüdische Anklänge eines Namens. Auch für Hans Wendland blieb ich in den folgenden Jahren Isidor Schweig. Viktor Emanuel Wagfall existierte bis auf Weiteres nur noch als Name auf dem Briefkasten an der

Wohnungstüre, gleich unter Isidor Schweig, ansonsten hatte ich ihn wie eine alte Haut, aus der ich ausgeschlüpft war, in Deutschland zurückgelassen. Gezwungenermaßen musste ich Mademoiselle Vignier, die die Post verteilte und das Haus hütete, eine einleuchtende Geschichte auftischen. Und so erfand ich einen durch die Welt reisenden Künstlerfreund namens Viktor Wagfall, der dann und wann Post empfangen müsse und dem ich freundschaftlich meine Adresse zur Verfügung gestellt hätte. Die zusätzliche Arbeit mit den Wagfall-Briefen entschädigte ich durch ein Trinkgeld – sie wurden nicht weiter hinterfragt.

Laut Albert war Hans Wendland ein guter Kontakt, um in Paris gesellschaftlich Fuß zu fassen und meine Karriere ins Rollen zu bringen. Er sei ein gewiefter Kunsthändler und kenne *le Tout-Paris*, schwärmte Albert. Als ich Wendland zum ersten Mal in der Kunsthandlung Wildenstein traf – das Wort Galerie wurde damals noch kaum verwendet –, war ich zu jung, um nicht beeindruckt zu sein. Er hatte ein weltmännisches, jovial-freundliches Auftreten und sprach fließend Französisch. Sofort nannte er mich etwas altbacken *mon ami* und nahm mich unter seine Fittiche. Damals muss er Mitte fünfzig gewesen sein und da gehörte es zum guten Ton, seine Erfahrung und sein Renommee mit der jungen Generation zu teilen. Die Ausstellung, die mich an jenem Abend bei Wildenstein erwarten sollte, war für mich ein Schock.

Zum ersten Mal sah ich Gemälde der Surrealisten und Kubisten im Original, Gemälde von Salvador Dalí und Max Ernst, von Georges Braque und Picasso. Ich konnte sie aus allernächster Nähe betrachten, sogar vorsichtig anfassen, wenn ich unbeobachtet war, den Pinselstrich studieren und die Konsistenz der Farbe begutachten. Hans Wendland führte mich, lässig seine Hand auf meiner Schulter verweilen lassend oder gar untergehakt, durch die weitläufige, aus mehreren Sälen bestehende Kunstgalerie und kommentierte die ausgestellten Werke. Gewiss wollte er mich beeindrucken und zeigen, dass er mit bekannten Leuten auf Du und Du stand. Vor einem *Stillleben mit Gitarre* von Braque rief er: »Ah, Braque, der ist nun wirklich nicht mein Fall, da habe ich immer das Gefühl, er hat die braune Ölfarbe beim Grossisten im Sonderangebot bekommen. Wissen Sie, was Picasso hinter seinem Rücken sagt? Der malt mit Scheiße in allen Altersstufen, vom Baby bis zum Großvater! Humor hat er, der Pablo.« Dann stellte mich Wendland dem großen Kunsthändler und Sammler Georges Wildenstein vor. Ich war derart beeindruckt von dem Mann, dass ich augenblicklich ganz blass wurde vor Bewunderung. Georges Wildenstein hatte schon damals eine der bedeutendsten Sammlungen Europas – neben Paul Rosenberg, Paul Guillaume und den Brüdern Bernheim-Jeune etwa, deren Kunsthandlungen nur einen Steinwurf entfernt von der Wildensteins lagen. Ob es an jenem Sommerabend 1936 war oder vielleicht bei einer etwas späteren Ausstellungseröffnung – ich erinnere mich noch heute daran, wie Georges Wildenstein, umringt von einem Kreis elegant gekleideter Kunstliebhaber, die Geschichte seines Vaters erzählte, der das Imperium gegründet hatte: eine Zigarre zwischen Zeige- und Mittelfinger, mit ausholenden Gesten und leuchtenden Augen, als würde ein Paläontologe vor einer Gruppe von Laien vom Fund eines Dinosauriers berichten.

Nathan Wildenstein war zur Kunst gekommen wie Henry Ford, der Bauernsohn, zur Automobilindustrie, nämlich durch eine unkalkulierbare Mischung aus Fleiß und Glück, aus Talent und hartnäckiger Neigung. Als Neunzehnjähriger war er nach dem Deutsch-Französischen Krieg von 1870 aus dem gerade annektierten Elsass geflohen, weil er unter keinen Umständen Deutscher werden wollte. Zunächst fasste er als Stoffhändler in einem Städtchen in der Champagne Fuß. Anscheinend hatte Nathan Wildenstein ein außergewöhnliches kaufmännisches Talent und konnte schon bald mit seinen ersten Gewinnen ein Geschäft für Manschetten, Krawatten und Halstücher in Paris eröffnen. Eines Tages kam eine seiner Stammkundinnen, die Gräfin Potocka, auf ihn zu, und fragte, ob er nicht mit seinem offensichtlichen Geschick ein paar wertvolle Gemälde für sie verkaufen wolle. Der Legende nach war ein van Dyck dabei. Das Erstaunliche an Nathan Wildenstein war nicht, dass er zusagte, er hatte schließlich nicht viel zu verlieren, sondern dass er als Erstes in den Louvre ging, und ganze zehn Tage lang an Ort und Stelle sämtliche Gemälde der Malereigeschichte studierte, um sich als Krawattenhändler eine Grundlage in Sachen Kunst zu verschaffen. Wahrscheinlich war im Louvre aber auch etwas Unwiderrufliches mit Nathan Wildenstein geschehen. Was er dort sah, muss ihn tief berührt haben. Daraufhin gelang es ihm – wiederum der Familienlegende nach – innerhalb von nur einer Woche die Bilder der Gräfin zu deren vollen Zufriedenheit zu verkaufen. Den Betrag seiner Kommission, tausend Franc, investierte Nathan dann in den Kauf von zwei Gemälden. Die ersten beiden Gemälde von hunderten, die noch folgen sollten. Seine Wahl zeugte von Gespür und Sachverstand, denn er kaufte ein Gemälde von François Boucher und ein Pastell von Quentin de La Tour, die damals, weil aus der Mode gekommen, erschwinglich waren, aber bald wieder im Kurs steigen sollten.

Und so hatte Nathan Wildenstein durch einen Zufall die Kunst für sich entdeckt. Er stieg aus dem Stoffhandel aus und ging systematisch in die Lehre seiner neuen Leidenschaft. Seinen ersten Kunsthandel öffnete er in der Cité du Retiro, zwischen der Rue du Faubourg Saint-Honoré und der Madeleine-Kirche. In nur wenigen Jahren wurde Nathan Wildenstein zu einem gefragten Kenner und einem der wichtigsten Sammler beziehungsweise Händler der französischen Malerei des achtzehnten Jahrhunderts.

Unzählige Gemälde von Fragonard, Watteau, Boucher, Greuze, Chardin oder Quentin de La Tour, die jedem Kunstfreund die Tränen in die Augen treiben würden, sind durch seine Hände gegangen. Nachdem er eine *Gallery* in London gegründet hatte, machte er 1903 eine dritte Galerie in New York auf und beriet Großindustrielle und Bankmagnaten, die in den Jahren des blühenden Industriekapitalismus nicht wussten, wohin mit ihrem Geld, bei der Zusammenstellung ihrer Kunstsammlungen. Später sind diese dann als Stiftungen in englische und vor allem amerikanische Museen eingegangen, die insofern dem exzellenten Geschmack Nathan Wildensteins noch heute einiges zu verdanken haben. Angeblich hatte er neben seinen außergewöhnlichen Kenntnissen auch einen sicheren Instinkt, um Gemälde im geeigneten Moment zu kaufen, zu verkaufen oder der richtigen Person anzubieten.

Auch die große Kunsthandlung, die er 1905 in der Rue La Boétie Nummer 57 eröffnete, wurde zu einer Legende. In deren Räumen stand ich nun mit Hans Wendland und hatte gerade nicht nur die Geschichte von Braques Scheißfarben gehört, sondern auch die von Nathan Wildenstein, der nur zwei Jahre zuvor, 1934, gestorben war. Als mich Hans vorstellte, drückte mir dessen Sohn Georges energisch die Hand und schaute mich mit freundlicher Neugier aus runden, sehr dunklen Augen an. Sie ließen mich jedes Mal, wenn ich ihn traf – und es sollten noch einige Male sein –, an Murmeln denken, dann an Murmeltiere. Sie hatten etwas Verspieltes, Flinkes, Gewitztes. Sein Kunstgeschmack war mit der Zeit gegangen. Während sein Vater Nathan den »Modernen« nichts abgewinnen konnte und dem achtzehnten Jahrhundert bis zuletzt treu verbunden blieb, hatte Georges das späte neunzehnte Jahrhundert mit Cézanne, Degas, Manet und Monet für sich entdeckt und sogar den Sprung ins zwanzigste Jahrhundert geschafft. Georges Wildenstein war groß und korpulent. Ich stellte ihn mir sofort am Tisch der besten Pariser Brasserien und Restaurants vor, bei Lipp in Saint-Germain und bei Bofinger an der Place de la Bastille, in der Tour d'Argent hinter Notre-Dame oder bei Maxim's in der Rue Royale. Wenn er ein Gemälde betrachtete, hatte man das Gefühl, er schaute die Geliebte seines Lebens an, seine Augen hätschelten das Bild, voller Bewunderung und voller Hingabe zugleich. Georges Wildenstein erkundigte sich nach den Gründen meines Paris-Aufenthaltes und fragte nach meinen ersten Erfahrungen in der Stadt, hörte mir zu, glättete mit dem Daumen seinen dichten, schwarzen Schnauzbart und schaute mich unverwandt aus diesen Murmelaugen an, die schalkhaft aufblitzen konnten oder sich zu dunklem Samt verfärbten, wenn er etwa über Pierre Bonnard sprach.

Ich frage mich jetzt sogar, ob meine Liebe zu Bonnard nicht von Georges Wildenstein geweckt worden ist. Sicherlich hatte ich Gemälde von Bonnard schon vor meiner ersten Reise nach Paris gesehen und zweifellos haben mich sein Stil, seine Farben, seine Themen sogleich zutiefst berührt. Aber den Funken der Begeisterung hat wohl erst Georges Wildenstein zu mir überspringen lassen. Ob es an jenem ersten Abend war, als er mich plötzlich am Ärmel in einen anderen, den übrigen Besuchern verschlossenen Saal zog, der nicht zur momentanen Ausstellungseröffnung gehörte? Zum ersten Mal sah ich dort *Le Café »Au Petit Poucet«, place Clichy, le soir* und *Grande salle à manger sur le jardin*. Georges Wildenstein stand neben mir, setzte zu einem Plädoyer an. Bonnard sei einer der Größten des zwanzigsten Jahrhunderts, das wäre jetzt schon sicher, selbst wenn wir erst im ersten Drittel seien, kein Maler zuvor habe diese Farben gefunden, »das sind eigentlich gar keine Farben, das ist gemalte Immaterialität«, rief er, nur im Traum gäbe es solche Farben – und eben bei Bonnard. »Sehen Sie sich das rosige Lila vom Tischtuch auf dem Esszimmertisch an, junger Mann, das Gelb und das Rot und das Blau im Lila, überall Passagen in den Farben zueinander, und dann ein Gesamteindruck von etwas Ätherischem, als würde sich das, was da im Bild ist, gleich in Luft auflösen, und als sei die Frau rechts im Gemälde eine Chimäre. Und hier die Caféhaus-Szene vom Petit Poucet, mit ihrem grün-gelben Licht oder gelb-grünen, wenn Sie wollen, da ist die Nacht nicht nur in Schwefel getaucht, sondern auch in Absinth.« (Hatte ich etwa meine Farbbezeichnung »Absinth-Grün« von Wildenstein übernommen? Das fällt mir jetzt erst auf.) Bonnards Pinsel sei zum Stab eines Magiers geworden, als habe er beschlossen, einen Zauberspruch über sein Bild zu verhängen, fuhr Wildenstein fort. »Nein, finden Sie nicht? Hängt da nicht ein noch unausgesprochener Zauberspruch in der Luft? Und es bleibt für mich völlig unklar – das macht den Reiz des Bildes aus –, ob es ein vernichtender sein wird oder einer, der wie ein Liebeszauber wirkt!«

Eindeutig vom Liebeszauber befallen war allerdings Hans Wendland. Etwas später am Abend rauschte eine rotblonde Schönheit in den Raum, und ich spürte, wie sich im selben Moment Hans Wendland, der neben mir stand, geradezu elektrisch auflud. Charlotte hatte dunkelblaue Augen, eine Haut wie chinesisches Porzellan und den Körper einer jungen Göttin. Sie ging geradewegs auf uns zu, in einem fließenden, lindgrünen Abendkleid, und begrüßte Wendland mit strahlendem Lächeln. Er küsste ihr galant die Hand, gab sie dann an mich weiter und stellte die junge Dame als seine zukünftige Gattin vor. Wie gesagt, Wendland war Mitte fünfzig, und ich nehme an, dass Charlotte in meinem Alter gewesen ist, also Anfang zwanzig. Eine derart asymmetrische Liaison warf Fragen auf. Zweifellos war Charlotte ein Schmuckstück, mit dem sich Wendland gerne zierte (sie arbeitete als Mannequin), und zweifellos war er bis über beide Ohren in sie verliebt, das sah ich ihm sofort an. Aber umgekehrt? Wendland war kein besonders gut aussehender Mann, er war zwar groß, aber auch schwammig, hatte dünnes, hellbraunes Haar, das schon grau wurde. Unter den wässrigen Augen hatten sich kleine Säckchen gebildet, und insgesamt wirkte sein Teint eher ungesund. Aber Wendland war ein wohlhabender und gewiefter Kunsthändler, reiste viel und kannte Gott und die Welt, war sichtlich den angenehmen Seiten des Lebens zugewandt – alles überzeugende Argumente für eine junge Frau »ohne Herkunft«, die gesellschaftliche Stellung und väterliche Sicherheit suchte.

Gleich am ersten Abend, kurz nachdem Charlotte zu uns gestoßen war, erzählte er die Anekdote (ich sollte sie später noch öfter hören), wie er, aus Ostpreußen stammend und frisch promoviert zunächst eine wissenschaftliche Laufbahn einschlagend, zum Kunsthandel gekommen war. Bei einer Auktion in Köln hatte er für 80 Reichsmark ein hübsches, aber ziemlich verschmutztes Gemälde von einem, so war es ausgeschrieben, »unbekannten Meister« erstanden. Er ließ es reinigen, prüfte es mit Kollegen, und, sapperlot!, da stellte sich sein Achtzig-Mark-Gemälde als ein früher Rubens heraus, den er für 35 000 Reichsmark wiederverkaufen konnte. Bei Wendland – die Anekdote ist insofern aufschlussreich – habe ich mich immer gefragt, ob seine Gier nach namhafter Kunst größer war als seine Gier nach Geld oder umgekehrt. In jedem Fall ergänzten sich bei ihm beide aufs Beste und befeuerten sich gegenseitig. Und ob der sogenannte »frühe Rubens« überhaupt ein echter war, bleibe dahingestellt. Die Mär vom zufällig beim Altwarenhändler unter einem Zentimeter Staub und Jahrhundertschmutz gefundenen Meister-Gemälde erzählten vor und nach Wendland noch so manche Gauner, um gefälschte Werke zu verschachern. Aber damals habe ich seiner Fabel bewundernd Glauben geschenkt. Ich war noch allzu unerfahren in diesen Angelegenheiten.

Mein erster mondäner Abendausflug war zu meiner Zufriedenheit verlaufen. Mit den Wochen hatte sich mein Französisch verbessert, ich merkte, dass es flüssiger geworden war und durchaus für Salongespräche ausreichte. Hans Wendland hatte sich in meinem Atelier in der Rue Lepic angesagt, und Georges Wildenstein lud mich ein, wieder in seiner Kunsthandlung vorbeizukommen, um die Gemälde seiner Sammlung in aller Ruhe und aus nächster Nähe zu studieren. Seit ich in Paris angekommen war, erschien mir jeder Tag zu kurz, so viel hatte ich zu entdecken, und je mehr ich entdeckte, desto größer schienen mir meine Wissenslücken. Mit dieser unerbittlichen und unwiderlegbaren Erfahrung, dass jede neue Kenntnis gleichzeitig noch umfangreichere Unkenntnisse aufwirft, kann man mit zunehmendem Alter zum Glück immer stoischer leben, aber damals habe ich sie als einen täglichen Affront empfunden. Ich fühlte mich wie Sisyphos.

Gegen diese Art der Entmutigung half nur eine klare Strukturierung des Tagesablaufs. Ich stand gegen acht Uhr auf und ging als Erstes hinunter in die Bäckerei, um mir eine Baguette oder ein paar Croissants zu kaufen. Im Milch- und Käseladen nebenan gab es köstliche, gelbe Butter, die mit einem Holzschaber aus einem bauchigen Fass gehoben und mit schwungvoller Geste auf ein Stück Papier geknallt wurde. Und dann kam der Batzen im Papier auf die Waagschale. Die *Crémière*, die all diese Gesten wie ein heiliges Zeremoniell ausführte, war mit den Jahren in einer Art Mimikry zur Zwillingsgestalt des Butterfasses mutiert, so gelblich war ihre Haut und so tönnchenförmig die Figur. Im Gegensatz zur immer vergnügten Bäckerin war sie jeden Morgen schlecht gelaunt und zeterte mit ihrem Mann hinten in der Küche, wenn ich den Laden betrat und das an der Tür angebrachte Glockenspiel zum Klingeln brachte. Dann kam sie aus ihrem Verschlag hervor, wischte sich die Pfötchen an der schmuddeligen Schürze ab und fuhr mich ärgerlich an: »Na, was willst du, junger Mann!« Das war keine Frage, es klang, als sei mein Erscheinen ein persönlicher Angriff, gegen den sie sich zur Wehr setzen müsste. Beim ersten Mal wäre ich am liebsten gleich wieder rückwärts aus dem Laden gestolpert. Aber mit der Zeit gewöhnten wir uns aneinander und mit vielen Komplimenten für die Qualität der Butter, des Käses, der Eier und der Milch schaffte ich es, den Drachen zu zähmen. Irgendwann war sie so weit, dass ich sogar eine Art Lächeln auf ihren Lippen ausmachen konnte: »Ah! Da ist ja unser Deutscher! *Et alors*, schon wieder ein Stück Butter heute?«, sagte sie dann etwa, wobei sie ironisch meinen Akzent nachahmte, und das *unser* klang so, als habe sie mich akzeptiert, das *schon wieder*, als sei ich genau genommen ein nutzloser Vielfraß.

Den Morgen und frühen Nachmittag verbrachte ich an der Staffelei. Meinen Schwerpunkt hatte ich schon seit Jahren auf die – damals – jüngere Malereigeschichte gelegt, von der zweiten Hälfte des neunzehnten Jahrhunderts aufwärts. Gustave Courbet interessierte mich, und ich hatte mich mehrmals in Courbet'schen Landschaften geübt, von denen es zwei oder drei in der Stuttgarter Staatsgalerie gab. Jetzt konnte ich in Paris noch weitere Gemälde im Original studieren. Das genaue Hinsehen war ungemein wichtig, um zu lernen. Denn es genügte beim Kopieren eines Meisters längst nicht, sein Gemälde penibel Strich für Strich abzumalen, bestenfalls seine Hand, seine Pinselführung nachzuahmen. Es ging zuerst einmal darum, die »Psyche« seiner Farben zu analysieren, deren Mischung, aber auch Zusammensetzung und ihre sich daraus ergebende Dick- oder Dünnflüssigkeit. Dann erst ließ sich seine Art, den Pinsel zu halten, schließlich seine Malgeste vorstellen und nachahmen. Eine gelungene

Kopie oder ein gelungenes Gemälde »im Stil von« entsteht erst, wenn der Kopist verstanden hat, welcher Gedanke den Künstler beim vorliegenden Werk geleitet hat. Insbesondere bei den Modernen musste man den Gedankengang eines Gemäldes erfassen, um die Pinselführung, besser gesagt die Pinselschrift begreifen und dann souverän nachahmen zu können. Ich versuchte systematisch vorzugehen, eignete mir in den ersten Wochen Degas an und dann Monet (Letzterer war erstaunlich komplex, sodass ich meine Ansprüche auf Perfektion bald aufgab), bis ich mich vorsichtig an Matisse wagte und sogar an Bonnard. Die späten Nachmittage, wenn das Licht in meinem Atelier zum Malen kaum geeignet war, verbrachte ich im Louvre, in Galerien oder nach einem Gang durch die Tuilerien-Gärten im Jeu de Paume, wo insbesondere zeitgenössische Malerei ausgestellt wurde.

Die maßgebenden Kunsthändler hatten sich in einem höchst überschaubaren Bezirk angesiedelt, nämlich auf der Rue du Faubourg Saint-Honoré und der Rue La Boétie, ganz in der Nähe des Élysée-Palastes und der Ministerien. Die unschätzbare Anzahl an Meisterwerken, Kunstobjekten und erlesenen Möbelstücken aller erdenklichen Jahrhunderte, die sich öffentlich ausgestellt oder in Hinterzimmern verborgen auf nur einem knappen Quadratkilometer befanden, brachte dem Viertel den Spitznamen »Französisches Florenz« ein. Dort hatte Georges Wildenstein seine Galerie und gleich nebenan wirkte Paul Guillaume, der die Maler Modigliani, De Chirico und Soutine bekannt gemacht hatte. Etwas weiter oben, in Richtung Madeleine, lag Paul Rosenbergs berühmter Kunsthandel. Paul Rosenberg hatte 1918 die erste große Picasso-Werkschau organisiert. Daraufhin wurden die beiden nicht nur enge Freunde, sondern auch Nachbarn, denn der spanische Maler zog mit Olga Chochlowa in die Rue La Boétie Nummer 23, gleich neben die Galerie im Haus Nummer 21. Rosenberg hatte eine außergewöhnliche

Sammlung, in seiner Galerie habe ich wundervolle Gemälde gesehen, unter anderem von Corot, Courbet, Delacroix und Cézanne. Die Galerie Bernheim-Jeune lag an der Ecke der Avenue Matignon und wie Paul Rosenberg waren die Brüder Bernheim nicht nur Händler, sondern auch kenntnisreiche Sammler. Sie besaßen Hunderte von Gemälden berühmter Künstler, dazu Zeichnungen, Skulpturen und eine umfangreiche Bibliothek mit Kunstbüchern und Katalogen. Als ich 1936 zum ersten Mal Einblick in diese kleine Welt besessener Kunstliebhaber bekam, war es unmöglich, im Entferntesten zu ahnen, was nur vier Jahre später hier und mit diesem »Französischen Florenz« passieren sollte.

Ich hatte bei meinen Exkursionen immer ein Skizzenbuch griffbereit, um Gemälde abzuzeichnen oder mir Anmerkungen zu Farben und Pinselführungen zu machen. Manchmal hielt ich auf die Schnelle eine beobachtete Szene fest, notierte Gedanken und Eindrücke. Ich lief oft stundenlang durch die Stadt, bis mich meine Füße fast nicht mehr tragen wollten. Sobald ich jedoch, meist von der *rive droite* kommend, auf einer der Seine-Brücken angelangt war, spürte ich plötzlich meinen Körper nicht mehr. Jedes Mal wieder, zu jeder Tages- und Nachtzeit und bei jedem Wetter, versetzte mich allein der Blick von dort auf die Stadt in einen Zustand der Euphorie. Ich habe mich nie sattsehen können an den Perspektiven, an den Gebäuden, die das Ufer säumen, am Licht, am Wechsel des Lichtes, an der Weite des Himmels und den ziehenden Wolken, an den Vögeln, die im Wind treiben, an den vielen Schiffen und an den Wellen, die die Frachtschlepper ins Wasser pflügen, an den Anglern am Seine-Ufer, an den Badenden, die im Sommer in den Wellen treiben, und an den Sonnenbadenden auf der Kaimauer.

Endlich *rive gauche*, auf der anderen Seite des Flusses angelangt, deckte ich mich bei der Buchhandlung Gibert-Jeune oder bei den Antiquariaten am Quai Saint-Michel mit Kunstbüchern, Katalogen oder Zeitschriften ein. Und nur ein Stück weiter unterhalb an der Uferstraße, in Richtung Notre-Dame, lag das Geschäft für Künstlerbedarf Charbonnel-Lefranc, wo ich alles fand, was ich zum Malen brauchte. Die Tuben-Ölfarben und Pigmente von Lefranc waren übrigens von außergewöhnlicher Qualität. Aber auch Handwerksgerät und Zubehör konnte ich dort finden, Leinwand und Holz für die Keilrahmen, Spannzange, Hammer und Nägel, Spachtel, Palettenmesser und die Reibplatte zum Anreiben von Farben. Wenn ich abends nichts weiter vorhatte, nahm ich mir von hier aus ein Taxi zurück nach Hause und aß bei Dupont-Cyrano auf der Place Blanche, gleich neben Moulin Rouge, oder in meiner Stammkneipe gegenüber, dem Café Coquet, zu Abend. Danach machte ich mich bis tief in die Nacht wieder an meiner Leinwand zu schaffen oder studierte die neu erworbenen Zeitschriften wie die *Gazette des Beaux-Arts* mit ihren hervorragenden Artikeln und Abbildungen, die übrigens von Georges Wildenstein herausgegeben wurde.

## Foto 3

Blick von der Straße auf das »alte Haus«, so nannten die Wagfalls ihr verwinkeltes Fachwerkhaus, das wiederum von den Nachbarn als »das Wagfall-Haus« bezeichnet wurde. Auf der Sandsteintreppe, die zur Haustüre führt, liegen getigerte Kinderpantoffeln, ein Pantoffelschuh auf der unteren Stufe, der andere leicht versetzt auf der Stufe darüber, wie ausgeschlupft und hinter sich gelassen.

Das alte Haus war für Karolin der emblematische Ur-Ort ihrer Kindheit, der Ort, an dem alle einschneidenden Erlebnisse zum ersten Mal geschehen waren, wo alle großen Gefühle zum ersten Mal empfunden worden waren. Unendlich lang wäre die Liste der ersten Male im alten Haus, das erste blutende Knie, der Geschmack des ersten Nutellabrots, die begründende Einsamkeit des Kindseins, das Gewicht des Versprechens von ewiger Freundschaft, die erste Enttäuschung, die erste Lust, der erste Verrat. Das Gefühlsreich der Kindheit war als dichte, sinnliche Textur in ihr gespeichert und hatte sich mit unzähligen Knotenpunkten im Geflecht der Neuronen und Synapsen in sie eingeschrieben. Es war ein reales Territorium und eine Topographie der Erinnerung zugleich. Eine subjektive Kopie, dachte Karolin, tragen wir das ganze Leben hindurch mit uns, egal wo wir uns befinden. Und immer wieder, vermutlich ein Leben lang, konnte es geschehen, dass unser Bewusstsein im Sausen der Erlebnisströme und bei der Reise durch die

Neuronengeflechte an diesen, Bilder, Gefühle und Wahrnehmungen hervorrufenden Vernetzungspunkten vorbeikam, sich an die frühen Verbindungsstellen unseres Erlebens andockte: Erinnerung blitzte dann auf, und sie erfasste uns mit jener sinnlichen Verdichtung, die alle ersten Eindrücke, alle ersten Male im Leben so durchdringend gemacht hatte. Ein Gedanke genügte, eine Duftspur, eine Reminiszenz auf der Zunge, das Signal einer Farbe, Geräusche wie das Patschen nackter Füße auf glattem Linoleumboden, und schon erstand vor uns dieser reiche, sinnliche Palast der Kindheit, zuerst vor dem geistigen Auge und dann im ganzen Körper, mit seiner Haustüre zum Eintreten, mit seinem typischen Geruch im Flur, mit seinem Boden unter den Füßen, kalter Stein oder weicher Teppich, mit seinen Küchenschränken – Pumpernickel, Dosenravioli und Meister Proper – und mit hölzernen Blendläden vor den Fenstern. Mit der Mutter, dem Bruder, der Katze, dem Freund. Vielleicht sogar mit einem Vater. Mit Nachbarn gegenüber oder gleich neben dem Garten.

Karolin brauchte nur ihre pelzigen Tigerpantoffeln anzuschauen, die jetzt zertreten, abgestoßen und an einer Stelle geflickt in ihrer Pariser Wohnung auf dem Regal lagen, um unmittelbar an diesen Ur-Ort im Reich ihrer Kindheit zurückzukommen. Als würde das Bewusstsein durch den synaptischen Wust in ihrem Kopf zurücksausen an den Anfang des Lebens. Und schon fühlte sie das alte Haus in sich, seinen Geruch, das Licht in den verschiedenen Zimmern, die Farben der Gegenstände, der Tapeten und der Teppiche. Unzertrennlich waren die Pantoffeln mit ihrem Kinder-Ich verbunden. Sie waren so winzig und einst passte ihr Fuß hinein, mit vier oder fünf Jahren. Karolin hatte die getigerten Puschen beim Ausräumen des alten Hauses gefunden, in den Wochen nachdem Anna gestorben war. Es war wieder im Herbst passiert, wie damals Viktors Tod – sein frei entschiedener Tod – im November *passiert* war (in jener Jahreszeit der feuchten Dunkelheit und des Rückzugs der Natur frei entschieden worden war – welche Worte sollte Karolin wählen?). Und wieder eine Beerdigung im strömenden Regen, wieder ein Trupp schwarzer Schirme. Der Druck nasskalter Hände und warme Worte dazu, aber Karolin war ohnehin mit den Gedanken woanders gewesen, sie hörte gar nicht richtig hin. Nach der Beerdigung blieb sie allein im alten Haus zurück. Alicia war im Arbeitsstress und gleich wieder zurück in die Stadt und zu ihrer neuen Liebe gefahren, auch Lars musste abreisen, nach Hause zu seiner Familie und seiner Praxis.

Karolin war erleichtert, dass sich niemand darum gerissen hatte, den alten Haushalt aufzulösen. Sie konnte frei über ihren Terminkalender bestimmen und eine Pause einlegen, wann sie wollte. Nur kurz zögerte sie, einen Auftrag für eine Fotoreportage über ein Schloss in der Bretagne abzusagen, aber als sie sich die umständliche Reise von Frankfurt aus vorstellte, war ihre Entscheidung schon getroffen. Eine kleine Serie zum Thema »Weihnachtliche Düfte« für eine französische Gourmet-Zeitschrift, die zu ihren regelmäßigen Kunden gehörte, nahm sie allerdings an und baute ihre Gewürz-Inszenierungen kurzerhand im alten Haus auf.

Das Gefühl, mit ihrem Leben in einer Schwebe zu sein, hatte schon vor Annas Tod eingesetzt. Als hätte sie geahnt, dass ein unberechenbarer, aber definitiver Bruch bevorstehen würde. Während der Wochen im alten Haus war es noch stärker geworden, sie stand zwischen zwei Lebenszeiten, fühlte sich wie auf dem Foto, das sie von den Tigerpantoffeln gemacht hatte, als hätte sie den Boden unter den Füßen verloren, nur die Schuhe blieben zurück. Das alte Haus gab ihr immerhin die Möglichkeit, sich mit fester Materie zu befassen, mit nichts anderem als mit seinen Gegenständen, mit dem Stoff, aus dem Erinnerung entstanden war. All diese Dinge in die Hand nehmen, abtasten, abwägen, genau hinschauen und dann sortieren. Fühlen, wie die Gegenstände ihre Erinnerung geprägt hatten, welche Spuren sie hinterlassen hatten. Sie ihrem künftigen Schicksal zuordnen. Das Wort *Schicksal* dachte Karolin gleich zu Anfang, nämlich dass auch Gegenstände ein Schicksal hatten, sobald jemand es ihnen durch seine Aufmerksamkeit zugestehen wollte; dass dieses, den Gegenständen gewährte Schicksal jedem einzelnen Objekt eine ungeahnte Würde verlieh, auch eine Macht, sich nämlich in das affektive Geschick ihrer Besitzer einzumischen. Und so war Karolin auf die Idee gekommen, die emblematischen Gegenstände des alten Hauses zu fotografieren, sie in ihrer Eigenart und Bedeutung festzuhalten, egal, was danach mit ihnen passieren würde, egal, ob sie einen wie immer gearteten »Wert« hatten. Die Gegenstände erzählten die Geschichte ihrer Kindheit, ihrer Familie und des alten Wagfall-Hauses. Sie fotografierte sie allesamt in Schwarz-Weiß, mit einem neutralen, monochromen Hintergrund. Es ging um nichts als den Gegenstand, der durch eine sorgfältige Ausleuchtung fast fremdartig wirken konnte und zugleich kostbar, sodass er eine neue Würde bekam: ein Weidenkorb, eine Brotschneidemaschine, ein Kleid, *Der große Kulturfahrplan* in der Ausgabe von 1976, eine Plastikpistole, ein Ring mit einem blauen Herz, ein Häckchen für die Gartenarbeit, ein Aschenbecher aus Ägypten, ein Kinderstuhl aus Holz mit einer gebrochenen Sitzlatte, ein ausgeblasenes, angemaltes Osterei … Die Serie bekam den Titel *Königreich meiner Kindheit*. Sie umfasste am Ende 144 Fotografien – ohne Anspruch auf Vollständigkeit oder irgendeine Form von Hierarchie.

Ein paar Wochen lang schlief Karolin in ihrem ehemaligen Kinderzimmer, das mit den Jahren zum Jugendzimmer, dann zum Gästezimmer geworden war. Sie fotografierte die Dinge des alten Hauses, Tag für Tag, Zimmer für Zimmer. Das war die Aufgabe gewesen, die sich Karolin im letzten Herbst gestellt hatte: jeden einzelnen Gegenstand eines vollständig eingerichteten, mehr als sechzig Jahre alten Haushaltes in die Hand nehmen, ihn betrachten und seine Wirkung entfalten lassen, ihn gegebenenfalls in einem bestimmten Licht so fotografieren, dass seine Macht, einem Fetisch ähnlich, aufscheint. Dann eine Entscheidung für den Gegenstand treffen, ihn entsprechend in Säcke und Kisten einordnen, mit gelben Post-it-Zettelchen bekleben – für die Kleidersammlung, den Antiquitätenhändler, für x oder y, für Lars, Alicia, Karolin – oder entsorgen: Sperrmüll. Denn das ausgestorbene, das im wahren Sinn des Wortes ausgestorbene, aber voll eingerichtete Haus sollte am Ende leer geräumt an neue Besitzer übergeben werden.

Sonntags kamen Alicia und Lars dazu. In den Schränken lagerten seit Jahrzehnten die Kartons mit Spielsachen, Kinderbüchern, mit Plunder und Kram, alle mussten geöffnet, ausgekippt, sortiert oder ausrangiert werden, des Weiteren Annas Kleider, der große Beutel mit Resten von Wollknäueln, die Sammlung alter Kleiderstoffe et cetera. In den Regalen standen dreißig, vierzig, fünfzig Meter Bücher, wer hätte es schon abschätzen wollen, an den Wänden hingen Drucke, Gemälde, angepinnte Poster und Bilder. Karolin fotografierte auch die unzerstörbare Küchenmaschine von Bosch, mit der an Weihnachten, seit sie denken konnte, sämtliche Sorten Plätzchen hergestellt wurden.

Eines Nachmittags, als sie alle drei wieder mit irgendwelchem Krempel auf dem Arm zwischen Haus und Einfahrt hin- und herliefen, wo der Container für den Sperrmüll stand, wussten sie sich plötzlich an der Frontlinie. Auf die Alten ließ sich nichts mehr abwälzen, es ließ sich nicht mehr sagen: Daran seid ihr schuld. Allerspätestens ab diesem Zeitpunkt trugen sie die volle Verantwortung für ihre Welt. Auch im Schlachtfeld des Lebens stand jetzt keiner mehr vor ihnen. Und doch schien die eigene Kindheit noch gar nicht so fern, wenn sie die Modelleisenbahn, den Stoffhasen und das orangefarbene Milchkännchen von Marimekko aus Kisten fischten oder im Keller über den großen, olivgrünen Übertopf stolperten, in dem ganz früher der Gummibaum gestanden hatte, denn auch die Wagfalls besaßen einst einen, noch aus den fünfziger

Jahren überkommenen Gummibaum. »Wie! Erinnerst du dich nicht mehr daran?«, rief Alicia, die mit einigem Abstand Älteste, vorwurfsvoll. Was auch immer aus dem Gummibaum geworden war, lange Zeit stand dann eine Yucca-Palme in dem olivgrünen Übertopf – an die erinnerten sich auch Lars und Karolin – und noch später ein Ficus benjamina, da waren sie schon fast aus dem Haus. Und wohin jetzt mit dem Übertopf? Wer nahm was mit, wer wollte was behalten (ein Andenken oder etwas derart Unwegwerfbares wie die Tigerpantoffeln), und ganz pragmatisch, wer brauchte eigentlich was: die Waschmaschine, das Silberbesteck oder den Ohrensessel zum Lesen? Der olivgrüne Blumentopf kam zum Sperrmüll.

Von einem Menschen blieb allerdings keine persönliche Spur mehr: von Viktor, vom Vater. So nüchtern, so gegenstandslos wie in einem Hotel war sein ehemaliges Zimmer. Keine Akten mehr im Regal, kein Lieblingsbild an der Wand, kein Foto auf dem Schreibtisch, keine Krawatte im Schrank, keine alte Armbanduhr in der Schublade, auch kein Stofftaschentuch. Geschweige denn ein Brief, ein Notizbuch, ein seidenes Halstuch mit einem allzu fernen Geruch. Viktors Lebensbereich war geräumt. Nur der Bücherschrank war noch voll: Seine Kunstbücher-Sammlung, zu wertvoll, zu sehr *Kultur,* um eliminiert zu werden, hatte ihn während all der Jahre überlebt.

Als schon fast das gesamte Haus ausgeräumt war, kletterte Karolin hinauf auf den Dachboden, mit allem Gedöns, das dazugehörte: Hakenstock hervorholen, Klappe damit herunterziehen, die Leiter ausklappen. Niemand war zuvor auf die Idee gekommen, und niemand hatte gedacht, dass dort oben im Staub der Jahrzehnte noch eine halbe Wagenladung mit Trödel der Entsorgung harren könnte. Karolin konnte es kaum glauben, als sie oben auf der Leiter stand und die trockene, holzige, fast ein wenig beißende Speicherluft roch. Es war, als wäre sie in ein Märchen hineingeklettert oder vielmehr in einen Albtraum: wegen der Spinnweben, wegen der unzähligen winzigen

Staubpartikel, die im Lichtkegel einer Dachluke tanzten, wegen der lederbespannten Truhen, die mit an Sicherheit grenzender Wahrscheinlichkeit noch von Viktors Eltern stammten und wirklich nach Schatzkisten aussahen, wegen der Erinnerung an früher (ein Beistelltischchen, das sie seit ihrer Kindheit nicht mehr gesehen hatte, ein Lampenschirm aus derselben Zeit, Hirschgeweihe noch aus dem Haus der Großeltern).

Karolin schaute sich bis in die Tiefen unter der Dachschräge um, stieß mit der Stirn an einen Balken, setzte sich, damit ihr nicht schwindelig wurde, auf einen Stuhl mit abgesessenem Korbgeflecht. Überlegte, wie sie all das Gerümpel die Leiter hinunterbringen sollte. Dabei fiel ihr Blick auf eine dunkle Truhe, nicht weit von dem Stuhl, auf dem sie saß. Sie stand auf, schlug den Deckel auf und kramte in Kleidungsstücken, nahm einen Wintermantel heraus, um ihn näher anzuschauen, legte ihn über den Stuhl. Als sie weiter in der Kiste fischte, spürte sie etwas Festes, sah die Ecke eines großen Paketes in ockerbraunem Packpapier, das unter einem Wollpullover hervorkam. Darunter fühlte sie noch etwas Hartes. Einen Holzrahmen, wohl ein Gemälde.

# 6

Letzte Nacht habe ich vom Café Coquet geträumt. Kein Wunder, weil mir schon seit Tagen immer wieder dieses Café am Boulevard de Clichy vor Augen steht. Es geschah an einem der ersten Augusttage 1936, am frühen Abend. Noch immer lag die Sommerhitze drückend und unbeweglich in den Straßen, die Luft war trocken, nirgendwo ein Windzug, und auch auf der Place Blanche fühlte man sich wie gefangen zwischen den Ausdünstungen des Kopfsteinpflasters und der Glut der Abendsonne. Die Stadt schien zu dösen, Geschäfte blieben geschlossen, wer es sich leisten konnte, hatte das Weite gesucht, war aufs Land gefahren oder sogar ans Meer. Es war ja auch der Sommer des ersten bezahlten Urlaubs in Frankreich, zwei freie Wochen ohne Lohnabzug. Paris funktionierte im Zeitlupentempo. Die Passanten auf den Straßen gingen langsamer als sonst, suchten Zuflucht in den Cafés, auf ein Glas Limonade oder ein kühles Bier. Der elektrische Kühlschrank war eine revolutionäre Neuerung der Amerikaner, die gerade erst dabei war, den Sprung über den Atlantik anzutreten. Gekühlt wurde meist noch mit schweren Eisbarren, die in Jutetücher gewickelt auf Pferdekarren angeliefert wurden und dann in Eisschränken oder Truhen, allmählich schmelzend, ihre Kälte verbreiteten. Im Café Coquet hatte man wie immer im Sommer die Fensterfront bis zum Anschlag aufgeschoben.

Sie saß an einem Tisch gleich in der vordersten Reihe, und ich sah sie zum ersten Mal von der gegenüberliegenden

Straßenseite aus. Es kann vorkommen, dass in der Sekunde, in der man ein Gesicht zum ersten Mal sieht, in der Blicke sich treffen, etwas Entscheidendes geschieht. Es fühlt sich an, als würde blitzartig eine Energie durch den Körper fahren, die von diesen Augen, diesem Gesicht auszugehen scheint oder die von dem Anblick freigesetzt wurde. Das Seltsame ist, dass es sich wie ein Wiedererkennen anfühlt, obwohl man den Menschen nie zuvor gesehen hat. Mir ist es einmal im Leben passiert, an jenem Augusttag im Café Coquet.

Aber genau genommen ging es gar nicht so schnell, wie man es von einem Blitz erwarten würde, denn plötzlich erlebte ich diese Sekunde derart eindringlich, dass ich sie in ihren Einzelheiten nie vergessen habe. Sie dehnte sich durch die Schärfe der Sinneseindrücke und durch die vielen kleinen Gleichzeitigkeiten, die ich deutlich wahrnahm, köstlich in die Länge. Ich fühlte, dass mein kurzärmeliges Hemd am Rücken und unter den Armen feucht war, weil ich in der stickig heißen Metro gesessen hatte, meine rechte Hand umfasste eine eingerollte Zeitschrift und klebte ein wenig am Papier, zugleich bemerkte ich die stagnierende Luft über der Place Blanche – es roch diffus süßlich, nach Abfällen, die in der Hitze vergammeln –, während ich den Boulevard de Clichy vom Metroausgang kommend überquerte, dabei hörte ich die quakende Hupe eines Autofahrers, das Getrappel von Hufen und das Geräusch von Eisenrädern auf Kopfsteinpflaster. Einem von rechts heransausenden Fahrradfahrer konnte ich gerade noch ausweichen und diese Bewegung war es, durch die mein Blick in ihren fiel. Ich sehe sie im zur Straße hin offenen Café Coquet am Tisch sitzen, spüre dabei meinen Körper, der einen federnden Sprung macht, den rechten Fuß schon auf dem Bordstein. Etwas schräg sitzt sie mit einem Buch in den Händen im Korbstuhl, nur auf einer Pobacke, so scheint es, die Beine angewinkelt, den Oberkörper zur Straße geneigt, vor ihr auf dem Tisch steht ein Glas mit Limonade.

Ich könnte das Bild heute noch malen. Sie schaut vom Buch auf, sieht, wie ein junger Mann – ich also – die Kollision mit dem Fahrrad durch eine Körperdrehung und einen Sprung gerade noch vermeidet, unsere Augen treffen sich, ein kurzes, überraschtes Lächeln, ein Ansatz von Lächeln entsteht in ihrem Gesicht, dann wendet sie sich ab und versenkt sich wieder in ihr Buch.

Es war achtzehn Uhr dreißig. Auch daran erinnere ich mich. Als ich das Café betrat, begrüßte ich Marcel, der ein Tablett mit der einen Hand hoch erhoben auf den Fingerkuppen ausbalancierte und mir die andere gab. Ich ging wie gewohnt zu meinem Lieblingstisch, der sogar frei war, bemerkte, dass er links vom Eingang lag, und ich die Frau, die wundervolle Erscheinung, die mich gerade wie ein Blitz getroffen hatte, von dort aus nicht sehen könnte, weil ein mächtiger Pfeiler die Sicht versperrte. Gerade noch rechtzeitig vor dem Hinsetzen bekam ich die Kurve, ohne dass es sonderlich aufgefallen wäre, und stellte mich dann an den Tresen. Noch nie zuvor hatte ich mich an den Tresen gestellt. »Sylvain, ein Bier, bitte«, sagte ich zum Chef. Marcel schaute mich verwundert an, »zu heiß zum Hinsetzen, was?«, rief er, und dann: »Sylvain, einen kleinen Straffen«, womit ein doppelstarker Espresso gemeint ist, »ein Bier und einen Vouvray«, und ließ dabei sein Tablett mit leeren Gläsern und Tassen auf den Tresen gleiten. Von hier aus konnte ich sie in Ruhe beobachten.

Sie trug eine Bluse in einem satten, strahlenden Sonnenblumengelb. Über der Schulter, auf der sonnenblumengelben Bluse, lag ein dicker, dunkelbrauner Zopf. Ihr Haar musste sehr lang sein, wenn sie den Zopf löste. Sie hatte ein feines Gesicht und schwarzblaue, große Augen. Ich glaubte, sogar über die Tische hinweg ihren Körper zu riechen, war angespannt, als würden mir die Haare zu Berge stehen, ja, ich hatte eine Gänsehaut, so aufgewühlt war ich. Etwas in mir, nennen wir es den Geruchssinn, analysierte alle Partikel in der Luft. Wie ein Magnet zog die Frau meine Sinne an, als seien sie nichts als willenlose Metallsplitter, die notwendig zu diesem Tisch an der offenen Fensterfront fliegen wollten. Wenn ich mich am Tresen stehend umdrehte und, die Bar im Rücken, auf die Straße hinausschaute, schlichen meine Augen heimlich in ihre Richtung, um mit einem flüchtigen Blick die Frau zu erhaschen, einen Eindruck von ihr aufzufangen. Danach konnte ich diesen inneren Schnappschuss in meinen Augen festhalten und als Bild mitnehmen, während ich wieder woanders hinguckte, als sei nichts gewesen. Eine hohe Stirn, kräftige Haare und Brauen, etwas Eigenwilliges in der Haltung und gleichzeitig lag in ihrem Gesicht eine Intensität, zwischen Sinnlichkeit und einer alten Trauer. Ich meinte, das Erdige dieser jungen Frau in den Duftpartikeln zu riechen, die von ihr ausschwärmten und durch den Raum zu mir hin schwebten.

In den nächsten Tagen ging ich bei jeder Gelegenheit am Café Coquet vorbei und spähte in den Saal, auf der Suche nach einer leuchtend gelben Bluse, nach einem geflochtenen Zopf, nach einer hohen Frauengestalt. Pünktlich um halb sieben, viel früher als sonst, schlug ich dann mein Quartier an einem strategisch günstiger gelegenen Tisch auf, der zu meinem neuen Stammplatz wurde. Immer mit einer Zeitschrift oder einem Buch in der Hand. Marcel zwinkerte mir zu, wunderte sich über meine neuen Gewohnheiten und dass ich jetzt noch früher zu Abend aß als zuvor. Ob mir die Gepflogenheiten meiner Heimat fehlen würden, fragte er witzelnd.

Dann saß sie eines späten Nachmittags wieder an demselben Tisch, ganz vorne rechts, als ich, nach meinem Spaziergang in der Stadt von der Metrostation kommend, den Boulevard de Clichy überquerte. Diesmal trug sie eine hellblaue Bluse. Vor ihr stand eine kleine Kaffeetasse, sie hatte sich im Stuhl zurückgelehnt, die Füße unter dem Tisch ausgestreckt und las in einem Buch, das sie zwischen Schoß und Tischkante in den Händen hielt. Aber dieses Mal kam es zu keiner Kollision mit einem Fahrradfahrer, sie schaute auch nicht von ihrem Buch auf. Am liebsten hätte ich auf dem Absatz kehrtgemacht und wäre weggelaufen, gleichzeitig war ich erleichtert, sie endlich wiederzusehen, weil ich nichts so sehr befürchtet hatte, als dass sie nur per Zufall ein einziges Mal in dieses Café gekommen wäre.

Ich atmete tief durch, grüßte beim Eintreten Sylvain, der hinten am Tresen mit einem Kunden Pastis trank, gab Marcel die Hand und setzte mich an meinen neuen Platz. Von dort aus konnte ich sie heimlich betrachten, nur vordergründig in eine Zeitung vertieft. Ich hatte längst versucht, sie zu zeichnen, gleich am ersten Abend hatte ich ihre Gestalt auf dem Papier festhalten wollen, ihren Gesichtsausdruck, wenn sie flüchtig lächelt. In meinem Notizbuch sind sogar noch ein paar Skizzen von ihr. Darunter steht: »Lou vom Café Coquet«. Den Namen hatte ich für sie erfunden.

Ihre freundliche Eleganz, als sie einen weiteren Kaffee bestellte. Sie war in ihrem Körper zu Hause. Bei manchen Menschen spürte man eine Trennung zwischen Kopf und Körper, da war der eine mit dem anderen nicht einverstanden, entweder mochte der Kopf den Körper nicht oder der Körper begehrte, was der Kopf ihm verbat. Lou hingegen (sie hätte tatsächlich Lou heißen können) war in sich abgerundet und hatte die harmonische Ausstrahlung einer schwarzen Katze. Ich musste mir selbst zugestehen, dass ich mich zum ersten Mal in meinem Leben wie unsinnig verliebt hatte. Bislang hatte ich Frauen als mehr oder weniger charmant empfunden, mehr oder weniger verführerisch, nach meinem Geschmack oder nicht. Ich hatte erste Erfahrungen gesammelt und, eher wechselhaft als treu, ein paar Liebschaften gehabt. Aber dieses unbegreifliche Gefühl hatte ich noch nie erlebt. Ein unwiderstehliches und, wie ich fand, rücksichtsloses Hingezogensein. Bald stand sie auf und ging. Ganz kurz, ganz zufällig nur streifte mich ihr Blick.

Einige Tage später, als ich wieder wartend im Café Coquet saß und so tat, als sei ich in meine Lektüre vertieft, fragte Marcel scheinheilig im Vorbeigehen, ob ich nicht einen Strauß Blumen bräuchte. Dort drüben, in der Avenue Rachel, die zum Friedhof von Montmartre führe, sei ein ganz besonders gut sortiertes Blumengeschäft. Die Bemerkung aus heiterem Himmel schien absurd (warum sollte ich ausgerechnet jetzt Blumen brauchen?), und genau deshalb verstand ich sofort, was er mit seinem Hinweis in Wirklichkeit meinte. Ich wurde sogar ein wenig rot, denn wieder durchfuhr mich eine zu starke Empfindung, als hätte ich sie, Lou, leibhaftig eintreten sehen. Natürlich verkaufte sie Blumen: Sie war wie wilder Klatschmohn, der zwischen Butterblumen und Vergissmeinnicht blühte – mit all diesen Blüten hatte ich sie schon gleich nach der ersten Begegnung euphorisch in meinem Skizzenblock umgeben. Ich hatte in all den Wochen nie auf den kleinen Blumenladen in der Avenue Rachel geachtet, gleich um die Ecke vom Boulevard de Clichy, obwohl ich schon mehrmals bei einem Spaziergang zum Friedhof von Montmartre daran vorbeigegangen war. Marcel lächelte, sichtlich mit sich zufrieden: Seine Bemerkung war mindestens so subtil gewesen wie seine berufsbedingte Beobachtungsgabe. Ausnahmsweise machte er auch keinen Witz, denn er hatte ja begriffen, wie es um mich stand.

Aber noch bevor ich mir ein Herz fassen konnte, die mysteriöse, so begehrte Frau aus dem Café Coquet in ihrem Blumenladen aufzusuchen, lief ich ihr über den Weg – noch dazu an einem Ort, an dem ich sie nie und nimmer erwartet hätte, nämlich in der Rue La Boétie, im Viertel der Kunsthändler. Es war eine seltsame Situation, als hätte mir Eros einen Streich spielen wollen. Zusammen mit Rose Valland und in ein Gespräch vertieft ging ich die Straße in Richtung Madeleine hinauf. Wir waren auf der Höhe des klobigen neuen Postgebäudes angelangt, das auf dem Weg zwischen den Galerien von Paul Rosenberg und Georges Wildenstein lag, als uns die Unbekannte entgegenkam. Wie eine Erscheinung, eine Einbildung, ein Irrtum. Unsere Blicke trafen sich, sie stutzte, während mir unwillkürlich wieder diese völlig idiotische Röte in den Kopf schoss. Erstaunlicherweise erkannte sie mich dann wieder, ich hatte also tatsächlich einen Eindruck bei ihr hinterlassen. Zum ersten Mal lagen wir uns gegenseitig in den Augen, ohne ausweichen zu können. Die Begegnung verschlug mir im wahrsten Sinne des Wortes erst einmal den Atem.

Rose erzählte mir später lachend, wie die Situation aus ihrer Perspektive ausgesehen hatte. Schlagartig sei die Luft dick geworden, dann habe sie die Augen der Passantin bemerkt, daraufhin meine Augen (von der Seite), und wie vier erstaunt geweitete Augen übereinander hergefallen seien. Sie habe zunächst nichts verstanden von dem, was da vor sich ging, plötzlich hätten wir uns gegenübergestanden und keiner konnte etwas sagen, keinem fiel ein, was man hätte sagen können, und so wären nur zwei, drei Sekunden vergangen, aber die seien sehr lang gewesen. Wahrscheinlich stellte ich mich dann schlichtweg vor, »Isidor Schweig!«, eine andere Möglichkeit gab es ja auch nicht. Und dann erwiderte sie zwangsläufig: »Adèle, Adèle Bertin.« Dass wir uns im Café Coquet an der Place Blanche schon mehrmals gesehen hätten, übertrieb ich daraufhin. »Ach ja, natürlich, im Café Coquet«, erinnerte sie sich und hatte sich schon wieder gefasst, während ich noch nach Worten rang, um Rose Valland mit einzubeziehen und vorzustellen. Vermutlich haben wir daraufhin ein paar höfliche Bemerkungen ausgetauscht, um den peinlichen emotionalen Zusammenstoß zu zerreden und dann in gesellschaftlich verträglicher Weise jeweils wieder unseres Weges ziehen zu können.

»Du bist verliebt, Isidor«, rief Rose triumphierend, als wir außer Hörweite waren. Ich glaube, ich habe mich in diesem Moment in mein Schicksal ergeben. Die Lähmung fiel von mir ab, und alles Weitere war dann unkomplizierter, als ich gedacht hatte. Am nächsten Tag ging ich geradewegs zum Blumenladen, sogar mit einem Gefühl der Vorfreude, und Adèles Gesicht – sie hieß also Adèle und wie zu erwarten war nicht etwa Lou – hellte sich auf, als sie mich eintreten sah.

## 7

Nur Idioten schwelgen ohne Schmerz in ihren Erinnerungen. Jeder Anfang hat ein Ende, jede Liebe birgt Eifersucht und Verlust, manchmal Bitterkeit. Und je älter man wird, desto öfter hat man die Gelegenheit, das Glück, sein eigenes und das der anderen, ins Unglück abrutschen zu sehen. Ich leide seit Tagen, und mein Ekzem bringt mich entsprechend zur Verzweiflung. Anna hat mich zum Arzt geschickt und schüttelt den Kopf, wenn sie bemerkt, dass ich mich wieder am Fußknöchel kratze oder in der Armbeuge. Seit Tagen habe ich auch den Schreibtisch gemieden. Ich bin spazieren gegangen oder habe mich im Garten zu schaffen gemacht. Den Komposthaufen hinten am Bach habe ich umgesetzt. Ganz langsam, Schaufel für Schaufel den Komposthügel abtragen und gleich daneben wieder aufhäufen, damit er gewendet und durchlüftet wird. Der frische Kompost von oben kommt dadurch nach unten und der alte Kompost von unten kommt nach oben. Mit dem Regen sickern dann allmählich die Säfte der schon leicht vermoderten oberen Schicht durch den ganzen Haufen. Beim Schaufeln dachte ich an nichts Besonderes, vergaß sogar mein Ekzem, weil die Anstrengung schlimmer war als das Jucken. Ich schaute mir zwischen zwei Schaufelschwüngen den großen, alten Kirschbaum an. An die Kirschen ganz oben, da, wo sie am besten sind, kommt man längst nicht mehr heran, nicht einmal mit Leitern, so hoch ist der Baum. Und hinaufklettern wäre Selbstmord. Viel zu morsche Äste. An nur einem Ast versuchte ich, die grünen Köpfchen zu zählen, die dann gegen Mitte Juli zu dicken, dunkelroten Kirschen werden. Ein unsinniges Unternehmen, aber auch das tat mir gut.

Während ich hinten im Garten schaufelte, hockte Anna vorne bei der Terrasse im Steingarten und zupfte Unkraut. Hübsch sah sie aus, lugte zwischen zwei Azaleen hervor und lachte fröhlich, als ich die Wiese zum Haus hinaufging. Eine kesse Frau, nur viel zu kategorisch in ihrem Urteil. Sie ist um einiges jünger als ich, kein Wunder, dass sie so in Form ist, immer noch beweglich, fast wie ein junges Mädchen, schlank auch und trägt die grauen Haare kurz zum Bubikopf geschnitten. Heute würde man sicher nicht mehr Bubikopf sagen. Der Gärtner ist auch gekommen und hat gemäht. Ich hätte ihm das Umschichten des Komposts auftragen können, aber ich brauchte eine Tätigkeit, einen Beweis für meine physische Existenz. Das aus dem Fenster starren und aufgeben wollen konnte nur durch körperliche Erschöpfung ein Ende nehmen. Heute habe ich mich also wieder an den Schreibtisch gesetzt. Ich bin bereit. Und werde mit Rose Valland fortfahren.

# 8

Rose war eine ungewöhnliche Frau. Auf den ersten Blick zurückhaltend und wortkarg, konnte sie sich unerwartet in eine temperamentvolle, eigensinnige und ihres Urteils sichere Person verwandeln, sobald sie es für angemessen hielt. Vordergründig trug sie die Maske eines klugen, aber verhuschten und gegen sich selbst strengen Fräuleins. Wer genauer hinschaute, bemerkte jedoch, dass die Schüchternheit, die sie gerne offiziell an den Tag legte, vielmehr mit Geschicklichkeit zu tun hatte, nämlich mit den diplomatischen Talenten einer Frau, die wusste, dass sie in der geschlossenen Welt der Schönen Künste besser zur Hintertür hereinspazierte, als sich den Haupteingang verwehren zu lassen. Denn diese Welt wurde nicht nur von Männern beherrscht, wie damals so ziemlich alles, sondern noch dazu vom Kastendenken einer streng pyramidal organisierten Gesellschaft, und da hatte eine junge Frau ohne Herkunft ein doppeltes Handicap. Die französische Kunstwelt hatte ihr heiliges Zentrum nirgendwo anders als in Paris und war vornehmlich der höheren Bourgeoisie oder dem Adel vorbehalten. »Man« kannte sich und blieb auch am liebsten unter sich. Durch eine energische Mischung aus Überzeugung und Leidenschaft, vor allem aber durch ihre zurückhaltende Hartnäckigkeit, gelang es Rose Valland jedoch, ihre Ziele zu erreichen.

Mit Vorliebe trug sie klein gemusterte Blümchenkleider oder unmodische lange Röcke mit Blusen in faden Farben und warf dazu ein dunkles Tuch über die Schultern. Ihr rundes Gesicht zierten ebenso runde Brillengläser, das Haar fasste sie im Nacken zu einem Knoten zusammen – Rose hatte eigentlich etwas von einer grauen Maus oder einer ältlichen Jungfer. Deshalb bemerkte man sie erst auf den zweiten Blick, nahm sie jedoch spätestens dann wahr, wenn sie selbst es für richtig hielt. Sogar ihre Stimme änderte sich, wurde kräftiger, schärfer und bestimmter, sobald sie entschieden hatte, sich ins Spiel zu bringen, und etwa anfing, von Giotto und der italienischen Renaissance zu sprechen oder von Turner und Monet. Dann belebte sich ihre gesamte Person, die Augen strahlten, die Stimme wurde forscher, die Wangen bekamen Farbe und die Gesten begleiteten einen vollkommen in die Sache der Kunst investierten Körper. Nichts zählte mehr in ihrem Leben als die Malerei im Besonderen und die Kunst im Allgemeinen, nicht einmal sie selbst.

Wie die Tochter eines Hufschmiedes damals zur diplomierten Kunsthistorikerin wurde, die an der Pariser Kunsthochschule Beaux-Arts und an der Ecole du Louvre studiert hatte, bleibt mir ein Rätsel, und ich habe es nie gewagt, Genaueres über ihre Vergangenheit in Erfahrung zu bringen. Als ich Rose im Sommer 1936 kennenlernte, gab sie Kurse an der Kunsthochschule, schrieb Essays und Kritiken. Außerdem arbeitete sie für das Museum im Jeu de Paume, das damals zum Louvre gehörte, zunächst sogar ehrenamtlich und dann mehr schlecht als recht bezahlt. Im Jeu de Paume wurden temporäre Ausstellungen zur zeitgenössischen Kunst aus dem Ausland organisiert und auch die Zusammenstellung einer entsprechenden Sammlung gehörte zum Aufgabenbereich dieses Louvre-Ablegers. Rose hatte gerade eine Schau zur italienischen Kunst des neunzehnten und zwanzigsten Jahrhunderts ausgerichtet und war schon dabei, die nächste Ausstellung vorzubereiten. Ich glaube, es ging um zeitgenössische katalanische Kunst – das Thema lag 1936 begreiflicherweise in der Luft.

Ich hatte Rose über einen Bekannten kennengelernt, Romain (seinen Nachnamen habe ich vergessen), mit dem ich bald nach meiner Ankunft in Paris bei einem Galerienbesuch ins Gespräch gekommen war. Wir hatten uns daraufhin mehrmals getroffen. Romain schrieb Gedichte und machte Fotos, lebte aber vor allem von einem sicher beachtlichen Erbe. Obwohl er mir von Anfang an wirklich sympathisch war, empfand ich immer eine diffuse Seltsamkeit in ihm, die mich auf Distanz hielt. Gerade wenn er lachte, sah er eigentlich am traurigsten aus. Er mochte weder Bäume noch die Farbe Grün.

Eines Abends hatte Romain mich und einige Freunde – darunter Rose Valland – ins Restaurant *Le Dôme* am Montparnasse eingeladen. Wir saßen zu sechst an einem runden Tisch und es war das erste Mal, dass ich mit einer typisch französischen Meeresfrüchte-Platte konfrontiert wurde. Sie hatte einen Durchmesser von ungefähr einem Dreiviertelmeter und wurde, von einem Metallgestell erhöht, in die Mitte des Tisches platziert, sodass sich jeder bedienen konnte. Auf einer Schicht zerhackten Eises lagen dann die gekochten, jetzt erkalteten Meeresviecher, und ich, der eher Spätzle oder Maultaschen aus dem Schwabenland gewohnt war, hatte keine Ahnung, wie man damit halbwegs salonfähig umgehen sollte. Ich kann von Glück sagen, dass ich es wegen der Jahreszeit nur mit den gewöhnlichsten Krustentieren zu tun hatte. Rose saß neben mir und wollte es sich nicht nehmen lassen, mich in die Kunst des richtigen Knackens, Brechens, Schlürfens und Kratzens einzuweihen. Sie sprach mit einem unvermeidlichen, aber reizenden Akzent Deutsch, und während ich ihr die gerade thematisch naheliegenden Worte übersetzte (was heißt *homard*?), zeigte sie mir, wie man mit einem Hummer, einer Meeresspinne oder einer Languste umging: Wie man an Gelenken drehte und zog, mit speziellen

Nadeln und winzigen Gäbelchen Fleisch aus den Gliedern und Fühlern fischte oder mit Hummerzangen exquisite Scheren aufknackte. Jeder hart erkämpfte Bissen wurde mit einem Klacks Mayonnaise, ein paar Tropfen Zitrone und einem Stück Roggenbrot geschluckt. Romain goss uns ständig von dem elegant-würzigen Pouilly Fumé nach, der neben ihm im Kübel stand und nie leer zu werden schien. Es war eine dieser Nächte, deren Ende jeder anders erzählt.

Rose war fast doppelt so alt wie ich, und dank meiner Ungeschicklichkeit in Sachen Meeresfrüchte hatte sie ihr distanziertes Beobachten und Abwarten, das ich später noch oft an ihr erleben sollte, schnell abgelegt. Ich wunderte mich, wie sehr mich mein erster Eindruck getäuscht hatte, hinter der altbackenen Fassade redete und lachte ein sprühender Kopf. Rose hatte Humor, noch dazu erwies sich ihr Deutsch trotz des Akzentes als geläufig, was mir nach all den Wochen fern von zu Hause erstaunlich guttat, während sich Rose freute, endlich eine Gelegenheit gefunden zu haben, um ihre Sprachkenntnisse aufzufrischen. Und so hatte sich gleich an diesem ersten Abend unser Verhältnis für die Zukunft geprägt. Wir fühlten uns ungefähr wie Geschwister. Sie, die weitaus Ältere, kümmerte sich um meine »Bildung«, versuchte aber auch immer wieder, mich herauszufordern und zu korrigieren. Ich, der Unerfahrenere, setzte alles daran, ihr zu imponieren, zu widersprechen und ihren Beifall zu erhaschen. Vor allem fehlte mir in Paris ein nahestehender Mensch, jemand, dem ich mich auf eine vertraute Weise verbunden fühlte. Ich hatte alsbald begriffen, dass Rose Frauen bevorzugte, und so konnten wir unsere Freundschaft völlig entspannt und ohne Missverständnisse oder asymmetrische Sentiments angehen. In jener Zeit lebte ihre Freundin im Batignolle-Viertel, nicht weit von meiner Wohnung in der Rue Lepic entfernt, deshalb kam Rose oft am Wochenende auf einen Sprung vorbei. Manchmal holte ich sie auch am Jeu de Paume ab und wir gingen zusammen essen.

Rose hatte aber auch ihre unangenehmen Seiten. Ob es sich um ihre Kleidung, ihre Ernährung, ihr Wohlergehen oder ihren Wohnkomfort handelte, sie war wirklich knauserig. Jeden Centime drehte sie zweimal um, ging nur ins Restaurant, wenn sie eingeladen wurde, und erzählte nicht ohne Stolz, dass sie im Winter erst dann heize, wenn die Temperaturen draußen unter die Fünf-Grad-Grenze fielen. Sie hatte tatsächlich nur ein mageres Einkommen, vor allem aber sparte sie sich von Leib und Mund ab, was sie dann für ihre Liebhaberei investierte: Mit Sachverstand, Gespür und ihrer legendären Hartnäckigkeit trug Rose Valland nach und nach eine kleine Gemäldesammlung zusammen. Sie kaufte Werke von vielversprechenden jungen Künstlern, solange sie noch einen Apfel und ein Ei kosteten, manchmal verkaufte sie eins mit Gewinn, aber nur, wenn sie ein Bild im Auge hatte, das sie noch stärker begehrte. Bei ihr zu Hause hingen neben eher ungewöhnlichen Sammlerstücken – eine Zeichnung von André Breton oder ein in illustrer Surrealistengruppe gemalter *Cadavre Exquis* – Gemälde der schon anerkannten Avantgarde, wie Juan Gris und Fernand Léger oder Zeichnungen von Francis Picabia und Max Ernst. Aber Roses interessant bestückte Zimmerwände bekamen nur wenige zu sehen. Als (sozusagen) Wunschbruder wurde mir eines Abends die Gunst erwiesen, auf ein Glas Wein bei ihr vorbeikommen zu dürfen, um die Sammlung zu begutachten.

Ich war nun schon drei Monate lang in Paris, viel zu kurz, um mich als eigenständiger Künstler hervorzutun, aber lange genug, um mich als Maler auf dem Markt umzuschauen und meine Chancen zu erwägen. Kopieren, im Stil eines Künstlers malen oder aber mit einer merkantilen Absicht fälschen – es sind drei unterschiedliche Möglichkeiten eines einzigen Handwerks. Der Kopist kopiert ein existierendes Gemälde so originaltreu wie möglich; der nachahmende Maler entwirft eine Zeichnung oder ein Gemälde »im Stil von«, sodass ein einmaliges Gemälde mit einem neuen Motiv oder Thema entsteht, das den Stil und die Technik eines bestimmten Malers imitiert. Der Akt des Betruges, die betrügerische Kopie oder Nachahmung von der Hand eines Fälschers, entsteht in Wirklichkeit erst durch die Art, wie das Werk gekennzeichnet und veräußert wird. Erst wenn vorgetäuscht wird, es sei ein Original, ist der talentierte Kopist und Maler zum betrügenden Fälscher und möglicherweise auch zum Gauner geworden. Erst dann muss er sich auch darum bemühen, seinem Gemälde alle glaubhaften Anzeichen zu geben, aus der Zeit des vorgeblichen Originals zu stammen: die Kniffe anwenden, um Leinwand, Holz und Nägel gealtert erscheinen zu lassen, den Staub der Zeit aufstreuen, authentische Siegel, Beschriftungen und Sammlermarken auf der Rückseite hinzufügen, das eventuelle Krakelee im Küchenofen herstellen, und nicht zuletzt muss er seinem Falsifikat eine Geschichte andichten, die es plausibel in den Werkkanon des nachgeahmten Künstlers einfügt. Für den Vertrieb ziehen es die meisten Fälscher vor, Kunsthändler einzuschalten. Eine überzeugende Fälschung überzeugt auch den Händler. Auf diese Weise kann der Fälscher seine Leidenschaft ohne ein allzu schlechtes Gewissen ausüben, denn er wird ja selbst nicht zum Verkäufer. Es ist auch eine Tatsache, dass es sich um zwei verschiedene Metiers handelt. Ein Künstler ist nicht unbedingt zum Galeristen geeignet, ebenso hat ein Fälscher meist keine Händlertalente und die entsprechenden Kontakte. Manchmal ist nicht einmal der »fälschende« Maler daran schuld, dass eine harmlose Kopie, eine spielerische Nachahmung zum betrügerischen Falschgemälde wird. Er hat nur getan, was er konnte, er hat sein Bestes gegeben, eine wundervolle Kopie gemalt und sie dann als solche an jemanden verkauft. Auf das, was hinter seinem Rücken geschieht, hat er im Weiteren keinen Einfluss mehr. Der wissende Käufer könnte die Kopie, die Nachahmung, später als Original ausgeben und entsprechend veräußern – natürlich mit Gewinn.

Mindestens bis zur Erfindung der Reproduktion und zum Druck gab es offizielle Kopisten, die längst keine Betrüger waren, denn wie hätte man auch sonst ein berühmtes Werk einer größeren Anzahl von Betrachtern zugänglich machen können. Schon die Römer haben die griechischen Statuen der Antike kopiert und im Mittelalter, vor der Erfindung des Buchdrucks, wurden kunstvoll illuminierte Handschriften in den Skriptorien der Klöster reproduziert. Auch der junge Michelangelo kopierte im Florenz der Renaissance einen antiken Amor im Auftrag Lorenzo de Medicis. Die Tatsache, dass der florentinische Fürst die kopierte Skulptur Michelangelos dann als antikes Original ausgab und weiterverkaufte, macht sie erst wirklich zur Fälschung in betrügerischer Absicht. Hätte er einige Jahre mit dem Verkauf gewartet, nämlich bis Michelangelo ein berühmtes Genie geworden war, hätte er den Amor mit Sicherheit weit teurer verkaufen können: als echten Michelangelo, als die von Michelangelo selbst angefertigte Kopie einer anonymen antiken Statue. Nach der Renaissance bildeten die namenlosen, aber zahlreichen Kopisten, die in Malerateliers arbeiteten, sogar eine regelrechte Berufsgruppe. Sie kopierten auch Meisterwerke in offiziellem Auftrag für das ehrgeizige Bürgertum, das in Sachen Innenausstattung mit dem Adel wetteifern wollte.

Zigtausende Kunststudenten oder angehende Künstler aller Jahrhunderte haben auf keinem anderen Weg als kopierend und Stile nachahmend die Malerei oder die Bildhauerei erlernt. Durch Kopieren entsteht technische Meisterschaft. In den Ateliers großer Maler waren Schüler und hervorragend malende Angestellte tätig, die sich bemühten, so genau wie möglich den Stil ihres Meisters nachzuahmen. Und für nichts anderes wurden sie bezahlt als für ihre ganz spezifische Fähigkeit und Begabung, den Meister so gut wie möglich kopieren zu können. Die Schüler Tizians fertigten viele Werke an, die der Meister nur in letzter Ausführung vollendete. Sollte man sie als falsche Tizians einstufen? Vom heutigen Standpunkt aus betrachtet vielleicht, aber wie sicher lässt sich das erkennen? In den Werkstätten anderer großer Maler, wie Rubens etwa, arbeiteten an manchen Gemälden ebenfalls die Schüler. Die Frage, welches Gemälde bis zu welchem Grad von Rubens selbst oder von Rubens-Schülern gemalt wurde, gehört heute – wie bei Rembrandt – zu den beliebtesten Folterexerzitien der Kunsthistoriker.

Vom Kopisten und nachahmenden Maler zum fälschenden Betrüger ist es nur ein Schritt, der in nichts anderem als der Absicht besteht. Leider klingt das Wort Fälscher von vorneherein negativ, nahezu bösartig, obwohl es sich um ein so schwieriges und hochgradig komplexes Handwerk handelt. Auch deshalb nenne ich meine vorliegende *Confession* nicht ohne Stolz die »Aufzeichnungen eines melancholischen Kunstfälschers«. Ich hatte zweifellos eine ganz spezifische Anlage zur nachahmenden Einfühlung, eine Begabung also, die neben dem notwendigen Talent zum Zeichnen beziehungsweise Malen und neben der unerlässlichen, aber erlernbaren Technik für den Fälscher ausschlaggebend ist. Wer glaubt, dass ein Kopist – sei er ein Fälscher – nicht fähig wäre, die spontane und freie Pinsel- oder Zeichenlinie eines Künstlers zu imitieren, wer glaubt, man könne recht schnell den Nachahmer entlarven, weil er nur allzu penibel jeden einzelnen Strich abkopiert, der hat sich getäuscht. Der begabte Fälscher ist auf seine Weise selbst ein Künstler, deshalb kann er die Spontaneität eines Kollegen bis zum Verwechseln nachahmen. Auch bis hin zu den Pentimenti, zu den Reuestrichen oder Korrekturen, die dem Meister im Original unterlaufen sind. Ein guter Kopist und Imitator braucht nicht nur Handwerk, sondern auch diese schwer zu fassende Einfühlungsgabe, die, wenn nicht ein Geschenk Gottes, dann zumindest der Gene ist. Ich, Isidor Schweig, hatte sie also in die Wiege gelegt bekommen, diese besondere

Sensibilität für die Nachahmung, und noch dazu hatte ich ein unbestreitbares Talent zum Zeichnen und Malen. Es reizte mich, ein anderes Werk so genau wie möglich zu erfassen, seinen Ausdruck präzise zu plagiieren, und gleichzeitig ging es mir so gut von der Hand. Ich konnte hinter dem Maler verschwinden, fühlte mich geradezu mit ihm in Symbiose, indem ich seine Pinselschrift übte, allmählich die Wahl seiner Farben verstand, seine Absicht studierte. Nach und nach usurpierte ich den Maler aus einem dunklen Bedürfnis nach Aneignung seines Könnens, vielleicht sogar seiner Persönlichkeit. Ja, ich empfand tatsächlich ein angenehmes Gefühl von pikturalem Kannibalismus.

Dennoch hatte ich immer wieder Versuche unternommen, einen persönlichen Stil zu entwickeln und eigene Sujets zu malen, aber es wurde nichts Befriedigendes daraus. Es ließ mich die Geduld verlieren, bereitete mir Unwohlsein, ja, es konnte mich geradezu in einen Zustand der Unpässlichkeit versetzen. Etwas fehlte. Meine Bilder waren ein Abklatsch von anderen und blieben noch dazu weit hinter jenen Malern und Gemälden zurück, die ich nicht nur verehrte, sondern zum Verwechseln ähnlich zu kopieren fähig war. Eine Zeit lang litt ich zutiefst unter meiner mangelnden künstlerischen Unabhängigkeit. Es fühlte sich an wie gekränkter Stolz, wie eine Verletzung. Ich stieß mit meinem Begehren, ein Maler zu werden, ein eigenständiger Maler mit einem geachteten Namen zu werden, ein Maler, der eines Tages mit seinem Künstlernamen Isidor Schweig in Katalogen gedruckt würde, an eine definitive Grenze meines Selbst. Ich musste mir dann irgendwann eingestehen, dass ich zu nichts anderem wirklich begabt war, als zum Nachahmen, zum Kopieren – und möglicherweise auch zum Fälschen anderer Maler. Meine größten Erfolge hatte ich bislang damit erzielt, wie Spitzweg oder Menzel zu malen, später dann wie Courbet oder Degas. War das nicht genug? Noch dazu hatte ich Vergnügen an meinem Kopisten-Handwerk, jedes neue Projekt, das ich in Angriff nahm, reizte mich, und ich empfand eine ehrliche Befriedigung, wenn mir ein Gemälde gelungen war.

Dennoch. Auch wenn ich mich in mein Schicksal ergab, blieb eine heimliche Wunde. Die Wahrheit über sich selbst ist manchmal schwer zu ertragen, aber am schwierigsten ist es, sich eines Tages eingestehen zu müssen, dass man nicht der ist, der man gerne geworden wäre, dass die Wirklichkeit den Wunsch nie mehr einholen wird, und dass es keine Zukunft mehr gibt, um einen Lebenstraum zu verwirklichen. Nichts im Leben erscheint mir schwieriger, als mit sich selbst zufrieden zu sein. Dabei fällt mir eine Bemerkung von Rose ein, die mich damals, es war wohl Ende 1936, tiefer getroffen hatte, als ich es zugeben konnte. In welchem Zusammenhang weiß ich nicht mehr, jedenfalls rief sie aus: »Isidor, du hast eine großartige Begabung, aber dir fehlen mindestens zwei Eigenschaften, um ein eigenes Werk zu schaffen: Selbstachtung und Intuition.« Und dann fügte sie hinzu: »Du hast keine Wurzeln, du glaubst dir ja selbst nicht!« Um hartnäckig ein schwer erreichbares Ziel über lange Jahre hinweg verfolgen zu können, gegen alle Widerstände und Widersacher, brauche man, neben der Begabung, den Glauben an sich selbst, aber auch Wurzeln, die in den verborgenen Sesam, in die Schatzkammer unserer ganz persönlichen Welterfahrung führen. So ungefähr drückte sie sich aus und berührte damit einen tatsächlich wunden Punkt in mir.

Und ein andermal sagte Rose: »Du bist ein Strohfeuer, Isidor. Jemand, der schnell und mit hohen Flammen seine Leidenschaft abbrennt.« Auch diesen Satz habe ich nie vergessen. Bis heute klingt er in meinen Ohren: »Du bist ein Strohfeuer, Isidor.« Rose hatte ihn lachend ausgerufen, aber im Scherz traf sie wieder ins Schwarze. Wenn Rose, nachdem der fatale Satz gesagt war, nicht beschwichtigend (mütterlich fast, oder eben schwesterlich), möglicherweise selbst von ihrem Verdikt bestürzt, das ihr allzu übermütig herausgerutscht war, die Hand auf meine Schulter gelegt hätte wie ein tröstendes Pflaster – ich hätte sie vielleicht gehasst. So wie man denjenigen empört von sich stößt, der eine unangenehme Wahrheit ausspricht. Aber sie hatte recht. Rose wusste damals schon, was mir erst viel später wirklich klar wurde. Ich war ein Strohmann im Wind der Zeit. Trostlos, wurzellos.

Den Künstler Isidor Schweig sollte es also nie geben. Stattdessen perfektionierte sich der Kopist von Woche zu Woche und von Monat zu Monat. Kein Fälscher ohne ausgereifte Kenntnisse und gutes Fälschen ist auch eine Kunst, sagte ich mir. Laut Aristoteles ist alle Kunst Mimesis, nur dass der eine lieber die Natur nachahmt, während der andere die Kunst nachahmt. Ich übte weiterhin täglich mein Handwerk wie ein schwieriges, empfindliches Instrument, lernte immer besser mit Pinseln und Farbe auf Papier oder Leinwand zu spielen, perfektionierte mich in den diversen Techniken der Malerei sowie des Fälschens und las alles, was mir zu diesem Thema in die Hände fiel. Rose war mir eine unentbehrliche Gesprächspartnerin, auch wenn sie kränkende Bemerkungen machen konnte. Sie war Kunsthistorikerin und stolze Besitzerin einer kleinen, aber feinen Bibliothek, und weil sie zwanzig Jahre älter, also auch erfahrener war als ich, konnte sie mir kostbaren Rat geben. Sie setzte sich selbst gerne an die Staffelei, wenn sie ein bisschen Zeit hatte, aber ihr war klar, dass sie nicht mehr und nicht weniger als eine Sonntagsmalerin war. Umso mehr bewunderte sie meine Arbeit aufrichtig. Sie wusste aus eigener Erfahrung wie schwer es war, ein guter Maler zu sein. Übrigens war auch Georges Wildenstein ein hilfsbereiter Mentor. Ohne ihn hätte ich zum Beispiel nie Cennino Cenninis *Il Libro dell'Arte* in einer prachtvollen Ausgabe aus dem neunzehnten Jahrhundert lesen können.

## Foto 4

Stillleben auf Parkettboden: Ein Stadtplan von Paris, auf dem mehrere Orte durch rote Aufklebepunkte gekennzeichnet sind, dahinter stehen ein halb volles Glas Rotwein und eine Weinflasche. An der Flasche lehnt ein großer, länglicher Karton, auf dem in fetten, roten Lettern steht »Rien sur mon père«.

Der Stapel Schulhefte mit Viktor Wagfalls »Aufzeichnungen« lag auf dem Schreibtisch vor dem Fenster zur Stadt. Die Seiten waren dicht beschrieben, mit der Handschrift des Vaters, mit Viktor Wagfalls Schrift auf den blassen Linien oder durch die kleinen Kästchen hindurch, Linien in den Schreibheften und Kästchen in den Rechenheften. Karolin erinnerte sich noch, wie es aussah, wenn er schrieb. Er hielt den Bleistift oder den Kuli wie eine Feder, flach und locker, schrieb mit einer leichten Neigung nach rechts. Auf dem runzeligen Handrücken traten die Adern ein wenig hervor, die Haut wie feines Leder trug etwas dunklere Pigmentflecken, sie kamen von der Sonne und sicher auch vom Leben. Im Alter hatten die spröden Fingernägel feine Rillen bekommen. Am liebsten schrieb er mit Bleistift oder mit einem roten, manchmal grünen Farbstift, und nur wenn es sein musste, griff er zum Füller. Kulis mochte er nicht.

Er hatte sein gesamtes Manuskript mit Bleistift geschrieben. Man sah die Spuren, wenn er etwas ausradiert hatte. An vielen Stellen hatte er Worte nur schnell durchgestrichen und durch andere Formulierungen ersetzt. Für Karolin war es eine altvertraute und doch mit der Zeit fremd gewordene Schrift. Wie viele Jahre hatte sie ihn nicht mehr schreiben sehen? Seine Lippen wurden schmal, während er seine Unterschrift unter ein Dokument setzte: *Viktor Wagfall* stand dann da, jeder Buchstabe ausgeschrieben, schwungvoll, aber leserlich. Karolin erinnerte sich nicht daran, dass er besonders viel oder gerne geschrieben hätte, allenfalls knappe Anmerkungen an Zeitungsartikel oder auf Aktenblätter. Er machte Notizen auf Zettelchen, formulierte amtliche Briefe, füllte Formulare aus. Sie hatte in ihrem Leben eine Handvoll Briefe von ihm bekommen, vier, fünf oder sogar sechs. Die Briefe waren immerhin einige Seiten lang, freundlich zugetan, manchmal klangen sie altbacken besorgt und, was den Ausdruck von Gefühlen anging, eher unbeholfen als distanziert. Mindestens die Hälfte jedes Briefes widmete er detaillierten Schilderungen zum Thema Garten (der Garten und die Jahreszeiten, die Gartenarbeit, die Pflanzen, die Tiere, die Bewegung an der frischen Luft et cetera). Auch in seinen »Aufzeichnungen« konnte er vom Garten nicht lassen.

*Rien sur mon père* – nichts über meinen Vater: Das hatte Karolin in dicken, roten Filzstiftlettern auf ein Stück grauen Pappkarton geschrieben, kurz nach seinem Tod, im November 1996. Sie hatte den Karton bei jedem Umzug mitgenommen, wie eine Problemstellung, die noch einer Lösung harrte, und erinnerte sich jetzt daran, dass er im Schrank mit dem Fotoarchiv auf ein paar Kästen lag. Nichts war zu sagen gewesen zu ihrem alten Vater, nichts war ihr damals eingefallen zu diesem Mann, außer dem Gefühl eines determinierenden Vakuums, das durch seinen Tod unwiderruflich geworden war. *Rien sur mon père*. Er hatte sich entzogen. Er hatte sich willentlich selbst dem Leben entzogen, aber auch seiner Familie, der er endgültig aus dem Weg gegangen war. Er fühlte sich seiner Familie im Weg, so dachte sie sich das heute, und die Tatsache, dass es eine Familie gab, hatte ihm wahrscheinlich den Lebensweg verstellt. Dieses Gefühl der Leere, die unabänderliche Tatsache, dass es endgültig unmöglich geworden war, ihrem Vater doch eines Tages noch zu begegnen – ihrem Vater als Person und nicht als Funktion –, hatte sich wie ein saures, brennendes Nie-wieder oder Für-immer mit dem roten Filzstift in den grauen Karton gefressen. Wenn sie versuchte, ihn zu fassen, ein Gefühl in sich einzufangen, wer er eigentlich war, konnten ihre Gedanken nirgends greifen, schon damals nicht. Sie gingen ins Leere. Nur kurze Szenen kamen ihr in den Sinn, es waren immer wieder dieselben recht dürftigen Erinnerungen.

Im alten Haus gab es unterschiedliche Bereiche: die geschlossenen Privaträume, gemeinschaftlich geteilte und schließlich gesellige Räume. Viktors Arbeitszimmer war ein besonders streng gehüteter Privatbereich, den man nur selten und nicht ohne Weiteres betreten konnte. Als Kind war Karolin stolz, wenn sie ausnahmsweise bei ihm im Arbeitszimmer spielen durfte. Manchmal nahm er sie auf den Schoß, während er am Schreibtisch saß, vor ihm türmten sich Papiere und Akten, und zeigte ihr Bilder in einem Buch, das plötzlich wie durch einen Zaubertrick auf dem Tisch lag. Einmal hatten sie zusammen in einem Bildband über Paul Klee geblättert und daraufhin hatte Karolin einen Wald wie Paul Klee gemalt, um ihren Vater zu beeindrucken. Wenn sie bei ihm im Arbeitszimmer sein durfte, brachte er ihr auch bei, aus Papier Schiffchen zu falten, außerdem einen Vogel und das Himmel-oder-Hölle-Spiel.

Über Jahre hinweg wohnten sie gemeinsam im selben Haus, eine ganze Kindheit und Jugend hindurch, sein Zimmer lag neben Karolins Zimmer, und wenn er frühmorgens geduscht, rasiert und parfümiert aus dem Badezimmer kam, ging sie hinein. Selten umgekehrt. Abends kam er nach einem langen Tag meist spät wieder nach Hause zurück. Er arbeitete bis zu seinem neunundsechzigsten Lebensjahr, und als er aufhörte zu arbeiten, fing Karolin mit dem Studium an und zog aus dem

Elternhaus aus. Sie begegneten sich also jahrelang auf dem Flur, murmelten *Mor'n* oder *Nacht*. Manchmal saßen sie auch nebeneinander mit der Zeitung am Frühstückstisch, und dann konnte es passieren, dass sie wegen eines politischen Themas aneinandergerieten. Aber Viktor war ein gutmütiger Mann, er hob im Allgemeinen nicht die Stimme und kontrollierte seine Gefühle. Es blieb bei einem zähen gegenseitigen Unverständnis. Über Wochen gelang es ihm, eine diffuse Wut in sich zu unterdrücken, bis ihm bei einer völlig nichtigen Angelegenheit, die mit der ursprünglichen Wut gar nicht zusammenhing, der Kragen platzte. Karolin hatte nie Gelegenheit gehabt, ihn als nahestehenden Menschen kennenzulernen, Vertrautheit zu empfinden oder so etwas wie eine väterlich sorgende Intimität mit ihm zu erleben. Sie erinnerte sich an sein Lächeln, seinen skeptischen Blick, ja sogar seine Alterssanftheit, und doch war er hinter seinem Lächeln, hinter seinem immer auch ein wenig traurigen Blick, hinter seiner tatsächlich melancholischen Duldsamkeit abwesend. Er schien von fern zu kommen, wenn man ihn ansprach. Er war gleich nebenan in seinem Zimmer, ging die Treppe im selben Haus hinauf und hinunter oder saß am Frühstückstisch – und doch war er nicht wirklich da. So empfand Karolin ihren Vater, Viktor Wagfall. Er war wie ein Schattenriss, eine Sehnsuchtsgestalt ohne wirkliche Substanz. Sie hatte immer Sehnsucht nach einem, nach ihrem Vater gehabt.

Nun hatte sein Schattenriss eine neue Form und Substanz gewonnen, ein mysteriöses Geständnis war Figur geworden. Hinter Viktor Wagfall trat Isidor Schweig aus dem Dunkel einer zu lange verschwiegenen Geschichte hervor. Wie tragisch war es, seine Irrtümer jahrzehntelang zu überleben? Seinen langen Umweg nicht mehr zurückgehen zu können, um an einem bestimmten Punkt einen anderen Weg einzuschlagen? Dort unten war er gelaufen, in den Straßen von Paris, vor einem Dreivierteljahrhundert. Am Fuß von Sacré-Cœur, hatte er

Adèle geliebt, mit dem Überschwang, der Unbekümmertheit, aber auch der Nachlässigkeit einer ersten Liebe. Vielleicht war am Montmartre sein Herz zurückgeblieben. Und dort unten im Louvre, Karolin konnte das riesige Gebäude von ihrem Fenster aus erkennen, hatte er 1936 die Alten Meister der Malerei studiert. Nur ein Stückchen weiter rechts vom Louvre, im Viertel der Kunsthändler, hatte ihm Georges Wildenstein im selben Sommer Gemälde von Pierre Bonnard gezeigt. Aber auch als deutscher Besatzer war er einige Jahre später wieder über dieselben Avenuen und Boulevards gelaufen, hatte mit dem Einrücken der Wehrmacht im Juni 1940 Amtsstuben und Hotels mit Beschlag belegt. An der Gare de l'Est hatte er dann vier Jahre lang in einem grauen Büro gesessen und als Bahnbeamter dazu beigetragen, dass Züge ins »Reich« fahren konnten oder nach Vichy und Brüssel. Aber auch in die Durchgangs- und Konzentrationslager fuhren voll besetzte Züge, sie rollten, gesteuert von seiner Reichsbahn, nach Beaune-la-Rolande, Natzweiler und bis nach Auschwitz.

Das Gemälde, die wundervolle blaue Odaliske, die Karolin mit den Aufzeichnungen ihres Vaters in der Truhe auf dem Dachboden gefunden hatte, hing nun an der Wand gleich neben ihrem Schreibtisch. Sie musste nur aufschauen, den Arm heben, um die Leinwand zu berühren – es war ein verwechselbarer Zwilling von Matisses *Odalisque assise*. Karolin hatte den Titel des Bildes in der Bibliothek in einem Matisse-Katalog gefunden. Unter der Abbildung stand, dass es sich in Amerika, im Kunstmuseum von Seattle befinden würde. Der Katalog stammte allerdings aus den neunziger Jahren. Im Internet fand sie weitere Abbildungen und Spuren des Gemäldes, auch die Information, dass es inzwischen in eine Privatsammlung eingegangen war. Es gab nun also zwei identische *Sitzende Odalisken*. Welches der beiden Gemälde war die Kopie, welches das Original? Karolin wusste nur eines mit Sicherheit, nämlich dass sie im Besitz eines wundervollen Ölgemäldes war. Von wem aber stammte es? Von Matisse selbst oder von ihrem fälschenden Vater? Und fortan würde sie nicht umhin können, in der jungen Frau mit dem langen, geflochtenen Zopf, der orientalischen Jacke und den Pluderhosen, die nun vom Gemälde an ihrer Wand aus dunklen Augen auf sie herabblickte, Adèle Bertin zu sehen.

Karolin bewunderte das Gemälde von Neuem, die unergründliche Odaliske, die Farben, das Licht. Immer wieder schaute sie vom Computer auf und ließ sich von dem nachdenklichen, seltsam eindringlichen Blick der jungen Frau mit dem schwarzen Zopf berühren. Sie versuchte sich vorzustellen, wie das Paar, ihr Vater und jene Adèle, die sie nur aus dem Manuskript in den zwölf Schulheften und von diesem Gemälde her kannte, in Wirklichkeit ausgesehen hatte. Wie sie miteinander gelacht hatten, die Gesichtszüge noch ungetrübt und faltenlos, auch ihre jungen, glatten Körper stellte sie sich vor, geschmeidig waren sie, ihr Vater noch schlank und dunkelhaarig. In Gedanken sah Karolin die beiden eng umschlungen auf dem roten Diwan im Atelier, oder sie gingen Hand in Hand unter den Platanen den Boulevard de Clichy entlang, in Richtung Avenue Rachel zu Adèles Blumenladen. Wahrscheinlich waren ihre Gesten ungeschickt, allzu hastig. Karolin versuchte, sich ihren Vater, den sie nur als alternden Mann kannte, mit der übermütigen Energie der ersten Liebe vorzustellen, leichtfertig auch, weil ja noch nichts im Leben entschieden war. Wie sah Viktor damals aus? Aus der Zeit, lange vor ihrer Geburt, als er noch jung war, besaß sie nur zwei Fotos, aber auch die waren erst einige Jahre nach dem Krieg entstanden.

Die Frage des Erbes war nun für Karolin unvermeidbar geworden – sie stellte sich jedem, früher oder später, unumgänglich. Es gab verschiedene Sorten von Erbschaften, man erbte Gesichtszüge, Haarfarben, krumme Finger oder breite Hüften, man konnte Geld oder Immobilien oder Gemälde erben. Oder keinen Cent. Aber es gab noch eine andere

Hinterlassenschaft, die ein Leben beeinflusste, nämlich die Erbschaft einer Geschichte, in die man hineingeboren wurde. Karolin hatte bis vor Kurzem nur vage darüber nachgedacht. Sie hatte Neigungen entwickelt, instinktiv Entscheidungen in ihrem Leben getroffen, sie war Fotografin geworden und nach Paris gezogen. Der Tod ihrer Mutter und die Auflösung des so vertrauten und doch fremd gewordenen Haushalts, vor allem aber die seltsame, allzu spät entdeckte Hinterlassenschaft ihres Vaters zwangen sie nun, ihre eigene Geschichte in einem anderen Zusammenhang zu sehen. Sie musste ihr Leben plötzlich von den Aufzeichnungen ihres Vaters her betrachten, von seinem verschwiegenen Leben in Paris und aus der Perspektive seiner verleugneten Leidenschaft zur Malerei. Plötzlich schrieb sich dadurch ihr eigenes Leben in eine überraschende Kontinuität ein. Sie hatte es nicht etwa ganz und gar frei aus sich geschöpft, sondern ein Teil ihrer Geschichte hatte schon bei ihrem Vater und also vor ihr angefangen, war unterschwellig weitergegeben worden. Das immaterielle Erbe war wie eine angefangene Geschichte, die man ihr aufgetragen hatte, die sie nun wieder aufnehmen und weitererzählen, vor allem weiterleben musste. Nun konnte sie es nicht mehr vermeiden, sich mit dieser Herkunftsgeschichte zu befassen. Sie hatte sich ihr aufgezwungen, hatte sich mit zwölf Heften und einem Gemälde wie ein Phantom in ihr Leben gedrängt.

Satz für Satz tippte Karolin das Manuskript ihres Vaters, Viktors Aufzeichnungen (oder waren es Isidors Worte, als hätte jemand, den Karolin nicht kannte, aus ihm gesprochen) von den Schulheften in den Computer, damit endlich konkrete Zeichen entstanden: *Tout sur mon père!* Alles über meinen Vater, so lautete eine Überschrift, die sie spontan geschrieben und dann wieder gelöscht hatte. Stattdessen stand nun auf der ersten Seite: *Aufzeichnungen eines melancholischen Kunstfälschers.* Sie wollte ihm seinen Titel nicht streitig machen.

Von den Jahren, die er in Paris gelebt hatte, war im alten Haus nichts geblieben, keine Spur, kein Zeichen, weder von seinem ersten Aufenthalt 1936/37, als er mit Adèle lebte, noch aus den Kriegsjahren und der Besatzungszeit in Frankreich. Kein einziger Gegenstand, kein geringster Beweis, kein Schriftstück, kein Foto waren geblieben. Die wenigen möglichen Zeugen, Rose Valland etwa, Georges Wildenstein oder Hans Wendland, lebten längst nicht mehr. Als wäre es eine Un-Zeit gewesen oder ein Hohlraum in seinem Leben. Als hätte jemand diese Zeit ausmerzen wollen. Die Notizbücher mit Termineinträgen, Anmerkungen und Skizzen, die ihr Vater, der Isidor-Viktor, in seinen Aufzeichnungen erwähnt hatte, und die mindestens bis 1996, als er sie schrieb, noch existiert haben mussten, waren spurlos verschwunden. Nach Annas Tod im letzten Herbst hatte Karolin sie nirgends finden können, auch nicht auf dem Dachboden. Wenn sie je existiert haben, hatte er sie zuletzt entweder selbst vernichtet oder Anna hatte sie später gefunden und beseitigt, aus welchen Gründen auch immer.

# 9

Seit meinem Besuch in Adèles Blumenladen, laut meinem Notizbuch war es am 25. August, hatte ich das Gefühl, nicht nur meine Malerei in leuchtenden Farben zu sehen, sondern auch mein Leben. Die Bäume waren grüner, der Himmel war tiefer, die Wolken schwebten als blütenweiße Traumschiffe im blauen Gedankenmeer über Paris. Wir sahen uns fast jeden Tag, erzählten uns unser Leben. Adèle hatte etwas von einer kräftigen Pflanze, die ihre Wurzeln ausbreitet und immer zum Licht hin wächst, dabei genüsslich ihre glänzenden Blätter entfaltet. Adèle war auch die Einzige, tatsächlich die Einzige, es wundert mich sogar heute noch, die ich je in meine handwerklichen Geheimnisse eingeweiht habe. Im Gegenzug versprach sie mir, mich in das Reich ihrer Blumen und Pflanzen einzuführen, weil eine Geheimlehre, so sagte sie ernst, nur im Austausch gegen andere wertvolle Kenntnisse mitgeteilt werden dürfe. Sie hatte mir ein paar Töpfe mit Alpenveilchen mitgebracht, erklärte dazu mit ihrem unwiderstehlich schalkhaften Lächeln, dass die getrocknete und geriebene Wurzel aphrodisiakische Kräfte habe. Man könne das Pulver in Kuchen einbacken oder als Aufguss trinken. Die Liebeszauber-Kraft der Wurzeln würde aber auch durch den Tontopf hindurch wirken, ich solle meine Veilchen nah ans Bett auf den Nachttisch oder auf das Fensterbrett stellen. Die Wirkung kann ich nur bestätigen.

Adèle war zwei Jahre älter als ich. Sie war in einem Dorf zwischen Nizza und Grasse, zwischen Blumen und Parfum, aufgewachsen. Ihre Eltern führten dort eine Blumenfarm, verkauften Rosen, Nachthyazinthen, Jasmin und Lavendel an die Grasser Parfumindustrie und züchteten Topf- und Schnittblumen für den Blumenmarkt in Nizza. Sie war mit ihrem jüngeren Bruder Fernando nach Paris gezogen, offiziell, weil sie der kleingeistigen provenzalischen Provinz entkommen wollte, um sich in der Hauptstadt auf eigene Beine zu stellen, und inoffiziell, um über den Bruder und sein Jurastudium zu wachen. Adèle hatte darauf bestanden, den gemeinsamen Lebensunterhalt zu bestreiten. Ihren Bruder liebte sie abgöttisch, auf eine Weise, die mich fast eifersüchtig machte.

Deshalb hatte sie also den kleinen Blumenladen am Montmartre eröffnet. Der Ort war geschickt gewählt, weil nicht nur der angrenzende Friedhof, sondern auch Besucher des Moulin Rouge und anderer Cabarets den üblichen lokalen Kundenstamm erweiterten: Männer kauften üppige Bouquets, bevor sie ihre halbseidenen Maitressen besuchten, aber auch, wenn sie sie wieder verließen, dann nämlich für ihre Ehefrauen, um das schlechte Gewissen zu besänftigen. Die Blumen und Pflanzen konnte Adèle zum Teil direkt über ihre Eltern beziehen. Ich weiß nicht mehr genau, von wem ich erfuhr, dass Adèles Familie politisch sehr aktiv war – von Adèle jedenfalls nicht. Wahrscheinlich von Rose (denn seltsamerweise stellte ich Adèle viel weniger Fragen als sie mir, und Adèle erzählte wiederum Rose wesentliche Dinge, die sie vor mir verbarg). Alle vier, Adèle, ihr Bruder, ihre Eltern, gehörten der französischen sozialistischen Partei SFIO an. Sie waren betroffen vom schnellen Aufstieg der extremen Rechten in den Nachbarländern – immerhin Italien, Deutschland, Österreich, Spanien –, aber auch in Frankreich selbst. Adèles Mutter war gebürtige Spanierin; sie stammte aus Barcelona und hätte vielleicht darauf bestanden, dass man sie als Katalanin bezeichnet. Ihr Vater kam aus einer Familie von Kräuterhändlern, die in Marseille eine *Herboristerie* besaßen. Mit einem kleinen Erbteil der früh verstorbenen Eltern der Mutter hatte sich das junge Paar im Hinterland von Nizza ein Bauernhaus mit ein paar Hektar Land gekauft.

Wir sprachen nur selten über Politik, Adèle und ich. Jetzt im Nachhinein erscheint mir das merkwürdig und sogar absurd, weil die Zeiten hochgradig spannungsgeladen waren. Die in ganz Europa ins Extreme polarisierten Fronten verlangten zwangsläufig nach einer Stellungnahme. Ich blieb ausweichend und vermied es, eine Diskussion entstehen zu lassen. Warum? Sicherlich, weil ich bemerkt hatte, dass wir uns an diesem Punkt nicht mehr verstehen würden, aber sicherlich auch, weil ich glaubte, dass es keine besondere Bedeutung habe. Mit einer Frau über Politik zu sprechen, hatte ich nicht gelernt, vor allem hatte Liebe in meinen Augen nichts mit Politik zu tun. Ich dachte auch, dass man mögliche Konflikte durch Ausschweigen übergehen könnte. Adèle ihrerseits betrachtete mich vermutlich nicht als ernst zu nehmenden Gesprächspartner – sie insistierte nie auf politischen Themen. Ich war so überzeugt von mir selbst, dass es mir nicht einmal auffiel. Manchmal griff sie aber doch in kleinen, ironischen Bemerkungen mein Land und meine Herkunft an oder fragte mich vorwurfsvoll, warum ich nicht in Deutschland geblieben sei, um von innen heraus gegen diese braune Pest zu kämpfen, um der Niedertracht Paroli zu bieten. Dann wieder rief sie, dass Hitler und sein ideologisch aufgeladener, rassistischer Nationalsozialismus noch viel gefährlicher seien als Franco und sein autoritärer, konservativer Militarismus – für meine Begriffe (und den Überblick, den ich im Sommer 1936, kurz nach Francos Staatsstreich und zu Beginn des Spanischen Bürgerkriegs haben konnte) übertrieb sie, was Hitler anging, und verniedlichte ihrerseits den *Caudillo.* »Und du, warum bist du nicht in Spanien, in der Heimat deiner Mutter, um für die Republik zu kämpfen?«, gab ich unwirsch zurück, nur, um etwas zu sagen und das Thema so schnell wie möglich im Keim zu ersticken. Dann löste ich die Spange in ihrem Haar, nahm sie in den Arm und schloss uns beiden den Mund.

Ich saß mit Adèle auf einer Wolke am Montmartre, im fünften Stock, mit unverstelltem Blick auf den Himmel. Die Weltgeschichte darunter brodelte zwar, aber die aufziehende Katastrophe konnte ich mir nicht vorstellen. Katastrophen werden für die meisten Menschen erst denkbar, nachdem sie stattgefunden haben und es zu spät ist. Unten auf der Straße, wenn ich mit Adèle an der Hand von meiner Wolke geklettert war, ritzten wir »Adèle + Isidor« in den Stamm einer Platane auf dem Boulevard de Clichy. Sogar der mürrische Blick der *Crémière* im Käseladen schmolz zu einem Lächeln, sobald sie uns sah. Manchmal gab sie einen extra Schlag Butter auf den Batzen oder reichte ein Stückchen Käse zum Probieren über den Tresen. Oder Adèle saß unten bei Pauline Vignier auf einen Kaffee in der Conciergen-Loge. Sie hatte ihr einen Topf Geranien mitgebracht. Wenn Rose Valland am Wochenende vorbeikam, klopfte sie nun immer mehrmals laut an die Tür, wartete mein »Komm rein!« ab, um sicherzugehen, dass sie eintreten konnte, ohne zu stören. Mit den Wochen war mein Balkon zu einem hängenden Garten geworden und Rose, die zwar aus einem Dorf bei Grenoble stammte, aber später keinen bewussten Blick mehr auf die Natur geworfen hatte, staunte wie ein Kind, dass selbst im Oktober Blumen blühen und Pflanzen wachsen konnten.

Seit ich die alten Notizhefte und Skizzenbücher aus ihrem jahrzehntelangen Versteck hervorgeholt habe, teile ich mir den Genuss des Blätterns mit einer ganz besonderen Knauserigkeit ein. Keinesfalls jeden Tag und auch nicht jeden zweiten. Nur alle paar Tage gönne ich mir diese seltsame Lustbarkeit, mit allen meinen Sinnen anhand meiner alten Zeichnungen in die Vergangenheit hinabzusteigen wie in eine ganz persönliche Höhle von Lascaux. Überall Adèle, Fragmente von Adèle, Studien ihrer Hände, Brüste, Füße, ihre Bauch- und Rückenlinie, Skizzen von Körperhaltungen und Situationen, Adèle im Profil, Adèles Mund, gar ihr Gesicht, die Augen, Nase, alles bis zu den Ohren. Ihre geöffneten Schenkel. Wenn ich beim Blättern und Berühren des Papiers die Augen schließe und ganz vorsichtig mit den Fingerkuppen über eine seidige Zeichnung fahre, geschieht etwas Unerklärliches mit mir, dass nämlich der Duft ihres Körpers mit dem Erfühlen, dem vorstellenden Erfühlen der Zeichnungen in mir aufsteigt, in meine Sinne zurückkehrt wie eine Wirklichkeit, wie ein wirklicher Duft im Hier und Heute. Ich meine, Adèle zu riechen, dann auch zu schmecken und sogar ihre Haut zu fühlen. Es ist, als könnte ich den Zeichenstift wieder in der Hand halten und all die real gewordenen Sinneseindrücke auf das Papier übersetzen. Ich rieche ihren Duft (Pfirsiche, Mandeln), aber ihre Stimme kommt nicht in mir auf, der Ton ihrer Stimme ist verflogen, selbst wenn ich ihren Mund an meinem Ohr zu spüren meine. Ein Hauch. Was sagt sie? War ihre Stimme eher zart oder hart, hoch oder tief, eher durchdringend oder eher sanft? Ich dachte, mein Verlangen sei längst und für immer ausgetrocknet, mit dem Alter versiegt, und jetzt kommt es noch einmal zu mir zurück, sachte, drängend, mit Adèle und ihrem Duft.

Adèle lehnt an der Balustrade des Balkons, ein Topf mit rankender Clematis steht neben ihr, das rechte Bein ist angewinkelt und hinter dem linken gekreuzt, sie schaut über die Dächer von Paris (die Spitze des Eiffelturms im fernen Hintergrund). Adèles Zopf. Adèles Rücken. Ihr Rücken faszinierte mich, oder genauer gesagt, die Partie, wo die Po-Rundung in den Rücken übergeht und ihre schmale Taille wieder breiter wurde. Adèle am Tisch mit einem Glas Wein. Adèle lacht. Adèle auf dem Bett, daneben eine Studie ihrer Hand, die eine riesige Sonnenblume hält. Adèles Brüste. Wie Adèle wohl heute aussähe? Ich glaube, ich würde noch immer wie ein Magnet reagieren, käme sie jetzt hier in mein Zimmer herein, klopfte es: toc-toctoctoc-toc, so wie sie immer an meine Tür in der Rue Lepic geklopft hatte. Dann stand sie schon im Zimmer. Mein Herz schlüge sofort schneller – toctoc-toctoc-toctoc – und mein Verlangen würde von nichts als einem Klopfgeräusch in die Höhe getrieben. So war es damals, fast jeden Tag. Ihre Augen wurden zum Strich, wenn sie lachte. Wenn wir Liebe machten, schloss sie die Augen.

Für das erste Ölgemälde mit Adèle als Modell hatte ich eines meiner Lieblingsgemälde zur Vorlage gewählt: *Venus mit dem Spiegel* von Diego Rodríguez de Silva y Velázquez. Es hängt in der Londoner National Gallery, und ich habe es erst viel später im Original betrachten können. Damals kannte ich es nur von einer Abbildung, konnte aber andere Gemälde des spanischen Meisters im Louvre studieren. Die Aufteilung des Raumes ist perfekt, die Linien der Blicke kreuzen sich im Mittelpunkt des Gemäldes: Gerade in seiner einfachen Klarheit ist dieser Bildaufbau besonders kunstvoll. Velázquez verwendet auch nur wenige Farben, beschränkt sich auf schwarz-graue, weiß-graue und rotbraune Töne. Ich hatte allenfalls dem weiblichen Akt vorzuwerfen, dass er zu unerotisch war, zu mädchenhaft, aber genau dem wollte ich abhelfen, indem ich Velázquez' Modell durch Adèles Körper ersetzte.

Was gibt es auf dem Gemälde zu sehen? Oben links im Bild kniet ein knabenhafter Cherub mit dickem Bäuchlein und sanft gefiederten Flügeln und hält einer vor ihm hingestreckten Frau einen Spiegel entgegen. Der weibliche Akt liegt mit dem Rücken zum Betrachter auf einem Diwan und nimmt der Länge nach die gesamte untere Hälfte des Gemäldes ein. Man sieht den Körper also von hinten, links im Bild sind die leicht angewinkelten Beine, genau in der Mitte der wundervolle Hintern, und dann ein wie hingegossener, in einer fließenden Bewegung sich in die Polster schmiegender Rücken. Ganz rechts im Bild schafft der in die Hand gestützte Kopf mit rotbraunem, aufgestecktem Haar ein farbliches Pendant zu den ebenfalls rötlich braunen Locken des Cherub auf der linken Seite. Die Gesichtszüge der jungen Frau sieht man leicht verschwommen im Spiegel, den der kokette Putto ihr entgegenhält. Wobei sich die Frage stellt, wer hier eitler ist, das nackerte Amoretten-Engelchen mit seinem aufmunternden Blick und den lässigen Seidenbändern am Arm oder die lasziv dahingestreckte Frau, drapiert auf dunkelgrauen und weißen Satintüchern, deren sicherlich kesse Brüste zwar der Engelsknabe, nicht aber der Betrachter sehen kann. Ein theatralischer roter Vorhang hängt im Hintergrund wie symbolische Inbrunst und reflektiert sein Feuerrot in den gespiegelten Wangen der jungen Frau.

Auf meinem Gemälde konnte ich nicht umhin, dem Cherub meine eigenen Züge zu geben, und malte hingebungsvoll Adèles sanft geschwungenen Körper, der vor mir ausgestreckt mit seinen Rundungen, seinen Muskeln, seinen Licht- und Schatteneffekten auf dem Diwan lag. Sie hatte ihren dicken Zopf gelöst und die dunkelbraunen Haare kunstvoll nachlässig hochgesteckt. Ich hatte genau wie im Original einen rechteckigen Spiegel aufgestellt, nämlich so, dass er über den Po-Rundungen im Mittelpunkt des Bildes stand, und lehnte ihn gegen einen Stapel Bücher, weil es anders als bei Velázquez in meinem Atelier keinen Engel gab, um ihn zu halten. Obwohl Adèle mir ihren makellosen Rücken zuwandte, trafen sich unsere Blicke im Spiegel. Ich sah ihr Gesicht, die lachenden Augen, ihren Mund, der immer in Bewegung war, immer etwas ausdrückte oder kommentierte, selbst wenn sie schwieg. Und sie sah mich wiederum im Spiegel an der Staffelei arbeiten. Auf diese Weise gegenseitig gespiegelt, erzählten wir uns unsere Geschichten, sodass die langen Stunden des Malens wie im Flug vergingen.

Wir erzählten uns unzählige Geschichten, Adèle und ich, während sie mir für *Venus mit dem Spiegel* Modell saß. Sie erklärte mir, wie Rosen, Jasmin und Lavendel gezüchtet wurden, beschrieb die Herstellung ätherischer Öle, weihte mich in die Kräfte der Schafgarbe, die Weisheit der Apfelbäume oder Mythenerzählungen ein, die sich um Kräuter wie Rosmarin und Thymian rankten. Ich wiederum schilderte ihr die Welt der Farben und Pigmente, wie man sie gewann, mit einem Spachtelmesser anrieb und dann verwendete, aber auch, dass eine falsche Farbenqualität den Fälscher verraten konnte. Ich zeigte ihr, was das Wort Pinselführung bedeutete, und dass jeder Maler eine ganz eigene »Handschrift« hat. Dabei vertraute ich ihr sogar an, mit welchem Kniff man eine Unterschrift oder die Signatur eines Malers flüssig und täuschend nachzuschreiben lernte. Mit unseren Geheimlehren tauschten wir aus, was uns im Leben am wichtigsten war: ihre Mysterien der Pflanzenwelt gegen meine Meisterschaft im Kopisten- und Fälscher-Handwerk; ihre Liebe zu Kräutern und Blumen gegen meine Liebe zu Farben, Leinwand und Malerei; eine Anekdote zu Napoleon und Veilchen gegen eine Geschichte von der frechsten Dürer-Fälschung.

Das Gefühl der Intimität und Ausschließlichkeit dieser Stunden war deliziös – nicht zuletzt durch die Situation, in der wir uns befanden. Wenn ich mich mit allen Sinnen an jene Stunden erinnere, gelingt es mir sogar heute noch für Sekunden, das Gefühl zu erhaschen, das damals meinen Körper erfüllte. Für einen Moment versetzt mich die reine Vorstellungskraft in mein lange verlorenes, damaliges Ich, und noch einmal empfinde ich dieses satte, wache Glück, das ich in jener Zeit, in jenen gezählten Stunden erlebt habe, ohne das Ausmaß ihrer Kostbarkeit zu ahnen. Ich hätte mir im Traum nicht vorstellen können, dass Adèle einst, im Alter, mein Herz noch einmal so sehr einnehmen würde – als sollte die Erste auch die Letzte sein, als gäbe es eine erste, unwiderrufliche Prägung der Liebe, die dann trotz anderer Lieben für immer bestehen bleibt. Wie oft in den vergangenen Jahren dachte ich an Adèle und meinte, sie vor meinem geistigen Auge im Atelier der Rue Lepic auf dem Diwan ausgestreckt zu sehen, die skulptural geschwungenen Linien ihres Körpers, ihr Gesicht im Spiegelbild und der immer ausdrucksvolle Mund, der mir von Blumen und Kräutern erzählt. Wir Alten sind bis in alle Ewigkeit die Exilierten unserer fernen Jugend. Es ist eine definitive Verbannung ohne jegliche Möglichkeit der Rückkehr.

Irgendwann in diesem Herbst 1936 setzte ich den letzten Pinselstrich an *Venus mit dem Spiegel* und unser intimes, spielerisches Intermezzo war damit vorerst zu Ende. Gewiss hätte ich Adèle dazu überreden können, für ein weiteres Gemälde zu sitzen, aber ihre Zeit war knapp. Nachdem wir uns bis in den späten Herbst 1936 fast täglich getroffen hatten, begann sie plötzlich dann und wann für ein, zwei oder gar drei Tage zu verschwinden, und wenn ich fragte, wo sie abends hinging, nachdem sie den Laden zugemacht hatte, sagte sie immer das Gleiche, mit einem freundlichen Lächeln und einem Kuss: »Isidor, mach dir keine Gedanken, du brauchst nicht alles zu wissen.« Ich war unabhängige Frauen wenig gewohnt, Adèles Verhalten weckte in mir eine ungesunde Mischung aus Frustration und Irritation, aber auch eine uneingestandene Bewunderung für ihre Selbständigkeit. Ich wollte nicht hinterwäldlerisch erscheinen und meiner Partnerin durchaus Freiheiten einräumen, aber ich fühlte mich tatsächlich zurückgesetzt und war gekränkt, dass ich sie augenscheinlich mehr begehrte, ihre Anwesenheit insgeheim stärker wünschte, als allem Anschein nach ihr Verlangen nach mir war. Dann, es war schon Mitte November und lausig kalt (ich schleppte jeden Tag einen Sack Holz ins Atelier hinauf, um zu heizen), kam mir jedoch ein Auftrag ins Haus, für den ich Adèle unbedingt brauchte. Sie willigte ein und wurde das Herzstück dieses außergewöhnlichen Gemäldes.

In den Herbstmonaten war ich erstaunlich produktiv gewesen. Ich hatte mich seit meiner Ankunft Anfang Juni durch das unentwegte Studium von Originalgemälden in den namhaften Kunstgalerien und Museen der Stadt technisch verbessert und schließlich meine am besten gelungenen Nachahmungen als Werbeobjekte im Atelier aufgehängt: einen Courbet, eine Landschaft nach Monet, ein Akt von Renoir, ansonsten Degas, Matisse und mein Liebling Bonnard. Die beiden Letzteren lebten noch und ihr Werk war noch längst nicht abgeschlossen.

Hans Wendland, der mich bei Wildenstein und in die Welt des Kunsthandels eingeführt hatte, verfolgte meine Fortschritte mit regem Interesse mit und wir hatten uns in den vergangenen Monaten schon recht gut kennengelernt, sogar ein gewisses Vertrauen zueinander gefasst. Er war immer wieder auf einen Sprung ins Atelier gekommen, um zu kommentieren und zu kritisieren, bis er mir dann gleich mehrere Gemälde in Auftrag gab, und zwar für einen angeblich aus der Schweiz kommenden Kunden. Der gute Mann wollte »etwas von Degas« (klar: eine Tänzerin) und »etwas von Renoir« (ebenso klar: einen üppigen Akt) kaufen. Außerdem hatte er Wendland gebeten, den Aufenthaltsort eines äußerst mysteriösen Bildes von Courbet aufzuspüren, das *L'Origine du Monde*, also *Der Ursprung der Welt* hieß, und dem derzeitigen Besitzer – koste es, was es wolle – ein Angebot zu machen. Wendland kam zu mir ins Atelier und ließ sich über seinen Kunden aus. Es sei immer dasselbe, die Leute würden immer nur im Pulk den Modeerscheinungen hinterherlaufen, noch vor zehn Jahren hatte fast niemand Degas gekannt und plötzlich wollten alle einen im Wohnzimmer haben. Er sei ja nun immerhin über achtzig geworden, aber wenn er noch ein paar zusätzliche Tänzerinnen und Damen in Badezubern hätte malen können, dann wäre das wirklich ein Segen fürs Geschäft gewesen. Auch genügend Aktgemälde von Renoir gäbe es zu seinem Bedauern nicht, obwohl auch der ein hohes Alter erreicht habe. »Kannst du mir nicht ein Angebot machen, lieber Isidor, ich kann dem Herrn im Moment leider nur einen recht trockenen Degas vorlegen und eine, nun ja, wirklich langweilige Landschaft von Renoir. Und er möchte doch gerne auswählen, der Herr, etwas Appetitliches von mir bekommen.«

Wendland, und so sollte es auch weiterhin bleiben, machte ungenaue Angaben und überließ mir dann den Rest. »Es wäre gut, wenn du mir ein oder zwei Renoirs anfertigen könntest, einen im Stil der *Baigneuse endormie*, der *Eingeschlafenen Badenden*, und eventuell ein *Junges Mädchen mit Gänseblume*, außerdem also ein paar Degas', etwas kleiner, der Degas hat ja oft kleinere Formate gemacht, einen *Tanzsaal* zum Beispiel, mit mehreren Mädchen, und dann noch ein Bild, das den *Blauen Tänzerinnen* ähnlich ist, mit mehr Dekolleté und freiem Schulterbereich.« So sprach Hans Wendland. Er schwadronierte seine zweifelhaften Geschäfte schön, drückte sich schnodderig aus, manchmal an der Grenze zum Schlüpfrigen, und redete gerne ein ganz klein wenig abfällig über andere, gerade so, dass es noch liebenswert grantelig klang. »Was soll ich denn um Gottes willen mit dem Courbet machen«, rief er dann verzweifelt, »ich kann doch den *Ursprung der Welt* nicht aus dem Ärmel schütteln!«

## *Foto 5*

Das alte Wagfall-Haus im Winter 1956: Zwei aufgeschaufelte Schneeberge türmen sich rechts und links der Einfahrt, Schnee liegt auf dem Dach, den Verstrebungen des Gartenzauns, den Bäumen, Sträuchern und Blumenbeeten. Eine Schaufel und ein Besen lehnen an der Hauswand neben der Treppe. Die Thuja bei der Einfahrt ist noch ganz klein.

Karolin hatte das Foto mitsamt seinem Negativ in einer ihrer Archivkisten gefunden, es noch einmal vergrößert abgezogen und neben die vier vorhergehenden Bilder auf die Magnetleiste an der linken Wand ihres Arbeitszimmers gepinnt. Es war das fünfte Foto einer neuen Serie, von der sie nicht wusste, wohin sie führen würde, nur, dass sie eines Tages die ganze Länge der Wand einnehmen und bei der *Sitzenden Odaliske* enden würde.

Während sie das Bild vom verschneiten alten Haus im Winter betrachtete, huschte ihr ein Satz durch den Kopf: *Im weißen Bauch der Null.* Er gefiel ihr und sie schrieb ihn in ihr schwarzes Moleskine-Notizbuch: Im weißen Bauch der Null. Eine frühe Erinnerung war mit dem alten Foto verbunden, auch mit dem Satz, der ihr durchs Gedächtnis gesaust war, diese Sorte von Erinnerungen, die man tief vergraben mit sich trug und die in präzisen Momenten aufblitzten, als müssten sie sich genau jetzt zu Wort melden. An ihrem vierten Geburtstag war sie morgens die Einfahrt vom Tor her zum Haus hinaufgelaufen.

Sie ging an der dichten, dunklen Thuja vorbei, die im Vergleich zum winterlichen Foto von 1956 schon recht hoch gewachsen war. Unter ihren Füßen spürte sie die von der Sonne gewärmten Platten aus Sandstein, die zur Eingangstreppe führten. Ja, so war es, sie hatte keine Schuhe an, lief barfuß und wusste heute noch, mit einer exakten Reminiszenz ihrer damaligen Sinneseindrücke und Gefühle, dass sie sich in jenem Moment harmonisch gefühlt hatte, mit sich einverstanden und zuversichtlich. Sie hatte sich deshalb in Harmonie mit sich selbst gefühlt, weil sie in jenem Moment, als sie die Einfahrt an der Thuja vorbei hinaufgegangen war, an ihren Geburtstag dachte und dabei die Zahl Vier in Rot sah – oder vielmehr spürte sie die Vier in sich, und zwar in Rot. Wegen der Zahl Vier war auch ihr Geburtstag rot, genauer gesagt ein ins Gelb tendierendes Zinnoberrot, ein Erdbeerrot, das sie besonders gerne mochte.

Heute war die Vier noch immer rot, die Zwei war seit jeher gelb, Zwei und Vier waren Zahlen, die Karolin guttaten, weil sie von einer positiven Energie begleitet wurden. Sie verband Worte wie Zugehörigkeit, Identität, Übereinstimmung mit ihnen. Mit der gelben Zwei und der roten Vier fühlte sie sich einverstanden. Die Sieben war violett und sehr anspruchsvoll, sie konnte regelrecht anstrengend sein, während die bauchige, königsblaue Acht mit Erfolg verbunden war. Die Acht bedeutete Ernte, und zwar die Ernte, die schon eingefahren und in der Scheune war. Eine Zahl zum Ausruhen also. Auch manche Menschen ließen eine Farbe in ihr aufkommen, Karolin empfand sie als Farbe. Aber nicht alle, und das hatte nichts damit zu tun, ob sie jemanden mochte oder nicht, oder ob die Person ihr besonders nahestand. In Verbindung mit manchen Menschen sah sie ganz deutlich eine Farbe, während andere farblich unklar oder unbedeutend blieben. Als sie klein war, mit drei, vier und vielleicht noch mit fünf Jahren (die Drei war orange, die Fünf hatte ein frisches Hellgrün), hatte Karolin drei

Fantasiefreundinnen, mit denen sie endlose Gespräche führte und stundenlang gemeinsam spielen konnte. Ihre Namen hatte sie längst vergessen, aber ihre Farben waren bis heute geblieben, nicht nur im Gedächtnis, sondern vor allem im Gefühl.

Lange Zeit hatte Karolin sich tatsächlich stur bemüht, in Farbe zu fotografieren. Sie wollte Schwarz-Weiß nur gezielt einsetzen, es sollte eine ästhetische Entscheidung bleiben, auf keinen Fall einer inneren Notwendigkeit wie einem Zwang gehorchen. Schwarz-Weiß erlaubte einen kurzfristigen Rückzug aufs Essentielle, zum Minimalen, zu einer bestimmten Sorte von Licht, aber nur, um derart gestärkt wieder zur Farbe zurückkehren zu können. Eine Art Fastenzeit vor Ostern, eine begrenzte Phase der Kargheit und Strenge vor der Opulenz. Karolin hatte sich immer darüber gewundert (manchmal hatte es sie zur Verzweiflung gebracht), dass sie sich als Fotografin in der Farbe unwohl fühlte, dass ihre Arbeiten in Farbe schwerfälliger und unpersönlicher wirkten, obwohl Farben für den Ausdruck ihrer Gefühle unentbehrlich waren. Ganz abgesehen davon, dass es sich niemand leisten konnte, nicht in Farbe zu fotografieren – zumal, wenn man weder zu den Starfotografen des Moments gehörte, noch zu den großen Namen der Kunstfotografie. Unmöglich wäre es gewesen, einer Zeitschrift wie *Elle à Table* anzukündigen, dass sie den Seeigel für die Meeresfrüchte-Reportage in Schwarz-Weiß abliefern würde. Noch dazu war das leuchtend orangegelbe Fleisch eines Seeigels ebenso intensiv im Geschmack wie in der Farbe, die Intensität der Farbe ließ deshalb unbewusst auch auf die Intensität des Geschmacks rückschließen. Also ungeachtet der Auftragsarbeiten für Zeitschriften oder Hochglanzbroschüren, die sie aus finanziellen Gründen nicht zurückweisen konnte, hatte sie ihre Farbfotografien immer mit einem leisen Unbehagen betrachtet, als würden sie nicht wirklich zu ihr gehören, als fehlte ihnen etwas Wesentliches, nämlich das Einverständnis ihrer Autorin.

Bei Schwarz-Weiß hatte sie hingegen Raum zum wirklichen Sehen, es befreite von vordergründiger Realität. Eine Erleichterung. Zu wissen, dass auf der Fotografie die Farbe gebannt sein würde, machte es ihr möglich, einen Baum in leuchtendem Dunkelblau wahrzunehmen und deshalb plötzlich nichts als das Gefüge der Äste im Herzen der Krone zu fotografieren, das Blaue des Baums, die reine Struktur, statt sich mit dem gesamten Gewächs oder gar noch mit seiner Umgebung zu verzetteln. Das Ergebnis war ein neuer Baum, eine Idee von genau diesem Baum wie er auch sein könnte, oder wie er in einer anderen Wirklichkeit, nämlich in ihrer Wirklichkeit tatsächlich war. Schwarz-Weiß befreite den Blick auf die Welt und die Dinge und ermöglichte es ihr, eine Farbe, die sie in sich sah, in den Gegenstand hineinzusehen. Diese innere Farbe veränderte wiederum ihre Perspektive auf den Gegenstand. Grau existierte deshalb als solches nicht. Auch wenn natürlich ein Schwarz-Weiß-Foto zwischen seinen beiden Farbpolen ausschließlich aus Grautönen bestand, empfand Karolin niemals Etwas als Grau. Allenfalls Trostlosigkeit. Diese Farbe – oder Unfarbe – kam deshalb nur selten in ihr auf.

Farben waren aktiv, sie erregten Gefühle, lösten Assoziationen aus. Oder: etwas Gesehenes, etwas Erlebtes rief das Gefühl einer Farbe hervor. Ein Mittwoch konnte nie wirklich schlecht anfangen, weil Karolin ihn in Karminrot erlebte, in einem Kirschrot, Sonntage waren gelb und übermütig wie die Zwei, Montage schwarz und deshalb sah sie den Montagen mit Unbehagen entgegen. Reines Schwarz war dicht und undurchdringlich. Die Eins war schwarz wie ein Montag, Nächte hingegen waren niemals schwarz, sie hatten wundervolle Farben, je nach Nacht, oft violett, aber auch sanftes Orange wie die Haut einer Aprikose oder ein tiefes, leuchtendes Blau. Selbst Formen riefen Farbe in ihr auf, die Null war schneeweiß im Gegensatz zur Eins. Perfekte, schöne Kreise waren schneeweiß wie die Null. Wenn es schneite und Schnee allmählich die Landschaft mit seiner Weiße einhüllte, wurde die Welt, die vorher Kanten und Einser hatte, zu einer Sphäre, vollendet wie die Null. Im weißen Bauch der Null dämpften sich alle Geräusche, jemand flüsterte: *Seit dem Beginn aller Zeiten hat es noch nie zwei gleiche Schneeflocken gegeben, jede Schneeflocke, die es jemals gab, ist einzigartig.* Und das stimmte wirklich.

## *10*

Ich muss von Gustave Courbets *L'Origine du Monde* erzählen, von jenem Gemälde, das Hans Wendland 1936 bei mir in Auftrag gab. Es ist eine lange Geschichte, die mehr als ein Jahrhundert umspannt, sogar bis ins Heute führt. Damals, zu meiner Zeit in Paris, hatte kein normaler Sterblicher das Gemälde je zu Gesicht bekommen. Auch ich hatte erst in Paris davon gehört, nur einige Wochen bevor Hans Wendland seinen Schweizer Kunden erwähnte und dessen Bedürfnis, den mysteriösen *Ursprung der Welt* zu besitzen. Ich glaube nicht, dass zu jener Zeit mehr als ein paar hundert ganz besondere Kunstnarren etwas von der Existenz dieses Gemäldes wussten. Bei einem meiner Spaziergänge durch das Galerienviertel war ich spontan bei Georges Wildenstein eingetreten und hatte das Glück, dem Herrn und Meister gleich am Eingang zu begegnen. Ich erinnere mich noch, dass ich mich über Wildenstein wunderte, der an diesem heißen Spätsommertag wie aus dem Ei gepellt im dreiteiligen Anzug auftrat. Er begrüßte mich herzlich, ich käme wie gerufen, und lud mich gleich zu einem gemeinsamen Rundgang ein. Solche Momente waren für mich pures Glück, denn Wildenstein tat nichts lieber, als von »seinen« Gemälden und Malern zu erzählen. Ich konnte mir keinen besseren Lehrmeister wünschen.

Vielleicht war Wildenstein besonders in Fahrt an jenem Tag, jedenfalls durchquerten wir gerade ein Bibliothekszimmer, um von einem Ausstellungssaal zum nächsten zu gehen, als er sich plötzlich vor einem Aktenschrank niederkniete – erstaunlich geschmeidig trotz seiner massigen Figur –, um die unterste Schublade aufzuschließen und ihr ein großes, ledergebundenes Album zu entnehmen. Er legte es auf einen Tisch in der Mitte des Raumes und sagte feierlich: »Junger Mann, ich werde Ihnen jetzt das bestgehütete Geheimnis der französischen Kunstwelt zeigen, gemalt von unserem einzigartigen Gustave Courbet!« Dann öffnete er die Mappe. Ich wollte mich ihr entgegenbeugen, höflich interessiert, fuhr jedoch wie vom Schlag getroffen zurück. Ich hatte bestimmt etwas Erstaunliches erwartet – aber nicht plötzlich mitten in der eleganten Galerie Wildenstein zwischen zwei unverhüllte weibliche Schenkel im Großformat zu blicken, die sich mir auf einer Schwarz-Weiß-Fotografie darboten. Offensichtlich war hier ein Gemälde abfotografiert worden. Ja, der allererste Blick auf die ungefähr DIN-A3-große Abbildung fiel geradezu automatisch, intuitiv vom Bildaufbau gelenkt, auf Schamlippen! Dann glitt er, man konnte nicht umhin, in das sanft geöffnete Fleisch hinein und schlitterte verwirrt weiter, hinauf zu den im Detail gemalten Schamhaaren, nur um regelrecht am Schlitz entlang von Neuem hinunterzuschweifen, zu den gespreizten Oberschenkeln mit dem Ansatz der drallen Pobacken – ein griffiges, zart-festes Fleisch, marmoriert von feinen Äderchen –, schließlich wieder hinauf zur weichen Bauchrundung bis hin zu den Brüsten, die gerade noch am Rand des hochgeschlagenen Kleides oder Leintuchs zu sehen waren, die linke Brust vor allem, mit ihrem gereizten Nippel, den ich mir im Schwarz-Weiß der Fotografie dunkelrosig vorstellte.

Eine Offenbarung des Weiblichen. Umwerfend würde das Gemälde sein, ich konnte es ahnen. Ein Skandal. Wildenstein ermutigte mich, im Namen der Kunst wirklich genau hinzusehen, und ich weiß noch, wie wir dann beide über die Fotografie gebeugt am Tisch standen und er mir genau berichtete, mit dem gespreizten kleinen Finger in einem Millimeter Abstand über das Fotopapier fahrend, auf welche Weise verschiedene Stellen des originalen Gemäldes von Courbet gemalt worden waren: »Hier ist es pastoser, dort ist die Pinselführung glatt, und schauen Sie sich diese Andeutung von Äderchen an, in Wirklichkeit treten sie stärker in einem blassen Blaugrau hervor, hier im Inneren der Vagina ist die rosigste Stelle, die ein Pendant zur Brustwarze bildet, im Original muss man sich das Inkarnat der Haut mit einer eher gelblichen Nuance vorstellen ...« Und so weiter.

Wildenstein erzählte mir, dass er das Originalgemälde 1913 in einem Hinterzimmer der Kunsthandlung Bernheim-Jeune gesehen habe. Es wurde nicht öffentlich ausgestellt und fast niemand wusste von seiner Existenz, geschweige denn, dass es überhaupt zum Verkauf stand. Georges Wildensteins Vater Nathan war allerdings mit den Bernheims befreundet gewesen und hatte seinen Sohn zur Besichtigung des Skandalbildes in deren Galerie mitgenommen. Er sei damals in meinem Alter gewesen, etwas über zwanzig, sagte Georges, und das Gemälde habe einen außerordentlichen Eindruck auf ihn gemacht. Er hatte tatsächlich nicht das geringste Detail in der Pinselführung und der Farbgebung vergessen. Und wahrscheinlich war er nur deshalb so plötzlich auf die Idee gekommen, mir die Fotografie vorzuführen, um noch einmal an seine Jugend anknüpfen zu können und in meinem verblüfften Staunen seine eigene Reaktion als junger Mann wiederzuempfinden.

An jenem Nachmittag erfuhr ich auch die gesamte Geschichte des Gemäldes, zumindest, was man 1936 dazu wissen konnte. Wildenstein hatte die Fotografie, die vor uns auf dem Tisch lag, einige Jahre nachdem er das Original gesehen hatte, bei Bernheim-Jeune gekauft. Außerdem zeigte er mir einen erstaunlichen Bildband von einem deutschen

Verfasser, also auch in deutscher Sprache, der Anfang der dreißiger Jahre erschienen war und die Erotik in der Malerei quer durch die Kunstgeschichte hindurch zum Thema hatte. Courbets Akt war darin tatsächlich abgebildet, allerdings in ziemlich schlechter Qualität – im Vergleich dazu war Wildensteins Foto ein Genuss. Unter der Abbildung stand: *Gustave Courbet, »Weiblicher Rumpf«, Sammlung Hatvany, Budapest.* Weiblicher Rumpf! Der Titel war abscheulich. Er bewies aber vor allem, dass der unbestreitbar poetischere Titel *L'Origine du Monde* noch nicht wirklich in Umlauf gekommen war, auch wenn Georges Wildenstein ihn schon kannte. Der Bildband machte damals einen großen Eindruck auf mich. Ich habe es immer bedauert, dass ich den Namen des Autors nicht behalten habe, und mir der Zufall später auch nicht beistehen wollte, das Buch im Antiquariat aufzustöbern.

Nach diesem heißen Spätsommernachmittag bei Wildenstein war ich derart von Courbets Gemälde fasziniert, ja, mit der Zeit sogar fast ›besessen‹, dass ich mich bis heute immer bemüht habe, keine einzige Episode seiner turbulenten Geschichte zu verpassen. Oft verschwand es jahrzehntelang völlig in der Versenkung und nur Gerüchte tauchten auf, oder ein Kapitel in der Abhandlung eines eminenten Kunsthistorikers (Charles Léger zum Beispiel) unterrichtete über die Ergebnisse neuerlicher Recherchen, bis es schließlich 1988 zum ersten Mal öffentlich ausgestellt wurde, und zwar im New Yorker Brooklyn Museum als Leihgabe der damaligen Besitzerin Sylvia Bataille-Lacan. Erst letztes Jahr, 1995, also hundertdreißig Jahre nach seinem Entstehen, hat *L'Origine du Monde* einen definitiven Platz im Pariser Musée d'Orsay erhalten. Am Anfang seiner Geschichte, im Jahr 1866, als das Gemälde noch längst keinen offiziellen Namen hatte, stand ein schillernder, klatsch- und sagenumwobener Mann, den mancher Zeitgenosse als exotischen Märchenprinzen beschrieb. Das lag insofern nahe, als der Mann türkischer Abstammung war und von der Welt einiges gesehen hatte. Er war in Ägypten aufgewachsen, als Diplomat und Botschafter bis nach Sankt Petersburg gekommen und hatte sich schließlich mit einem tatsächlich märchenhaften Vermögen in Paris niedergelassen. Khalil Sherif Pascha oder kurz: Khalil-Bey war nicht nur ein kultivierter, weltgewandter Dandy und versierter Politiker, sondern auch ein begeisterter Spieler und Pferde-Fan, der eigens Rennpferde züchtete, um dann auf sie wetten zu können. Und Khalil-Bey hatte ein Faible für Frauen und für die Kunst. Er war allerdings kein besonders schöner Mann, etwas untersetzt und rundlich, mit hohen, drallen Wangen, schmalen Augen und einem kräftigen, blauschwarzen Bart. Was die Natur ihm an Vorteilen verweigert hatte, machte Khalil-Bey mit seiner Persönlichkeit wett. Geistreich muss er gewesen sein, sehr charmant, noch dazu ein großzügiger Liebhaber, der die schönsten und begehrtesten Frauen seiner Zeit für sich gewinnen konnte. Die Besucherinnen seines prachtvollen Appartements auf dem Boulevard des Italiens Nummer 24 machten in ihren Korrespondenzen Bemerkungen über den Luxus, mit dem sie in seinen Gemächern empfangen wurden.

Khalil-Bey, der in jeder Hinsicht dem Schönen huldigte, hatte mit einem Teil seines Reichtums in eine Gemäldesammlung investiert. In seiner Pariser Wohnung konnte man eine Kollektion bewundern, die sicheren Geschmack verriet, unter anderem mit ausgesuchten Werken von Pierre-Paul Prud'hon, Jean-Auguste-Dominique Ingres und Ernest Meissonier, aber auch von Zeitgenossen, die es mutiger war zu sammeln, wie Jean-Baptiste Corot und Eugène Delacroix. Besondere Bemühungen stellte Khalil-Bey an, um einige erotische Szenen und exquisite Aktgemälde zu akquirieren. Von Ingres hatte er das voluptuöse *Türkische Bad* gekauft und eine *Liegende Venus*, gemalt nach Tizians *Venus von Urbino*.

Eines Tages hörte er von einem Freund, dem Schriftsteller Charles-Augustin Sainte-Beuve, dass Gustave Courbet ein Gemälde unter dem vielversprechenden Titel *Venus verfolgt Psyche mit ihrer Eifersucht und findet sie schlafend* oder kurz *Venus und Psyche* gemalt habe, das seinesgleichen suche, und auf dem *Salon*, der jährlichen Pariser Kunstschau, aus moralischen Gründen abgelehnt worden sei. Und Courbet habe nichts dagegen, es zu verkaufen, fügte Sainte-Beuve lockend hinzu.

Unverzüglich fuhr der orientalische Kunstsammler in der Rue Hautefeuille vor, wo sich Courbets Atelier im Haus Nummer 32, gleich an der Ecke zum Boulevard Saint-Germain befand. Khalil-Bey kam jedoch zu spät. Er konnte das Gemälde zwar noch im Atelier bewundern, Courbet hatte es allerdings ausgerechnet am Vortag verkauft. An solchen Widrigkeiten sollte Khalil-Beys Enthusiasmus für die Kunst nicht scheitern: »Dann malen Sie mir eben dieselbe Szene noch einmal«, befahl er schlüssig. Dass Künstler verschiedene Versionen desselben Gemäldes anfertigten, konnte vorkommen, und Courbet selbst malte sein berühmtes Porträt *Jo, die schöne Irin* gleich viermal. Aber hier ging es um hartes Geld und den offiziellen Kurs seiner Gemälde. Der Maler wusste, dass er für eine Eigenkopie nicht dasselbe verlangen konnte wie für ein originales Einzelwerk. Noch dazu hatte er einen zahlungskräftigen Kunden vor sich. »Kommt nicht in Frage!«, gab er also zurück, »aber wie wäre es, wenn ich male, was danach passiert?«

Ein überzeugenderes Angebot konnte es kaum geben. Was danach passiert? Was konnte wohl passieren, nachdem die nahezu unbekleidete Venus endlich Psyche gefunden hat und neben der splitternackten Schönen kniet, die voluptuös im Schein der hingehaltenen Lampe auf einem Diwan liegt? Khalil-Bey hatte genügend Sinn fürs Spielerische, um sich mit Vergnügen auf den Vorschlag einzulassen. Geliefert wurde ihm dann im Spätsommer oder Herbst 1866 das Gemälde *Die Schlafenden* (manchmal wird dasselbe Bild unter einem zweiten, unmissverständlichen Titel aufgeführt, nämlich *Müßiggang und Wollust),* zwei lasziv ineinander verschlungene Frauen, die nach einem offensichtlich zärtlichen Liebesakt erschöpft miteinander eingeschlummert sind. Ein Meisterwerk. Khalil-Bey war mehr als zufrieden mit seinem Ersatz für *Venus und Psyche*. Aber wie kam er nun an jenes Gemälde, das später als *L'Origine du Monde* in die Malereigeschichte eingehen sollte? Wurde es in seinem Auftrag von Courbet gemalt, oder stand es schon fertig in dessen Atelier, 55 auf 46 Zentimeter groß, also eigentlich recht klein, als Khalil-Bey zur Besichtigung kam? Darauf wusste schon Georges Wildenstein keine definitive Antwort.

Mit der Frage, wann und für wen das Gemälde ursprünglich gemalt wurde, ist automatisch eine weitere, viel interessantere Frage verbunden, nämlich wen *L'Origine du Monde* eigentlich darstellt: Wer, oder genauer gesagt: welcher weibliche Schoß hatte für Courbet Modell »gelegen«? Handelte es sich um eine weitere Auftragsarbeit für Khalil-Bey, nachdem dieser zu seiner vollen Zufriedenheit die reizenden *Schlafenden* erhalten hatte? Wenn ja, stellte das Gemälde dann eine der Geliebten von Khalil-Bey dar? Der leichtlebige Diplomat soll seine diversen Maitressen stürmisch, aber recht unbeständig geliebt haben. Hatte er das Bedürfnis, sich das intimste Porträt von einer unter ihnen anfertigen zu lassen? Kein anderer Maler wäre dann in Frage gekommen als Gustave Courbet, der das hautnahe Inkarnat der beiden *Schlafenden* schon so überzeugend auf die Leinwand gezaubert hatte. Oder hatte etwa nur ein anonymes pornographisches Foto als Vorlage gedient? Die bahnbrechende Technik der Fotografie existierte zwar erst seit Mitte des neunzehnten Jahrhunderts, aber ein lukrativer Markt für gewagte fotografische Nacktszenen war schon innerhalb kürzester Zeit entstanden. Courbet soll eine reiche Sammlung an expliziten Fotos besessen haben, darunter mehrere, auf denen das Modell aus einer ähnlichen Perspektive aufgenommen wurde, wie die, die Courbet für sein Gemälde gewählt hat.

Es gibt noch eine dritte Möglichkeit. Zeigt das Gemälde, das wir heute als *L'Origine du Monde* kennen, etwa eine gewisse Joanna Hiffernan? Sie war damals die Geliebte des amerikanischen Malers James Whistler, der Courbet zutiefst verehrte und nach Frankreich gekommen war, um bei seinem Vorbild in die Lehre zu gehen. James Whistler hatte Joanna, eine Irin mit krausgelockter, rotblonder Haarmähne, 1860 in London kennengelernt. Er selbst war es, der dem attraktiven und allen Lebensfreuden äußerst zugetanen Courbet seine geliebte Jo vorgestellt hatte. Ein gefährliches, aber unvermeidliches Unterfangen, da Whistler sich zu jener Zeit seinem Freund und Meister Courbet eng verbunden fühlte und noch dazu mit Jo zusammenlebte. Die Sommer- und Herbstmonate des Jahres 1865 verbrachten alle drei als unzertrennliches Freundestrio in dem normannischen Badestädtchen Trouville. Georges Wildenstein war sich sicher, dass auch Courbet ein Verhältnis mit Whistlers Geliebten gehabt hatte, wahrscheinlich schon gleich während jenes sorglosen Sommers in Trouville. Deshalb habe sich Whistler 1866 mit Courbet überworfen und sei kurz darauf Hals über Kopf auf ein Schiff nach Südamerika gesprungen, um den chilenischen Unabhängigkeitskampf gegen die Spanier zu unterstützen. Er habe seinem Liebeskummer entfliehen wollen, mutmaßte Wildenstein. Whistler ließ Joanna in London zurück. Keine gute Idee, denn so allein hielt sie es dort nicht lange aus.

Sicher ist, dass Joanna Hiffernan nach den gemeinsam verbrachten Sommermonaten in Trouville und Whistlers plötzlicher Abreise Courbet in Paris wiedergetroffen hat, und sicher ist auch, dass Courbet ganze vier Porträt-Versionen von der reizvollen Rothaarigen, der *Schönen Irin* gemalt hat.

Eines der vier Porträts hat er bis zu seinem Tod aufbewahrt und mehrere Kaufangebote ausgeschlagen. Außerdem lässt sich Joanna als eine der beiden sapphischen, sehr sinnlichen *Schlafenden* identifizieren – sie war also auf dem Gemälde zu sehen, das Courbet als Auftragsarbeit für Khalil-Bey gemalt hatte. Selbst wenn es die Sammlung pornographischer Fotos war, die Courbet zu seinem erstaunlichen Bildausschnitt mit der gewagten Perspektive inspiriert hat, bleibt es doch unvorstellbar, dass ihm einzig und allein eine kleine, undeutliche Schwarz-Weiß-Fotografie als Vorlage für *Ursprung der Welt* gedient haben konnte, der mindestens die Realität des Fleisches und eine etwas subtilere Sinnlichkeit abgehen musste. Die Pinselführung, ja, Courbets gesamtes Gemälde erscheint mir dafür zu mitgerissen. Es ist, als habe er eine Liebeserklärung an die Weiblichkeit gemalt und gleichzeitig an eine ganz bestimmte Frau. Wenn man das Gemälde mit etwas mehr Distanz betrachtet, bemerkt man auch eine aufgehellte Aura rund um den Venushügel. Der Schoß wirkt wie eine Erscheinung, eine Huldigung des reinen Fleisches im Gegensatz zum reinen Geist, und diese Aura hat etwas von einem Heiligenschein in religiösen Gemälden. Das Bild blieb noch lange Zeit eine Transgression dessen, was als künstlerisch darstellbar galt. Ganz im Inneren zwischen den Schamlippen schimmert ein tiefrosafarbener Punkt, der nur ein einziges farbliches Pendant im Gemälde bekommt, nämlich zur Krönung (wie ein Rubin) der linken Brust. Aber wie dem auch sei, Tatsache ist, dass Khalil-Bey im Sommer 1866, nachdem er die *Schlafenden* in Courbets Atelier abgeholt hatte, auch *L'Origine du Monde* erwarb. Seinen kostbaren Schatz hängte er, von einem grünen Vorhang verborgen, in seinem Ankleidezimmer auf, in einem Raum also, den ein gewöhnlicher Besucher nicht betrat. Nach Belieben konnte er den Schleier heben und einen Blick auf sein Kleinod werfen. Allein oder in gewählter Gesellschaft genoss er die Zeremonie des

Enthüllens und Vorführens seiner Reliquie der Weiblichkeit. Einige Damen haben sie vor Ort bewundert, durften unter den grünen Vorhang schauen. Auch einige Herren legten Zeugnis sowohl vom Bild als auch von seiner Verhüllung ab.

Schon bald nachdem das höchst intime Gemälde Courbets Atelier verlassen hatte, fing seine jahrhundertlange Odyssee an. Khalil-Bey, der sich im spielfreudigen Paris nahezu ruiniert hatte, beschloss nach Istanbul zurückzukehren und gab 1867 seine gesamte Kunstsammlung zum Verkauf frei. Der grüne Vorhang hob sich zwar notgedrungen am Boulevard des Italiens über *L'Origine du Monde,* aber nur, um das Gemälde in schützende Tücher gehüllt sofort wieder untertauchen zu lassen. Für lange Zeit sollte es nur noch als Legende existieren.

Erst gute zwanzig Jahre später, 1889, findet sich wieder eine Spur von Courbets Gemälde »con amore«, und zwar bei dem Schriftsteller Edmond de Goncourt. In seinem Tagebuch erzählt er von einem Besuch im Laden eines Händlers für Chinoiserien und japanische Graphiken, Antoine de la Narde, der unterhalb von Montmartre in der Rue Saint George ansässig war. Der hatte ihm zunächst eher mittelmäßige Kunstobjekte aus dem Reich der aufgehenden Sonne vorgeführt, berichtet Edmond de Goncourt. Als er seinen gelangweilten Blick bemerkte, holte der Kunsthändler ein Gemälde aus der Hinterstube: »Vielleicht interessiert Sie das?« Edmond de Goncourt sah nur auf eine wenig enthusiasmierende »Schneelandschaft mit Kirche«, wie er in seinem Tagebuch schreibt. Dann aber steckte de la Narde ein Schlüsselchen in ein kleines, goldenes Schloss am Gemälderahmen und klappte die Schneelandschaft wie einen Deckel zur Seite. Auf der »geheimen Leinwand dahinter« entdeckte Goncourt, »von Courbet für Khalil-Bey gemalt, einen weiblichen Bauch mit einem schwarz hervorlockenden Venushügel über der Spalte einer rosafarbenen Möse«, und bekennt: »Vor diesem

Gemälde, das ich noch nie zuvor gesehen habe, muss ich nun vor Courbet Abbitte leisten: Dieser Schoß ist derart schön, dass er mit einem Correggio den Vergleich aufnehmen kann.«

Khalil-Beys grüner Vorhang war von einem unauffälligen Doppelrahmen ersetzt worden, dessen oberes Deckgemälde ebenfalls von Courbet gemalt worden war. Wer hatte es in Auftrag gegeben? Sicherlich derjenige, der das Gemälde zwischen seinem Verkauf 1867 und Edmond de Goncourts Tagebucheintrag 1889 besessen hatte. Bis heute konnte ich keine klare Antwort finden. Das Gemälde zeigte zwar keine Kirche (Edmond de Goncourt irrt sich in seiner Erinnerung), sondern ein Schloss im Schnee, und es hieß *Le Château de Blonay*. Derart in einem Doppelrahmen unter einem harmlosen Landschaftsgemälde versteckt und nirgendwo sonst als bei Edmond de Goncourt erwähnt, tauchte *Der Ursprung der Welt* nach dieser Bemerkung von 1889 wieder in der Versenkung unter. Wieder blieben nur Gerüchte und Vermutungen. Hat Edmond de Goncourt das Gemälde bei de la Narde gekauft? Es wurde gemunkelt, dass er den Schlüssel zum faszinierenden *Ursprung* bis zu seinem Tod 1896 nie aus der Hand gegeben haben soll. Im November 1912 lässt sich die Spur des Gemäldes wieder aufnehmen, denn es wurde im Hinterzimmer einer der besten Pariser Kunsthandlungen, bei den Brüdern Bernheim-Jeune gesichtet – immer noch im Doppelrahmen hinter der Courbet'schen Schneelandschaft versenkt. Die Brüder Josse und Gaston Bernheim hatten Courbets *L'Origine du Monde* von einer gewissen Madame Vial gekauft, Ehefrau eines gerade verstorbenen Kunsthändlers, der seine Freizeit damit verbrachte, esoterische Studien zu betreiben. Hat *L'Origine du Monde*, ein Gemälde, das damals noch keinen offiziellen Namen besaß (sicher nur deshalb, weil es offiziell noch gar nicht existierte) die guten zwanzig Jahre zwischen 1889 und 1912 etwa bei Charles Emile

Vial in der schicken Pariser Vorstadt Neuilly zugebracht, versteckt hinter einer unschuldigen Schneelandschaft? Der Mann war nicht nur ein Freund und Kollege von Antoine de la Narde, der das Gemälde ja 1889 in seiner asiatischen Kunstgalerie unter dem Ladentisch feilbot, sondern er hatte auch ein paar kuriose halbwissenschaftliche Abhandlungen geschrieben, mit anregenden Titeln wie »Die Liebe im Universum und die Umkehrung in der Erschaffung der Welt«. Charles Emile Vial hätte das Gemälde 1889 von de la Narde kaufen können und sich von dem direkten An- und Einblick in Courbets weiblichen Schoß zu mehr als physischen, nämlich zu metaphysischen Fragen über Liebe und Universum inspirieren lassen können. Hatte Vial dem Gemälde seinen unbescheidenen Titel *L'Origine du Monde* gegeben? Ich weiß nur eines mit Sicherheit, nämlich dass 1936 genau dieser Titel, *L'Origine du Monde,* von Georges Wildenstein persönlich ausgesprochen wurde.

Aber wer auch immer ihn erfunden hat, die Geschichte geht weiter. Im Sommer 1913 erwarb ein ungarischer Baron das Courbet'sche Gemälde bei der Galerie Bernheim-Jeune, dort also, wo der junge Georges Wildenstein es mit seinem Vater Nathan gesehen hatte. Das geheimnisvollste Werk der jüngeren Malereigeschichte gehörte von nun an und für immerhin vierzig Jahre dem feinsinnigen und kunstliebenden Ferenc von Hatvany, der übrigens selbst ein recht begnadeter Maler war. Hatvany brachte *Ursprung der Welt* kurz vor Ausbruch des Ersten Weltkrieges nach Budapest und hängte es dort in seiner luxuriösen Stadtvilla auf, wo es in beste Gesellschaft kam. Er stammte aus einer wohlhabenden jüdischen Industriellenfamilie und seine Sammlung umfasste ungefähr 700 Gemälde, die bis ins Kinderzimmer hinein die Wände schmückten, darunter, neben mehreren Courbets: Tintoretto und El Greco, Ingres, Delacroix und Géricault, Cézanne, Manet und Renoir. Hatvanys Kunstschätze überlebten zwar den Ersten Weltkrieg und die ungarische Revolution, aber nicht den Zweiten Weltkrieg. Als Ungarn 1941 im Balkanfeldzug einen Pakt mit Nazi-Deutschland gegen die Sowjetunion einging und 1942 freiwillig judenfeindliche Gesetze erließ, die bald zu massiven Deportationen führten, lagerte Hatvany unter verschiedenen nichtjüdischen Decknamen 71 seiner wertvollsten Gemälde und Zeichnungen in mehrere Banktresore ein und versteckte sich, die Gefahr in letzter Sekunde erkennend, bis zum Ende des Krieges. In der dritten von dreizehn durchnummerierten Kisten befand sich ein Gemälde von Courbet mit dem unscheinbaren Titel »Porträt«.

Die ungarische Regierung versuchte Anfang 1944, als die Niederlage der Deutschen schon absehbar wurde, noch in letzter Minute das Fähnchen zu wechseln und mit der gewinnenden Sowjetunion zu paktieren. Zur Strafe marschierten deutsche Truppen in Budapest ein und besetzten das bislang gern kollaborierende Ungarn. SS-Offiziere beschlagnahmten im März 1944 Hatvanys Villa, in der sich noch immer Courbets *Ringkämpfer* und manch andere Gemälde befanden. Hunderttausende Budapester Juden wurden 1944 nach Auschwitz deportiert. Ferenc Hatvany gelang es, den Holocaust in seinem Versteck zu überleben. Im Oktober 1944 marschierten auch die Russen in Ungarn ein, besetzten Budapest im Februar 1945 und jagten die deutschen Truppen im April 1945 endgültig aus dem Land. Vor der Evakuierung beluden die deutschen Ex-Besatzer noch mehrere Züge der Reichsbahn mit jüdischem Beutegut, mit Kunstwerken aller Art – darunter war auch jener Teil der Sammlung Hatvany, der in seiner Villa geblieben war – sowie den Schätzen der ungarischen Krone. Die Transporte mit der Beutekunst gingen teils nach Berlin, teils ins nahe gelegene Österreich.

Was sich nach dem Abzug der Deutschen noch in den Tresoren der Budapester Bank befand, wurde in den ersten

Monaten des Jahres 1945 restlos von der Roten Armee ausgeräumt. Die meisten Gemälde aus Hatvanys Sammlung sind als nazideutsche oder sowjetische Beute zwischen Berlin und Moskau verschwunden. Wieder verliert sich die Spur von Courbets Gemälde *L'Origine du Monde*, das sich in einem der von den Russen geplünderten Banktresore befand. Und wieder summten Gerüchte. Angeblich sollen russische Soldaten in einem Militärlastwagen durch die von den Alliierten zerbombte Stadt Budapest gefahren sein, auf dessen Plane sie den *Liegenden Akt* von Courbet geklebt hatten. Den noch um vieles gewagteren Akt *Ursprung der Welt*, hielten sie johlend den besiegten Budapestern unter die Nase, um sie zu beleidigen. Eine seltsame Szene, sollte sie wirklich stattgefunden haben. 1946 nahm ein Sowjet-Offizier ungarischer Herkunft heimlich mit Hatvany Kontakt auf: Er könne ihm einige seiner Gemälde zurückerstatten, unter der Bedingung, eine angemessene Belohnung dafür zu erhalten. Baron Hatvany soll auf diese Weise mindestens siebzehn Gemälde seiner geliebten Sammlung für dreißigtausend Schweizer Franken zurückgekauft haben, darunter *Ursprung der Welt*.

Bald darauf emigrierte er nach Paris und konnte seine wiedererworbenen Gemälde nach und nach heimlich aus Ungarn schaffen. *L'Origine du Monde* trat neuerlich eine Reise an – diesmal von Budapest zurück nach Paris, in einem Reisekoffer als zusammengerollte Leinwand zwischen Kleidern versteckt. Aber wieder blieb das Gemälde ein Phantom. Wo hing es und wer schaute es an? Blieb es in Paris? Befand es sich in Hatvanys Haus in der Schweiz? Oder lag es in einem französischen oder helvetischen Banktresor, banal wie ein Goldbarren? Sicher ist nur, dass Ferenc Hatvany nach und nach seine paar zurückgekauften Gemälde veräußern musste, um für sich und seine Familie aufkommen zu können. Aber wann verkaufte er seinen faszinierenden Courbet?

Erst 1955, neun Jahre später, lässt sich die Spur vom *Ursprung der Welt* wieder aufnehmen. Der Psychoanalytiker Jacques Lacan und seine Frau, die Schauspielerin Sylvia Bataille-Lacan, erwarben das Gemälde von einem unbekannten Mittelsmann (wie viele heimliche Mittler es in dieser Gemäldegeschichte gibt!) und brachten es in ihr Landhaus bei Paris. Dort ließen sie sich von dem surrealistischen Maler André Masson ein ausgeklügeltes Gehäuse anfertigen. Diesmal handelte es sich um einen Doppelrahmen mit einem Deck-Gemälde, das von rechts nach links zur Seite geschoben wurde und ganz allmählich den Blick auf Courbets subversiven Frauenschoß freigab. So tauchte *Der Ursprung der Welt* auf subtile Weise hinter einer nahezu abstrakten Landschaft von Masson auf – oder unter –, deren Linienführung allerdings genau den voluptuösen Konturen des versteckten weiblichen Aktes nachgezeichnet war. Masson nannte das ganz in rotbraune Töne gehaltene Gemälde *Erotische Erde*.

Jacques Lacan war mit Sicherheit ein stolzer und dazu kreativer Besitzer von *L'Origine du Monde*. Die Betrachtung des Gemäldes habe Passagen seiner analytischen Arbeit inspiriert. Sagt man. Sämtlichen Freunden und Bekannten, die in sein Landhaus in Guitrancourt zu Besuch kamen, führte Lacan hochzufrieden die Zeremonie der Enthüllung seines Schatzes vor. Ein kleiner Schlüssel wurde unten am Rahmen ins Schloss eingeführt und umgedreht, die linke Leiste des vergoldeten Rahmens abgezogen, sodass die Landschaft von Masson nach links hin weggeschoben werden konnte, und allmählich – möglichst langsam, genüsslich – ein weiteres Gemälde darunter sichtbar wurde: Der *Ursprung der Welt* und wundervolle weibliche Schoß, dessen Identität bis heute die Kunstgeschichte bewegt. Diese Vorführung hat Jacques Lacan auch dem alten Pablo Picasso zugutekommen lassen. Kein Zweifel, dass er die Inszenierung genossen hat.

Und das Nachspiel? Jacques Lacan starb 1981 und 1993 folgte ihm seine Frau, Sylvia Bataille-Lacan, in den Tod. *Der Ursprung der Welt* wurde als Schenkung dem Französischen Staat übermacht: als Tauschobjekt zur Bezahlung der Erbschaftssteuer. Nach hundertdreißig Jahren einer okkulten Existenz in der Intimität von Privatsphären, als heimliches Objekt des Begehrens und der Bewunderung einiger enthusiastischer Kunstsammler, versteckt hinter einem grünen Vorhang, in den Hinterzimmern der Kunsthändler, unter einer Schneelandschaft und schließlich unter einem erotischen Landschafts-Double, umwoben von Legenden und Gerüchten, endet die Odyssee des Gemäldes also im Pariser Musée d'Orsay, wo es nun bis auf weiteres schutz- und hüllenlos dem öffentlichen Blick ausgesetzt ist.

Zuletzt bleibt allerdings noch ein Rätsel bestehen. Nachdem Courbets Akt nur ein einziges Mal Anfang der dreißiger Jahre in einem deutschen Bildband zur Geschichte der Erotik in der Malerei veröffentlicht wurde, ein Werk, das noch dazu schnell vergriffen war und selbst antiquarisch unauffindbar bleibt, gab es lange Zeit keine weitere Darstellung des Gemäldes. Wildensteins Fotografie, die ich 1936 in seiner Galerie betrachtet habe, war sein privates Sammlerstück. Wer weiß, was damit geschah, nachdem der jüdische Kunsthändler vor den deutschen Besatzern nach Südfrankreich, dann nach Amerika fliehen musste und seine Sammlung geplündert wurde.

Erst lange nach dem Krieg und hundert Jahre nach der Entstehung des Gemäldes, nämlich 1967, wurde in Frankreich zum ersten Mal eine Farbfotografie von *L'Origine du Monde* veröffentlicht – aber keineswegs in einem Kunstband, sondern, Ironie der Geschichte, in einer Abhandlung über die Anatomie der Vagina und die weibliche Sexualität mit dem Titel *Le sexe de la femme*, geschrieben von einem gewissen Doktor Gérard Zwang. Damit nicht genug, etwas später stellte sich heraus, dass die Fotografie nicht etwa das Courbet'sche Gemälde selbst zeigte, sondern eine recht mittelmäßige Kopie. Wer hatte die Kopie gemalt, die dieser Abbildung zugrunde lag?

## Foto 6

Unordentlich gestapelte Kartons mit Viktors Kunstbüchern stehen im Flur von Karolins Wohnung. Auf einem der Kartons im Vordergrund liegt ein Bildband von Pierre Bonnard mit dem Titel »Das Glück zu malen«. Der Deckumschlag zeigt das Gemälde *Die Terrasse von Vernon.* Neben dem Buch ein alter Fotoapparat, es ist Karolins erste Leica R3.

Per Beifracht mit dem Transportunternehmen Schenker wurden ein paar Möbel und die Kartons mit Viktors Kunstbüchern aus Deutschland angeliefert. Die Möbelleute hatten vor ihrer Ankunft angerufen, und Karolin hatte sie an der Straße abgefangen, um ihnen zu zeigen, wo sie parken konnten. Kurz darauf schaute sie vom Balkon aus zu, wie drei junge Männer ihre Frachtstücke vom Lastwagen über die Straße trugen und unten im Gebäude verschwanden. Dann kamen sie oben im letzten Stock aus dem Aufzug, stellten nach Karolins Anweisungen die Kartons im Flur ab, platzierten die Einzelteile des schwarzen Jugendstil-Bücherschranks im Arbeitszimmer, einen kleinen, graublau gestrichenen Bauernschrank im Schlafzimmer, den Ohrensessel im Wohnzimmer. Karolin unterschrieb die Empfangsbestätigung und schloss die Türe hinter den Möbelträgern. Sie öffnete ein paar Kisten, zog den einen oder anderen Band hervor und griff dann zu ihrer Kamera. Die Firma Schenker hatte ihr eine beirrende Bürde angeliefert, denn der Schrank mit all den Kunstbänden, der früher keine andere Bedeutung hatte, als neben der Gitarre oder dem Klavier zu den verschiedenen Bildungsgütern der Familie zu gehören, drängte sich nun mit einem neuen Gewicht in ihr Pariser Leben.

Nachdem Karolin noch im alten Haus Viktors Aufzeichnungen ein erstes Mal gelesen hatte, konnte sie der Verlockung nicht widerstehen, ausgerechnet Schenker mit dem Transport ihrer Erbstücke von Deutschland nach Frankreich zu beauftragen. Es war für sie eine Anspielung auf die Vergangenheit, die nur sie selbst etwas anging. Sie wollte den Schenker-Laster hier und heute in Paris vor ihrem Haus stehen sehen. Damals, während der Besatzung, hatte die Speditionsfirma aktiv beim Transport von Kunstwerken von Frankreich nach Deutschland mitgewirkt. Aber nicht nur die Kunst hatte Schenker professionell expediert, sondern auch Möbel und Gegenstände, eben alles Wertvolle oder Nützliche, das zuvor in jüdischen Haushalten konfisziert worden war.

Anfang der dreißiger Jahre hatte die Deutsche Reichsbahn den kurz vor dem Bankrott stehenden Familienbetrieb übernommen. Ohne den Zweiten Weltkrieg und das während der Eroberungsphase schnell expandierende Einsatzgebiet wäre Schenker niemals innerhalb von nur wenigen Jahren zu einem florierenden, in ganz Europa tätigen Transportunternehmen geworden. Ohne die eifrige Mitarbeit am generellen Abtransport würde die Firma heute wahrscheinlich gar nicht mehr existieren. Schenker unterhielt ein sehr dynamisches Büro in Paris und hatte sich unter anderem auf die besonders delikaten Kunsttransporte spezialisiert. Briten und Amerikaner beschlagnahmten nach der Befreiung von Paris im August 1944 die im Schenker-Büro verbliebenen Unterlagen, die erst viel später, Anfang der neunziger Jahre, als ihre Geheimhaltung aufgehoben wurde, der Öffentlichkeit zugänglich gemacht wurden. Aus den Pariser Schenker-Papieren ließ sich im Einzelnen entnehmen, wann die Firma welche Gemälde oder sonstigen Kunstgegenstände von Frankreich nach Deutschland expediert hatte, ja, sogar welcher Händler sie in Paris zu welchem Preis an wen verkauft hatte. Immer wurden in den Listen auch die Empfänger der Transporte genannt, das heißt die zahlreichen deutschen Museen, deren Kuratoren die jeweiligen Kunstwerke in Paris aufgekauft hatten. Häufig fand sich noch dazu ein Vermerk, ob es sich um ein legales oder um ein illegales Geschäft handelte.

Und nun hatten drei freundliche Mitarbeiter der Schenker AG ihre Erbstücke aus Deutschland angeliefert. In den Kartons befanden sich auch Bücher, die ihr Vater damals hier in Paris gekauft haben musste. Er hatte sie entweder auf der Flucht mitgenommen oder, das schien Karolin realistischer, er war nach dem Krieg noch einmal nach Paris zurückgekehrt, um das Atelier in der Rue Lepic zu räumen und die Dinge, von denen er sich nicht trennen wollte, nach Deutschland mitzunehmen. Kurz, ganz kurz nur, hatte Karolin mit dem Gedanken gespielt, Schenker auch mit dem Transport ihres Gemäldes, der *Sitzenden Odaliske* zu betrauen. Aber dann wurde ihr klar, dass der Aufwand in keinem Verhältnis zur Ironie der Pointe gestanden hätte. Vor allem kam ihr zum ersten Mal der unglaubliche Gedanke, dass es sich nicht etwa um die Fälschung eines gewissen Isidor Schweig, sondern tatsächlich um den echten Matisse handeln könnte. An keiner Stelle hatte sich ihr Vater klar dazu geäußert. Inzwischen hatte sie seine Aufzeichnungen immerhin schon zwei Mal gelesen. Hatte Viktor, alias Isidor, seine Fälschung oder vielmehr den echten Matisse auf dem Dachboden versenkt? Und wie hätte Karolin das Gemälde bei Schenker überhaupt ausweisen sollen? Denn die zu transportierenden Güter mussten vom Auftraggeber aus Versicherungsgründen bezeichnet und geschätzt werden. Hätte sie es als wohlfeiles Gemälde von einem unbekannten Maler namens Isidor Schweig ausgeben sollen? Es allerdings als *Odalisque assise* von Henri Matisse zu deklarieren wäre unmöglich gewesen. Sie war weder die offizielle Besitzerin eines Matisse-Gemäldes noch hätte sie die kostspielige Spezialversicherung zahlen können.

Stattdessen hatte Karolin, nachdem das alte Wagfall-Haus leer geräumt und seinem neuen Besitzer übergeben worden war, ihre Odaliske mit ein paar anderen Kisten, Kartons und Gegenständen ins Auto gepackt und war unbehelligt über die Grenze gefahren. Nach einem jahrzehntelangen Exil war das Gemälde nun wieder nach Paris zurückgekehrt. Bevor Karolin sich dazu durchringen konnte, es Louise Bergell, einer der versiertesten Matisse-Experten, zur Prüfung vorzulegen, sollte es erst einmal hier, gleich neben ihrem Schreibtisch an der Wand hängen bleiben. Matisse – oder war es Isidor Schweig? – hatte wunderbare Blautöne verwendet, aber Karolin gefielen auch die dunklen Augen der Odaliske, obwohl sie nur mit einem fast schwarzen Pinsel angedeutet wurden. Bei ihren Recherchen im Internet hatte sie einen zusätzlichen Namen für das Gemälde gefunden: *La tristesse* stand manchmal in Klammern hinter dem Titel, sicherlich, um das Gemälde unter den zahlreichen Odalisken von Matisse eindeutig zu bezeichnen. Karolin empfand die junge Frau nicht als traurig, allenfalls als nachdenklich. Sie schien über etwas Entscheidendes nachzudenken, über etwas, das sie allenfalls in Zukunft traurig machen könnte.

Wieder ging Karolin der Gedanke durch den Kopf, den sie in all den Wochen, seit sie das Gemälde mitsamt den Aufzeichnungen im Dachstuhl des alten Hauses gefunden hatte, noch kein einziges Mal gewagt hatte, wirklich bis zu Ende zu denken: Und was wäre, wenn es sich nicht um eine Kopie, sondern tatsächlich um den echten Matisse handelte? In seinen Aufzeichnungen gibt ihr Vater dazu keine Antwort, bewusst lässt er den Leser im Unklaren. Was wäre, wenn ihr Vater jahrzehntelang einen Matisse versteckt gehalten hatte, weil es nur eine einzige Alternative gegeben hätte, nämlich ihn den rechtmäßigen Erben des ehemaligen Besitzers zurückzuerstatten? Die originale *Odalisque assise* mit dem zusätzlichen

Titel *La tristesse* hatte jedenfalls einst dem Kunsthändler Paul Rosenberg gehört und war, wie dessen gesamte Sammlung, von den Nazis konfisziert worden. Aber auch die dazugehörige Zwillingsfrage stellte sich dann von Neuem: Wer hatte in diesem Fall die andere *Sitzende Odaliske* gemalt, die, die sich ohne jeglichen Zweifel heute in Amerika befand und viele Jahre lang in aller Öffentlichkeit im Seattle Art Museum ausgestellt und dann den Rosenbergs zurückerstattet worden war? Hatte Isidor Schweig sie gemalt? Hatte diese Fälscher-Figur aus Viktor Wagfalls *Aufzeichnungen* überhaupt je existiert? War ihr Vater tatsächlich auch Isidor Schweig? Die Fragen waren müßig, denn die einzigen Antworten, die Karolin finden konnte, standen nirgendwo anders als in den zwölf dicht beschriebenen Schulheften, die Viktor Wagfall hinterlassen hatte.

Das Ungeheuerliche bestand für Karolin weniger in der Möglichkeit, dass ihr Vater ein Schuft gewesen sein könnte, ob überzeugter Nazi oder profitierender Mitläufer, ob Fälscher oder Hochstapler. Die Nazizeit war zu Geschichte geworden, sie lag weit zurück und ließ sich nie wiedergutmachen – allenfalls konnte man versuchen, etwas daraus zu lernen. Das Ungeheuerliche lag vielmehr im Hier und Heute, dass diese Geschichte in den folgenden Generationen noch immer Spuren hinterließ, Spuren des Erbes, ob sichtbar wie ein Gemälde oder unsichtbar wie ungelöste Fragen und ein ungreifbares Gefühl von Schuld. Wie konnte ihr Vater, den sie geliebt hatte, zu dem sie als Kind aufschauen wollte und aufgeschaut hatte, den sie unbedingt achten wollte, sich in jener Zeit etwas zuschulden kommen lassen und es danach nicht auf sich nehmen? Stattdessen: die Umstände mildern, ausschmücken, abwiegeln, korrigieren. Sicher auch Information unterlassen. Eines der höchsten Bedürfnisse des Menschen war es und ist es und wird es bleiben, vor sich selbst, in seinen eigenen Augen und vor allem in den Augen der anderen ein guter Mensch zu sein. Ein Mensch, der sich nichts vorzuwerfen hat. Sicherlich wollte auch Viktor ein derartiger »guter« Mensch sein. Und wie viele andere vertrauensvolle, liebende Kinder hatte Karolin ihm dabei geholfen, indem sie möglichst keine unangenehmen Fragen stellte. Sie wollte einen guten, einen möglichst makellosen Vater haben. Sie stellte so wenige Fragen, dass sie nicht einmal ahnte, wer ihr Vater wirklich damals gewesen ist.

»Ich glaube, wir werden das, was unsere Väter uns in den toten Zeiten gelehrt haben, während sie nicht daran dachten, uns zu erziehen. Man formt sich an Abfällen der Weisheit«, schreibt Umberto Eco. Warum auch immer Karolin zum *Foucaultschen Pendel* im Regal gegriffen hatte, beim Blättern blieb sie an diesen Zeilen hängen, die sie einst bei ihrer Lektüre dick angestrichen hatte. Sie passten: Ja, sie hatte sich in den toten, eigentlich vaterlosen Zeiten zumindest am Bücherschrank ihres Vaters geformt, an dem Abseitigen, an dem, was auf einem anderen Blatt stand oder auf der unsichtbaren Rückseite, jenseits ihres vordergründigen, offiziellen Vaters. Aus Teilen seiner Vergangenheit, unter die er einen Strich gezogen hatte und die er vor der Familie verbarg, aus seinen »Abfällen« hatte sie sich, ohne es zu bemerken, Stücke ihres werdenden Selbst herausgepickt. Sie waren da, die Bücher und Kunstbände, und das Seltsame war sogar, dass sich keiner gefragt hatte, auch Karolin nicht, warum sie eigentlich existierten. Warum hatte der Eisenbahner-Vater, der nur selten über Malerei oder Kunst sprach (wahrscheinlich auch, weil ihn keiner danach fragte), mindestens eine halbe Tonne Kunstbücher im Schrank stehen? Erbe, sagte er einmal, das seien Bücher aus dem Haus seiner Eltern, so wie der schwarze Jugendstil-Schrank und der schwere Schreibtisch.

Dass viele Bände jedoch erst erschienen waren, als Karolins Großeltern schon nicht mehr lebten, bemerkte sie jetzt erst. Es hatte immer eine unsichtbare Mauer in ihrem Kopf gegeben, an der jeglicher Gedanke ans Nachfragen abprallte. Hinter einer nicht zu spürenden Barriere auf der Zunge blieben bestimmte Worte zurück. Ein pflichtbewusster Zensor hatte Mauer und Barriere errichtet, damit unangenehme Themen von vorneherein verweigert wurden, damit an Vergangenheit nicht gerührt wurde. Auch damit man nicht lästig fiel. Genaue Fragen hätten entweder klare Antworten verlangt oder sie nötigten den Gefragten, die Auskunft zu verweigern. Und brave Kinder sollten schließlich nicht lästig fallen, nicht belästigen. Vor allem nicht belasten.

Als Karolin ein Kind war, ein braves Mädchen, schlich sie, sobald sie ganz allein im Haus war, heimlich in Viktors Arbeitszimmer. Sie kannte die Stellen, an denen das Parkett knackte, und selbst wenn niemand im Hause war, machte sie einen Bogen um die fatalen Planken. Es gab nur einen einzigen Schlüssel für die zwei immer verschlossenen Türen des Bücherschranks (die Türe in der Mitte hatte kein Schloss), und den hatte Viktor unter dem Stapel mit Schmierblättern im Aktenschrank neben dem Schreibtisch versteckt. Kinder haben einen siebten Sinn für die Verstecke verbotener Dinge, so wie sie es auch meist bemerken, wenn Erwachsene lügen. Karolin wusste also, wo der Schlüssel lag. Im schwarzen Schrank ihres Vaters hatte sie zwischen all den Bänden einige Bücher zu ihren Lieblingen auserkoren, beharrlich und unbeirrt. Über Jahre hinweg blieben es immer dieselben. Das harmlose Handbuch über Farben und Pigmente, dessen Seiten über Karminrot sie besonders oft aufschlug, war ohne Schlüssel zugänglich, es hatte seinen angestammten Platz auf den Regalen im Mittelteil des Schrankes. Hinter der linken verschlossenen Tür steckte allerdings ein dicker Band zur französischen Malerei zwischen einem dunkelroten, leinengebundenen Büchlein und einem schwarzen Band mit goldener Aufschrift. Sobald sie ihn hervorgezogen hatte, vergaß sie für eine Weile alles um sich her.

Noch jetzt erinnerte sie sich insbesondere an zwei Abbildungen, die sie immer wieder aufgeschlagen und bis ins kleinste Detail betrachtet hatte. Als sie ein Kind war, erweckten sie unbekannte Gefühle in ihr und genau deshalb faszinierten sie Karolin. Es war, als würden sie eine geheime Saite in ihr anschlagen, deren Klang sie hörte, ohne einen Sinn, eine Erklärung, etwas Begreifbares damit verbinden zu können. Karolin sah die Gemälde so wie man Musik hörte, ihre Atmosphäre hüllte sie ein, erfüllte sie. Jean Fouquets *Die thronende Madonna mit dem Christuskind* ließ sie an Wachs denken, das Gemälde sah aus, als sei es die Abbildung dreidimensionaler, wächserner Figuren, es schien artifiziell und hatte im Großen und Ganzen nur drei krasse Farben: Blau, Rot und Weiß. Wie ein aufgeblasener, wundervoll runder, zarter Ballon platzte der Jungfrau Maria ein knallweißer Busen aus der blaugrauen Korsage des Kleides, aggressiv, lustvoll und alles andere als mütterlich. Das ältliche, puppige Jesuskind, mit seinem spitzen Schwänzchen und faltigen Schenkeln, rutschte fast von ihrem Schoß, so wenig mochte sie es an sich halten. Es schaute entsprechend verdrießlich drein und deutet mit dem Zeigefinger auf etwas, das man nicht mehr auf dem Bild sehen konnte, nämlich auf den linken Flügel des Diptychons, der allerdings in diesem Band auf der vorhergehenden Seite abgebildet war. Ziemlich teuflische rote und blaue Engelchen gruppierten sich um das emblematische Paar.

Im zweiten Gemälde war es die provokante Nacktheit von *Gabrielle d'Estrées und eine ihrer Schwestern,* die Karolin regelrecht einschüchterte. Wie konnten Frauen derart ihrer selbst und ihrer Sinnlichkeit sicher in die Welt schauen, sagte ein Gefühl in ihr, das noch keine Stimme hatte, und wie konnte die eine so aufreizend und frech die rosa Brustwarze der anderen zwicken? Was sie da sah, war von einer derart überlegenen Weiblichkeit, dass es ihr unerreichbar erschien, je Frau zu werden, je erwachsen zu werden. Es war eine andere Welt. Einige Jahre lang war es wie eine Droge, unwiderstehlich und systematisch: Sobald niemand im Haus war, ganz leise auf Zehenspitzen zum Zimmer ihres Vaters schleichen, die Klinke hinunterdrücken, eintreten in die verbotene, herrschaftliche Zone, ihren speziellen Geruch wahrnehmen (etwas muffig, etwas süß-würzig wie schwarze Schokolade, Pfeffer, Orange), den Schlüssel unter den Schmierblättern hervorziehen, sich genau merken, wie er unter dem Stapel Papier lag, um ihn genauso wieder zurückzulegen. Karolin war sieben, acht, neun Jahre alt. Eines Tages interessierte sie sich nicht mehr für den Bücherschrank. Wann genau und warum, das konnte sie heute nicht mehr rekonstruieren, er hatte jedoch seine magische Wirkung längst getan. Auch ihr Vater interessierte sie nicht mehr. Sie versuchte nicht mehr, von ihm beachtet zu werden. Selbst seine notdürftige, etwas schusselige Zuwendung brauchte sie nicht mehr. Im Gegenteil, je ferner er ihr blieb, desto besser war es, und mit dem Bedürfnis nach dem Vater verlor sich auch der Reiz seines Bücherschranks. Nur für den Kunstleistungskurs und die Vorbereitungen zum Abitur borgte sie sich noch manchmal die zehnbändige Enzyklopädie der Malerei aus oder blätterte in dem einen oder anderen Band. Längst wurde der Schlüssel nicht mehr versteckt, längst war sie die Letzte von den drei Kindern im Haus und alt genug, um womöglich anstößige Abbildungen in Kunstbüchern betrachten zu dürfen.

Wenn sie heute versuchte, sich ihren Vater vorzustellen, war er nicht mehr der, den sie zu kennen geglaubt hatte. Viele Jahre nach seinem Tod war er nun innerhalb von wenigen Wochen ein anderer geworden. Sie nannte ihn noch immer in Gedanken Viktor oder sagte mein Vater (»Papa« kam ihr nicht in den Sinn), aber jetzt fühlte es sich fremder an denn je. Die gewohnten Bezeichnungen und dazugehörigen Gefühle wollten nicht zum Autor des gefundenen Manuskripts passen, ja, zum möglichen Autor des Gemäldes, das nun an Karolins Wand gleich neben dem Schreibtisch hing. Die Tatsache, dass Viktors – oder sollte sie sagen: Isidors? – Bücher in ihrer Pariser Wohnung gelandet waren, dass sie nicht mehr dieselbe

Bedeutung hatten, die ihnen jahrzehntelang im alten Haus zugekommen war, machte Karolins Suche nach der Wahrheit ihres Vaters nun zum ersten Mal greifbar. Plötzlich sah sie die Courbet-, Bonnard- und Matisse-Bände unter ganz anderen Vorzeichen, nämlich mit den Augen des Mannes, der ihr Vater anscheinend auch gewesen ist. Des begabten, vielleicht sogar feinsinnigen Malers? Sie sah die Bücher mit den Augen seiner heimlichen Begeisterung, mit seiner Erregung, mit seiner Hingabe. Aber dann meinte sie, in diesen Büchern auch zu erkennen, dass er sein Leben nicht auf sich genommen hatte. Er war es geflohen und hatte seine Spuren geflissentlich verwischt. Ihr Vater hatte eines Tages einen Strich unter sein vorheriges Leben gezogen, wie auch immer es gewesen ist, und nie wieder etwas darüber verlauten lassen.

Derjenige, den sie »Vater« nannte, war auch ein Mann, der jeder Festlegung entgehen wollte. Dem es unter die Feder kam zu schreiben, dass er insgeheim am liebsten aus seinem Leben hinausgelaufen wäre: *Wie diese unverstandenen Leute, die vorgeben, nur schnell Zigaretten kaufen zu gehen, und dann nie wieder zurückkehren.* Sicherlich hatte er mit dem Gedanken gespielt. Wäre also beinahe imstande gewesen, nicht nur Anna, sondern auch die Kinder schlichtweg zu verlassen. Die ganze Familie aufzugeben. Um zur Malerei zurückzukehren? Und trotz allem liebte sie ihn, heute wie damals, wer auch immer er einst gewesen ist. Selbst früher, in den Zeiten der Ablehnung und Auflehnung, hatte sie ihn natürlich geliebt, so, wie Töchter ihre flüchtigen, sich entziehenden, ihre beharrlich abwesenden Väter liebten: Wie einen unbekannten, einen ersehnten »Traumprinzen«, substanzloser Fixpunkt eines sentimentalen Koordinatensystems, in das sich niemand eingeschrieben hatte. Eins nach dem anderen nahm Karolin die Bücher und Bildbände aus dem Karton, rieb sie vorsichtig mit einem Vliestuch ab und trug sie dann in kleinen Stapeln vom Flur ins Arbeitszimmer: *Leonardo da Vinci – Leben und Werk; Der Bildhauer Michelangelo;*

eine zehnbändige Enzyklopädie der Malerei; *Zur Entstehung der prismatischen Farben; Degas – Pastelle, Ölskizzen, Zeichnungen; Ernste Spiele – Der Geist der Romantik in der deutschen Kunst; Matisse – Leben und Werk; Matisse – Farben und Gleichnis; Handbüchlein der Kunst* von Cennino Cennini (in einer Ausgabe von 1916); *La Science de la Peinture* (Paris 1891); *Nouveau Manuel complet du Peintre* (Paris 1843); *Matisse und Picasso; Pierre Bonnard – Ein Besuch; Gustave Courbet – Leben und Werk; Pierre Bonnard – das Glück zu malen; Vom Impressionismus zum Symbolismus; Les grands peintres du XIXème siècle* … und so weiter. Schließlich kam im zehnten und letzten Karton auch Giorgio Vasari zum Vorschein, *Das Leben der ausgezeichnetsten Maler, Bildhauer und Baumeister von Cimabue bis zum Jahre 1567* (die ersten beiden Bände der Erstausgabe von 1832), und dann das herrliche Handbuch zu Farben, Pigmenten und zur Farbanmischung aus den zwanziger Jahren, an das sich Karolin derart gut erinnern konnte, dass augenblicklich in ihrem ganzen Körper das Gefühl ihrer Kindheit wieder aufkam.

Sie stand mit dem Buch in der Hand im Zimmer und blätterte die etwas speckigen, mit Unterstreichungen annotierten Seiten durch. Zu allen Farben gab es genaue Angaben zu ihrer Herkunft, zur Geschichte ihrer künstlerischen Verwendung, aber auch Hinweise zu den Pigmenten und wie sie am besten angerieben werden konnten. Man sah dem Band an, wie intensiv er gelesen worden war, ihr Vater hatte ihn sichtlich häufig benutzt. Karolins Blick fiel auch auf ihr früheres Lieblingskapitel, das mehr als andere abgegriffen war und sich daher fast von selbst aufschlagen ließ. Es waren die Seiten zu Karminrot. Nicht nur diese intensive, leuchtende Farbe hatte Karolin in ihrer Kindheit fasziniert, sondern noch viel mehr die schauerliche Vorstellung, dass sie tatsächlich aus Horden von winzigen, wuselnden Parasiten, den Kermes- oder Cochenille-Schildläusen gewonnen wurde. Als sie nun den alten Band wieder in den Händen hielt, Jahrzehnte später hier in Paris, als sie daran dachte, wie ihr Vater in seinen Aufzeichnungen von Farben, Pigmenten und vom Anreiben der Farben gesprochen hatte, fiel es ihr (man ist sich selbst gegenüber am ehesten blind) wie Schuppen von den Augen: Farbe und Farben! Das war die Verbindung zu ihrem Vater, zur Vergangenheit, zu ihrem Ursprung. Zum ersten Mal in ihrem Leben, aber nur für eine Sekunde, meinte Karolin tatsächlich einen Vater in sich zu spüren, nicht den allzu fernen Mann, den sie bisher gekannt hatte, sondern den anderen Mann in ihm, Isidor könnte sie ihn nennen, der tatsächlich etwas Substantielles, nämlich seine Leidenschaft für die Malerei, insgeheim und ohne dass sie es bemerkt hätte, mit ihr geteilt, ihr weitergegeben hatte. Ohne je ein konkretes Wort auszusprechen. In diesem einen Aspekt ihres Vaters, wenn auch in keinem anderen, könnte sie immerhin Wurzel fassen. Eine alte Verbindung führte hin zu ihm, die bislang unsichtbar geblieben war. Er hatte ihr das Bedürfnis übermittelt, sich in Farbe und Darstellung, in Perspektiven und Formen auszudrücken. Dies war der Draht zur Welt, den sie gemeinsam hatten. Und dass Karolin am liebsten schwarzweiß fotografierte, war längst kein Widerspruch dazu.

Vielleicht bildeten all diese Bücher die geheimen Bausteine einer gemeinsamen DNA, mit der sie einverstanden sein könnte. Und vielleicht würde Karolin an einem karminroten Ariadnefaden entlang dieser Bücher aus dem Labyrinth ihrer inneren Leerstellen finden und ihre Herkunft in eine neue Geschichte einschreiben können. Die Hohlräume des Ungesagten, des Verschwiegenen, des Verdrängten waren so weiß und schalltot wie der Bauch der Null. Noch saß sie mittendrin, im Bauch der Null, aber sie spürte einen Faden in der Hand. Eine unbewusste Suche war es gewesen, die sie Fotografin werden ließ, noch dazu in Paris, und eine Fotografin, die nicht einmal in Farbe fotografieren konnte, ohne sich dabei auf eine diffuse Weise unwohl zu fühlen. Es war absurd, wie lange sie schon blind in den Fußstapfen ihres Vaters gelaufen war.

Karolin saß am Schreibtisch und schaute auf die Stadt. Das letzte Licht über Paris war intensiv und fast irreal. Kurz zuvor war die Sonne mit dem bei klarem Wetter üblichen Spektakel untergegangen. Nun leuchtete der Himmel über dem immer dunkler werdenden Häusermeer in einem irisierenden, bräunlichen Orange dicht am Horizont, das dann allmählich in ein energisches wie elektrisiert strahlendes Saphirblau überging.

## 11

Der Juni hat kühl und regnerisch angefangen. Eine alte Trauer hat mich plötzlich wieder fest in ihren Griff genommen. Tagelang konnte ich keine Zeile schreiben, habe stattdessen hinten am Bach auf einem der Holzklötze gesessen, die noch von einem gefällten Ahorn geblieben sind, bis das leise Nieseln wieder loslegte und mich zurück ins Haus trieb. Früher rauschte der Bach. Zu jeder Jahreszeit war es ein munterer Bach, der in seinem Geröllbett über dicke Gesteinsbrocken von den Bergen hinunterzuhüpfen schien. Im Frühjahr riss das Wasser den kleinen Holzsteg weg, im Sommer säuselte ein friedlicher Wasserlauf. Heute ist der Bach schon im Frühling schachmatt. Von meinem Holzklotz aus habe ich seinem kümmerlichen Rieseln zugehört. Abschiedstränen einer schwindenden Natur. Zum Glück ist der Garten wie eine grüne Festung, die nimmt mir keiner. Und die Immobilienmakler jage ich mit dem Besen aus dem Tor. Ringsum sind neue Siedlungen gebaut worden, bis hin zum Friedhof, der früher im Wald lag – Waldfriedhof heißt er aber immer noch. Dort werde ich einmal liegen. Morgen, übermorgen oder in einem Jahr.

Jeden Tag frage ich mich von Neuem, ob es der letzte sein wird, an dem ich mich an den Schreibtisch setze. Ich weiche aus, erzähle Geschichten, zerstreue mich über lange Seiten hinweg mit Courbets herrlichem Akt, obwohl mir klar ist, dass ich mich beeilen muss. »Morgen« ist eine Hypothese.

Noch liegt so viel vor mir, das ich berichten muss, um zur Ruhe zu kommen. Mein Leben treibt mich um, Erinnerung quält mich – und doch schwelge ich in ihr. Ich fliehe sie – und doch ist es wie ein Sog, ein Muss, ich kann nicht umhin, mich ihr auszusetzen. Einmal mit dem Erinnern angefangen, zieht es mich immer tiefer hinein, zurück in meine heimliche Vergangenheit, zurück zu Isidor Schweig und zu Adèle. Nach Jahrzehnten der blinden Flucht nach vorne, immer geschäftig, immer in Eile, nur weg von der Vergangenheit, fliehe ich jetzt zurück in die Ferne der verschütteten Erinnerung. Als sei dort hinten meine Rettung. Weil es ja auch vor mir gar nichts mehr gibt. Ich kann nicht mehr wie zuvor in die Zukunft fliehen.

Die Geschichte von Courbets Gemälde hat es mir immerhin ermöglicht, noch ein Weilchen einem wunden Punkt in meiner Erzählung zu entkommen, sozusagen einen erotischen Umweg in meiner Erinnerungslandschaft zu gehen. Ansonsten hat sie mich geistig und körperlich erschöpft. Als sei ich schon allein für die Vorstellung zu alt, mit meinen eigenen Händen, mit einem Pinsel in meiner Hand den Schoß einer Frau gemalt zu haben, den geheimen Ort, die zarte Spalte, das rosige Innere. Adèle liegt wieder vor mir auf dem Diwan, im Atelier in der Rue Lepic. Dieselben weißen Tücher über dem Rot des Sofas wie für *Venus mit dem Spiegel*, nur, dass wir diesmal schweigen. Sie liegt genau so vor mir, wie das Modell von Gustave Courbet auf einem Diwan gelegen haben muss. War es Joanna Hiffernan, die schöne Irin? So stelle ich es mir vor. Die Farbe ihrer Haut, das Inkarnat, finden, mischen, versuchen. Übermalen. Haut malen wie eine Berührung. Das Fleisch und die Berührung müssen spürbar werden. Als könnte ich ihre Haut auch unter dem Pinsel fühlen und dann im Blick des Betrachters wiedererstehen lassen. Ich leide an der Schwierigkeit meines Vorhabens. Ihrer Schönheit und meinem Verlangen gerecht zu werden, gelingt mir zunächst nicht. Und nie würde ich malen können wie Courbet, erfinden können wie Courbet. Unfassbarer Schlund, aus dem stumm das Leben schießt. Ursprung der Welt. Er hat mich immer beunruhigt (schwaches Wort!). Ein Widerspruch tut sich auf zwischen Hingezogensein und abstoßenden Empfindungen, zwischen Verlangen und Furcht, zwischen Banalität, der Banalität einer Vagina – und ihrem Geheimnis. Es gelang mir erst nach vielen Versuchen, das Geheimnis zu malen.

Neben mir auf dem Schreibtisch liegt ein Bildband mit einer Abbildung von *Ursprung der Welt*. Unausweichlich ist es, auch nach Jahrzehnten, während derer ich keinen Pinsel mehr in die Hand genommen habe, mir im Einzelnen vorzustellen, wie Courbet sein Modell gemalt hat. Wie ich selbst mein Modell gemalt habe. Adèle, die schöne Französin, vor sechzig Jahren. Ich selbst habe *L'Origine du Monde* damals kopiert, als Hans Wendland einen Schweizer Kunden an der Hand hatte und nicht wusste, wie er dem Mann erklären sollte, dass nicht alles mit Geld zu erkaufen sei und sich der Besitzer unter keinen Umständen von seinem unschätzbaren Gemälde trennen wollte. »Nur über meine Leiche«, hatte Ferenc von Hatvany im Herbst 1936 den Brüdern Bernheim-Jeune zurückgeschrieben, die von Wendland beauftragt worden waren, den ungarischen Kunstsammler hinsichtlich einer »interessanten Gelegenheit zum eventuellen Verkauf des Gemäldes« diskret anzusprechen.

Nachdem der Schweizer Kunde einen Degas und zwei Renoir gekauft hatte (darunter Fälschungen von einem gewissen Isidor Schweig, die sowohl der Kunde als auch sein persönlich zu Rate gezogener Experte für echt hielten), ließ Wendland ein paar Wochen verstreichen, und bot ihm schließlich, unverfroren wie er war, in Ermangelung des Originals eine kunstvolle Kopie an, die ich unterdessen gemalt hatte. Sein unschlagbares Argument, erzählte er mir später, sei das folgende gewesen: »Wer weiß, ob Sie zu Lebzeiten noch den Verkauf des echten Courbet erleben werden, warum also nicht zu einem vielfach geringeren Preis einen falschen akzeptieren?« Damals nahm ich alles, was mir Wendland sagte, für bare Münze, aber seine Berichte waren mit Vorsicht zu genießen, er erzählte viel, wenn der Tag lang war. Das konnte ich erst mit der Zeit herausfinden. Wer weiß also, ob der ominöse Schweizer Kunde überhaupt existiert hat und wo meine Courbet-Kopie schließlich gelandet ist, ja, wo sie sich jetzt, im Moment meines Schreibens wohl befindet? Sicher ist: Mein Courbet war mir schließlich gelungen. Ich hatte seinen Stil intensiv studiert, hatte die Schwierigkeiten – wie soll ich sagen: mit der Materie – nach hartnäckigen Versuchen überwunden, außerdem hatte Wendland mir Georges Wildensteins Mappe mit dem Foto des Gemäldes ins Atelier gebracht. Adèle war mein Modell. Sie war es auch, die meiner Vorstellungskraft und damit meinem Gemälde Leben gab, selbst wenn ich mich an sämtliche Details hielt, die mir Wildenstein selbst anhand seiner Fotografie beschrieben hatte. Die Spannung zwischen Geist und Körper ist es gewesen, die mein Gemälde am Ende zu etwas anderem, zu mehr als einer bloßen Kopie gemacht hat. Ich glaube, Hans Wendland war zum ersten Mal wirklich beeindruckt, als er meinen *Ursprung* sah.

Sicher ist auch, dass schon früher und erst kürzlich wieder von einer Kopie gemunkelt wurde, dass mancher sie René Magritte zuschreibt. Aber hätte Magritte, der objektiv und aus der Nähe betrachtet kein guter, wenn nicht gar ein nur passabler Maler mit allerdings lustigen Ideen war, die Virtuosität Courbets nachahmen können? Waren etwa drei »Weibliche Rümpfe« (um den scheußlichen Titel aus dem deutschen Bildband noch einmal zu nennen) im Umlauf: ein echter Courbet und zwei Kopien, davon eine eher mittelmäßige und eine gelungene? Die mittelmäßige

Fälschung wäre dann außer in Doktor Zwangs Handbuch zum weiblichen Sex von 1967 nirgendwo zu orten. Niemand weiß, wo sie sich befindet, es gibt keinen Zeugen, außer dem Fotografen vermutlich, der das Bild für das Handbuch zum Sex abfotografiert hatte. Die mittelmäßige Kopie in Zwangs Handbuch ist verschwunden, verschollen, sie hat sich in Luft aufgelöst.

Ansonsten existieren heute noch mindestens zwei Fassungen von *L'Origine du Monde*, nämlich zum einen natürlich das Gemälde, das ab 1955 Jacques und Sylvia Lacan gehört hatte, 1988 in Boston ausgestellt war und heute im Musée d'Orsay hängt. Die Existenz dieses Gemäldes ist unbestreitbar, und es müsste sich theoretisch um den wahrhaftigen Courbet handeln. Aber gibt es irgendwo auf der Welt noch einen Doppelgänger? Hat Jacques Lacan im Jahr 1955 überhaupt das Original gekauft oder vielmehr eine Fälschung? Niemand könnte heute leichtfertig darüber urteilen, weil die Geschichte des Gemäldes allzu abenteuerlich ist. Sicher ist nur, dass der originale Courbet bis zum Zweiten Weltkrieg in Budapest beim ungarischen Baron Ferenc von Hatvany hing. Ist der echte Courbet, also Hatvanys Aktgemälde, mit dem Lacan'schen identisch, das heißt mit dem Gemälde, das heute im Orsay-Museum hängt? Oder befindet er sich, verborgen wie es lange Zeit sein Los war, im Irgendwo-Nirgendwo dieser Welt? Ein 55 auf 46 Zentimeter großes Ölgemälde, irgendwo auf dieser Welt. Nirgendwo. Verborgen hinter einer bukolischen Landschaft im Arbeitszimmer eines Kunstliebhabers, verhüllt von einem samtenen Wandbehang oder versteckt hinter den verschlossenen Türen eines heimlichen erotischen Kabinetts. Ein Schoß von Joanna Hiffernan, einer Geliebten von Khalil-Bey oder einer namenlosen Kurtisane? Die Wahrheit werde ich mit mir ins Grab nehmen und miteinander lachend, ja tanzend, werden wir, die Wahrheit und ich, uns die Radieschen von unten besehen.

## *Foto 7*

Das Gemälde *L'Origine du Monde* hängt an einer schokoladenfarbenen Wand. Davor steht eine Museumsbesucherin mit dunklen, schulterlangen Haaren, beiger Lederjacke und Jeans. Ein kleiner Junge (kurzes, fast schwarzes Haar, Jeans, kariertes Hemd), hat sich in ihre Arme geflüchtet, er versteckt sein Gesicht an ihrem Bauch. Man sieht die beiden schräg von der Seite, die Frau betrachtet das Gemälde.

Als Karolin im Orsay-Museum den hinteren Ausstellungsraum mit Gemälden von Gustave Courbet betrat, fiel ihr Blick unweigerlich auf *L'Origine du Monde*. Obwohl sie das Gemälde von Abbildungen kannte, überraschte sie der plötzliche Anblick inmitten der Jagdszenen und Landschaftsbilder. Der Besucher schaute unvorbereitet in einer fast etwas hinterhältigen Überrumpelung auf das Bild, auf den nackten Torso mit gespreizten Beinen, der von einem mächtigen Goldrahmen in Schach gehalten wurde. Der Anblick schlug zunächst wie ein Fremdkörper in die Netzhaut ein, auch weil alles Gefällige und jegliches Alibi fehlten. Weder lockiger Kopf noch hübsches Gesicht, weder anmutige Hände noch zierliche Füße, auch keine Geschichte von Göttern oder Nymphen, von Himmel oder Hölle war drum herum inszeniert worden. Es gab keine Landschaft, keine Grotte, keine Krippe, nicht einmal ein gefiedertes Ungeheuer oder einen Engel, um diesen Akt auf den Flügeln einer mythologischen oder biblischen Erzählung aus seiner reinen Fleischlichkeit zu tragen. Wie ein Schlachtopfer hing der Frauenschoß in seinem pathetisch verschnörkelten Rahmen, inmitten einer großen, leeren, ausgerechnet schokoladenfarbenen Wand.

Absichtlich ging Karolin dem Gemälde ganz langsam entgegen. Schritt für Schritt ließ sie die Einzelheiten auf sich zukommen, das Schamhaar und den Schlitz unter dem Venushügel, die Falten am Po, den zarten Bauchnabel und das hochgeschlagene Kleid oder Nachthemd, schließlich die rosafarbene Brustwarze auf dem linken Busen, die gerade noch unter dem Tuchstoff hervorlugte. Als sie dicht vor dem Gemälde stand, sah sie endlich die Pinselführung mit ihren Feinheiten, Verwischungen und leichten Impasti, die blaugrauen Äderchen auf der Haut, das gelblich-rosige Inkarnat, schimmerndes Tiefrosa im Inneren der Vulva, die delikate Vertiefung des Nabels, aber auch die leicht bläulichen, fast grauen Flecken oder rosafarbene Schattierungen auf der Haut. Aus dieser unmittelbaren Nähe betrachtet, fast mit der Nase auf der Leinwand, erschien Karolin die Perspektive des Körpers mit dem mächtigen Ansatz der Oberschenkel im Vordergrund und dem besonders wuchtigen rechten Schenkel merkwürdig, eigentlich grotesk. Er sah aus wie eine *köstliche Keule*, ja, die komischen Worte ›köstliche Keule‹ kamen ihr in den Sinn, so fleischlich war der Schenkel. Würde man das Gemälde in vier Rechtecke einteilen, dann nahm allein dieser Schenkelansatz das rechte untere Viertel ein.

Als Karolin einen Schritt zurücktrat, dann noch einen, um erneut Abstand zu gewinnen, konnte sie tatsächlich eine minimale Erhellung, ein seltsames Leuchten rund um den Venushügel wahrnehmen. Nur bei einer bestimmten Distanz war es zu bemerken, zwischen einem und drei Metern Abstand. Es war, als würde ein von Innen kommender Schein den Intimbereich erhellen, als würde ein Heiligenschein um die Vulva liegen. Kein Zweifel, diese minimale Farbabstufung war bewusst so angelegt worden, und je länger, je eingehender sie das Gemälde betrachtete, desto faszinierender wurde das Leuchten, weil seine farbliche Nuance gerade an der Grenze der Wahrnehmbarkeit lag. Diese fast nicht mehr erkennbare und doch vorhandene farbliche Erhellung, war so subtil angedeutet, dass sie dem oberflächlichen Hinschauen entgehen musste und der Betrachter sie allenfalls unbewusst wahrnahm.

So viel Intimität, so viel bloße Haut über Fleisch – einen Teufel hatte sich Courbet um den Rest geschert, um Arme und Beine, um Kopf und Gesicht oder den Ausdruck einer Persönlichkeit. Courbets *Ursprung* war wie der Schoß einer Fruchtbarkeitsgöttin, eine gemalte Venus von Willendorf. Karolin ließ die Frage nicht los, wie es dazu kam, dass ihr Vater in seinen Aufzeichnungen von diesem »Heiligenschein« schreiben konnte. Auch das Wort »Aura« hatte er verwendet. Es passte gut. Dass diese Aura tatsächlich von Courbet *gemalt* worden war, dass sie sichtlich im hier hängenden Gemälde existierte, schien ihr wie ein Beweis, dass Isidor – oder sollte sie ihn Viktor nennen? – es leibhaftig gesehen haben musste, denn auf Reproduktionen von *L'Origine du Monde* ließ sie sich nicht erkennen.

Aber wo hätte Viktor Wagfall Courbets Gemälde erleben können? Irgendwann in seinem Leben musste es vor ihm gelegen oder gehangen haben. War er 1988 nach New York geflogen und ins Brooklyn Museum gegangen, nur um endlich das echte Gemälde zu sehen, das ihn über alles und mehr als alle anderen ein Leben lang fasziniert hatte, nämlich seit er es als Foto bei Georges Wildenstein sah? Der Kunsthändler hatte ihn in das Gemälde wie in ein persönliches Geheimnis eingeführt, mit dem Ritual einer Initiation. Hatte er eine so weite Reise auf sich genommen, nur um *Ursprung der Welt* einmal in seinem Leben im Original betrachten zu können? Im Orsay-Museum konnte er es jedenfalls nicht mehr gesehen haben, dort wurde das Gemälde erst seit Ende 1995 öffentlich ausgestellt, und Karolin wusste, dass ihr Vater in seinem letzten Lebensjahr nicht mehr verreist war. Vielleicht hatte ihm auch Georges Wildenstein diese Aura beschrieben, als sie 1936 in seiner Galerie gemeinsam die Fotografie betrachteten.

Nur eine weitere Möglichkeit kam noch in Frage, dass er nämlich *Ursprung der Welt* in der Zeitspanne zwischen Kriegsende (nachdem der ungarische Baron Ferenc Hatvany das Gemälde heimlich von Budapest nach Paris gebracht hatte) und vor 1955 gesehen hat (als Jacques Lacan und Sylvia Bataille-Lacan das Gemälde von einem anonymen Mittelsmann erwarben). Ja, theoretisch bestand die Möglichkeit, dass Viktor Wagfall, ehemals Isidor Schweig, es in jenen Nachkriegsjahren zu Gesicht bekommen hatte, während derer der Aufenthaltsort von *L'Origine du Monde* ungewiss blieb, in den Jahren bevor er Anna kennenlernte und die Malerei, diese andere Geliebte, aus seinem offiziellen Leben stieß.

Die endgültige Klärung des Rätsels, wer Gustave Courbet zu seinem Gemälde Modell gesessen hatte, konnte ihr Vater nicht mehr erfahren. Karolin wusste es nun und hätte es sich gerne wieder weggedacht. Das Geheimnis, um welchen Schoß, um welches intimste Porträt es sich handelt, machte lange Zeit die Magie des Gemäldes aus. Mit seiner neuen Identität hatte *L'Origine du Monde* ein Gesicht bekommen und den Reiz des Mysteriums verloren, auch etwas von seiner symbolischen und spirituellen Bedeutung, die derjenige, der dem Gemälde seinen großartigen Namen gegeben hatte, mitklingen ließ. Nach mehr als 150 Jahren konnten solche lang gehüteten Geheimnisse nur per Zufall gelüftet werden, durch jemanden, der seine Lösung gerade nicht suchte. Ausgerechnet ein Literaturwissenschaftler, dessen Arbeitsgrundlage fiktive Geschichten sind und dessen Werkzeug die genaue Lektüre, stieß in der Korrespondenz eines Zeitgenossen von Courbet auf den fatalen, entlarvenden Satz. Die Kunstwissenschaft hätte es sich wahrscheinlich gewünscht, dass der Brief von Alexandre Dumas Junior an

Georges Sand verloren gegangen wäre, versunken im Dunkel der Geschichte, das schon so viele andere Briefwechsel gnädig geschluckt hatte. Aber die Epistel und ihre entschlüsselnde Sentenz waren nun gefunden worden. Karolin wusste, mit welchen Worten der konservative Dumas darin über Courbet gewettert hatte, den linken Revoluzzer auf den Barrikaden der Kommune. »Man malt nicht mit seinem Pinsel«, schrieb der Autor der Kameliendame abschließend, »das zarteste und klangvollste Innere von Fräulein Queniault von der Oper.« Er vertat sich nur beim Buchstabieren des Namens Quéniaux.

Karolin stand vor dem Gemälde und musste zwangsläufig daran denken, dass es das »Intérieur le plus délicat« der zeitweiligen Geliebten Khalil-Beys darstellte, der Kurtisane und Balletttänzerin Constance Quéniaux also, und nicht etwa, wie es ihr Vater vermutet hatte (fast sollte sie sagen: gehofft hatte), das zarteste Innere der von Courbet so geliebten Joanna Hiffernan. War deshalb die Virtuosität und Leidenschaft von Courbets Pinsel weniger stark, litt sein Gemälde durch die persönliche Distanz zum Modell auch an Ausdruckskraft? Wenn Karolin es genau betrachtete, musste sie ihre innere Frage mit Nein beantworten, das meisterhafte Gemälde hatte sich durch die spektakuläre Enthüllung seines Modells natürlich nicht verändert, nur die Art wie es von nun an betrachtet wurde.

Und noch andere Fragen hätte sie gerne stellen wollen. Hatte er, Viktor Wagfall, Courbets Leinwand je in seinem Leben gesehen und sogar berührt? Karolin stellte sich vor, wie ihr Vater vorsichtig mit den Fingerspitzen über das infinitesimale Relief der Farbe fahren würde, um Courbets Pinselführung beim Malen der Haut bis unter seine eigene Haut wahrzunehmen. Am liebsten hätte sie es jetzt genauso gemacht, wäre vorsichtig mit der empfindlichen Kuppe des Zeigefingers über das Gemälde gefahren. Wenn Viktor als Isidor Schweig tatsächlich, wie er es in seinen Aufzeichnungen erzählte, im

Jahr 1936 eine Kopie von *L'Origine du Monde* gemalt hatte? Wo befand sie sich dann heute? Er hätte seine Kopie zwangsläufig mit Wildensteins Foto als Vorlage gemalt. Sie würde das intime Geheimnis seiner Adèle preisgeben, der Blumenhändlerin vom Montmartre. Der feine Unterschied zwischen dem talentvollen Fälscher Schweig und dem genialen Maler Courbet würde in diesem undefinierbaren Etwas von Ausstrahlung liegen. Während der eine auf gekonnte Weise und durchaus in aller Sinnlichkeit den Körper seiner Geliebten gemalt hätte, zauberte der andere in die banale pornographische Szene jene Aura des Symbolischen, des universellen Ursprungs. Oder war es umgekehrt? Wusste Viktor Wagfall nur deshalb von der »Aura« zu berichten, weil er sie selbst gemalt hatte, sie folglich nur in seiner Kopie existierte und nicht in Courbets Original? Karolin schob diesen Gedanken sofort beiseite, weil die Schlussfolgerung tatsächlich ungeheuerlich war. Sie würde bedeuten, dass im Orsay-Museum eine Fälschung hing, dass hier vor ihr im Museumssaal ein Viktor Wagfall oder vielmehr ein Isidor Schweig präsentiert wurde, und sie gerade dabei war, Adèle Bertin zwischen die Beine zu schauen und nicht etwa Constance Quéniaux.

Als sie im Orsay-Museum vor dem Gemälde stand, dachte Karolin (um an etwas anderes zu denken), dass die Erfahrung des ersten Anblicks dieses erstaunlichen Gemäldes noch intensiver gewesen wäre, wenn sie es in einem kleinen, vertraulichen Raum, einem sorgfältig ausgeleuchteten *cabinet d'amateur* erlebt hätte, in das sie ahnungslos eingetreten wäre, ganz allein, um jählings dicht davorzustehen. Karolin war eine ganze Weile im Courbet-Saal geblieben. Sie hatte diskret ein paar Fotos gemacht (mit ihrer kleinen Leica) und war, die anderen Gemälde betrachtend *(Les Beigneuses, La mer orageuse, Remise de cerfs au crépuscule ...)*, im Raum umhergelaufen, um die Reaktionen der Besucher zu beobachten. Und so bemerkte sie auch einen Jungen von etwa acht oder neun Jahren, der dicht an seine Mutter gedrängt und mit ihr schwatzend in den Saal gekommen war und zunächst die Gemälde an der einen Seitenwand betrachtete. Sich von einem Landschaftsgemälde abwendend, traten Mutter und Sohn unvermittelt vor Courbets grellen Schoß. Noch in der Sekunde des Sehens schlug der Junge beide Hände zum Schutz vors Gesicht. Der Anblick war anscheinend zu heftig, zu gewaltsam, zu verboten, als dass er der Überschreitung hätte standhalten können. So hielt sich der Junge die Augen zu, senkte den Kopf, und ein Laut entfuhr ihm, als hätte ihm jemand einen kleinen, hinterhältigen Hieb versetzt. Seine Mutter, die wie der Sohn dem Gemälde unvorbereitet entgegengetreten war, nahm ihn schnell in die Arme, drehte ihn schützend vom Bild weg und zu sich hin, barg ihn an ihrem mütterlichen Bauch, als müsse sie ihn vor der Gefahr dieses anderen Bauches bewahren.

Karolin hatte den Fotoapparat in der Hand und drückte mehrmals, schräg hinter den beiden stehend, auf den lautlosen Auslöser. Dann drehte sich der Junge zögernd, vorsichtig, wieder dem Gemälde zu. Die Hände hielt er noch immer fest vor die Augen gepresst, öffnete dann aber einen kleinen Spalt zwischen zwei Fingern und schaute noch einmal hin, diesmal genauer. Er bräuchte nur schnell den Schlitz zwischen den Fingern wieder zu schließen wie die Maske einer Kamera, sollte ihn der Anblick zu übermannen drohen. Wahrscheinlich hatte sich Courbets Gemälde an diesem Tag für immer in das Gedächtnis des Jungen eingeschrieben. Ähnlich wie Viktor *L'Origine du Monde* nie mehr vergessen konnte, nachdem er dem Bild in Wildensteins Galerie genauso unvermittelt begegnet war. Das Foto von dem Jungen im Orsay-Museum mit dem Gemälde im Hintergrund pinnte Karolin als siebtes Bild ihrer Serie an die Fotoleiste.

## 12

Nachmittags schloss Adèle zwischen dreizehn und sechzehn Uhr den Blumenladen. Wenn sie nicht nach Hause ging – sie wohnte in der Rue des Dames, gleich hinter der Place de Clichy –, um etwa mit ihrem Bruder Fernando zu Mittag zu essen oder ihre Buchhaltung zu machen, kam sie zu mir. Vom Balkon aus sah ich sie schon von Weitem. Kurz nach ein Uhr tauchte sie plötzlich an der Straßenecke beim Moulin Rouge auf. Ich beobachtete, wie sie unten am Bäckerladen die Rue Lepic überquerte, um dann in der Nummer 6 im Hauseingang zu verschwinden. Sie trug immer farbenfrohe Röcke, Blusen oder Kleider. Sonnenblumengelb stand ihr am besten. Weil mein Tisch übervoll beladen war mit Tuben, Fläschchen, Büchern, Nägeln, Werkzeug, breiteten wir eine Decke zwischen Sofa und Kamin auf dem Holzboden aus und picknickten mit Käse, Baguette und einem Glas Rotwein, mit Spiegeleiern und Schinken. Manchmal gingen wir auf ein Steak hinunter ins Café Coquet oder auf einen Teller Nierchen mit Bratkartoffeln in die Brasserie Dupont-Cyrano, gleich neben dem Moulin Rouge. Im Coquet, dem Ort unserer ersten Begegnung, der seither eine eindeutig sentimentale Dimension für mich bekommen hatte, benahm sich Marcel, als sei er unser auserwählter Trauzeuge und müsste mit großzügig gefüllten Tellern über das Wohlergehen unserer Liebe wachen.

Nur selten lud mich Adèle zu sich nach Hause ein, und ich traf ihren Bruder, mit dem sie die kleine Wohnung teilte, nur ein einziges Mal. Es war ganz am Anfang, als wir uns gerade erst kennengelernt hatten. Danach war er per Zufall – oder wollte er mich meiden? – nie zu Hause, wenn Adèle mich zu sich einlud. Fernando hatte den sicheren Stolz seiner Schwester, aber ein dunkler Ehrgeiz glänzte in seinen Augen, gepaart mit einem unwillkürlichen Misstrauen. Damals dachte ich, es sei Eifersucht oder Unmut über die Tatsache, dass seine Schwester einen Liebhaber hatte. Seine augenblickliche, unverblümt feindselige Ablehnung beeindruckte mich jedenfalls, so einen Menschen hatte ich noch nicht erlebt. Ich kannte nur den gesellschaftlich besänftigten Umgang mit der Gewalt der Gefühle. Man zeigte schließlich nicht alle Empfindungen, keinesfalls die negativen, und wenn man schon etwas durchscheinen ließ, dann nur eine allgemein akzeptable Variante seiner Verweigerung: eine gewisse Distanz, höfliches Zurückweisen, sanfte Ironie. Während ich also versuchte, wie ich es gewohnt war, auf gefällige Weise mit Fernando ins Gespräch zu kommen und so etwas wie eine positive gesellschaftliche Beziehung zum Bruder meiner Geliebten herzustellen, antwortete er einsilbig und ruppig. Nach einer Weile stand er unvermittelt auf, sagte zu Adèle, dass er eine Verabredung habe, machte die Andeutung einer Abschiedsgeste, ohne mich anzuschauen, und weg war er. Adèle bemerkte beiläufig, dass ich mir nichts daraus machen solle, Fernando sei immer »so«.

Wahrscheinlich war ich blind. Ich muss fast lachen, so lächerlich ist es genau genommen. Hier sitze ich, und erst jetzt fällt mir auf, dass etwas nicht stimmte mit Adèle und mir, sechzig Jahre zuvor, dass wir aus zwei verschiedenen Welten kamen und unsere Geschichte von vorneherein zum Scheitern verurteilt war. Adèle hätte mich, jedenfalls den Mann, als der ich mich bald entpuppen sollte, eigentlich verachten müssen. Erst jetzt, wo ich ein paar Zeilen über Fernando schreibe, fällt mir auf, dass unser Ende schon im

Anfang eingeschrieben war. Fernando, der mich im Gegensatz zu Adèle mit nüchternen, unverliebten Augen sah, hatte sofort die Kluft erraten, die zwischen uns lag, die wir aber weder bemerken konnten noch wollten. Dass nichts als mein unkritisches, positionsloses Deutsch-Sein in den gegebenen politischen Verhältnissen zumindest für Fernando ein unüberwindliches Problem darstellen könnte, ahnte ich damals nicht im Entferntesten.

Es fiel mir auch nicht auf, dass Adèle nur wenig von sich preisgab. Ja, es kam mir nicht einmal in den Sinn, mich für jene Seiten ihres Lebens zu interessieren, die mich nicht betrafen – in erster Linie ihr politisches Engagement –, so sehr war ich mit mir selbst beschäftigt, so sehr konzentrierte ich mich auf mein neues Leben in einer in jeder Hinsicht aufregenden Stadt, auf mein Isidor-Leben, das mich voll und ganz einnahm. Ich war stolz, eine so anmutige Frau zur Geliebten zu haben, und ging blindlings verliebt, aber auch naiv davon aus, dass sie genauso stolz sein müsste, mit mir, dem klugen, charmanten deutschen Maler eine Liaison zu haben. Welten lagen in Wirklichkeit zwischen uns, Erfahrungswelten, kulturelle Welten, politische Welten. Und was hatte ich eigentlich von mir preisgegeben, außer ein paar Fälschertricks und Anekdoten, außer einer zwar aufrichtigen Begeisterung für die Malerei? Nicht einmal meinen richtigen Namen hatte ich ihr gesagt.

Ich muss es kurz machen. Schon nach einigen Monaten legte sich allmählich ein Schatten über unseren anfänglichen Überschwang – Liebestaumel, möchte ich fast sagen. Sicherlich aus verschiedenen Gründen, aber mir schien es damals nur einen zu geben, nämlich weil Adèle immer wieder plötzlich für kurze Zeit verschwand, ohne mir erklären zu wollen, wo sie hinging oder wo sie gewesen war – einen Abend lang, einen Tag lang, dann auch zwei Tage lang, die am Ende zu dreien wurden. Als ich Anfang Januar 1937 von einer Weihnachtsreise nach Deutschland wieder nach Paris zurückkam, war Adèle nicht mehr da. Am Blumenladen in der Avenue Rachel hing ein Schild »Zu vermieten« an der verschlossenen Tür, darunter stand die Telefonnummer des Hausbesitzers. Als ich durch die Fensterscheibe blickte, die Hände um die Augen ans Glas gepresst, war der Raum dahinter leer. Ich ging zur Wohnung in der Rue des Dames. Niemand öffnete. Die Concierge sagte mir dann, dass Mademoiselle Adèle und Monsieur Fernando gekündigt hätten und ausgezogen seien. Ansonsten kein Wort, kein Brief, keine Nachricht.

Nichts.

Unzählige Erklärungsversuche wälzte ich in den folgenden Tagen und Wochen hin und her, vom familiären Schicksalsschlag und furchtbarer Krankheit bis hin zu allen möglichen Szenarien über Adèles Unaufrichtigkeit, sogar bis hin zur ernsthaften Erwägung, dass Fernando nicht etwa ihr Bruder war, sondern ein Liebhaber, ihr wahrhaftiger Lebenspartner, möglicherweise sogar ihr Mann, den sie aus welchen Gründen auch immer für ihren Bruder ausgegeben hatte. Ich bedachte nicht einmal, dass sich Fernando und Adèle fast wie Zwillinge ähnlich sahen.

Ist etwas in meinem Leben mit Adèles Verschwinden in mir weggebrochen? Das ist nicht nur eine rhetorische Frage, ich stelle sie mir aufrichtig. Adèle verkörperte eine Möglichkeit, einen möglichen Lebensweg, den ich allein, von mir aus, nicht einschlagen konnte. Sie war konkret, während ich mich konturlos fühlte, sie war körperhaft und entschieden, während ich immer zwischen zwei Polen, zwei Gelegenheiten, zwei Auswegen, zwei Fluchtmöglichkeiten hin- und herschwankte, und allenfalls zwischenzeitlich einen halbherzigen Mittelweg fand. Adèle hatte Überzeugungen, während ich nicht einmal Fragen stellte. Adèle war wie Erde, ich fühlte mich wie Luft, unfassbar, flüchtig und ohne Gewicht.

Undeutlich. Es gelang mir allerdings, diese Eigenschaften zu meinem Vorteil zu nutzen, sie sollten für mein weiteres Fortkommen sogar hilfreich sein.

Immer erst im Rückblick, also zu spät, mit dem Abstand der Zeit und der Erfahrung, lassen sich die wichtigen Scheidewege des Lebens erkennen, diese Kreuzungen, an denen ein Ereignis oder eine mehr oder weniger bewusste Entscheidung zur Folge haben, dass wir in die eine und nicht in die andere Richtung gehen. Was wäre gewesen, wenn wir in die andere Richtung gegangen wären, fragen wir uns Jahre später. Was wäre aus uns geworden, wenn wir nicht diese, sondern die andere Möglichkeit gewählt hätten? Ja, was wäre passiert, wenn? Wäre ich Maler geworden, wenn Adèle mich nicht verlassen hätte – oder besser gesagt: Maler geblieben? Hätte ich eventuell von der Hand in den Mund leben können, arm in meiner Kunst, reich an Liebe (ironische Frage)? Wäre ich gegen den ausdrücklichen Willen meines Vaters in Paris geblieben? Hätte ich mich an Adèles Seite politisch engagiert, gegen Franco gekämpft, mich dann gegen mein eigenes Land gestellt, das sogenannte Vaterland?

Auf das »Was wäre gewesen, wenn?« wird es nie eine Antwort geben. Ein Leben ist wie eine Skulptur, es wird allmählich, mit jedem einschneidenden Ereignis, mit jeder getroffenen Entscheidung aus dem Block gehauen und nimmt erst nach und nach Form an, die Form, die wir ihm geben. Am Ende entspricht die Skulptur unseres Lebens dem, was wir daraus gemacht haben. Sie kann nicht plötzlich eine andere, gefälligere Form annehmen, nur weil wir es gerne so hätten, denn jeder Meißelhieb und Hammerschlag der Vergangenheit hat sie deutlich gestaltet. Im Nachhinein lässt sich nichts mehr korrigieren, ankleben oder abkratzen. Wir müssen uns dann sagen, dass nichts so sehr mit uns selbst identisch ist, als die Figur, die wir mit unserem Leben skulptiert haben. Selbst wenn wir uns zwischenein geweigert haben, zu entscheiden, Stellung zu beziehen, haben wir dennoch eine Entscheidung getroffen, und der Bildhauer unseres Lebens – wir sind's ja selbst – hat unweigerlich entsprechende Schnitte gesetzt, hier Materie gestaltet, dort weggehauen. Trotz meiner Unentschiedenheit, trotz des Versuchs, unbeteiligt zu bleiben, auszuweichen, zu spielen, zu fassen und wieder loszulassen, bin auch ich am Ende meines Lebens, ob ich es will oder nicht, tatsächlich konkret geworden. Eines Tages können wir nicht mehr umhin festzustellen, dass unser Werk jetzt fertig vor uns steht oder, genauer gesagt, vollendet hinter uns liegt: in seiner ganzen, nicht mehr erschütterbaren, fest umrissenen Substanz.

Durch Adèles Verschwinden bekam meine noch undeutliche Lebensskulptur einen entscheidenden Einschnitt und nahm schon ein wenig von der Form an, die heute, nicht mehr korrigierbar, zu meinem fertigen Leben geworden ist. Ich empfand ihre Art, mich wortlos sitzen zu lassen, wie eine schallende Ohrfeige, war gekränkt, betroffen und schützte die Wunde augenblicklich mit einem neuen Zynismus. Sie konnte mich nur für einen anderen Mann verlassen haben, eine andere Möglichkeit hielt meinem Grübeln nicht stand. Es ist, als hätte ich nach diesem enttäuschenden und demütigenden Verlust etwas in mir aufgegeben – das Wort Unschuld in seinem weiten Sinne kommt diesem Etwas am nächsten, auch Empfindsamkeit – und durch Hochmut, durch eine gewisse Blasiertheit ersetzt. Ich fühlte schon morgens beim Aufwachen eine überhebliche Wut in mir, die mich wie eine innere Peitsche durch den Tag trieb. Und weil meine Gefühlslage schon damals voller Widersprüche war, paarte sich diese umtriebige, innere Wut mit einer resignierten à-quoi-bon-Haltung: »Wozu eigentlich das Ganze, es hat ja ohnehin alles keinen Sinn«, flüsterte eine Stimme in mir. Äußerlich fasste ich mich jedoch recht schnell. Ich ging aus, traf mich mit ein paar jungen Malern aus Russland und Ungarn, die in meiner Nachbarschaft am Montmartre wohnten, auch mit Rose Valland und ihrer Freundin oder mit Hans Wendland und seinen Bekannten. Ich verführte Frauen, sobald sich die Gelegenheit ergab, malte täglich und halbe Nächte hindurch und verkaufte alles, was ich malte.

Wahrscheinlich lebte ich wie unter einer gläsernen Glocke, die mich von der Realität abschirmte. In mittelalterlichen Gemälden ist das hübsch dargestellt: Alles ist an seinem Platz, der Himmel mit seinen Sternen, seinem Gott, seinen Engeln und seinem Paradies klebt oben am Glockenrund, das eine platte Scheibe Welt beschirmt, mit ihren Menschen, Tieren und Pflanzen, mit deren Drangsalen und Beglückungen. Und irgendwo unter der platten Scheibe musste sich die Hölle befinden, aber zum Glück sah man sie nicht unter seinen Füßen, wenn man auf der Erdscheibe stand und hinauf zum Himmelszelt schaute. Ich jedenfalls bemerkte die Hölle nicht, die um mich her ganz allmählich zu schwelen begann. Allenfalls nahm ich sie in aneinandergereihten Teilausschnitten wahr. Der spanische Bürgerkrieg war ausgebrochen, Hitler, aber auch Mussolini wurden in ihren Reden aggressiver, Frankreich unterschrieb das Nichteinmischungsabkommen, das England für Spanien gefordert hatte. Dieser Pakt wurde schließlich weder von den Italienern noch von Deutschland eingehalten, was Franco von Anfang an Vorteile verschaffte.

Ich bin in dieser eminent konfliktreichen Zeit, in der die Weichen einer tragischen Zukunft gestellt wurden, ein Zuschauer geblieben. Ich dachte an nichts anderes, als angenehm und nach meinem Gutdünken zu leben: tun, was mir gefällt und dabei immer wieder mein Schäfchen ins Trockene bringen. Wenn ich dasselbe Leben noch einmal leben könnte, würde ich es dann anders machen, würde die Skulptur meines Lebens zu einer anderen werden? Die Frage ist müßig. Meine Hölle, heute, ist der einsame Rückblick, mit niemandem teilbar, der mich vor mein Leben stellt. Ich bin immer ein Mitläufer in der Menge geblieben, ein Jedermann, der sich allenfalls kurz für etwas entflammte, sein Strohfeuer abbrannte, dann aber wieder in der Menge untertauchte. Im grauen Anzug, unauffällig. Adèle war mein schönstes Strohfeuer, es loderte hoch und verbrannte schnell. Erst viele Jahre später hat mir Rose Valland Adèles Geheimnis verraten und mir gestanden, warum sie nie wieder zurückgekommen ist. Aber da war es längst zu spät für mich.

# 13

Ich blieb noch einige Monate lang in Paris, bis Anfang April 1937. Dann musste ich nach Deutschland zurückkehren, weil es unmöglich geworden war, dem Wehrdienst weiterhin zu entgehen. Schon 1935 war durch ein neues Gesetz die Wehrpflicht wieder eingeführt worden. Obwohl als Erstes die Jahrgänge 1917 bis 1914 eingezogen wurden, gehörte ich als Jahrgang 1914 zu den »Ältesten« und konnte mich wegen meines schon angefangenen Wirtschaftsstudiums freistellen lassen. Als dann jedoch 1937 die geheimen Vorbereitungen für den Krieg verstärkt wurden, nicht nur in der Rüstungsindustrie, sondern auch, was die Ausbildung einer möglichst großen Anzahl einsatzfähiger Soldaten und Wehrmachtsführungskräfte anging, konnte ich der Einberufung nicht mehr entkommen. Neben der aktiven Truppe wurden sogenannte Ergänzungseinheiten ausgebildet. Die Tatsache, dass ich ein Vordiplom absolviert hatte, erlaubte es mir, den üblichen zweijährigen Wehrdienst wenn nicht zu umgehen, so zumindest einige unangenehme Etappen zu vermeiden. Es gab zwar bei den Einberufungen ein festes Regelwerk, das theoretisch befolgt werden musste, aber in Wirklichkeit ließen sowohl die Musterung als auch spätere Beförderungen recht viel Spielraum und Willkür zu. Nach einer Grundausbildung wurde ich sofort vom Unterfeldwebel zum Feldwebel ernannt und konnte schon nach einem Jahr Wehrdienst umsatteln, weil ich zum Reserve-Kontingent gehörte.

Mein Doppelleben führte ich in jener Zeit nur insofern weiter, als ich das Atelier in der Rue Lepic nicht aufgab. Aus nostalgischen Gründen und mit dem insgeheimen Wunsch, irgendwann wieder nach Paris zurückzukehren, zahlte ich jedes Jahr weitere zwölf Monate Miete im Voraus. In meiner kleinen Wohnung in Stuttgart standen zwei Namen auf dem Briefkasten, damit die spärliche und bald versiegende Post von meinen Pariser Bekannten an Isidor Schweig mit Sicherheit bei mir ankam. Vorsichtshalber kürzte ich meinen unselig gewordenen Namen Isidor ab: I. Schweig stand am Briefkasten unter Viktor Wagfall. Als mich der Postbote einmal an der Türschwelle mit einem Brief in der Hand auf diesen Isidor Schweig ansprach, spulte ich einen schon zuvor zurechtgelegten Satz ab: »Ja, der ist jetzt nach Berlin gezogen, hat einen guten Posten als Jurist ergattert und kommt nur noch selten nach Stuttgart. Die Post soll ich ihm vorerst sammeln.« Zum Glück ließ der Briefträger es damit bewenden.

Schneller als ich gedacht hätte, gewöhnte ich mich wieder an die Existenz von Viktor Emanuel Wagfall, tauchte ein in das strenge Militärleben wie in kaltes Wasser oder als hätte ich einen momentanen Rückzug ins Kloster beschlossen, nur dass ich kein Gelübde der Gottgefälligkeit ablegte, sondern einen »heiligen Eid« auf den Dienst am Führer und am Volk schwor. Einen guten Teil meiner Zeit verbrachte ich zunächst in der Stuttgarter Flandern-Kaserne und rührte meine Pinsel nur noch selten an, dann, wenn ich ein, zwei Tage lang freigestellt wurde und in meine ehemalige Studentenwohnung zurückkehren konnte. Ich brachte jedoch in all den Jahren nichts Besonderes zustande und war unzufrieden mit meiner Arbeit. Es war, als hätte ich mit Adèle und meiner Rückkehr nach Deutschland eine sorglose Leichtigkeit verloren, eine innere Anmut und, wie soll ich sagen, das Wohlwollen meiner Musen. Isidor war immer eine insgeheime Zuflucht für mich gewesen, ein seelisches Exil, aber seit Adèle diesen

Isidor in mir verlassen hatte, war es, als habe mich mein Alter Ego betrogen und enttäuscht, als habe er nicht gehalten, was er versprochen hatte. Aber ich lebte ja schon seit meiner Kindheit immer zwischen diesen beiden Polen, mal mehr Isidor-Viktor, mal mehr Viktor-Isidor. Diese Doppelung gab mir ein Gefühl der Überlegenheit und nicht zuletzt die gedankliche Möglichkeit zur Flucht vom einen zum anderen, vom anderen zum einen. Und deshalb war es mir vorerst unmöglich, nicht einmal denkbar, mein Geheimnis vollständig aufzugeben, etwa Isidor in nichts aufzulösen.

Es fällt mir nicht leicht, auch nur in groben Umrissen die Ereignisse und Veränderungen der Zeit vom Sommer 1937 bis Sommer 1940 zu erzählen. Es waren eher unerfreuliche Jahre. Noch dazu scheint mir mein Gedächtnis einen Streich spielen zu wollen, vielleicht gerade deshalb, weil es Viktor-Jahre waren. Ich erinnere mich an arglose Vergnügungen, ans Tennisspielen bei Bekannten meines Freundes Albert Schönit (die schweren Holzschläger, die man in Spannern verwahrte, damit sie sich nicht verzogen), alle paar Wochen ein Sonntagnachmittag bei meinen Eltern (der vertraute Geruch im Haus, meine immer besorgte Mutter und ihre guten Kuchen, beim Sahneschlagen wurde ihr der Arm steif, bevor die Sahne steif war, ich nahm ihr dann den Schneebesen ab), Wanderausflüge ins Stuttgarter Umland mit Freunden oder meinem älteren Bruder und seiner frisch angetrauten Frau, die ich sehr gerne mochte. Sie hieß Veronika und hatte ein klickerndes oder wahlweise glucksendes Lachen, das ansteckend wirkte. Auf unsere gemeinsamen Ausflüge kam auch Veronikas jüngere Schwester mit, Martha, die heimlich in mich verliebt war. Ich hätte ihr allerdings Veronika vorgezogen, wenn mir mein Bruder nicht schon zuvorgekommen wäre.

Was im Einzelnen während des Militärdienstes passiert ist, muss uninteressant gewesen sein. Haben wir im Dreck robben, meterhohe Eskaladiermauern überwinden, dichte Stacheldrahtverhaue bezwingen, Flüsse durchschwimmen oder bis zum Umfallen mit vollem Gepäck marschieren müssen? Gab es Spindkontrollen, Stubendurchgänge, Nachtalarm und was weiß ich für Schikanen? Sicherlich, denn das gehörte zumindest anfangs dazu, genau wie der Machtmissbrauch der Stärkeren gegenüber Schwächeren, der Höhergestellten gegenüber den Untertanen. Mir erging es dabei nicht allzu schlecht, sonst würden mir zumindest die Unannehmlichkeiten noch in den Knochen sitzen. Ich musste schießen lernen. Ich habe geschossen. Stiefel wurden täglich gewichst, man stampfte resolut auf die Ferse zum Reinkommen, benutzte den Stiefelknecht zum Rauskommen. Wer wie angegossen eine handgeschneiderte Uniform und geschusterte Stiefel trug, sah todschick aus. Deutschland war mit den Jahren zu einem Land der stolzen Uniform-Träger geworden, nicht nur im Dienst, sondern unbedingt auch außerhalb der Dienstzeiten: SS-, SA-, Wehrmachts- und Partei-Uniformen etwa galten als schmuck, schnittig, schick. Nationalsozialistisch. Das fiel mir besonders auf, als ich aus Frankreich zurückkam. Aber kurz darauf steckte ich ja selbst schon in einer Uniform. Von der Hitler-Jugend bis zum greisen, ehemals kaiserlichen General, der den »Großen Krieg« überlebt hatte, trug, wer auch immer eine hatte, seine Uniformierung, und das zu jeder sich bietenden Gelegenheit. Wenn möglich mit Abzeichen und angesteckten Auszeichnungen, von denen es, vor allem nachdem der Krieg angefangen hatte, unzählige Sorten gab.

Ich erinnere mich nicht einmal mehr, ob ich je den Arm zum Gruß hochgestreckt habe – weder als bildliche Erinnerung noch als gewissermaßen physische Reminiszenz. Und doch muss es so gewesen sein. Wenn ich jetzt, heute, zur Probe noch einmal vor dem Spiegel straff den Arm hochreiße, fühlt es sich eindeutig lächerlich an. Als sei es nie geschehen. Wie war es damals, Heil-Hitler zu rufen und je nach Situation den Unterarm lässig hochzuschlagen oder aber den ganzen Arm steif in die Luft zu strecken? Aufrecht fühlte man sich, stolz und patriotisch, aber es hatte auch mit Gehorchen, mit Ein-, wenn nicht Unterordnen zu tun. Mit einer imbezilen Grußgeste habe ich mich wahrscheinlich damals ins deutsche Volk eingereiht wie jeder andere auch. An der Art, wie schnurstracks ausgestreckt der Arm emporschoss und wie laut die Hacken aneinanderknallten, erkannte man diejenigen, die wirklich überzeugt waren oder zumindest von ihrer Linientreue zu profitieren gedachten. Die »Hundertprozentigen« nannten wir sie oder die »Bonzen«, wenn es sich um hierarchisch Höhergestellte handelte. Auch die strenge, ruppige Militärsprache störte mich, dieses tägliche Anbellen und Angebelltwerden. Die Tatsache, dass das Kasernenleben zwangsläufig weder Zurückgezogenheit noch Individualität zuließ, erst recht kaum Zeit für mein Geheimleben als Isidor Schweig, und noch dazu vornehmlich ein Gruppenleben unter Männern war, mit allem, was dies an Unannehmlichkeiten implizierte, kann mir nur lästig gewesen sein. Und doch gewöhnte ich mich daran wie an vieles andere auch.

Dennoch waren es, je mehr ich über die Ereignisse jener Zeit nachdenke und mich so viele Jahre später, hier an meinem Schreibtisch im alten Haus, in sie zurückzuversetzen versuche, entscheidende Jahre. Das Schwierige bei meiner Unternehmung ist es – in gewisser Weise schreibe ich ja Memoiren –, zwischen dem zu unterscheiden, was ich zu einer gegebenen, weit entfernten Zeit wirklich dachte, wusste und ehrlich fühlte, und was ich erst im Nachhinein erfahren habe, also auch an Meinungen und Empfindungen erst später auf mein Gelebtes pfropfte wie ein Edelreis an den gemeinen Obstbaum. Die späteren Kenntnisse der historischen

Wirklichkeit und die Erfahrungen des Lebens tauchen den Rückblick auf Gelebtes notwendig in ein anderes Licht. Deshalb kann ich es nur versuchen, vor mir selbst und meiner Erinnerung so redlich wie möglich zu sein. Es ist eine asymptotische Annäherung an die vergangene Wirklichkeit.

Nach meiner Rückkehr aus Paris betrachtete ich Deutschland mit etwas mehr Abstand als all diejenigen, die nie die Perspektive gewechselt hatten, die sich, wie soll ich sagen: noch *organischer* an den neuen Ton in Deutschland gewöhnt und den nationalsozialistischen *Zeitgeist* über einen langen Zeitraum hinweg in Etappen, aber zuletzt vollständig verinnerlicht hatten. Der allgemeine und verbreitete Hass gegenüber Juden und Kommunisten (»Bolschewisten«, sagte man) verwunderte mich zwar nicht mehr, aber nach zehn Monaten in Frankreich überraschte mich doch die Vehemenz der Hetzpropaganda. Nach den Olympischen Spielen von 1936 hatte sich unwiderruflich eine überwältigende nationalsozialistische Mehrheit in Deutschland gebildet, wobei sich mit der Zeit jeder auf seine Weise in diesen solide überzeugten Volksblock integriert hatte. Insgesamt funktionierte die neue deutsche Gemeinschaft wie die zackigen Zähnchen eines Reißverschlusses, die nahtlos ineinandergriffen, um sich sauber selbst zuzuziehen.

Wie lässt es sich begreiflich machen, dass das, was heute unvorstellbar erscheint, in einer gegebenen Zeit als normal gelten konnte? Vieles kann »normal« werden, sogar zuvor Undenkbares, vorausgesetzt, dass es allmählich geschieht, sich als sukzessiver Gewöhnungsprozess einschleicht und nicht von einem Tag auf den anderen wie ein Schock eintritt. Ich empfand mich damals nicht als Nazi – oder vergleichbar mit der Sorte von Leuten, die man später einschlägig mit Nazi bezeichnete. Ich fühlte mich auch nicht als Faschist oder als Antisemit. Das sind Begriffe, die erst später eine klare Bedeutung bekamen. Wir waren mehr oder weniger stramme Nationalsozialisten, die 1937 oder 1938 noch nicht wussten, was für »Nazis« sie einmal sein würden. Viele der Durchschnittsbürger, die »den« Juden oder »das Jüdische« auf eine diffuse Weise nicht mochten, gar irrational für widerwärtig befanden, bezeichneten sich dennoch nicht etwa als Antisemiten. Sie waren überzeugt davon, dass sie nichts gegen ihren jüdischen Nachbarn hatten, ja, dass sie ihren jüdischen Schneider oder Zahnarzt sogar schätzten. »Man« freute sich allerdings, die frei gewordene, größere Nachbarwohnung beziehen zu können, ohne sich zu fragen, wo denn die jüdische Familie abgeblieben war, die zuvor darin gewohnt hatte. »Man« freute sich ebenso über das zurückgelassene Klavier von den Levys, das man nun übernehmen durfte. »Man« freute sich schließlich auch darüber, dass ein jüdischer Konkurrent plötzlich nicht mehr da war. All das erschien günstig und praktisch in wirtschaftlich schwierigen Zeiten.

Eine gegebene Gegenwart ist immer frisch und jung, gerade noch jungfräulich genug an Bedeutung, um nicht über sich selbst hinausschauen zu können. Und insofern sind wir wie Blinde in unserer Gegenwart. Auch neue Begriffe in einer gegebenen Gegenwart sind zunächst leere Gefäße, wie Worthülsen. Wir sind dabei, sie mit Sinn zu füllen, und wissen noch nicht genau, was sie wirklich einmal bedeuten werden. Ich denke an ideologische Begriffe wie Faschist, Bolschewist, Rassist, Liberaler, Kapitalist, aber auch an harmlose wie Musiker, Maler, Geliebter, Freund, Frau, Vater, Kind. Sie bekommen erst mit der Zeit ihre wahrhaftige Bedeutung, erst, wenn etwas Bezeichnendes – im wahren Sinn des Wortes – geschehen ist, erlebt wurde oder überfällig wird. Wir selbst geben diesen Worten unseren Sinn, füllen sie mit Leben, mit Gefühlen und Erfahrungen, mit Schmerz oder Liebe, auch mit Schuld, wir wissen oft erst spät oder gar am Ende erst, was es zum Beispiel wirklich bedeutet »Vater« zu sein. Oder »Kind«. Oder zu »lieben«. Was es wirklich bedeutet, wenn man jemand gewesen ist, der in jener Zeit widerstandslos an einem der unzähligen Rädchen gedreht hat. Wir fassen erst zu spät, was es bedeutet, ein Nazi gewesen zu sein. Auch das Wort »Krieg«, mit dem ich 1914 geboren wurde, gehört zu den Worten, die für mich lange Zeit ein leeres Wortgefäß geblieben waren. Ich musste erst einmal mitten im darauffolgenden Krieg sein, um das Ausmaß dieses Wortes zu verstehen.

1937 war es noch unvorhersehbar, was im Einzelnen in der nahen Zukunft passieren würde. Das muss gesagt werden, auch wenn es in der chronologischen Logik der Dinge liegt. Weder Bombenangriffe auf Zivilbevölkerungen noch Todeslager und Holocaust waren auch nur denkbare Kategorien. So wie heute eine weitgehende Zerstörung durch einen neuerlichen Weltkrieg, durch Atombomben oder ökologische Katastrophen unvorstellbar bleibt. Es gab vom vorherigen Großen Krieg zwar die erschreckende Erfahrung, daher auch die Vorstellung von grauenvollen Menschen- und Materialschlachten, aber die Vorstellung vom Bombenterror aus der Luft, von Konzentrationslagern und Genozid in einer derart umfassenden Dimension konnte es noch nicht geben. Zügellose Gewalt bleibt in Friedenszeiten undenkbar, daher unbegreiflich. Deshalb bewegten wir uns in jenen Jahren mit mehr oder weniger großer Naivität und mit einem verständlichen Mangel an Imagination auf rational unfassbare Kategorien zu.

Es ist erstaunlich, wie die kontinuierliche, allgegenwärtige Propaganda auch auf mich wirkte. Im Nachhinein wundere ich mich darüber und doch funktionierte es. Tatsächlich hatte ich mich mit den Jahren ganz allmählich an alles gewöhnt, selbst an die heute grotesk klingende Nazi-Sprache. Der Großdeutsche Rundfunk, die Wochenschau im Kino und die gleichgeschalteten Zeitungen fabrizierten Meinungen, Haltungen, Ressentiments und nicht zuletzt »Information«, deren Ziel nicht das Informieren war, sondern die möglichst effiziente Einstimmung aller auf eine einzige Frequenz und Stimmlage. Im Nachhinein bin ich fähig, das zu erkennen. Aber damals? In einem Bereich war ich allerdings hinreichend geprägt, um mich nicht vereinnahmen zu lassen, und das war die Malerei. Die Münchner Ausstellung »Entartete Kunst« im Sommer 1937 war für mich ein weiterer Beweis für die so altbackenen wie fanatischen Kunstbegriffe der Nationalsozialisten. Aber welche Konsequenzen zog ich daraus? Keine. Was hätte ich auch tun sollen, ich konnte weder die Künstler noch die Kunstwerke vor Hetze und Schändung schützen. Irgendwo in meinem Inneren und im geheimen Einverständnis mit Isidor bewahrte ich mein Faible für Henri Matisse oder die Gruppe Der Blaue Reiter, für all die Künstler, die in München dem Anwurf der deutschen Biedermänner ausgesetzt wurden.

Die Bombardierung von Guernica im April 1937, während des Spanischen Bürgerkriegs, ist allerdings ein gutes Beispiel, wie die Desinformation der Propaganda auch bei mir ihre Wirkung tat, wie selbst ich in ihren Fängen zappelte, obwohl ich erst seit ein paar Wochen aus Paris zurückgekommen war. Was man in Deutschland in der Wochenschau über das Ereignis erfuhr, war die folgende, reichhaltig bebilderte Nachricht: *»Das sind die Ruinen der altspanischen Stadt Guernica nur wenige Stunden nachdem die bolschewistischen Mordbrenner von den nationalen Truppen vertrieben worden waren. Die jüdische Lügenpresse behauptete, deutsche Flugzeuge hätten die Stadt bombardiert. Jedoch musste die internationale Weltpresse diese Meldung sehr bald als Pressemanöver der Bolschewisten brandmarken, welche selbst die gesamte Stadt beim Verlassen Haus für Haus niedergebrannt hatten.«* Von »bolschewistischen Mordbrennern« war die Rede und von der »jüdischen Lügenpresse«, während es die deutsche Luftwaffe unter dem Einsatz ihrer Spezialeinheit für Spanien, der Legion Condor war, die das blutige und zerstörerische Attentat auf Guernica verrichtet hatte – weniger, um den Franco-Nationalisten beizustehen, als vielmehr, um die deutschen Flugzeuge mit ihren neu entwickelten Bomben einem realistischen Funktionstest zu unterziehen: nämlich die Dornier Do-17 und Heinkel He-51 Jäger beziehungsweise Junkers Ju-52 Flieger mit ihren insgesamt vierzig Tonnen Bomben, die sich aus 250-Kilo-Sprengbomben, 50-Kilo-Splitterbomben sowie aus 1-Kilo-Stabbrandbomben zusammensetzten. Vielleicht wurde auch schon 1937, in Guernica, insgeheim die Idee des »Totalen Krieges« geprobt, zu deren Strategie die Terrorisierung der Zivilbevölkerung gehörte. Aber all das las und verstand ich erst viel später.

Selbst der deutsche Botschafter in Großbritannien und spätere Reichsaußenminister Joachim von Ribbentrop hatte nicht begriffen oder war unfähig gewesen sich vorzustellen, was da eigentlich vor sich gegangen war. Dass nämlich die sogenannte *Geheime Reichssache Guernica* ein deutsches (unter Mithilfe der Mussolini-Italiener) und nicht etwa ein »bolschewistisches« Vernichtungsunternehmen war, und dass die sogenannte »jüdische Lügenpresse« durchaus recht hatte, während es vielmehr die deutsche Propaganda war, die log. Ribbentrop schlug von London aus vor, eine internationale Untersuchungskommission nach Guernica zu schicken, um vor Ort die wahre Täterschaft der Bolschewisten zu beweisen und Deutschland vom bösen Verdacht freizusprechen. Wegen der allzu publik gewordenen Begriffsstutzigkeit Ribbentrops musste die Legion Condor noch einmal in Guernica aktiv werden: Ein Trupp deutscher Feuerwerker wurde ausgeschickt, um sämtliche Indizien, wie die Überbleibsel von bedruckten Schwanzflossen der Bomben oder Blindgänger, restlos zu entfernen. Danach erhielt der Botschafter Ribbentrop die scheinheilige Nachricht aus Berlin, dass nun jederzeit eine internationale Kommission nach Guernica kommen könne, um ihre Untersuchung anzustellen.

Ohne Picassos Gemälde wäre die Bombardierung von Guernica zu einer Episode für Historiker und Geschichtsbücher geworden. Wer würde heute noch wissen, was damals passiert ist? Nie zuvor waren eine Stadt und ihre schutzlos ausgelieferte Zivilbevölkerung derart unvorbereitet, brutal und vernichtend aus der Luft angegriffen worden. Durch Picassos Gemälde wurde die Attacke zu einem Symbol für den neuen, so modernen Luftkrieg-Terror. Guernica ist das Hiroshima der Spreng-, Splitter- und Stabbrandbomben, ein »erstes Mal«, ein spielerischer Test von neu erfundenem Kriegsmaterial. Für eine unbekannte Anzahl Menschen wirkte es tödlich und bis heute bleibt die Zahl der Toten im Dunkeln, weil sich zu viele namenlose Bürgerkriegsflüchtlinge in der spanischen Stadt aufhielten. Und auch für zwei Drittel der Gebäude wirkte das Ausprobieren der deutschen Bomben restlos zerstörerisch.

Einige Zeit danach, als ich schon beim Wehrdienst war, erhielt ich einen Brief von Rose Valland und hätte, wenn ich meiner alten Freundin Glauben geschenkt hätte, die Wahrheit erfahren können. »Du musst mir glauben«, schrieb Rose, »die Deutschen haben die Bomben abgeworfen und nicht etwa die Kommunisten! Ich weiß es aus der Presse, von Augenzeugenberichten und von Picasso! Und Picasso weiß es wiederum von seinen Leuten in Spanien! Wenn hier jemand Propaganda macht, dann sind es die Deutschen! Lass Dich nicht beeinflussen, komm sofort zurück nach Paris!«, schrieb Rose, als wäre das so einfach, sofort zurück nach Paris zu kommen, und hängte an jeden Satz ein Ausrufezeichen. Ich wollte ihr nicht glauben und schrieb erst viel später zurück, ohne auf ihren Brief einzugehen, als hätte ich ihn nie empfangen. Ich war überzeugt davon, dass ich nicht nur in meinem Land, sondern vor allem in meiner Stellung beim

Militär, selbst wenn sie nicht hoch war, wahrheitsgemäß informiert wurde. Trotz aller Zuneigung zu Rose war es mir unmöglich, ihre Einschätzung zu teilen, es war die zweifelhafte Meinung einer französischen Kunsthistorikerin, die Feindsender hörte, Feindpresse las und zu viele Kommunisten kannte. Rose hatte mich wie immer Isidor genannt, von meinem wirklichen Namen wusste sie nichts. Aber Isidor war nun hinter Viktor verschwunden.

Die spanische Stadt Guernica wurde am 27. April 1937 bombardiert. Einen Monat später hatte Picasso sein legendäres Monumentalgemälde unter dem tiefen Eindruck dieses Schreckens fertiggestellt. Es sollte so schnell wie möglich und rechtzeitig für die Pariser Universalausstellung von 1937 an die Öffentlichkeit gelangen. Selbst wenn ich es Rose nicht abnahm, dass es die Deutschen waren, die Guernica bombardiert hatten, glaubte ich zumindest ihrer Beschreibung von Picassos Gemälde: »Schwarz-Weiß-Grau, keine Farbe, stummes Entsetzen fraktionierter Körper. Lautlos schreiende, Leid speiende Münder. Eine Mutter hält ihr totes Kind. Augen fallen aus Köpfen, weil sie nicht mehr sehen wollen. Hände strecken sich leer in den tödlichen Himmel von Guernica …« So schrieb sie. Ihr Brief liegt in der Kiste mit meinen Terminkalendern und Notizbüchern. Im Nachhinein betrachtet, fing der Zweite Weltkrieg schon mit Guernica an.

Frühjahr 1938: Ich war vierundzwanzig Jahre alt, die Zeit der Sorglosigkeit war vorbei, und ich ahnte, dass von nun an jede Entscheidung, die ich für mein Leben treffen würde, mit aller Wahrscheinlichkeit nachhaltige Folgen haben würde. Die politische Stimmung in Deutschland und Europa ließ argwöhnen, dass eine wie auch immer geartete Eskalation bevorstand. Ich schwor mir, dass ich sie nicht beim Militär miterleben würde, und verbrachte die ersten Monate von 1938 damit, nach einem Ausweg zu suchen. Die Gelegenheit kam schließlich durch meinen Vater, dem ich mich anvertraut hatte und der mir meinen Studienabbruch und die Eskapade nach Paris zwar nicht ganz verziehen hatte, aber klug genug war, nun in die Zukunft zu blicken. Ich solle einmal über die Reichsbahn nachdenken, sagte er, das sei ein gutes, ein sicheres Unternehmen. Und tatsächlich expandierte der Schienenverkehr in den zwanziger und dreißiger Jahren noch immer, obwohl die Konkurrenz des Automobils sich längst bemerkbar gemacht hatte. Der Nahverkehr wurde systematisch ausgebaut, viele Kurzstrecken elektrifiziert. Für den Fernverkehr wurden Mitte der dreißiger Jahre neue Schnelltriebzüge entwickelt, wie der »Fliegende Hamburger«, der die knapp dreihundert Kilometer lange Strecke von Berlin nach Hamburg in nur zwei Stunden und zwanzig Minuten bewältigte – das sollte noch einige Jahrzehnte lang ein Rekord bleiben.

Hitler unterstützte zwar die Autoindustrie und forcierte den Autobahnausbau, aber gleichzeitig wusste er, dass er ohne die Bahn keinen Krieg führen konnte. Die Deutsche Reichsbahn wurde als strategisch wichtiges Unternehmen eingestuft und beauftragt, Personal einzustellen – vordergründig, um die Arbeitslosigkeit weiter abzubauen, aber mit dem heute nachweisbaren Hintergedanken, einige Zeit später hinlänglich ausgebildetes Eisenbahner-Personal zur Verfügung zu haben, um für die Kriegspläne einsatzbereit zu sein. Von einem rein betriebswirtschaftlichen Standpunkt aus gesehen hätte die Reichsbahn 1938 eigentlich Personal abbauen müssen. Nicht zuletzt durch die guten Beziehungen meines Vaters gelang es mir, aus dem Wehrdienst entlassen zu werden. Am 1. Juni 1938 begann ich als Reichsbahn-Inspektor bei der Stuttgarter Reichsbahndirektion.

Wenn ich 1939 nicht bei der Reichsbahn, einem kriegswichtigen Betrieb gewesen wäre, sondern, das wäre die Alternative gewesen, meine Karriere – wenn schon nicht beim Militär, dann als Maler – fortgesetzt hätte, wäre ich ohne jeden Zweifel früher oder später eingezogen und an die Ostfront geschickt worden. Meinem jüngeren Bruder ist es so ergangen, er hatte keine Möglichkeit, der Wehrpflicht zu entkommen. Er hätte es auch nicht einmal gewollt. Von seinem ersten Einsatz ist er nie wieder zurückgekehrt.

## 14

Seit meiner Rückkehr aus Paris im Frühjahr 1937 war der Kontakt zu Rose Valland nicht abgebrochen. Wir schrieben uns in allerdings immer größer werdenden Abständen, und einmal, im Herbst 1938, machte sie auf einer Reise nach Straßburg einen Abstecher nach Stuttgart, um mich zu besuchen. Als sie mir auf dem Bahnsteig mit ihrem pfiffigen Lächeln entgegenging – ich sah sie schon von Weitem –, kam sie mir so vertraut vor, als hätten wir uns erst gestern zuletzt gesehen: »Mon cher Isidooor«, rief sie wie immer, und stellte sich auf die Zehenspitzen für das französische Begrüßungszeremoniell mit den vier Wangenküssen. Ihre Augen hinter der runden Brille strahlten in aufrichtiger Freude. Ich weiß noch, dass ich mich plötzlich fühlte, als sei etwas an mir beschmutzt, so, wie ich da unausweichlich deutsch an meinem Bahnhof stand, in dessen Halle Hakenkreuzfahnen wehten. Sekundenlang suchte ich hilflos nach französischen Worten.

Am Tag darauf hatte ich eine rötliche Ansammlung kleiner, juckender Pickel in der rechten Armbeuge, und diesen Ausschlag, mein Ekzema flexurarum, sollte ich ein Leben lang nicht mehr loswerden. Es verschwand nur für kurze Zeit oder wurde von den diversen Salben betäubt, mit denen ich versuchte, meine Pein zu lindern. Ansonsten wanderte es fortan launisch und mit wechselnder Intensität über meinen Körper. Rose Valland, die so entschieden im Einverständnis mit sich selbst in ihrer Haut steckte! Vielleicht hatte ich, außer mir selbst, niemanden so sehr betrogen wie Rose, als ich die Malerei für einen zeitgemäßen Brotberuf aufgab. Als hätte ich dadurch nicht nur meine Zukunft als Maler, meine Liebe zur Malerei verraten, sondern zugleich auch meine Freundschaft mit Rose.

Ich hatte dennoch das Gefühl, dass mich Rose Valland nie, damals und auch später nicht, für mein Sein oder mein Tun beurteilt, geschweige denn verurteilt hat. Aber war dem wirklich so? Ich werde es nie mehr erfahren, der Gedanke tut mir allerdings gut. Es tut mir gut, weiterhin zu glauben, dass mich Rose in meinem Handeln zumindest verstanden hat, selbst wenn sie es nicht befürworten konnte. Sie hatte es sicher am eigenen Leib erfahren, wie schmerzhaft das Urteil anderer sein konnte und versuchte, objektiv zu bleiben, mir in meiner Freiheit zu vertrauen. Ihre Art war es, klare Fragen zu stellen, auf die sie ehrliche Antworten erhoffte – wer hingegen auswich, hatte ihres Erachtens triftige Gründe, die es zu respektieren galt.

So fragte sie mich, kaum dass wir abends im Stuttgarter Ratskeller saßen, ob ich denn wenigstens persönlich glücklich sei, trotz der politischen Verhältnisse, ob ich hier malen könne, ob mir Paris und die Rue Lepic nicht fehlen würden … Wahrscheinlich habe ich unter irgendeinem Vorwand den Blick gesenkt – das Messer geradegerückt, meine Tasche ans Stuhlbein gezogen oder die Serviette auseinandergefaltet und sorgfältig auf dem Schoß ausgebreitet –, all das, nur um einen Anfang zu finden, ohne dabei Rose in die Augen schauen zu müssen, denn war der Anfang erst einmal gesagt, ging danach alles leichter von der Zunge. Immerhin saßen wir mitten im Ratskeller, sodass mein Unbehagen den Umständen angelastet werden konnte. Beide senkten wir intuitiv unsere Stimmen, damit uns am Nebentisch niemand hörte. Die Verhältnisse seien tatsächlich unangenehm, aber den Umständen entsprechend sei ich dennoch recht glücklich hier, selbst wenn mir unser unbeschwertes Leben in Paris manchmal fehlen würde. Wo auch immer man sich befinde, man könne seiner Zeit nicht entrinnen. Auch mit dem Malen gehe es voran, faselte ich weiter, allerdings sei das Experimentierfeld einigermaßen beschränkt, nachdem manchem sogar die Impressionisten schon als entartet gälten. Mit einem ironischen, etwas bitteren Auflachen sagte ich das und hielt vorsichtshalber die Hand vor den Mund. Ansonsten gäbe es wie immer genügend Interessenten für meine Kopien aus dem klassischen Repertoire. Ich log Rose damit nicht gänzlich an, manchmal kam ich noch zum Malen, aber es war ein Flunkern durch Auslassen von Information. Es war ein Arrangement mit der Wirklichkeit, das wir dann über Jahre beibehalten sollten. Genauer gesagt: über all die Jahre, die wir uns in Zukunft noch sehen sollten.

Ja, ich war und bin ein Arrangeur meiner Wirklichkeit. Ich sagte ihr nichts von meiner Tätigkeit bei der Reichsbahn. Und ich gab auch nicht zu, dass mir plötzlich schwante, ich sei alles andere als glücklich. Warum? Ich brachte es nicht über mich, ihr die Wahrheit zu sagen. Ich schaffte es ja noch nicht einmal, mir selbst die Wahrheit einzugestehen. Sonst hätte ich auf der Stelle sagen müssen: Ich bin ein Arrangeur meiner Wirklichkeit, ein Kollaborateur mit meiner Gegenwart und ein Fabulant meiner eigenen Geschichte. Und zu allem Überfluss heiße ich noch nicht einmal Isidor Schweig, sondern Viktor Emanuel Wagfall. Aber den Letzteren hatte Rose ohnehin nie kennengelernt. In jenem Moment, wohl weil mir Rose in all ihrer inneren Festigkeit gegenübersaß, fehlte mir plötzlich mein früheres Leben. Einige Sekunden lang spürte ich Adèle wieder, meine wehe Liebe, als sei sie ganz nah, sah Adèle vor mir, mit ihrem glänzenden, dicken Haar, wie sie es auf der Bettkante sitzend zum Zopf flocht.

Die langen, schwarzen Wimpern warfen einen Schatten über ihre strahlenden Augen.

An diesem Abend im Herbst 1938 erzählte mir Rose auch, dass sie nun dafür zuständig sei, die Sammlungen des Jeu de Paume, vor allem aber des Louvre-Museums (zu dem das Jeu de Paume administrativ gehörte) für eine eventuelle Auslagerung vorzubereiten, weil man den Einmarsch der Deutschen in Frankreich und Bomben auf Paris befürchtete. Alle wichtigen Werke des Louvre, Zigtausende von Gemälden, Zeichnungen, Statuen, Objekten, darunter auch die riesige *Nike von Samothrake* oder die zwar etwas kleinere, aber ebenso zerbrechliche *Venus von Milo,* waren seit September 1938 in Kisten und Kästen verpackt worden, um in sichere Depots außerhalb der Stadt überführt zu werden. Wohin, das verriet Rose mir nicht. Ich weiß noch, dass ich dachte: Die Franzosen übertreiben mal wieder, das ist doch reine Propaganda. Krieg blieb unvorstellbar, selbst wenn man längst angefangen hatte, das Wort ohne zu zaudern in den Mund zu nehmen. Und so sprachen wir ohne sonderliches Entsetzen vom möglichen Krieg und von den deutschen Bomben, die, nach Meinung der Franzosen, demnächst auf den Louvre fallen könnten. Sicher sprachen wir auch über Kunst, die Malerei und die letzten Neuigkeiten aus Paris. Am nächsten Morgen holte ich Rose vom Hotel ab und brachte sie an den Bahnhof, zum Zug zurück nach Straßburg. Wir fragten uns, wann und unter welchen Umständen wir uns wohl wiedersehen würden, ob wir uns als Feinde gegenüberstehen müssten? Ich glaubte es nicht, jedenfalls nicht, dass die Deutschen in Frankreich einmarschieren könnten, und war mir außerdem sicher, den Unterschied zwischen Volk (»Nation«, rief Rose, »Nation, und nicht Volk!«) und Individuum, zwischen Politik und Leben hinreichend zu erfassen, um unsere Freundschaft, komme was wolle, nicht zu gefährden. Rose antwortete mit einem sibyllinischen: »Nichts Menschliches ist gewiss!« Als der Zug losfuhr, winkte sie spöttisch mit einem weißen Taschentuch aus dem Fenster.

Ich erinnere mich an den Tag, als der Krieg ausbrach. Noch gab es für mich keine greifbare Vorstellung von der abyssalen Feststellung »der Krieg bricht aus«. Eine Sondersitzung des Reichstages war einberufen worden und laut Anordnung sollte sich das gesamte deutsche Volk um zehn Uhr morgens an seinen Radioapparaten versammeln, um einer Rede des »Führers« zu folgen. In der Stuttgarter Reichsbahnverwaltung standen wir als dichtes Grüppchen vor dem Schreibtisch meines Vorgesetzten, der Radioapparat thronte in der Mitte des Tischs. Bekannt gegeben wurde von Hitler im Rundfunk, dass sich das Deutsche Reich seit fünf Uhr morgens im Kriegszustand mit Polen befände. Gesagt wurde auch, dass Deutschland daran nicht schuld sei, sondern auf eine polnische Aggression reagieren müsse, weil die »friedvollen Hände der Deutschen« von den Polen zurückgestoßen worden seien. Ich erinnere mich, dass wir im Radio den tosenden Beifall der Abgeordneten hörten, dann den Applaus, der um uns her aus allen Büroräumen schallte, schließlich stimmte das Parlament die Nationalhymne an. Mein Vorgesetzter sang mit, die Kollegen taten es ihm nach, ich bewegte die Lippen und brummte, weil es mir peinlich war, zu singen (es klang erbärmlich), aber auch unangenehm war, nicht zu singen. »Sieg Heil«, rief jemand nach der ersten Strophe, dann wurde das Radio abgestellt.

Ich erinnere mich, wie mein kleiner Bruder in seiner Uniform zum letzten Mal die Treppe am Haus herabsprang. An der Gartenpforte drehte er sich noch einmal um und winkte, ich sehe noch heute sein kurzes, unsicheres Lächeln vor mir. Dann verschwand er in einem Automobil und schaute starr, hart wie ein gewordener Mann geradeaus auf die Straße, als der Wagen losfuhr.

Ich erinnere mich an die ersten Lebensmittelmarken, an die anfangs noch ungewohnte Benzinrationierung und dass fast jeder Haushalt im Reich einen kleinen, schwarzen, sogenannten Volksempfänger besaß, der das Volk an einer unsichtbaren Nabelschnur mit seinem »Führer« verband. Feindsender zu hören, war streng verboten, obwohl man auch mit dem äußerst simplen Volksempfänger einige ausländische Radiostationen bekommen konnte.

Ich erinnere mich an den spontanen Applaus im halbdunklen Kinosaal, wenn in der Wochenschau mit grandiosen Worten und entsprechenden Bildern über die deutschen Siege berichtet wurde. 1939 und 1940 herrschte eine selbstsichere, unverblümt fröhlich-aggressive Siegesstimmung. Noch war es unvorstellbar, dass der Krieg lange andauern könnte. Deutschland wurde immer größer. Bald sah man die ersten Ritterkreuze auf dem Waffenrock. An der Westfront, die im Vergleich zu den anderen Fronten gar nicht so weit von Stuttgart entfernt verlief, fand ein oft belächelter Sitzkrieg mit Frankreich statt; die Franzosen nannten ihn *la drôle de guerre*, den seltsamen Krieg.

Ich erinnere mich an Lieder, die häufig gesungen wurden: »Es ist so schön Soldat zu sein, Rosemarie, Nicht jeder Tag bringt Sonnenschein, Rosemarie …« oder eine Strophe aus dem Lied *Die blauen Dragoner, sie reiten*: »Die Wolken ziehen dahin, daher, sie ziehen wohl über's Meer, der Mensch lebt nur einmal und dann nicht mehr.« Zur gleichen Melodie wurde gern ein anderer Text gesungen: »Die Juden ziehen dahin, daher, sie ziehen durchs Rote Meer, die Wellen schlagen zu, die Welt hat Ruh.«

Ich erinnere mich, dass wir – wir von der Reichsbahn – plötzlich an Prestige gewonnen hatten. Schon vorher war es etwas gewesen, »bei der Reichsbahn zu sein«, aber jetzt gehörten wir zu einem Unternehmen von entscheidender strategischer Bedeutung, das sich als Instrument für Sicherheit und Frieden verstand. Die Reichsbahn stellte Hitler gleich mit Kriegsbeginn ein Führerhauptquartier auf Gleisen zur Verfügung, das zum ersten Mal am 3. September 1939 von Berlin an die polnische Front rollte: ein Sonderzug mit je einem kanonenbestückten Flakwagen am Anfang und am Ende des Zuges, dazwischen ein Arbeits- und ein Salonwagen für Hitler, mehrere Wagen für die Nachrichtenübermittlung und die Presse, außerdem ein Speisewagen und Schlafwagen für den Stab.

Ich erinnere mich an mein Büro, das ich mit einem Kollegen teilte. Wir gehörten zur Personalabteilung der Reichsbahndirektion Stuttgart. Während mein Kollege die Personaleinsatz-Planung leitete, war ich für Einstellungen und Entlassungen, für Gehaltszettel und Urlaubsplanung verantwortlich. Mein höhenverstellbarer Schreibtischstuhl hatte ein dunkelgrünes Lederkissen. Die Schlüssel zu den Rollschränken mit den Personalakten trug ich immer in meiner Hosentasche. An einer Wand hing das obligatorische Hitlerporträt, außerdem eine Karte von Deutschland und Teilen angrenzender Länder – Länder, die schon bald zum Deutschen Reich gehören sollten. Die Wand neben meinem Schreibtisch schmückte ein Merian-Stich, eine wundervolle Gravur vom Paris des siebzehnten Jahrhunderts, aus der Vogelperspektive gesehen, auf der wichtige Gebäude, Kirchen und die gesamte Topographie der Stadt äußerst präzise dargestellt waren.

Ich erinnere mich nicht mehr an Zahlen, aber sie stehen in Büchern. Zum Beispiel: Die Reichsbahn hatte bei Ausbruch des Krieges einen Fuhrpark von 23 000 Lokomotiven, 1892 Triebwagen, 69 000 Personenwagen, 605 000 Güterwagen, 21 000 Packwagen.

Ich erinnere mich an Momente des Unbehagens.

Ich erinnere mich an ein Gespräch mit meinem Vorgesetzten Helge Sauer. Er hatte eine beiläufige Bemerkung darüber gemacht, dass ein Beitritt in die Partei gerade bei der Reichsbahn Karrieren beschleunigen könnte (als ob ich das nicht gewusst hätte). Er selbst trug das Parteiabzeichen am Revers, ein schwarzes Hakenkreuz auf weißem Grund, von einem roten Rund umgeben, auf dem *NATIONAL-SOZIALISTISCHE-DAP* stand, DAP für Deutsche Arbeiter Partei. Wir hatten schon Feierabend, Helge Sauer sah den Kupferstich von Paris über meinem Schreibtisch und kam ins Schwärmen. Ich erzählte ihm, dass ich dort zehn Monate lang gelebt habe, ohne meine Tätigkeit näher zu benennen.

Das Deutsche Reich mit seinen verbündeten Ländern und besetzten Gebieten umfasste im Wesentlichen im Mai 1940, also nur acht Monate nach Kriegsbeginn, im Süden: Österreich und Italien, im Osten: Polen und die Tschechoslowakische Republik, im Norden: Norwegen und Dänemark, und im Westen waren innerhalb von nur zwei Wochen die Niederlande, Belgien und Luxemburg eingenommen und besetzt worden. Der endgültige Vorstoß nach Frankreich begann Mitte Mai 1940. Er endete nur einen Monat später mit dem Einmarsch der deutschen Truppen in Paris. Am 17. Juni kapitulierte Frankreich und wurde, abgesehen vom sogleich annektierten Elsass/Lothringen, in zwei Zonen geteilt. Der Norden, Osten und Westen Frankreichs, mit seinen für die erhoffte Eroberung Englands strategisch wichtigen Flugplätzen und Atlantikhäfen wurde von den Deutschen besetzt und von Berlin aus über einen in Paris ansässigen Militär-Gouverneur kontrolliert. Der hohe Norden Frankreichs, nahe bei Belgien, unterstand hingegen der deutschen Militärverwaltung in Brüssel. Mittelfrankreich und der südliche Teil des Landes – etwa vierzig Prozent des ehemaligen Staatsgebietes – verblieben unter französischer Kontrolle und wurden von Vichy aus von Marschall Philippe Pétain, *Chef d'Etat,* in zunehmend enger werdender Zusammenarbeit mit dem Deutschen Reich und Besatzer regiert.

## *Foto 8*

Auf einem schiefergrauen Langhaarteppich liegt der ausgeleerte, rotweiß karierte Stoffsack von Annas Wollknäuel-Sammlung. Daneben sein Inhalt, ein Haufen Knäuel aus mindestens sechs Jahrzehnten in allen erdenklichen Größen, Formen, Farben und Wollsorten.

Geschmeidig wie ein Oktopus mit langen, flinken Tentakel-Armen saß Mutter Anna ein halbes Leben lang über dem Familiengehege, ein wachsamer Krake mit Saugnäpfen, dem nichts entging. Krake-Anna hockte unerbittlich über allem, streckte Greifarme aus, holte ein, was sich zu entziehen drohte, disziplinierte, was ungezügelt war, saugte sich auch gerne fest – vor allem an Überzeugungen und Urteilen. Die Mutter bewachte und verfügte, sie überwachte, was im Haus gedacht, gesagt, getan werden sollte und was nicht. Sie verhängte Gebote und Denkverbote, sorgte dafür, dass sie eingehalten wurden. Der Vater Viktor hingegen war auf andere Weise tätig, fern von der mühseligen Aufzucht und vom immer zeitgemäßer werdenden Heim (ein neuer Braun-Fernseher, moderner Teppichboden auf alte Fliesen, die Sofagarnitur von Interior und so weiter). Er war draußen in der Welt aktiv, während die Mutter drinnen blieb im alten Haus und brütete, wachte, ungeduldig diese Kinderbiester in Schach hielt und ansonsten die tägliche Drohung häuslicher Entropie bekämpfte. Der Vater kreiste auf einer fernen Umlaufbahn. Er fuhr früh morgens aus der kleinen in die große Stadt, gesellte sich zu anderen Vätern, die an massiven Schreibtischen saßen und frei sprechend im Ledersessel Briefe auf die rotierenden Magnetbänder von Aufnahmegeräten diktierten oder in schallgedämpften Sitzungsräumen Akten durchblätterten, während sie mit verstohlenen Blicken rotlippige Sekretärinnen verfolgten, die mit Kaffeetassen durch gepolsterte Türen schlichen, diskrete Fräuleins in hochhackigen Schuhen und hübschen Röcken über dem runden Po.

Es musste ihm recht gewesen sein, dass er nichts zu sagen hatte, zu Hause. Er hatte schon den ganzen Tag geredet, wenn er abends heimkam. Wollte er überhaupt etwas beitragen zur Familienlegende, zu Standpunkten und Exegesen, zur Vergangenheit und der Zukunft? Die Zuständigkeitsbereiche blieben jedenfalls sorgfältig voneinander abgegrenzt, und Viktor versuchte es nicht einmal, im Bereich »familiäre Kommunikation« mitzumachen. Das Monopol des Informierens und Erzählens lag bei Anna. Sie bestimmte, was überhaupt und unter welchem Blickwinkel berichtet wurde. Die Erfindung und dann die prägende Wiederholung der einzelnen Kapitel, die zusammengenommen das ausmachten, was Karolin als »unsere Familienlegende« bezeichnete, gingen sämtlich auf Anna zurück:

Wie sie, Viktor und Anna, sich 1951 kennengelernt hatten.
Dass der Vater genau genommen eine große Enttäuschung gewesen ist.
Aber wegen der Kinder …
Wie es im Krieg gewesen ist.
Was sie in jenen »dunklen Jahren« gemacht haben.
Die deutschen Soldaten waren trotz des Krieges immer korrekt und ehrenhaft.
Dass ER ja zunächst eine Menge Gutes getan hat.
Dass man von nichts wusste.
Sie nicht und auch unser Vater nicht.
Sie haben ES erst nach dem Krieg erfahren.

Ab einem gewissen Zeitpunkt hat man allerdings geahnt, dass etwas aus dem Ruder lief.
Sehr spät, zu spät.
Aber der furchtbare Bombenterror der Alliierten.
Viktor wollte keine Kinder.
Die Abtreibungen.
Und dann: die Mätressen, diese tiefste Verletzung der ehelichen Illusion.
...

Anna war mit dreiundneunzig Jahren im Badezimmer ausgerutscht, hingefallen, mit dem Hinterkopf schlug sie dabei auf die Kante der Badewanne. Ein tödlicher Unfall. Als Karolin einige Wochen später die Aufzeichnungen ihres Vaters las und an jenen Abschnitt kam, in dem er von Pierre Bonnards Badewannen-Gemälden erzählte, dachte sie an Anna. Sie sah ihre Mutter, *aufgebahrt im Leichenschauhaus der Erinnerung*. In der Friedhofskapelle, im noch geöffneten Sarg, wirkte Anna wie ein Wachsengel. Zuversichtlich ruhend und sanftmütig, so wie Engel sein sollten. Ihre Haut war glatter als zu Lebzeiten, fast durchsichtig, fast gräulich, und die Adern schimmerten türkisblau durch das diaphane Silbergrau der Haut. Das dünne Haar um den Kopf war schlohweiß. So schmal und zerbrechlich, zart und erlöst schien Karolins Mutter, als sei sie ein vom Himmel gefallener Engel, der durch einen weltlichen Schock plötzlich gealtert war. Der alles überwachende, der anstrengende, urteilende Krake war sie schon lange nicht mehr gewesen, auch die letzten Anzeichen von Autorität waren zu Lebzeiten noch aus ihr herausgefahren. Das hatte im Alter und mit Viktors Tod ein Ende genommen, als habe sie ihre Rolle nur als Gegenpart zu seiner Rolle spielen können. Nachdem Viktor nicht mehr da war, fehlten der Partner für den Widerstreit und das lebendige Objekt jahrzehntelanger Missbilligung.

Trotz ihres stolzen Alters war sie mitten aus dem Leben gerissen worden. Anna hätte eigentlich noch längst nicht sterben sollen, sie nistete noch fest in ihrem Leben, hartnäckig und eisern, als der Unfall geschah. Sie sorgte ganz allein für sich, kochte, verwaltete Haus und Garten. Alles, was sich im Leben so angesammelt hatte, ihre Sachen, ihre Gegenstände und ihre Erinnerungen, hatte Anna um sich geschart wie einen Schutzwall, der ihr vertrautes Leben *drinnen* von einem längst befremdlich gewordenen *draußen* isolierte. Neben Kisten, Truhen, Regalen und Schränken voller Utensilien, in denen sie in den letzten Jahren stundenlang gedankenverloren herumkramen konnte, fanden ihre Kinder sämtliche Briefe ihres Lebens in sieben klar beschrifteten Kartons. Sie fanden auch ein hellblaues Album, in dem Anna die Souvenirs an ihre ehemaligen Liebhaber wie in einem intimen Museum ausgestellt und aufbewahrt hatte. Sorgfältig eingeheftet, geklebt oder in Plastikhüllen gesteckt, befanden sich darin Briefe, Zeichnungen, Postkarten, kleine Mitteilungen, Fotos, getrocknete Kleeblätter oder Blüten, signierte Liebesbotschaften und so weiter von drei Männern, mit denen sie, bevor Viktor in ihr Leben trat, anscheinend eine Liaison gehabt hatte.

Kein einziger Brief von Viktor an Anna war jedoch erhalten geblieben, in sieben Deckelkartons fand sich tatsächlich kein einziger Brief, geschweige denn eine Zeichnung oder gar ein Gemälde. Auch nirgendwo im ganzen Haus ein Brief von Anna an Viktor. Natürlich hätte er in das hellblaue, den Liebhabern gewidmete Album niemals Einlass gefunden, selbst wenn er den sentimentalen Höhepunkt einer Porträtzeichnung angefertigt hätte. Als Mann fürs Leben (und nicht fürs Sehnen) war seine Aura an der Bewährungsprobe des Alltags zerschellt. Aber hatten sich Anna und Viktor überhaupt je Briefe geschrieben? Zärtliche oder teilnehmende Briefe, eindringliche oder angeregte Briefe? Wenn ja, hatte Anna sie dann mit allem anderen vernichtet, mit all den sonstigen persönlichen Sachen und Angelegenheiten ihres Mannes? Sie hatte sogar die Rücken der von ihm beschrifteten Aktenordner neu etikettiert. Aber vielleicht gab es überhaupt keine Briefe, geschweige denn Liebesbriefe von Viktor und Anna, vielleicht waren sie nie geschrieben worden.

Ein kurioser Akt des gegenseitigen Eliminierens verband die beiden. Nach und nach hatte Anna die Spuren von Viktors Leben durch ihren Gesamtübergriff auf das alte Haus ausgemerzt, und in einem letzten Rückschlag hatte Viktor mit seinem geheimen, versteckten Manuskript Anna gewissermaßen aus dem Feld gedrängt. Denn nicht sie, Anna, stand im Mittelpunkt seiner Geschichte, sondern die Sehnsucht nach Adèle. Um noch einmal, fast zu spät, Adèle in seiner Erinnerung lebendig werden zu lassen und ihre Existenz über die seine hinaus zu garantieren, gab er das Geheimnis seines Lebens preis. Das Gemälde *Sitzende Odaliske,* ob von Henri Matisse oder von Isidor Schweig, war das Corpus delicti seiner Lebensgeschichte – der Schlüssel zu seinem Herz. Die Frage stellte sich, wer aus diesem Kampf um die Auflösung, um die Auslöschung des anderen am Ende siegreich hervorgegangen ist. Hatte Anna gewonnen, weil sie sämtliche Beweisstücke zu Viktors Leben verschwinden ließ, oder hatte Viktor gewonnen, weil er eine letzte, verwirrende Spur von sich im hintersten Winkel des Hauses verborgen hatte? Eine Spur, die Annas Gewicht in seinem Leben relativierte. Jetzt, wo alles vorbei war, und die beiden zwangsläufig vereint auf dem Friedhof lagen, wo violette Erikabüsche und ein paar gelbe Astern zur Dekoration auf einem gemeinsamen Grab blühten, schien dieser Kampf absurd.

Aber was wäre geschehen, wenn es Anna gewesen wäre, die Viktors Aufzeichnungen und das Gemälde gefunden hätte? Hätte sie Adèle Bertin dulden können? Hätte sie das Vermächtnis ihres Mannes weitergegeben an die gemeinsamen Kinder, oder hätte sie es vielmehr stillschweigend verschwinden lassen wie alles andere auch? Der Zufall hatte schließlich entschieden. Anna war in all den Jahren nach Viktors Tod wahrscheinlich gar nicht mehr auf den Dachboden gestiegen.

# 15

Ich war ledig, sprach fließend Französisch und konnte einen fast einjährigen Paris-Aufenthalt, also Kenntnisse von Volk und Land geltend machen. Nichts lag näher, als sofort nach der Kapitulation Frankreichs meine Bereitschaft für eine Versetzung nach Paris noch einmal deutlich vorzutragen. Mir war klar, dass ich mir längerfristig einen Posten sichern musste, auf dem ich durch meine Kenntnisse unentbehrlich war. Sollte der Krieg andauern, konnte mich nur eine strategisch relevante Stellung, noch dazu im besetzten Ausland, davor bewahren, früher oder später an die Front geschickt zu werden. Vor allen Dingen aber sehnte ich mich nach Paris zurück und überlegte nicht zum ersten Mal, wie ich mein früheres Leben wieder aufnehmen könnte. Seit Kriegsbeginn hatte ich meine Pinsel nur allzu selten angerührt.

Dann ging plötzlich alles schneller als erwartet. Ich musste in Windeseile Koffer packen, mich von Freunden und Familie verabschieden. Am 2. Juli 1940, zwei Wochen nach der Kapitulation, traf ich in Paris ein, um als Reichsbahn-Oberinspektor in den Büros der *Société Nationale des Chemins de fer Français*, kurz SNCF, an der Gare de l'Est die neue Zusammenarbeit mit den Franzosen aufzubauen und mitzuhelfen, die Koordination des deutsch-französischen Eisenbahnwesens auf die Beine zu stellen. Denn kurz zuvor hatte sich die französische Regierung im Waffenstillstandsabkommen dazu verpflichtet, alle existierenden Verkehrsmittel im okkupierten Gebiet dem Besatzer zur Verfügung zu stellen. Die Gleisanlagen zwischen der deutschen Grenze und Paris waren zum Teil zerstört und noch nicht wieder instand gesetzt worden. Als ich deshalb in einer langen Wehrmachtskolonne im Automobil saß und von Stuttgart über Straßburg auf holperigen Straßen in Richtung Paris ratterte, nahm ich mir vor, den Job so leicht wie möglich zu nehmen und nicht mehr Energie hineinzustecken, als nötig war, um meine Position behaupten zu können.

Wieder kam ich an einem lauen Sommerabend an der Pariser Gare de l'Est an, allerdings diesmal im Wehrmachtsauto und nicht mit dem Zug. Und diesmal fühlte ich mich auch schon wie zu Hause. Mein zukünftiger Vorgesetzter, Präsident Münzer, der als neuer Leiter der »Eisenbahnabteilung der Wehrmachtverkehrsdirektion Frankreich« einige Tage zuvor eingetroffen war, erwartete mich im Hotel gegenüber vom Bahnhof, wo ich übrigens bis zum Ende der deutschen Besatzung offiziell wohnen sollte: Hôtel Terminus Est, dritter Stock, Zimmer 309 mit unverstelltem Blick auf das Bahnhofsportal. Dann gingen wir für eine Lagebesprechung zusammen mit Oberst Göritz essen. Der Empfang von so hoher Seite erstaunte mich, aber ich gehörte zu den ersten Leuten der neuen Abteilung, die in Paris eingetroffen waren. Noch dazu sollte ich mich um die deutsch-französische Eingliederung und Zusammenarbeit im Personalwesen kümmern, was tatsächlich ein strategischer Posten war. Münzer war ein hoher Beamter der Reichsbahn. Wie wir alle, war auch er der Wehrmacht zugestellt worden, aus dem einfachen Grund, weil die französische Eisenbahn im besetzten Gebiet von der Wehrmacht kontrolliert werden sollte. Hierarchisch hatte Münzer deshalb nicht mehr der Reichsbahndirektion zu referieren, sondern sein Vorgesetzter wurde Oberst Göritz, der Leiter der Wehrmachtverkehrsdirektion

Paris. Wir hatten folglich nicht nur mit Eisenbahnern zu tun, sondern auch mit Wehrmachtsleuten.

Nach dem erfolgreichen Westfeldzug wurde in Paris eine Verkehrsdirektion unter Wehrmachtsbefehl eingerichtet, die die Tätigkeit der nur vordergründig selbständig gebliebenen französischen Bahn steuerte. Unser Ziel war es, das Funktionieren der Bahn und die Nutzung des Eisenbahnnetzes in den besetzten Gebieten zu überwachen, außerdem dafür zu sorgen, dass unser Bedarf an Material und an Personal mit absolutem Vorrang gedeckt wurde. Unsere erste Amtshandlung war, 1000 Lokomotiven und 35 000 Waggons aus Frankreich abzuziehen, und bald sollten auch tausende französische Bahnangestellte mitsamt ihren Zügen den Weg in Richtung Osten antreten, um den dort steigenden Bedarf zu decken. In der sogenannten freien Zone im Süden Frankreichs durfte der französische Staat von der neuen »Hauptstadt« Vichy aus noch die Kontrolle über sein SNCF-Netz ausüben. Jedenfalls bis Ende 1942, obwohl die immense Nachfrage des Deutschen Reichs und sein Zugriffsvorrecht auch die Bestände in der freien Zone deutlich reduzierten.

Es gehörte also zu unserer und damit auch zu meiner Aufgabe, die französische SNCF im besetzten Gebiet den Bedürfnissen des Reichs und vor allem der Wehrmacht verfügbar zu machen, wobei ich sagen muss, dass sich der kollaborationswillige Geist der französischen Vichy-Regierung gut auf die Beamten des *chemin de fer* übertragen hatte. Wir stießen in den ersten Jahren auf keine nennenswerte Ablehnung oder gar auf Widerstand, vielmehr auf freundliches, arbeitswilliges Personal. Wer hätte auch schon angesichts der bevorstehenden schwierigen Zeiten seinen Arbeitsplatz verlieren wollen – die Leute hatten keine Wahl. Und wenn ich sage »keine Wahl«, dann heißt das auch, dass diejenigen, die sich als renitent erwiesen oder als solche denunziert wurden, zur Zwangsarbeit ins östliche Reichsgebiet abkommandiert wurden, wo sie zum Beispiel zur Instandhaltung des Schienennetzes an der Front eingesetzt wurden. Das wirkte recht schnell abschreckend. Zwanzigtausend sollten von dort nie wieder zurückkommen. Die Auflehnung der französischen Eisenbahner und die Attentate der Widerstandsbewegung begannen erst gegen das Jahr 1943, uns ernsthafte Probleme zu bereiten.

Die Stimmung in Paris hatte sich im Vergleich zu meinem vorherigen Aufenthalt merklich geändert. Im Gegensatz zum nonchalanten Sommer und Herbst 1936 lag 1940 ein fühlbar schwerer, bleierner Schleier über der Stadt. Die meisten deutschen Kollegen, Soldaten und sonstiges Besatzungspersonal merkten davon nicht viel, weil sie zum ersten Mal in Frankreich und Paris waren. Hinzu kam ein grenzenloser Stolz auf den Sieg: Stolz der Söhne, die Niederlage der Väter von 1918 gerächt zu haben. Wer nur schlecht Französisch sprach, konnte tatsächlich das Gefühl haben, freundlich vom besiegten »Gastland« empfangen und zuvorkommend behandelt zu werden. Wenn dem so war, dann auch deshalb, weil gerade die Betreiber von Restaurants und Hotels, von Cafés, Cabarets und nicht zuletzt von Bordellen sofort erkannt hatten, dass sie vom Besatzer profitieren konnten. Die Deutschen waren zahlungskräftige und amüsierwillige Kunden. Aber sobald man hinter die Kulissen blickte und ein wenig von den Subtilitäten im Ausdruck verstand, konnte man die Widerstände und die Bestürzung in der Bevölkerung bemerken. Tausende Pariser hatten mit Hab und Gut vor dem Einzug der Deutschen die Stadt verlassen. Um die acht Millionen Menschen waren in einer nicht enden wollenden Schlange mit Karren, Kutschen, Fahrrädern und Autos auf den Straßen vom hohen Norden, auch aus Belgien oder Holland, in Richtung Süden unterwegs, um den feindlichen Besatzern zu entfliehen und noch rechtzeitig in die »Zone libre«, die freie Zone in Mittel- und Südfrankreich zu gelangen. Der »Exodus« war in aller Munde, und dass die Deutschen die wehrlosen, im Schritttempo dahinziehenden Schlangen von Zivilisten mit ihren Sturzkampfflugzeugen bombardierten, machte sie den Franzosen noch verhasster.

Das Leben der in der Stadt verbliebenen Pariser ging dennoch weiter wie zuvor, man ging arbeiten und einkaufen, brachte die Kinder zur Schule, plauderte im Café und drängte sich in der Metro. Nur, dass die Caféterrassen in den Wohngebieten außerhalb des Zentrums viel leerer waren als zuvor. Nur, dass die Stimmung im Kino während der Wochenschau plötzlich angespannt war und noch frenetischer geraucht wurde als früher (Zigaretten wurden erst später rationiert). Nur, dass die Blendläden vor vielen Fenstern geschlossen blieben, weil die Bewohner sich in die freie Zone abgesetzt hatten. Nur, dass es in der Innenstadt plötzlich von deutschen Militärs in graugrünen Uniformen wimmelte und es sichtlich zwei Sorten Bürger gab: Sieger und Besiegte, Besatzer und Besetzte. Mein Akzent wurde nicht mehr als charmant oder amüsant empfunden, sondern schuf Distanz, selbst bei denjenigen, die den Deutschen und dem Nationalsozialismus wohlgesonnen waren.

Es war unmöglich, einander unvoreingenommen zu begegnen. Für die Franzosen waren die Deutschen ein Sammelbegriff geworden, entweder im Sinne von Besatzer, Feind, politischer Gegner und nur widerwillig Geduldeter oder, für die Sympathisanten, als bewunderungswürdiges Vorbild für Organisationstalent und Strategiedenken, für Autoritätsverhalten und sinnfällige Ideologie. Noch dazu sahen die deutschen Uniformen entschieden besser aus als die französischen – eine nicht zu unterschätzende Nebensächlichkeit. Aber egal, ob man eher zum Widerstand oder eher zur Kollaboration neigte, *die* Deutschen waren jetzt alle gleich. Ich war kein Individuum mehr, wenn ich im Restaurant eine Flasche Wein oder ein Steak bestellte. Niemand wollte mehr wie damals, 1936, die harmlos neugierigen Fragen stellen, woher ich denn käme, warum ich hier sei und wo ich so gut Französisch gelernt habe. Nun war ich ein Deutscher unter vielen, einer, dem man keine Fragen mehr stellte, sondern der fragte, der das Recht hatte zu bestimmen, zu befehlen, in Lederstiefeln zu promenieren, in gebrochenem Französisch zu schwadronieren und seine Fahnen über Boulevards und Avenuen auszuhängen.

Für die Franzosen war ich jetzt ein »Fridolin« oder ein »Fritz« geworden – Namen, die als Diminutiv vom typisch deutschen Friedrich für französische Ohren hinreichend lächerlich klangen, um ihre Verachtung auszudrücken. Jedes Mal wenn ich das ironische »Fritzzz« irgendwo hinter mir zischen hörte, musste ich an meinen kleinen Bruder denken, der schon groß genug geworden war, um im Krieg zu fallen. »Boche« war ein weiteres gebräuchliches Schimpfwort, das so viel wie Holzkopf meinte und schon im Deutsch-Französischen Krieg von 1870 in Umlauf gekommen war. Öffentliche Gebäude, Behörden und Hotels waren von der Wehrmacht und von zivilen Dienststellen in Beschlag genommen worden. Deutsche Soldaten paradierten auf den Champs-Élysées. In Cafés, Cabarets und Restaurants hörte man den harten Klang mit den abgehackten Lauten unserer Sprache und draufgängerisches Lachen der Soldaten, die die Aufmerksamkeit der Französinnen auf sich ziehen wollten. In den Bordellen herrschte Hochbetrieb, weil es zur Strategie der Wehrmacht gehörte, ihre Leute bei Laune zu halten. Bei ihrer Ankunft in Paris bekamen sie nicht nur einen Stadtplan mit Metro-Netz und Sehenswürdigkeiten ausgehändigt, sondern auch ein Blatt Papier, auf dem die genehmigten Pariser Freudenhäuser aufgeführt waren.

Gleich neben der Oper vor dem Café de la Paix wirkte der Sieg-Heil-Gruß zunächst befremdlich, eigentlich surreal, dann gewöhnte ich mich daran und die Franzosen wohl auch. Von den Gebäuden an der Rue de Rivoli, gegenüber den Tuilerien-Gärten, wehten riesige schwarz-weiß-rote Hakenkreuzfahnen. Anschläge auf rotem Papier mit »Attention! – Achtung!« in fettgedruckten Lettern wurden an Mauern und Plakatwände geklebt, um die neuesten Anweisungen des Besatzers an die Besetzten bekannt zu geben. Beim hochsymbolischen Grab des Unbekannten Soldaten am Triumphbogen, Mahnmal für den vergangenen Krieg, standen nun keine französischen Soldaten mehr Wache, sondern die deutsche Wehrmacht. Am Saint-Michel musizierte eine bayrische Militär-Blaskapelle vor einem fast leeren Platz, die Passanten drückten sich in die umliegenden Straßen und nur ein Grüppchen Wehrmachtsoldaten hielt stolz die Stellung. Die Einzigen, die sich von all den historischen Umwälzungen in der Kapitale nicht aus der Ruhe bringen ließen, waren die alten Fischer am Seine-Ufer. Wie eh und je schwangen sie geduldig ihre Angeln mit weit ausholender Geste ins gekräuselte Flusswasser, neben ihnen ein Hocker und der Eimer für die gefangenen Fische.

Als ich in Stuttgart voller Vorfreude, allerdings mit ein paar Bedenken hinsichtlich meiner zukünftigen Aufgabe, abreiste, konnte ich mir nicht vorstellen, wie sehr mich meine ersten Erfahrungen in Paris aus dem gewohnten Trott bringen würden, einem längst eingespielten Wechsel zwischen meiner Viktor- und meiner Isidor-Existenz. Ich hatte in den letzten Jahren eine ordentliche Trennung zwischen meinem vernünftigen, bodenständigen Berufsleben und meiner »Marotte« einhalten können. Spielerisch hatte ich Grenzen zwischen Viktor und Isidor gezogen. Beide Tendenzen in mir waren komplementär wie in einem Farbkreis, sie standen sich gegenüber, behielten ihre eigene Identität und ergänzten sich gegenseitig. Aber Paris erinnerte mich nun, wo auch immer ich hinging, was auch immer ich tat, an die Monate, die ich dort als Maler, als Isidor Schweig verlebt hatte, und plötzlich lief ich in denselben Straßen als Viktor umher, nicht nur als Viktor Emanuel Wagfall, der Wirtschaft studiert hatte und für die Reichsbahn tätig war, sondern noch dazu als deutscher Sieger und Besatzer: gebrandmarkt als Nationalsozialist und Feind, selbst wenn ich mich weder als Nazi noch als Feind empfand.

Ich sah die Stadt nicht nur in einem anderen Licht, aus einer anderen Perspektive, nein, sie hatte sich noch dazu wirklich verändert. Ich nahm nicht nur mich selbst anders wahr, sondern wurde den drastisch veränderten Umständen entsprechend auch anders wahrgenommen. Ich gab nun Befehle bei der französischen SNCF, bemühte mich um diplomatisches Vorgehen mit den Angestellten, hatte das Sagen gegenüber älteren Vorgesetzten. Und auch ich trug häufig Uniform, das hätte ich fast vergessen. Ich war ein der Wehrmacht unterstellter Reichsbahnbeamter. Viktor Emanuel Wagfall hatte sich in sein neues Lebensumfeld eingefunden, seine Gewohnheiten im Hotel Terminus Est angenommen und sein Büro im Verwaltungsgebäude der SNCF, das gleich neben dem Bahnhof lag, eingerichtet. Ich hatte sogar meine Gravur von Matthäus Merian mitgenommen und wieder über meinem Schreibtisch aufgehängt. Sie fand großen Anklang bei den französischen Kollegen. Aus Deutschland hatte man eine Sekretärin für mich kommen lassen, sie hieß Gertrud, war hübsch und nicht unintelligent. Sie hatte einen kleinen Leberfleck über der Lippe und jeden Morgen, wenn ich sie begrüßte, war ich seltsam gerührt beim Anblick dieses wundervoll platzierten, delikaten Muttermals. Er gab ihrem Gesicht etwas Reizvolles, Graziöses. Ich nehme an, dass ich deshalb ihren Namen nicht vergessen habe. Gertrud mit dem betörenden Leberfleck.

Während der ersten Wochen in Paris hatte ich mehr zu tun, als mir recht war, und musste abends mit Kollegen, Vorgesetzten und Neuankömmlingen zum Essen ausgehen. Erst wenn ich endlich spätabends allein in mein Hotelzimmer kam und mich – das wurde zu einer Gewohnheit – auf das niedrige, breite Fensterbrett setzte, um hinunter auf die beleuchtete, aber allmählich ruhig gewordene Straße zu schauen, konnte ich an etwas anderes denken als mein amtliches Eisenbahner-Dasein. Etwas fühlte sich leer in mir an, verlassen. Es hatte nichts mit Heimweh nach Deutschland zu tun. Im Gegenteil, die Tatsache, erneut durch die Straßen von Paris zu gehen, die Museen, Galerien und bewegend schönen Plätze und Gebäude wiederzusehen, aber auch das unfassbare Gewimmel bei den übelriechenden Markthallen oder die zwielichtigen Cabarets der Rue Saint-Denis, erinnerte mich unweigerlich an mein ehemaliges Leben, an 1936/37 und meine Sehnsucht nach Tuben, Pinseln, Leinwand, nach dieser erregenden Herausforderung der ersten Skizze und des ersten, feuchten, duftenden Pinselstriches. Wahrscheinlich reagierte ich wie ein Alkoholiker, der nach langem Entzug in ein Spirituosengeschäft gesperrt wird. Denn so wirkte die Stadt auf mich, wie ein Ort, der auf Schritt und Tritt an eine alte Sucht erinnert. Ich hatte Heimweh nach der Rue Lepic. Deshalb nahm ich mir vor, so bald wie möglich in mein Atelier zurückzukehren, wie auch immer ich es anstellen würde, ich wollte endlich wieder meine Pinsel in die Hand nehmen, Farbe riechen, Leinwand berühren. Ob und wie ich mein Isidor-Leben wieder aufnehmen würde, davon hatte ich anfangs keine genaue Vorstellung. Zunächst war es nicht mehr als ein konfuses Bedürfnis, auch ein innerer Impuls, die mich zurück in die Rue Lepic zogen. Ich ahnte noch nicht, dass ich bald schon ein wahrhaftiges Doppelleben aufnehmen würde, das gefährlicher, aber auch aufregender werden sollte als je zuvor.

An einem heißen Sommertag Ende Juli 1940 verließ ich das Büro früher als sonst. Ich musste nur die Rue d'Alsace und den Bahnhofsvorplatz überqueren, im Hotel dann drei Stockwerke hinauffahren, um in mein Zimmer zu gelangen. Ich legte die Uniform ab und schlüpfte in eine leichte Hose, ein kurzärmeliges Hemd, zog der Ordnung halber und wegen der zusätzlichen Taschen ein Baumwolljackett über. Es fühlte sich tatsächlich mittlerweile seltsam an, ein paar bequeme, luftige Kleidungsstücke zu tragen, es fühlte sich frei an, aber doch so, als würde ich in einer Verkleidung stecken. Nicht etwa die Uniform empfand ich mehr als Verkleidung, sondern ein Sommerhemd! Und so sprang ich die Treppe hinunter, ging durch die Eingangshalle, wo mir ein Kollege entgegenkam, der sich über meinen Aufzug wunderte. »Ich fahre hinaus in den Bois de Boulogne«, rief ich erklärend.

Als ich dann endlich den Boulevard Magenta überquert und das Umfeld der Gare de l'Est verlassen hatte, zog ich eine plattgedrückte Schiebermütze aus der Jacketttasche, die ich schon damals immer getragen hatte. Während ich in der Abendsonne über den Vorplatz der Kirche Saint-Vincent-de-Paul schlenderte, steckte ich mir mit einem triumphierenden Gefühl der Vorfreude eine Zigarette an. Dann bog ich in die Rue d'Abbeville ein, in die Rue Condorcet und kurz darauf die Rue Victor Massé. Ich konnte es nicht abwarten und gleichzeitig zog ich meinen Spaziergang genüsslich in die Länge, erreichte im Bummelschritt die Rue de Douaï und endlich die Rue Fontaine, die auf die Place Blanche führte. Im Café Coquet hatte man die Fensterfront wie immer im Hochsommer bis zum Anschlag aufgeschoben, ich sah von Weitem den guten alten Marcel, der sein auf vier Fingerspitzen über dem Kopf wankendes Tablett durch die engen Tisch- und Stuhlreihen manövrierte. Er war also noch immer da. Ein Gefühl von Adèle berührte meinen Körper, dessen bin ich mir sicher. Die schwere Haustüre in der Rue Lepic fiel mit dem gewohnten, krachenden Geräusch ins Schloss. Mademoiselle Vignier hatte schon ihre Concierge-Loge geschlossen, ich konnte also unbehelligt in mein Atelier hinaufgehen und drehte den großen, wohlbekannten Schlüssel zweimal um, bis die Tür aufsprang.

Ich fand alles so vor, wie ich es drei Jahre zuvor verlassen hatte. Die unerhebliche Miete hatte ich weiterhin jährlich nach Frankreich geschickt und Mademoiselle Vignier hatte wie vereinbart nach dem Rechten geschaut. Die Wohnung war picobello, sauber und aufgeräumt, die Staffelei schien auf mich zu warten, auch Farben, Pinsel, Flaschen mit Ölen und diverse Utensilien auf der Kommode harrten nur darauf, endlich wieder zum Einsatz zu kommen. Ein paar Keilrahmen lehnten schon aufgespannt an der Wand, und neben Holzlatten stapelten sich eingerollte Leinwände am Boden, die ich mit kleinen Zettelchen versehen hatte, mit Angaben, aus welchem Jahrzehnt sie stammten oder ihrer Webstruktur, denn je kleiner ein Bild, desto feiner sollte sie sein. Ich trat auf den Balkon, der ohne das Sprießen und Ranken von Adèles Bepflanzungen trostlos nackt und grau aussah. Nur ein paar leere Blumentöpfe standen in einer Ecke. Im Schlafzimmer streckte ich mich auf dem Bett aus, stopfte zwei Kissen unter den Kopf und starrte an die Decke. Es war unmöglich, nicht an Adèle zu denken. Ich spürte, wie sich ein alter Trauerflor um mein Herz legen wollte, dumpf und hinterhältig. Ich hatte dieses Gefühl von Verlust, wohl auch von einer inneren Einsamkeit derart gut weggedrückt, dass ich es nicht einmal befürchtet hatte, noch einmal so seltsam berührt an Adèle zu denken. In den vergangenen Jahren hatte ich kleinere oder größere Liebschaften wie ein Trophäenjäger gesammelt und glaubte, dass mich die kokette Anzahl von in mich verliebten Frauen vor einem sentimentalen Rückfall feien würde.

Warum also jetzt die sinnlosen Gedanken an Adèle, warum kam jetzt sogar der Duft ihrer Haut süß und doch bitter wie trostloses Verlassen-Sein in meine Erinnerung zurück? Wieder kroch dieses Gefühl der Leere, das ich in den vergangenen Wochen schon mehrmals gespürt hatte, vom Magen bis in den Hals hinauf, und ich fragte mich, wie um Himmels willen ich die nächsten Monate, eventuell sogar die nächsten Jahre überstehen würde. Wie sollte ich unter den gegebenen Umständen mein Leben organisieren, damit es auszuhalten war? Es war eine große, eine eigentlich unlösbare Frage, gerade weil der Radius des Möglichen von der Wirklichkeit so sehr eingeschränkt worden war. An diesem ersten Abend in meinem vertrauten und doch fremd gewordenen Atelier wollte ich nichts anderes tun als malen, nichts anderes fühlen als die Leinwand unter meinem Pinsel.

Im Nachhinein glaube ich, dass mein Atelier in der Rue Lepic für mich zu einer Nische wurde, in der ich auf meine Weise eine Zuflucht und einen Ausweg fand. Als Fälscher Isidor Schweig habe ich Unglaubliches mit eigenen Augen gesehen und Geschehnisse miterlebt, von denen die Öffentlichkeit erst Jahrzehnte später erfahren sollte. Es fällt mir vom heutigen Standpunkt aus schwer, mir diese sozusagen jungfräuliche Unschuld vom Sommer 1940 vorzustellen, um mich wieder möglichst wahrheitsgetreu in die damalige Zeit zurückzuversetzen: Dass ich an diesem ersten Abend der Rückkehr in mein Atelier noch nichts von dem wissen konnte, was geschehen sollte, dass ich tatsächlich sehr bald schon in ein Doppelleben gleiten würde, mit einem Isidor hier und einem Viktor dort, dass ich in gänzlich verschiedenen Lebensbereichen an dem einen Ort Paris zwei Rollen spielen würde. Aber so war es eben, ich hatte keine Kristallkugel, in der ich die Zukunft sehen konnte, und verbrachte die halbe Nacht damit, in wiedergefundener Ruhe bei einer Flasche Rotwein zu malen. Ich verzichtete auf die Grundierung und malte als erste Fingerübung drei zierliche, graziös wirbelnde Ballerinen auf einer lichtgleißenden Bühne. Der Geruch der Farben übertünchte Strich für Strich die Erinnerung an Adèle. Das Empfinden meiner Hand, die mit dem Pinsel sanft über die Leinwand strich, beruhigte mich. Der

Wein lullte allmählich meine unangenehmen Gedanken und Befürchtungen in seinen venezianisch-roten Samtstoff ein.

Entspannt vom Alkohol und befriedet vom Malen lief ich spät in der lauen Sommernacht durch das noch immer lebendige Pigalle-Viertel und dann durch still gewordene, dunkle Straßen zu meinem Hotel am Ostbahnhof zurück. Ich stoppte die Zeit, die ich brauchte, um von der Rue Lepic zur Gare de l'Est zu kommen: schnellen Schrittes waren es fünfundzwanzig Minuten. Ich nahm mir vor, ein Fahrrad zu kaufen, dann könnte ich die Zeit verkürzen, vor allem auf dem Rückweg, wenn ein guter Teil der Strecke bergab ging.

## *Foto 9*

Die Schienen an der Gare de l'Est von der Brücke der Rue La Fayette aus: Eine weite Schneise mit mehr als zwanzig Schienensträngen, die durch zahllose querführende Weichenstellungen miteinander verbunden sind. Masten, Kabelstränge und Verstrebungen lassen die kühle Organisation der Bahnanlage chaotisch erscheinen. Alles ist grau, so viele unterschiedlich trübe Grautöne scheinen jedes Aufkommen von Farbe absorbieren zu wollen. Links im Vordergrund steht auf einem der Gleise ein klitzeklein wirkender Arbeiter im Blaumann und mit gelbem Helm. Man sieht ihn von hinten, er hebt die Arme gen Himmel. Vielleicht möchte er drohendes Unheil aufhalten. Oder er befürchtet, einzige wirkliche Farbe im Bild, von diesem Grau wie von einem ungeheuren Schlund verschluckt zu werden?

Früher, in den siebziger und achtziger Jahren, fuhr man von Frankfurt aus zweiundvierzig Stunden nach Athen, sechsunddreißig nach Lissabon, sieben nach Paris und viereinhalb nach München. Zugfahren hatte kein Prestige, war aber eine ganz besondere Art zu reisen. Eingedeckt mit Büchern, Schreibutensilien, Picknick, Zigaretten saß Karolin wenn irgend möglich am Fenster. Es gab damals noch die Sechser-Abteile mit Schiebetür, Vorhang und groben, rotbraunen Kunstledersitzen. Ein typischer, ein unverwechselbarer Geruch hing in den Waggons, wenn man einstieg. Er war trocken und muffig, mit einer Note von Paprikapulver, das schon jahrelang im Gewürzregal stand, ein wenig süßlich, streng und modernd. In den Raucherabteilen kam der Geruch von kaltem Zigarettenrauch hinzu. Eine beißende Schwade griff die Nase an, sobald sich jemand eine Zigarette ansteckte, füllte allmählich das Abteil und wurde dann milder. All das störte sie nicht, es störte eigentlich niemanden, denn es gehörte zum Zugfahren dazu, genau wie die hallende Stimme im Lautsprecher der Bahnhöfe zu herzbewegenden Abschieden, zum Warten und zum Wegfahren dazugehörte, sie rieselte von ganz oben, vom hohen Himmel der Bahnhofshalle gleichmütig auf die Reisenden hinunter.

Mit einem Ruckeln fuhren die Züge an, bewegten sich schwerfällig aus der Halle hinaus, als würden sie nur zögernd ihrer eigentlichen Reise entgegenfahren wollen, als wäre noch nichts entschieden. Der Geruch im Abteil, das Rattern von Eisenrädern auf Gleisen aus Stahl, die zerschlissenen Sitze, je nach Zugtyp also rotbraunes Kunstleder oder auch ockergelbe Velourspolster, die schmuddeligen, vergilbten Vorhänge, die fettigen Fingerabdrücke auf der Fensterscheibe, die Krümel auf dem Boden, das kleine Klapptischchen, das klemmte. Man machte es sich bequem, zog den Sitz in die weniger aufrechte Position, platzierte die Tasche mit Wasserflasche und Zigarettenpackung neben sich, holte das Buch hervor. Lesen. Von Zeit zu Zeit eine Zigarette anstecken, sie genüsslich rauchen. Dabei aus dem Fenster schauen, sich die Frage stellen, wer in diesem oder jenem Haus wohnte, an dem man gerade vorbeifuhr, oder wie es wohl wäre, in dem Städtchen zu leben, das dort in der Ferne am Fuß des Berges lag. Ein Reiter im Feld, ein Bauer auf dem Traktor, dann wieder Wald. Mit verminderter Geschwindigkeit durch unbekannte, anscheinend unbedeutende Bahnhöfe fahren – unbedeutend, denn sonst würde der Zug ja anhalten. Versuchen, im Vorbeifahren den Ortsnamen auf dem Schild zu entziffern.

Nichts geschah, während man durch ganze Landstriche fuhr, Ortschaften und Städte passierte. Zugfahren, einen Meter hoch über der Erde dahingleiten, in der Schwebe bleiben zwischen einem Abfahrts- und einem Ankunftsort, einem Verlassen und einem Ankommen. Schon war das Alte, das eben Gewesene, der Ort von vorhin zurückgeblieben, aber längst war noch nichts Neues erreicht. Mit ein wenig Glück waren nur leidenschaftliche Leser im Abteil oder ernsthafte Liebhaber des Zugreisens, die es genossen, ihre Gedanken in einer stundenlangen Gegenwart fahren zu lassen, die fähig waren, im fliehenden Niemandsland zwischen Verlassen und Ankommen schweigend untätig zu sein.

Karolin war mit Zügen und Zugfahren, mit der Bahn und deren Verwaltung aufgewachsen. »DB« gehörte wie ein Wappenzeichen zur Wagfall-Familie. Schon Annas Vater, Karolins früh gestorbener Opa, war Lokführer gewesen. Dann hatte Anna in den fünfziger Jahren einen Mann von der Bahn geheiratet, Viktor Wagfall, und die Tradition der Familienhäupter, deren tägliche Beschäftigung sich um Gleise und Strecken, um Fracht, Züge und Ziele drehte, weitergeführt. So wurde die Bundesbahn zur Keimzelle für die Wagfall-Kinder. Sie spielten nicht nur zu Hause mit der elektrischen Eisenbahn, sondern – viel besser – begleiteten ihren Vater sonntagmorgens zur wahrhaftigen Deutschen Bahn, ins Büro der Hauptverwaltung. In den Ferien nutzten sie ihr Kontingent an Freischeinen, um mit dem Zug durch die Bundesrepublik zu fahren.

An der Gare de l'Est kamen die Eisenbahnen aus Deutschland an und fuhren die Transporte ab ins tausendjährige Traumreich der Nazis. Gleich nebenan lagen auch die Bürogebäude, in denen Viktor jeden Tag seiner Arbeit nachging. Von dort aus fiel der Blick auf Gleisanlagen, auf diese breite, windige, wie eine graue Wunde in die Stadt geschnittene Schneise. Er musste nur die Straße und einen Platz überqueren, um zum Hotel Terminus Est zu gelangen, das für die Bahnbeamten der Besatzungsmacht requiriert worden war. Die hübsche Fassade vom Ende des neunzehnten Jahrhunderts hatte sich in all den Jahrzehnten kaum verändert, nur der Hotelname und die Inneneinrichtung waren nicht mehr dieselben. Heute gehörte das Hotel zu einer Konzernkette und erfüllte internationale Standards. Wie hatte die Hotellobby früher ausgesehen? Hängt irgendwo an einer Wand ein verblichenes Foto? Und überhaupt, gab es eine Anekdote, eine Legende, irgendetwas Bezeichnendes zu diesem Hotel zu erzählen? Seine Geschichte kannte heute niemand mehr. An der Rezeption standen junge Leute und lächelten adrett, vorsichtshalber riefen sie den Chef. Der Chef kannte die Geschichte seines Hotelkonzerns, aber nicht die der alten Mauern, in denen er arbeitete. Karolin erzählte ihm deshalb von der deutschen Besatzung und von der Requisition des Hotels im Juni 1940 für die Unterbringung der Reichsbahnangestellten. Schließlich fügte sie ihr persönliches Anliegen hinzu. In diesem Hotel habe auch ihr Vater vier Jahre lang gewohnt, im dritten Stock mit Blick auf den Bahnhof. Ob es möglich sei, dass sich die Zimmernummern seit den vierziger Jahren nicht geändert hätten? Allzu gerne würde sie das Zimmer 309 besichtigen, in dem ihr Vater, wie sie annahm, einmal gelebt hatte. Der Chef zögerte: Ob das Zimmer 309 von damals mit dem heutigen Zimmer 309 identisch sei? Nein, das könne er sich kaum vorstellen, in so vielen Jahrzehnten (meine Güte!) müssten sich solche Dinge eigentlich geändert haben, bei all den Renovierungen und Umbauten (Bäder wurden zum Beispiel für jedes Zimmer eingebaut). Aber – er schaute in den Computer – wenn sie wolle, dürfe sie gerne einen Blick hineinwerfen, ins Zimmer 309, ja, die 309 befinde sich im dritten Stock und gehe tatsächlich auf den Ostbahnhof und die Rue du Huit Mai 1945 hinaus. Wer weiß, vielleicht trügen die Zimmer im Großen und Ganzen sogar noch heute die Nummern von damals.

Zum ersten Mal hörte Karolin den Namen der Straße, an der die Gare de l'Est lag. Unzählige Male hatte sie die Straße schon zu Fuß überquert oder war mit dem Auto vorbeigefahren, aber kein einziges Mal hatte sie auf ein Schild geschaut. Sie kannte Hunderte von Pariser Straßennamen, aber diesen hörte sie zum ersten Mal: Die Straße des Achten Mai 1945, das Datum vom Ende des Zweiten Weltkrieges. Natürlich lag es in der Logik städtischen Gedenkens, dass eine Straße vor dem Ostbahnhof, vor jenem tragischen Bahnhof, dessen Gleise in Richtung Osten führten, also ins ehemalige Feindesland – zunächst an die Front, später dann zur Zwangsarbeit und in die Konzentrationslager –, mit dem Datum des Kriegsendes benannt wurde. Noch besser, belehrte jetzt der Hotelchef, auch des Ersten Weltkrieges würde man hier am Ostbahnhof gedenken, denn der Bahnhofsvorplatz heiße Platz des Elften November 1918, weil von hier die französischen Soldaten an die Front hinter Reims und Bar-le-Duc gefahren waren oder zu den Schlachtfeldern bei Verdun.

Vom Zimmer 309 im dritten Stock schaute Karolin auf die Straße des Achten Mai 1945 und den Platz des Elften November 1918 hinunter. Gleich gegenüber, zum Greifen nahe, lag das Bahnhofsgebäude mit den regelmäßigen Bogengängen entlang der Fassade und den Fensterrosen im Giebel über den beiden lateralen Eingangshallen. Die Bahnhofsuhr zeigte kurz vor zehn. Hatte Viktor vier Jahre lang genau diesen Blick gehabt, wenn er morgens die Vorhänge aufzog, hatte er zwischen diesen Wänden gelebt und auf die Bahnhofsuhr geschaut, wenn er wissen wollte, wie spät es war? Hier, in diesem Zimmer, war Karolin seiner Geschichte näher denn je. Weil der Raum eigentlich klein war und sich beengt anfühlte, vor allem weil der Blick aus dem Fenster direkt auf das symbolische Nervenzentrum des Nazi-Besatzungssystems hinausging, das ohne ein funktionierendes Schienennetz wohl nicht hätte bestehen können. Die Vorstellung, dass Viktor möglicherweise mehr als tausend Nächte hier geschlafen hatte, drängte sich ihr in dem engen Zimmer mit einer befremdlichen Intimität auf. Bilder huschten ihr durch den Kopf, wenn sie die Augen schloss: ein Kollege kommt auf einen Schnaps vorbei; ein paar Bücher – aber was las er damals? – liegen auf dem nackten Holztisch; eine Geliebte sitzt auf dem Bett. Der Mann, der später ihr Vater wurde, hatte vielleicht vier Jahre lang zwischen diesen vier Wänden gelebt, Hotel Terminus Est, dritter Stock, ein Zimmer von ungefähr zwanzig Quadratmetern mit Blick auf den Ostbahnhof.

In einem heute zur mittleren Hotelkategorie gehörenden, zeitgenössisch schmucklos eingerichteten Zimmer mit königsblauen Vorhängen, nachtblauem Teppichboden und hellem Standardmobiliar war es schwer, sich die graue Vorzeit der Besatzer vorzustellen, ihre Sprache, ihren Akzent, ihre Uniformen, ihren Alltag, ihre Gewohnheiten und Grußformeln. Damals hatte der Boden Holzdielen, das Bett war sicher kleiner gewesen als heute (französischer Standard: ein Meter vierzig auf eins neunzig mit Kopfkissenrolle und Überschlaglaken), der Schrank massiv und aus dunklem Holz gezimmert, beim Öffnen knarrte die Tür. Wahrscheinlich gab es einen Tisch, zwei Stühle und an der Wand ein Waschbecken. Das heutige, in den Raum eingebaute Badezimmer existierte noch nicht, denn Bäder und Toiletten befanden sich auf der anderen Seite des Gangs, außerhalb der Schlafzimmer. Am Haken neben der Tür hatte die Schirmmütze einer Uniform gehangen und auf dem Kleiderständer ein graugrünes oder blaugraues Jackett mit Abzeichen an den Schulterklappen, am Kragen und an der Brust.

## 16

Am liebsten wäre ich sofort nach meiner Ankunft in Paris zu meiner alten Freundin Rose Valland gelaufen. Ich hätte schon von Weitem rufen wollen: »Ich bin wieder da, ich bin zurück!«. Aber so einfach war es nicht mehr, alles hatte sich verändert, unsere von einst, von vor dem Krieg gewohnte Welt hatte ein neues Gesicht bekommen. Und was hätte ich ihr sagen sollen? Ich gehörte jetzt zu den Besatzern, egal ob ich als unbekannter Maler in Paris war oder als Oberinspektor der Deutschen Reichsbahn. Nichts war mehr mit 1936 zu vergleichen und auch nichts mit den Zeiten unseres letzten Treffens in Stuttgart, 1938. Inzwischen hatte Deutschland seine Nachbarländer annektiert oder besetzt und war zu einer Großmacht aufgestiegen. Jetzt stapften deutsche Soldaten durch Paris, deutsche Schöngeister applaudierten in der Pariser Oper, in den Theatern oder im Konzert, deutsche Feinschmecker aßen Berge von Austern, Schnecken, Froschschenkeln und Steaks aus Charolais-Rinderhüften, betranken sich mit französischem Champagner und Burgunderwein. Unter diesen Umständen erschien es mir taktlos, Rose Valland aufzusuchen und an unsere alte Freundschaft zu appellieren. Die Wochen und Monate verstrichen, ohne dass ich den Mut aufgebracht hätte, ihr eine Nachricht von meiner Rückkehr zukommen zu lassen. Aber dann erfuhr ich, dass Rose durch den Zufall der Umstände in eine äußerst interessante Position geraten war.

Ende September 1940 traf ich zunächst meinen Kunsthändlerfreund Hans Wendland wieder. Ich konnte davon ausgehen, dass er mit der neuen politischen Konstellation problemlos umgehen würde und in den einflussreichen Kreisen schon eingeführt war. Von Etienne Bignou, einem Galeristen, den ich ebenfalls von früher kannte, hatte ich erfahren, dass Wendland sich derzeit in Paris aufhielt und hinterließ ihm bei Bignou eine Nachricht. Daraufhin trafen wir uns einige Tage später im Bistro La Palette auf der Rue La Boétie, wo wir schon früher öfter miteinander gegessen hatten.

Das »Französische Florenz«, hinter dessen eleganten Fassaden unschätzbare Kunstwerke lagerten und das ich einst als diskretes, kultiviert weltläufiges Viertel kennengelernt hatte, war zum Hauptanziehungspunkt der deutschen Besatzer geworden. Die Haute-Couture-Häuser mit ihren Konfektionsateliers und Luxusgeschäften lagen ganz in der Nähe der Galerien. So war der Couturier Worth gleich gegenüber der Galerie Bernheim-Jeune auf der Rue du Faubourg Saint-Honoré angesiedelt. Madeleine Vionnets berühmte Schauräume befanden sich in der Avenue Montaigne, in direkter Nachbarschaft zu den avantgardistischen Innenausstattern Groult, Poiret und Mare. Auf der Avenue Matignon oder der Rue du Faubourg Saint-Honoré trippelten noch immer Damen mit eleganten Hüten von Schaufenster zu Schaufenster, während in den Cafés schick gekleidete Herren mit gedämpfter Stimme plauderten. Aber die Atmosphäre hatte sich auffallend verändert. Viele Läden waren geschlossen, vermutlich, weil ihre jüdischen Besitzer geflohen waren. Einige Galerien jüdischer Kunsthändler waren mit Holzplanken barrikadiert. SS-Offiziere promenierten in kleinen Grüppchen und Soldaten standen Wache. Auf der Straße hörte ich im Vorbeigehen deutsche Wortklänge oder französische Satzbrocken mit der typisch abgehackten Aussprache meiner Landsleute und dem allzu säuselnden S.

Nur drei Monate waren seit der französischen Kapitulation Mitte Juni vergangen. Die deutsche Verwaltung war unterdessen unermüdlich tätig gewesen. Es ging um nichts Geringeres, als so schnell und effizient wie möglich die neue Kriegsbeute verwaltungstechnisch zu erfassen. Sie dann dem Reich einzuverleiben. Ohne Zeit zu verlieren und in zuvorkommender Dienstbeflissenheit, hatte der deutsche Botschafter in Paris, Otto Abetz, am 1. Juli 1940 nicht nur die Registrierung sämtlicher privater französischer Kunstsammlungen aus Museen der besetzten Zone angeordnet, sondern auch eine genaue Auflistung aller Kunstwerke in jüdischem Privatbesitz. Am 15. Juli erging ein Führerbefehl, demzufolge alle beweglichen Objekte in einem Wert von mehr als 100 000 Franc bei der Kommandantur deklariert werden mussten. Auf diese Weise ließ sich feststellen, wo genau sich welche Kunstgegenstände oder kostbaren Antiquitäten befanden. Ein neuerlicher Befehl wurde am 30. Juli veröffentlicht: Von nun an durfte kein Kunstgegenstand mehr ohne eine vorherige Genehmigung seinen Aufenthaltsort wechseln.

Solche und andere Maßnahmen wurden öffentlich ausgeschrieben und waren zumindest theoretisch für niemanden ein Geheimnis. Während es sich als diplomatisch heikel erwies, die öffentlichen Sammlungen der französischen Nationalmuseen zu plündern – mit Ausnahme der Rückführung von Kunstwerken, die die Franzosen im vorherigen Krieg von den Deutschen erbeutet hatten –, wurde vor allem das vielversprechende jüdische Privateigentum mit jedem Erlass immer systematischer eingekreist, bis es keine Möglichkeit mehr gab, es vor der Beschlagnahmung zu retten. Zwischen französischen Staatsbürgern jüdischen Glaubens oder ausländischen Einwohnern jüdischer Abstammung wurde bald kein Unterschied mehr gemacht. Juden, die die besetzte Zone vor oder beim Einmarsch der

Deutschen verlassen hatten, wurde die Rückkehr verweigert, selbst wenn sie einen französischen Pass besaßen. Ab dem 8. September 1940 wurden »jüdische« Unternehmen, deren Besitzer die deutsche Zone oder aber das Land verlassen hatten, unter Zwangsverwaltung gestellt. Ende September mussten sich jüdische Bürger bei den Behörden melden und wurden mit einem Stempel in ihrem Personalausweis oder Pass gekennzeichnet. Die französische Regierung in Vichy war bei sämtlichen Maßnahmen behilflich und unterstützte aktiv die deutsche Verwaltung. So entschied zum Beispiel der französische Ministerrat am 3. Oktober 1940 über die Einführung eines *Statut des Juifs*, der die Betroffenen von sämtlichen öffentlichen oder kulturellen Funktionen ausschloss.

Aus jüdischen Galerien und Privatwohnungen wurden schon in den ersten Wochen und Monaten Kunstwerke zu Tausenden in die Lagerräume der deutschen Botschaft und in ein Sammellager im Louvre abgeschleppt. Wie überall, wo einer Volksgruppe die Bürgerrechte entzogen werden und sie öffentlich zu Freiwild erklärt wird, gab es auch in Frankreich Spitzel, Denunzianten und Kriegsgewinnler, die den Aufenthaltsort noch rechtzeitig versteckter Kunstwerke oder Sammlungen an die Deutschen verrieten. Bald hatten sich so viele Werke angestaut, dass schon im Oktober 1940 die Lager aus den Nähten platzten. Zweihundert, beim Transportunternehmen Schenker zwischengelagerte Kisten mit Kunstwerken wurden nach Deutschland verfrachtet, während vierhundert Kisten aus dem Louvre und aus der Deutschen Botschaft in eine neue Sammelstelle umgelagert wurden, und zwar ausgerechnet in das gleich neben dem Louvre in den Tuilerien-Gärten liegende Jeu de Paume, wo meine alte Freundin Rose Valland schon seit einigen Jahren als Konservatorin arbeitete.

Aber zurück ins Bistro La Palette in der Rue La Boétie, noch schreiben wir Ende September 1940. Ich hatte in den vergangenen Monaten hier und da von den verschiedenen Erlassen und von Enteignungen jüdischen Besitzes gehört. Aber über die wirklichen Hintergründe informierte mich erst mein alter Bekannter Hans Wendland. Um unser Wiedersehen gebührlich zu feiern, ließ Wendland eine Flasche Champagner kommen, ich bestellte die nächste Runde und dann war Rochlitz an der Reihe, Gustav Rochlitz, seines Zeichens Kunsthändler mit festem Standbein in Paris, ein Geschäftspartner und guter Bekannter von Wendland. Im Gegensatz zum jovialen, wohlwollend beleibten und meist gut gelaunten Wendland, wirkte Rochlitz wie ein Asket. Sein schmales Fuchsgesicht mit kleinen, hellbraunen Augen und blassen Lidern saß wie angeschraubt auf einem durchtrainierten, sehnigen Körper. Er hatte eine scharfe Stimme und klare Überzeugungen, sprach vom Herrenvolk der Deutschen, von den herrenlos gewordenen Kunstwerken der feige geflohenen Juden und vom totalen Recht der Ersteren auf Hab, Gut und Kunst der Letzteren.

Hans stellte mich ihm als »Herr Schweig, ein ausgezeichneter Maler, von dem man noch hören würde« vor, und ich kann nicht umhin zuzugeben, dass mich das locker dahingesagte Lob mit Stolz erfüllte, trotz des wenig einnehmenden Eindrucks, den Rochlitz auf mich machte. Geschmeichelt fühlte ich mich dennoch, vor allem, weil Wendland und Rochlitz mit Begleitung gekommen waren. Wendlands geliebte Charlotte kannte ich schon von meinem ersten Paris-Aufenthalt im Jahr 1936/37 – sie war noch genauso bildschön, elegant und begehrenswert. Ihre Freundin, anscheinend Rochlitz' momentanes Liebchen, nannte sich Mimi und entsprach voll und ganz dem albernen Namen. Immer wieder schaute sie in einen goldumrandeten Handspiegel, um ihre Frisur zurechtzuzupfen oder den tiefroten Lippenstift auszubessern, ohne während der Stunden unseres Beisammenseins viel mehr als zehn Wortbrocken zu formulieren, und die lauteten ungefähr so: »… mei böases Buberl …«, »noch ein Schluck, biiette?«, »Chéri sei so liab…«, »ja-wos …«

Wendland hatte seit unserem letzten Treffen im Frühjahr 1937 seine rotblonde, blutjunge Charlotte geheiratet. Er nannte sie zärtlich Baby-Lott', während sie trotz jahrelanger Übung noch immer Schwierigkeiten mit der deutschen Sprache hatte, wie beispielsweise das H von Hans richtig zu prononcieren (»mein Aansi«, sagte sie, und näselte dabei das N). Allerdings, das muss ich ihr noch heute lassen, verbanden sich bei Charlotte Charme und Intelligenz aufs Harmonischste, sie sprach trotz ihres Akzentes sehr gut Deutsch und ich erinnere mich an einige interessante Unterhaltungen. Rechtzeitig und mit der Nase des gewieften Spürhundes, was die geschäftlichen Vorteile anging, hatte »Aansi« seine Zelte schon im Sommer 1939 in Paris abgebrochen, um sich mit Baby-Lott' in die neutrale Schweiz abzusetzen. Von dort aus ließen sich die Geschäfte halbwegs unbehelligt betreiben. Zurück nach Paris kam das Paar regelmäßig, dann stiegen sie im eleganten Hôtel de Crillon an der Place de la Concorde ab, besonders gerne aber im Ritz an der Place Vendôme. Ein Zeichen, dass der Handel blühte und sich Hans Wendlands sozialer Status seit unseren früheren Treffen noch um eine weitere Stufe erhöht hatte. Wendland hielt die Schweiz, was den Kunsthandel betraf, für einen optimalen Ausgangspunkt mit effizientem Aktionsradius. Er sollte damit mehr als recht behalten. Von Luzern und Zürich aus gingen seine Reisen vor allem nach München oder Berlin und selbstverständlich nach Paris. Während des gesamten Krieges pendelte Wendland zwischen diesen Städten hin und her, beschäftigt wie nie zuvor.

Der Abend mit Wendland, Rochlitz und den beiden Damen hatte mich sozusagen Blut lecken lassen – in meinem Fall wäre der Ausdruck »Farbe lecken« sicher angebracht. Ich war plötzlich wieder mittendrin, mit allen Fasern meiner

Seele fühlte ich mich in meinem Element: in der Malerei, aber auch im Business. Es war unwiderstehlich. Hans Wendland gab mir seinerseits zu verstehen, dass ihm meine Rückkehr nach Paris äußerst gelegen kam, und er meine Dienste schon bald brauchen könnte. Wendland hatte mich bisher als Isidor Schweig gekannt, und ich ließ es dabei bewenden. Es gab keinen Grund, ihm in unangebrachter Vertraulichkeit mehr über mein Leben zu erzählen. Ich war auch nicht mehr der schüchterne, unerfahrene Künstler-im-Werden, den er drei Jahre zuvor kennengelernt hatte, sondern trat mit gereiftem Selbstverständnis auf. Sollte sich jemand erkundigen wollen, was ich, Isidor Schweig, in den vergangenen Jahren so gemacht habe, dem würde ich, so hatte ich es mir zurechtgelegt, eine einfache Geschichte auftischen: Ich sei 1937 zurück nach Stuttgart gegangen, hätte dort weiter an meiner Malerei gearbeitet (insbesondere Porträts und Interieurs), sei allerdings lange Zeit sehr krank gewesen (daher vorerst kein Kriegsdienst) und erst seit Kurzem wieder auf dem Damm und zurück in Paris. Ich konnte damit rechnen, dass niemand nach weiteren, allzu persönlichen Einzelheiten fragen würde.

Was Wendland und Rochlitz anging, musste ich meine Ausrede noch nicht einmal anwenden, sie wollten weder an jenem Abend noch später etwas Genaueres über meine vergangenen Jahre und mein »sonstiges Leben« wissen. Wie zuvor wurde alles, was jenseits unserer Zusammenarbeit lag, in stillschweigendem Einverständnis übergangen. So wie ich nie danach fragte, wohin meine Gemälde verkauft wurden, nachdem Wendland und Konsorten sie bei mir abgeholt hatten, interessierten sich die Auftraggeber nicht für mein Leben außerhalb unserer Kooperation. Es gab überhaupt keinen Grund, unsere gemeinsamen Interessen durch zu viele Fragen, zu detaillierte Kenntnisse oder Indiskretion zu gefährden. In unruhigen Zeiten nimmt man es ohnehin mit der Wahrheit, mit seiner eigenen und mit der anderer, noch weniger genau als je zuvor – auch deshalb wollte niemand wirklich wissen, warum ich nicht wie alle jungen Männer an der Front stand. Tatsächlich scheint die Strategie unseres Unbewussten ähnlich zu funktionieren. Wenn es dem seelischen Überleben dient, nehmen wir selbst es mit unserer Wahrheit auch nicht so genau und doktern unbewusst so lange an ihr herum, bis eine verkraftbare Variante entstanden ist, an die wir fähig sind, so fest zu glauben, als sei es echte Wahrheit.

Ich wollte mir unbedingt die Möglichkeit offenhalten, im Notfall Isidor Schweig wie ein Phantom wieder untertauchen zu lassen. Es war deshalb aus strategischen Gründen ratsam, meine beiden Existenzen streng voneinander zu trennen, was durchaus gewagt war, aber nicht illusorisch. Selbst wenn die gesellschaftliche Welt der Deutschen in Paris nicht besonders groß war und man bevorzugt – nach dem Prinzip, dass sich Gleiches gerne zu Gleichem gesellt – in ganz bestimmten Cafés, Restaurants und Cabarets zusammenkam, die gerade besonders in Mode waren, überschnitten sich die Kreise der Reichsbahn mit den Kunstkreisen so gut wie nicht. Höchstens per Zufall, aber den meinte ich meistern zu können, sollte ich in eine delikate Situation geraten. Ich beschloss, Isidors Aktionsradius überschaubar zu halten, mein gesellschaftliches Leben zu reduzieren und wenn, dann ausschließlich als Viktor Emanuel Wagfall zu führen. Es reizte mich sogar, wie ein Doppelagent in einem gefährlichen Umfeld mein heimliches Zweitleben wiederaufzunehmen, schon allein der Gedanke daran hellte prompt meine Gemütslage auf.

Im Gespräch mit den beiden Kunsthändlern hatte ich eine Menge Anhaltspunkte und Informationen bekommen, wie die deutschen Behörden organisiert waren und wer im Hintergrund welche Fäden zu ziehen versuchte. Die Beschlagnahmung von Kunstobjekten wurde in den ersten Wochen und Monaten vornehmlich von jenen Ämtern durchgeführt, die schon vor Ort mit einer existierenden, zweisprachigen Personalstruktur tätig waren, nämlich zunächst einmal von der Deutschen Botschaft, und dann mithilfe der schon erfahrenen SS-Einsatzkommandos mit der Spezialeinheit »Kunstschutz«. Schon Anfang Juli hatte man die wichtigsten jüdischen Sammlungen lokalisiert, um dann so schnell wie möglich die Beschlagnahmung einleiten zu können. Botschafter Abetz übergab der Gestapo eine Liste mit den fünfzehn größten Sammlungen von Privatpersonen wie Alphonse Kann und die Mitglieder der Familie Rothschild oder von Kunsthändlern wie Georges Wildenstein und die Brüder Bernheim-Jeune. Privathäuser und Galerien wurden daraufhin einer Zwangsdurchsuchung unterzogen.

Unter den von den Konfiszierungen betroffenen Kunsthändlern waren viele im Galerienviertel ansässig gewesen. Genau dort, wo ich nun mit Wendland und Rochlitz bei Champagner in einem Bistro saß und mir alle Mühe gab, meine Verwunderung über das, was ich da hörte, zu verbergen. Alle drei kannten wir sämtliche Galeristen und hatten mehr oder weniger persönlich mit ihnen zu tun gehabt. Wendland und Rochlitz lachten: So konnten sich Geschicke von einem Tag auf den anderen wenden. Ich dachte an Georges Wildenstein, den ich ganz besonders zu schätzen gelernt hatte, und an die drei oder vier prägenden Gespräche, die ich mit ihm geführt hatte. Seine Galerie war nun geschlossen, sie wurde nur kurze Zeit später von einem »arischen« Gesellschafter übernommen. Ich dachte an die erstklassigen Kunstbände, die ich von ihm ausgeborgt hatte, an die Gemälde von Pierre Bonnard, die ich bei ihm studieren konnte, an den heißen Sommernachmittag, als er mir die Fotografie von Courbets *L'Origine du Monde* wie eine Offenbarung unter die Augen gehalten hatte. Ich versuchte mir vorzustellen, wie der unermessliche, imaginäre Saal aussehen würde, in dem die Schätze allein dieser fünfzehn, von Otto Abetz aufgelisteten und daraufhin beschlagnahmten Kunstsammlungen ausgestellt wären: Tausende ausgesuchte Kunstobjekte, Meister-Gemälde und Zeichnungen, erlesene Wandteppiche, Vasen und Skulpturen, all das quer durch die Jahrhunderte, von der Antike übers Mittelalter bis hin zur Kunst meiner Zeit.

Kein gemeiner Sterblicher konnte damals schon etwas von Hitlers und Görings ungeheuerlicher Gier nach Kunst wissen. Es ging den beiden nicht um die stolze Bereicherung der Bestände deutscher Museen (darum kümmerten sich die Museumskuratoren selbst), sondern in erster Linie um ihren eigenen Gewinn. Für Hitlers persönliche Aneignung war als Erstes, noch im Sommer 1940, eine prioritäre Liste mit den dreißig wertvollsten Gemälden abgefasst worden, die aus den jüdischen Häusern und Galerien gestohlen worden waren. Niemand sonst als der Führer durfte sich diese Meisterwerke unter den Nagel reißen. Hitler plante zudem ein monumentales Museumsprojekt für seine österreichische Heimatstadt Linz, für das er eine ehrgeizige Sammlung zusammenstellen wollte. Gustav Rochlitz schien allerdings außergewöhnlich gut informiert zu sein und erzählte uns auch von Görings Anwesen in der Brandenburger Schorfheide. Der Reichsmarschall hatte es zur Erinnerung an seine verstorbene Frau Carin erbauen lassen und dem tragischen Anlass entsprechend Carinhall getauft. Die Gunst der Stunde erlaubte ihm nun, sein Carinhall in Ermangelung der Gattin wenigstens mit einer Kunstsammlung auszustatten, die er sich nicht anders als atemberaubend vorstellen wollte. Die Ausstellungssäle waren schon alle fertiggestellt und warteten nur noch darauf, mit seinen Lieblingen geschmückt zu werden, den alten Meistern der niederländischen und deutschen Malerei, aber auch mit italienischer und französischer Kunst des achtzehnten und neunzehnten Jahrhunderts oder mit sonstigen abgreifbaren Kunstobjekten: Skulpturen, Gobelins, kostbare Waffen et cetera.

Gustav Rochlitz kannte Göring persönlich und schätzte an jenem Abend schon ab, dass die geheime Rivalität zwischen Hitler und Göring bei der Aneignung der erlesensten Kunstobjekte einige Dynamik in den Markt bringen würde – ganz abgesehen von den vielen Nacheiferern, die bald schon im Gravitationsfeld der beiden mächtigsten Männer Deutschlands zeigen wollten, dass auch sie mithalten konnten und künstlerischen Gusto besaßen. In dem riesigen und so ergiebigen Kunst-Jagdrevier Paris kamen sich die beiden Kriegsherren via verschiedene Dienststellen und Sonderbeauftragte zwar ab und an ins Gehege, insgesamt war allerdings so viel zu holen, dass jeder sein Gutteil abbekam. Selbstverständlich hatten Hitler und sein Linzer Museum theoretischen Vorrang, Göring glich seine Rolle als zweiter Mann jedoch mit taktischen Schachzügen aus. So beförderte er ausgewählte Mitarbeiter auf interessante Schlüsselpositionen, erwies ihnen damit einen Gefallen, sodass sie sich im Gegenzug dazu verpflichtet fühlten, ihm seine Wünsche um jeden Preis zu erfüllen.

Zur legendären Rivalität zwischen Hitler und Göring in Sachen Kunstaneignungen kann ich mir eine amüsante Anekdote nicht verkneifen (sie hat immerhin mit meinem damaligen Handwerk zu tun), auch wenn sie zeitlich ein wenig vorausgreift. So hatte sich der »Führer« aus der beschlagnahmten Sammlung Rothschild unter anderem Jan Vermeer van Delfts weltberühmtes Gemälde *Der Astronom* für seine sogenannte Linzer Sammlung ausgesucht. Kaum hatte sich Hitler »seinen« Vermeer an Land gezogen, und einen der wichtigsten obendrein, wollte Göring nicht zurückstehen. Er schickte seine persönlichen Kunstberater in alle Himmelsrichtungen des großen Reiches aus, um ihm einen Vermeer aufzutreiben. Nun war aber der südholländische Meistermaler des siebzehnten Jahrhunderts allzu früh verstorben und hatte nur um die vierzig Gemälde hinterlassen. Trotz der unzähligen in Deutschland und allen besetzten Ländern beschlagnahmten Gemälde musste Göring eine Weile warten, bis er eine Gelegenheit zur ausgleichenden Revanche bekam. 1942 war es dann endlich so weit. Sein in den Niederlanden ansässiger Zwischenhändler Alois Miedl, nicht nur bayerischer Bankier, sondern auch ein flugs selbsternannter Kunsthändler, war von einer mysteriösen Privatperson, die anonym bleiben wollte, zum Verkauf eines bislang unbekannten Vermeers beauftragt worden. Für Miedl war es eine einzigartige Gelegenheit, seinem Großkunden Hermann Göring einen ersehnten Wunsch zu erfüllen, nämlich endlich in Sachen Vermeer mit Hitler gleichziehen zu können und ganz nebenbei noch ein gutes Geschäft zu machen.

Das zum Verkauf anstehende Gemälde hieß *Christus und die Ehebrecherin*. Auch nach zweieinhalb Jahrhunderten war es theoretisch möglich, dass ein bislang unbekannter Vermeer unversehens aus der Versenkung auftauchte. Ähnliches hatte sich in der Kunstgeschichte schon ereignet. Miedl und Göring konsultierten diverse Experten, ließen den Überraschungsfund von allen Seiten unter die Lupe nehmen und kamen zu dem Ergebnis, dass kein Zweifel bestehen konnte: Sie hatten es mit einem wahrhaft echten Vermeer zu tun. Göring willigte in die Akquisition ein, handelte allerdings – wie er es sich 1942 längst schon zur lieben Gewohnheit gemacht hatte – den horrenden Preis zu einem für ihn letztendlich kostenfreien Tauschgeschäft herunter. Statt zwei Millionen Gulden in bar zu zahlen, tauschte er den begehrten Vermeer gegen etwa hundert (die genaue Anzahl wurde nie bekannt) »unwichtige« und zum Teil »entartete« Gemälde aus seinem persönlichen, für solche Geschäfte bestimmten Lagerbestand ein, wobei sämtliche Tauschgemälde aus den

Sammlungen jüdischer Privatleute stammten, die in den besetzten Gebieten konfisziert worden waren. Für sie hatte Göring keinen Groschen bezahlt.

Einige Zeit nach dem Krieg stellte sich Görings Vermeer als eine geniale, aber bei einer versierten Expertise durchaus erkennbare Fälschung heraus. Der Maler beziehungsweise Fälscher hatte eine klassische Leichtfertigkeit begangen und Kobaltblau statt Lapislazuli verwendet. Kobaltblau war jedoch ein künstliches Pigment – wesentlich billiger als echtes Lapislazuli –, das erst Anfang des neunzehnten Jahrhunderts erfunden worden war und somit Vermeer noch nicht zugänglich sein konnte. Die Ironie der Geschichte will es, dass die von Göring dafür eingetauschten modernen Gemälde dagegen alle echt waren und ihr Marktpreis weitaus höher lag als zwei Millionen Gulden, vom Preis für ein Fake ganz zu schweigen.

Der Mann, der Görings Unterhändler den angeblichen Vermeer zum Verkauf angeboten hatte, hieß Han van Meegeren und war sicherlich einer der genialsten Fälscher meiner Zeit. Nach dem Krieg – weitere Ironie der Geschichte – kam er allerdings zunächst nicht wegen seiner Fälscherei hinter Gitter, sondern weil man ihn bezichtigte, als Kollaborateur nationales Kulturgut an Nazis verkauft zu haben, darunter auch den Vermeer an Hermann Göring. Um seine Haut zu retten, denunzierte sich Han van Meegeren selbst und gab zu, dass Görings »Vermeer« *Christus und die Ehebrecherin* nicht etwa nationales Kulturgut sei, das er unpatriotisch verschachert habe, sondern nichts als eine von ihm selbst geschaffene Fälschung, und dass er, van Meegeren, noch andere falsche Vermeers gemalt und in Umlauf gebracht habe. Zum Beweis malte er im Gefängnis vor sachverständigen Zeugen seinen letzten falschen Vermeer mit dem frei erfunden Sujet *Jesus unter den Schriftgelehrten.*

Aber ich sitze ja noch immer im Bistro La Palette, Göring hat seinen falschen Vermeer noch nicht ergattert und der

Krieg ist noch längst nicht vorbei. Natürlich stellte ich mir die Frage, warum Hans Wendland und Gustav Rochlitz mich so vertraulich hinter die Kulissen der neuen, jetzt vom deutschen Besatzer regierten Pariser Kunstszene führten, in der von nun an andere Gesetze gelten sollten als zuvor. Aus der Geschichte von Han van Meegeren lässt sich eine Antwort ableiten: In erster Linie, weil sie mich als Fälscher, aber auch als Restaurator bald schon brauchen würden, selbst wenn ich auf das französische neunzehnte Jahrhundert (und noch dazu die zweite Hälfte) spezialisiert war und nicht auf die im nationalsozialistischen Kunstkanon so hochgepriesenen deutschen und niederländischen alten Meister. Es ging ihnen bei unserem Treffen im La Palette auch darum, mir verständlich zu machen, dass sie informiert waren und gute Kontakte hatten. Leute, die in unruhigen Zeiten mehr wissen als alle anderen, die mit großen Namen und internen Kenntnissen jonglieren können, sind einflussreiche Leute. Dicke Adressbücher öffnen Türen, und gute Beziehungen haben schon immer das Leben vereinfacht. Ich schaute Charlotte an, die etwas gelangweilt neben der üppigen Mimi saß, bewunderte heimlich ihren porzellanzarten Teint, die Lapislazuli-Augen, ihre angenehme Eleganz in jeder Geste – wahrscheinlich dachte ich: wie schade.

Und so erfuhr ich an diesem Abend im September 1940 auch Genaueres über die Tätigkeit des »Einsatzstabs Reichsleiter Rosenberg für die besetzten Gebiete«, kurz ERR. Dass diese Behörde sehr bald für das Pariser Kunstgeschäft von Bedeutung sein sollte, wussten Wendland und Rochlitz schon zu jenem Zeitpunkt. Die Botschaft mit Otto Abetz an der Spitze habe an Einfluss verloren und »der ERR« den richtigen politischen Wind in den Segeln, sagte Rochlitz (es gehörte zum Sprachduktus der Insider, mit Abkürzungen jonglieren zu können). Auch die Leute vom Kunstschutz würden demnächst nicht mehr eigenmächtig handeln können und in den Dienst des ERR treten müssen, fügte Wendland hinzu. Die Vorhersage sollte tatsächlich zutreffen. Einer meiner Kollegen von der Reichsbahn bekam bald schon mehr mit dem ERR zu tun, um die ersten Transporte mit Beutekunst in Richtung Deutschland zu organisieren.

Der Einsatzstab Reichsleiter Rosenberg war eine Division des Außenpolitischen Amtes, die in Berlin ihren Hauptsitz hatte und vom Chefideologen Alfred Rosenberg gegründet worden war. Aufgabe des ERR war es, in den besetzen Ländern die staatlichen Kulturgüter, Bibliotheken und Archive, aber auch private Kunstgegenstände von den in die Flucht getriebenen oder deportierten Juden und sonstigen politischen Gegnern so effizient, komplett und fachgerecht wie möglich zu konfiszieren. Zu diesem Zweck baute der ERR Außenstellen in allen besetzten Ländern auf. Der Initiator und oberste Boss des ERR, Alfred Rosenberg also, gehörte eindeutig zu den Hundertprozentigen, zu den ideologisch betonfesten Nazis und Antisemiten. Umso mehr litt er unter seinem allzu jüdisch klingenden Familiennamen. Er glaubte wohl, mit verbaler Schärfe und tatkräftigem Aktionismus die Schmach des doppeldeutigen Namens ausgleichen zu müssen. Je antisemitischer er sich gab, desto mehr musste man seinem »wahren Deutschtum« Glauben schenken. Und so setzte der Nazi-Arier Alfred mit seinem Einsatzstab in Paris auch alles daran, die kostbare Sammlung des jüdischen Kunsthändlers Paul Rosenberg zu rauben und nach Deutschland zu schaffen.

Die für Frankreich zuständige Zweigstelle des ERR hatte schnurstracks Ende Juli 1940 in Paris ihre Arbeit aufgenommen, litt aber im Vergleich zur Deutschen Botschaft unter anfänglichen Organisationsschwierigkeiten. Das Chaos im frisch besetzen Land, die überstürzte Flucht der jüdischen Bürger und die dadurch entstandenen außerordentlichen Beschlagnahmungsmöglichkeiten, aber auch die Rivalitäten und unklaren Zuständigkeiten der beiden Behörden des Außenpolitischen Amtes – altansässige Botschaft auf der einen Seite, neu eingerichteter ERR auf der anderen – trugen dazu bei, dass in den ersten Monaten auf Teufel komm raus (ich übertreibe nicht) beschlagnahmt wurde. Die Lagerräume der Botschaft und auch die Räumlichkeiten, die im Louvre als Kunstdepot benutzt wurden, waren bald voll, und es herrschte ein ziemlich undeutsches Durcheinander. Niemand kam mehr mit dem Erfassen der gehamsterten Kunstobjekte nach, und ich bin sicher, dass in diesen ersten Wochen und Monaten so mancher begehrenswerte Gegenstand mir nichts, dir nichts untertauchte oder, anders gesagt, dass das mit der Konfiszierung beauftragte Personal ohne Weiteres die Gelegenheit hatte, sich bei den Beschlagnahmungen selbst zu bedienen.

Dem ERR gelang es recht schnell, Hitlers Anerkennung zu gewinnen und sich zur einzigen kompetenten Kunstraub-Organisation in den besetzten Ländern zu qualifizieren. Nach und nach drückte der Einsatzstab Reichsleiter Rosenberg also die Botschaften und den SS-Kunstschutz aus dem Rennen. Hermann Göring hatte unterdessen seine eigenen Interessen nicht vergessen und platzierte mit Baron Kurt von Behr einen einflussreichen Vertrauensmann als Leiter der Pariser Dienststelle. Der Schachzug ermöglichte es ihm, in dieser in Sachen Kunst besonders gesegneten Stadt immer direkt am Puls des Geschehens zu bleiben. Mit dem Einsatzstab Reichsleiter Rosenberg bekam das Plündern System und gewann eindeutig an Gelehrsamkeit.

# 17

Die ersten Kirschen werden rot. Meine liebste Jahreszeit. Vögel zwitschern ins offene Fenster hinein, von Weitem höre ich die Kinder der Nachbarn im Garten spielen und lachen, kreischen, jauchzen. Plötzlich weint eines. Geräusche wie früher, wenn ich am Wochenende zu Hause war und die Kinder draußen herumtollten. Das Fenster stand offen wie heute auch. Ich saß an demselben Schreibtisch mit seinem massiven, schwarz gebeizten Unterbau aus zwei Aktenschränken, auf denen eine große, lederbezogene Arbeitsplatte lastet. Angeblich brütete ich über meinen Geschäftspapieren.

Der geöffnete Ordner diente aber meist nur dazu, bei einem überraschenden Besuch von Anna oder einem der Kinder das Buch, in dem ich gerade las, oder die Zeitschrift, in der ich blätterte, noch rechtzeitig verdecken zu können. Keine Pornos, nichts Erotisches hatte ich zu verbergen, sondern einen Bildband über einen Maler, irgendeinen Artikel zu einer Ausstellung oder Unterlagen, ja, zum Beispiel zur Tätigkeit des ERR oder zum Kunstraub während des Krieges, die ich mir mitunter sogar aus amerikanischen Archiven zusenden ließ. Unten im Garten spielten die Kinder und Anna saß mit einem Buch auf der Terrasse. Ich, Viktor Emanuel Wagfall, Vater und Ehemann, war nur scheinbar anwesend, wenn mich die ganze Familie über Akten gebeugt wähnte, selbst am Wochenende noch im treuen Dienst an der Deutschen Bundesbahn und meiner verantwortungsvollen Position verpflichtet.

In Wirklichkeit pflegte ich meinen *jardin secret*, den ich mit niemandem teilen konnte. Und auch mit niemandem teilen wollte. Von dem bis heute niemand weiß. Anfang der fünfziger Jahre, als ich Anna kennenlernte, sprach man kein Wort über die jüngste Vergangenheit. Niemand sprach darüber, es war ein gesellschaftliches Anathema. Der Spuk war vorbei, die D-Mark eingeführt, wir hatten wieder bei null angefangen, die Nürnberger Prozesse waren durchgestanden, und wenn ein Zeitungsartikel oder ein neu erschienenes Buch die Nazizeit in irgendeiner Weise aufgriffen, dann mochte niemand davon hören, es ging uns nichts an, oder nur die, die es nicht lassen konnten, wieder und wieder die unangenehme Geschichte aufzurollen. In alten Wunden zu bohren. Eine kleine Minderheit also. Adenauer hatte von oben ein Schweigegebot dekretiert und die neue Republik war ihm dankbar dafür. Ich unterrichtete Anna in groben Zügen über meine Tätigkeit bei der Reichsbahn in Frankreich, erzählte einige Anekdoten aus dem Pariser Leben, versicherte sie meiner gänzlichen Unschuld, was eigentlich nicht einmal nötig gewesen wäre, weil man im Allgemeinen stillschweigend davon ausging, dass alle unschuldig waren, außer den Tätern, und die wirklichen Täter waren nur die, die ganz oben in den Entscheidungsfunktionen gewirkt hatten.

Mitte der fünfziger Jahre heirateten wir und kauften das alte Haus, das die Amerikaner seit Kriegsende mit Beschlag belegt hatten. Lars und Alicia wuchsen heran, in den sechziger Jahren wurde Karolin geboren, wir unternahmen jedes Jahr mit allen drei Kindern eine Reise ins Ausland, dann modernisierten wir das Haus, und es ergab sich bei all der Arbeit und all dem Aufschwung keine Gelegenheit, Anna von meinem nun so lange schon verschwiegenen, ehemaligen Zweitleben zu erzählen, von dem sie ja noch nicht einmal betroffen war. Ich hatte Isidor, jedenfalls das aktive Isidor-Doppelleben, schon aufgegeben, als ich sie kennenlernte. Welchen Sinn hätte es gehabt, ihr allzu spät von meiner Vergangenheit zu erzählen, von den gefälschten Gemälden oder gar von meiner Liebe zu Adèle, kurz: aus dem Leben des Isidor Schweig zu berichten? Es gab tatsächlich keinen einzigen triftigen Grund dafür. In den siebziger Jahren war es dann endgültig zu spät, ich konnte ja nicht dreißig Jahre später mit dieser alten Geschichte herausrücken, die nach allem, was in unserem neuen Leben in der neuen Bundesrepublik passiert war, längst keinen Sinn mehr machte. Und seit den achtziger Jahren lebten Anna und ich nicht mehr wirklich als Paar zusammen, die Kinder waren eins nach dem anderen aus dem Haus gegangen, das Familienleben beschränkte sich auf Ostern und Weihnachten. Wir teilten in einer alt gewordenen Einigkeit die Wohnfläche eines allzu menschenleeren Hauses und die Aufgaben zur Aufrechterhaltung unserer Lebensgemeinschaft.

Meine Amseln haben endlich ihre Jungen bekommen. Ich hatte das Nest schon vor einiger Zeit entdeckt, gut versteckt in der Gabelung der Glyzinie, die hinten im Garten am Geräteschuppen rankt. Drei Junge sind geschlüpft, ich meine jedenfalls, drei kleine, aufgesperrte Schnäbelchen zu sehen, wenn ich vorsichtig ins Nest spähe. Die Amseln haben sich anscheinend an mich gewöhnt, sie fliegen sorglos ein und aus. Die Natur besänftigt mich, macht mich besser zu mir selbst. Sogar meine Haut beruhigt sich zurzeit wieder. Es ist, als würde ich mir momentan verzeihen. Wenn ich im Garten sitze, beschäftigen sich meine Gedanken unweigerlich mit der Natur, mit ihrer inhärenten Ordnung. Nichts ist zufällig, nichts erscheint mir willkürlich. Die einzig sinnlose Chose in der Natur, die seltsamerweise bislang überlebt hat, scheint mir der Mensch zu sein. Er trägt nichts zu ihrem Funktionieren bei. Im Gegenteil. Dem Auswuchs Mensch bleibt nur noch die Beherrschung der Natur als Ultima

Ratio und letzter Existenzhorizont, das Heraustreten aus der Natur, denn in ihr, in ihrem Zusammenhang, hat er seine Chance vertan. Und deshalb beruhigen mich mein Garten und auch meine Amseln. Wenigstens für kurze Zeit, als sei ich auf Besuch, nimmt die Natur mich auf in ihre Ordnung und Harmonie.

Die große Frage, die sich mir heute stellt, ist allerdings nicht naturphilosophisch, sondern rein pragmatisch: Sollen wir noch einmal in unserem weit fortgeschrittenen Leben die Holzbalken der Hausfassade streichen lassen oder nicht? Anna hat sich darauf versteift, seit Tagen liegt sie mir damit in den Ohren. Viktor, sagt sie, was hältst du davon, wenn wir das Fachwerk noch einmal streichen lassen. Und am nächsten Tag: Viktor, ich habe es mir ganz genau angeschaut, die Farbe an den Balken blättert regelrecht ab, insbesondere bei der einen Hauswand, der Terrassenwand, da liegt das Holz zum Teil schon bloß. Am dritten Tag: Auf der Wetterseite, dort, wo Regen und Sonne an den Substanzen zehren, ist es tatsächlich am schlimmsten. Dann könnten wir die Fensterläden ja eigentlich gleich mit streichen. Anna ist jünger als ich und hat noch überschüssige Energien zu verprassen. Mit dem Haus verbindet sie eine Vorstellung von Zukunft. Während für mich alles, was knarrt, bröckelt, bricht, abblättert oder gar verrottet eine Erleichterung ist und viel angenehmer anzusehen, als all die Dinge, die wetter- und standfest sind wie ein Vorwurf. Es ist mir ein Trost, wenn um mich her auch anderes verfällt. Der Kapitulation nahe ist.

Ich bin sicher, dass derjenige, der mein Manuskript eines Tages lesen wird – vielleicht ist es Anna, vielleicht sind es die Kinder, meinethalben auch irgendein Fremder – die viel interessantere Frage stellen möchte: Was motiviert den Kunstfälscher? Warum wird ein Maler nicht einfach ein Künstler, wie man es doch erhoffen sollte, ein Künstler also, der seinen eigenen Namen unter sein Bild setzt, warum, wenn er Talent hat, will er lieber andere nachahmen statt »sein« Werk zu schaffen?

Natürlich, um von vorneherein schon einmal eine Untergruppe von Fälschern auszuscheiden, gibt es diejenigen Maler, die ihr Werk geschaffen haben, aber aus finanzieller Notwendigkeit ihre Fähigkeiten und Kenntnisse nutzen, um gelegentlich eine Kopie oder eine Fälschung herzustellen. In dem Fall handelt es sich vornehmlich um einen durch missliche Umstände erzwungenen Job. Aber dann gibt es jene schwer begreiflichen Maler, die kein eigenes Werk schaffen, die nichts anderes mit ihrem offensichtlichen Talent anstellen, als es zum Kopieren anderer Maler einzusetzen. Wer könnte diese vertrackten Malermenschen verstehen, zu denen ich mich zu zählen habe! Manche von ihnen sind nichts anderes als talentierte Schlitzohren, echte, eindeutige Betrüger (ich kann nicht umhin, ihnen dennoch meine Sympathien entgegenzubringen), die ihren gesamten Schaffensgenuss daraus ziehen, ihre Fälschung von Experten abgesegnet zu sehen, möglichst hohe Summen für ihre fiktiven Meisterwerke einzustreichen und sie eines Tages, Gipfel des Stolzes, in renommierten Museen bewundern zu dürfen.

Bei anderen ist der betrügerische Anteil am Schaffensgenuss geringer. Der eigentliche Antrieb besteht dann in einer echten, ich möchte fast sagen: in einer unverfälschten, kunsthistorischen und wissenschaftlich-handwerklichen Leidenschaft. Diese Sorte von fälschenden Malern sucht sich am liebsten die kompliziertesten Künstler aus wie Dürer, Leonardo da Vinci, Rembrandt oder Vermeer, denn als Kopist oder Fälscher alter Meister sollte man nicht nur ein hochgradig begnadeter Maler sein, sondern gleichzeitig ein Kunstwissenschaftler, ein Handwerker, ein Bastler, ein Chemiker und nicht zuletzt eine Spürnase, begabt im Aufstöbern von alten Leinwänden, Blättern, Pigmenten,

Keil- und Zierrahmen und was man noch so braucht. Es geht schließlich um nichts Geringeres, als ein mehrere hundert Jahre altes Gemälde authentisch herzustellen – und das ist neben der eigentlichen Malerei ein sehr komplexes Unterfangen. Die kunsthistorische und handwerkliche Begeisterung ist bei diesen liebenswerten Fälschern unendlich viel größer als der Wille zum Betrug oder etwa das Vergnügen daran, einen Experten hinters Licht zu führen.

Bei manchen Fälschern kommt auch eine psychologische Komponente ins Spiel: So wie Hitler aller Wahrscheinlichkeit nach nicht der Diktator geworden wäre, den die Welt erleben musste, wenn er mit seiner Malerei Erfolg gehabt hätte, so wäre dieser Typ Fälscher nicht zum Fälscher geworden, wenn er als eigenständiger Künstler Anerkennung gefunden hätte. Das Fälschen ist dann eine Ersatzlösung, die manchmal von unschönen Gefühlen begleitet wird, als sei es eine ästhetische Niederlage, ein unehrenhafter Ausweg.

Wie dem auch sei, bei allen Fälschern und bei aller Verschiedenheit ihrer Motivation findet sich allerdings ein verborgener Antrieb, den sie alle gemeinsam haben. Es ist ein seltsames Bedürfnis, sich als Maler immer wieder in die Psyche eines bewunderten Vorbildes einfühlen zu wollen. Man kopiert oder fälscht ja nicht nur ein Gemälde, man kopiert und fälscht auch ein Vorbild, jemanden, den man als Künstler verehrt und zu dem man gleichzeitig in einem rivalisierenden Verhältnis steht. Hat man das Genie und die künstlerische Eigenständigkeit eines Picasso, dann wird jedes Vorbild, Velázquez und sein Gemälde *Las Meninas* beispielsweise, zu einer souveränen kreativen Aneignung: nämlich zu *Las Meninas* von Picasso. Fehlen jedoch künstlerische Eigenständigkeit und Genie, dann bleibt es einem immerhin noch übrig, sich in sein Vorbild derart einzufühlen, dass man es zum Verwechseln ähnlich kopiert, bis hin zur penibel genauen Aneignung der Pinselführung.

Aber zweifellos ist es die größte Bestätigung, wenn das gefälschte Werk mit einem Original verwechselt wird, wenn ihm Glauben geschenkt wird. Durch diesen Glauben des Betrachters glaubt der Fälscher erst an sich selbst. Denn die meisten von uns sind ja keine Gauner, wir sind vielmehr enthusiastische Bewunderer, gewiefte Kunsthandwerker, feine Kunstkenner und vor allem Menschen, die Anerkennung für ihr Werk suchen. Für mich wird ein Fälscher genau genommen erst dann zum Betrüger, wenn er schlechte Arbeit leistet oder wenn er wirklich unbedarfte Kunstfreunde hinters Licht führt. Jedoch mit einer glänzenden Fälschung einen Experten meisterhaft zu täuschen, habe ich als Ehre empfunden, und einen bornierten Parvenü übers Ohr zu hauen, als Pläsier.

Es kann sogar eine gewisse Suchterscheinung entstehen. Der Fälscher ist nicht nur gezwungen, sondern er hat das regelrechte Bedürfnis, sich in sein Vorbild einzufühlen, um dessen Emotionen in der Kopie wahrhaftig restituieren zu können. Er wendet dessen Technik, dessen Kenntnisse an, wird sogar zu einem psychischen Chamäleon, indem er sich notwendig in die Empfindungen des kopierten Malers versetzen muss – die Melancholie von Bonnard zum Beispiel –, um ihn kongenial imitieren zu können. Diese Empfindungen drücken sich nicht nur in der Wahl des Themas und im Bildaufbau aus, sondern noch viel mehr in jedem Pinselstrich, in der persönlichen Farbpalette mit einer unverwechselbaren Textur der Farbe. Jedes Gemälde weist eine ganz eigene, subtile Mischung von unbewusster Spontaneität und bewusster Konstruiertheit auf. Um diese Mischung nachvollziehen zu können, usurpiert der Fälscher die Psyche seines Vorbildes. Es ist, als würde er mit seinem Handwerk eine tiefe Identitätskrise beruhigen wollen. Er kann gewissermaßen aus sich hinausschlüpfen.

Insofern verlangte es mich damals zutiefst nach der Befriedigung, die Signatur »Degas« in ein gelungenes, täuschend echtes, tatsächlich verwechselbares Gemälde einzuschreiben.

Oder noch besser: »Bonnard«! An jenem Juli-Abend 1940, als ich zum ersten Mal nach langer Zeit – mehr als drei Jahre – in mein Atelier in der Rue Lepic zurückkehrte, fühlte ich mich wie ein Süchtiger, der nach einem langen Entzug endlich wieder seine Droge zum Greifen nahe vor sich sah. Während all der Jahre, die ich danach noch in Paris sein sollte, konnte ich es nie abwarten, nach einem öden Arbeitstag im Büro an der Gare de l'Est in mein Atelier zu kommen. Manchmal musste ich mit Kollegen zu Abend essen, mich um eine Freundin kümmern und sie etwa ins Konzert oder ins Kino ausführen, um in dem engen Kreis der Bahnangestellten nicht durch verdächtige Eigenbrötlerei aufzufallen, aber wenn ich einen ganzen Abend auf diese Weise verplempert hatte, stürzte ich mich am nächsten Tag umso begieriger auf mein Fahrrad, das ich hinter der Gare de l'Est in der Rue de Valenciennes abgestellt hatte.

Ein großes Holztor führte durch einen Bogengang in einen etwas schäbigen, kopfsteingepflasterten Innenhof. Dort hatte ich im Erdgeschoss des Hinterhauses eine Besen- oder Gerätekammer angemietet, in der nicht nur mein Fahrrad stand, sondern wo ich auch eine Lösung für das Problem meiner hinderlichen Uniform bereithielt, nämlich eine Reisetasche mit ziviler Kleidung, ein Jackett und Schuhe. An einem Nagel hing meine dunkelgraue Flanellkappe. Ich ging als deutscher Besatzer zu Fuß hinein und fuhr ein paar Minuten später als anonymer Bürger mit dem Fahrrad wieder hinaus, die Schiebermütze tief in die Stirn gezogen. Die Concierge, der ich zur Erklärung eine glühende, aber delikate Liebesgeschichte angedeutet hatte, drückte beide Augen zu und wurde, wie es sich gehörte, dafür entschädigt. Die luftige Kleidung am Körper, die Kappe auf dem Kopf und das Gefühl der freien Fortbewegung beim Fahrradfahren funktionierten wie ein Auslöser, der in mir eine Veränderung und einen Übergang bewirkte. Ich legte den Viktor in meinem dunklen Verschlag ab und schlüpfte in Isidor. Sobald ich mich auf mein Rad schwang und zum Tor hinausfuhr, Rue La Fayette, dann Rue d'Abbeville, es war ja immer die gleiche Strecke, lag der Ostbahnhof mitsamt dem Reichsbahn-Büro schon weit hinter mir. Schon dachte ich an mein Bild, das gerade in Arbeit war, an die Schwierigkeit, die ich mit Degas' Interieur hatte oder mit den düsteren Farben einer Waldszene von Courbet. Und umgekehrt setzte ich Isidor nachts oder frühmorgens wieder in der Gerätekammer der Rue de Valenciennes ab, Sakko, Pullover, Hemd und Hose wurden abgestreift, ich legte die Uniform an, stampfte mit den Stiefeln auf, um die Ferse ganz hineinzudrücken, und ging als Mann von der Deutschen Reichsbahn in mein Hotel zurück.

## *18*

Ende September 1940 wurde das für den Kunsthandel unentbehrliche Auktionshaus Drouot mit Genehmigung der deutschen Besatzer wieder geöffnet. Einige Monate lang war der Handel auf den Schwarzmarkt abgedrängt worden und nun schien endlich der offizielle Kunstbetrieb wieder in Bewegung zu geraten. Ich nahm an mehreren Versteigerungen teil und sah erstaunliche Gemälde den Besitzer wechseln. Im Laufe des Monats Oktober stieg die Nachfrage und damit die Preise, denn Händler und Museumskuratoren aus Europa und Amerika, vor allem aber aus Deutschland tummelten sich in den Versteigerungssälen oder Galerien. Zudem versuchten wohlhabende Privatleute, ihr Kapital vor den Fluktuationen am Geldmarkt zu retten, indem sie Kunstobjekte kauften.

Gegen Ende Oktober 1940 hörte ich dann, dass das Museum Jeu de Paume von der Abteilung Bildende Kunst/ Malerei des ERR annektiert worden war und dass sämtliche beschlagnahmte Gemälde, die sich in den Zwischenlagern im Louvre und in der Botschaft befanden, dort einstweilig deponiert werden sollten. Hans Wendland hatte mir davon berichtet. Ich dachte sofort an Rose Valland und fragte mich, was ihr nun bevorstehen würde. Es war mehr als wahrscheinlich, dass sie ihre Stelle als Konservator im Jeu de Paume verloren hatte, weil das Museum geschlossen worden war, um Rosenbergs Einsatzstab Platz zu machen.

An einem der darauffolgenden Tage ließ ich mich in der Mittagspause vom Chauffeur meiner Dienststelle an die Place de la Concorde fahren. Ich schickte ihn wieder zurück und betrat die Tuilerien-Gärten durch das imposante, vergoldete Haupttor, von dem aus das Jeu de Paume linker Hand auf einer künstlich erhöhten Terrasse lag, umgeben von Linden und Kastanienbäumen, die jetzt im Herbst ihre ockergelben Blätter verloren. Der Ort war tatsächlich ideal für das vorgesehene Kunstdepot, er lag mitten in der Stadt, aber dennoch ein wenig abseits hinter Bäumen, abgeschirmt vor allzu neugierigen Blicken. Es gab nur zwei Zugänge über Treppen und eine Auffahrtsrampe, sodass der Bereich um das ehemalige Museum ohne besonderen Aufwand abgeriegelt werden konnte. Ich bummelte in einem weiten Kreis um den schmalen, langgestreckten Bau, die Hände im Rücken gefaltet. Ab und zu ließ ich zum Spaß das trockene Laub raschelnd aufwirbeln. Ein SS-Mann verfolgte mich mit misstrauischem Blick. Um unnötigen Ärger zu vermeiden, rief ich Heil-Hitler und streckte den Arm in die Luft, ging dann die Rampe wieder hinunter.

Unterhalb der Anhöhe mit dem Museumsgebäude lag ein Teich, dessen rundes Bassin mit Wasserfontäne und steinernen Skulpturen die Hauptallee des Parks spielerisch unterbrach. Dort setzte ich mich auf einen der blassgrünen Eisenstühle und schlug eine Zeitung auf. Tatsächlich konnte ich beobachten, wie mehrere Militärfahrzeuge und Lastwagen von Schenker die Auffahrt hinauf vor das Jeu de Paume fuhren, wo Männer große Holzkisten ausluden und manchmal nur notdürftig verpackte Gemälde oder Möbelstücke ins Museum hineintrugen. Wehrmachtsoldaten zogen mit Gemälden bepackte Böllerwagen vom Louvre kommend quer durch den Tuilerien-Park, stemmten sie dann die Rampe zum Jeu de Paume hinauf. Man hatte sich auch hier nicht immer die Mühe gegeben, die Gemälde sonderlich zu schützen. Ich konnte auf einem der Holzwägelchen ein Bild von Fernand Léger ausmachen und dann einen Salvador Dalí. Was ich hier innerhalb von nur einer Stunde zu sehen bekam, veranlasste mich, endlich ein Telegramm an Rose Valland abzuschicken: »Liebe Rose. Bin zurück. Vorschlag Treffen trotz der Umstände. Samstag 15 Uhr Rue Lepic. Wie früher. Herzlichst. Isidor.«

Rose kam tatsächlich an jenem Samstag Anfang November 1940. Ich hatte in der Patisserie Ladurée auf der Rue Royale ihr Lieblingsgebäck gekauft. Ladurée war in ganz Paris berühmt für seine unnachahmlichen *Macarons,* und wer etwas auf sich hielt, kaufte seine Makronen bei keinem anderen Patissier. Zwischen zwei runden, sanft gewölbten Teigplätzchen – jeweils außen knusprig und innen schmelzweich, darin bestand die hohe Kunst der Makrone – lag eine cremige Füllung, die auf der Zunge zerging. Das Aroma jeder Makrone, ob Pistazie, Himbeere oder Vanille, entwickelte sich beim ersten Biss und steigerte sich noch einmal, sobald die Zunge mit der Füllung in Kontakt kam. Aber noch bevor es zur genussvollen Liaison zwischen Makrone und Gaumen kommen konnte, hatte schon allein der Anblick freudige Erwartung geweckt und das Wasser im Mund zusammenlaufen lassen. Jede Geschmacksrichtung ließ sich an ihrer Farbe erahnen: Violett für Johannisbeergeschmack, Rot für Himbeere, außerdem Schoko-Braun und Pistazien-Grün, Zitronen-Gelb und Rosen-Rosa oder Hellbraun für Kaffee und ein zartes Beige für Vanille-Geschmack. Zu farbenfrohen Pyramiden gestapelt gaben die *Macarons* im Schaufenster ein lustvolles Bild ab. Als Rose den bunten Teller bei mir auf dem Tisch entdeckte, erntete ich endlich ein anerkennendes Lächeln. Als Erstes langte sie nach einer Pistazien-Makrone, das war ihr Lieblingsgeschmack, während ich zu einer rosaroten Himbeer-Makrone griff.

Was würde ich jetzt für einen Himbeer-*Macaron* geben! Ein Königreich. Nach dem Krieg bin ich mehrmals in Paris gewesen, auch einmal mit Anna, und jedes Mal habe ich *Macarons* in der Rue Royale gekauft und eine Schachtel voll nach Deutschland mitgenommen. Ob in den sechziger, in den siebziger oder in den achtziger Jahren. Ich dachte an Rose, wenn ich eine zartgrüne Pistazien-Makrone in den Mund schob, und an Adèle, wenn es eine violettfarbene mit Johannisbeergeschmack war. Ich konnte niemandem von den Erinnerungen und Gefühlen erzählen, die diese kleinen, runden Dinger unweigerlich in mir hervorriefen wie eine Proust'sche Madeleine. Meine Vergangenheit blieb stumm und bleiern in mir liegen. Beschwerter Leichnam am Grund eines glatten Gewässers. Es war längst zu spät.

»Ich hatte ganz vergessen, wie herrlich der Blick von hier oben ist!«, rief Rose, als sie mit ihrer Pistazienmakrone hinaus auf den Balkon trat. Dort sehe ich sie jetzt wieder im Geiste, eine Hand über den Augen, weil sie so plötzlich in der blendenden Nachmittagssonne stand. Sie trug ein hellgraues Kleid, das fast bis zu den Fußknöcheln reichte und nur von einem bunten Tuch über den Schultern aufgelockert wurde. Wie früher trug sie das Haar zu einem Knoten aufgesteckt und die immer gleiche, rundgeränderte Brille. Ich wusste, dass der Anschein des artigen Fräuleins trog, und war wieder verblüfft, wie gut es Rose gelang, sich zu verbergen. Sie hielt das Gesicht genüsslich in die Herbstsonne, blinzelte, schloss die Augen hinter den großen Brillengläsern, als ich zu ihr auf den Balkon trat. »Es ist furchtbar, was derzeit passiert«, sagte sie und flüsterte beinahe. Ich erwiderte – genauso leise, vorsichtig – nichts als ein »Ja«. »Wie hat es dazu kommen können?«, fragte Rose dann und ich antwortete: »Ab einem bestimmten Zeitpunkt, den keiner wirklich kommen sah, war es plötzlich unaufhaltsam.« Damit formulierte ich die einzige Erklärung, die von einem Krieg zum anderen, jenseits der jeweiligen historischen Umstände, wohl immer dieselbe war und bleiben wird: Ab einem bestimmten Zeitpunkt ist »es« unaufhaltsam. Eine Linie ist überschritten, ein Bann gebrochen, das Glas, das gerade noch halb voll erschien, ist definitiv halb leer geworden, die Hoffnungen auf Konfliktlösung, die gestern noch bestehen konnten, haben über Nacht keine Berechtigung mehr. Eines Tages werden meine Kinder, denke ich, dieselbe Erfahrung machen müssen. Nach einer langen Pause hörte ich Roses Stimme wie aus der Ferne: »Es wird ein Danach geben, aber im Moment ist es nahezu unerträglich.« Warum auch immer ich daraufhin das Bedürfnis hatte, ihr diese absurde Frage zu stellen (vielleicht um mich gleichzeitig zu entschuldigen und rückzuversichern): »Vertraust du mir?«, fragte ich sie und Rose erwiderte: »Ja – und nein. Oder besser gesagt, nein – und ja.« Die für Rose typische sibyllinische Antwort machte tatsächlich einen Unterschied, denn das Letztere »nein – und ja« sollte über unsere Zukunft entscheiden. Indem Rose sich noch einmal selbst korrigierte und die Betonung auf »ja« legte, entschied sie immerhin, mir fortan mehr zu vertrauen als mir etwa mehr zu misstrauen. Es bedeutete auch, dass wir uns wiedersehen würden. Sie stützte sich mit verschränkten Armen auf die Balustrade und schaute nun über die gleißenden, silbergrauen Dächer. Ich trat wieder ins Zimmer, zurück an meine Staffelei, und musterte das Bild, das ich gerade in Arbeit hatte: eine romantische Landschaft mit Ruinen von Hubert Robert.

Ich war davon ausgegangen, dass Rose ihren Arbeitsplatz im Jeu de Paume verloren hatte, und hatte mir schon im Voraus ein paar tröstliche Worte zurechtgelegt. Dass es sicherlich klüger sei, sich irgendwo einen ruhigen Posten zu suchen. Zum Beispiel als Kunstlehrerin, vorzugshalber in einem Städtchen im Süden und nicht hier in der Hauptstadt, wo man nicht wisse, was noch passieren könne. Es sei ja derzeit unvorhersehbar, wollte ich rufen, wie die Situation sich noch entwickeln werde, ob Deutschland etwa England angreifen und dann England die deutschen Besatzer in Frankreich bombardieren werde.

Aber ich brauchte keine umständlichen Trostworte zu formulieren. Rose war zwar im Oktober, als der Einsatzstab Reichsleiter Rosenberg das Jeu de Paume mit Beschlag belegt hatte, zunächst einmal von der französischen Museumsleitung gekündigt worden, aber dann hatte man sich eines Besseren besonnen. Immerhin befand sich noch ein guter Teil der staatseigenen Sammlung des Jeu de Paume (zeitgenössische Malerei ausländischer Schulen) in den Kellerräumen des Museums und es wäre unzumutbar gewesen, sie ohne kenntnisreiche französische Betreuung mitsamt dem ganzen Gebäude den Besatzern zu überlassen. Insgeheim gab es allerdings auch noch andere Gründe, warum ein Verbleib Rose Vallands auf dem Posten im Jeu de Paume sich für die Franzosen plötzlich als sinnvoll erwies. Diese Gründe konnte Rose freilich nicht ausplaudern, ich erfuhr sie erst viel später. Nachdem der Leiter der französischen Nationalmuseen, ein gewisser Jacques Jaujard, sich persönlich um ihre Wiedereinstellung bemüht hatte, lud Kurt von Behr, seinerseits Chef des Sonderstabs Bildende Kunst im Pariser ERR, sie zu einem Gespräch vor. Anscheinend habe man außerdem Nachforschungen über ihre Vergangenheit angestellt, erzählte mir Rose, aber nichts Anrüchiges, wie etwa eine verwerfliche Neigung zum Sozialismus oder zum Kommunismus, festgestellt. Mit ihrem spitzbübischen Grinsen langte sie nach einem weiteren Macaron: »Wie selbst du es bezeugen könntest, bin ich alles andere als eine Bolschewistin! Ansonsten gebe ich mir Mühe, als völlig unscheinbare Mademoiselle Valland durchzugehen, die nichts als Kunst im Sinn hat und bitte schön die *hohe* Kunstgeschichte, wie es ja meine Doktorarbeit über die byzantinischen Ursprünge der Renaissance und ihre Entwicklung bis Giotto beweist. Und kaum zu glauben, nun bin ich wieder eingestellt worden! Wahrscheinlich haben die Deutschen das nur akzeptiert, weil es ihnen an kunstgeschichtlich geschultem Personal fehlt. Jetzt können sie mich um Rat fragen, wenn es Unklarheit bei der Zuordnung eines Gemäldes gibt.«

So kam es, dass Rose Valland bis zuletzt, bis August 1944, im Jeu de Paume unter der Aufsicht des ERR arbeitete, und neben der Betreuung »ihrer«, in den Keller verbannten Sammlung auch oben im annektierten Museumsbereich für ein paar organisatorische Angelegenheiten verantwortlich war. Letztendlich erwies es sich für die Mitarbeiter des ERR als nützlich, eine versierte französische Fachkraft täglich in nächster Nähe zu haben. Unzählige eingelieferte Werke mussten eins nach dem anderen identifiziert und registriert werden. Eine Herkulesarbeit, sagte Rose. Noch nie im Leben habe sie so viele umwerfende Gemälde, ganz zu schweigen von Skulpturen, Tapisserien oder herausragenden Möbelstücken, auf einem Haufen gesehen. Das Wort Haufen sei leider treffend, denn stapelweise lägen und stünden die Gemälde vor ihr auf dem Boden: Watteau und Corot, hier ein Fragonard, dort ein Boucher oder ein Modigliani. Wie Kraut und Rüben. »Stell dir vor, gestern erst habe ich *Madame Stumpf und ihre Tochter* von Corot und einen wundervollen Claude Monet mit Seerosen in der Hand gehalten – hier, in meinen beiden Händen!«

Sie hatte die Arme ausgestreckt und ich zog sie an den Händen vor meine Staffelei, zeigte fragend auf mein fast fertiges Gemälde. »Der ist zu grün! Dein Hubert Robert ist – wie soll ich sagen, er ist zu saftig«, rief sie, »du musst ihn noch abdämpfen mit mehr Gelb und mehr Braun im Grün, bei Hubert Robert ist die Natur ziemlich finster, als würde sie im Überschwang schon ihr Vergehen in sich tragen.« Nicht zum ersten Mal machte mich Rose mit einer beiläufigen Bemerkung auf einen eklatanten Fehler aufmerksam. Mein Hubert

Robert hatte tatsächlich noch nicht die richtige Tonlage, nicht die richtige farbliche Schwingung, die im Betrachter ein bestimmtes, aber unbewusst bleibendes Gefühl hervorrief. Bei Hubert Robert war es wohl eine Mischung aus heiliger Weihe und Vergänglichkeitsschauder. Ich erinnere mich, dass meine Leinwand recht gut wurde, nachdem ich mich noch einmal einige Abende lang darangesetzt hatte, um die letzte Farbschicht vor dem abschließenden Firnis zu bearbeiten.

Rose erzählte weiter. Aus Neugierde und auch ein wenig aus Langeweile versuche sie, von dem, was beim ERR im Jeu de Paume vor sich ginge, so viel wie möglich mitzubekommen. Sie bestätigte, dass Hermann Göring der Mann war, der im Schatten Kurt von Behrs die entscheidenden Fäden zog. Der beeindruckende Transfer von Gemälden, den ich bei meinem Spaziergang in den Tuilerien beobachtet hatte, war nur der Auftakt zu den umfangreichen Aktivitäten des Einsatzstabes gewesen. Mehr als zweitausend in den vergangenen Monaten konfiszierte Gemälde und sonstige Kunstgegenstände vom Mittelalter bis zur Moderne waren schon in die annektierten Ausstellungssäle des Museums transportiert worden und ständig kamen weitere Lastwagenladungen hinzu. Die Aufgabe der dem ERR unterstellten Kunsthistoriker war es, jedes einzelne Objekt zu identifizieren, seine Herkunft zu vermerken, eine Karteikarte dafür anzulegen und schließlich in einem allgemeinen Register die Ein- und Ausgänge zu erfassen.

Was die Gemälde anbelangte, so wurde jedes Bild auf der Rückseite abgestempelt – in dem rechteckigen Stempelfeld stand »Sichergestellt durch den Einsatzstab RR, Stabsführung« – und einer von drei Kategorien zugeordnet, die sinngemäß ungefähr so lauteten: unbedingt wertvoll, bedingt wertvoll oder entartet. Zur ersten Kategorie zählten sämtliche berühmte europäische Maler bis ungefähr zur Mitte des neunzehnten Jahrhunderts, zur zweiten Kategorie, den bedingt wertvollen Gemälden, gehörten zweit- oder drittrangige Maler dieser Zeitspanne, außerdem gut im Kurs stehende Maler der zweiten Hälfte des neunzehnten Jahrhunderts von Manet, Courbet, Cézanne bis hin zu den Impressionisten, und in die dritte Kategorie reihte man eigentlich alle Strömungen des angebrochenen zwanzigsten Jahrhunderts. Als zweifellos »entartet« galten jüdische Künstler sowie Expressionismus, Fauvismus, Surrealismus, Kubismus und jegliche Abstraktion, unzählige Maler von Van Gogh über Matisse, Chagall und Picasso bis zu Kirchner, Macke oder Kokoschka, Max Ernst, Klee oder Kandinsky.

Jede der drei Kategorien von Kunstwerken hatte ihren Abnehmerkreis und eine klare Aufgabe zu erfüllen. Die unbedingt wertvollen Gemälde wurden den allerhöchsten deutschen Zwecken vorbehalten, zunächst also Hitlers, dann Görings Bedürfnissen, während die bedingt wertvollen Gemälde Gnade fanden, sofern sie einen interessanten Marktwert hatten oder, wie etwa die Impressionisten, zwar allzu unakademisch für den arischen Geschmack waren, aber immerhin noch nicht als gänzlich »entartet« galten (angeblich mochte Hitler die Impressionisten ganz gut leiden). Gleichzeitig waren sie auf dem Kunstmarkt beliebt und wertvoll genug, um im Bündel gegen hochrangige Gemälde alter Meister eingetauscht oder aber verkauft werden zu können. Die »entarteten« Gemälde der dritten Kategorie und Künstler jüdischer Abstammung hatten genau genommen im nazistischen Kunstentwurf kein Existenzrecht. Ihr wirtschaftlicher Wert wurde allerdings durchaus anerkannt. Sie waren zu rein merkantilen Tauschzwecken für Kunsthändler vorgesehen oder für den Verkauf an geschmacksverwirrte Nicht-Arier und wurden im allerhintersten, durch einen schweren Vorhang abgetrennten Saal des Jeu de Paume zwischengelagert, der von Rose Valland bald schon den ironischen Spitznamen »Saal der Märtyrer« bekam.

Bei unserem Wiedersehen im Herbst 1940 stellte sich die alte Vertrautheit zwischen Rose und mir auch mit den gemeinsam verspeisten Macarons nicht mehr ein. Wir waren gezwungen, uns gegenseitig zu misstrauen und maßgebliche Informationen voreinander zu verbergen. Wir mussten deshalb beide einen Teil unseres Alltags und unserer Lebensrealität vor dem anderen unterschlagen. Über Jahre hinweg. Ich konnte ihr unmöglich erzählen, dass ich den größten Teil meines wachen Lebens damit zubrachte, unter Wehrmachtsbefehl für die Deutsche Reichsbahn zu arbeiten und dafür zu sorgen, dass die Kollaboration zwischen französischen und deutschen Beamten, zwischen dem französischen *chemin de fer* und dem großdeutschen Eisenbahnwesen effizient und zur vollen Zufriedenheit der Besatzer funktionierte. Im Herbst 1940 gab es keinen konkreten Anlass, damit plötzlich herauszurücken, und später, als sich die Situation in Frankreich zuspitzte, freilich erst recht nicht mehr.

Als leitender Angestellter im Personalwesen gehörte es dann 1941 und 1942 auch zu meinem Tätigkeitsbereich, die zunehmend beanspruchte Abteilung Sonderzüge zu verstärken, deren Aufgabe es war, je nach Bedarf und meist in letzter Minute die geforderten Kontingente aufzutreiben und pünktlich am gewünschten Ort bereitzustellen. Diese Dienststelle organisierte außerfahrplanmäßige Züge für den Transport von Kunstgegenständen oder Mobiliar von Frankreich nach Deutschland und stellte dazu, wenn es sich um die Beförderung von besonders kostbaren Sammlungen handelte, zuweilen sogar beheizte Waggons der ersten Klasse zur Verfügung. Sie war ebenfalls für die fristgerechte Bereitstellung jener Sonderzüge verantwortlich, die ab 1942 in Vieh- oder Güterwaggons Menschen gen Osten expedierten. Die offizielle Sprachregelung, die diese Transporte definierte und an die wir fraglos glaubten, hieß »Umsiedlung nach Osten« oder »Arbeitseinsatz in Auschwitz«. Wie hätte ich Rose all das sagen können? Es fand bei mir auch ganz automatisch eine Ausklammerung statt.

Rose ihrerseits hütete sich, mir zu berichten, dass sie von Anfang an als Spitzel im Jeu de Paume arbeitete. Während der ganzen Jahre legte Rose insgeheim Listen an, auf denen sie festhielt, welche Gemälde zu welchem Zeitpunkt beim ERR im Jeu de Paume eingeliefert wurden, wem sie gehörten oder aus wessen Sammlung sie stammten. Dann notierte sie, wenn irgend möglich, wohin jedes einzelne Gemälde nach der Konfiszierung versendet oder verkauft wurde: in welches Lager in Deutschland es transportiert wurde, wer es als Geschenk erhielt oder als Tauschobjekt mit sich nahm. Die Mitarbeiter vom ERR ahnten nicht, dass Rose Deutsch sprach. Dies über Jahre hinweg jeden Tag, jede Stunde, jede Minute zu verbergen, ohne sich in einem unkonzentrierten Moment zu verraten, erforderte kühle Selbstbeherrschung. Auch ihre energische Unbeugsamkeit hatte ihr niemand angesehen, mit der sie heimlich Karbonkopien aus den Papierkörben fischte, an Türen lauschte, Karteikarten ihrer Kollegen durchforstete und nach Dienstschluss geheime Listen anlegte, Vorgänge notierte oder Depeschen mit aktuellen Informationen an ihren Vorgesetzten Jacques Jaujard schrieb. Und niemand konnte sich vorstellen, dass die unscheinbare und fade Kunsthistorikerin, die sich gerne hinter ihren Brillengläsern, Akten und Karteikästen versteckte, schon an die Zeit danach dachte, dass sie insgeheim alles tat, um den geraubten Kunstbestand einst zurückholen zu können.

Der ERR reihte Rose Valland wie eine fleißige Ameise in seine Truppe ein. Während all der Jahre wurde es allerdings einige Male gefährlich für sie. Einmal überraschte man sie, als sie in einem Papierkorb nach Blaupausen von Registrierlisten suchte, beobachtete, dass sie diese sorgfältig glatt strich und dann in ihrer Aktenmappe verschwinden ließ. Ein andermal wurde sie von einem Aufseher beschuldigt, ein in einer Reisetasche verstecktes Gemälde in den Saal der »Entarteten« geschleust zu haben, es dann zwischen andere Gemälde, die an der Wand lehnten, einsortiert zu haben, mutmaßlich um es zu verstecken. Beide Male konnte sich Rose herausreden und eine plausible Erklärung abgeben. Beim ersten Mal: Sie habe die Listen der deutschen Kollegen aus dem Papierkorb geholt, weil sie an jenem Tag eine versehentlich falsche Registrierung befürchtet habe und daher alles zur Vorsicht noch einmal in Ruhe durchgehen wollte. Und beim zweiten Mal, einige Zeit später: Sie habe den Matisse tatsächlich am Vorabend heimlich mitgenommen – das sei zwar unverzeihlich! Sie habe das Bild aber schließlich sofort wieder zurückgebracht, was der Aufseher ja nicht bestreiten könne … Rose tischte den Kollegen sicherlich eine anrührende Geschichte auf, aber dieser zweite Vorfall wurde weniger leicht geschluckt als der erste. Auch wenn es sich nur um einen Matisse handelte, so ging es doch ums Prinzip. Jemand wie Rose durfte sich nicht ungestraft am Kontingent vergreifen, und sei es für eine Nacht.

Rose wurde nach diesem Zwischenfall sofort aus dem Jeu de Paume verbannt. Nur der hartnäckige Einsatz mehrerer Persönlichkeiten von der französischen Museumsspitze konnte Kurt von Behr umstimmen und Rose Valland wieder in Gnade bringen. Rose – eine graue Maus, mit Sicherheit sparsam bis zum Geiz, aber wenn es darauf ankam, konnte sie diplomatisches Talent und Lebensart beweisen – brachte Kurt von Behr bei ihrer reuigen Rückkehr ins Jeu de Paume eine große Schachtel Pralinen vom besten Chocolatier in Paris mit (Foucher in der Rue du Bac), um ihn um Verzeihung zu bitten. Und die wurde ihr mit mopsigen Fingern in der Schachtel und einem seligen Blick gewährt.

Rose und ich waren uns stillschweigend einig, dass die Umstände und die Art und Weise, wie sie unweigerlich Einfluss auf uns nahmen, eine distanzierte Sicherheitszone zwischen uns erforderten. In einem wichtigen Punkt vertrauten wir uns allerdings weiterhin, und das war unser Verhältnis zur Malerei. Sie wurde zu unserem Hauptthema, zu einem uns gemeinsam zugänglichen inneren Raum, wie ein Exil von der Wirklichkeit, wo wir uns die ganzen Jahre über weiterhin treffen konnten. Rose sagte mir viel später, als wir uns Ende der vierziger Jahre zum letzten Mal in Berlin begegneten, dass sie mein Doppelleben geahnt habe: Mit einer »an Sicherheit grenzenden Gewissheit«, so formulierte sie es, habe sie ab einem bestimmten Zeitpunkt gewusst, dass ich nicht nur als Maler in Paris tätig gewesen sei. Aber Rose hatte damals für sich entschieden, nichts Genaueres in Erfahrung bringen zu wollen und es dabei zu belassen. »Manchmal hilft das Wissen um die Wahrheit nicht unbedingt weiter und bringt auch nicht mehr Sinn«, sagte sie. »Hätte ich mir bewusst eingestanden, dass du anstandslos mit diesen Nazis arbeitest und noch dazu bei der Reichsbahn, wäre es unmöglich geworden, dich weiterhin zu treffen.« Und ich, was ahnte oder wusste ich von Rose? Ich teilte bis zu einem gewissen Grad ihre Empörung über das, was auf dem Kunstmarkt geschah. Bei Rose war es mehr als Empörung, es war Wut, Auflehnung und, neben zunehmender Verzweiflung, tiefe politische Ablehnung. Dass sie im ERR nicht nur passiv mitarbeitete, konnte ich mir denken – allerdings ohne mir wirklich darüber Gedanken machen zu *wollen*. Es wäre tatsächlich unvorstellbar gewesen, dass Rose Valland tatenlos mit angesehen hätte, wie tausende, unter Vorwänden und Rechtsverbiegungen ihren Eigentümern weggestohlene Gemälde den Besitzer wechselten oder nach Deutschland abtransportiert wurden. Ganz abgesehen davon, was mit den Besitzern selbst geschah. Wir mussten uns gegenseitig vertrauen, weil wir auf eine seltsam bewusst-unbewusste Weise begriffen hatten, dass hinter unserer Fassade noch ein anderes Leben stand. Jenseits von unserer alten Freundschaft hielten wir uns auch gegenseitig in Schach.

Tatsache ist, dass wir uns von diesem Makronen-Samstag an (laut meinem Notizbuch war es der 9. November 1940) in größeren, aber regelmäßigen Abständen trafen, übrigens meistens bei mir in der Rue Lepic, und dass wir unangenehme Themen vermieden. Unser Verhältnis beschränkte sich auf unsere gemeinsame Leidenschaft, wir sprachen über Malerei und erzählten uns den neuesten Tratsch aus den Pariser Kunstkreisen. Sie berichtete mir, was beim ERR im Jeu de Paume vor sich ging, und ich zeigte ihr meine Bilder, die gerade in Arbeit waren, oder erzählte ihr, was ich von meinen Bekannten gehört hatte. Dass es für Rose noch einen anderen, sozusagen moralischen Grund gab, den Kontakt zu mir aufrechtzuerhalten, erfuhr ich erst später.

## *Foto 10*

In den Tuilerien-Gärten. Ein Rotkehlchen sitzt auf der Lehne eines der blassgrünen Eisenstühle, die rund um den Teich stehen. Es schaut in die Kamera, das Köpfchen herausfordernd geneigt. Im Hintergrund liegt das Jeu de Paume auf einer Hochterrasse, zu der ein breiter Weg hinaufführt.

Als Karolin im letzten Herbst, noch im alten Haus, sämtliche Bücher aus dem schwarzen Bücherschrank in Umzugskartons packte, zog sie auch einen schmalen, dunkelgrünen Band hervor, auf dessen Rücken ganz klein nichts anderes stand als »Odé Paris«. Zwischen den voluminösen und aufwendigen Kunstbänden war ihr dieses Buch nie zuvor aufgefallen, und beinahe hätte sie es achtlos in den Karton geworfen. Dann sah sie das Wort »Frankreich« auf dem Deckel und hielt inne, schaute noch einmal genauer hin: »Ein Erlebnis des deutschen Soldaten« stand in dünner, goldener Schrift darunter.

Sie blätterte in den vergilbten Seiten des Bändchens. Auf fast jeder Doppelseite befand sich eine eingeklebte Abbildung auf Glanzpapier, meist Aquarelle und Zeichnungen, auch ein paar Gouache-Gemälde. Jede der Abbildungen trug einen Titel und den Namen des Künstlers. Offensichtlich handelte es sich um Wehrmachtsangehörige, um die im Titel angekündigten »Soldaten«, die hier ihre Frankreich-Erlebnisse in Malerei transponiert hatten: K. Fisch, *Blick auf Beauvais;* H. Ficus, *Beim Apéritif;* K. Schöllkopf, *Erker in einer alten Burgunder Stadt.* Ansonsten enthielt der Band jeweils mehrere Seiten lange Abhandlungen, die ebenfalls von Wehrmachtsangehörigen verfasst worden waren: »Oberkriegsverwaltungsrat Dr. Felix Kuetgens, Major Cadenbach« las Karolin beim Blättern am Ende der Texte. Sogar ein Hauptmann Ernst Jünger war dabei, der hier großzügig kurze Auszüge aus seinen Tagebüchern vom Juli 1940 zur Verfügung gestellt hatte. Der typisch muffige Geruch des lange Zeit ungelüfteten Papiers machte Karolin unwiderstehlich niesen. Deshalb hatte sie das Buch schnell wieder zugeschlagen und in den Karton geworfen.

Als sie zu Hause in Paris die Bücherkartons auspackte, fiel es ihr wieder in die Hände. Inzwischen hatte sie Viktors Aufzeichnungen gefunden, gelesen, dann wiedergelesen. Das Buch hatte eine neue Bedeutung bekommen. Es war zur einzigen und letzten zufällig verbliebenen Spur von Viktors Aufenthalt in Paris geworden. Diesmal schaute Karolin es sich genauer an. Gleich auf der ersten, ein wenig verklebten Doppelseite erkannte sie die Handschrift ihres Vaters wieder. Es war nicht einfach, sie zu entziffern. Auch viel später hatte ihr Vater eine Restneigung zur Sütterlinschrift nie ablegen können. Auf diese unbedruckte Seite, aber auch an den Rand eines Beitrags etwas weiter hinten im Buch, hatte er mit Bleistift ein paar Anmerkungen gekritzelt (schon damals hinterließ er gerne seine Bemerkungen an Texträndern, dachte Karolin), und es war mehr als wahrscheinlich, dass dann auch die vereinzelten Unterstreichungen markanter Sätze von niemand anderem als ihrem Vater stammen konnten.

Die Tatsache, dass Karolin unterdessen angefangen hatte, eingehende Recherchen anzustellen, um seine Aufzeichnungen auf ihre faktische und historische Richtigkeit hin zu überprüfen (Rose Valland interessierte sie dabei besonders), machte das dunkelgrüne Buch nun allemal interessant. »Kunst der Front/L'Art au front im Jeu de Paume« stand von Viktors Hand geschrieben auf der ersten Buchseite, dann folgte ein

Datum, »1.-16. November 41«. Das Buch war tatsächlich im Zusammenhang mit einer Ausstellung veröffentlicht worden, die die deutschen Besatzer im November 1941 im Jeu de Paume organisiert hatten, genau an jenem Ort, an dem der Einsatzstab Reichsleiter Rosenberg tausende konfiszierte Kunstwerke hortete, und also auch dort, wo Rose Valland als Konservatorin und heimliche Agentin tätig war.

Dass der seltsame Band sich in Viktors Bücherschrank befand, ließ auf nichts anderes schließen, als dass er die Ausstellung *Kunst der Front* damals besichtigt haben musste. Auf der vorletzten Seite, gleich unter dem Impressum, fand Karolin von der Hand ihres Vaters den folgenden Kommentar: »Hauptsächlich Landschaften, Stadtansichten, den Umständen entsprechend nur kleinere Formate, ansonsten Porträts, Szenen aus dem Soldatenleben. Korrekte Laienkunst insgesamt.« Sie musste über das Verdikt »korrekte Laienkunst« lächeln, es passte gut. Die Gemälde und Zeichnungen, die sie in dem Bändchen betrachtete, waren in ihrer bemühten Banalität allesamt durchaus gekonnt, recht hübsch, immer dekorativ, mit einer Neigung zum Elegischen, Sentimentalen und Romantischen. Diese, auf diffuse Weise ins besiegte Frankreich verliebten Sonntagsmaler waren zwar allesamt keine Stümper, aber das Ganze war schlicht belanglos.

Obwohl es kalt war und regnete, steckte Karolin den Band mit dem peniblen Titel in ihre Umhängetasche: *Frankreich. Ein Erlebnis des deutschen Soldaten*. Natürlich ging ihr das absurde Wort »Erlebnis« gegen den Strich, es handelte sich schließlich um Krieg, um die Besetzung und vollständige Ausbeutung eines Landes. Und warum »des« deutschen Soldaten, der hier als einer für alle stand? Aber so klang die damalige Unzeit in ihrer Sprache der biederen Euphemismen. Dann zog sie den gefütterten Regenmantel an und machte sich auf den Weg zum Jeu de Paume. Von Belleville fuhr sie mit der Linie 11 hinunter in die Innenstadt und stieg in Châtelet in die Eins um, bis Place de la Concorde. Im Winter hatte der blätter- und farbenlose Tuilerien-Park mit seiner streng geometrischen Parkanlage den Reiz von Eisblumen. Der Regen hatte aufgehört, aber nur wenige Spaziergänger hatten sich hinausgewagt. Auch die übliche Touristenschwemme fehlte in dieser Jahreszeit, in den Wochen nach den Weihnachtsferien und vor dem Vorfrühling. Die schweren, hellgrünen Eisenstühle standen vereinzelt und regellos umher, sie schienen vergeblich auf den wärmenden Körper eines Zeitungslesers zu warten oder auf ein verliebtes Paar aus einem fernen Land.

Karolin kippte einen der Stühle, damit die perligen Wassertropfen abliefen, und wischte ihn mit einem Taschentuch trocken. Sie versuchte, ungefähr die Perspektive einzunehmen, die ihr Vater in seinen Aufzeichnungen beschrieben hatte. Zum ersten Mal war er am Anfang der Besatzungszeit hierhergekommen, in den frühen Novembertagen 1940, nachdem er durch Hans Wendland von der Konfiszierung der jüdischen Kunstsammlungen erfahren hatte und vom Hauptdepot im Jeu de Paume. Der Park musste an jenem frühen Novembertag 1940 ähnlich menschenleer gewesen sein wie heute. Genau ein Jahr später hatte dann am gleichen Ort die Ausstellung mit der Soldatenkunst stattgefunden, die zu Ehren von Görings Luftwaffe organisiert worden war. Karolin zog den dunkelgrünen Band aus der Tasche und las. Die Einleitung stammte von einem gewissen Ernst Schaumburg, Generalleutnant und Kommandant von Groß-Paris, wobei der Mann in seinem Leben den Säbel sicherlich häufiger als die Feder geschwungen hatte: »Der deutsche Soldat«, schrieb er, »besetzte einen großen Teil des französischen Landes, dessen Schicksal schon so oft mit dem seines Vaterlandes durch schwere blutige Kriege verknüpft war. Er richtete sich in den neuen Quartieren ein und machte sich mit seiner noch ungewohnten Umgebung vertraut. Er lernte die lieblichen Gefilde der Ile de France kennen und die Herbheit des normannisch-bretonischen Küstengebietes, den üppigen Garten der Touraine, die grünen Rebenhänge Burgunds und die weite Landschaft der nordöstlichen Provinzen. Er kam mit den Menschen in Berührung, die zwischen Kanal und Pyrenäen, zwischen Atlantik und Rhein lebten. Er besichtigte Kathedralen und Schlösser und bestaunte die in den Städten aufgehäuften Kunst- und Kulturschätze. Er versuchte, die fremde Sprache und Lebensart, die Sitten und Gewohnheiten verstehen zu lernen, um sich ein Urteil über Land und Leute bilden zu können. Der Aufenthalt in Frankreich wurde ihm zu einem Erlebnis.« All das klang, als würde ein seniler Ethnologe den Einzug der Neandertaler bei den Cro Magnon beschreiben.

Karolin blätterte weiter, betrachtete die Abbildungen: eine wohlgefällige Landschaft an der Garonne mit Bauer auf Pferdewagen, pingelige Schifferkneipen in Le Havre, treue Wiedergaben von Notre Dame oder dem Pont Marie in Paris, schließlich zwei elegante Damen mit knallroten Lippen auf einer Café-Terrasse, Pariserinnen wie aus einem deutschen Bilderbuch. Zwischen die Abbildungen waren Texte eingestreut, die Ansichten deutscher Soldaten zum besiegten und besetzten Nachbarland. Ein Aspekt stach Karolin sofort ins Auge, weil die Unterstreichungen ihres Vaters, als hätte ihn genau dieses Thema interessiert, beim Querlesen ihre Aufmerksamkeit lenkten. Durch fast alle Beiträge zog sich eine seltsam schwammige Begutachtung des französischen »Wesens«, immer im Vergleich zum teutonisch-germanischen, eine Kunde der »Volksseele«, die, wenn sie nicht für die damalige Zeit unangenehm bezeichnend gewesen wäre, mit dem zeitlichen Abstand etwas unwiderstehlich Komisches hatte. Da vertrat zum Beispiel der Gefreite Gerhard Nebel die These, dass das deutsche Wesen männlich und eher jugendlich sei, während das französische Wesen (»Völker desselben und zwar des höchsten Ranges!«) weiblich sei und eher alt: »Wenn dem deutschen Wesen ein männlicher, dem französischen ein weiblicher Zug zugesprochen wird, so schließt das so wenig eine Wertung ein, wie wenn man, um ein anderes Gegensatzpaar zu berühren, das Deutsche als Jugend, das Französische als Alter fasst.«

Das Ewig-Weibliche zieht uns hinan, schrieb schon ein deutscher Dichter, und bei Gerhard Nebel drückte es sich folgendermaßen aus: »Wer mit offenen Sinnen Räume betritt, in denen das Französische herrscht, wird sich niemals der starken Beimischung von Weiblichkeit entziehen können, die hier zu finden ist.« Dieser Satz war unterstrichen worden. Die Franzosen stellten außerdem mit Jeanne d'Arc ein »Weib« in den Mittelpunkt ihrer nationalen Mythologie und hätten insgesamt in ihrer Königsgeschichte einen ganzen Reigen entscheidend in die politischen Geschehnisse eingreifender Frauengestalten zu bieten, ob Mütter, Gattinnen oder Geliebte. Die für das geistige Leben des Landes so einflussreichen Frauengestalten der französischen Salons – Marie de Sévigné, Marie-Madeleine de La Fayette, Julie de Lespinasse ... – bildeten einen erfrischenden Gegensatz zur deutschen Intellektuellenfigur: »Von allem Weiblichen so unberührte Gestalten wie Kant oder Friedrich der Große sind in Frankreich undenkbar, und nie wird ein großer französischer Dichter eine so geringe Kenntnis vom Wesen der Frau haben und so unmögliche Frauengestalten schaffen können wie Schiller«, urteilte scharfsinnig der Gefreite Nebel, und wenn Karolin schon seiner männlich-weiblichen Wesens-Antithese nicht vorbehaltlos folgen mochte, so doch dieser, davon unabhängigen, Bemerkung zu Schiller.

Ihr Vater hatte nun wieder einen der folgenden Sätze unterstrichen: Dass nämlich der Franzose, ganz anders als die Deutschen, ein »Wesen der Gesellschaft« sei – »und das wurde von der weiblichen Gottheit bewirkt, die über die französische Erde herrscht. Die Fähigkeit zur Psychologie, die Höflichkeit, die geistige Geschmeidigkeit, Witz und antithetische Begabung gehen darauf zurück.« Von der französischen Anmut oder gar Erotik bis hin zur matriarchalischen Pariser Concierge, von der faulen Vorliebe für die Muße bis hin zum allzu gerne Genießenwollen, von der Begabung für guten Geschmack bis hin zu einer angeblich typisch femininen Unfähigkeit in organisatorischen Angelegenheiten: Überall schien für den Gefreiten Nebel bei den Franzosen das Weibliche durchschlagend zu sein, während das Teutonisch-Germanische als Männliches dazu in strengem Gegensatz stand, also tatkräftig, fleißig und organisiert war, eher steif, dem Erotischen abhold und auch ein wenig tapsig, was, wie der Autor völkerversöhnlich mitklingen ließ, ihm nicht immer zu seinem Vorteil angedeihen würde. Diese Art von Wesenskunde zog sich wie ein (brauner) Faden auch durch andere Beiträge und trieb bei Oberstleutnant Walter Chomton besonders üppige Blüten, wenn er der »Seele Frankreichs« näherzukommen versuchte. Karolin überflog die Seiten, unterbrach dann aber ihre unerquickliche Lektüre, um einen der Eisenstühle näher heranzuschieben, die Füße hochzulegen und ihr kleines, schwarzes Moleskine-Notizbuch aus der Tasche zu ziehen.

Sie stellte sich den Spätherbst 1940 vor, als ihr Vater hier am Teich in den Tuilerien gesessen hatte, um den Gerüchten über konfiszierte Kunstsammlungen auf den Grund zu gehen und heimlich das Treiben um das neue Gemäldedepot im Jeu de Paume zu beobachten. Es muss so feuchtkalt gewesen sein wie heute, und deshalb sah sie ihn in einem langen, dunkelgrauen Mantel neben sich auf einem der grünen Stühle, setzte ihm in Gedanken einen Hut auf, weil es ihr unmöglich war, sich ihren Vater etwa in einer Uniform mit Schirmmütze vorzustellen (er nicht, sagte eine Stimme in ihr – alle anderen, aber nicht er). Er hatte die Beine übereinandergeschlagen und öffnete zum Schein eine Zeitung, spähte über die Seiten hinweg. Karolin schaute aus den Augen ihres Vaters. Die letzten gelbbraunen Blätter hingen plötzlich wieder an den Kastanienbäumen, hier und da trudelte eines zu Boden ins feuchte Laub, das als bauschiger Teppich in den Alleen lag. Ein alter Mann mit einem riesigen Strauß bunter Luftballons ging auf der anderen Seite des Teichs vorbei in Richtung Louvre und rief in den öden Park: »Les ballons du bonheur, les ballons du bonheur, un franc le bonheur du ballon, un franc le bonheur du ballon!« Der alte Mann im armseligen Anzug mit seinen bunten Ballons tauchte als Fata Morgana vor Karolin auf, als visuelle Reminiszenz eines Fotos aus jener Zeit, das sie kürzlich in einer Ausstellung gesehen hatte.

Wie mit den Augen ihres Vaters sah Karolin den Tuilerien-Park von 1940. An wen hatte er wohl gedacht, als er hier, gleich neben ihr, auf einem ähnlich lindgrünen Eisenstuhl saß? Vielleicht dachte er an Rose Valland, die dort drüben im Jeu de Paume ihren Arbeitsplatz hatte und nun »ihr« Museum den deutschen Besatzern überlassen musste, vielleicht an seinen Kunsthändlerfreund Hans Wendland, der bald schon besser denn je im Geschäft sein würde. Auch an Georges Wildenstein hätte er denken können (gerade wurden – das konnte Viktor allerdings in jenem Moment nicht wissen – Teile von dessen konfiszierter Sammlung ins Lager im Jeu de Paume eingeliefert), und eins nach dem anderen gingen ihm die Gemälde durch den Kopf, die er bei Wildenstein gesehen und besonders geliebt hatte. Wie Karolin hatte er über die fast kahlen Bäume hinausgeblickt, auf die andere Seite der Place de la Concorde. Dem Blick folgten die Gedanken, er erinnerte sich an die Galerien, dort drüben in der Rue La Boétie und in der Rue du Faubourg Saint-Honoré. Jetzt waren sie beschlagnahmt worden, die Fenster und Türen mit Holzplanken vernagelt. In den Hinterhöfen wurden Gemälde zum Abtransport verpackt, die Cézannes, Corots und Degas' der Familie Rosenberg, die Renoirs, Bonnards und Matisses der Brüder Bernheim-Jeune.

Im Frühsommer danach, also dem von 1941, war ihr Vater noch einmal ins Jeu de Paume gekommen. Diesmal betrat er die heiligen Hallen der Beutekunst sogar ganz offiziell als Isidor

Schweig. Rose hatte die reichlich riskante Inszenierung eingefädelt, denn um jeden Preis wollte Isidor eine Gelegenheit bekommen, das Jeu de Paume mit seinem unfassbaren Kunstschatz einmal von innen zu erleben. Rose hatte ihn deshalb als Maler einbestellt, als talentierten deutschen Maler Isidor Schweig, der im Kunstdepot des ERR einen beschädigten Renoir ausbessern sollte. Dabei begegnete er sogar dem Göring-Intimus Bruno Lohse, seines Zeichens Kunsthistoriker beim ERR und linientreuer Nazi. Karolin fragte sich, wie ihr Vater es geschafft hatte, im recht überschaubaren Pariser Besatzungsmilieu seine beiden Identitäten auseinanderzuhalten und strikt voneinander zu trennen. Er schränkte sein gesellschaftliches Leben ein, trat dabei nur als Viktor in Erscheinung, nie als Isidor, soviel war ihr bei der Lektüre seiner Aufzeichnungen klar geworden. Aber was wäre geschehen, wenn Bruno Lohse, der ihn im Jeu de Paume als restaurierenden Maler kennenlernte, bei einer anderen Gelegenheit plötzlich als Reichsbahn-Beamten getroffen hätte?

Es war eine der Fragen, die Karolin immer wieder durch den Kopf schossen, wenn sie sich sein Leben in allen Einzelheiten auszumalen versuchte. Eine der Antworten bot das, was im Jiddischen *Chuzpe* genannt wurde. Ohne eine Mischung aus Unverfrorenheit und Dreistigkeit, vor allem aus Geistesgegenwart und Lust an der Überschreitung, wäre es Viktor unmöglich gewesen, sein Zweitleben als Isidor im Nazi-Paris durchzustehen. Insofern ähnelte er der heimlichen Agentin Rose Valland. Beide spielten ihre Rollen mit erstaunlicher Kaltblütigkeit. Rose Valland ging dabei als Spionin des Feindes eine weitaus größere Gefahr ein und hatte schlichtweg Glück, in all den Jahren nicht entlarvt worden zu sein. Bei Viktor/Isidor standen die Dinge wesentlich günstiger. Ob als deutscher Fälscher auf einem verbrecherisch gewordenen Kunstmarkt oder als Bahnbeamter mit Wehrmachtsuniform gehörte er zu den herrschenden Nazis, er war alles andere als ihr Feind, er war Komplize, wenn nicht gar Mittäter. Noch dazu hatte er vornehmlich mit Leuten zu tun, die korrupte Geschäfte unter sich verteilten. Auch ein Bruno Lohse hätte wahrscheinlich nur zwinkernd ein Auge zugedrückt, wenn er erfahren hätte, dass ein Reichsbahninspektor in seiner Freizeit auf bewundernswerte Weise Porträts von Renoir restaurierte oder fähig war, Maler wie Hubert Robert und Courbet zu kopieren.

Ein halbes Jahr später, zwischen dem 1. und dem 16. November 1941, war ihr Vater zum dritten Mal hierhergekommen. Diesmal kam er in das Jeu de Paume, um die Ausstellung *Kunst der Front* zu besichtigen, die auf Betreiben Görings ausgerechnet hier, im geheimen Kunstdepot, organisiert worden war. In seinen Aufzeichnungen unterlässt er es, diesen Besuch zu erwähnen, obwohl er ihn garantiert nicht vergessen hatte. War er als Viktor Wagfall in die Ausstellung gegangen oder als Kenner und Künstler, als Maler Isidor Schweig? Trat er in Uniform auf oder in Zivil? Gewandt war er und charmant, so stellte sich Karolin ihren Vater als jungen Mann vor, er schaute sich die Malarbeiten der Soldaten mit nachsichtiger Ironie an, auch mit dem leichtsinnigen Überschwang dessen, der noch jung genug war, um zu glauben, dass alles möglich wäre im Leben, und der die Realität nicht allzu ernst nehmen wollte, jedenfalls längst nicht so ernst, wie sie in Wirklichkeit war.

Das Jeu de Paume wieder zu betreten, musste erregend für ihn gewesen sein. In diesen Räumen, in denen nun die Soldatenkunst hing, wurden sonst die Spezialausstellungen für einen ganz besonderen Kunstfreund inszeniert, für den Reichsmarschall und Chef der Luftwaffe – natürlich hing dann ein ganz anderes Kaliber an den Wänden. Eine seltsame Atmosphäre, zwischen Kasernenstimmung und Kunstweihe, herrschte um das Gebäude. Neben einem durchmischten Ausstellungspublikum aus deutschem Besatzungspersonal, ein paar Franzosen und straff uniformierten SS-, Gestapo oder Wehrmachtsleuten, liefen Experten und Kunsthändler ein und aus, die mit dem ERR zusammenarbeiteten. Das fleißige Heranschaffen und Abtransportieren von Kunstwerken hörte sicherlich auch während der Dauer der Soldaten-Ausstellung nicht auf. Göring kam in jener Zeit allerdings nicht zum Shopping vorbei, sein Besuch ist erst wieder für den zweiten bis vierten Dezember 1941 belegt. Viktor (oder war er als Isidor gekommen?) hatte die angespannte Stimmung gespürt, die im Jeu de Paume herrschte. Vielleicht hatte er auch gehofft, noch einmal einen Blick hinter die Kulissen werfen zu können. Denn nur einige Schritte weiter, jenseits der vorderen Ausstellungsräume mit der soldatischen Sonntagsmalerei, nur durch eine verriegelte Flügeltüre vom Publikum getrennt, lagerten die wirklich interessanten Werke und wahrhaft unschätzbaren Werte. Nach einer Reihe von Sälen, ganz hinten im allerletzten Raum des Obergeschosses, befand sich – das wusste Schweig alias Wagfall zu jenem Zeitpunkt längst – der »Saal der Märtyrer«, in dem die Gemälde der geächteten Modernen gehortet wurden.

Aber sobald Karolin sich ihren Vater im Paris von damals vorstellte, sobald sie versuchte, sich in sein Leben hineinzuversetzen, seine möglichen Auffassungen und Ansichten mit einer zweiten Stimme in sich selbst zu denken, geriet sie wieder an die unsichtbare innere Wand, mit der sie sein Tun und Denken abschirmen wollte vor ihren eigenen intriganten Fragen und vor einer möglichen Verleumdung. Vor ihrer aufkommenden, eventuellen Illoyalität als Tochter. Wieder war sie geneigt zu denken, dass ihr Vater damals schon, und nicht erst Jahre oder Jahrzehnte später, zumindest einen Bruchteil von der Empörung empfunden haben musste, die sie selbst bewegte, sobald sie sich begreiflich zu machen versuchte, was er in dieser Stadt, in diesem Land miterlebt und mit angesehen, ja, was er tagein tagaus mitgetan hatte. Er besaß allem Anschein nach ein Kunstverständnis, das sich von der Naziideologie nicht beeinflussen ließ, sagte sich Karolin beschwichtigend. Dazu gehörte ein Minimum an Distanz, an gedanklicher Freiheit. Und die Unterstreichungen in diesem unangenehmen Erlebnisbuch »des deutschen Soldaten«, sagte sie zu sich, sagte eine Stimme in ihr, waren vielleicht gar nicht so suspekt, wie sie auf den ersten Blick erschienen. Konnte es nicht sein, dass sie beide, Vater und Tochter, trotz der vielen Jahrzehnte, die sie voneinander trennten, mit derselben ironischen Distanz, mit einer ähnlichen Verwunderung über die Vorurteile, die exaltierte Biederkeit, das Schwülstige der ideologischen Verblendung in dem Bildband geblättert hatten?

Unmöglich war es, sich vorzustellen, dass der Mann, der ihr Vater war, von dem sie nichts mehr ersehnte, als Respekt vor seinem Denken und Handeln haben zu können, mit den widerwärtigen Denkschablonen seiner Zeit einverstanden war. Wenn ein gewisser Hauptmann Lorenz über »den Pariser« schwadronierte, teilte ihr Vater dann heimlich dessen Meinung, sprach ihm dieser Nazi dann aus der Seele, Besatzer wie er, oder hatte er genauso darüber gelächelt, wie er über die »korrekte Laienkunst« einen trockenen Vermerk machen konnte? »Der Pariser liebt diese Stadt, die den Rahmen für sein turbulentes, von offenbar mehr Licht als Schatten durchströmtes Leben abgibt.« Warum nicht, damit konnte ihr Vater einverstanden sein, er hatte den Satz unterstrichen. Wahrscheinlich mochte er auch die Beschreibungen des Hauptmanns über die sympathische Fähigkeit »des Parisers«, ein Fest aus seinem Leben zu machen. Aber dann, nach einer langen, paternalistischen Lobeshymne, schlug der Hauptmann zu, wurde von Satz zu Satz schärfer und verbiss sich in die unvermeidliche Nazi-Wesenskunde. Diesmal ging es nicht um *das* Wesen *des* Franzosen-an-sich, sondern um *den* Pariser schlechthin. Oben Hui und unten Pfui ist er genau genommen, der disziplinlose Pariser: »Verbirgt sich hinter dieser strahlenden Laune, hinter diesem sorglosen Sich-zur-Schau-Stellen und Sich-gehen-Lassen am Ende nicht doch etwas ganz anderes?« Hinter den Kulissen, hinter der Fassade bemerkte der Autor plötzlich viel Falsches, »hässliche Nüchternheit und altersschwache Gebrechlichkeit«, um schließlich mit einem Abschnitt zu enden, der wieder unterstrichen war: »Was ihn, den eigentlichen Pariser, heute entstellen mag, erinnert an eine Zeit, zu der man in Berlin die Namen Schiller oder Goethe oder Friedrich von Preußen nicht auszusprechen wagte, weil ein landfremder und heimatloser Mob mit Leitartikeln und Kaffeehausparlamentarismus die kraftvoll strömenden Brunnen echten Deutschtums vergiftet hatte. Vieles, was wir Deutsche heute in Paris sehen und erleben, wird man nicht der eigentlichen Wesensart des Volkes zurechnen dürfen. Denn sicher leben wir nicht im Paris des Parisers, sondern in einem kosmopolitischen Zerrbild, das sich schon während der Vorkriegszeit vorbereitet hatte.«

Und was wäre, wenn Karolins Vater solche Ansichten geteilt hätte, wenn er bestimmte Textstellen nicht aus Spaß, nicht wegen ihrer Lächerlichkeit, sondern wenn er sie in überzeugter Zustimmung unterstrichen hätte? Karolin saß noch immer auf dem harten Eisenstuhl, die Beine auf einem zweiten Stuhl ausgestreckt. Ihre Hände waren so klamm geworden, dass sie nur mit Mühe in dem kleinen, schwarzen Notizbuch schreiben konnte. Der Nebel hatte sich allmählich zu Tröpfchen verdichtet, dann setzte ein dünner, sanfter Nieselregen ein. Und genau so, wie Nebel hinter ihrem Rücken den Park hinaufgezogen war, und sich nun der dünne Niederschlag wie ein Schleier um alles legte – um die feuchtschwarzen, nackten Bäume, die blassgrünen Stühle, den Teich, auch um die unerschütterlichen Mauern des Jeu de Paume –, so hatte sich ganz allmählich von weit her ein Unwohlsein in Karolin eingeschlichen. Das alte genealogische Unbehagen. Eine Ahnung legte sich über sie, hüllte sie ein wie ein nasskaltes, ein giftiges Tuch, bestickt mit Millionen kleiner Perlen aus sauren Tropfen.

Dann stopfte sie das Buch in ihre Tasche zurück, mitsamt dem Notizheft und dem Kuli, sprang auf und rannte im

Nieselregen über den hellen, fast weißen, jetzt nassen Kiessand auf das goldene Tor am Ausgang des Parks zu, entlang der großen Place de la Concorde mit Obelisk und Hôtel de Crillon, die Treppe hinunter in die Metrostation. Sie wollte erst einmal weg von hier.

Das Buch, das fichtengrüne, das lächerliche, trostlose, absurde, wenn es nicht so dumpf gewesen wäre, also das furchtbare Buch mit dem Titel *Frankreich: Ein Erlebnis des deutschen Soldaten* warf sie, als sie zu Hause im zwölften Stock aus dem Aufzug stieg, kurzerhand in den Müllschlucker. Es war eine spontane Geste. Als die sanfte elektronische Stimme im Aufzug sagte: »Sie sind im zwölften Stock«, hatte sie schon, ohne eine bewusste Entscheidung getroffen zu haben, das Buch aus der Tasche gezogen, überquerte den Flur, öffnete die Tür zur Kammer mit dem Müllschlucker, klappte seine Einwurfschaufel auf. Karolin legte das Buch hinein, warf die Klappe zu und horchte dem leiser werdenden Schürfen seines Sturzes hinterher. Ein Buch fiel zwölf Stockwerke plus einem hinunter in einen Müllcontainer im Kellergeschoss.

Sofort danach, aber zu spät, wurde ihr bewusst, dass sie ein Indiz verschleudert hatte, dass sie tatsächlich eine der letzten authentischen Spuren, die vom Leben ihres Vaters hier in Paris geblieben waren, beseitigt hatte, ja, sie hatte die einzige Spur gelöscht, die in all den Jahren und Jahrzehnten zufällig unentdeckt geblieben war. An das dunkelgrüne Bändchen auf dem unteren Brett des Bücherschranks, auf dessen Rücken nur winzig klein der Verlagsname »Odé Paris« stand, hatte niemand mehr gedacht. Es war beim Aussortieren und Säubern übersehen worden. Vom Leben ihres Vaters in Paris blieben nur noch zwei Dinge: Ein von ihm selbst verfasstes Manuskript und ein Gemälde von oder nach Henri Matisse: die *Sitzende Odaliske*. Das Gemälde verfolgte sie bis in ihre Träume, ja, sie hatte geträumt, dass sie blind war, das Gemälde jedoch tastend mit ihren Fingerspitzen sehen konnte. In ihrem Traum hatte sie das Bild erfühlt, es war, als hätte sie es mit den Nervenzellen ihrer Haut sehen können. Ein seltsames, ein köstliches Gefühl. Hinter ihren blinden Augen wurden die Farben noch leuchtender, sie spürte auch die verschiedenen Texturen. Das Gemälde nahm plötzlich die ganze Wand des Arbeitszimmers ein, Farben und Pinselführung bekamen ein Relief wie in einem 3-D-Film, und Karolin konnte nicht umhin, immer wieder bestimmte Stellen des Bildes abzutasten, zu erfühlen, hier die Tapete mit dem Blumenmuster, dann die bestickte Samtjacke und die seidige Pluderhose, dort der grobe Stoff des türkischen Sessels, die ums Knie gelegten Hände und weiter oben die Perlenkette, der dicke Zopf, die tiefen Augen, schwarz und wie kleine, empfindliche Krater. Die Augen waren die Seele des Bildes, und seltsamerweise befand sich der rotbesteinte Ring am Finger genau im Mittelpunkt der Leinwand, als sei er ihr Herz. Karolin berührte im Traum den rotglänzenden, warmen Ring und fühlte ein ganz leises Pulsieren.

# 19

Schon Mitte November 1940 war ein juristisches Netz über die gesamte jüdische Kunstbeute geworfen worden, die in den folgenden Jahren dann nur noch in täglicher Präzisionsarbeit eingezogen und Stück für Stück, Kunstwerk für Kunstwerk geplündert werden musste. Die wesentlichen Gesetze oder sogenannten Führerbefehle zur Enteignung und Vertreibung der Juden waren innerhalb weniger Monate ergangen. Zunächst einmal, so die Klarstellung in einem Erlass vom September 1940, hatte Deutschland den Waffenstillstand mit Frankreich einzig und allein mit dem Staat als »Volk« geschlossen. Demzufolge wurden französische Staatsbürger nicht zwangsläufig als Mitglieder des französischen Volkes betrachtet, hatten folglich für den deutschen Besatzer auch nicht dieselben Rechte. Wenn Juden trotz französischer Staatsangehörigkeit nicht mehr zum französischen Volk gehörten, dann brauchte sich das Deutsche Reich nicht gezwungen zu fühlen, die Rechte jüdischen Besitzstandes zu respektieren.

Ausgehend von dieser Neuinterpretation der Staatsbürgerschaft, mit der jüdische Franzosen de facto ihrer Bürgerrechte enthoben und Ausländern gleichgestellt wurden, konnten Schlag auf Schlag die Beschlüsse folgen, die eine reibungslose Konfiskation von Kunst und sonstigen Gütern in jüdischem Besitz möglich machten. Wenn nötig, wurde auch für jeden Spezialfall eine passende Verfügung formuliert.

So hatten manche jüdische Kunstsammler, bevor sie ins Exil flohen und in der Hoffnung, die wichtigsten Kunstwerke vor dem Zugriff der Deutschen zu schützen, Teile ihrer Sammlungen mit fiktiven Schenkungsurkunden dem französischen Staat übereignet – dies in Absprache mit den zuständigen Museumsdirektoren. Nachdem der Schachzug im September 1940 bemerkt worden war, erging ein Befehl, »dass für den Besitzstand maßgebend die Verhältnisse vor dem Krieg sind«, also schon vor der französischen Kriegserklärung – und das war der 1. September 1939. Dank diesem Erlass konnten die Deutsche Botschaft und dann der neu gegründete Einsatzstab Reichsleiter Rosenberg große Teile der sagenhaften Sammlung Rothschild, die den französischen Nationalmuseen noch kurz vor dem Einmarsch pro forma übereignet worden waren, schließlich doch reibungslos konfiszieren. Reichsleiter Alfred Rosenberg wurde in derselben Order ermächtigt, »die ihm wertvoll erscheinenden Kulturgüter nach Deutschland abzutransportieren und dort sicherzustellen. Über die Verwendung hat der Führer sich die Entscheidung vorbehalten.«

Kunstgegenstände sind gemeinhin sperrig. Sie lassen sich nicht einfach so, ohne Vorkehrungen, befördern oder versenden. Noch dazu unterliegen sie lästigen Zollbestimmungen. Die meisten jüdischen Besitzer großer oder kleiner Kunstsammlungen hatten bei ihrer überstürzten Flucht aus Paris und der besetzten Zone alles, auch ihren Kunstbesitz, zurücklassen müssen. Nur wenige konnten ein paar Lieblingsstücke in die Schweiz retten oder nach Portugal, England oder Amerika mitnehmen. Berühmte Werke oder Teile von Sammlungen wurden inkognito in Banktresore eingelagert, andere an möglichst abgelegenen Orten der noch freien Zone im Süden versteckt. Unzählige Kunstgegenstände waren allerdings in den verlassenen Häusern und Wohnungen zurückgeblieben oder befanden sich noch in den Kunsthandlungen, in der Hoffnung, dass das Eigentum unangetastet bliebe und eine Rückkehr einst möglich wäre.

Während Angestellte der Deutschen Botschaft und Mitarbeiter des ERR, unterstützt von französischen Spitzeln und Denunzianten, die Verstecke von einzelnen Kunstwerken und ganzen Sammlungen ausfindig machten, organisierten SS-Spezialeinheiten die Konfiszierungsaktionen und den Abtransport. Nachdem das Jeu de Paume im Oktober 1940 zum Zentraldepot erklärt worden war, fand dort auch die Inventarisierung durch die »Arbeitsgruppe Louvre« statt. Unter der Leitung von Kurt von Behr gehörten dieser Gruppe mehrere Kunsthistoriker an – die Doktoren Schiedlausky, Lohse, Ebert, Wirth, Jerchel und Kuntze –, die von einer Schar deutscher Mitarbeiter unterstützt wurden. Auch ein paar Fotografen waren mit von der Partie, um jedes einzelne angelieferte Werk abzulichten, bevor es seinem weiteren Schicksal überantwortet wurde.

Hitler wurde regelmäßig Bericht über die jeweils neuen Eingänge erstattet, und das ERR-Personal fertigte ihm zusätzlich ledergebundene Mappen mit Fotografien und Beschreibungen der gefälligsten Kunstwerke an, mit deren Hilfe er von Berlin aus seine Bestellung aufgeben konnte. Mehrere Spezialisten arbeiteten direkt vor Ort in Paris. Für ihren »Führer« behielten sie nicht nur beständig den Pariser Kunstmarkt und die Raubbestände aus dem Jeu de Paume im Auge, sondern sie berieten ihn auch als Experten und traten im Auftrag Hitlers in Aktion, wenn es um die Ersteigerung, den Kauf oder den Tausch von begehrten Kunstobjekten ging. Desgleichen hatte Reichsmarschall Göring seine Leute in Paris sitzen, die ihn auf dem Laufenden hielten und in seinem Namen agierten, wenn es galt, eine günstige Gelegenheit prompt zu nutzen. Im Gegensatz zu Hitler kam der Reichsmarschall gerne selbst mit seinem persönlichen Sonderzug in die französische Hauptstadt, um im Jeu de Paume eine

Auswahl für sich zu treffen und Tauschaktionen »entarteter« oder in seinen Augen minderwertiger Werke aus den konfiszierten Sammlungen gegen Werke alter Meister vom freien Kunstmarkt vorzunehmen. In diesem Zusammenhang trat neben einigen anderen auch Hans Wendlands Freund und Geschäftspartner Gustav Rochlitz in Aktion.

Rochlitz hatte in seiner Eigenschaft als Kunsthändler schon vor dem Krieg einen guten Draht zu Göring geknüpft. Als er dann erfuhr, dass der zentrale Umschlagplatz für die »herrenlose Kunst« (so sagte er ja gerne, den Reichsleiter Alfred Rosenberg nachahmend) ausgerechnet im Jeu de Paume eingerichtet wurde, ließ er wahrscheinlich eine Flasche Champagner knallen. Zufällig befand sich nämlich seine Galerie nur einen Steinwurf entfernt in der Rue de Rivoli Nummer 222. Als nunmehr direkter Nachbar des ERR konnte Rochlitz eine unverbindliche, bald sogar freundschaftliche Beziehung zu dessen Mitarbeitern aufbauen und auf diese Weise die Tauschgeschäfte mit Göring erleichtern. Rochlitz brauchte nur mit seinem Tizian unter dem Arm über die Straße zu gehen, um dem Reichsmarschall das Gemälde bei einer seiner Stippvisiten zu präsentieren. Als Vergütung suchte er sich, immer gut unterrichtet über die Bestände und Neueingänge im Jeu de Paume, ein halbes oder ein Dutzend interessante Bilder aus den konfiszierten Sammlungen aus. Ein Tauschvertrag zwischen Gustav Rochlitz und dem ERR, den ich mit anderen Dokumenten in der *National Archives Collection of World War II*, Sektion *War Crime Records* gefunden habe, zeigt, dass Rochlitz schon Anfang Juli 1940, also sofort nach der Kapitulation Frankreichs und in der allerersten Phase der Beschlagnahmungen, mit dem eben gegründeten ERR Geschäfte machte.

Am 3. November 1940 kam Göring zum ersten Mal zur Besichtigung in die vom ERR annektierten Lager- und Ausstellungssäle des Jeu de Paume. Der Ablauf, den mir Rose

Valland einmal *en détail* erzählte, sollte bei jedem seiner mehr als zwanzig persönlichen Besuche im ERR ungefähr derselbe bleiben. Kurt von Behr, Leiter des Sonderstabs Bildende Kunst und Görings Vertrauensmann, wurde viel zu kurzfristig, also nicht mehr als einen, allenfalls zwei Tage im Voraus, vom bevorstehenden Eintreffen des Reichsmarschalls in Kenntnis gesetzt. Daraufhin aktivierte er umgehend seine gesamte Mannschaft, die in einem fieberhaften Rund-um-die-Uhr-Einsatz in den zwei Stockwerken des Jeu de Paume eine Ausstellung mit den interessantesten, neuerlich konfiszierten Werken für den Reichsmarschall zusammenstellte. Man kannte seinen Geschmack und hängte die Werke schon derart auf, dass die begehrenswertesten Kunstgegenstände gleich zu Anfang und auf einen Blick zu sehen waren. Der hohe Mann sollte und wollte jedes Mal verblüfft werden. Weitere Säle waren jeweils einem speziellen Stil oder einem bestimmten Thema gewidmet, gefällig wurde jeder Raum auch mit Kommoden, kostbaren Teppichen und Gobelins, Silberwerk und Statuen dekoriert.

Wenn Göring dann mit seinem Gefolge am Jeu de Paume vorfuhr, stand die gesamte Arbeitsgruppe Louvre zum Empfang bereit, allen voran der Chef Kurt von Behr. Göring, mit der obligatorischen Zigarre zwischen den Zähnen, stieg aus seiner Limousine aus, von Behr ging als Erster mit erhobenem Arm auf ihn zu und rief die Grußformel. Kurt von Behr war groß, breitschultrig und von massiver Statur, ohne dabei fett zu sein, trotz schmaler Lippen und spitzer Nase einigermaßen gut aussehend, dabei unendlich eitel, egozentrisch und aufgeblasen. Er trug stets die stramm geschnittene Uniform eines Oberführers beim Roten Kreuz (diese Funktion hatte er wohl früher einmal innegehabt), weil ihm ein Militärrang abging. Anscheinend – laut Rose – konnte ihn beim ERR niemand leiden, vor allem, weil ihm seine offensichtliche Inkompetenz in Sachen Kunst vor seinen Mitarbeitern nicht einmal peinlich war oder, vielleicht noch schlimmer, nicht einmal auffiel. Die Schirmmütze zog er tief in die Stirn, wodurch die Augen sanft überschattet wurden: ein starres Glasauge und ein etwas rötlich unterlaufenes echtes Auge, das den Trinker verriet.

Kurt von Behr, seines Zeichens Baron, zog die Fäden des ERR und unterhielt die Beziehungen zur Nazihierarchie – dies allerdings nicht immer von seinem Schreibtisch aus, sondern gerne auch im ausschweifenden Nachtleben der Pariser Besatzer. Er hatte durchaus Charme und sprach ein ausgezeichnetes Französisch. Nach langen, feuchtfröhlichen Nächten tauchte er meist erst spät in seinem Büro auf. Göring fiel neben von Behr nicht so sehr durch die legendäre Röte seines alkoholdünstigen Kopfes auf, den hatten sie beide, sondern durch seine Figur. Er war einen Kopf kleiner und hatte einen kurzbeinigen, feisten Körper. Mutter Natur hatte ihn tatsächlich nicht verwöhnt, denn auf einem roten Stiernacken saß ein ungesundes Gesicht mit kleinen, glasigen Schweinsaugen über hohen Wangenknochen. Auch Görings exzessiver Morphiumkonsum hat mit den Jahren zu dieser schwammigen Aufgedunsenheit beigetragen. In seinem dunklen, knöchellangen Wintermantel sah er aus, ich zitiere Rose, wie ein Fass mit Hut, an dem eine Zigarre qualmt.

Göring zog nach dem Begrüßungszeremoniell an der Seite von Behrs und mit seinem Gefolge im Schlepptau ins Jeu de Paume ein, um die eigens für ihn hergerichtete Ausstellung zu begutachten. Bei seinem schwelgenden Besichtigungsgang ließ er sich vom Kunsthändler Walter Andreas Hofer begleiten, der für den Aufbau seiner Privatsammlung in Carinhall zuständig war. Außerdem wurde er vom Kunsthistoriker Bruno Lohse beraten, der als Mitarbeiter des ERR in zusätzlicher Sondermission immer für den Reichsmarschall in Paris bereitstand, wobei er auch den Kunstmarkt für ihn sondierte. Selbst wenn Göring in Sachen Malerei etwas mehr verstand als der Leiter des ERR Kurt von Behr, waren die Grenzen seines Kunstgeschmacks klar gezeichnet und beschränkten sich exklusiv aufs Akademisch-Klassische. Allen Malern voran gingen, wen würde es wundern, die »nordischen« Meister: Dürer, Holbein, Cranach, Ruysdael, Frans Hals, van Dyck und Vermeer.

Seine Stippvisiten im Jeu de Paume nutzte der Reichsmarschall außerdem, um die von seinen Experten aufgespürten Werke, die über Kunsthändler verkauft wurden, zur Begutachtung kommen zu lassen. Wenn sie ihm gefielen, konnte er gleich vor Ort vereinbaren, welche Gemälde im Gegenzug aus dem Jeu de Paume als Tauschbezahlung herausgegeben werden sollten. Manchmal wurden die Geschäfte schon vorab ausgehandelt, und Göring gab nur noch sein letztes Einverständnis. So hatte Bruno Lohse im Februar 1941 in Gustav Rochlitz' Galerie einen, wie sich später erweisen sollte, falschen Tizian *(Norditalienisches Porträt eines Bärtigen Mannes)* und ein *Jagdstillleben* des niederländischen Malers Jan Weenix aus dem siebzehnten Jahrhundert aufgetrieben. Bruno Lohse befand die beiden Werke für hinreichend interessant, um Göring davon zu unterrichten und schon vorab Fotos nach Berlin zu schicken. Der Reichsmarschall zeigte sich sehr interessiert und meldete von der deutschen Hauptstadt aus, dass man mit Rochlitz sogleich ein Tauschgeschäft vereinbaren solle. Aus einer vom ERR getroffenen Vorauswahl konfiszierter Werke aus jüdischen Sammlungen durfte Rochlitz sich dann die Gemälde heraussuchen, die er bereit wäre, als Bezahlung entgegenzunehmen. Kurz darauf, am 3. März 1941, kam dann Göring persönlich ins Jeu de Paume und gab dem Handel seinen Segen.

Rochlitz, und ich kann an dieser Stelle nur den Hut vor seinem Talent ziehen, tauschte somit einen zum Einschlafen langweiligen Weenix und einen fragwürdigen Tizian gegen elf wundervolle Gemälde der Moderne ein – ein solches Missverhältnis der Wertschätzung kennzeichnete eigentlich alle Tauschhandel, von denen ich hörte oder später die Spuren finden konnte, und lässt sich nur durch den vorherrschenden Kunstgeschmack und die Verachtung der so mühelos gestohlenen Gemälde erklären, die zum Tausch herausgegeben wurden. Man lasse sich die Liste auf der Zunge zergehen und stelle sich jedes einzelne Gemälde, das Gustav Rochlitz im Gegenzug zu seinen beiden Leinwänden bekam, vor dem geistigen Auge vor:

1. Braque, *Stillleben mit Trauben und Pfirsichen*,
   aus der Sammlung Alphonse Kann
2. Cézanne, *Der Schmerz* (auch *Sorgen* genannt),
   Sammlung Alphonse Kann
3. Corot, *Madame Stumpf und ihre Tochter*
   (oder auch *Mutter mit Kind im Wald*),
   Sammlung Rosenberg-Bernstein
4. Degas, *Madame Camus am Klavier*,
   Sammlung Alphonse Kann
5. Matisse, *Frau am Tisch*,
   Sammlung Rosenberg-Bernstein
6. Matisse, *Stillleben mit Blumen und Ananas*,
   Sammlung Rosenberg-Bernstein
7. Matisse, *Schlafende Frau am Tisch*
   (oder auch *Frau mit aufgestützten Ellenbogen*),
   Sammlung Rosenberg-Bernstein
8. Picasso, *Frauen beim Pferderennen*,
   Sammlung Lindenbaum
9. Picasso, *Mutter und Kind*
   (oder auch *Madame Rosenberg mit Tochter*),
   Sammlung Rosenberg-Bernstein
10. Renoir, *Frau im Sommerkleid*,
    Herkunft unbekannt
11. Sisley, *Frühlingslandschaft*,
    Sammlung Georges Bernheim

An diesem Geschäft war auch Hans Wendland beteiligt gewesen, der den falschen Tizian und den Weenix zusammen mit Rochlitz vorfinanziert hatte, sich allerdings ansonsten im Hintergrund hielt. Wo die beiden den Tizian herbekommen haben, weiß ich nicht, aber das Jagdstillleben von Weenix hatte der Pariser Kunsthändler Zacharias Birtschansky in seinem Depot, und Rochlitz zahlte ihn nach dem geglückten Geschäft mit Göring und dem ERR aus. Die fiktiven Preise, die bei derartigen Geschäften von den deutschen Kunstexperten für die eingetauschten Gemälde der Moderne angesetzt wurden, um sie in die Waagschale legen zu können, waren wesentlich niedriger, als die Preise, die auf dem Kunstmarkt in Paris oder in der Schweiz tatsächlich erzielt wurden. Kein Zweifel, dass Rochlitz, Wendland und manch andere Händler gute Geschäfte mit dem Tauschhandel machten, vor allem, wenn sie hie und da ein gefälschtes Gemälde unterjubelten.

Hans Wendland bekam für seine Mithilfe sechs von den elf Gemälden, darunter Corots *Madame Stumpf und ihre Tochter*, das *Stillleben* von Braque und *Madame Camus am Klavier* von Degas, die ich alle drei mit eigenen Augen in seiner Suite im Hôtel de Crillon bewundern konnte, bevor er sie auf dunklen Wegen, um den Zoll zu vermeiden, in die Schweiz zum Weiterverkauf schmuggelte. Warum Wendland nicht nur im Ritz, sondern plötzlich auch gerne im Hôtel de Crillon abstieg, hatte vielleicht auch geographische Gründe: Es lag an der Place de la Concorde, gleich zwischen dem Galerienviertel, dem Jeu de Paume und Rochlitz' Galerie in der Rue de Rivoli.

## *20*

War es Ende März oder Anfang April 1941, als ich Hans Wendland im Hôtel de Crillon besuchte? Mein Terminkalender gibt keine genaue Auskunft, weil dort nur am 20. März steht: »Wendland anrufen, Geburtstag Charlotte, Treffen.« Sicher ist, dass ich mich an einen lauen Vorfrühlingsabend erinnere. Hans Wendland hatte die größte Suite des Hauses genommen, um Charlottes Geburtstag gebührlich feiern zu können. Die Zimmerflucht erfreute sich einer weitläufigen, wahrhaft prinzessinnenhaften Terrasse, die auf die Place de la Concorde hinausging. Ansonsten gehörte zu den zwei Schlaf- und Badezimmern ein Empfangssalon von sicherlich hundert Quadratmetern, in dem ein schwarzglänzender Stutzflügel stand. Als ich nach mehrmaligem Klopfen schließlich eintrat, spielte Charlotte auf bezaubernde Weise das Nocturne Es-Dur von Chopin. Für einige lange Sekunden ließ mich ihr Anblick an der Türschwelle erstarren. Ein algengrünes Satinkleid floss schimmernd an ihrem Körper hinunter. Ich dachte an Meernymphen. Als ich eintrat, lächelte sie mir einladend entgegen, ein klein wenig schwermütig, und spielte dabei fehlerlos weiter. Charlotte entsprach vollkommen dem damaligen Schönheitsideal. Sie hatte noch dazu diese, bei Männern damals besonders erfolgreiche Mischung aus idealistischer Naivität, Eleganz und einer Prise verruchter Sinnlichkeit auf harmonische Weise verinnerlicht.

Bei diesem berückenden Anblick fragte ich mich wieder, wie es Wendland gelungen war, eine Frau wie Charlotte für sich zu gewinnen. Am Flügel sitzend war sie von edlen Möbeln aus Akazienholz im Louis-Seize-Stil umgeben, von Sesseln mit medaillonförmigen Rücklehnen und Sofas, die mit Tapisserie aus Beauvais bezogen waren, von klassizistischen Tischen, Tischchen und Kommoden mit kannelierten Beinen, auf denen Vasen standen und Schalen mit Früchten oder Pralinen, auch ein silberner Kübel mit einer Flasche Champagner. Eine Umgebung also, die nicht im Geringsten mit einem klitzekleinen Künstleratelier am Montmartre zu vergleichen war, auch wenn Charlotte – dessen war ich mir sicher, als sich unsere Blicke bei meinem Eintreten trafen – in einem Winkel ihrer Seele den ganzen Luxus gerne gegen den authentischen Charme meiner Dachstube eingetauscht hätte. Zumindest für ein paar gläserne Stunden. Und dann bemerkte ich drei Gemälde, die gegenüber hohen Fenstern und gleich hinter ihrem exquisiten Rücken an der Wand lehnten: *Madame Camus am Klavier* von Degas, ein *Stillleben* von Braque und ein wunderbarer Corot, nämlich *Madame Stumpf und ihre Tochter*. Ich hatte sie ja schon erwähnt. Heute würde ich sagen, dass es der Anblick dieser drei Gemälde war, der mir das Blut jählings durch die Adern peitschte, nur um nicht zugeben zu müssen, dass es Charlottes tiefblauer Blick gewesen ist.

In diesem Moment trat auch schon Wendland im dunkelroten Hausmantel vom Schlafzimmer her in den Salon, auf der Pirsch und voller Wucht zugleich, in freundlicher Überraschung und als habe er nicht bemerkt, dass sein Eintreten die sachte Entstehung eines Bandes zwischen mir und Charlotte abrupt zerriss. Wie ein mit einem Ruck umgelegter Weichenschalter, der die Richtung eines Zuges verändert, so bewegte sich kurz etwas in Charlottes Ausdruck. Dann hatte sie erfolgreich das Hans-Gesicht aufgelegt, das ich von ihr kannte. Sie war augenblicklich zu einem schelmischen jungen Mädchen geworden, das dem väterlichen Ehemann gefallen möchte, indem es ihn durch feminine Unterwerfung seiner selbst versicherte. Gleichzeitig spielte sie die verführerische Geliebte, die sich der Wirkung ihrer Reize bewusst war und den Marktwert des Auserwählten erhöhte, indem sie ihm Ausschließlichkeit suggeriert. Das hört sich kompliziert an, aber es war ja längst in Fleisch und Blut übergegangen.

An jenem Abend im Crillon brachte ich Charlotte ein Geburtstagsgeschenk mit, ein Amulett mit einer handgemalten Miniatur aus dem frühen neunzehnten Jahrhundert. Ich hatte es auf dem Schwarzmarkt an der Porte de Clignancourt gefunden und, als ich es sah, sofort an Charlotte gedacht. Es zeigte einen entzückenden Frauenkopf mit hoch aufgesteckten, blonden Locken. Die Ähnlichkeit war frappant. Wen allerdings das anmutige kleine Gouache-Porträt in Wirklichkeit darstellte, konnte man mir nicht verraten, und ich fand keinerlei weiteren Hinweis, als ich das Medaillon aus seiner goldenen Fassung nahm und genauer untersuchte. Ein solches Geschenk wäre normalerweise kostspielig gewesen. Aber damals war die Herkunft vieler auf dem Schwarzmarkt verkaufter Schmuckstücke und Kunstobjekte entweder fragwürdig oder es waren Notverkäufe von ausreisenden Juden, die man zu mehr als korrekten Preisen erstehen konnte. Was zählte, war die delikate Wahl des Geschenkes, und natürlich fragte Charlotte nicht, woher ich das Amulett hatte. Sie begnügte sich, auf hinreißende Weise hingerissen zu sein. Hans ebenfalls. Er hatte an einem der Vorabende für Charlottes Geburtstag einen Empfang gegeben, zu dem ich vorgegeben hatte, nicht kommen zu können (in meiner Isidor-Rolle vermied ich das Gesellschaftsleben), und angeblich war mein Geschenk das zauberhafteste Mitbringsel von allen. So betonte es Hans, seine Gemahlin wiederholte es noch einmal zur Bekräftigung. Ihr Blick tief in meine Augen und zwei zarte Wangenküsse des Danks sind den Aufwand wert gewesen. Auch die Aufträge, die folgten.

Wir setzten uns auf die Terrasse. Hans brachte Gläser und den Champagner mit nach draußen, und in der erstaunlich lauen Frühlingsluft stießen wir auf Charlotte an. Vor uns lag die Place de la Concorde, auf der völlig regellos Fahrradfahrer, Automobilisten und Kutschen fuhren, auch die Fußgänger liefen kreuz und quer, ohne dass sich dieser ganze Verkehr je wirklich ins Gehege kam. Mitten auf dem riesigen Platz wurde Napoleons ägyptischer Obelisk von zwei mit wasserspeienden Figuren überladenen Brunnen flankiert. Dahinter führte die Concorde-Brücke über die schwarzgrüne Seine hinweg zum Säulentempel der Nationalversammlung, wo ehemals, vor der Kapitulation und dem Umzug nach Vichy, das französische Parlament seinen Sitz gehabt hatte. Die goldene Kuppel des Invalidendoms glänzte im Dämmerlicht.

»Wir kennen uns nun schon lange genug«, fing Wendland gemächlich an, während er die Flasche aus dem Kübel zog und nachschenkte, »um uns gegenseitig vertrauen zu können. Und du weißt, wie es im Leben ist oder zumindest sein sollte: Man ist füreinander da, unterstützt sich, wo man kann, das ist nicht nur ein Gebot der Freundschaft, sondern auch eine praktische, ja, eine effiziente Maßregel für dauerhaft gute Geschäftsbeziehungen. Eine Hand wäscht die andere, sagt der Volksmund!« Ich nehme an, mit einer ähnlich pompösen und jovialen Einleitung nahm Wendland damals Anlauf, um mir im Folgenden von Friedrich Welz, einem österreichischen Kunsthändler zu erzählen und mich auf ein Geschäft vorzubereiten, das mir im Laufe der folgenden Jahre regelmäßige Aufträge einbringen sollte. Mit solchen Schachzügen vernetzte Wendland die Erkenntlichkeiten und Schuldigkeiten seiner Bekannten oder Geschäftspartner. Indem er mir interessante Aufträge verschaffte, versicherte er sich meiner, und konnte davon ausgehen, dass ich über seine nicht immer astreinen Aktivitäten hinwegsehen würde. Er machte mich auf diese Weise auch zum Komplizen in dem gigantischen Handel mit konfiszierten Kunstwerken. Und indem er seinen Freund und Partner Friedrich Welz mit einem handwerklich sicheren Fälscher zusammenbrachte, der dessen Geschäfte ab und zu mit zusätzlichem Nachschub versorgen konnte (Nachschub mit einer besonders interessanten Gewinnspanne), stellte er auch zu ihm ein Band der gegenseitigen Dienstbarkeiten her.

Wie Hans Wendland nutzte Friedrich Welz die Gunst der Stunde, um dort Business zu machen, wo sich ein neuer, vielversprechender Markt auftat. Heute würde man sagen, es war jener zwielichtige Bereich des Kunstmarktes, der sich mit der sogenannten Beutekunst beschäftigte. Die konfiszierten Werke wurden jedoch damals nicht als rechtlose »Beute« verstanden, sondern vielmehr als Kunstobjekte, die durch eine klare, wenn auch willkürliche Gesetzgebung auf den Markt geraten waren. Es stellte sich also weniger eine Frage nach Recht und Unrecht – die Konfiszierungen waren ja rechtlich untermauert worden – als vielmehr der Moral. Auf einem anderen Blatt Papier stand die Tatsache, dass Welz zusätzlich einige gefälschte Gemälde verkaufte, wobei er sich vornehmlich auf das französische neunzehnte Jahrhundert konzentrierte, das mein Spezialgebiet war. Zwischen Frühjahr 1941 und Ende 1943 fertigte ich einige Gemälde für ihn an: im Stil von Courbet, Degas oder Corot. Das Übliche eben. Ich glaube, insgesamt acht oder neun, und wenn meine Zeit es erlaubt hätte, wären es mehr gewesen. Der Zufall wollte es, dass ich durch meine Beziehungen zu Wendland und dann zu Welz mehr mit dem schweizerischen und österreichischen Markt zu tun bekam, als mit dem deutschen. Das störte mich nicht, im Gegenteil, ich war froh, dass sich die Dinge so ergeben hatten.

Hans Wendland verkaufte in der Schweiz unter anderem die von seinem Partner Rochlitz im Jeu de Paume ausgesuchten Tauschgemälde. Auf Hans geht auch die clevere Idee zurück, die Kunstgüter wenn irgend möglich im Diplomatengepäck über die Grenze zu bringen, um den Schweizer Zoll und unangenehme verwaltungstechnische Spuren zu vermeiden. Dank seiner Kontakte und der Philosophie von der einen Hand, die gern die andere wäscht, ließ sich das immer wieder bewerkstelligen. Friedrich Welz hatte es in Sachen Zoll wahrscheinlich leichter, da Österreich ja seit dem Anschluss von 1938 zum »Reich« gehörte. Soweit ich weiß, war Welz auch nicht direkt an Tauschgeschäften mit dem Jeu de Paume beteiligt, profitierte allerdings mächtig von den günstigen Einkaufsbedingungen auf dem mit Beutekunst überschwemmten Kunstmarkt. Er kam seltener als Wendland nach Paris und agierte hauptsächlich durch Mittelsmänner, darunter ein gewisser Rudolf Holzapfel.

Gleich am folgenden Abend nach unserem Gespräch auf der Terrasse vom Hôtel de Crillon machte Hans mich mit Friedrich Welz bekannt. Kurz darauf lernte ich Holzapfel kennen. Ich meine sogar, dass ich Welz zweimal traf, bevor er mir Holzapfel vorstellte. Für Welz war es wichtig, einen sicheren Partner zu finden, er prüfte mich, fragte viel und diskutierte Anschauungen. Ich hatte das Gefühl, ein Vorstellungsgespräch bestehen zu müssen. Welz suchte einen Schwimmer im Strom, so wie er selbst einer war, der in unruhigen Zeiten vor guten Geschäften nicht zurückschreckte, oder, anders ausgedrückt, für den ein Geschäft moralisch jeweils neutral blieb, aus dem einfachen Grund, weil Geschäfte mit Moral genuin nichts zu tun hatten. Ich überlasse es der heutigen Welt, über mich zu urteilen. Welz hielt mich jedenfalls nach seinen Prüfungsgesprächen und dank der Tatsache, dass ich von Hans Wendland empfohlen worden war, für vertrauenswürdig. Nachdem er mich mit seinem in Paris ansässigen Partner Holzapfel bekannt gemacht hatte, zog er sich wieder nach Salzburg zurück.

Meist hatte ich also mit Rudolf Holzapfel zu tun. Wir duzten uns bald. Ich hatte keinerlei Interesse daran, mich selbst um den Verkauf meiner Gemälde kümmern zu müssen, und war froh, ein solch aktives Duo gefunden zu haben, für das ich noch dazu malen konnte, was mir gefiel. Auch fühlte ich mich von Österreich und von Welz' Kunden auf eine angenehme Weise weit entfernt. Ich muss an dieser Stelle gestehen, dass ich eigentlich nie an die letztendlichen Käufer dachte, sondern schlicht meine Arbeit tat. Es war mir ja noch dazu ein Vergnügen. Nicht zuletzt deshalb pflegte ich den freundschaftlichen Kontakt zu Holzapfel. Unsere Zusammenarbeit war unkompliziert und in jeder Hinsicht angenehm für mich. Mir wurde nichts anderes abverlangt, als einige meiner bevorzugten Maler zu malen, denn ich hatte wissen lassen, dass man mir keine Jagdszenen von Weenix, keinen Tizian, keinen Vermeer und Ähnliches abverlangen durfte.

Namhafte Altmeistergemälde zu fälschen, war ein Handwerk für sich. Sie wurden beim Verkauf immer einer Expertise unterzogen, und deshalb mussten zeitaufwendige Grundregeln beachtet werden. Es wäre leichtsinnig, etwa aus Bequemlichkeit modernes Titanweiß aus der Tube anstelle des alten Bleiweiß zu verwenden. Auch Kobaltblau war erst Anfang des neunzehnten Jahrhunderts auf den Markt gekommen und musste theoretisch von der Palette verbannt werden. Ich sage theoretisch, denn die Vermeer-Fälschung von Han van Meegeren konnte trotz Kobaltblau und trotz großartiger »Expertisen« an den Mann gebracht werden, zumindest an einen wie Göring. Farben und Firnis künstlich zu altern, war ein nervenaufreibendes Unterfangen, es durfte nichts schieflaufen, sonst war wochenlange Arbeit dahin. Ich erinnere mich an memorable Versuche am Küchenofen mit Gemäldeproben! Auch aus solchen Gründen malte ich alte Meister allenfalls, um bei ihnen in die Lehre zu gehen, aus Interesse an der Aneignung, und nicht, um sie als expertensichere Fälschungen zu verhökern. Denn dann hätte ich wenn möglich eine sehr alte Leinwand auftreiben müssen, mindestens aber eine, die handgewebt war und dadurch eine unregelmäßigere Struktur hatte, hätte sie visuell altern lassen oder den Kniff mit dem Doublieren anwenden müssen: nämlich so tun, als sei die »alte«, bemalte Leinwand zur Stabilisierung mit einer neuen Leinwand hinterlegt worden. Auch einen wahrhaftig betagten Keilrahmen herzustellen, war alles andere als ein Kinderspiel. Je älter die Gemälde, desto zahlreicher seine zeitweiligen Besitzer. Und die hinterließen auf den Werken ihre nicht immer leicht nachzuahmenden Sammlermarken und sonstige Stempel. Deshalb sollte ein meisterhaft gefälschtes Altmeister-Gemälde auch immer eine kunsthistorisch nachvollziehbare Lebensgeschichte bekommen, ja, die Erfindung seiner Geschichte steht eigentlich an allem Anfang, ist die Voraussetzung für seinen späteren Vertrieb. All das war mir zu umständlich. Ich bevorzugte die vergleichsweise jüngeren Künstler, die vor noch nicht allzu langer Zeit gestorben waren oder gar noch lebten, deren Werkverzeichnis nicht klar abgeschlossen war oder noch gar nicht existierte. Bei den jüngeren, selbst bei einem Courbet oder Corot, wurde in jenen Jahren auch nicht so genau hingeschaut. Noch dazu gab es plötzlich so unendlich viele ungebildete Profiteure, die Kunst kauften. Dennoch wollte ich den Anschein wahren und gute Arbeit leisten, deshalb nahm ich es genauer, als es damals notwendig gewesen wäre.

Ob es ein fertiges Gemälde abzuholen gab oder nicht, Rudolf hatte es sich bald zur lieben Gewohnheit gemacht, ein- oder zweimal im Monat samstags gegen zwölf in die Rue Lepic zu kommen. Dann plauderten wir eine Weile bei einem Kaffee, und er schaute sich meine Arbeit an. Schließlich gingen wir zum Mittagessen hinunter ins Restaurant

Coquet und ließen uns von Marcel zum Abschluss einen Cognac bringen. Mein etwas missverständlicher Vorname Isidor erregte, wie bereits gesagt, in Frankreich auch nach 1940 keinen Anstoß. Er war als katholischer Name bekannt. Vor allem aber hatte ich es ja in meiner Isidor-Schweig-Rolle nur mit ein paar sorgfältig ausgewählten Menschen zu tun. Ich konnte sie an weniger als zwei Händen abzählen und war meist schon seit vielen Jahren mit ihnen bekannt. Leute wie Welz und Holzapfel kannte ich durch Wendland, also eine exzellente Absicherung.

Friedrich Welz kaufte meine Gemälde offiziell über Rudolf Holzapfels Galerie, die fernab vom Kunstrummel in der Avenue des Peupliers am Bois de Boulogne lag, und für das Duo wie eine Gemälde-Waschanlage funktionierte. Wenn ich Rudolf beispielsweise für 2500 Reichsmark eine virtuose *Landschaft mit Kaskade* von Courbet geliefert hatte, selbstverständlich signiert und in meiner Erinnerung ungefähr 40 auf 50 Zentimeter groß, dann kaufte Friedrich Welz ihm das Bild für 3500 Reichsmark ab. Holzapfel strich später zusätzlich eine Beteiligung am Gewinn des Weiterverkaufs in Österreich ein. Alle Gemälde, die ich im Laufe des Jahres 1941 für Holzapfel beziehungsweise Welz anfertigte, landeten zunächst einmal in der Ausstellung »Französische Kunst des neunzehnten Jahrhunderts«, die Welz das ganze Jahr über in seiner Salzburger Galerie organisiert hatte. Aus den Gesprächen mit Rudolf entnahm ich, dass der Erfolg großartig war und manche Bilder innerhalb von wenigen Tagen verkauft wurden. Der Durchlauf war also stattlich, und das war sicher einer der Gründe, warum mit ein paar Kopien nachgeholfen werden musste.

Um mein Beispiel von der Courbet'schen *Landschaft mit Kaskade* zu Ende zu führen: Das Gemälde kam für den Preis von 12 000 Reichsmark in den Besitz eines besonders kauffreudigen Kunden, nämlich der Salzburger Landesgalerie, die wie viele andere Museen die Gunst der Stunde nutzte – nämlich ein reichhaltiges Angebot zu sehr korrekten Preisen –, um ihre Bestände zu erweitern, wobei auch etliche Werke aus den konfiszierten Sammlungen angekauft wurden. Die Salzburger Landesgalerie besaß mein Gemälde bis mindestens Ende der vierziger Jahre, im guten Glauben, es sei ein echter Courbet. Danach habe ich seine Spur wie die meiner anderen Gemälde nicht mehr weiterverfolgt.

Meine Auftraggeber Welz und Holzapfel hatten natürlich längst nicht nur Fälschungen im Angebot, sondern in der Regel Originalwerke, die zu jener Zeit allerdings aus Geschäften mit Beutekunst stammen konnten. Welz blieb durch seinen Unterhändler Holzapfel als Ehrenmann im Hintergrund und konnte sich im Zweifelsfall, sollte der Wind drehen, auf ihn berufen: Er sei von seinem Pariser Galeristen getäuscht worden. Holzapfel wiederum hatte beste Kontakte im Nazi-Milieu und war dadurch erst einmal abgesichert. Sofort nach dem Krieg, als es für ihn brenzlig zu werden drohte, wanderte er in die USA aus. Wir hatten den Kontakt zueinander schon abgebrochen. Welz konnte sich in der Nachkriegszeit hinter dem Argument verstecken, dass er nur bei den besten Pariser Händlern gekauft habe, im guten Glauben, ihnen vertrauen zu können. Nach einer kurzen Internierung konnte man ihm nicht viel nachweisen, und er fädelte sich wieder mühelos in die Salzburger Kunstszene ein, als Kunsthändler, Verleger, Sammler, Mäzen und als ehrbarer Bürger. Und Isidor Schweig, der so einige Fälschungen für das Duo Welz & Holzapfel gemalt hatte? Isidor Schweig existierte nach dem Krieg nicht mehr. Er hatte die wenigen Gemälde, die noch in der Rue Lepic geblieben waren, bis auf ein einziges (allerdings mysteriöses) Gemälde verkauft, und schlüpfte vollends in das Kostüm von Viktor Emanuel Wagfall zurück.

## *Foto II*

Der Blick von der Terrasse des Hôtel de Crillon auf die Place de la Concorde: Linker Hand liegen die Tuilerien-Gärten mit der Orangerie und dem Jeu de Paume, im Hintergrund des weiten Platzes die Seine mit dem Gebäude der Nationalversammlung und auf der rechten Seite die zartgrün knospenden Kastanienbäume der Avenue des Champs-Élysées. Nach rechts hin wird das Foto auch ein wenig unscharf, die Frühlingswipfel der Kastanien verschwimmen zu einem frischen Hauch, im Gegensatz zu den mineralischen Farben des Kopfsteinpflasters, der sandfarbenen Gebäude und der noch kahlen Bäume in den Tuilerien. Erst auf den zweiten Blick nimmt man eine Überblendung wahr, die Konturen eines männlichen Kopfes. Ein lächelndes Gesicht mit dunklen Augen, dunklen Brauen, dunklem Haar schwimmt in diesem Bild, als würde ein Phantom versuchen, sich darin zu materialisieren, oder als würde ein Geist über der Place de la Concorde schweben.

Wie Gemälde können Fotografien eine Geschichte erzählen, die über den Bildausschnitt und über das Reproduzierte hinausgeht. Auch ein Foto birgt, trotz seiner Augenblicklichkeit und der Realität des Abgebildeten, eine eigenwillige, geradezu aufsässige Neigung zur Fiktion. Die Wahl der technischen Mittel (Filmmaterial, Farbe, Belichtung, Textur, Schärfe etc.), des Ausschnitts, des Lichts oder der Schatten, schließlich dann der Sekunde, in der auf den Auslöser gedrückt wird, geben der dargestellten Szene ihre definitive Orientierung, führen das Foto über die Abbildung hinweg in eine mögliche Geschichte hinein. Nachdem der Fotograf seine Arbeit beendet hat, liegt es am Betrachter, ob er die Aufmunterung zum Fabulieren annehmen möchte. Die im Bild angedeutete, im Gegenständlichen umrissene Geschichte lässt ihn am Sichtbaren entlang ins Unsichtbare spinnen und auf diese Weise aus dem vorgegebenen Rahmen hinausdenken. Karolin interessierte sich nicht für die Realität des Dargestellten, für eine visuelle oder soziale Wahrheit, sondern für die Erzählung, die ein Foto entstehen ließ.

Deshalb hatte sie eine Vorliebe für Serien. Selbst wenn jedes Foto schon allein und unabhängig von anderen eine mehr oder weniger augenfällige Geschichte in sich trug, bereicherte die Serie jedes einzelne Bild noch zusätzlich durch seine Wechselwirkung mit den anderen Bildern. Mit der Serie *My home is my castle* hatte Karolin Häuser und deren Eigentümer dargestellt, sie hatte die Bewohner gebeten, sich in einer selbst erdachten Pose vor ihrem Haus abbilden zu lassen, und erst die Reihung der mehr als zwanzig zuletzt ausgewählten Fotos der Serie offenbarte die Intensität einer Mimikry zwischen Architektur und Dekoration des Hauses und der persönlichen Ausstrahlung seiner Bewohner. Sogar Formen fanden ihre Analogie, wie das klotzige, nüchtern graue Haus dem schweren, kantigen Mann mit grauer Haut entsprach, der sich breitbeinig und doch unsicher vor seinem Eigenheim aufgestellt hatte. Eine Last schien auf ihm zu liegen wie die dunkle Wolke, die sich über dem Dach zusammenballte.

Die Eigentümer und ihre Häuser porträtierten sich gegenseitig, es war, als ob Bewohner und Heim unbewusst eine sich spiegelnde Identität bildeten. Ein hutzelhäutiges, während eines sicher harten Lebens eingeschrumpftes Paar mit schlohweißem Haar, aber einem Blick, der eher an zwei Schulkinder denken ließ, posierte in einem winzigen Haus, das aussah, als sei es für ein Märchenbuch gemalt worden. Der alte Mann und die alte Frau schauten aus den beiden Fenstern, die die Haustüre flankierten und hölzerne Blendläden hatten. Ein Herz in der Türe, eine Katze auf der Fußmatte, wilde Rosen und Lupinen im Beet, Stiefmütterchen in den Blumenkästen. Die Blendläden, Fensterrahmen und Haustüre waren schlumpf-blau gestrichen. Karolin hatte in Schwarz-Weiß fotografiert, wie immer, wenn sie frei wählen konnte, aber das innere Auge sah die Farben in den Aufnahmen. Die beiden Alten strahlten wie Gartenzwerge, drollig, ein wenig verlegen, aber doch stolz. Es war eine Bilderbuch- oder Märchenszene. Hinter diesem Foto lag eine Geschichte auf der Lauer, die liebenswert skurril, aber auch abgründig sein könnte. Steckte hinter dem entzückenden Häuschen ein Hänsel im Käfig? Das Foto von dem grauen, kantigen Mann suggerierte hingegen ein ganz anderes Szenario, Karolin nahm an, dass eine Axt darin vorkommen würde, ein dunkelgrüner Audi 100C1 und ein eiskalter Gebirgsbach.

Wieder war Karolin dabei, an der Wand ihres Arbeitszimmers eine Serie zusammenzustellen, Fotos zum Erzählen einer Geschichte in einer bestimmten Reihenfolge mit Magneten an die Metallleiste zu pinnen. Darunter hatte sie beschriebene Seiten, Zettel und gelbe Post-it-Blättchen mit einem Satz oder einer Zeichnung mit Tesastreifen auf die Tapete geklebt. Obwohl sie diesmal auch einige Moleskine-Notizhefte vollschrieb. Sie schrieb, weil die Aufzeichnungen ihres Vaters sie gewissermaßen ins Wort zwangen, und doch konnte sie vom Bild nicht lassen. Deshalb also wieder eine Serie. Sie wollte am Ende bei der *Odalisque assise* ankommen, dann bei Paris im Fenster ihres Arbeitszimmers. Und damit bei ihrem Vater. Diesmal war es die Geschichte einer Suche nach dem Ursprung.

*Woher kommen wir? Wer sind wir? Wohin gehen wir?* hieß ein Gemälde von Paul Gauguin – unmöglich, diese Fragen nicht zu stellen, diese Suche nicht eines Tages aufzunehmen. Sie wollte die Spuren ihres Vaters hier in Paris inventarisieren, auf der Fährte seiner Geschichte begab sie sich zugleich auf die Suche nach ihrer eigenen Geschichte. Und doch konnte sie nur Spuren nachgehen, die er hinterlassen hatte. Sie bestanden statt aus klaren Zeichen vielmehr aus Verwischungen und Leerstellen – was längst kein Widerspruch war. Es konnte geradezu kennzeichnend für Spuren sein, dass sie zum Verwischen der eigentlichen Fährte gesät wurden. Viktor hatte seinen Kindern den zwielichtigen Isidor Schweig als spät enthülltes Vermächtnis mitgegeben und damit eine neue Perspektive auf den Vater. Jetzt macht etwas daraus, hatte er vermutlich zu sich gesagt und sich ins Fäustchen gelacht, jetzt gehört sie euch, die Deutung der Welt, an euch ist es nun, den Faden von der Vergangenheit in die Zukunft zu spinnen. Mit einem Rätsel abzutreten war immerhin interessanter als mit einer Definition: Nazi oder Nicht-Nazi, Maler oder Nicht-Maler? Kopist? Fälscher? Viktor und Isidor. Je weiter Karolin auf ihrer Suche vorankam, desto weniger wusste sie von ihm. Vielleicht führte sie der Versuch, sein Rätsel zu lösen, nur im Kreis, einmal um Viktors und Isidors Geschichte herum, und dann stand sie am Ende plötzlich nicht etwa vor ihm, dem endlich ergründeten Vater, sondern vor niemand anderem als vor sich selbst.

Schon seit Jahren hatte Karolin keinen Fuß mehr in das Viertel gesetzt, das damals »Französisches Florenz« genannt wurde. Die Bezeichnung hatte sie nie zuvor gehört und in Viktors Aufzeichnungen zum ersten Mal gelesen. Wieder stieg sie an der Place de la Concorde aus, und als sie von der Metrostation mit der Rolltreppe ans Tageslicht fuhr, sah sie das Jeu de Paume auf seiner Anhebung hinter den ersten, noch kahlen Baumreihen des Jardin des Tuileries liegen. Frühling lag in der Luft, in den nächsten Tagen würden sich die ersten dünnen Blättchen entfalten. Karolin ging am Hôtel de Crillon vorbei, schaute sich die elegante Fassade an und bemerkte die Terrasse über dem hohen, säulengestützten Bogengang, auf der

Viktor oder vielmehr Isidor damals mit Hans Wendland und Charlotte gesessen hatte. Das war im Frühling 1941 gewesen. Ihr Vater war am vierten April gerade siebenundzwanzig Jahre alt geworden. Am 4. 4. 1914 war er geboren worden. Hinter der Terrasse und den mächtigen Fenstern musste sich die Suite befinden, in der er Gemälde von Braque und Corot, vor allem aber *Madame Camus am Klavier* von Edgar Degas betrachtet hatte, bevor Wendland das Gemälde in die Schweiz schmuggelte.

Karolin hatte ihre Bitte, von dieser Terrasse aus ein paar Fotos machen zu dürfen, durch das Vorlegen ihres Presseausweises unterstützt. Ein junger Mann begleitete sie schließlich in die sogenannte »Präsidenten-Suite«, in der – wieder? noch immer? – ein schwarzglänzender Stutzflügel stand. Als Karolin auf die Terrasse trat, fiel ihr auf, dass sich tatsächlich seit 1941 nichts Wesentliches an der Perspektive auf die Stadt verändert hatte. Kein neues Gebäude war hinzugekommen. Genau diesen Blick hatte ihr Vater (der Isidor-Vater) gehabt, als er mit Hans und Charlotte hier gesessen hatte. Nur die Autos und Fahrräder waren nicht mehr dieselben, die Mode, der Verkehr und die Geräuschkulisse hatten sich verändert. Karolin stellte sich die riesigen, rot-schwarzen Hakenkreuzfahnen vor, die entlang der Rue de Rivoli im Wind schlugen. Absperrungsgitter mit SD- und Wehrmachtposten sicherten die deutschen Interessen. Im Crillon hatte auch die Verwaltung des Militärgouverneurs von Paris gesessen – ohne ausgezeichnete Beziehungen hätte sich Hans Wendland hier nicht einquartieren können. Das »Hôtel de la Marine«, das gleich nebenan gelegene Stadtpalais für die französische Marine, war sinnfällig vom deutschen Marineministerium besetzt worden. Einen Steinwurf entfernt, in der Rue de Rivoli, hatte sich der Gouverneur von Paris im Hotel Meurice eingerichtet. Auf der anderen Seite der Place de la Concorde, ein Stück weit die Champs-Élysées hinauf, befanden sich das Oberkommando der Wehrmacht und die

Propagandastaffel von Groß-Paris. Das Crillon lag damals mitten im Machtzentrum der Naziherrschaft.

Als Karolin neben der amerikanischen Botschaft in die Rue Boissy d'Anglas einbog und sich allmählich dem Élysée-Palast näherte, befand sie sich wieder wie in einer besetzten Zone, diesmal in der Gegenwart, derart heftig war das Polizeiaufgebot rund um den Präsidentensitz. Nur, dass es sich jetzt um den Schutz des französischen Machtzentrums und der benachbarten Botschaften handelte. Gegenüber vom Élysée stieß Karolin auf eine erste Spur vom ehemaligen Galerienviertel: Alexandre Popoff. Noch immer befand sich eine Galerie gleichen Namens im Haus Nummer 86. Vor dem Krieg handelte Popoff mit russischer Kunst und Antiquitäten aller Art. In den dunklen Zeiten der Besatzung und Kollaboration pflegte er auch zu deutschen Unterhändlern Kontakt. Unter anderem hatte er mit dem Berliner Kunsthändler Werner Grote-Hasenbalg zu tun, der auf Orientteppiche und preziöse Gobelins spezialisiert war und sich in Paris für seine deutschen Kunden (Unternehmer, repräsentationsfreudige Aufsteiger im Nazisystem, Ministerien etc.) mit edlen Stücken eindeckte. Heute sah es bei Popoff still aus, der Laden war geschlossen, »Termin nach Vereinbarung« stand auf einem Schild an der Tür.

Nicht weit von Popoff hatte Sotheby's im Gebäude der ehemaligen Galerie Charpentier seine Pariser Zweigstelle, ansonsten war dieser Teil der Rue du Faubourg Saint-Honoré eher von Mode als von Kunst geprägt. Erst hinter der Place Beauvau mit dem Innenministerium änderte sich die Stimmung allmählich. Die Boutiquen wichen eleganten Antiquitätenläden und hochkarätigen antiquarischen Buchhandlungen. Eine Reminiszenz vom »Französischen Florenz« war in diesem Viertel zu spüren, aber nur wie ein Nachruf aus längst vergangenen Glanzzeiten, eine leise Staubschicht schien auf all den Vasen, Gemälden und Büsten, den Kommoden und Sesseln zu liegen. Die Avantgarde war hier nicht mehr vertreten. Wie in allen Metropolen wanderten die Galerien, die die Zeitgenossen vertraten, mit den Jahrzehnten und ihren Moden in andere Stadtviertel.

In all den Jahren, die sie nun schon in Paris lebte, war Karolin nur selten durch diese Straßen gekommen. Deshalb wusste sie nicht einmal, dass die damals so berühmte Galerie Bernheim-Jeune noch immer existierte. Zu ihrer Überraschung schien sich nichts verändert zu haben, außer den ausgestellten Künstlern natürlich. Sogar das Schild über dem Eingang stammte sichtlich noch aus den sorglosen Zeiten vor dem fatalen Jahr 1940. *Bernheim-Jeune* stand darauf und dann: *Tableaux Modernes*. Alles war geblieben wie damals, als die Brüder Josse und Gaston überstürzt vor den Nazi-Besatzern fliehen mussten, als ihre Galerie geplündert und unter Zwangsverwaltung gestellt wurde. Aber genauso hatte auch Karolins Vater die Galerie schon 1936, während seines ersten Paris-Aufenthaltes erlebt. Durch das schwere Art-déco-Tor war Viktor eingetreten wie heute Karolin und hatte dann in dem großen, hallenden Ausstellungssaal gestanden. Schlicht und schmucklos war er, mit hellbeigem Marmorboden und einer Kassettendecke aus Milchglas, die in indirekter Beleuchtung ein sanftes, weißgraues Licht verbreitete. Am Kopf des quadratischen Raumes, dem Eingang gegenüber, schloss sich ein etwas intimerer Salon in Form einer Rotunde an, in dem kleinere Formate gezeigt werden konnten. Eine Treppe führte zu den Ausstellungssälen im ersten Stock. Die Ausstattung war durchgehend im Art-déco-Stil der zwanziger Jahre gehalten, mit schmiedeeisernen Geländern, Handläufen aus Messing, gradlinigen Sesseln und schnörkellosem Mobiliar.

Hier hatte Karolins Vater 1936 wahrscheinlich die Ausstellung mit Aquarellen von Raoul Dufy gesehen, außerdem Gemälde von Bonnard, Chagall, Matisse oder den Neoimpressionisten Paul Signac und Henri-Edmond Cross, die alle bei den Brüdern Bernheim-Jeune unter Vertrag standen. Auguste Renoir war seit Jahrzehnten ein enger Freund des Hauses, er hatte die gesamte Familie porträtiert und vielleicht konnte man durch eine geöffnete Tür *Madame Josse Bernheim-Jeune et son fils Henry* an der Wand eines Büroraumes erkennen oder *Madame Gaston Bernheim de Villers*. Edouard Vuillard hatte mindestens zehn Porträts von den Brüdern und ihrer Familie angefertigt und sicherlich befanden sich ein oder zwei in den vertraulicheren Ausstellungsräumen im ersten Stock. Ein erstaunliches, von Pierre Bonnard gemaltes Doppelporträt der Brüder hängt heute im Orsay-Museum. Man sieht die beiden in ihrem Büro an einem mit Zetteln und Papierkram übersäten Schreibtisch sitzen. Ob Viktor, oder vielmehr Isidor, es hier betrachtet hatte? Auf jeden Fall kam er regelmäßig bei den Bernheims vorbei, um noch weitere Bonnard-Gemälde zu studieren, all die, die nicht bei Georges Wildenstein oder Paul Rosenberg in der benachbarten Rue de la Boétie ausgestellt waren.

Gleich im Frühherbst 1940 beschlagnahmte die deutsche Botschaft bei Bernheim-Jeune, dann übernahm der ERR den Job. Das Generalkommissariat für Judenfragen hatte das gesamte Gebäude enteignet und alles, was sich darin befand, war für vogelfrei erklärt worden. Die Beute wurde ins nahe gelegene Jeu de Paume gebracht. Josse und Gaston Bernheim-Jeune waren mit Frau und den schon erwachsenen Kindern in die freie Zone geflohen. Zuvor konnten sie zumindest noch einige Gemälde in der Schweiz in Sicherheit bringen. Gaston überlebte Krieg und Verfolgung, während sein Sohn Claude nach Auschwitz deportiert wurde und nie wieder zurückkam. Josse Bernheim starb 1941 in Lyon. Seine beiden Söhne Jean und Henry konnten die dunkle Zeit überstehen und 1946 die Galerie wiedereröffnen. In all den Jahrzehnten hatten die Nachkommen nichts an der Einrichtung und Ausstattung der Galerie verändert, der Geist von Josse und Gaston war noch immer in diesen Räumen.

Karolin konnte es sich nicht anders vorstellen, als dass ihr Vater im Herbst oder Winter 1940 mindestens einmal in die Rue du Faubourg Saint-Honoré gegangen war, um herauszufinden, wie es um die jüdischen Kunsthändler und ihre Sammlungen stand. Er musste die abgesperrten und versiegelten Eingänge mit eigenen Augen gesehen haben, auch die Wachposten vor den Gebäuden der jüdischen Galerien im nahen Umkreis. Er hatte zu jener Zeit schon in Erfahrung gebracht, dass die beschlagnahmten Werke im Jeu de Paume inventarisiert und zwischengelagert wurden. Empörten ihn die Vorgänge im Galerienviertel? Berührte ihn das Verhängnis der jüdischen Kunsthändler oder interessierte er sich allein für das Schicksal ihrer Werke?

Als Karolin in der Galerie Bernheim-Jeune stand, genau in der Mitte des großen, kühlen Ausstellungsraums im Erdgeschoss, zauberte sie in Gedanken ganz andere Gemälde an die leicht vergilbten Wände, sah vor ihrem geistigen Auge jene Bilder, die damals hier hingen: von Paul Cézanne *Bildnis des Malers mit langem Haar* oder von Jean-Baptiste Corot *Venedig mit Gondel auf dem Canale Grande vor San Giorgio Maggiore.* Auch einen Van Gogh, *Vase auf gelbem Grund,* sah Karolin vor sich an der Wand, daneben *La Goulue mit ihrem Partner* von Toulouse-Lautrec, schließlich eine *Odaliske in roten Hosen* von Matisse. Es waren nur ein paar flüchtige Visionen, nur ein paar Gemälde, die sie in Gedanken zu retten versuchte und die stellvertretend für die vielen anderen geraubten Gemälde standen. Weil sich nichts Entscheidendes an Ausstattung und Einrichtung der Galerie Bernheim-Jeune geändert hatte, empfand Karolin in diesen Räumen etwas Konkretes, sinnlich Wahrnehmbares, als würde die Vergangenheit noch in allen Poren und Partikeln nisten, als wäre sie wie ein faszinierender böser Geist, den keine Zeit danach, und sei sie noch so lang, vollends austreiben könnte. Der Raum vibrierte im Spannungsfeld unvereinbarer Extreme, zwischen dem kreativen Zauber, den moderne Maler auf Leinwand gebannt hatten, und der Niedertracht habgieriger Menschen. Karolin setzte sich in einen Sessel und schloss die Augen. Sie wusste, was damals hier geschehen war, und konnte sich die Einzelheiten vorstellen, die Szenerie der Plünderung mit ihren hallenden Geräuschen im halb leeren Raum: mit den eifrigen Stimmen und deutschen Wortfetzen, dem Klacken der Stiefel und Poltern der Transportkisten. Vor ihrem geistigen Auge standen junge Männer in strammen Uniformen mit zum Hitlergruß gestreckten Armen und strengen Haarschnitten (aber einer Locke in der Stirn). Auf dem Boden flogen Papiere, Dokumente, Bücher und Ordner umher, Schränke standen offen, Kisten und Packpapier überall, Träger liefen ein und aus. Vor der Tür wurde ein Lastwagen mit Cézanne und Corot, mit Van Gogh und Matisse beladen. »Herrenlos« war alles geworden. Die alten Herren des Hauses waren weg. Wohin? Die Frage wäre ein Allgemeinplatz gewesen, jeder hätte sie sich stellen können. »Weg eben!« reichte aber aus. Stolz und überzeugt waren sie vertrieben worden, ersetzt durch den aus dem Ei gepellten Ungeist der neuen Herren und durch ihre unstillbare Gier.

Überall hatten dieselben Inszenierungen stattgefunden, ob in Deutschland, Polen oder der Ukraine, ob in den Niederlanden, in Belgien oder Frankreich: Entrechtung, Vertreibung, Deportation, dann das systematische Plündern von allem, was hinterlassen wurde, von Kunstwerken, Schmuck, Musikinstrumenten bis hin zu Möbeln, Kleidern, Haarbürsten, Kaffeetassen. Hierarchisch wurden die Brocken verteilt, die Großen bekamen die besten Brocken, die Mittleren die zweite Wahl, die Kleinen kriegten noch das Letzte ab, das Banale wie Zuber, Hose, Unterrock und Geschirrtuch. Jeder Deutsche bekam etwas zu picken. Wer nicht mitpickte war suspekt. Hitchcocks Vögel kamen Karolin in den Sinn, ein Sturz von schwarzen Vögeln, so viele, dass auch der Himmel ganz schwarz wurde. Sie stürzten auf die gelben Sterne nieder. Wie feuchtkalter Moder – schleichende Scham, die man nicht spüren mochte – muss die volkseigene Widerlichkeit in den Knochen der Menschen gesteckt haben, die aus dem Schutt dieser Zeit wieder hervorkamen, die das *irgendwie,* so oder so, mitgemacht und überlebt hatten. Bis unter Karolins Haut kroch der Schimmel der deutschen Väter, der deutschen Mütter – ihres »Volkes«.

Und was werden wir unseren Kindern hinterlassen? Als Karolin in der Galerie Bernheim-Jeune saß, ganz allein in dem großen, stillen Raum, und wieder die Augen öffnete, überlegte sie, was für eine Welt ihre Generation hinterlassen würde. Mit unumstößlicher Sicherheit würde die Erbschaft alles andere als glorreich sein. Und danach, weil es vielleicht doch noch ein Danach gäbe, würden wieder die Stimmen der Mehrzahl rufen, dass sie »es« nicht gewusst hatten, dass »es« zuvor undenkbar gewesen sei und dass sie dann plötzlich machtlos waren. Aber Desaster waren kollektiv und entsprachen am Ende immer nur der Summe aller freiwilligen Faulheiten und individuellen Feigheiten.

## 21

An jenem Abend im Frühjahr 1941 plauderten wir – Hans Wendland, Charlotte und ich – noch eine Weile auf der Terrasse, dann trieb uns die aufsteigende Kühle der Vorfrühlingsnacht hinein. Ich sehe mich noch heute nonchalant im Schneidersitz auf einem weichen Orientteppich sitzen, vor mir an der Wand lehnten die drei Gemälde, die Hans gerade von seinem Tauschgeschäft mit dem ERR aus dem Jeu de Paume herübergebracht hatte. Ich betrachtete sie, dann nahm ich eines nach dem anderen auf, stützte es auf dem Boden ab, um es unter den Lichtkegel einer Stehlampe zu halten und die Pinselführung studieren zu können – ein köstliches Gefühl. Das Stillleben von Braque stellte ich bald zurück, aber Corots *Madame Stumpf und ihre Tochter* war ein Erlebnis für mich. Es war selten genug, dass ich Originale regelrecht in die Hand nehmen konnte, sie berühren, sie herumdrehen, mit dem Finger die Farbstruktur erfühlen, die Farbschichten und deren Konsistenz erahnen. Eine solche Chance bot sich nicht jeden Tag. Hans würde sie bald mit sich in die Schweiz nehmen, und es war mit ziemlicher Sicherheit das einzige Mal in meinem Leben, dass ich diese Gemälde aus nächster Nähe betrachten konnte.

Charlotte und Hans saßen aneinandergeschmiegt hinter mir auf dem länglichen Klavierhocker, den Flügel im Rücken, und schauten mir über die Schulter, als ich zuletzt *Madame Camus am Klavier* ans Licht hob. Die spiegelbildliche

Situation mit Charlotte berührte mich. Nur kurz zuvor hatte ich ihr beim Spielen zugeschaut, hatte mich die Vertrautheit in ihrem Blick überrascht und zugleich verwirrt. Vor mir auf dem Gemälde saß nun Degas' *Madame Camus* auf einem Klavierstuhl, deren fragender, allerdings fast misstrauischer Blick von einer wundervollen Spontaneität war. Ich hatte das Gefühl, dass der Teppich, auf dem ich saß, ganz sanft und wogend vom Boden abhob.

Degas' Gemälde erscheint zunächst düster und streng, aber wenn man genauer hinschaut, bemerkt man, dass es ein sehr persönliches Porträt ist. Die vielen Braun- und Schwarztöne erwärmen sich durch die Intimität der Szene, und durch diese zarte, aber fragende Unwillkürlichkeit, mit der Madame Camus den Betrachter in ihrem Klavierzimmer empfängt. Im Hintergrund liegt ein unordentlicher Stapel Notenhefte. Vermutlich wurde sie gerade in ihrem Spiel unterbrochen, denn sie scheint sich eher unwillig dem Betrachter zuzuwenden. Am Boden liegt ein zum Glück etwas farbenfroheres Kissen, wobei es den Anschein hat, als habe kurz zuvor jemand zu ihren Füßen auf diesem Kissen gesessen und ihr zugehört. Böse Zungen würden jetzt einwerfen, dass ich meine eigenen Wunschvorstellungen in das Gemälde projizierte, indem ich ja nur in jenem Moment selbst auf einem Kissen zu Füßen der klavierspielenden Charlotte hätte sitzen wollen. Aber nein, auch mehr als fünfzig Jahre später meine ich – das Gemälde diesmal leider nur in einem Bildband betrachtend –, mit meiner damaligen Intuition recht gehabt zu haben. Aus dem einfachen Grund, weil das Kissen an der Stelle, an der es liegt, sonst keinerlei Sinn machen würde. Es liegt auf dem Parkettboden, gleich neben dem Klavierstuhl, und hätte der Pianistin nicht einmal als Fußwärmer dienen können, weil sie sonst die Pedale nicht mehr betätigen konnte. Auf dem Klavier stehen zwei kleine, farbige Figurinen, die eine wirft einen Schatten, der größer ist als die Figur selbst, und dadurch den Standort eines Kerzenleuchters oder einer Lampe außerhalb des Bildes erraten lässt.

Die Pinselführung ist an manchen Stellen durchaus akkurat, aber an anderen fast grob. So sind die Hände nur angedeutet, erscheinen wie Stümpfe, was gerade bei der Darstellung einer Klavierspielerin erstaunlich wirkt und mit Sicherheit kein Zufall sein kann. Auch auf Eile oder etwa Nachlässigkeit bei der Ausführung lässt sich eine solche ästhetische Entscheidung nicht zurückführen, außer, man möchte dem Maler unrecht tun. Zumal die Noten im aufgeschlagenen Notenheft von ganz besonderer Deutlichkeit sind, ebenso wurden der üppige Goldrahmen des venezianischen Spiegels über dem Klavier (in dem sich nichts als die nackte Wand spiegelt) oder die Muster im Teppich und im Kissen mit Sorgfalt und Detailfreude ausgeführt. Es erscheint mir unmöglich anzunehmen, dass Edgar Degas nicht in der Lage gewesen wäre, die Hände »richtig« zu malen, wenn es ihm im selben Bild gelingt, einen solch emotional fein abgestuften Blick in das blasse Gesicht der Madame Camus zu zaubern. Im Betrachter rufen die undeutlichen Hände eine diffuse Unruhe hervor. Sie sind wie eine Bedrohung für die Klavierspielerin, sie scheinen sogar eine Art Eigenleben im Bild zu führen, als gehörten sie nicht vollständig zur porträtierten Dame.

Charlotte war begeistert von meiner Interpretation. Das Gemälde wurde übrigens ausgerechnet aufgrund der Handstümpfe nicht in die Ausstellung des jährlichen Pariser *Salon* zugelassen. Meiner Ansicht nach sind es gerade diese Handstümpfe, die Degas' Genie bestätigen. Nahezu im Mittelpunkt des Gemäldes, auf der Brust der Klavierspielerin und dort, wo vermutlich ihr Herz schlägt, schillert eine blaue Schleife. Das Bild ist ein Meisterwerk. Degas malte übrigens nie Porträts als Auftragsarbeit, sondern nur und oft spontan Bildnisse von Freunden, Familienmitgliedern, von ihm nahestehenden Menschen. Was Madame Camus betrifft, so war sie die Frau eines engen Freundes und eine tatsächlich begnadete Pianistin. Undenkbar also, dass sie nicht einen besonderen Bezug zu ihren Händen gehabt hätte.

Damals konnte ich die gesamte Geschichte des Gemäldes noch nicht kennen. Ich wusste nicht einmal, aus welcher Sammlung es beschlagnahmt worden war. Wendland war sicherlich auf dem Laufenden, aber er hütete sich, mir zu viele Einzelheiten über die Vorgehensweise des ERR mitzuteilen. Dass ich so einiges von ganz anderer Seite, nämlich von Rose Valland erfuhr, konnte er nicht ahnen. Das Bildnis der *Madame Camus*, heute weiß ich es, hatte Alphonse Kann gehört, der es 1918, nach dem Tod von Degas, direkt aus dessen Hinterlassenschaft gekauft hatte. Alphonse Kann stammte aus einer jüdischen Bankiersfamilie und war reich genug, sich mit dreißig Jahren aus dem Berufsleben zurückziehen zu können, um sich vornehmlich den ästhetischen Seiten des Lebens zu widmen. Er war ein Jugendfreund von Marcel Proust, sie besuchten dasselbe Gymnasium und blieben auch später Freunde. Alphonse Kann lässt sich in Prousts Romanfigur Charles Swann wiedererkennen. Er war mehr als ein Dandy, nämlich ein Pariser Dandy, was so viel heißen will wie elegant und mondän zugleich, in den besten Kreisen verkehrend, aber unkonventionell in der Wahl seiner Freunde, hochgebildet und ein subtiler Kenner, ja, ein emphatischer Liebhaber der Künste.

Nicht alle Sammlungen ließen sich so leicht und reibungslos beschlagnahmen, wie die von Alphonse Kann. Er hatte schon 1938 begriffen, dass es gefährlich war, in Frankreich zu bleiben, und war nach London ins Exil geflohen, wo er bis zu seinem Tod zehn Jahre später lebte, ohne noch ein einziges Mal nach Paris zurückzukehren. Seine kolossale Sammlung ließ er in seiner Stadtvilla in Saint-Germain-en-Laye im Westen von Paris zurück. Die Spezialisten vom

Einsatzkommando brauchten also im Herbst 1940 nur mit Lastwagen vorzufahren und das Haus auszuräumen.

Laut dem Inventarverzeichnis des ERR wurden mehr als 1200 Objekte abtransportiert, von Gemälden alter Meister bis hin zur Malerei der Moderne, von Renaissance-Gobelins über orientalische Kunst bis hin zu wertvollen Handschriften. Die kunsthistorischen Experten, allen voran Bruno Lohse, die von Göring beauftragt worden waren, die Perlen der Sammlung sofort für ihn selbst und für Hitler herauszupicken, hatten alle Schwierigkeiten der Welt, mit der Inventarisierung fertig zu werden. Zu viel Kunst wurde täglich aus den jüdischen Häusern angeschleppt, sodass die Mitarbeiter vom ERR mit dem Zuordnen, dem Messen, Prüfen, Fotografieren und Auflisten, schlicht und einfach nicht nachkamen. *Madame Camus am Klavier* bekam vom ERR die Inventarnummer KA 989. Ich bemerkte sicherlich die Aufschrift, als ich das Gemälde bei Hans Wendland betrachtete und dabei natürlich auch umdrehte (auf Details wie Stempel, Beschriftungen oder Siegel zu achten, gehörte zu meinem Handwerk), hatte aber zu jener Zeit noch keine Ahnung, dass KA für die Sammlung Alphonse Kann stand.

Degas' Bildnis von *Madame Camus* landete nach seiner Beschlagnahmung wie unzählige andere Gemälde im Jeu de Paume. Dort tauschte es der ERR mit elf weiteren Gemälden gegen zwei alte Meister ein, die für Hermann Görings Privatsammlung bestimmt waren: den Jan Weenix und den fragwürdigen Tizian, die ich schon erwähnt habe. *Madame Camus* war nun im Besitz des Kunsthändlers Hans Wendland, der das Bild im Diplomatengepäck in die Schweiz brachte. Wendland, in Lugano ansässig, arbeitete eng mit der Luzerner Galerie von Theodor Fischer zusammen. Er verkaufte *Madame Camus* an Fischer und der wiederum bot das Gemälde einem potenten Kunden an, nämlich dem Kanonenhersteller und Waffenfabrikanten Emil G. Bührle.

Der gebürtige Deutsche hatte die Oerlikon Waffenschmiede bei Zürich gekauft und war 1936 Schweizer Staatsbürger geworden. Seine Geschäfte liefen in Weltkriegszeiten verständlicherweise glänzend, er wurde sogar binnen weniger Jahre zum reichsten Mann der Alpenrepublik. An Geld fehlte es ihm also nicht, und sicherlich wollte Bührle, der in seiner Jugend in Deutschland einige Semester Kunst studiert hatte, sein unleidliches Metier sublimieren, indem er sich in seinen Mußestunden der Kunstsammlerei hingab.

In die Schweizer Heimatgeschichte ist Bührle dank seiner Sammlung nachhaltig positiv eingegangen, denn noch heute wird er für seine wunderschöne Zürcher Museumsstiftung geehrt. Bührle kaufte mit *Madame Camus am Klavier* immerhin eines der Hauptwerke von Degas. Der Schweizer Waffenexporteur hatte Geschmack und gute Berater, denn er erwarb die schönsten Corots, Pissaros oder Manets, die Hans Wendland beziehungsweise Theodor Fischer im Tauschgeschäft mit dem Jeu de Paume hatten auftreiben können. Einen ehrlichen Zweifel hinsichtlich der Herkunft solcher Werke konnte niemand haben, der sich als Experte verstand. Sie waren von den deutschen Kunstjägern abgestempelt worden und trugen meist die Kürzel ihrer Herkunfts-Sammlungen. Noch heute sind so manche ehemalige Beute-Gemälde in Zürich im Museum der Stiftung des Waffenfabrikanten Bührle zu bewundern. Nach langen Bemühungen und Prozessen der jüdischen Vorbesitzer beziehungsweise deren Erben wurden einige Bilder, die sich in der Stiftung befanden, zurückerstattet. Andere wurden durch Auszahlung der tatsächlichen Besitzer noch einmal gekauft, diesmal rechtmäßig. Auch die Erben von Alphonse Kann wurden in den fünfziger Jahren, als sie ihrer *Madame Camus* auf die Spur kamen, ausbezahlt, allerdings unfreiwillig und erst nachdem sie einen Prozess angestrengt und gewonnen hatten. Die Stiftung Bührle ist daher heute legale Besitzerin des Gemäldes.

Dennoch. Als ich vor einigen Jahren nach Zürich reiste und durch die Säle des Museums ging, geschah etwas Seltsames in meinem Körper. Ich schaute die soliden Landschaften Cézannes an (als habe er sie mit dem Pinsel aus der Farbe gemeißelt), die ätherischen Degas', die elegischen Bonnards, und gelegentlich kannte ich die Geschichte der Gemälde. Jedes dieser Bilder wurde plötzlich zu einer Klage, auch zu einer Anklage, die ich gegen mich selbst erhob. Als ich vor *Madame Camus* stand, vor dem Gemälde, das ich ganz besonders liebte und vor Jahrzehnten in meinen Händen gehalten hatte, stießen ein Schluckauf und dann ein fatales Würgen in mir auf. Es wollte mir fast den Atem nehmen. Unmöglich, es zu unterdrücken. Der rätselhafte Blick, die undeutlichen Hände wie Stümpfe. Als würde sie gleich auf mich zugehen und mich mit ihren Handstümpfen bedrohen, aus denen Finger quellen, um sich in meinen Hals zu krallen. Ich stürzte zu den Toilettenräumen und schloss mich in einer Kabine ein, damit niemand mein Gesicht sehen konnte. Bis in die letzten Zellen meines irrationalen Körpers fühlte ich plötzlich, wie eine physische Reminiszenz, den rechtlosen, von Gier und Willkür regierten Raum, in dem ich, in dem wir damals wie selbstverständlich gelebt haben. Und damals bin ich nicht daran erstickt.

Noch lange nach dem Krieg, als alles vorbei war, als man den Holocaust längst benannt und in allen Einzelheiten aufgedeckt, gezeigt, erläutert und diskutiert hatte, als auch der Kunstraub in Prozessen zu einer öffentlichen Angelegenheit geworden war, wurde weiter gefeilscht, verdeckt, versteckt, gelogen. Keiner der Beteiligten wusste mehr so recht Bescheid. Alle hatten immer gemeint, guten Wissens und ungetrübten Gewissens gehandelt zu haben, Schuld war immer ein anderer. Emil Bührle hatte seinem Kunsthändler Theodor Fischer vertraut, und Fischer hatte keinen Grund, an seinem Zwischenhändler Hans Wendland zu zweifeln,

Wendland wiederum hatte in aller Unschuld bei seinem Pariser Unterhändler Gustav Rochlitz eingekauft. Rochlitz aber war längst über alle Berge, er hatte sich, wie Holzapfel, in die USA abgesetzt.

Ja, ich habe *Madame Camus am Klavier* Anfang der neunziger Jahre im Zürcher Bührle Museum wiedergesehen. Nach meinem Anfall von Unwohlsein ging ich zurück in den Saal, um das Gemälde nun wirklich zu betrachten. Es erschien mir noch düsterer, als ich es in Erinnerung hatte, dunkler auch als der Abdruck in meinem Bildband. Vielleicht hatten sich mit der Zeit die üblichen Schmutzpartikel auf der Oberfläche festgesetzt, vielleicht täuschte mich auch die Erinnerung, und mit Sicherheit war die Abbildung in meinem Buch wie alle Abbildungen nur eine mehr oder weniger gelungene Annäherungen an die Wirklichkeit der Farbe. Aus der düsteren Grundstimmung des Gemäldes blitzte das aufgeschlagene Notenheft hell, fast leuchtend hervor und die Klaviertastatur bildete eine gelblich-weiße Linie, die das Gemälde scharf wie ein Säbel in zwei Hälften schnitt. Der spitze, weiße Hals der Madame Camus, die grelle Stirn – und wieder traf mich ihr seltsamer Blick und wieder machten mich ihre fahrigen, furchtbaren Handstummel stutzig. Über dem Klavier hing der Spiegel, der nichts spiegelte als die leere, schmierig braune Wand. Etwas Bedrohliches lag in der Luft, etwas schien im Dunkeln zu bleiben, verschleiert zu werden. Der Maler und das Modell, so stellte ich es mir vor, teilten ein Geheimnis, das niemals jemand erfahren hatte, außer dem Gemälde selbst. Das Geheimnis war in das Gemälde eingeschrieben, ihm anvertraut worden, und das Gemälde existierte nur, um Zeugnis davon abzulegen. Ohne es je zu lüften.

## Foto 12

Rue La Boétie Nummer 57. Ein elegantes Gebäude aus dem achtzehnten Jahrhundert, mit hohen Etagen und großen, oben abgerundeten Fenstern. Zwei Seitenflügel liegen direkt an der Straße, den nach hinten versetzten Mittelteil mit Vorhof und Freitreppe verschließt zur Straße hin eine schmiedeeiserne Einfriedung. Gerüste verdecken den linken Flügel des Gebäudes, Staub von Schleifarbeiten liegt in der Luft. Das Tor zum Vorhof steht offen. Ein Arbeiter geht mit einem schweren, weißen Sack auf dem Rücken die Freitreppe hinauf. Ein anderer Arbeiter sitzt mit baumelnden Beinen links auf dem Gerüst und beißt gerade in ein Baguette-Sandwich. Gleich unter ihm auf dem Bürgersteig läuft ein Fußgänger vorbei, er trägt ein gelbes Regencape. Der rechte Flügel des Gebäudes hat kein Gerüst, und jemand hat über die Gitter eines der Erdgeschossfenster eine knallgelbe Banderole gespannt. Darauf steht in großen, schwarzen Lettern: *Servitude volontaire?*

Von Bernheim-Jeune kommend war Karolin in die Rue La Boétie abgebogen. Wie so oft in Paris änderte sich das städtische Ambiente von einem Straßenzug zum anderen, nur mit ein paar Schritten hatte sie eine fließende und unsichtbare Grenze passiert, war vom gehobenen Standing des Regierungsviertels in eine belanglosere Atmosphäre geraten. In den zwanziger und dreißiger Jahren war diese Straße ein Pilgerweg zu den heiligen Stätten der modernen Kunst gewesen, von hier aus waren die letzten akademischen Fronten des neunzehnten Jahrhunderts endgültig zum Einsturz gebracht worden. Lebendig, modern, avantgardistisch war die Rue La Boétie gewesen, auf der die Galerien von Paul Rosenberg (Nr. 21), Georges Wildenstein (Nr. 57) oder Paul Guillaume (Nr. 59) lagen. Picasso, der eng mit Paul Rosenberg befreundet war – Pic und Rosi nannten sie sich gegenseitig –, lebte jahrelang im Haus Nummer 23. Er war 1918 mit Olga Chochlowa hierhergezogen und hatte in der weitläufigen, zweigeschossigen Wohnung auch sein Atelier eingerichtet. Für seine geheime Liebesbeziehung mit Marie-Thérèse Walter mietete er 1930 eine Wohnung im Haus Nummer 44. Das war praktisch. Wie oft überquerte er wohl die Straße, um heimlich von der Nummer 23 in die Nummer 44 zu schlendern, als würde er zum Bäcker gehen? Als Olga 1935 herausfand, dass sie über Jahre hinweg systematisch betrogen worden war, dass die Nebenbuhlerin noch dazu ein Kind von Picasso erwartete, war das der Anfang vom Ende ihrer gemeinsamen Geschichte. 1937 zog Picasso in die Rue des Grands-Augustins. Inzwischen war Dora Maar seine offizielle Lebenspartnerin geworden. Die Wohnung im Haus Nummer 44, mitsamt seiner Beziehung zu Marie-Thérèse, behielt er allerdings noch einige Zeit bei.

Als Karolin die Rue La Boétie auf- und abging, sah sie keine einzige Galerie mehr. Es herrschte gewöhnliches Geschäftsleben mit Immobilienagenturen, Friseurläden, Telefon- und Klamottenboutiquen, mit Zweigstellen von Banken, Imbissbuden und ziemlich tristen Cafés. Angestellte in Kostüm und Anzug standen in Grüppchen rauchend neben den Eingangstüren ihrer Firmen. Allerdings existierte das monumentale Postgebäude im Art-déco-Stil noch. Es stammte aus den zwanziger Jahren, die Fassade war mit der Zeit schmutziggrau geworden. Hier, auf dem Bürgersteig bei der damals nagelneuen Post, war Isidor Schweig zufällig in die Arme von Adèle Bertin gelaufen – oder umgekehrt. Isidor kam in Begleitung von Rose

Valland aus Wildensteins Galerie, während Adèle in entgegengesetzter Richtung die Straße hinaufging (Karolin stellte sie sich in einer sonnengelben Sommerbluse vor). Gerade hatte er zum ersten Mal aus nächster Nähe Gemälde und Skulpturen der Surrealisten bei Georges Wildenstein gesehen. Max Ernst und Salvador Dalí? Natürlich hatte ihn das verstört. Er konnte mit Picasso und Georges Braque leben, so aufgeschlossen war er längst, aber mit den Albträumen und subversiven sexuellen Landschaften von Dalí? Als Isidor die mysteriöse und so begehrenswerte Frau aus dem Café Coquet plötzlich auf sich zukommen sah, schoss ein erstaunlicher Blitz durch seinen Körper, derart unerwartet, vor allem unvorbereitet, stand er ihr gegenüber. Etwas jubelte in ihm. Er war zweiundzwanzig Jahre alt. Er wollte Maler werden. Die Zukunft war ein weites Feld, über das er sich keine unangenehmen Gedanken machte, denn jetzt, 1936, war er in Paris, und Paris war ohne jeden Zweifel die schönste Stadt der Welt. Was kommen würde, war unvorstellbar. Karolin nahm an, dass ihr Vater (oder vielmehr dieser ihr unbekannte junge Mann, der weit vor dem »Vater« lag) noch Salvador Dalí im Sinn hatte, als er Adèle plötzlich hautnah gegenüberstand. Sein Kopf fühlte sich in jenem Augenblick an wie in dem Gemälde *Die unsichtbare Harfe*, als würde ihm so ein phallisches Ding aus dem Hirn schießen, ein gummiartiger Kolben, der mit einer Gabel gestützt werden musste, so sehr nahm er überhand. Adèles Kopf hingegen war eine runde Knolle aus lauter Rosen, blumig, drall und süßlich berückend wie ein Duft, wie eine Duft-Erinnerung. Hände lagen an den Hüften der rosenköpfigen Frau, Isidors Hände umschlangen sich an ihren Hüften, ja, genau wie bei Dalís *Frau mit dem Rosenkopf*.

Auf der Rue La Boétie hatte Karolin das Gefühl, den Phantomen in ihrem eigenen Kopf zu begegnen: Isidor, Rose und Adèle vor dem riesigen Postgebäude, dann Paul Rosenberg und Pablo Picasso vor den Häusern Nummer 21 und 23.

Karolin konnte es nicht lassen, mehrmals den Weg von der Nummer 23 in die Nummer 44 abzulaufen, den Picasso zahllose Male zu seiner Geliebten gegangen war. Die 44 lag schräg gegenüber der Post. Ihr Vater, als junger Maler Isidor, war ihm vielleicht 1936 hier auf der Straße begegnet. Karolin hatte beim Hin- und Herlaufen Fotos gemacht. Vor der Nummer 57, der ehemaligen Galerie Wildenstein, wartete sie eine Weile, bis sich ein geeigneter Moment ergab, um auf den Auslöser zu drücken. Dann kam zufällig der Mann im Regencape die Straße hinauf. Erst durch das Gelb der Regenjacke entstand eine Situation, die sie für ihr Bild suchte. Die gelbe Banderole mit der Aufschrift *Servitude Volontaire?* – Freiwillige Knechtschaft? – hing an dieser Hauswand wie ein Denk-Zettel, auch weil das dick aufgemalte Fragezeichen es unmöglich machte, nicht über die beiden Worte nachzudenken. Jemand hatte an den Namensgeber der Straße, an Etienne de La Boétie erinnern wollen, der Mitte des sechzehnten Jahrhunderts einen *Diskurs über die freiwillige Knechtschaft* verfasst hatte. Dass die Banderole ausgerechnet hier aufgehängt wurde, war vermutlich reiner Zufall, weil sich die Gitterstäbe vor dem Fenster zur Befestigung eigneten und noch dazu an ein Gefängnis denken ließen. Georges Wildenstein hatte das Galerie- und Wohnhaus in den zwanziger Jahren von seinem Vater Nathan übernommen. Nach dem Krieg konnte er das Gebäude wieder in Besitz nehmen und führte bis 1960 seine Galerie weiter. Georges starb 1963. Heute wurde das Gebäude restauriert, Karolin entdeckte neben dem Klingelknopf nur ein diskretes Klebeschildchen, auf dem »Wildenstein Institute« stand.

Wie alle anderen jüdischen Kunsthändler musste Georges Wildenstein nach dem Einzug der Deutschen seine Galerie aufgeben. Er setzte sich nach Südfrankreich ab, versuchte aber zuvor, seine Sammlung vor den plündernden Nazis zu retten, indem er so viele Kunstwerke wie möglich in Banktresoren und in Verstecken der freien Zone unterbrachte oder sie rechtzeitig ins Ausland schaffte. Wildenstein besaß seit langer Zeit schon eine Galerie in New York, dieser Umstand war sicherlich hilfreich für die Überführung eines Teils seiner Kunstschätze. Anscheinend hoffte er zunächst, die in Frankreich verbliebenen Stücke seiner Sammlung retten zu können, wenn er mit den Deutschen auf indirektem Weg Geschäftsbeziehungen einging, die für beide Seiten von Vorteil waren. Ein französischer Kunsthändler namens Roger Dequoy fungierte als Mittelsmann. Er erfüllte die unumgängliche Voraussetzung, kein Jude zu sein, und war zuvor bei Wildenstein angestellt gewesen. Dequoy übernahm die Verwaltung der Galerie. Anfangs blieb er dabei noch in Kontakt mit dem jüdischen Kunsthändler, agierte aber bald schon in eigenem Namen für seine deutschen Kunden. Die »Arisierung« der jüdischen Firmen und Besitzstände gab Dequoy dann die Möglichkeit, den Kunsthandel auf legale Weise vollends zu übernehmen. Wildenstein hatte keine Wahl mehr und musste alles aufgeben. »Dequoy & Co.« hieß daraufhin die Galerie in der Rue La Boétie 57.

In seinen Aufzeichnungen ließ Viktor nichts auf Wildenstein kommen. Selbst wenn sich die beiden nur einige Male begegnet waren, und das mit der gebührenden Distanz der sozialen Kluft, die zwischen ihnen lag, hatte er ihn zu seinem Mentor erklärt. Georges Wildenstein, ein in seine Leidenschaft ergebener Kunstliebhaber und beschlagener Händler, Besitzer einer unschätzbaren Sammlung, hatte Isidor Schweig, den jungen, angehenden Maler aus Deutschland, für das Subtile empfänglich gemacht, für die unvergleichlichen Farbkonstellationen bei Bonnard, die Sinnlichkeit der Farben bei Matisse oder für die Leidenschaft der Pinselführung bei Courbet. Er hatte ihn hinter die Kulissen geführt, seine Sensibilität geweckt und ihm bizarre Kenntnisse vermittelt, hatte ihn erfassen lassen, was er zuvor noch nicht imstande war zu sehen. Ausgerechnet Courbets *L'Origine du Monde,* und sei es nur als Fotografie, zeigte Wildenstein dem jungen Mann. Hier in der Rue La Boétie Nummer 57 zog er das Bild aus der Schublade wie einen Hasen aus dem Hut. Dieser Effekt war wesentlich mehr als bloße Händlermagie, mehr auch als intellektuelles Vergnügen am Bluff und am Verblüffen. Zum ersten Mal begriff Isidor, dass hinter jedem wahrhaftigen Kunstwerk ein Geheimnis ungelöst bleiben musste. Und: Zum ersten Mal wurde ihm der Körper als Mysterium bewusst, das es unbedingt galt, in seine Malerei zu transponieren. Ein solcher Körper, wie Courbet ihn auf die Leinwand gebracht hatte, konnte nicht nur abgemalt werden, er musste unter dem Pinsel zum Leben erweckt werden. Kurz darauf bekam Isidor Schweig von Hans Wendland den Auftrag, *Ursprung der Welt* zu kopieren.

Die Kopie ist spurlos verschwunden. Adèle hatte ihm dazu Modell gesessen. Wo befand sich heute Isidor Schweigs *Ursprung der Welt?* In einem Punkt, Ritz, Schlitz, im intimsten Herzstück konnte die Kopie nicht mit dem Original übereinstimmen. Zum ersten und einzigen Mal im Leben war Isidor wirklich überwältigt, als Maler fasziniert von *L'Origine du Monde* und als Mann verzaubert von Adèle Bertin. Adèle blieb ein Rätsel für ihn, die erste, konkret physische und unberechenbare Liebe. Der erste Sturz in schwindelerregende Gefühle. Die Frau verschwand eines Tages so unvorhergesehen wie sie gekommen war, entzog sich, löste sich in nichts auf. Unbegreifliches Verlassenwerden.

# 22

Strohballen liegen schon auf den Feldern. Noch mitten im Sommer sind sie das erste Zeichen für den nahenden Herbst. Die Zeit vergeht im Flug. Bald werden die Äpfel reif sein, dann kommen die Birnen. Anna wird Apfelmus einkochen und Kuchen backen. Einige Wochen lang wird es fast jeden Tag den Apfelstreuselkuchen nach dem Rezept der längst gestorbenen Nachbarin geben, die schon alt war, als wir noch jung waren und die Kinder noch klein. »Krümelkuchen von der Oma Hepp«, heißt er seit eh und je.

Heute Morgen, als ich mit Anna am Frühstückstisch saß – ich an meinem Platz am Tischende, Anna wie immer zu meiner Linken –, schaute ich sie heimlich an, verfolgte aus dem Augenwinkel, wie sie Butter und Marmelade aufs Brot strich, während ich so tat, als würde ich gedankenverloren aus dem Fenster hinausgucken (das große Fenster zum Garten, das meinem Platz gegenüberliegt), dann die Zeitung wieder aufnehmen und lesen. Sie ist noch immer eine schöne Frau, stolz, störrisch, silbergrau, aber schön für ihr Alter. Ich dachte an die Absurdität der allzu langen Lebensbeziehungen. Ganz am Anfang ist es am einfachsten, miteinander zu schlafen, einfacher jedenfalls, als miteinander zu reden oder den Alltag zu teilen. Nach einem langen gemeinsamen Weg, nachdem man endlich alle Hindernisse, Missverständnisse und Zweifel im Zusammenleben überwunden hat – oder haben sollte –, nachdem man endlich ruhig geworden ist und es gelernt hat, miteinander auszukommen, ist es genau umgekehrt. Im Alter einer Lebensbeziehung erscheint mir alles vergleichsweise unkompliziert, nur das miteinander Schlafen nicht. Ich dachte an diese unleugbare Absurdität, dass Anna und ich seit mehr als zwanzig Jahren nicht mehr *zusammengelegen* haben. Ich mag das alte Wort. Fast ein Vierteljahrhundert sogar, wenn ich genau nachzähle. Das letzte Mal ungefähr 1972, dann wollte sie nicht mehr. Wahrscheinlich, weil sie mir nicht mehr verzeihen wollte. Die Jahreszahl klingt grotesk, wir schreiben das Jahr 1996.

Und deshalb, wegen dieses Vierteljahrhunderts, hob ich heute Morgen am Frühstückstisch zaudernd die Hand. Ich wollte ihr zart über die Wange streichen, sie um Verzeihung bitten. Die richtigen Worte sagen und mit einer entsprechenden Geste begleiten, mit einer wahrhaftigen Geste. Ich wollte sie bitten, mir nun doch am Ende noch zu verzeihen, dass ich sie einst betrogen habe, zunächst so, wie Männer ihre Frauen betrügen, aus Lust, aus Gelegenheit, aus Bedürfnis, später dann aus Notwendigkeit, weil Anna mich nicht mehr in ihr Schlafzimmer kommen ließ. Als ich sie anschaute, mit der angehobenen linken Hand, die sich mit dem Handrücken vorsichtig ihrer Wange nähern wollte (die richtigen Worte kamen mir noch nicht), blickte sie überrascht von der Zeitung auf und fuhr erstaunt zurück. Sie war es nicht gewohnt. Ich kam nicht weiter, ließ die Hand sinken, lächelte, aber dann war ich unfähig, die Bewegung zu wiederholen und zu ihrem Ende zu führen, bis hin zur Berührung von Annas fast durchsichtiger Haut, so zart war sie, die Haut meiner alt gewordenen Frau. Ich wollte ihr auch danken, für alles, das sie für mich getan hatte im Leben. Und auch für die Kinder. Aber es war, als würden die richtigen Worte, die sich gerade, zu spät, in meinem Kopf gebildet hatten, mit der sinkenden Geste wieder zurückfallen in diesen seltsamen Schlund all der nichtgesagten Worte des Lebens. Vielleicht wird es noch einmal eine Gelegenheit geben. Ich würde auch gerne noch einmal dicht an Annas Körper liegen. Zum Abschied.

Wenn Männer einsam sind, bedauern sie gerne. Sich selbst, ihr Leben, ihre Missetaten. Aber immer zu spät, gerade ein bisschen zu spät, um noch irgendetwas ändern zu können.

Warum gehe ich nicht entspannt in den Feldern spazieren und setze mich auf einen Strohballen, um einfach nur in die Luft zu gucken? Warum, um Himmels willen, schreibe ich an diesen Aufzeichnungen? Meinen *Confessions*! Warum hüte ich nicht mein Geheimnis, so, wie es Edgar Degas im Gemälde mit seiner *Madame Camus* gemacht hat? Natürlich ist auch meine Eitelkeit daran schuld. Ich möchte doch, dass einst gewusst wird, wer ich war, wer ich auch und unter anderem in diesem Leben gewesen bin. Ich möchte aus dem Schlund der nichtgesagten Worte des Lebens doch noch etwas hervorziehen. Es ist ungefähr so beängstigend, als würde ich bis über beide Arme im Maul eines Krokodils oder eines Nilpferdes stecken und nach guten Stücken Wort fischen.

Ja, wahrscheinlich schreibe ich in letzter Instanz, im letzten Eingeständnis meiner Wahrheit all die Seiten nicht für Anna und auch nicht für die Kinder. Also nicht etwa, um Abbitte für meine Lebenslüge zu leisten, bevor es zu spät wäre. Es ist ohnehin zu spät. Auch nicht nur, um mich an meine Erinnerung zu wenden, um schwarz auf weiß aus ihrem Dunkel hervorzuholen, was unweigerlich sonst mit mir ins Nichts verwehen würde. Ich schreibe sie vor allem wegen eines einzigen, mysteriösen Bildes, es ist so doppeldeutig wie meine Existenz. Wer es findet, so mein Plan, soll zumindest seine Geschichte kennen. Noch ein letztes Mal kann ich mich auf diesem Weg Adèle nähern, über die Zeit hinweg einen Gedankenbogen zu ihr spannen. Meine Einsamkeit ist es, die mich ins Damals treibt. Und dort, in der inneren Landschaft meiner Vergangenheit versuche ich, den Ort ausfindig zu machen, an dem ich noch einmal Adèle begegnen kann.

Unsere Erinnerung ist nicht nur die Spur dessen, was sich einst ereignet hat, eine Art deckungsgleiche Gedächtnisabbildung von der vergangenen Lebensrealität eines gleich gebliebenen, unwandelbaren Ichs und seiner Erlebnisse. Wir erinnern uns vor allem an das, was uns wirklich verändert hat. Prägende Erinnerungen haben wir von den Ereignissen und von den Menschen, die in irgendeiner Weise unseren Lebensweg beeinflusst, stimuliert und damit auch verändert haben. An das, was uns unberührt ließ, knüpfen wir meist keine lebendige Erinnerung oder vergessen es ganz und gar, und wenn uns noch eine Reminiszenz bleibt, dann ist sie unerheblich wie das Ereignis selbst, das nichts Entscheidendes in uns ausgelöst hat. Aber wenn ich mich eines Ereignisses erinnere, das mich derart beeindruckt hat, dass es den Anstoß zu Veränderung geben konnte, dann ist es in Wahrheit das schon veränderte Ich, das sich erinnert, und insofern kann das erinnerte Ereignis nicht identisch mit dem stattgefundenen Ereignis sein. Erinnerung ist vor allem die zarte, die stürmische, die schmerzliche Spur, die ein veränderndes Ereignis in uns hinterlassen hat. Aus der daraus hervorgehenden Perspektive, mit einem erneuerten Blick betrachten wir es. Und mit jedem folgenden Lebensgeschehnis legt sich wieder eine neuerliche Metamorphose auf unsere alte Erinnerung, Schicht für Schicht, bis wir sagen, dass die alten Erinnerungen »verblasst« sind, aber sie verblassen ja deshalb, weil das Gewicht der sich überlagernden Veränderungs- und Erinnerungsschichten so schwer geworden ist, so viel Abstand geschaffen hat, dass mein gegenwärtiges Ich von dem uralten, ehemaligen Ich sich unendlich weit entfernt fühlt.

Wenn ich mich jetzt, an meinem Arbeitstisch vor dem Fenster sitzend, mit Blick auf den sonnendurchfluteten Garten, zu meiner Linken das Regalbrett mit Familienfotos aus einem halben Leben und im Ohr das gewohnte Geräusch, wenn Anna flink trapsend die Treppe hinaufhüpft (ja, sie hüpft – sogar mit über siebzig), wenn ich mich also aus meiner jetzigen Situation heraus an Adèle erinnern möchte, wird mir bewusst, wie unendlich weit entfernt ich von dem Mann bin, der einst Adèles duftenden Körper in die Arme nahm, von jenem Mann, der Haut an Haut die Glieder ineinander verschlingend am liebsten voll und ganz in ihren Körper eingetaucht wäre. Wie weit entfernt bin ich von dem Mann, der einst sein glattes Gesicht in ihr dunkles, schweres Haar grub. Es ist, als sei ich selbst ein anderer gewesen. So gesehen, könnte ich nicht wahrhaftiger über Adèle berichten, über die Zeit mit Adèle, über den Verlust und das Verschwinden von Adèle, als es ein Erzähler könnte. Ich hatte derart gehofft, mich ihr allmählich anzunähern, und musste bei allen Gedanken, Gefühlen, erlebten Situationen, die ich versuchte, wieder in mir aufleben zu lassen, zu meinem Unglück feststellen, dass ihr Erscheinen vor meinem geistigen Auge einem trügerischen Gespinst ähnelt, einem Geist, der nach Gutdünken wie ein Nebelschleier aus der Flasche weht und sich dann wieder zurückzieht, kapriziös und unberechenbar, um erneut für eine unbestimmte Weile zu verschwinden.

Die intensivste Erinnerung an Adèle ist vielmehr mit ihrem Duft verbunden. Ohne natürlich ihre Haut, ihren Körper in Wirklichkeit riechen zu können, spüre ich, wenn ich mich konzentriere, ihren Geruch in mir. Die Erinnerung ist erschütternd lebendig. Und mit dieser Duftspur taste ich mich an Bilder, an Gefühle heran, wie Theseus, der sich am Ariadnefaden aus den Tiefen seines Labyrinths ans Licht der Welt hangelt. Einmal – ich weiß nicht mehr, in welcher Situation es zum ersten Mal war – schmiegte Adèle ihre Nase in die Grube zwischen meiner Wange und dem Nasenflügel. Sie flüsterte, »Isidor, ich glaube, an dieser Stelle rieche ich dich am allerbesten«. Und ein andermal sagte sie: »Wenn du meinen Geruch liebst, vergisst du mich nie wieder.« Ich wurde süchtig danach, an ihrem Nasenflügel zu riechen, dieses vollendet genüssliche Gefühl immer wieder zu erleben, wenn wir unsere Nasen aneinanderschmiegten und ganz leise einatmeten. Ich hatte das Gefühl, ihre Duftpartikel würden wie mit einer Feder in meinem Gehirn bestimmte Neuronen berühren, sie streicheln und ganz sanft kitzeln.

## 23

Obwohl ich wieder in Paris lebte, dachte ich in den ersten Monaten nur selten an Adèle. Viel war geschehen seit ihrem wortlosen Verschwinden Ende 1936, Jahre waren vergangen, die Welt im Großen und auch meine Welt im Kleinen hatten sich radikal verändert. Die Gegenwart beschäftigte mich zu sehr, als dass noch Platz für untröstliche Gedanken an ein Gestern geblieben wäre. Zukunft lag vor mir wie ein offenes Feld – im Gegensatz zu heute, wo mein Denken notwendig und in Ermangelung jeglicher Perspektive sich wieder zurückwendet, um noch einmal den weiten Weg in die Vergangenheit abzuschreiten.

Mein Doppelleben war anstrengend, ich habe mich später oft gefragt, woher ich die Energie, die Kraft und auch die Zuversicht nahm, zwei Leben in einem zu leben. Tagsüber und fünf, manchmal sechs Tage in der Woche: die Reichsbahn. Eine Umgebung mit Stempelkissen und Füllfederhalter, zerkratzten Holztischen, zersessenen Lederstühlen, staubigen Aktenschränken, deren Türen quietschten, grauen Aktenordnern, rotlippigen Sekretärinnen, die mit hübschen Fingernägeln auf blechernen Schreibmaschinen tippten und regelmäßig mit einer flinken Bewegung den Zeilenschalthebel bedienten. Es roch nach Blaupause, nach Papier und nach Parfum, Telefone klingelten, Post wurde geliefert, Männer in Uniform und Frauen mit kessen Hütchen gingen ein und aus. Wir waren fast alle jung, unverheiratet, scherzten tags als Kollegen, nachts schlichen Gestalten durch die dunklen Gänge im Hotel Terminus Est, leise gingen Türen. Wir waren uns durchaus bewusst, ein Glückslos gezogen zu haben. Weit genug entfernt vom wirklichen Krieg amüsierten wir uns in einer der herrlichsten Städte der Welt, auf die noch dazu bis zum Frühjahr 1944 nur selten Bomben fielen. Und selbst als ganz Europa hungerte, als auch Frankreich völlig ausgezehrt war (die Zwangszahlungen an Deutschland betrugen 20 Millionen Reichsmark pro Tag) und die Bevölkerung bei strikten Rationierungen darbte, hatten wir noch etwas zu essen, weil wir die Besatzer waren und nicht die Besetzten.

Dann mein zweites Leben – abends, spätestens nach sechs Uhr, an Sonntagen oder ganzen Wochenenden –, wenn ich mich in die Rue de Valenciennes stahl, in meinem Verhau die Kleidung wechselte, als könnte ich in eine andere Haut schlüpfen, mich dann aufs Fahrrad schwang und in Richtung Montmartre radelte: dem Leben meines Alter Ego entgegen. Mein zweites Ich, stand es eher im Schatten des ersten oder war es vielmehr sein Licht? Farbe jedenfalls im Vergleich zum Grau der Eisenbahnbüros. In meinem Atelier mit seinem dunkelroten Diwan, mit Tuben, Töpfchen und der bauchigen gelben Vase auf dem runden Holztisch, in der seit Langem keine Blumen mehr standen, warteten die Staffelei und ihr angefangenes Bild auf mich. Der Blick aus dem Fenster ging über silbergraue Dächer mit ihren unzähligen tönernen Schornsteinen hinaus in die Weite des Himmels. Meine Palette duftete nach Harz und nach Öl, am Waschbecken roch es nach Terpentin, neben dem Becken lagen Pinsel, Lappen, Reibmesser, außerdem die Bürste und der Bimsstein, um meine Hände wieder sauber zu bekommen für einen neuen Tag in einem anderen Leben. Ich fühlte mich reich und voller Erfahrung, weil ich zwei Leben auf einmal lebte. Es war die einzige Möglichkeit, die mir blieb, die einzige Lösung meines Dilemmas, zu der ich fähig war. Einzig und allein als Maler zu leben, das erlaubte mir meine Erziehung nicht, die mit der Stimme meines Vaters in mir sprach. Aber nichts als ein Reichsbahninspektor zu sein, das konnte eine andere Stimme in mir unmöglich zulassen, eine Stimme, die aus meiner Kindheit kam.

Ich hatte Rose Valland zu verstehen gegeben, dass mich nichts mehr reizen würde, als das Jeu de Paume einmal von innen zu sehen. In meinem unbekümmerten Enthusiasmus, aber auch, um sie zum Lachen zu bringen, schlug ich vor, sie eines Spätnachmittags als ihr deutscher Verlobter abzuholen und bei der Gelegenheit um eine Visite zu bitten. Rose fand die Idee durchaus komisch, aber völlig unglaubwürdig, ihr würde etwas Besseres einfallen, sagte sie. Eines Abends im Frühsommer 1941 war es dann so weit, ich betrat das hoch und heilig abgeschirmte Kunst-Depot im Jeu de Paume. Rose hatte schließlich einen Vorwand gefunden und mich ganz offiziell einbestellt, um ein Mädchenbildnis von Renoir auszubessern, das bei der Beschlagnahmung beschädigt worden war. Jemand hatte auf dem Gemälde herumgetreten oder es gegen eine Kante gestoßen und gerieben, vielleicht war es bei einem Handgemenge beschädigt worden, jedenfalls brauchte ich tatsächlich mehrere Stunden, um es wieder in einen annehmbaren Zustand zu versetzen und die zerstoßene, abgesplitterte Farbe kunstgerecht zu restaurieren. Rose hatte mich bei der Expertentruppe des ERR als einen befreundeten Maler empfohlen, den sie für ausgezeichnet halte, um solche brenzligen Restaurationsarbeiten zu erledigen. Noch dazu ein Deutscher! Ihr Vorschlag wurde angenommen und Rose ließ mir eine eigens ausgestellte Erlaubnis zukommen, mit der ich am vereinbarten Tag das Jeu de Paume betreten durfte. Wir hatten eine Uhrzeit am Spätnachmittag für mein Kommen vereinbart, damit ich mich, sobald die letzten Mitarbeiter des ERR gegangen waren, in aller Ruhe umsehen konnte. Nach Dienstschluss blieben für gewöhnlich nur noch die Wachposten am Eingang zurück.

An diesem Abend begegnete ich sogar Bruno Lohse, Görings Liebling unter den Kunstexperten. Sein Spezialgebiet war die niederländische Malerei des siebzehnten und achtzehnten Jahrhunderts, was haargenau mit den Vorlieben des Reichsmarschalls übereinstimmte. Rose stellte mich vor und mein Eindruck war durchaus positiv. Lohse war der Typ Mann, den wir damals bewundernd und gänzlich ohne Ironie einen »Kulturmenschen« nannten, was so viel heißen sollte wie überdurchschnittlich gebildet, Doktortitel und noch dazu ein weltgewandtes Auftreten. Das Gegenteil von Parvenüs wie Kurt von Behr oder kunstversessenen Banausen wie Hermann Göring. Lohse war schlank und hochgewachsen, ich musste ein wenig zu ihm aufschauen, und tadellos gekleidet. Er trug das feine Haar streng zurückgekämmt, nur eine Locke fiel in die hohe Stirn. Die Wirkung seiner weichen Gesichtszüge mit einem geschwungenen, sinnlichen Mund wurde allerdings durch eine unregelmäßige Augenpartie durchkreuzt. Ein Auge war etwas kleiner als das andere, und ein Lid senkte sich als Schlupflid übers Auge. Während unseres kurzen Gesprächs bemühte ich mich, zurückhaltend, sogar ein wenig unbeholfen aufzutreten, und unterließ jegliche fachlich relevante Äußerung. Ich hatte keinerlei Interesse daran, die Aufmerksamkeit oder gar Neugier von Leuten wie Bruno Lohse zu wecken. Ich wusste, dass er zu den aufsteigenden Sternen am deutsch-französischen Kunsthimmel gehörte, aber das Markenzeichen meiner Arbeit war es ja gerade, unauffällig im Hintergrund zu bleiben.

Bruno Lohse, der ein exzellentes Französisch sprach, war für Göring der ideale Mann an diesem Ort. Ein überzeugter Nazi – er war gleich 1933 Mitglied der SS geworden und dann 1937 in die NSDAP eingetreten –, der solides kunsthistorisches Wissen mit der intimen Kenntnis der Funktionsweise von Wehrmacht, Schutzstaffel und Sicherheitsdienst verband. Letzteres war bei Beschlagnahmungen von Vorteil, die von SS- und Militärleuten durchgeführt wurden. Als Göring den Kunstwissenschaftler Lohse im Februar 1941 kennenlernte, setzte er sofort alles daran, ihn von seiner Wehrmachtseinheit an der Ostfront abzuziehen und dem Pariser ERR zu überstellen. Dort sollte er die völlig überforderte »Arbeitsgruppe Louvre« unterstützen. Lohse bekam dann auch den Auftrag, eine Ausstellung für Göring im Jeu de Paume zu organisieren, eine jener ganz persönlichen Ausstellungen, bei denen sich Göring für seine Privatsammlung bediente. Damit begann für Lohse eine brillante Karriere. Der Reichsmarschall war von seinen Kenntnissen beeindruckt, hielt den jungen Mann für vertrauenswürdig und sicherlich kam noch eine spontane Sympathie hinzu – jedenfalls setzte sich Göring gleich nach dieser ebenso interessanten wie lukrativen Kunstvisite in Paris dafür ein, dass Lohse seiner Luftwaffe unterstellt wurde. Dann ernannte er den Kunsthistoriker zu seinem ständigen Vertreter und besonderen Kunsthändler in Frankreich. Kurt von Behr bekam den Auftrag, ihn zum »Stellvertreter im Sonderstab Bildende Kunst im Einsatzstab Reichsleiter Rosenberg Paris« zu küren. So verzahnten sich die Interessen auf unverbrüchliche Weise: Bruno Lohse entkam dank Göring dem Einsatz an der unangenehmen Russlandfront und konnte seinem geliebten Beruf in der Welthauptstadt der Kunst nachgehen, während Göring mit Lohse einen Vertrauensmann mit sicheren Fachkenntnissen im ERR sitzen hatte, der noch dazu den Pariser Kunstmarkt durch einen längeren Aufenthalt in den dreißiger Jahren gut kannte.

Bruno Lohse gewann schnell an Einfluss und beaufsichtigte bald sämtliche Beschlagnahmungen, spürte beflissen weitere Kunstwerke oder Sammlungen auf, schmierte Verräter und beauftragte Spitzel, er fädelte Tauschgeschäfte ein und organisierte Ankäufe, wobei es nicht immer ohne erpresserischen Druck möglich war, günstige Erwerbsbedingungen herauszuschlagen. Im Jeu de Paume sicherte er Göring eine erstklassige Auswahl an Werken zu, ganz zu schweigen von den hunderten missliebigen oder »entarteten« Gemälden, die er als Tauschobjekte gegen Gemälde vom freien Markt herausgab. Aber Bruno Lohse arbeitete auch für den »Sonderauftrag Linz« und organisierte zum Beispiel unter abenteuerlichen Umständen eine heimliche Raubaktion der Sammlung Schloss, die sich in der freien französischen Zone befand und die Hitler für sein Linzer Museumsprojekt interessierte.

All das wusste ich damals noch nicht, und an jenem Abend machte Bruno Lohse einen recht sympathischen Eindruck auf mich. Er hatte, genau wie ich auch, in Paris einen Unterschlupf gefunden, um der Front zu entgehen. Bevor er Feierabend machte, schaute er noch einmal in dem kleinen Nebenraum vorbei, wo ich gerade dabei war, unter Roses kritischem Blick die genauen Farbmischungen für die Restaurierung von Renoirs Mädchenporträt auf meiner Palette vorzubereiten. Das notwendige Material – die kleinen Tuben mit Ölfarben, Pinsel, Malbutter, Terpentinöl etc. – hatte ich mitgebracht. Ich war erstaunt als Lohse uns frei von der Leber weg erzählte, dass ihn Renoirs *Bal du Moulin de la Galette* tief beeindruckt habe. Renoir sei es gelungen, die ausgelassene Stimmung eines Volksfestes in ihrer Unmittelbarkeit wiederzugeben wie eine Augenblicksaufnahme. Er pries die lebendigen Lichtreflexe auf der Tanzfläche oder auf den Kleidern der wogenden Paare (»das Licht tanzt ja regelrecht mit den Tänzern«, sagte er) und fühlte sich berührt von der Spontaneität, die in jedem Gesichtsausdruck der schwatzenden und schwofenden Menge lag – trotz der eigentlich groben Pinselführung, die zunächst gewöhnungsbedürftig, bei genauer Betrachtung und mit ein wenig Abstand dann aber durchaus überzeugend sei. So ähnlich sprach er über Renoir und ließ sich noch dazu positiv über ein Gemälde von Chagall aus, das zufällig neben uns an der Wand lehnte.

Während Renoirs Grad der »Entartung« durchaus diskutierbar war, gab es bei Chagall keinen leisesten Zweifel mehr. Seine Malerei wurde kategorisch verdammt und obendrein war der Mann ein russischer Jude. Ich wunderte mich, dass Lohse mit keinem einzigen Wort das nationalsozialistische Credo wiederkäute. Vorsichtshalber stimmte ich ihm jedoch nicht zu und faselte über meiner Palette etwas völlig Vages, das auf egal welchen Maler hätte zutreffen können, etwa: »Ja, ja, allein durch die Macht von Schatten und Licht, durch die Ausdrucksstärke der Farbe, können in unserem Gemüt die sublimsten Gefühle erweckt werden, selbst wenn der Rest der Ausführung dem gesunden Geist fragwürdig erscheinen muss ...« – oder dergleichen Unsinn. Rose Valland, wie so oft in einem ihrer unsäglichen Blümchenkleider, zog eine schwer zu interpretierende Schnute, um sich das Lachen zu verkneifen, und machte sich schnell an ihren Karteikästen zu schaffen. Missliebige Meinungen zu äußern, selbst wenn es sich nur um Kunstgeschmack handelte, konnte fatale Folgen haben, wenn man keine gesicherte Position innehatte und auch nicht unter dem Schutz irgendeines einflussreichen Kaders stand. Mir wurde durch Lohses erstaunlich freizügige Billigung von Chagall allerdings bestätigt, dass er ein wichtiger Mann im ERR und im Kunsthandel war. Er konnte sich seine Äußerungen offenkundig leisten – und wahrscheinlich hatte er sie allein deshalb gemacht, um es mich wissen zu lassen.

Nachdem auch Lohse gegangen war, blieben nur noch die Aufsichtsbeamten am Eingang zurück. Wir hatten also das Gebäude für uns allein, hüteten uns aber, ein allzu persönliches Gespräch zu führen. Zum ersten Mal erlebte ich Rose in ihrer gespenstischen Arbeitsumgebung, und ich glaube, sie genoss mein ungläubiges Staunen, als wir jetzt noch einmal ungestört durch die hohen Räume gingen. Der »Saal der Märtyrer« war überwältigend. Die Gemälde hingen dicht an dicht in wahllosem Durcheinander an den Wänden oder waren dort, wo noch ein Plätzchen frei war, sichtlich ohne jegliche Sorgfalt hingestellt oder gestapelt worden. Ich erinnere mich, auf einen einzigen Blick gleich mehrere Bilder von Degas, von Picasso und von Matisse gesehen zu haben, außerdem Modigliani, Chagall, dann Sisley und Vuillard, Max Ernst und Kokoschka.

In allen anderen Sälen des zweistöckigen Jeu de Paume hatte man mehr Sorgfalt und zumindest eine ungefähre kunsthistorische Ordnung walten lassen, ich betrachtete kleine Fragonards und große Bouchers, außerdem Gainsborough, Hubert Robert, Delacroix und Ingres, konnte Gemälde aus dem Mittelalter und der Renaissance bewundern, sah Madonnen mit Kind, Grotten und idealistische Landschaften, venezianische Kanäle und niederländische Interieurs, Kühe auf fetten Weiden und heroische Kriegsschiffe im tobenden Meer, erhabene Männerporträts, liebliche Frauenbildnisse, muskulöse Brüste und zarte Busen. Außerdem kostbare Gobelins und edle Möbel, Skulpturen und Medaillons, Schmuckstücke und Uhrwerke. Es war ein seltsames Gefühl, zwischen all der Kunst zu stehen, die – vogelfrei geworden – in diesem Niemandsland zusammengekarrt worden waren.

In jenem Moment verstand ich wirklich, was auf dem Spiel stand, um welche unvorstellbaren Werte es ging. Was ich zuvor nur als Gerücht gehört hatte, wurde im Jeu de Paume konkret, es wurde sichtbar, fühlbar und fassbar. Es wunderte mich auch, wie simpel genau genommen alles war. Man fuhr mit Lastwagen zu verlassenen Häusern und Villen, räumte sie aus und deponierte dann die Gemälde und Kunstwerke hier, die Bibliotheken dort, die Möbel und Haushaltswaren in wieder anderen Lagerhallen. Man bediente sich, tauschte, verkaufte, stattete sich aus, transportierte ab ins Reich. Und das mit den Zügen der deutschen oder französischen Eisenbahn, mit »meinen« Zügen sozusagen. Ich sah es Rose an, dass sie wie eine Gralshüterin im Jeu de Paume über tausende Kunstwerke wachte. Aber spätestens jetzt begriff ich auch, wie sehr sie unter den Geschehnissen leiden musste.

Während wir durch die Säle liefen, gab mir Rose immer wieder im Flüsterton Hinweise, welches Gemälde aus welcher Sammlung oder von welchem Händler stammte. Noch immer fuhren täglich Lastwagen vor dem Museum vor. Von Wehrmacht- und Luftwaffensoldaten bewacht, luden die Träger ihre kostbare Fracht in der erstbesten freien Ecke ab und riefen »das kommt von den Rothschilds« oder »das kommt aus der Rue La Boétie«. Ein Tohuwabohu, wie sie es noch nie gesehen habe, ein Hexensabbat der Kunst, sagte Rose Valland. Die Kunstexperten im weißen Arbeitsmantel waren überfordert, Fehler unterliefen, das war unvermeidlich. Manchmal musste »Herkunft unbekannt« vermerkt werden, weil man wirklich nicht mehr zurückverfolgen konnte, woher das Kunstwerk nun gerade kam.

Bei der Sammlung der Familiendynastie der Rothschilds gab es allerdings keinerlei Zweifel, sie war derart umwerfend, dass sie mit aller gebührenden Sorgfalt konfisziert und inventarisiert wurde, dann hatte wie üblich Hitler das Recht auf den ersten Zugriff und Göring durfte sich gemäß seinem Rang als zweiter Mann im Staat gleich nach dem »Führer« bedienen. Was danach noch blieb, ein immerhin beachtlicher Rest, wurde nach Deutschland verfrachtet oder für bevorstehende Tauschaktionen im Jeu de Paume zurückbehalten. Die Beschlagnahmung bei der Bankiersfamilie verlief nach den schon erprobten Regeln und beispielhaft für die vielen noch bevorstehenden Konfiszierungen.

Die legendäre Sammlung Rothschild, auf die man es sofort, nämlich noch am Tag der Kapitulation Frankreichs abgesehen hatte, umfasste die Kunstwerke von vier in Paris lebenden Familienmitgliedern: von Baron Edouard de Rothschild, Oberhaupt der Dynastie und Direktor der Rothschild-Bank, außerdem von Robert, Maurice und Henri de Rothschild. Neben einer so umfangreichen wie wertvollen Bibliothek bestand die Sammlung laut der Inventarliste des ERR aus genau 5009 Werken, darunter historische Schmuckstücke, Gobelins, Miniaturen aus dem fünfzehnten Jahrhundert und ansonsten eine schwindelerregende Anzahl von Gemälden der größten Maler der Kunstgeschichte. Die Rothschilds hatten die Gefahr längst vor der französischen Kapitulation heraufziehen sehen und machten sich kaum Illusionen über die Absicht der Deutschen, sollten sie je über Frankreich siegen. Wichtige Teile der Sammlung wurden in Paris, aber auch außerhalb der Hauptstadt in vermeintliche Sicherheit gebracht. Die Kunstwerke wurden in Banktresore eingelagert, in Landschlössern der Rothschilds untergebracht oder aber pro forma den staatlichen französischen Museen übereignet und in den Sicherheitsdepots des Louvre in Verwahrung genommen. Edouard und Robert de Rothschild flohen in die Vereinigten Staaten, Maurice fand in Kanada Zuflucht, und Henri irrte mit seiner Familie und seiner geliebten Chardin-Sammlung von der Schweiz nach Portugal und ließ sich schließlich in England nieder.

Die unerbittliche Mechanik der Konfiszierung war auf die Rothschild-Sammlung wie zugeschnitten. Schlag auf Schlag traten die Gesetze der Besatzer und der kollaborierenden Vichy-Regierung in Kraft. Den geflohenen Rothschilds wurde die französische Staatsbürgerschaft aberkannt und bald konnte Vichy auch die vollständige Enteignung der jüdischen Bankiersfamilie verkünden. Von da an galt es nur noch, ein letztes mögliches Missverständnis ein für alle Mal aus dem Weg zu räumen, nämlich wem das Eigentum der enteigneten Juden Frankreichs gehören sollte – Vichy oder

Berlin –, wobei die französische Regierung sehr schnell begreifen musste, wer der Herr im Land war. Der Besitz der Rothschilds wurde mit einem Streich zum »Eigentum des Deutschen Reiches« erklärt und ohne kostbare Zeit zu verlieren, machten sich die Fachleute vom ERR ans Aufspüren der ungeheuren Sammlung.

Sie merkten schnell, dass die Kunstschätze der Rothschilds in alle Winde verstreut worden waren, denn die Wände der konfiszierten Pariser Familienhäuser waren leer. In der Rue Saint Florentin Nummer 2, bei Edouard de Rothschild, hing *Der Astronom* von Vermeer nicht mehr unter der *Frau mit Katze* eines Malers der Altniederländischen Schule und auch die *Maria mit dem Kinde* von Hans Memling fehlte, die zuvor dieselbe, mit kostbarer Seide bespannte Wand geschmückt hatte. In der Avenue de Marigny Nummer 23, wo Robert de Rothschild ehemals zu Hause gewesen war, suchte man vergeblich etwa Jan van Eycks Triptychon *Madonna mit Heiligen und Stifter*, und auch das *Porträt der Lady Alston* von Gainsborough fehlte über der zierlichen Louis-Quinze-Kommode mit Einlegearbeiten aus Sèvres-Porzellan. Systematisch wurden daraufhin die Residenzen der Rothschilds außerhalb der Hauptstadt abgegrast, von den Schlössern in der Normandie bis hin zu den Weingütern bei Bordeaux. Und dort wurde man schließlich fündig, belud Lastwagen kistenweise mit Kostbarkeiten. Mithilfe von gut geschmierten Denunzianten gelang es, auch noch die letzten Teile der Sammlung auf diversen Landgütern und in Banktresoren ausfindig zu machen.

Anfang Februar 1941 war es dann so weit, die Sammlungen der Rothschilds waren nahezu vollständig konfisziert und inventarisiert worden und warteten nun im Jeu de Paume auf ihr weiteres Schicksal. Von ihren Kunstexperten beraten, suchten sich Hitler und Göring wieder die besten Stücke aus. Jedes Werk bekam einen Stempel, H wie Hitler oder G wie Göring, dann wurden die Transportkisten entsprechend verpackt und in der emotionslosen Effizienz bürokratischer Logik durchnummeriert. Neunzehn Kisten von H1 bis H19 gingen an Hitler und sollten mit ihrem märchenhaften Inhalt seine Privatsammlung, vor allem aber sein zukünftiges Linzer Museum bestücken. Die Kisten G1 bis G23 waren für Göring und seine persönliche Sammlung auf Carinhall bestimmt. Der *Astronom* von Vermeer, den Göring allzu gerne gehabt hätte, befand sich selbstverständlich in einer H-Kiste und zwar in der Nummer 13 – mit Sicherheit in erlesener Gesellschaft. Der Reichsmarschall musste mit der zweiten Wahl vorliebnehmen, was ihm allerdings unter vielen anderen wertvollen Stücken eine beispielhafte *Allegorie der Tugend* von Cranach bescherte. Die Beute aus dem Rothschild-Besitz wurde in Hermann Görings persönlichem Sonderzug Mitte Februar nach Deutschland geschafft. Die H-Kisten wurden in München abgesetzt und im Führerbau eingelagert, die G-Kisten rollten weiter nach Berlin und wurden dann per Lastwagen nach Carinhall transportiert.

Unmöglich konnte Rose tatenlos zusehen, wie all die Gemälde, Zeichnungen und Meisterwerke nach Deutschland gebracht oder in Tauschgeschäften verscherbelt wurden. Sie hatte sie in ihre Obhut genommen, hatte insgeheim persönliche Verantwortung übernommen, nicht nur für die Kunstwerke, sondern auch für ihre wahrhaftigen Besitzer, weil sie die einzige nicht-deutsche Zeugin des Geschehens war. Es wunderte mich allerdings, dass die Mitarbeiter vom ERR ihr als Französin über den Weg trauten und sie sogar abends allein im Jeu de Paume weiterarbeiten ließen. Aber was hätte Rose auch tun können, um den Kunstraub zu verhindern? Die Deutschen waren die Herren im Land und der französische Staat von Marschall Pétain, der keine Republik mehr war, weil sich sein Parlament per Verfassungsdekret sozusagen selbst aufgelöst hatte, kollaborierte von Vichy aus offiziell und durchaus tätig mit der Besatzungsmacht. Indem Rose heimlich die Spuren und den Zielort von so vielen der beschlagnahmten Kunstwerke festhielt, arbeitete sie für eine ihr schon vorschwebende Zeit danach, in der Hoffnung, sogar in der Überzeugung, dass es ein Danach geben würde. Im Frühsommer 1941, als ich den Umschlagplatz im Jeu de Paume von innen erleben konnte, schien die Situation allerdings eher auf ein tausendjähriges Drittes Reich hinzuweisen, als auf den rasanten Abstieg ins Reich der menschlichen Finsternis, der in Wahrheit bevorstand.

Einige Zeit später – es muss ein Sonntagnachmittag bei mir im Atelier gewesen sein – überrumpelte mich Rose mit einer erstaunlichen Anfrage: Was ich davon halten würde, erkundigte sie sich fast beiläufig, während sie mir beim Malen zuschaute, dann und wann ein Gemälde für sie zu kopieren? Für ein Französin konnte meine gute alte Freundin manchmal sehr direkt sein, und ich muss verblüfft innegehalten haben. Rose holte ein wenig weiter aus, um sich zu erklären: Ich sei der einzige Kopist (um nicht Fälscher zu sagen), den sie kenne, und meine Arbeit sei noch dazu von Qualität. Es ginge um nichts Geringeres, als ein, zwei oder drei Gemälde unter tausenden zu retten, die Idee sei ihr eines Nachts gekommen, als sie wieder nicht schlafen konnte. Im Gegenzug, sie könne mich ja nicht bezahlen, würde sie sich weiterhin bemühen, mich für finanziell gut entschädigte Restaurationsarbeiten ins Jeu de Paume kommen zu lassen. Ehrlich gesagt hatte ich keinen einzigen triftigen Grund, auf ihre Anfrage einzugehen, im Gegenteil, dank meiner Bekannten Hans Wendland und Gustav Rochlitz fehlte es mir nicht an Aufträgen, insbesondere für die beiden »Kumpanen« (wie ich sie damals für mich nannte), das Duo Holzapfel & Welz, das so gleichmütig wie regelmäßig den österreichischen Kunstmarkt mit nicht immer ganz echten Gemälden aus dem neunzehnten Jahrhundert bediente. Einem Tropfen auf den heißen Stein gleich Gemälde zu »retten«, dafür hatte ich wahrlich keine Zeit. Ich glaube, dass ich zunächst nur deshalb einwilligte, weil ich zu feige war, Rose ein kategorisches Nein ins Gesicht zu sagen. Es hätte geheißen, dass ich weder in den Dienst der Freundschaft noch in den Dienst der Kunst treten wollte. Ich hätte mein Gesicht verloren. Jedenfalls mein Isidor-Gesicht. Natürlich schmeichelten mir auch ihre Worte. Und wahrscheinlich wollte ich vor allem ein »guter« Mensch sein, einer, der anders war als diese deutschen Besatzer. Ich wollte ein imaginäres Bild von mir vor Rose, aber auch vor mir selbst in Szene setzen.

So kam es, dass Rose mir kurz darauf ein kleines Gemälde von Gustave Courbet mitbrachte. Sie lieferte es an einem Freitagabend bei mir in der Rue Lepic ab, mit der Vorgabe, dass ich das Original bis zum Sonntagabend behalten könnte, was mir gerade genug Zeit ließ, meine Vorbereitungen zu treffen: Es von beiden Seiten abfotografieren (ich hatte eine wunderbare kleine Leica III und konnte meine Filme an der Place de Clichy abziehen lassen), eine millimetergenaue Zeichnung plus Detailskizzen anfertigen, die Farben bestimmen und Proben anmischen, Versuche zur Wirkung der überlagerten Farbschichten und zur Pinselführung machen. Schließlich musste ich mir noch überlegen, wie ich die Markierungen und Spuren der Vorbesitzer auf der Rückseite nachahmen und den gealterten Aspekt des Keilrahmens sowie der Leinwand mit dem Material, das ich vorrätig hatte, herstellen könnte. Früh am Montagmorgen schmuggelte Rose das Original ins Jeu de Paume zurück, fügte es wieder in seinen Stuckrahmen ein und hängte es schließlich ins Gedränge der Gemälde aus dem neunzehnten Jahrhundert zurück.

Es handelte sich um ein seltsam berührendes Sujet, ein totes Reh, das im orangen Abendlicht, die Beine mit den kleinen Hufen von sich gestreckt, das Köpfchen in den

Nacken gebogen auf einer Lichtung am Waldrand liegt. Das Reh hatte so feingliedrige, graziöse Beine, und man spürte regelrecht sein seidiges, rotbraunes, leicht getupftes Fell unter Courbets Pinsel. An der offen dargebotenen Kehle und im Ohr waren die feinen Härchen zart rosafarben, flaumig und mit hellbeigen Einsprengseln. Das tote Reh, an dem keinerlei gewaltsame Jagdspuren zu erkennen waren, lag auf einer nur grob gemalten Waldwiese, im Hintergrund sah man von der Sonne gerötetes Gebüsch, vorne verdunkelte ein Schattenfleck, wohl von einer Baumkrone, die Wiese – ich erinnere mich noch gut an die Details. Signiert war das Gemälde, das nicht mehr als etwa dreißig auf vierzig Zentimeter groß war, unten rechts, aber wohl aus Platzgründen nur mit den Initialen G. C. und der Zahl 57, die auf das Jahr 1857 verwies.

Für diesen Courbet wollte ich mich mehr ins Zeug legen als für die Malereien, die ich für Rochlitz oder Holzapfel anfertigte. Ich rieb sogar auf die hergebrachte Weise Pigmente an, die ich bei Charbonnel am Quai de Montebello kaufte. Das Vergnügen des Anreibens von Farbe machte den Aufwand wett. Die Leinwand und der Keilrahmen mussten so bearbeitet werden, als habe der Zahn der Zeit schon daran genagt. Dazu gab es bestimmte Techniken, die zu den Fälschertricks gehören. Eine der Möglichkeiten – und nicht die übelste – bestand darin, ein belangloses, von der Größe her passendes altes Gemälde auf Lager zu haben, das sich zum Übermalen eignete. In Paris waren solche Schinken im Auktionshaus Drouot leichter zu finden als andernorts, ich hatte eine kleine Auswahl in meinem Atelier auf Lager. Entweder übermalte man das Gemälde oder nutzte mindestens die Rahmen. Jeder Fälscher sammelt, wo er nur kann, Vorräte an, die ihm eventuell einmal nützlich sein könnten. Auf dem Flohmarkt hatte ich schon 1937 zufällig zwei Ballen mit alter Leinwand gefunden, etwa fünfunddreißig, vierzig Jahre alt. Der Vater des Verkäufers war Hobbymaler gewesen. Solche

Schätze nimmt man sofort mit. Sie erwiesen sich jahrelang als äußerst nützlich.

All das ist jedenfalls eine Wissenschaft für sich, die für jedes Gemälde eine wohlüberlegte Vorarbeit voraussetzt. Für das kleine Jagdstillleben – ich bin nicht sicher, ob der Begriff angebracht ist –, das einer schnellen Expertise standhalten sollte, alterte ich handgewebte Leinwand (aufrauen, vergilben, einstauben) und baute den Keilrahmen aus dem eines alten, aber wertlosen Gemäldes zusammen, dessen angerostete Nägel mir willkommen waren. Zum Glück musste ich wenigstens die Markierungen der Rückseite nicht erfinden, sondern nur dem Original entsprechend nachbilden. Das ist dennoch kniffeliger, als man glauben mag. Links oben gab es eine Beschriftung auf einem Stück Zeichenpapier, auf dem mit verschiedenen Handschriften und Tinten »Gustave Courbet 1819–1877 Biche morte« und dann noch einmal »Chevreuil mort« stand, wenn ich mich Jahrzehnte später recht entsinne. Eine ovale rote Marke war zu zwei Dritteln abgekratzt worden, Reste eines speckigen schwarzen Papiers klebten rund um den Keilrahmen, noch dazu war die Leinwand an der Rückseite seltsam angekratzt, als wäre man mit einer feinen Raspel darübergefahren. Ich machte viele Versuche, bevor ich die richtige Methode gefunden hatte, diese Spuren aus dem Leben des Gemäldes so nachzuahmen, dass es nicht künstlich aufgesetzt wirkte. Zum Glück konnte ich davon ausgehen, dass kein Mensch meine Kopie allzu pingelig unter die Lupe nehmen würde. In den damaligen Zeiten griff jeder schnell zu, selbst die Museumskuratoren fragten nicht genau nach und wollten vor allem von der Gunst der Stunde profitieren.

Nach ein paar Wochen hatte ich meinen Courbet fertiggestellt, auch die Ölfarbe und der Firnis waren im Ofen so weit durchgetrocknet, dass die Fälschung einem Expertenblick standhalten konnte. Rose holte die Kopie bei mir ab, brachte sie heimlich in ihrer Reisetasche ins Jeu de Paume, tauschte das Gemälde mit seinem Doppelgänger im goldfarbenen Stuckrahmen aus und entführte noch am selben Tag den Original-Courbet. Und den behielt Rose bei sich zu Hause, bis sein Besitzer, die Familie einer jüdischen Opernsängerin, mit der Rose offensichtlich bekannt war, aus dem amerikanischen Exil zurückkam. Ich habe keine Ahnung, was dann mit meiner Fälschung passierte und habe nie wieder eine Spur von ihr gefunden.

Im Herbst 1941 kopierte ich noch ein weiteres Gemälde für Rose, und zwar eine Landschaft mit Ruinen in recht kleinem Format von Hubert Robert. Rose wusste, dass ich darin Erfahrung hatte, ebenso wie mit Courbet. Die romantische Note der alles überwuchernden Natur und der melancholische Verfall von Gestein entsprachen meinem Temperament. *Robert des Ruines*, Ruinen-Robert: den Spitznamen hatte der Maler schon zu seinen Lebzeiten abbekommen. Um ihm Gerechtigkeit widerfahren zu lassen, möchte ich doch anmerken, dass Hubert Robert unzählige Ansichten von völlig intakten Gebäuden gemalt hat oder reizende Fantasie-Landschaften im idealisierenden neoklassizistischen Stil seiner Zeit. Wieder brachte Rose mir das Original in ihrer Reisetasche mit, überließ es mir für die Dauer eines Wochenendes, und wieder tauschte sie einige Wochen später vor Ort im Jeu de Paume meine Kopie gegen das Original ein. Aber dieses Mal hätte sich Rose beinahe bei ihrem Schmuggel verraten. Ein Mitarbeiter des ERR war an jenem Morgen früher als üblich im Gemälde-Depot eingetroffen und stürmte in Roses winziges Büro, als sie gerade dabei war, meine Kopie in den Rahmen zu klopfen, während das Original noch auf dem Tisch lag. Sie hatte die Schritte kurz vor der Türschwelle gehört und gerade noch Zeit gefunden, den echten Hubert Robert umzudrehen und einen Karteikasten davorzuschieben. Die Sache ging gut aus, es muss aber eine ebenso peinliche wie gefährliche Situation gewesen sein. Jedenfalls sollte der Hubert Robert für einige Zeit mein letzter Auftrag von Rose gewesen sein.

Das Jahr 1941 und die erste Hälfte von 1942 vergingen im Flug. Aber vielleicht täuscht mich auch meine Erinnerung, weil ich in dieser Zeit in einem längst geregelten Trott lebte. Meine beiden Welten funktionierten in reibungslosem, allerdings recht erschöpfendem Nebeneinander und mein Alltag lief wie am Schnürchen. Mit einem meiner Kollegen von der Reichsbahn hatte ich mich näher angefreundet und eine hübsche Sekretärin, sie hieß Hilde, hatte sich in mich verliebt. Das genügte mir, was Bekanntschaften anging. Ich fuhr nicht jeden Abend in die Rue Lepic, behielt weiterhin trotz der guten Auftragslage meinen gewohnten Rhythmus von etwa drei Abenden und den Wochenenden bei, an denen ich mit dem Fahrrad ins Atelier fuhr. Bei richtig schlechtem Wetter nahm ich ein Taxi oder die Metro, Abteil erster Klasse, weil dort die Sitze gepolstert waren, während es in der zweiten Klasse nur Holzbänke gab.

An den anderen Abenden ging ich mit Kollegen, manchmal mit Vorgesetzten, ins Restaurant oder ins Kabarett, vor allem *La Vie Parisienne* in der Rue Sainte Anne, wo die deutschen Offiziere geschniegelt vor einer Flasche Champagner saßen, und *Le Bœuf sur le Toit* in der Rue Colisée, dessen Publikum sehr viel durchmischter war. Dann und wann schauten wir uns auch einen Film im Kino an, entweder auf den Champs-Élysées oder auf den Grands Boulevards. Die deutschen Propagandafilme liefen dort alle, ich erinnere mich an *Ohm Krüger* mit Emil Jannings in der Rolle des Präsidenten der südafrikanischen Burenrepublik Transvaal oder an *Münchhausen* mit Hans Albers in der Hauptrolle. Der antisemitische Propagandafilm *Jud Süß*, sicher die heftigste Karikatur, die die UFA Studios je produziert haben, kam auch in Frankreich gut an, allerdings mit wesentlich geringeren Besucherzahlen als in Deutschland. Dennoch: Ein Teil der französischen Bevölkerung war genauso abgründig antisemitisch wie die Millionen Deutschen, die dem Film begeistert applaudierten und beim Abspann »Nieder mit den Juden« grölten. *Die Goldene Stadt*, ebenfalls von Veit Harlan und mit Kristina Söderbaum in der Hauptrolle, erregte als erster Farbfilm, den man in Frankreich sehen konnte, besonderes Aufsehen. Ich war so beeindruckt, dass ich mich noch daran erinnere, wo ich ihn gesehen habe, nämlich im Studio 28, einem kleinen Kino am Montmartre, gleich bei der Rue Lepic. Das Marignan auf den Champs-Élysées wurde zum »Deutschen Soldatenkino« auserkoren, dort lief *Kollege kommt gleich*. Wir sahen uns allerdings auch französische Filme an. Nachdem *Pontcarrel, Colonel d'Empire* herausgekommen war, wollten plötzlich alle jungen Frauen wippende blonde Locken haben wie Suzy Carrier im Film. Auch Hilde ging zum Friseur.

Die *Actualités* vor jedem Film wurden von den deutschen Besatzern produziert – entsprechend war die Perspektive, um nicht zu sagen die Weltanschauung. In vielen Kinos hatte es zu Anfang der Besatzungszeit lautstarke Buh-Rufe gegeben, und deshalb war umgehend verordnet worden, die Wochenschau nur bei voller Beleuchtung laufen zu lassen. Die Platzanweiserinnen bekamen die unerfreuliche Aufgabe, die renitenten Schreier ausfindig zu machen und des Saales zu verweisen. Draußen standen SS-Soldaten, um sie in Empfang zu nehmen, und bald schon hatte kein Kinobesucher mehr Lust, die *Actualités* zu überschreien.

Ich erinnere mich aber vor allem an einen Abend im Jahr 1942, weil etwas geschah, das mir zum ersten Mal wirklich Panik ins Herz trieb. Wir waren nach Büroschluss in einer kleinen Gruppe von Kollegen zum Aperitif und dann zum Essen ausgegangen. Obwohl es schon fast Mitternacht war, ließ ich mich von Hilde überreden, mit allen zusammen in einem schicken Ballsaal bei der Oper tanzen zu gehen. Ich trug meine Uniform, war glänzend gelaunt, sicherlich auch beschwipst von Champagner und Rotwein. Ein außerordentlich guter Tänzer bin ich nie gewesen, aber ich konnte mich für gewöhnlich ganz gut halten und tanzte vor allem gern. Hilde war überglücklich, mich endlich für eine lange Schwof-Nacht für sich zu haben. Sie hatte es tatsächlich nicht einfach mit mir. Ich hielt sie nicht nur wegen meines zeitknappen Doppellebens auf Distanz, sondern auch, weil ich keinerlei Bedürfnis auf eine zu enge Beziehung hatte. Mein Leben für eine Frau einzuschränken, wäre mir damals unter allen Umständen auf die Nerven gegangen.

Der Saal war prächtig und mindestens zur Hälfte mit deutschem Publikum gefüllt. Eine große Tanzfläche wurde von dicht besetzten Tischen umgeben, im Schein der Lüster und Kerzen glitzerten die Goldrahmen riesiger Spiegel an den Wänden und die Brillanten der tanzenden Damen. Wir bekamen einen der letzten noch freien Tische am Außenrand gleich neben dem Orchester. Es war dermaßen laut, dass wir kaum miteinander sprechen konnten. Bald zog mich Hilde auf die Tanzfläche, und wir drehten schon mindestens eine Stunde lang tanzend die Runden, ohne an unseren allzu lauten Tisch zurückzugehen. Hilde tanzte sehr gut und riss mich in ihrer Begeisterung mit. Plötzlich kreuzte sich mein Blick über ihre Schulter hinweg mit dem eines mir nur allzu bekannten Mannes: Es war Hans Wendland, mit Charlotte im Arm. Ich sah ihr rotblondes Haar von hinten, das in Wellen über ein elegantes, cremeweißes Kleid fiel. Schwer zu sagen, welchen Ausdruck ich in diesem Moment im Gesicht getragen habe. Ein entsetztes Stutzen? Ich steckte hilflos in meiner Uniform, versuchte mich zu fassen, so gut es ging, so schnell wie möglich. Wie sollte ich Hans in dieser Sekunde begegnen? Lächelnd »bonjour« sagen, ein grüßendes Handzeichen von Hildes Schulter aus geben? Und bei der nächsten

Drehung, wie sollte ich Charlotte in die Augen schauen, gar begrüßen? Mit meiner Hilde im Arm (warum nicht) und einer Uniform mit ein paar klimpernden Abzeichen am Leib?

Für den Bruchteil einer Sekunde erfasste mich ein intensiver Weglaufinstinkt, zugleich bekam ich so schwache Knie, dass ich hätte wegsinken können. Wenn Hans oder Charlotte mich mit Isidor angesprochen hätten! Ahh, mein guter Freund Isidor, was für eine Überraschung, dich hier zu sehen! Man hätte sich auf der Tanzfläche begrüßt, Küsschen auf die Wange von Charlotte: Mon cher Isidor, wie geht es denn, quel plaisir! Hilde hätte mich aus ihren blauen Augen angestarrt – Isidor? Und der Skandal wäre losgebrochen. Es geschah jedoch etwas nur auf den ersten Blick Erstaunliches. Nach einem eigentlich winzigen Moment der Verblüffung nahm Hans Wendland die Situation in die Hand. Er hob die Finger auf Charlottes Schulter zu einem Winkzeichen, zwinkerte mir zu, mit einem Lächeln sogar, und nahm dann seine Charlotte fest in den Arm, drückte sie, küsste sie und zog sich mit ihr tanzend aus meinem Umfeld zurück. Ich war gerettet, drehte mich gleichfalls weg. Nahm meinerseits Hilde noch fester in den Griff und hauchte ihr ins Ohr, dass es wunderbar sei, mit ihr zu tanzen, nun aber genüge es. Ob wir nicht zusammen ins Hotel zurückgehen sollten, schnurrte ich an ihrer Wange. Und dann verließen wir den Tanzsaal. Als ich Hans Wendland einige Zeit später traf, machte er nur eine Bemerkung über unsere gemeinsamen Interessen und Leidenschaften, die es um jeden Preis zu schützen galt – der Vorfall wurde ansonsten nie wieder erwähnt.

Im Mai oder Juni 1942 sah man auf den Straßen von Paris zum ersten Mal Judensterne an Jacken und Mänteln, fest angenäht, immer auf der linken Brustseite. In schwarzen Lettern stand das Wort »Juif« auf dem gelben Stern – unweigerlich schaute man woandershin. Einmal hörte ich eine Frau zu einem sterntragenden jungen Mädchen sagen: »Ich möchte dir meine Achtung ausdrücken, im Namen aller Franzosen.« Sie verbeugte sich ganz leicht und legte dabei die Hand aufs Herz. Das habe ich nicht vergessen, auch nicht den Blick des Mädchens. Manchmal sah ich hämische Reaktionen, oder dass Kinder ohne Stern die Kinder mit Stern hänselten. Aber im Allgemeinen hatten wir uns derart an alles gewöhnt, dass uns solche Straßenszenen nicht weiter wunderten oder unangenehm auffielen. Wir kannten die Hetzpropaganda schon seit vielen Jahren und erlebten nun in Frankreich von Neuem, wie zuverlässig die Ausgrenzung einer ganzen Bevölkerungsgruppe funktionierte, wenn sie graduell und methodisch in Szene gesetzt wurde, mit immer neuen, schikanierenden Gesetzen, mit häufigen, scharfen Polizeikontrollen und systematisch angebrachten Aufschriften »Für Juden verboten«, »Nur für Juden«, »Juden raus« an Geschäften und Türen, in Büros und Amtsstuben. Juden konnten nur den letzten Wagen der Metro benutzen. Cafés, Restaurants, Cabarets und Kinos durften sie nicht mehr betreten. Daraufhin wurden die Gaststätten von Juden mit »Nur für Juden« beschildert, in die sich natürlich sonst niemand hineinsetzte.

Im selben Zeitraum begann der planmäßige Abtransport der noch im Land verbliebenen jüdischen Bevölkerung, zunächst aus Paris, seinen Vorstädten und der besetzten Zone Frankreichs, bald auch aus der freien Zone in Mittel- und Südfrankreich. Die größte Aktion war die »Rafle du Vélodrome d'Hiver«. Tausende Juden wurde innerhalb von nur wenigen Tagen auf Befehl der deutschen Besatzer von der französischen Polizei in der Winterradrennbahn von Paris zusammengetrieben und dann, einige Tage später, mit Bussen oder über das Metronetz in ein Durchgangslager bei Paris gebracht. Von dort ging es weiter, per Eisenbahn in Richtung Deutschland und in den Osten. Aber was an den Endstationen der Eisenbahnlinien passierte, wussten wir, die Leute von der Reichsbahn nicht, wir ahnten es auch nicht und es lag außerhalb unserer Vorstellungskraft. Sicher auch außerhalb unseres Bedürfnisses nach Vorstellen. Wir dachten nicht darüber nach. Wir konnten die Abläufe nicht in ihren größeren Zusammenhängen wahrnehmen, sondern waren vollauf mit den täglichen Teilaspekten beschäftigt: »Umsiedlung nach Osten« oder »Arbeitseinsatz in Auschwitz«, hieß es. Ich wusste nicht einmal genau, wo Auschwitz lag, geschweige denn, was dort passierte. Ich tat meine Arbeit, empfing Briefe und Anweisungen, diktierte meine Antwortbriefe und Instruktionen, überwachte Gehaltszahlungen, hatte ein Auge auf die Personalmaßnahmen der SNCF, ließ Neueinstellungen durchführen, schickte unfähige Mitarbeiter in unserem Reichsbahnbüro Paris-Nord/Ost oder solche, denen die Eingliederung nicht gelang, wieder zurück nach Deutschland.

## 24

Jeden Tag bin ich wieder in meiner Hölle, bei den Schmerzgequälten. Ich gehöre zu dieser Rotte der Trostlosen, wie Dante sie beschreibt. Die bis zum Hals im Schlamm des qualmenden, tintigen Styx stecken. Aus deren verschlicktem Mund Worte, Zahlen gurgelnd versickern. Wort-Borborygmen, ein ohnmächtiges Grummeln. Viele Tage sind verstrichen. In einer Art innerer Bestürzung, gelähmt. Auch beim Spaziergang war sie da, wie ein Druck auf dem Herzen und eine beklommene Unfähigkeit, mehr zu tun, als einen Schritt vor den anderen zu setzen. Ich kann vor meiner Hölle nicht weglaufen und muss ihr standhalten. Jeden Tag ist es ein leises, beharrliches Wortwürgen in meiner Kehle. *Chi del fango ingozza*, Schlickfresser nennt Dante seine traurigen Styx-Bewohner. Das hat mich beeindruckt, *chi del fango ingozza*, die den Morast in sich hineinwürgen! Immer, wenn ich in den letzten Jahren zu einem wichtigen Satz anheben wollte, schien es mir, als wollten Schlick und Schlamm aus meinem Mund hervorquellen. Wenn ich in meiner Erinnerung an manche wunden Punkte meiner Vergangenheit zurückkehren wollte, hatte ich das Gefühl, in einem Fluss aus Matsch gegen den Strom zu waten. Jeder Schritt erfordert übermenschliche Kräfte.

Ich konnte nicht sagen: Jetzt hört alle einmal her, Euer Vater, Dein lieber Mann, meine liebe Anna, ich – ein ganzes Leben lang habe ich es versäumt zu sagen, dass … Ich hatte die Gelegenheit bislang leider nie gefunden, Euch mitzuteilen … Aufgrund einer inneren Unmöglichkeit habe ich lange Zeit nicht die geeignete Gelegenheit gefunden … Aufgrund einer inneren Unzulänglichkeit … Es ist zugegebenermaßen unhaltbar, gewisse Dinge des Lebens denen vorzuenthalten, die … Ich selbst habe auf eine unbegreifliche Weise vergessen, eine lange Geschichte aus meinem Leben …

Mein Herz ist trist geworden. Die Strafe aller Strafen wäre, wenn es keine Hoffnung gäbe auf Nicht-mehr-Sein. Wenn es die Hoffnung auf Nicht-mehr-Sein nicht gäbe. Jene, die etwa aus Verzweiflung am Sein Hand an sich legen, die Selbstmörder, deren Leiber treibt Dante grimmig in den verheerten Wald der Abtrünnigen, lässt sie zu Gestrüpp voller Gram werden, ihr Fleisch in Bäume und in Sträucher ohne Grün eingehängt, wo ihre Seelen mit dem pflanzlichen Wirt in ewiger Haft verkettet bleiben, während missgestaltete Unglücksvögel, die Harpyien, endlos am Gezweig äsen.

Sich in einen Baum verwandeln. Nicht in einen Baum wie er im Buche steht, die Idee eines Baumes, sondern in einen wahrhaftigen Baum im Wald. Mit langen Wurzeln bis tief in die Erde, denn das ist mein entscheidender Mangel. Es ist, als sei ich nicht ins Leben eingewurzelt. Wer wie Treibsand im Leben driftet und daraus hinauswehen möchte, als sei er nichts, weg ins Nichts, der hat vielleicht heimlich den Wunsch, fest im Boden vertäut zum Licht zu wachsen, dem Himmel entgegen. Mit Vögeln im Gezweig. Die zwitschern dann in meiner Kopfkrone. Es gibt keine Jahreszeit, in der ein Baum nicht prachtvoll wäre, vor allem im Winter, blätternackt, wenn seine Rindenhaut vollständig sichtbar wird, feucht und schwarz, und das Geäst bis hin zum kleinsten Zweig ein Kunstwerk bildet. Die Art, wie Zweige miteinander angeordnet sind: Das sind die Gesichtszüge eines Baumes. Blätter verhüllen. Dafür rauschen sie im Sommerwind und machen den Herbst überhaupt erst erträglich, mit ihren versöhnenden Farben, Ockergelb, Safran, Terrakotta, Karminrot. Das zu den Bäumen. Ich würde gerne in einer Wiedergeburt zu einem Baum werden, meinethalben zu einer mächtigen Platane oder einer duftenden Linde. Aber noch ist es nicht so weit, der bloße Gedanke macht mir allerdings ein wenig Mut. Ich, Viktor Wagfall, der Schlickfresser, *chi del fango ingozza*, habe meine Geschichte von Isidor Schweig noch nicht zu Ende erzählt.

## *Foto 13*

Die Gedenkstätte vom ehemaligen *Vélodrome d'Hiver* am Boulevard de Grenelle: Eine winzige Grünfläche, eingeklemmt zwischen dem lärmenden Boulevard und mächtigen, trostlosen Gebäudekomplexen aus den sechziger Jahren. Ein weißer Kranz mit blauem Davidstern liegt vor einer Gedenktafel, auf der zu lesen ist: *»Am 16. und 17. Juli 1942 wurden 13 152 Juden in Paris und seinen Vorstädten verhaftet, deportiert und in Auschwitz ermordet. In der Winterradrennbahn, die sich einst hier befand, wurden 4115 Kinder, 2916 Frauen und 1129 Männer von der Polizei der Vichy-Regierung und auf Befehl der Nazibesatzer unter inhumanen Bedingungen eingepfercht. Gedankt sei jenen, die zu helfen versucht haben. Passant, erinnere dich!«*

Viktors Aufzeichnungen brechen Mitte 1942 plötzlich ab. Er hatte keine Kraft mehr gefunden, bis zum Ende des Krieges oder zumindest bis zum Ende der Besatzungszeit in Frankreich und damit seines Paris-Aufenthaltes zu kommen. Aber unbedingt wollte er noch die Geschichte von Matisses *Sitzender Odaliske* erzählen. Und auch, was mit Adèle, seiner geliebten Adèle geschehen war. Flüchtig erwähnte er allerdings zwei letzte Züge, die kurz vor der Kapitulation, im August 1944, gen Osten fahren sollten: Der eine erreichte mit seiner Menschenfracht unbehelligt die deutsche Grenze und die Todeslager, der andere wurde vom französischen Widerstand sabotiert und blieb mit seiner Ladung Kunst in einem Vorort bei Paris stecken. Im Personalwesen der Reichsbahn sei er tätig gewesen, schrieb Viktor Wagfall, Karolins Vater. Und immer wieder erstaunte es sie jetzt, dass sie ihn nie gefragt hatte, dass sie zu seinen Lebzeiten nicht einmal auf die Idee gekommen war zu fragen, was genau er in Paris gemacht hatte, wie es damals war, in dieser Stadt zu leben, wie die Reichsbahn organisiert war und welchen Auftrag er hier zu erfüllen hatte.

Erst jetzt, wo es längst zu spät war, wurde ihr bewusst, dass sie tatsächlich keine einzige präzise Frage gestellt hatte: Was hast du in Paris gemacht? Wie sah dein Alltag aus? Was hast du über die Deportationen gehört? Ja, was hast du gewusst? Die Reichsbahn in Paris arbeitete eng mit der Wehrmacht, mit SS, SD und dem »Judenreferat« zusammen, die Eisenbahner der besetzten Zone waren faktisch der Wehrmacht unterstellt. Ein Mann wie Viktor Wagfall, in welcher Abteilung er auch immer tätig war, musste direkt oder indirekt an die Pariser Wehrmachtverkehrsdirektion Bericht erstatten oder erhielt von der WVD, die erst im Juni 1942 ihre explizit militärische Bezeichnung verlor und in HVD, also Hauptverkehrsdirektion umbenannt wurde, seine Anweisungen. Auch dass ihr Vater Uniform getragen hatte, wäre ihr zuvor im Traum nicht eingefallen, es hatte nie zur Debatte gestanden, war deshalb ungedacht und undenkbar geblieben. Keine einzige genaue Frage hatte Karolin je gestellt, in unbewusster, in stillschweigender Übereinkunft mit dem Tabu. Es gab Themen, über die nicht gesprochen wurde, weil sie nicht etwa übergriffig, peinlich, unangenehm gewesen wären, sondern weil sie unantastbar und unaussprechbar waren. Eine Zensur brauchte nicht stattzufinden, denn Karolin hatte von vorneherein, schon vor aller Bewusstseinskontrolle nichts Genaues wissen wollen. Sie hatte sich anstandslos mit den leichthin ausgestreuten Gewissheiten einer nachlässigen Familienlegende abgefunden.

Welche Sorte Briefe diktierte ihr Vater in seinem Pariser Büro? Was besprach er mit wem am Telefon? Mit welchen

Abteilungen arbeitete er zusammen? Welche Informationen bekam er, bearbeitete er oder reichte er weiter? Was erzählten die Offiziere, die Kollegen, sonstige Besatzer bei einem Glas Wein? Wie sprach er eigentlich damals, Karolins Vater, welche Sorte von Worten benutzte er? Hatte er den nationalsozialistischen Jargon angenommen, die forsche Schneidigkeit und die zynischen Euphemismen? Könnte es sein, dass seine Sprache von damals nichts gemein hatte mit der Sprache, die sie von ihrem Vater kannte und mit der er Jahrzehnte später, alt gewordener Mann, seine melancholischen Memoiren schrieb? Und wie fühlte er sich, wenn ein bestimmter Teil der Bevölkerung, eine definierte Gruppe von Mitmenschen, ganz alltäglich, vor aller Augen, denunziert und enteignet, verfolgt und misshandelt, schließlich verjagt wurde, um von Deportation, Todeslagern und Mord noch gar nicht zu sprechen? Auf welche Weise ließ sich das mitansehen? Es wären interessante Fragen gewesen: Wie, mit welcher Einstellung hatte er sich die Verfolgungen mit eigenen Augen angesehen? Denn es war auch hier in Paris unmöglich, sie nicht zu sehen. Es war unmöglich, die Hasstiraden nicht zu hören, nichts von den Judensternen, den Enteignungen, den beschmierten Wänden, Geschäften und Haustüren zu sehen, nichts vom Anpöbeln und dann, 1942, von den öffentlichen Razzien mitzubekommen.

Und zuletzt stand nur noch eine offene Frage hinter all den nie gestellten Fragen an den Vater und an die Vergangenheit: Wenn Karolins Vater, ein angeblich achtbarer und moralischer, ein kunstliebender, sanfter und eigentlich guter Mann – nur so kannte sie ihn –, sich an all das gewöhnen konnte, war es dann möglich, dass auch sie selbst und eine andere Generation in einer anderen Zeit sich wieder an vergleichbare Zustände gewöhnen könnten?

In den heißen Sommertagen von 1942, zu dem Zeitpunkt, an dem Viktors Erzählen ins Stocken gerät, an dem er seine Aufzeichnungen zu einem abrupten Ende bringt, fand nicht nur sein privates Leben statt, nicht nur sein Alltag im aufreibenden Doppelleben zwischen Viktor Wagfall und Isidor Schweig. In jenen Tagen fand in Paris auch die größte Judenrazzia der gesamten Besatzungszeit statt, mit der die systematische Deportation der Juden, zunächst aus Paris, seinen Vorstädten und der besetzten Zone Frankreichs, bald aber auch aus der noch freien Zone in Mittel- und Südfrankreich mit einem Paukenschlag einsetzte. Über die *Rafle du Vélodrome d'Hiver*, die Razzia der Winterradrennbahn, weiß heute fast jeder französische Schüler Bescheid. Sie gehört zu den einschneidenden Ereignissen der Besatzungszeit und ist ein Symbol für die Deportation und Vernichtung der Juden in Frankreich geworden, auch für die aktive, tatkräftige Kollaboration der französischen Behörden mit den deutschen Besatzern. Am 16. und 17. Juli 1942 wurden in einem groß angelegten, sorgfältig vorbereiteten Streifzug durch die Kapitale mehr als dreizehntausend Juden, darunter viertausend Kinder, im Auftrag des Besatzers von französischen Gendarmen aus ihren Wohnungen geholt, verhaftet und in zwei Lagern zusammengetrieben: im Vélodrome d'Hiver, einem geschlossenen, überdachten Sportareal im fünfzehnten Arrondissement von Paris, und in dem schon seit 1941 existierenden Gefängnis- und Durchgangslager von Drancy, das in einem Vorort im Nordosten von Paris lag. In die Radrennbahn kamen die Familien mit Kindern, nach Drancy Alleinstehende und Paare.

Schon vor der Razzia mussten Gerüchte umgegangen sein. Bei den komplexen organisatorischen Vorbereitungen hatte man Indiskretionen nicht vermeiden können. Angeblich sollen auch die französischen Polizisten bei den Verhaftungen allzu nachlässig vorgegangen sein. Deshalb wurden statt der erhofften achtzehn- bis zwanzigtausend Juden nur gute dreizehntausend abgeholt. Während der Abführungen spähten Nachbarn hinter Türen und Fenstern, beim Verladen blieben Passanten auf der Straße stehen. Wo kommen die hin, fragte man sich, warum sollten auch Kinder mitkommen, und was konnten Greise in den deutschen Arbeitslagern an Mehrwert bringen? In der Winterradrennbahn mit ihrem hohen Glasdach und den steilen Sitzrängen wurden bis zu achttausend Menschen tagelang unter unerträglichen Bedingungen von Polizisten, ein paar Krankenschwestern und einer Truppe Hilfspersonal in Schach gehalten (kein Deutscher war dabei, sie hielten sich während dieser Phase der Razzia diskret zurück), bevor es mit Autobussen und Metrozügen weiter nach Drancy ins Durchgangslager ging. Dann in die Viehwaggons, zum Abtransport per Eisenbahn. Nach Osten.

Man hätte eigentlich den Mund halten sollen, man hätte nichts sagen dürfen. Aber war das möglich? Konnten die beteiligten französischen Beamten, die Passanten und zufälligen Beobachter allesamt schweigen? Unvermeidlich gingen Gerüchte um, drang Information nach draußen, das Vel' d'Hiv' – so wurde die Winterradrennbahn im Volksmund genannt – lag noch dazu mitten in Paris, gleich hinter dem Eiffelturm, umgeben vom üblichen städtischen Verkehr, inmitten von Wohnhäusern mit Fenstern und potentiellen Zeugen, die hören, sehen und riechen konnten. Die wenigen Toiletten im Vel' d'Hiv' waren bei dem furchtbaren Gedränge schon nach einigen Stunden verstopft und liefen über. Niemand reparierte sie. Nach zwei Tagen standen die zusammengepferchten Häftlinge in Lachen von Exkrementen, an eine liegende Schlafposition war kaum zu denken. Erst am dritten Tag wurde ein bisschen Nahrung verteilt. Mörderischer Durst quälte die gefangenen Männer, Frauen, Kinder. Es gab nur zwei Wasserhähne. Bei dem Gedränge an die Hähne heranzukommen, war ein schreckliches Unterfangen, sich zu waschen ohnehin ausgeschlossen. Angesichts der grauenvollen Situation wurden manche Gefangene verrückt. Schwangere Frauen verloren im Schock den Fötus, gebaren hilflos ein noch lebendes oder gleich schon ein totes Kind in diesem Inferno. Einen Unterschied machte das am

Ende dann tatsächlich nicht mehr, denn keines der 4115 Kinder aus dem Vel' d'Hiv' hat Auschwitz überlebt. Keines. Tag und Nacht blieben die grellen Scheinwerfer eingeschaltet, die Hitze war unerträglich, sie stieg in den oberen Rängen der Rennbahn auf über fünfzig Grad. Ununterbrochen wurden Namen durch Lautsprecher ausgerufen. Das Schreien, der Lärm, all die Geräusche von Tausenden eingepferchten Menschen, müssen unerträglich gewesen sein und konnten in der Umgebung nicht überhört werden. Auch der Gestank muss grauenhaft gewesen sein. Manche starben am psychischen Stress, anderen schien Selbstmord eine Erlösung zu sein, sie stürzten sich von den oberen Balustraden in die Tiefe. Wer zu fliehen versuchte, wurde erschossen, auch das konnte eine Form von Selbstmord sein. Hunderte starben schon in diesen fünf Tagen des Eingepferchtseins im Vel' d'Hiv', in der Vorhölle zur Hölle, bevor für alle anderen die qualvolle Todesreise weiterging.

Das Durchgangslager von Drancy, durch das in jenen Julitagen von 1942 tausende Juden geschleust wurden, musste allen deutschen Eisenbahnern in Paris, also auch Karolins Vater, ein mindestens organisatorischer Begriff gewesen sein, denn es war in all den Jahren die größte Transitstation für die Deportierten aus Frankreich. Dort kamen sie mit dem Zug aus allen Teilen des Landes an, und von dort ging es per Güterwaggon weiter. Die Deportationszüge in Richtung Osteuropa fuhren vom Bahnhof Bourget-Drancy oder vom ebenfalls nahe gelegenen Bahnhof Bobigny ab, beide waren nur fünf oder sechs Kilometer von der Gare de l'Est entfernt. Wenn Karolin nur vier Worte in Googles Suchmotor eingab – Deportierung, Frankreich, Drancy und Auschwitz –, kam sie auf eine Internetseite mit einer erstaunlich präzisen Tabelle. Es war die *Chronologische Tafel der Deportierungen von Juden aus Frankreich: 1942–1944*, in der insgesamt 79 Zugkonvois mit Auskünften zu

Zeitpunkt,
Abfahrtsort,

Zielort,
Zahl der Deportierten,
bei Ankunft vergast,
verbleibende Männer bei Ankunft,
verbleibende Frauen bei Ankunft

aufgeführt wurden. Wie alle Listen der Nazizeit ist auch diese Liste in ihrer rohen, in ihrer akkuraten Anschaulichkeit verblüffend. Ab August 1942 lässt sich ein abrupt ansteigendes Vergasungspotential aus ihnen ablesen, denn die Zahlen in der Spalte »bei Ankunft vergast« schießen plötzlich in die Höhe, während die Zahlen »Verbleibende bei Ankunft« entsprechend sinken.

Im Durchschnitt wurden tausend Menschen pro Konvoi abtransportiert, hundert pro Güterwaggon, also zehn Waggons pro Lok. Das für jeden dieser Deportationstransporte von der Wehrmachtverkehrsdirektion im Auftrag des »Judenreferats der Sicherheitspolizei und des Sicherheitsdienstes in Paris« angeforderte Zugmaterial musste pünktlich am angegebenen Abfahrtsbahnhof zur Verfügung stehen. Die Endstation hieß fast immer Auschwitz. Unter der Befehlsgewalt von deutschen Eisenbahnern und in Zusammenarbeit mit der französischen SNCF wurden die Züge reserviert, herangeschafft und fahrtüchtig, also auch mit dem nötigen Personal versehen, bereitgestellt. Die Reichsbahn und der *chemin de fer* waren verantwortlich für die Fahrplanorganisation, die Schienennetzorganisation (welcher Zug wann über welche Strecke wohin rollte), für Lokomotiven, Waggons und das Zugpersonal. Genau wie bei jedem anderen Transport auch, nur dass bei den Deportationen SS-Einheiten dabei waren, die sämtliche Überwachungstätigkeiten übernahmen. Französisches Personal, also Lokführer, Heizer und zusätzliche Gendarmen, fuhr bis zur französischen Grenze, dann übernahmen die Deutschen.

Die Deportationszüge wurden verwaltungstechnisch wie alle anderen Züge geführt, nämlich als Loknummern, Waggonnummern, Waggonstückzahlen, Personenstückzahlen, mit Streckenabschnitten, Fahrzeiten und Personalaufwand. Wie für eine gewöhnliche Dienstleistung wurden Rechnungen erstellt. In Paris war das genauso wie in jeder beliebigen deutschen Eisenbahnverkehrsdirektion, nur dass es im Ausland noch eine Zwischeninstanz für die Verrechnung der Judentransporte gab. In Frankreich wurden die Kosten der Deportation nicht von der Reichsbahn fakturiert, sondern von der Pariser Filiale eines deutschen Unternehmens, dem Mitteleuropäischen Reisebüro, kurz MER. Die Rechnungen wurden wie üblich in mehreren Durchschlägen angefertigt, gingen zwischen MER, Reichsbahn, Reichssicherheitshauptamt und dem Empfänger durch verschiedene Hände, wurden schließlich in Ordnern abgeheftet. Für den »Arbeitseinsatz in Auschwitz« oder die »Umsiedlung« der französischen Juden hatte das Deutsche Reich mit der Vichy-Regierung die Bedingungen verhandelt. Ein Kopfgeld von 700 Reichsmark pro Person sowie die Transportkosten mussten vom französischen Staat getragen werden. Für den Transport wurde von der Reichsbahn der gültige Personenbeförderungstarif der dritten Klasse angerechnet (dass es sich um vollgepferchte Güterwaggons handelte, wurde nicht berücksichtigt), und zwar vier Pfennig pro Person und Kilometer. Die Züge wurden als »Personen-Sonderzüge« bezeichnet. Der MER fakturierte korrekterweise nur die Hinfahrt. Nicht die Rückfahrt, natürlich. Solche Details gehören zur Banalität mustergültiger Organisation. Kinder unter vier Jahren fuhren tarifgemäß, deshalb kostenlos in die Todeslager und Kinder unter zehn Jahren zum halben Preis. Auch ein Sondertarif für Gruppenreisende konnte gewährt werden, las Karolin in einer Abhandlung zur *Eisenbahn in Deutschland: Von den Anfängen bis zur Gegenwart*. Nach 1945 beschlossen die Alliierten, sämtliche ausländische Filialen des MER zu enteignen und aufzulösen. Der Tätigkeitsradius wurde auf Deutschland beschränkt und der Name in Deutsches Reisebüro oder kurz DER geändert, was en passant die Gelegenheit bot, die unangenehme Firmen-Vergangenheit möglichst schnell verdrängen zu können.

Mehr als zweiundsechzigtausend jüdische Männer, Frauen und Kinder wurden mit sechzig Konvois innerhalb von zwei Jahren – Sommer 1942 bis Sommer 1944 – von Paris und dem Durchgangslager Drancy aus nach Auschwitz befördert. Verantwortlich für die Transportorganisation war das Reichsbahnbüro Paris Nord/Ost, in dem auch Viktor Wagfall arbeitete. Weitere vierzehntausend Juden wurden von anderen Bahnhöfen aus deportiert. Karolin stellte es sich so vor: Sechsundsiebzigtausend bedeutete so viel wie die Einwohner einer Stadt, mit ihren Kindergärten, Schulen und Altersheimen. Eine ganze Stadt, so groß wie Bad Godesberg oder Konstanz.

## 25

Es geschah im Sommer 1942. An einem wundervoll sonnigen Sonntag ließ ich die Pinsel im Glas stehen, schlüpfte in meine bequemsten Schuhe und sprang die Treppe hinunter, fünf Stockwerke, wobei in den letzten drei Stockwerken ein dunkelroter Läufer die Schritte auf der Holztreppe dämpfte. Die reicheren Leute wohnten im ersten, zweiten und dritten Geschoss, die weniger reichen im vierten oder fünften, manchmal noch höher, unterm Dach. Dort lag dann kein Teppich mehr. Unten angekommen, begegnete ich Mademoiselle Vignier, die mit ihrem Korb am Arm vom Einkaufen zurückkam, denn in Paris waren sonntagmorgens die Geschäfte geöffnet. Viel fand sich nicht mehr in den Auslagen, und die Schlangen vor den Geschäften wurden von Monat zu Monat länger – es war kein Vergleich zu dem Überfluss, den ich 1936 und auch 1940 noch erlebt hatte. Mademoiselle Vignier hatte ihre Frisur der Mode angepasst, das üppige, zuvor wie zu einem Vogelnest aufgesteckte Haar war schulterlang gestutzt worden und hatte, wahrscheinlich mithilfe von Lockenwicklern, eine gebändigte, elegante Wellung bekommen. Sie trug eine Sonnenbrille, wie sie damals gerade in Mode gekommen waren, mit einer kugelrunden Fassung aus weißem Kunststoff. Kunststoff war etwas ganz Neues, und ich ahnte, dass sie die Sonnenbrille von ihrer Freundin geschenkt bekommen hatte, die im Schneideratelier eines Couturiers arbeitete.

Pauline Vignier war sicherlich die einzige Concierge in ganz Paris, die eine Sonnenbrille nach dem letzten Schrei trug. Lachend zeigte sie mir ihren halb leeren Korb. »Das haben wir euch zu verdanken«, rief sie. Aber ich wusste, dass sie mich, wenn sie »euch« sagte, nicht zu den sonstigen Besatzern zählte – ich war und blieb der Maler Isidor. Vor allem wenn es ums Essen ging, nahm Mademoiselle Vignier kein Blatt vor den Mund, und da fand sich im Korb nicht mehr als ein kleines Stück Butter, ein dünnes, fingerlanges Stück Wurst, zwei Eier, eine stattliche Ecke Camembert (die zeigte sie mir mit besonderer Hingabe), Steckrüben, zwei Tomaten, Zichorienkaffee, ein Tütchen mit Mehl. Bis Donnerstag musste sie damit auskommen. Manchmal brachte ich ihr rar gewordene Köstlichkeiten mit, Schokolade zum Beispiel, die auf dem Schwarzmarkt teuer geworden war. Nicht, um Mademoiselle Vignier mit Süßigkeiten zu bestechen, sondern weil ich sie wirklich mochte. Es tat mir gut, wenn sie spöttisch »Monsieur Isidooorr« rief, und sich ihr komisches Katzengesicht dabei aufhellte. Ich nannte sie längst Pauline, genauer gesagt »Mademoiselle Pauline« und siezte sie dabei, eine höfliche, im Französischen verbreitete Zwischenlösung, wenn das ›Sie‹ und der Nachname zu steif klangen, das ›Du‹ mit dem Vornamen allerdings allzu vertraulich gewesen wäre.

Vor dem Haus auf der Rue Lepic sprang ich auf mein Fahrrad und los ging es, holpernd bis hin zu einem eher unangenehmen Stakkato über die kopfsteingepflasterten Straßen. Damals waren Fahrradsitze knallhart. Ich ließ die Place Blanche mit dem Café Coquet und den tatsächlich roten Flügeln vom Moulin Rouge hinter mir, fuhr gleich darauf an der Kreuzung zur Avenue Rachel vorbei, wo ich wie immer einen Blick auf Adèles kleinen Laden warf, in dem nun längst ein anderer Händler Blumen verkaufte. An der Place de Clichy war das Kino Wepler-Pathé zu einem Wohnheim für deutsche Soldaten umgerüstet worden. Auf der fensterlosen Fassade stand in riesigen Lettern schwarz auf weiß »Soldatenheim«, mitsamt Reichsadler und Hakenkreuz. Ich radelte weiter, den Boulevard des Batignolles hinunter, aber nicht auf der Straße, sondern auf dem weniger holperigen Mittelstreifen, wo man unter zwei schattigen Reihen von Ulmen (oder waren es Linden?) zwischen Fußgängern und Akrobaten Slalom fahren konnte. Hier hatte *Leo le Breton,* »der König der Gewichtheber«, seinen angestammten Platz, dann kamen Jongleure oder ein Seiltänzer. Passanten sammelten sich in Grüppchen um die Jahrmarktgestalten, die ihre Darbietungen mit tiefer, dröhnender Stimme kommentierten und dabei das R rollten.

Vor Monaten hatte ich einmal hier auf dem Boulevard des Batignolles einem Clown zugeschaut, oder genauer gesagt einem Pantomimen, der eine Clownsnase trug. Seine Darbietung hatte mich seltsam berührt. Sie war zugleich traurig und poetisch gewesen, wie eine zarte, flaumige Feder, die langsam, taumelnd, vom leichtesten Windstoß immer wieder aufgetrieben zuletzt doch zu Boden fällt. Und dann könnte jemand darauf treten, unachtsam, versehentlich. Die meisten Passanten gingen mit einem flüchtigen Blick an dem Pantomimen vorbei, ihr offensichtliches Desinteresse verletzte mich. Seither hatte ich immer gehofft, ihm wieder zu begegnen, und hatte manchmal nur deshalb einen Umweg über den Boulevard des Batignolles gemacht. Ich meinte, ihn ermutigen zu müssen, mit einem Lächeln und auch mit ein paar Geldstücken. Auch diesmal suchte ich vergeblich nach der schmächtigen Gestalt des Mimen im weißen Mantel und fragte mich, wo er wohl nun sei, jetzt, in diesem Moment. Ich habe ihn auch anschließend nie wiedergesehen.

Von der Place des Ternes aus fuhr ich die Avenue Wagram hinauf und drehte eine Ehrenrunde um den Triumphbogen. Zwölf Avenuen führten sternförmig in alle Himmelsrichtungen – ich hatte die Qual der Wahl, wie meine Spazierfahrt weitergehen sollte: In den Bois de Boulogne? In Richtung Trocadéro, Eiffelturm und Champ de Mars? Oder lieber die Champs-Élysées hinunter in Richtung Concorde und Innenstadt? Überall sah man Radfahrer, das Fahrrad war neben Pferdekutschen und Eselskarren wegen des chronisch gewordenen Benzinmangels zu einem beliebten Fortbewegungsmittel geworden, deshalb auch zu einer teuren Mangelware. Zum Glück hatte ich meines schon gleich im Sommer 1940 gekauft. Frauen fuhren sogar in Kniehosen Fahrrad, manchmal in knappen Shorts oder in Männerhosen, die mit einem Gürtel in der Hüfte festgezurrt wurden. An den Straßenrändern warteten sogenannte Vélo-Taxis oder Tandem-Taxis, die radelnd ihre Kunden in einem mehr oder weniger bequemen Anhänger transportierten. Die Anhänger waren selbst gebastelt und oft aus Automobilschrottstücken zusammengebaut worden. Keiner glich dem anderen. Manche Fahrradtaxis hatten regelrechte Mini-Kabinen im Schlepptau, völlig geschlossen, mit Tür, Dach und Fenstern. Die Fahrer waren meist junge Männer, aber auf den Tandemtaxis sah ich ab und zu auch Pärchen oder Frauen strampeln. Um das rar gewordene Benzin zu ersetzen, wurden Autos mit Gasflaschen auf dem Dach ausgerüstet oder mit einem sperrigen Vergaser-Ungetüm bestückt, das mit Holzkohle befeuert wurde und entweder hinten am Automobil aufmontiert oder aber auf einem Anhänger befestigt wurde, wobei jeweils ein dicker Schlauch die Verbindung zum Motor herstellte.

Ich entschied mich dafür, die Champs-Élysées hinunter und dann an die Seine zu fahren. Fast ohne einen Pedaltritt rollte ich bis zum Grand Palais und ließ mich von der Fahrtluft erfrischen. An der Seine führte ein Fußgängerweg mit einem kleinen Grünstreifen zwischen der oberen großen und einer tiefer gelegenen kleinen Kaimauer dicht am Wasser entlang. Im Sommer war das Flussufer eines der beliebtesten Ausflugsziele der Pariser. Ich schob mein Rad durch die Menge der Spaziergänger. Die Französinnen hatten die angenehme Gabe, auch aus der Not noch eine Tugend zu machen. Die Stoffrationierung hatte zur Folge, dass sämtliche Stoffstücke, Reste und Bändchen oder Kleidungsstücke, die aus der Mode gekommen waren, noch immer einen unvergleichlichen Wert hatten. Sie wurden zu neuen, oft erstaunlichen Kreationen umgenäht. Weil es auch kein Leder mehr für Schuhe und Schuhsohlen gab, sah ich jetzt Sandalen mit Gummi- oder Kunststoffriemen. Die Absätze waren aus Holz, in das Hohlräume geschnitzt wurden, damit sie nicht allzu klobig wirkten.

Es war so warm, dass das Seine-Ufer als kilometerlanges Freibad genutzt wurde, belagert von Männern in Badehosen und Frauen in Badeanzügen, die einen sonnten sich auf mitgebrachten Handtüchern oder Decken, die anderen saßen in Grüppchen auf der Mauer und ließen die Beine baumeln. Ich weiß noch, wie mich diese Mischung aus Nonchalance und Freizügigkeit mitten in der Stadt verwundert hatte, als ich zum ersten Mal an einem Sommertag hierhergekommen war, dann auch noch einmal mit Adèle (ich sehe sie in meiner Erinnerung: Wassertropfen schimmern auf ihrer gebräunten Haut und hängen wie Diamanten in den Wimpern, ihre Augen blitzen in der Sonne, das Haar glänzt nass, schwarz und schwer). Natürlich konnte man damals noch in der Seine schwimmen, sich ein Stück weit flussabwärts treiben lassen oder versuchen, gegen den Strom anzukommen. Etwa alle hundert Meter befanden sich ein paar Stufen in der steilen Mauer, sodass die Schwimmer aus dem Wasser steigen konnten.

Ich stellte mein Fahrrad ab und setzte mich auf die Mauer. Nur zu gerne hätte ich mich in den kühlen Fluten treiben lassen, unter dem Pont du Carrousel hindurch in Richtung

Concorde, immer nah an der Kaimauer entlang, um nicht zwischen die auf- und abwärtsfahrenden Kähne und Lastschiffe zu geraten. Dann wäre ich unterhalb der Tuilerien wieder an Land geklettert und zurück zu meinem Fahrrad gelaufen. Aber ich hatte keine Badesachen dabei. Und so schaute ich einer Gruppe Jungs zu, zwölf oder dreizehn Jahre alt, die abwechselnd von der Brücke in die Seine sprangen, wieder ans Ufer kletterten und dann mit einem ledernen Becher, der an einer Schnur an ihrer Badehose befestigt war, durch die Menge gingen, um sich für ihren Mut ein paar Centimes zustecken zu lassen.

Eine junge Frau in einem blassroten Badeanzug redete auf einen der Jungen ein, strich ihm dann lachend und allzu mütterlich das nasse Haar aus der Stirn. Die hohle Hand blieb sekundenlang auf seinem Kopf, die Finger wie ein Kamm im widerspenstigen Haar verfangen. Der Junge hatte die Nase viel zu nah an ihren Brüsten, seine Augen strahlten in der Sonne, gerne hätte er sich von der anmutigen Frau im Badeanzug verführen lassen, hätte bei ihr gelernt, wie die Liebe geht. Er stützte eine Hand in die Hüften, lässig, aber noch war er zu jung. Zwei Männer, die gleich neben den beiden am Mauerrand standen, versuchten die Aufmerksamkeit der Frau im blassroten Badeanzug auf sich zu lenken, streckten die Brust heraus, ließen die Muskeln spielen und stemmten sich zum Spaß mit den Armen gegeneinander. Auf einen beiderseitigen Anruf hin setzten sie plötzlich zum Kopfsprung ins Wasser an, sprangen dann gleichzeitig und dicht nebeneinander. Beim Auftauchen schüttelten sie das klitschnasse Haar wie junge Hunde. Drei Damen mit Sonnenhüten saßen im Hintergrund auf dem Wiesenstreifen gleich unterhalb der großen Kaimauer auf einer Decke beim Picknick. Es war ein Sonntagnachmittag wie aus dem Bilderbuch, sonnig, faul und beschwingt, irreal wie Pastelltöne, leicht wie die tanzenden Punkte in einem Gemälde von Georges Seurat, in flirrendes Licht getaucht wie ein Bild von Claude Monet. Die Welt hatte kein Gewicht – oder es schien zumindest so. Auf dem Eiffelturm war ein riesiges, weithin sichtbares V für Victoire angebracht worden, darunter stand auf einer Banderole: »Deutschland siegt auf allen Fronten«. Ein V, das mich an Viktor erinnerte.

Ich machte nur selten längere Ausflüge durch Paris oder in die Umgebung der Stadt, dafür hatte ich zu viel zu tun, sodass ich am späteren Nachmittag mit einem Sonnenbrand und völlig erschöpft die letzten Meter zur Rue Lepic hinaufstrampelte. Unten im Hausflur hörte ich die Stimme von Mademoiselle Vignier hinter der Tür mit dem aufklappbaren Fensterchen der Conciergen-Loge, dann eine zweite Stimme, es war die von Rose Valland. Rose hatte mir einen Überraschungsbesuch abstatten wollen, mich oben im Atelier nicht angetroffen, und dann bei Pauline Vignier geklopft, um bei einer Tasse Ersatzkaffee mit einem Schwatz auf mich zu warten.

Sie hatte ihre große Reisetasche dabei, die ich schon allzu gut kannte. Darin transportierte sie die Gemälde, die sie aus dem Jeu de Paume zu mir brachte. Als wir die Treppe hinaufgingen, überlegte ich, was mir Rose wohl diesmal anschleppen würde. Einen Courbet? Einen Renoir? Zunächst einmal stellte sie kommentarlos die Tasche im Eingang ab, als ob ihr Inhalt mich nichts anginge und überhaupt völlig unwichtig sei. Aber natürlich war sie nicht zu mir ins Montmartre-Viertel gekommen, nur um ihre Reisetasche spazieren zu tragen. Seltsamerweise hatte ich immer eine Art Lampenfieber, bevor ich ein neues Gemälde in Angriff nahm. Schon als ich mit Rose neben der geheimnisvollen Tasche die Treppe hinaufstieg, braute sich eine innere Spannung in mir zusammen, als würde ein Gewitter aufziehen.

Ich nehme an, dass es Schauspielern vor der Vorstellung ähnlich ging. Dass ihr Lampenfieber meinem Gefühl der

Beklemmung, meiner nervösen Bangigkeit glich. Sosehr es mich reizte, es schien mir jedes Mal wieder wie eine unüberwindbare Hürde, ein neues Gemälde in Angriff zu nehmen. Würde es mir gelingen? Wie lange würde ich daran arbeiten müssen, bis ich einigermaßen mit mir zufrieden war? Jedes Mal von Neuem musste ich mir gut zureden und zu mir selbst sagen: Bislang hast du es immer geschafft, warum solltest du diesmal versagen oder etwa aufgeben müssen? Jeder Maler hatte seine ganz persönliche innere Stimmung, trug seinen ganz eigenen Konflikt ins Bild und in die Pinselführung hinein, und all das übertrug sich unweigerlich auf mich, den Kopisten, den Nachahmer, ich selbst empfand es und musste den Maler, den ich kopierte, aushalten können, so, wie man einen besonders eigensinnigen, zeitweiligen Mitbewohner aushalten musste. Jedes Gemälde hatte auch seine spezifische Komplexität, die mich mit Sicherheit vor neue, bislang unbekannte Hürden stellen würde.

Rose sah erschöpft aus. Der ERR habe in den letzten Wochen viele Matisse-Bilder herausgegeben, so viele wie noch nie, sagte sie. Dann setzte sie sich an den Tisch, zog ein blaues Gauloises-Paket aus der Handtasche, steckte sich eine Zigarette an und seufzte, dass ihr jetzt ein Glas Wein guttun würde. Ich entkorkte einen leichten Touraine-Wein, bestens geeignet, um einen heißen Sonntagnachmittag mit Rose freundlich ausklingen zu lassen und meine plötzliche Anspannung ein wenig zu betäuben. Kurt von Behr war abgelöst worden, weil er allzu eigenmächtig gehandelt hatte und die untergebenen Kunstexperten ihm Inkompetenz und Respektlosigkeit im Umgang mit den im Jeu de Paume eingelagerten Kunstwerken vorgeworfen hatten. Das war bis nach Berlin und dort an höchste Stellen vorgedrungen. Noch dazu hatte von Behr hauptsächlich und in unfehlbarer Treue Görings Interessen vertreten, was den Unmut noch verstärkte. Von Behr hatte früh genug gemerkt, dass sich der

Wind im Jeu de Paume gegen ihn drehte, und war so klug gewesen, sich um eine dienstliche Veränderung zu bemühen, bevor es zu spät war. So kam es, dass er im Einverständnis mit Reichsleiter Alfred Rosenberg die Dienststelle wechselte und nun seit Kurzem für die sogenannte M-Aktion in Frankreich und in den Benelux-Ländern zuständig war.

M-Aktion? Rose war besser informiert als ich, weil sie die Gespräche im Jeu de Paume mitgehört hatte. Das »M« stand für Möbel, und bei der »Aktion« ging es um nichts Geringeres, als nun auch die Einrichtungsgegenstände aus den leer stehenden jüdischen Wohnungen den Bedürfnissen des deutschen Reichs zuzuführen, nachdem das Kulturgut wie Kunstgegenstände, Archive und Bibliotheken fast gänzlich geortet und beschlagnahmt worden waren. Im Sommer 1942 steckte das Projekt zwar noch in den Kinderschuhen, die Grundidee war jedoch schon ausgesponnen und die Abläufe erprobt durch die Erfahrungen, die man in anderen besetzten Ländern und vor allem in Deutschland selbst gesammelt hatte. Zunächst wurden die verlassenen, leer stehenden Wohnungen durch Erfassungsbeamte oder mithilfe von Denunziationen ausfindig gemacht, sie wurden aufgebrochen und eine Inventarliste wurde angelegt, dann schloss man die Wohnungstüren wieder ab, als sei nichts gewesen, und versiegelte die Tür. Die Order lautete, dass vor dem Abholen der jüdischen Habseligkeiten immer einige Monate verstreichen sollten, um Einsprüche und Irrtümer zu vermeiden. Nach Ablauf der Karenzzeit rückten Transportkommandos an. Bis hin zu Geschirr und Kleidung wurde alles Wertvolle oder mindestens Brauchbare abtransportiert, in riesigen Lagerhallen von jüdischen Zwangsarbeitern geprüft, sortiert, dann inventarisiert, schließlich methodisch geordnet, verpackt und nach Deutschland verschleppt. Kurz darauf erfuhr ich dann auch offiziell durch die Reichsbahn von der M-Aktion, denn wir stellten die notwendigen Sonderzüge für die Überführung bereit. Die Reichsbahn – wie immer in enger Zusammenarbeit mit der französischen SNCF – war bis zuletzt für den Versand zuständig. Allein im Rahmen der Möbel-Aktion rollten dreißigtausend Güterwaggons mit jüdischen Habseligkeiten nach Deutschland. Insgesamt wurden in Frankreich um die siebzigtausend Wohnungen leer geräumt.

Die derbe M-Aktion stand Kurt von Behr sicherlich besser als das Lavieren mit der Kunst. Als Nachfolger von Behrs wurde Robert Scholz zum Direktor des Sonderstabs Bildende Kunst im ERR ernannt, er übernahm auch die Leitung des Depots im Jeu de Paume. Scholz wollte allerdings in Berlin bleiben, deshalb war es der Stellvertreter in Paris, nämlich Bruno Lohse, der seit einigen Wochen die Geschicke des Jeu de Paume lenkte und für den weiteren Verlauf der Beschlagnahmungen verantwortlich war. Der Umgang mit den Kunstwerken, seufzte Rose, würde dadurch zwar auf dem Papier, in den Karteikästen und auch verpackungstechnisch verbessert, Kurt von Behr nütze allerdings weiterhin seine Kontakte, um für Göring Geschäfte mit Kunsthändlern einzufädeln. Zusätzlich sei nun Bruno Lohse durch die Beförderung gestärkt worden und kümmere sich bevorzugt um die sachverständige Erweiterung von Görings Privatsammlung. Die Situation sei deshalb sogar schlimmer denn je. Allein im Mai und Juni habe es schon sechs Tauschaktionen entweder für Göring oder für die Reichskanzlei gegeben. Neben Bildern von Corot oder Renoir (darunter das Mädchenbildnis, das ich restauriert hatte), von Pissaro oder Picasso waren ganze sieben Matisse-Gemälde eingetauscht worden. Bei jedem Geschäft wurden jeweils vier bis fünf moderne Werke gegen ein mehr oder weniger beliebiges Gemälde aus der italienischen oder französischen Barockzeit in die Waagschale geworfen oder aber gegen einen zweitrangigen niederländischen Meister weggegeben.

Aber all das erzählte Rose nur, um auf das Thema Matisse kommen zu können. Beim zweiten Glas Wein war es so weit. In ihrer Reisetasche sei ein Gemälde, auf das es ein Kunsthändler, ein gewisser Gustav Rochlitz abgesehen habe. Es handele sich um einen Matisse. Das Gemälde werde sicherlich bei einer der nächsten Tauschaktionen über den Tresen gehen. Und genau diesen Matisse wollte Rose nicht hergeben, er sollte gerettet werden. Dieses eine unter vielen Gemälden des Meisters aus Nizza – waren es vierzig, waren es fünfzig? –, die seit den Anfängen in zweifelhaften Geschäften in alle Himmelsrichtungen verstreut worden und spurlos verschwunden waren, dieses eine durfte nicht untergehen. Damit das Original bewahrt werden konnte, sollte eine Kopie für Rochlitz' Tauschgeschäft ins Jeu de Paume geschmuggelt werden.

Am liebsten hätte Rose jedes einzelne Werk – von welchem Fälscher auch immer – kopieren lassen, um es zu retten. Was unmöglich war. Wenn allerdings vierhundert Gemälde in die Kunst-Depots von Schloss Neuschwanstein oder Kloster Banz verschickt wurden, dann war dieser Umstand weniger schlimm für Rose, als tatenlos mitansehen zu müssen, wie zehn Gemälde zum bloßen Tausch an Gustav Rochlitz oder irgendeinen anderen Kunsthändler herausgegeben wurden. Und das aus dem einfachen Grund, weil sie im letzteren Fall die Spur der Bilder verlor. Die Kisten, die in ein Depot in Deutschland eingelagert wurden, waren zunächst einmal in Sicherheit, denn vorerst hatte niemand Zeit, sich darum zu kümmern. Es war klar, dass man das Ende des Krieges abwarten würde, um eine Entscheidung zu treffen, was mit all den Kunstwerken geschehen sollte. Aber an wen verkauften Rochlitz, Wendland und Konsorten die Gemälde, die sie aus dem Jeu de Paume erhielten? Bei diesen Geschäften ließ sich die Fährte nicht mehr weiterverfolgen. Jedes Bild aus dem ERR-Depot, das ein Kunsthändler zum Tausch in die Hände bekam, ging daraufhin an einen unbekannten Käufer, entweder in Frankreich oder in Deutschland, in der Schweiz, in Österreich oder in Amerika. Rose Valland, die von Natur aus ebenso unnachgiebig wie optimistisch war, ging davon aus, dass das »Tausendjährige Reich« von sehr viel beschränkterer Dauer sein würde, als so mancher annehmen wollte, und dass die Gemälde eines Tages an ihre wahren Eigentümer zurückgegeben werden könnten. Es schien ihr durchaus realistisch, nachdem alles ein wie auch immer schreckliches Ende genommen hatte, Hunderte von Gemälden in einem deutschen Depot aufzuspüren und zurückzuholen, aber ein einziges, von einem Händler weiterverkauftes Gemälde wiederzufinden, war nichts als reiner Zufall, vor allem dann, wenn der Verkauf an Privatpersonen ging und inoffiziell, in bar und ohne Eintragung in ein Register, abgehandelt worden war.

Rose hatte viele wertvolle Eigenschaften. Sie war respektvoll und hatte Einfühlungsvermögen, ohne dabei gefühlsduselig zu werden. Sie war hart im Nehmen, ohne deshalb zu meinen, dass ihre Mitmenschen ebenso widerstandsfähig sein müssten. Und Rose hatte klare moralische und ästhetische Überzeugungen, die sie nicht nur theoretisch vertrat, sondern auch in die Tat umzusetzen fähig war. All diese vortrefflichen Eigenschaften, die ich anderweitig schon zu schätzen gelernt hatte, griffen aber diesmal nicht. Wahrscheinlich hatte Rose die Situation und meine Gemütslage falsch eingeschätzt – jedenfalls stand sie plötzlich auf, ging in den Flur und nahm den schon angekündigten Matisse aus ihrer Reisetasche. Ich saß weiterhin mit meinem Glas Wein am Tisch und hörte nur, wie sie an den Laschen zurrte, die Tasche aufklappte, dann raschelte Papier. Völlig unvermittelt hielt sie mir das Gemälde so nah vors Gesicht, dass ich augenblicklich mit einem Schrei zurückfuhr. Als hätte sie mir einen Dolchstoß versetzt. Auf dem Gemälde, das eindeutig von Matisse stammte, war eine junge Frau in orientalischen Pluderhosen und mit einer üppig bestickten Jacke zu sehen, die mit einem angewinkelten Bein auf dem Boden im Vordergrund des Bildes saß und nachdenklich vor sich hin in ein vages Nirgendwo schaute, den Kopf leicht geneigt, voller natürlicher, noch unbewusster Grazie. Ihr dickes, dunkles Haar war zu einem Zopf geflochten und lag über der einen Schulter. Es gab keinen Zweifel: Matisse hatte auf seinem Gemälde eine Frau gemalt, die niemand anderes darstellen konnte als Adèle. Meine Adèle.

# 26

Im gleichen Moment wusste ich, dass Adèle nicht mehr lebte. Das hatte nichts mit dem Gemälde zu tun, etwa mit einem morbiden Gedankensprung zu Totenporträts, Ahnengalerien oder weiß der Himmel was für Souvenirstücken, ich hatte auch nicht zu Rose aufgeblickt, sodass ihr Gesichtsausdruck etwas hätte verraten können. Nur das Gemälde lag vor mir. Rose hatte es mir unter die Augen gehalten und dann auf den Tisch gelegt. Ich hatte auch in dem Bruchteil einer Sekunde keine neuen Informationen bekommen, die ich eine Sekunde zuvor noch nicht gehabt hätte. Es war eine Intuition, die ich als Gewissheit wahrnahm, und zum ersten Mal seit ihrem Verschwinden vor vielen Jahren wurde mir schlagartig bewusst, als würde ein scharfes Messer in mich fahren, dass Adèle nicht mehr lebte. Dass sie längst tot war. Es konnte wohl vorkommen, dass man etwas, das man zutiefst zu wissen sich weigerte, auch nicht bewusst erfuhr. Zuvor war mir überhaupt die Möglichkeit ihres Todes nicht ein einziges Mal klar in den Sinn gekommen. Die Möglichkeit ihrer Sterblichkeit. Adèle war unsterblich, sie war jung, ihr Körper war warm, Blut pulste in ihren Adern, ihr Wesen stand lebendig in ihren Augen, und nichts konnte ihren Blick trüben, kein Tod hatte das Recht, ihr Wesen für immer aus diesen Augen zu treiben, ihre Augen stumpf werden zu lassen, endgültig. Adèle war zwar verschwunden, sie hatte mich verlassen, mich in meinem Stolz gekränkt, sie hatte ihre unguten Gründe gehabt, plötzlich auf und davon zu gehen, aber alles andere war undenkbar geblieben.

Etwas Seltsames passierte nun. Unbekannte Gefühle schlugen über mir zusammen, eine dunkle Welle, sodass nach dem ersten Blick, gleich nach meinem atemlosen Aufschrei, am Ende dieses Schreis, Tränen in meine Augen schossen, und gleichzeitig musste ich lachen, ein Glückslachen hickste aus mir hervor, weil Adèle auf Matisses Gemälde so wundervoll, so anmutig, so unwiderstehlich anziehend aussah, dass ich trotz der Tatsache, ihre unwiderrufliche Abwesenheit wie einen Stich zu begreifen, gleichzeitig eine Beglückung empfand, sie derart vollkommen, derart wahrhaftig auf dem Gemälde zu sehen. Mein Körper bebte, von einer unvorhersehbaren und unaufhaltsamen Kraft bewegt.

Rose war bestürzt. Eine solche Reaktion hatte sie nicht erwartet. Ich muss ihr zugestehen, dass mein Verhalten während der vergangenen Jahre – recht ungerührt und von den Ereignissen distanziert muss es gewirkt haben – keinen Anlass geben konnte, eine derart heftige Erschütterung vorauszusehen oder auch nur in Erwägung zu ziehen. Sie stand ein wenig versetzt hinter mir, weil sie gemeinsam mit mir auf das Gemälde schauen wollte, das vor uns auf dem Tisch lag. Wahrscheinlich hatte sie allenfalls einen überraschten Ausruf erwartet, dann ein paar vernünftige, der Sachlage angemessene Fragen: Wie kommt Adèle auf diesen Matisse, und ist das überhaupt wirklich Adèle, wann wurde das Bild gemalt, wo kommt es her? Stattdessen saß ein schluchzender, lach-weinender Mann vor ihr, der jegliche Contenance verloren hatte, schrankenlos.

Von hinten schlang sie nun die Arme um mich, legte ihren Kopf an meinen, Wange an Wange, und drückte mich. Ich schämte mich nicht einmal, derart aus der Rolle zu fallen, es war vor allem eine Erlösung. Als hätte ich jahrelang etwas in mir zusammengeballt und vergraben, das sich nun in einem einzigen Ausbruch befreite. Roses Umarmung, ihr sanftes Drücken, ihr Körper dicht an meinem Körper taten gut. Sie wiegte mich wie ein Kind und allmählich beruhigte ich mich wieder, öffnete die Augen und schaute das Gemälde an, das vor uns auf dem Tisch lag. Dennoch hielt sie mich weiterhin umschlungen, wiegte mich und sich mit mir, vor und zurück, auf das Gemälde zu (ich sah Adèles Züge in Matisses grober Pinselführung), vom Gemälde weg (die orientalische Kleidung wirkte befremdlich), und wieder auf Adèle zu (ihr nachdenklicher Blick), dann wieder Abstand nehmend, sodass ich ihre Haltung sah, ihre Arme, die um das Knie gelegt waren, und eine Hand, die locker den anderen Unterarm umfing.

So wiegten wir uns eine Weile gemeinsam hin und her und schauten dabei auf das Bild. »Es stammt aus der Sammlung Paul Rosenberg«, sagte Rose schließlich, als sie merkte, dass ich wieder ansprechbar war. »Von Behr und Lohse hatten im letzten Sommer herausgefunden, dass Paul Rosenberg einen Teil seiner Sammlung in einem Banktresor in Libourne versteckt hatte, bevor er nach Amerika floh. Libourne liegt bei Bordeaux, gehört aber nicht in die freie Zone, sondern gerade noch in die besetzte Zone West. Kurz darauf fuhren sie dann mit ein paar Lastern und einem Beschlagnahmungsbefehl bei der Bank vor und nahmen alles mit, 162 Gemälde, direkt aus dem Tresor und ab nach Paris, ins Jeu de Paume!« Und dann zählte Rose die Gemälde auf, die ihr ins Gedächtnis kamen: ein Selbstbildnis von Van Gogh, ein Seestück von Seurat, der *Knabe mit der roten Weste* und *Der Harlekin* von Cézanne, von Corot *Lesendes Mädchen in rotem Trikot*, außerdem Zeichnungen von Ingres und Skizzen von Delacroix; nicht zuletzt mindestens fünfzehn Bilder von Matisse, darunter die *Odalisque assise* von 1928, die nun vor uns auf dem Tisch lag.

1928, das war acht Jahre, bevor ich Adèle kennengelernt hatte. Sie musste also um die sechzehn Jahre alt gewesen sein, als sie für Matisse Modell gesessen hatte. Etwas Mädchenhaftes, fast Kindliches lag noch in ihren Zügen. Es konnte tatsächlich möglich gewesen sein. Matisse lebte in Nizza, Adèle wohnte damals im nicht weit entfernten Grasse bei ihren Eltern. Sie hatte mir allerdings nie davon erzählt. Nur einmal, daran erinnerte ich mich jetzt, hatte sie ganz nebenbei erwähnt, dass sie kurze Zeit bei einem Maler als Modell gearbeitet habe, vor vielen Jahren, weil sie Geld verdienen musste. Interessant aber anstrengend sei es gewesen. Den schon damals bekannten Namen Matisse verschwieg sie, sonst hätte ich sofort aufgehorcht und mehr wissen wollen. Hatte sie seinen Namen unterschlagen, um mich nicht auf einen außerordentlichen Maler eifersüchtig zu machen, den ich zu meinen größten Vorbildern zählte? Ich fragte Rose, ob sie etwas davon gewusst habe, ob Adèle ihr etwa mehr anvertraut habe als mir? »Nein, natürlich nicht«, gab sie zurück, zögerte dann und fügte hinzu: »Jedenfalls was das Gemälde betrifft. Bist du einverstanden, es zu kopieren?«

Die Frage war überflüssig. Selbstverständlich war ich einverstanden, ich hatte mich allmählich gefasst und spürte schon wieder mein Lampenfieber, diese beklommene Erregung, die sich in den Solarplexus verbiss wie eine gemeine Zecke. Rose sagte, sie könne mir das Gemälde ein paar Tage lang lassen, aber höchstens bis zum nächsten Wochenende, je länger es nicht im Jeu de Paume sei, desto größer sei die Gefahr, dass etwas auffliege. Selbst wenn im »Saal der Märtyrer« auch weiterhin ein fürchterliches Durcheinander herrschte und sich die Matisse-Bilder nur so stapelten, konnte jederzeit plötzlich jemand vorbeikommen, jemand wie Gustav Rochlitz zum Beispiel, um den Fundus für ein Tauschgeschäft zu begutachten. Aber Rochlitz war in die Schweiz gefahren, das hatte Rose in einem Gespräch mitgehört. Außerdem war Sommer, die Urlaubszeit hatte begonnen und nach vielen Monaten der ununterbrochenen Überlastung herrschte derzeit im Jeu de

Paume Siesta-Stimmung. Rose hätte mir das Bild viel eher gebracht, wenn es nicht zu gefährlich gewesen wäre. Ihre größte Sorge war es in den letzten Wochen gewesen, dass die *Sitzende Odaliske* zum Tausch weggegeben werden könnte. Rose hatte getan, was sie konnte, um es zu verhindern. Sie hatte das Bild hinter anderen Gemälden versteckt – aus den Augen, aus dem Sinn. Bis Rochlitz kurz vor seiner Abreise in die Schweiz noch einmal die Liste der beschlagnahmten Gemälde der Sammlung Paul Rosenberg durchlas und bei dem Titel *Odalisque assise* aufhorchte. Er ließ sich das Bild bringen, betrachtete es eingehend, und leider gefiel es ihm allzu gut. Nun drängte die Zeit.

Ich nahm mir vor, am Montagmorgen nur schnell ins Büro zu gehen, um ein paar Anweisungen zu geben und mich dann aus dringlichen und unvorhergesehenen privaten Gründen für den Rest der Woche beurlauben zu lassen. Das musste durchgehen, ich hatte seit dem Sommer 1940 nicht mehr als drei Wochen Urlaub genommen. Das einzige, allerdings unerhebliche Problem dabei war meine Freundin Hilde, die mit Sicherheit eifersüchtig werden würde, weil sie sich nichts anderes vorstellen konnte, als dass ich sie mit einer neuen Eroberung hintergehen wollte. Meine Abende und Wochenenden in der Rue Lepic, für die ich ständig Ausreden finden musste, hatten sie derart misstrauisch gemacht, dass unser Verhältnis allmählich anfing, lästig zu werden. Und ganz unrecht hätte Hilde nicht. Vor mir lag ein tagelanges, intensives *tête-à-tête* mit Adèle, aber auch mit Matisse, vor dem ich in jeder Hinsicht aufrichtige Hochachtung hatte. Es war die bislang härteste Prüfung, die ich zu bestehen hatte: Ich wollte nicht nur Matisse gerecht werden, sondern vor allem Adèle.

Trotz der nächtlichen Ausgangssperre blieb Rose bis spät in den Abend hinein. Als Mitarbeiterin im Jeu de Paume war sie im glücklichen Besitz einer Sondererlaubnis, mit der sie sich auch nachts frei bewegen durfte. Wir tranken Wein, aßen Käse und ein Stück Hartwurst. Die Balkontüren standen weit offen und ließen die gewohnten Geräusche von der Straße zu uns hinaufschallen, vorbeifahrende Autos, Hupen, quietschende Bremsen, das Klappern von Pferdehufen auf dem Kopfsteinpflaster, Schreie, Lachen, in einer Wohnung nebenan weinte ein Kind, dann bellten Hunde unten auf der Place Blanche. Mit der Dunkelheit kam auch die viel zu frühe nächtliche Stille der fast leer gefegten Straßen, an die ich mich noch immer nicht gewöhnen konnte, sie hatte gerade in diesem Viertel etwas Künstliches, etwas Krankhaftes, als ob die Stadt leiden würde. Wir schlossen vorschriftsgemäß die Blendläden und knipsten eine abgedunkelte Lampe an, auf dem Tisch brannte eine Kerze. Wenn ich abends malte, verhängte ich die Flügeltür zum Balkon noch zusätzlich mit einer dicken Decke, damit ich das Zimmer besser beleuchten konnte, ohne dass Licht nach draußen drang. Ich hatte eigens dafür Haken in die Wände geschraubt und Laschen an die Decke genäht.

Ich fürchtete den unweigerlich herannahenden Zeitpunkt, an dem ich mit Matisses Gemälde allein zurückbleiben würde, allein mit Adèles nachdenklichem Blick, in dem eine noch unbewusste Sinnlichkeit und eine Ahnung von Melancholie lagen. Wie würde ich Adèle begegnen? Wie würde der Pinsel in meiner Hand Adèle begegnen? Sie hatte den Blick gesenkt und schaute vor sich hin auf den Boden, auf eine vage Stelle, die außerhalb des Bildes lag: Die dunklen Augen waren nichts als zwei schwarze Punkte, dann die grauschwarze Lidpartie und unter dem linken Auge lag ein leiser Schatten. Andeutungen nur, Tupfer, Linien, kaum Farbe – und doch lag ein komplexer Gefühlsausdruck in diesem Blick. Die Figur, Adèle also, sah ein wenig schwermütig aus, aber sie ruhte vollkommen in sich, sie ruhte sogar in ihren Gedanken, war nicht etwa geistesabwesend, sondern vollkommen präsent in ihrer Versonnenheit. Der Betrachter spürte ihre Wärme, ihre menschliche Tiefe.

Matisse war nahe an Adèles Körper herangegangen, denn sie nahm die Hälfte des Gemäldes ein, das mit 55 auf 46 Zentimetern ein eher durchschnittliches Format hatte. Sie saß sehr aufrecht im Vordergrund auf einem Teppich mit einem unregelmäßig blau, braun und weiß gestreiften Linienmuster, der ein Drittel der unteren Bildhälfte ausfüllte. Wenn man eine imaginäre Diagonale von der linken unteren zur rechten oberen Ecke zog, saß Adèle in der rechten Dreiecksfläche im Vordergrund, während ein ziemlich voluminöser, ornamentreicher Sessel und eine hohe, blauweiße Karaffe die linke Dreiecksfläche und den Hintergrund beherrschten. Die Perspektive entstand durch die Platzierung der Figur und der Gegenstände, aber auch durch das Streifenmuster des Teppichs im unteren Drittel des Gemäldes und durch die Wandbekleidung in den oberen zwei Dritteln mit einem rotblauen Rautenmuster, in das Blumen eingezeichnet waren.

In der Haltung der *Odaliske* lag eine Mischung aus Schüchternheit und Gelassenheit. Der Betrachter sah sie schräg von der Seite, das eine Bein war am Boden ausgestreckt, das andere angewinkelt, ihr Oberkörper lehnte leicht gegen das angewinkelte Bein und die Arme hatte sie locker darumgelegt. Die Finger der den Unterarm umfassenden Hand waren lang und schmal, am Mittelfinger trug sie einen Ring mit einem roten Stein. Die andere, lässig und doch anmutig herabhängende Hand hatte Matisse jedoch nur flüchtig angedeutet, es erinnerte mich an Degas und die Hände seiner klavierspielenden Madame Camus. Auch den einen Fuß, der unter der blaugrünen Pluderhose hervorkam, hatte er vernachlässigt und nur in wenigen Pinselstrichen hingeworfen. Adèles Oberkörper neigte sich leicht nach vorne gegen ihr angewinkeltes Knie, aber sie wandte sich auch, halb nur, dem Betrachter zu. Die goldgelb bestickte, schwarzblaue Jacke fiel schwer wie Samt am Oberkörper hinunter, sie war geöffnet, man konnte jedoch weder Brüste noch den Bauch sehen. Eine Perlenkette schmückte ihren Hals. So graziös und anziehend die Haltung der Figur war, sie hatte nichts Erotisches. Sie blieb mädchenhaft, fast kindlich in ihrer Unschuld, ihrem forschenden, etwas schwermütigen Noch-nicht-Frausein. Matisse hatte in den zwanziger Jahren unzählige *Odalisken* gemalt, orientalisch angehauchte Frauenbildnisse und maurisch dekorierte Aktgemälde. Keines war derart unerotisch, zurückhaltend und mit dem väterlichen Abstand respektvoller Zärtlichkeit gemalt worden. Nah und fern zugleich.

Es war tatsächlich schwieriger, einen Matisse zu fälschen, als etwa einen Velázquez. Ein Gemälde von Velázquez verlangte Geduld und Zeit, es war eine peniblere Arbeit, weil mehrere Farbschichten erst die notwendige Tiefenwirkung entstehen ließen und jedes Detail bis ins Kleinste ausgemalt war. Ja, ich glaube sogar, dass mir die Kopie von *Venus mit dem Spiegel* tatsächlich leichter, wenn auch nicht schneller, von der Hand gegangen war als die *Sitzende Odaliske*. Matisse hatte eine besondere persönliche Energie in seiner Pinselführung, die es, wie manche Handschriften, nahezu unmöglich war, perfekt nachzuahmen. Ein Matisse musste schnell gemalt werden, ekstatisch fast. Picasso hingegen war einfacher zu kopieren, allerdings habe ich nie das Bedürfnis gehabt, mehr als nur einen Versuch zu unternehmen. Eher aus Mangel an stilistischer Neigung als aus Hemmung vor seinem künstlerischen Genie. Obwohl ich ihn tatsächlich bewunderte, mich seine Arbeit wirklich faszinierte, empfand ich physisch, also als Maler, dessen Werkzeuge Pinsel und Farbe sind, keine Resonanz mit seiner Malerei. Während ich Matisse nie begegnet bin, habe ich Picasso mehrmals von Weitem gesehen, bei Vernissagen, auf der Rue La Boétie im Galerienviertel, wo er sein Atelier hatte, in einem Café oder einem Restaurant. Wenn ich es genau bedenke, habe ich jede Gelegenheit sorgfältig vermieden, die Bekanntschaft mit einem der renommierten Maler meiner Zeit zu machen. Es schien mir aus begreiflichen Gründen unangebracht. Ich war ein Mann der Kulisse, gerne blieb ich im Schatten des Geschehens, immer beobachtend, möglichst ohne dabei selbst bemerkt zu werden.

Matisse habe ich mit besonderer Leidenschaft kopiert. Seine Farben reizten mich von Anfang an, vor allem, nachdem er die reinen Töne der *Fauves* abgelegt hatte und seine Palette mit den Reisen nach Marokko und Algerien immer subtiler wurde. Die Vitalität seiner Farben und seines Pinsels waren anfangs geradezu ein Schock für mich, auch die Art, wie er mit seinen opulenten Mustern Perspektiven im Bild herstellte. Eine Tapete war bei Matisse alles andere als nur ein Hintergrund, im Gegenteil, er behandelte sie wie eine wichtige Figur im Gemälde. Matisse zu kopieren, zu malen wie er, war nur möglich, wenn ich meine Energien zur vollen Verfügung hatte.

Die endgültige Kopie von *Odalisque assise* war schließlich nach fünf Tagen und Nächten angespannter Arbeit fertig. Ich hatte zunächst zahlreiche Skizzen gemacht, dann mehrere Versuche in Öl auf Leinwand angefertigt. Bei Matisse waren langwierige Vorbereitungen unumgänglich, um sowohl seine schnelle, nervöse Pinselführung als auch das Sujet im wahrsten Sinne des Wortes in den Griff zu bekommen. Ich musste an jenen Punkt gelangen, an dem ich jeden Quadratmillimeter des Gemäldes kannte und zugleich die Hand von Matisse nachahmen konnte, das heißt seine Bewegungen nahezu so ausführte, wie der Meister selbst. Dann erst konnte ich mich an die definitive Leinwand machen, deren Ausführung vergleichsweise schnell gelang. Am Ende stimmte (fast) alles, und ich war mir sicher, dass nur ein hochsensibler und genauer Kenner entscheiden könnte, welches der beiden Gemälde das Original war und welches die

Kopie. Die Leinwand stammte aus meinem Vorrat, das Holz des Keilrahmens ebenso, dem ich noch ein wenig Patina gab. Ich hatte Übermalungen angelegt, mit denen ich die Haltung der Figur um einige Millimeter verschob und Positionen korrigierte, so, wie es sich aus Matisses Farbschichten erahnen ließ. Auch den Stempel »P.R.«, mit dem die ERR-Leute im Jeu de Paume die Gemälde aus der Sammlung Paul Rosenberg kennzeichneten, hatte ich sachgerecht auf der Rückseite aufgedruckt. Ein Stempel-Macher hatte ihn nach meinen genauen Angaben angefertigt, und ein Stempelkissen desselben Typs, wie es im ERR benutzt wurde, hatte ich ohnehin schon. Am sechsten Tag arbeitete ich am heiklen Trocknungsprozess.

Als Rose Valland am darauffolgenden Sonntag wieder zu mir kam, gelang es ihr nicht zu entscheiden, welches der beiden Gemälde die Kopie war, die sie ins Jeu de Paume zurückbringen wollte, und welches das Original, das aufbewahrt werden sollte: für Paul Rosenberg, für die Nachwelt, für ein »Danach« – in der Hoffnung, dass es baldmöglich ein Danach geben würde. Natürlich verlangte sie, dass ich mit der Wahrheit herausrückte. Aber plötzlich, ohne dass ich es vorher überhaupt nur gedacht, geschweige denn geplant hätte, wurde mir klar, dass diese Wahrheit von Kopie und Original eigentlich gleichgültig geworden war. Selbst wenn ich wusste, welches die Kopie und welches das Original war, hatte die Unterscheidung keine Bedeutung mehr. Plötzlich, von einer Sekunde auf die andere, erschien es mir völlig unwichtig, überhaupt die Frage nach Kopie und Original zu stellen, wenn doch beide Gemälde nicht nur nahezu gleich aussahen, sondern vor allem die gleiche Ausstrahlung hatten. Und als ich diese Gedankenfolge weiterführte, wurde mir klar, dass hier nichts – außer Adèle selbst – überhaupt noch eine Bedeutung für mich hatte. Es war sinnlos, ein einziges Bild unter Tausenden »retten« zu wollen, einen einzigen Matisse unter den vielen entwendeten Matisse-Gemälden eventuell seinem Besitzer zurückzuerstatten. Angesichts der Zeit, in der wir uns befanden, war es tatsächlich unsinnig. Plötzlich stand für mich fest, dass ich das verbleibende Gemälde selbst behalten würde, auch deshalb, weil es mir unmöglich war, mich davon zu trennen. Weder seinem eigentlichen Besitzer, Paul Rosenberg, noch Matisse wollte, konnte ich es zurückgeben. Es war mir unmöglich, Adèle ein zweites Mal gehen zu lassen, ohne sie mit allen mir zur Verfügung stehenden Mitteln zurückzuhalten. Und sei es symbolisch, indem ich das Gemälde für mich behalten würde, eines der beiden Gemälde, die sich nahezu vollkommen gleich waren. Egal welches.

Was hätte Rose dagegen sagen oder tun können! Sie versuchte es noch nicht einmal, mich zu überreden, mich etwa mit sanften Worten umzustimmen, sondern nickte nur mehrmals vor sich hin, als sei sie von vorneherein entwaffnet, nicht einmal überrascht und sogar insgeheim mit meiner Entscheidung einverstanden. Dann fragte sie: »Und was nun? Welches soll ich mitnehmen?« – »Welches du willst, Rose, es ist ganz egal, du kannst dir eins von beiden aussuchen.« Und ich fügte hinzu, mehr zu mir selbst als zu Rose: »Es geht ja auch gar nicht mehr um Matisse oder Nicht-Matisse.« Es ging um meine Erinnerung an Adèle. Die Situation war seltsam. Vom heutigen Standpunkt aus betrachtet, erscheint sie völlig surrealistisch. Aber damals, im Sommer 1942? Unzählige Kunstwerke waren aus jüdischen Wohnungen geholt und aus Sammlungen entwendet worden, ohne Einwilligung, ohne Bezahlung. Sie waren so nichtig geworden wie ihre Besitzer, bloße Materie, die verschoben oder verfrachtet wurde, von einem Ort zu einem anderen. Matisse, der »Entartete«, hatte zwar einen gewissen Marktwert, weil es irgendwo, jenseits einer absurden Grenze, ungermanische Banausen gab, die bereit waren, ihn zu kaufen. Wir hatten uns beide, Rose und ich, jeder auf seine Weise, in den zwei vergangenen Jahren daran gewöhnt, dass der Wert von Kunst willkürlich geworden war, und der Umgang damit jegliche rechtliche oder ästhetische Grundlage verloren hatte. Von Moral ganz zu schweigen.

An jenem Sonntag im August 1942 schaute mich Rose ernst, aber längst nicht erstaunt an, beugte sich dann über die beiden Gemälde mit der *Sitzenden Odaliske*, die ich Seite an Seite auf den Tisch gelegt hatte. Sicherlich vergingen mehrere Minuten in absoluter Stille. Schließlich wählte sie eines der beiden Gemälde, hielt es mit ausgestreckten Armen vor sich, um es noch einmal zu begutachten, und murmelte stockend: »In der Hoffnung, es ist die Fälschung, hmm, oder besser das Original? Ich weiß es auch nicht mehr!« Ich nahm ihr das Bild schnell ab und hüllte es in Packpapier, das ich schon auf dem Tisch ausgelegt hatte. Rose ließ das kostbare Paket dann in ihrer mit Tüchern ausgepolsterten Reisetasche verschwinden, küsste mich wie üblich auf beide Wangen und ging. In der Tür drehte sie sich noch einmal um und machte eine seltsam unpassende Schifffahrtsgeste, die flache Hand zackig an eine imaginäre Schirmmütze legend, rief sie »Bon vent«, was so viel wie »Schiff ahoi« heißt, aber durchaus ironisch gemeint sein kann und dann eher schlechten als guten Wind wünscht. Im Sommer 1942 drehte sich allmählich der Wind für das tausendjährige Reich.

Wer auch immer das Gemälde mitsamt meinen Aufzeichnungen einst finden wird: Es ist nicht nur ein Schatz, der großen Wert auf dem Kunstmarkt haben könnte. Dazu müsste ohnehin erst einmal von einem Experten diagnostiziert werden, ob es sich nun um ein Original oder vielmehr um eine Kopie handelt. Hängt heute, im Jahr 1996, im amerikanischen Seattle Art Museum die echte *Odalisque assise* – beziehungsweise *Oriental Woman seated on the Floor*, wie es auf dem Schildchen neben dem Gemälde heißt? Oder hängt dort eine Kopie von Matisses Werk, ohne dass irgendjemand die leiseste Ahnung davon hätte? Das Gemälde, das der unbekannte Finder eines Tages gewissermaßen sein Eigen nennen darf, bedeutet weit mehr als eine eventuelle Kapitalanlage. Wer auch immer die *Sitzende Odaliske* jetzt bei der Lektüre meiner Aufzeichnungen in der Hand hält oder neben sich auf dem Tisch liegen oder vor sich an der Wand hängen hat: Ich möchte, dass er es als ein gemaltes Gewebe aus Geschichte und Geschichten, aus Gefühlen und Sinnesempfindungen betrachtet, dass er ganz tief in das Gemälde, in die Figur hineinschaut und Adèle erkennt.

Im Verborgenen, hinter der Leinwand, egal wer sie nun aufgespannt hat, Matisse oder der Fälscher, jenseits der Farben, die aus kleinen Tuben von welcher Hand auch immer auf eine Palette gedrückt wurden, und ungeachtet der Pinsel, die von egal welchem Maler geführt wurden, einem Genie der Malerei oder einem talentierten Nachahmer, erzählt *Odalisque assise* von Adèle, einer jungen Frau, die mit Pflanzen und Blumen sprach, und meine, Viktor Emanuel Wagfalls alias Isidor Schweigs erste Liebe war. Adèle, die Ende 1936 auf der Seite der Republikaner in den Spanischen Bürgerkrieg zog, aus dem sie nie wiederkam. Adèle, die heimlich mit ihrem Bruder Fernando nach Barcelona reiste, um dort Mitglied des Partido Socialista Unificado de Cataluña zu werden und die Faschisten zu bekämpfen.

Aber nur wenige Tage nach ihrer Ankunft geschah ein tragischer Unfall, ein idiotischer Unfall, dessen vollständige Absurdität nur den einen einzigen Sinn haben könnte, nämlich ein Gleichnis für Krieg zu sein. Adèle und einer ihrer Kameraden wurden bei einer Übung von der Explosion einer fehlgezündeten Granate in die Luft gesprengt. Sie stand inmitten einer Gruppe junger Männer, fast noch Kinder, die aus den Dörfern in den Bergen gekommen waren und sich nun mit ihren Waffen in die Brust warfen, alte, halb verrostete Gewehre und ein paar Handgranaten, Überbleibsel aus einem anderen, vergangenen Krieg. Am nächsten Tag hätten sie alle an die Front geschickt werden sollen, irgendwo in Aragonien, und übten sich nun im Schießen. Und im Umgang mit Handgranaten.

Bis zu jenem Abend im Sommer 1942, als Rose Valland *Odalisque assise* ins Atelier brachte und mir endlich, nach all den Jahren, das Geheimnis von Adèles Verschwinden gestand, habe ich von alldem nichts gewusst.

## Foto 14

Das Lesezimmer im alten Haus. Viktor liegt auf dem Sofa, den Kopf auf mehrere kleine Kissen gebettet. Die Augen sind geschlossen, das Gesicht sieht entspannt aus, als würde er schlafen. Eine Zeitung liegt neben ihm auf dem Boden, im Hintergrund steht die Flügeltüre zum Flur hin offen.

Viktor konnte tatsächlich erstaunlich gut zeichnen. Ein paarmal, daran erinnerte sich Karolin, hatte sie sich darüber gewundert, aber weil sein Talent zu ihm gehörte wie die grauen und bald schon weißen Haare immer zu ihm gehört hatten, hielt sie es ganz einfach für eine Naturbegabung. Noch dazu kam es nur äußerst selten vor, dass er überhaupt zeichnete, malte oder etwas vor sich hinkritzelte. Es unterlief ihm allenfalls, fast gegen seinen Willen. Entweder, weil er gedankenverloren einen Stift in der Hand hielt, der ihn unwiderstehlich zwischen den Fingern reizte (dann entstand die Skizze einer sommerlichen Szene im Garten, das Porträt eines Freundes …) oder, das hatte sie einmal erlebt, weil er wütend war, und sich wie in einer Übersprunghandlung einen Kuli schnappte, der zufällig auf dem Tisch lag. Statt entnervt auf den Tisch zu schlagen oder die Hand zu einer Ohrfeige zu erheben, malte er mit ein paar erregten, harten, aber schwungvollen Linien die Silhouette eines galoppierenden Pferdes auf eine zusammengefaltete Zeitung. Ein andermal half er bei einem Gouache-Gemälde, für das Karolin am nächsten Tag eine

Note bekommen sollte. Das Thema lautete »Selbstporträt« und mit ein paar sicher gesetzten Pinselstrichen korrigierte er ihre Augenpartie und die Nase eindeutig zum Besseren. Nie kümmerte er sich sonst um die Schulangelegenheiten seiner Kinder, das war im Allgemeinen Annas Territorium, es musste also eine vom Zufall gedoppelte Ausnahme gewesen sein, dass er Karolin in ihrem Zimmer aufsuchte. Oder sie war so verzweifelt über ihr ungeschicktes Selbstporträt gewesen, dass sie ihn um Hilfe bat.

Ihr Vater ging ihr zum ersten Mal nahe. Mit all seinen Widersprüchen. Und gerade wegen seiner Widersprüche, meinte sie, etwas von seiner Wirklichkeit zu berühren. Heute erst. Nie zuvor. Es war unmöglich gewesen, sich ihm nahe zu fühlen. Heute wäre er über hundert Jahre alt, seine Wahrnehmung der Welt, seine Erfahrung von Leben hätte ein ganzes Jahrhundert umspannt. Zum ersten Mal fühlte sie sich fähig, eine unsichtbare Mauer in sich zu überwinden und die nie gestellten Fragen zu formulieren, auch unangenehme Antworten akzeptieren zu können. Sie hätte jetzt erst, wo es längst zu spät war, das Schweigen brechen und Fragen stellen können: Bist du Mitglied in der NSDAP geworden, um deine Karriere voranzutreiben, was hast du bei der Reichsbahn gemacht, wie fühlte sich das Leben als Besatzer in Paris an, wie sprach man unter sich, unter Besatzern, unter Nazis, unter Reichsbahnbeamten, die mit Sonderzügen entrechtete Menschen abtransportierten und deren Hab und Gut wegrafften, wie drückte man sich aus unter Kunstfreunden, Leuten wie Wendland, Rochlitz, Holzapfel, die mit der jüdischen Kunstbeute schacherten? Heute wäre sie endlich bereit gewesen, all diese Fragen zu stellen, um ihre eigene Geschichte zu verstehen. Egal, welche Antworten ihr Vater gegeben hätte, egal, wie sein Leben in Paris in Wahrheit gewesen ist, es ging nicht darum, zu urteilen, sondern im *père*, im Vater, ihr ganz eigenes, persönliches *repère* zu finden, den Bezugspunkt, von dem aus sie das Koordinatensystem ihres

Lebens, ihres Denkens, ihrer Gefühle entfalten könnte. Es ging nicht um negativ-positiv, um Daumen nach unten oder nach oben, es ging nicht um Spuren der Schuld oder Nachweise der Unschuld. Es ging um ihre objektive Herkunft, die jenseits von subjektiver Schuld lag. Obwohl es zu spät für all diese Fragen an den Vater war, wollte sie diese Herkunft zu erkennen und zu ermessen versuchen. Seit sie seine Aufzeichnungen gelesen hatte, seit die *Odaliske* neben ihrem Schreibtisch hing und ihr endlich bewusst geworden war, dass sie schon seit vielen Jahren in den Spuren ihres Vaters lief – was auch immer er in Paris gelebt und erlebt hatte, wer auch immer er in der Vergangenheit gewesen war, wo auch immer seine persönliche Wahrheit lag –, war sie ihm näher als je zuvor. Näher mit ihrer verletzten Tochterliebe, näher durch das Erfassen der damaligen Zeit, aber ihm auch näher durch ihre Zweifel, ihr Unbehagen. Auf einer inneren Landkarte umkreiste sie den vagen Ort, der *Vater* hieß, mit Worten, mit Bildern, in ihren Gedanken. Sie stellte geheime Verbindungslinien her, von Viktor zu Isidor, von Isidor zu sich selbst.

Die Gefühle der Tochter gegenüber dem Vater waren so widersprüchlich, wie er selbst ein Mann der Widersprüche, der Spaltung und der Unterschlagung war. Unzählige Kinder jener Elterngeneration, der »willigen Vollstrecker«, wuchsen in den Jahrzehnten danach auf dem zitternden Boden einer Ruptur auf. Mit einem inneren Bruch der Referenzen saßen sie in der Klemme, in einer emotionalen San-Andreas-Verwerfung, die jederzeit beben konnte. Karolin war die späte Geburt alter Eltern, sie besaß die sogenannte Gnade der späten Geburt. Wie, auf welche Weise, konnte man diese Eltern, die ohne bewusste Teilnahme waren, auch ohne spätere Anteilnahme, ohne angenommene Schuld, wie konnte man diese Eltern vertrauensvoll und vorbehaltlos lieben? Wie ohne Bedenken von ihnen lernen? Und vor allem: Was? Das war die *Zerreißung* der ersten Generation danach, der Bruch, mit dem sie aufgewachsen war. Wie sich selbst konstruieren, sich selbst auf sicherem innerem Boden erbauen, ohne verlässliche Vorbilder? Darin bestand die Einsamkeit dieser Generation. Das genealogische Einschreiben in Geschichte kam einem Absturz ins Bodenlose gleich. Es ließ sich keine gemeinsame Familiengeschichte erzählen, aus der Nachkommen im Einverständnis, gar mit Anerkennung ihre Herkunft ableiten konnten. Und wenn überhaupt eine Geschichte erzählt wurde, dann hatte sie ihre Unterlassungen, ihre Verzierungen, ihre Umgehungen. Dann war sie von Anfang an Fiktion.

Die Geschichte ihres Vaters neu zu schreiben, ehrlicher oder wirklicher zu schreiben, war unmöglich. Dazu war es zu spät, dazu fehlten Zeugen, Indizien, vor allem fehlte dazu er selbst. Stattdessen ging Karolin endlich, zu spät, auf Spurensuche: Fragmente auflesen und zu etwas Unvollständigem zusammensetzen. Eigentlich entsprach es dem Erbauen einer Ruine. Und an diese Ruine könnte sie ihre eigene Geschichte anbauen. Fester, sicherer als zuvor, weil wissend, wo es bröckelt, wackelt, schwankt und keinen Halt hat. Nach und nach hatte sie eine lange Reihe Fotos zu ihrer Recherche über Viktor, alias Isidor, mit Magneten an der mehrere Meter langen Metallleiste im Arbeitszimmer befestigt. Die Serie begann bei der linken Zimmerecke mit dem Foto *Stadt im Fenster* und würde bald bis zu ihrem Schreibtisch, bis zur *Sitzenden Odaliske* führen, die ganz rechts hing. Der Schreibtisch wiederum hatte seine kurze Seite unter der *Sitzenden Odaliske* und stand mit der Längsseite an der folgenden Wand, vor dem Fenster zur Stadt. Auf dem Boden lagen in ungeordneten Haufen jene Fotos, die Karolin aussortiert hatte und die keinen endgültigen Platz an der Leiste gefunden hatten. Zwischen den schon angepinnten Fotos und dem Gemälde konnten noch einige Bilder Platz finden. *Rien sur mon père? Nichts über meinen Vater?* lautete noch immer der vorläufige Titel ihrer Serie. Karolin wusste schon, dass sie ihn nicht beibehalten würde.

Nun hing dort auch das letzte Foto von Viktor. Karolins Schwester hatte es damals aufgenommen, nachdem sie den Vater auf dem Sofa im Lesezimmer gefunden hatte. Alicia war damals die Einzige, die in der Nähe wohnte und einen Schlüssel zum alten Haus hatte. Weil Anna verreist war, wollte sie auf eine Tasse Kaffee vorbeifahren und nach dem Rechten sehen. Sie klingelte zunächst wie üblich und schloss dann, nachdem niemand öffnete, die Haustüre auf. Im Lesezimmer lag der Vater, die Zeitung war auf den Boden gerutscht. Auf dem Foto hatte Viktor die Hände auf dem Bauch gefaltet, seine Gesichtszüge waren entspannt, es sah fast so aus, als würde er ganz sanft lächeln.

Was war in den Stunden geschehen, bevor er sich auf das geblümte Sofa im Lesezimmer legte? Wie war sein letzter Tag gewesen? Was hatte er gemacht, mit welchen Gesten, begleitet von welchen Gefühlen? Sein letzter Tag stand ihr zum ersten Mal dicht vor Augen, sie sah die Gegenstände und die Farben um ihn her, das alte Haus und den Garten, sie kannte präzise die Gerüche, die ihn hier oder dort umgaben, und war mit seinen Gewohnheiten vertraut: Wie er morgens die Zeitung holte, dabei die Matte mit dem Fuß in die Haustüre schob, wie er mit dem Messer ins Glas mit der Brombeermarmelade fuhr, wie er die Treppe hinauf- oder hinunterstieg, nachdenklich und zögerlich nach oben stapfend, sich am Geländer fast hinaufziehend, etwas schwerfällig polternd die Stufen wieder hinunterkommend. Sogar Geräusche aus dem alten Haus schwirrten in ihrer Erinnerung, das Ticken der Standuhr und der Gong ihrer Stundenschläge, das leise Scheppern der Glastür im Flur, das Knacken des Parketts in seinem Zimmer.

Lange Zeit war es ihr unangenehm gewesen, auf die Frage, ob ihr Vater noch lebe, gefolgt vom mitfühlenden Nachsuchen, woran er denn gestorben sei, zu antworten: Er hat Selbstmord begangen. Oder, verständnisvoller: Er hat den Freitod gewählt. Oder, weil ihr die eigene Antwort für den arglos Fragenden fast brutal und deshalb unhöflich erschien, auszuweichen: »Ach, er war schon über achtzig.« Worte wie »sich das Leben nehmen«, »Selbstmord begehen«, »sich umbringen« klangen hart, unbarmherzig, als habe jemand jemandem Gewalt angetan, als habe ein Ich seinem Ich Gewalt angetan. Wenn Karolin an ihren Vater dachte, kamen ihr andere Worte in den Sinn. Sie hätte gerne gesagt: Er hat sich selbst aufgegeben. Das Wort »aufgeben« schien ihr viel passender als die üblichen Floskeln. Denn wie aktiv, wie tatkräftig handelnd war derjenige, der nach langem Zögern, nach langem *Spielen* mit dem unvorstellbaren Gedanken und vielleicht auch nach mutlos abgebrochenen, noch einmal hinausgeschobenen Versuchen den sogenannten Selbstmord schließlich beging? Wie aktiv war es, sein Leiden am Sein, im Sein, zu beenden? Denn ohne Leiden, physisch oder psychisch, beendete niemand sein eigenes Sein. Man ließ sich vielmehr gehen, gab sich ganz allmählich einer anderen Instanz seines Selbst hin: dem Schmerz, der Depression, der Melancholie (dieser »treuesten Geliebten«, wie Viktor sagte). Oder auch einer unaussprechlichen Schuld. Oder einem Irrtum im Leben. Möglicherweise war es also ein sich Ausliefern, man glitt ganz allmählich ans tödliche Ziel, ganz allmählich und sogar erstaunt über sich selbst, hatte man plötzlich das Ende des Weges erreicht. Wahrscheinlich war es ein langes Gleiten bis hin zur Vollendung eines furchtbaren und zugleich erlösenden Gedankens. Der sogenannte Selbstmord war viel näher an der Aufgabe, am Aufgeben, sich selbst aufgeben. Es war ein Weggleiten wollen. Ein Bedürfnis, das ab einem bestimmten Zeitpunkt stärker wurde als das Bedürfnis zu leben, auch stärker als man selbst, als dieses »Selbst«, das bisher mit »Leben« identisch war. Und so fragte sich Karolin heute, spät, zu spät, wie ihr Vater die Erfahrung der selbst entschiedenen Aufgabe, der Selbst-Aufgabe erlebt hatte.

Beim Betrachten des letzten Fotos von Viktor kam ihr noch ein anderer Gedanke. Sein Leben selbst zu beenden war auch eine äußerste Inszenierung. Es musste entschieden werden über das Wie und das Wo, über die letzte Geste, den letzten Ort, das letzte Wort. Es war ein intimes Kunstwerk, das man sich auf Kosten des Lebens setzte. Oder zum Preis des Lebens. Im verwegenen Triumph über den, der eigentlich stärker war: Im Triumph über diesen anderen Tod, den Tod, den man nicht selbst bestimmen konnte, den über-einen-kommenden Tod. Nichts und niemand konnte ihm, Viktor, mehr etwas anhaben, nachdem er seine Entscheidung getroffen hatte. Keine Krankheit, kein Siechtum würden ihn noch quälen, kein Schmerz, keine Depression ihn hinterrücks noch einmal beherrschen. Und auch der ungebetene Tod hatte keine Chance mehr, er würde nicht willkürlich, wann es ihm passte, auf dem klapperigen Gaul anrücken und mit der Sichel fuchteln.

Selbstmord empfanden vielmehr diejenigen als Gewalt, die zurückblieben. Wir, die anderen, die noch hier waren, die das unausweichliche Geheimnis des Sterbens noch vor sich hatten, diesen absolut gewissen Schritt ins Ungewisse, empfanden den Selbstmord eines nahen Menschen auch als Gewalt gegen uns. Der Selbstmörder forderte nicht nur seinen eigenen Tod heraus, er zog uns alle mit hinein in sein beunruhigtes Fragen, ins Erwägen seiner radikalen Antwort. Sich selbst aufgeben wurde hinterrücks zu einer Möglichkeit. Plötzlich standen auch wir vor Gedanken, die wir nie hatten denken wollen und die wir von nun an gezwungen waren, beherzt oder verzagt in uns zu wälzen. Selbstmord war eine Provokation für die, die zurückblieben. Jemand hatte das Mysterium herausgefordert, hatte ihm sein eigenes Zeitmaß entgegengesetzt, hatte es gewagt, nicht auf ein Schicksal zu warten, sondern seine Bedingungen zu bestimmen. Es war die Überschreitung eines ungeschriebenen Gesetzes, das uns alle angeblich verband: Der Tod sollte über uns kommen und nicht wir über den Tod. Aus sich selbst zu handeln, war eine symbolische Überschreitung des Unterwerfungsprinzips, das die Welt regierte. Und die Ächtung dieses Gesetzes wurde als Akt der frevelhaften Gewalt empfunden.

Jenseits des Verstehens, dass jemand seinem Leben ein Ende setzte, jenseits der Tatsache, dass sie nachvollziehen konnte, aus welchen Gründen ihr Vater sein Leben aufgab, hatte Karolin in einem archaischen Winkel ihres Selbst auch ein Gefühl von Verrat empfunden. Zwischen all den Gefühlen von Trauer, Verlust, Wut und Verständnis lag – wie ein Ungeziefer im Blütenkelch – der hässliche Verrat. Als sei ein Vertragsbruch, ein Treuebruch begangen worden. Ihr Vater hatte die Familie bewusst und zu früh verlassen. Der undeutlich empfundene Verrat lag in seiner Entscheidung, nicht mehr für sie da sein zu wollen, als Vater nicht, schon gar nicht als Vorbild, aber auch nicht als der, der zumindest eine Antwort schuldig war. Er hatte nicht gewartet, bis Karolin, Lars oder Alicia bereit waren, ihm die entscheidenden Fragen des Lebens – seines Lebens und daher ihres Lebens – zu stellen. Er hatte sich entzogen, weil er keine Antwort geben wollte. Vielleicht hatte er genau das befürchtet: Die Fragen seiner Kinder, die nichts anderes waren, als seine eigenen Fragen an sich selbst. Vielleicht hatte er seine eigenen Antworten befürchtet.

# 27

Ich habe seit Tagen keinen Fuß mehr vor die Tür gesetzt, keine Zeile mehr geschrieben. Nichts. Die Temperaturen fallen nachts schon auf null, manchmal sogar minus zwei Grad. Der Garten schläft unter dem kalten Silber eines Raureiffirnisses und erwacht im Schleier der Morgennebel. Oft haben wir Schneeregen, dann Nieselregen, dann wieder feuchten Dunst, die Bäume sind mittlerweile kahl, die Baumstämme schwarz vor Nässe, die Sträucher struppig, die Wiese matschig. Aber wenigstens grün. Schon ist es Anfang November, Allerheiligen ist vorbei. Anna will Reißaus nehmen, sie sagt, sie würde ganz depressiv werden, mit mir, der im Haus herumschleicht, und mit dem November, der ja erst der Anfang wäre von einem wie immer zu langen Winter. Das Schlimmste steht noch bevor, die kürzesten Tage, die kältesten Wochen und der übliche Zirkus mit Weihnachten. Sie hat für Mitte November eine Reise gebucht, auf irgendeine Insel, wo es wärmer sein wird.

Wir treffen uns im Wohnzimmer zum Essen, manchmal begegnen wir uns auf dem Flur oder im Treppenhaus. Wie zwei höfliche Gespenster versuchen wir, nicht aneinander anzuecken, machen uns auf der Treppe Platz, lassen uns gegenseitig den Vortritt, wenn eine Kollision an der Küchentür droht. Keine Berührung. Anna macht ihren Job: Einkaufen, Kochen, Haushalt führen inklusive dem Umgang mit der Putzfrau. Ich mache meinen Job: Verwaltung von

Hab und Gut, Auto in Schuss halten, Gärtner anweisen. Das mit dem Streichen der Blendläden und des Gebälks an der Hausfassade hat Anna schließlich ganz allein organisiert. Nachdem sie mir im Sommer eine Zeit lang damit in den Ohren gelegen hatte, schloss ich das Thema irgendwann ab und gab ihr zu verstehen, dass mir so ziemlich nichts im Leben gleichgültiger sein könne, als die Fassade unseres Hauses. Die Bezahlung des Malermeisters würde ich gerne übernehmen, den Rest solle sie für sich entscheiden. Es tat mir leid, aber so schien es mir am ehrlichsten. Dann ist auch das Jucken wieder schlimmer geworden, meine gute alte Neurodermitis, mein Ekzema flexurarum springt wieder von der Armbeuge an den Fußknöchel und vom Bauch auf die empfindliche Haut unter den Achseln. Wie müde kann ein Mensch werden. Wie zutiefst müde kann er nachts im Bett wachen und Fragen stellen.

Jeden Morgen beim Aufwachen denke ich an den Satz von Beckett: Ich werde endlich doch bald ganz tot sein. So fängt *Malone stirbt* an. Endlich-doch-bald-ganz. Wie müde kann ein Mensch sein. Ich denke an Pierre Bonnard, an seine Figuren in der Badewanne, erstarrt im kalten Wasser, wie aufgebahrt in seinem ganz persönlichen Leichenschauhaus, blau-grün-gelb im schwermütigen Kühlraum der Erinnerung.

Eigentlich wollte ich mit meinen Aufzeichnungen ganz bis zum Ende des Krieges kommen, das Ende für Frankreich jedenfalls, im August 1944, als wir alle Reißaus nahmen, der stolze, lederbestiefelte Deutsche auf der Flucht vor seinen Missetaten. Auch ich war in der Meute gehetzter Ratten, unter den letzten Zivilisten, die am 19. August 1944 Paris verließen. Wir sprangen auf die Lastwagen und Automobile der Wehrmacht, die Richtung Osten floh, weil es zu gefährlich geworden war, den Zug zu benutzen. Und mindestens bis zu dem letzten Zug voller Kunstwerke wollte ich mit meinen

Aufzeichnungen kommen, dem Zug Nummer 40.044, den wir (ich sage »wir«, weil ich mich nicht aus der Affäre ziehen möchte), die Leute von der Reichsbahn also, noch Anfang August 1944 versucht haben, mitsamt seiner kostbaren Ladung – 148 Kisten Kunst – aus dem Land zu schaffen. Ein letzter Beutezug sollte noch über die Grenze gelangen, bevor es zu spät war. Der blieb jedoch gleich hinter Paris stecken, weil die Résistance seine Weiterfahrt verhindern konnte.

Wieder bin ich auf den Dachboden gestiegen, als Anna beim Einkaufen war. Es ist zu einem Ritual geworden in der letzten Zeit. Sobald ich allein im Haus bin, besuche ich meine gemalte Geliebte in der Kleiderkiste, meine nachdenkliche, sanfte Odaliske, Adèle, die auf einem gestreiften Teppich vor einem türkischen Sessel hockt und den Kopf ein wenig neigt, als hätte ihr jemand eine sehr schwierige Frage gestellt, zu der sie jetzt eine Antwort sucht. Jedes Mal, sobald Anna mit dem Auto aus der Einfahrt gefahren ist, warte ich fünf oder zehn Minuten oben am Badezimmerfenster, von dort sehe ich das Tor zur Straße, ohne selbst gesehen zu werden, bis ich ziemlich sicher sein kann, dass sie nicht plötzlich zurückkommt, weil sie etwas vergessen hat. Dann hole ich den Holzstab mit dem Haken aus der Nische neben dem Wäscheschrank im Flur hervor, ziehe die Klappentür in der Decke auf, sodass sie mitsamt der daran angebrachten Leiter herabhängt, entfalte die Leiter bis sie auf dem Fußboden Halt findet. Steige hinauf, mühselig, es ist wahrlich kein Dachboden, den man gerne jeden Tag erklimmen möchte, und bahne mir den Weg zur Kiste.

Jeden Handgriff, jeden Schritt habe ich unzählige Male wiederholt. Öffne die Kiste, ziehe mein Gemälde unter den Kleidern hervor. Setze mich auf ein ausrangiertes Sofatischchen, das daneben steht, das Gemälde auf dem Schoß, die Taschenlampe in der einen Hand, die Lupe in der anderen. So kann ich mir jeden Quadratmillimeter ganz genau ansehen, jeden Pinselstrich verfolgen. Das Relief vom Borstenpinsel schimmert an manchen Stellen im Lichtstrahl, die scheinbar ungenauen Farbmischungen unter der Lupe werden zu ausdrucksvollen Effekten, sobald ich Abstand nehme. So taste ich mit den Augen Adèle ab, die aus der Lupennähe kaum nach Adèle aussieht, aber je mehr ich mich entferne, den Kopf hebe und das Gemälde mit ausgestreckten Armen vor mich halte, wieder zu Adèle wird, zu der Adèle, die ich zu kennen glaubte. Ich könnte den Rahmen öffnen, die Leinwand mit der Odaliske von ihrem Keilrahmen lösen, das eigentliche Juwel freilegen, aber ich tue es nicht, auch heute nicht. Es genügt mir zu wissen, dass es existiert.

Nach einer Weile – ich habe immer die Armbanduhr im Auge, um vor Annas frühestmöglicher Rückkehr wieder unten zu sein – stecke ich die Lupe in die Hosentasche, versenke Taschenlampe und Gemälde unter den Kleidern in der Truhe, steige mit aller gebotenen Vorsicht die wackelige Leiter hinunter. Dann falte ich die dreiteilige, an der Dachbodenklappe angebrachte Holzleiter wieder zusammen, stemme die Klappe mit dem Hakenstab zurück in die Flurdecke, vier Magneten saugen sich paarweise aneinander, schiebe auch den Sicherheitsriegel zu, lasse den Stab schließlich in der Nische neben dem Wäscheschrank verschwinden und verziehe mich leise in mein Zimmer, ja leise, selbst wenn niemand im Haus ist. Jedes Geheimnis verlangt Behutsamkeit.

Anna befand es immer für ebenso lobenswert wie merkwürdig, dass jemand wie ich sich für Kunst, insbesondere also für die Malerei interessieren konnte. Sie hält mich in der Tiefe ihrer Seele für einen schwäbischen Banausen, weil es mir noch heute in unkonzentrierten Momenten unterlaufen kann, »das« Teller zu sagen, und ich es ein Leben lang nicht geschafft habe, den letzten Rest meines Akzents abzulegen, obwohl wir seit Langem weiter oben im Norden leben. Dass ich in meinem Arbeitszimmer einen Schrank voller

Kunstbücher wie meinen Augapfel hüte und unten im Lesezimmer noch einmal einige Regalbretter mit dicken Bänden beladen sind, wunderte sie nie. Sie gehörten von Anfang an zum festen Bestandteil unseres Bildungsbürgertums und Anna fügte so manchen Ausstellungskatalog hinzu. Ich glaube, sie war sogar ein wenig stolz auf meine Kenntnisse, wenn wir gemeinsam eine Ausstellung besuchten oder ich mich bei einem Dinner-Gespräch zu einem Maler, einem Gemälde, einem Thema der Kunstgeschichte halbwegs kundig äußerte.

Nun liegen sie alle hier, die Matisse-Bücher und Kataloge, auf dem Tisch, auf dem Boden, auf der Kommode habe ich sie aufgeschlagen und gehe vom einen zum anderen. Insbesondere wäre zu nennen: *Matisse, Orientalische Reisen*. Die Reisen nach Marokko, Tunesien und Algerien hatten ihn zu seinen Odalisken inspiriert, aber auch die subtilen Gemälde eines Jean-Auguste-Dominique Ingres. Lange vor Matisse hatte sich Ingres mit einiger Hingabe dem Thema der türkischen Haremssklavin gewidmet, zum Beispiel mit *La Grande Odalisque*, die übrigens eine Anspielung auf Velázquez' *Venus mit dem Spiegel* ist. Dann reihte sich Edouard Manet mit seiner imposanten *Olympia* in die Malereigeschichte der Odalisken ein. Aber bei Matisse, obwohl die orientalische Anspielung gewahrt bleibt, ist die *Odalisque* alles andere, als eine sinnliche Provokation oder ein phantasmiertes Idealbild orientalischer Haremsweiblichkeit, sie ist auch mehr als ein Akt mit exotischer Note. Matisses Odalisken sind wahrhaftige, vollständige Frauen und keine Phantasmen. Was sie unter anderem so gegenwärtig macht, ist die Tatsache, dass sie nicht aus der Monokel-Perspektive des neunzehnten Jahrhunderts gemalt wurden. Sie sind ihrer selbst sicher, gelassen und natürlich, die Haltung und der Ausdruck sind frei, ungekünstelt. Matisse geht über die männliche Projektion hinaus, um sie schlichtweg *sein* zu lassen.

Da gab es die *Odalisque à la culotte rouge*, die *Odalisque allongée* und die *Odalisque debout au plateau des fruits*. Lässig und matt, befriedigt und satt lag die *Odalisque couchée aux magnolias* auf einem gelb-giftgrün gestreiften Kanapee, die Lippen rot, die Magnolienblüten wie bizarre Vögel an ihrer Seite und eine Schale saftiger Pfirsiche zur Hand. Trauben blauer Blumen schmücken die Tapete im Hintergrund und rivalisieren an Üppigkeit mit der Frau auf dem Sofa. In *Odalisken beim Damespiel* sind sie zu zweit, die eine Figur nahezu nackt, die andere bekleidet. In jedem der Gemälde sind ornamentreiche Tapeten und preziöse Stoffe – bestickter Velours, Moirémuster, Satin, Samt und schimmernde Seide – mindestens genauso wichtig wie die Figur selbst. Man meint, die Parfums zu riechen, die wie eine süße Last in der Luft hängen: der animalische, kostbare Ambraduft, würziges Zedern- und Sandelholz, Neroli-Blüte und schwerer Moschus. Die Odalisken von Matisse sind sich selbst genug, müßig, allenfalls spielen sie ein Spiel, essen dabei klebriges, zäh im Gaumen zergehendes Backwerk und schlürfen süßen Tee. Zimt, Honig und Orangenblüten liegen ihnen auf der Zunge. Dann beißen sie in frische Früchte, deren Saft im Mundwinkel glänzt.

Es gab keinen Zweifel: Adèle hatte für Matisse in dessen Atelier in Nizza Modell gesessen. Auf bunten Teppichen hatte sie posiert, auf einem samtigen Kanapee oder einem türkischen Sessel, zwischen den exotischen Accessoires und Stoffen, den Wandbehängen, Kleidern und Kostümen, die der Maler als Fetischist von Textilien auf Märkten gefunden, bei Trödlern erstanden oder von seinen Reisen nach Afrika mitgebracht hatte. Stundenlang, tagelang war sie bei ihm gewesen. Einem anderen Maler als mir, einem genialen Maler hatte sie Modell gesessen, Henri Matisse, in der spannungsgeladenen Intimität seines Ateliers.

In den Jahren nach dem Krieg, als es allmählich Ausstellungen, Bücher und Kataloge zu Matisse gab, als ich die Welt ein wenig bereisen konnte, habe nach und nach noch weitere fünf Gemälde von Matisse aufgespürt, auf denen Adèle ihm Modell gesessen hat. Man erkennt sie an ihrem Zopf, sie sieht noch jung aus, ein Mädchen, das dabei ist, zur Frau zu werden. Matisse entkleidet sie nicht, im Gegenteil, er hüllt sie in die üppig verzierte Samtjacke, lässt ihre junge Weiblichkeit respektvoll in einer Pluderhose versinken. Alle sechs Gemälde mit Adèle als Odaliske sind innerhalb von nur wenigen Wochen gemalt worden, Ende 1927, Anfang 1928, in einer Phase, in der Matisse nach einem neuen Modell, einer neuen Muse suchte. Nach Jahren der Zusammenarbeit mit Henriette Darricarrère hatte er ausnahmsweise kein festes Modell mehr.

In welcher Reihenfolge sind die sechs Bilder entstanden? Eine Antwort darauf habe ich nicht gefunden. Auf dreien ist Adèle allein abgebildet, auf den drei anderen mit einer weiteren weiblichen Figur, die allerdings nackt ist, während Adèle immer gleich gekleidet bleibt, mit der blaugrünen Pluderhose und der goldgelb bestickten, blauschwarzen Samtjacke. Manchmal ist die Jacke offen, dann wird ein Oberteil aus gewickeltem Tuch sichtbar. Auf einigen der sechs Gemälde sieht man eine Perlenkette an ihrem Fußgelenk, auf anderen trägt sie eine Perlenkette um den Hals. Mal sitzt sie aufrecht am Boden, mal lehnt sie an dem türkischen Sessel, mal streckt sie sich neben der zweiten, der nackten Figur auf großen Kissen aus. Die beiden haben Dame gespielt, neben ihnen liegt noch das Spielbrett. Die blauweiße Karaffe ist auf fünf von den sechs Gemälden zu sehen, auf vieren steht, etwas abseits auf dem Boden, ein Teller mit Gebäckstücken und einem Becher. Der türkische Sessel taucht auf zweien auf.

Alle sechs Gemälde haben die gleiche, großgemusterte, sehr auffällige Tapete als Hintergrund. Die Größe der Bilder ist unterschiedlich, bis auf eins sind sie jedoch alle im Landschaftsformat gemalt. Zweien sieht man es an, wie nervös

Matisse gewesen sein muss, wie unzufrieden mit sich selbst. Sicherlich auf der Suche. Es ist, als würde ein innerer Druck ihn zur Eile treiben, seinen Pinsel peitschen. Ich stelle mir vor, wie er von seinem Hocker vor der Staffelei aufsteht, die Gegenstände hin- und herschiebt, das Damebrett, die Karaffe, ein Kissen, den Sessel, dann die Position seiner Modelle verändert. Er fasst Arme an, legt sie ums Knie, schiebt sie unter den Kopf, berührt Schultern, gibt Anweisungen zur Haltung, zum Blick. Die sechs Gemälde befinden sich über die ganze Welt verstreut in Museen oder Privatsammlungen.

Die *Sitzende Odaliske*, »meine« sitzende Odaliske, hängt wie gesagt im Seattle Art Museum, die *Odaliske mit türkischem Sessel* ist im Museum für Moderne Kunst in Paris ausgestellt, und die *Sitzende Odaliske, das linke Bein angewinkelt mit ornamentalem Hintergrund und Spielbrett* ist im Baltimore Museum zu sehen. Das Stockholmer Museum für moderne Kunst besitzt *Zwei Odalisken, eine unbekleidet, mit ornamentalem Hintergrund und Spielbrett*, während *Odalisken beim Damespiel* und *Zwei sich ausruhende Modelle* in Privatsammlungen sind. Manchmal vergingen Jahre, bis ich zufällig wieder ein Gemälde mit Adèle entdeckte. Von Mal zu Mal, von Bild zu Bild spürte ich ein wachsendes Gefühl von – Argwohn. Es war keine Eifersucht, das wäre lächerlich gewesen, auch nicht nur Neid auf Matisse. Es war Argwohn, der wie ein langsames Gift in mir arbeitete und mich dazu trieb, jedes neu erschienene Buch zu bestellen, jeden Katalog zu kaufen, Auktionen zu verfolgen, Ausstellungen zu besuchen, immer auf der Suche nach weiteren Gemälden, auf denen ich plötzlich Adèle gegenüberstehen würde, jener Adèle allerdings, die ich nicht kannte, die sich mir entzogen hatte, die mir Teile ihres Lebens verheimlicht hatte. Matisse hatte stundenlang, tagelang, nicht nur für ein Bild, sondern für mindestens sechs Bilder und vielleicht sogar einige mehr, die ich nur nicht kannte oder die verschollen waren, mit

Adèle auf engem Raum in seinem Atelier gesessen. Er: an der Staffelei, mit zusammengekniffenen Augen. Sie: seinem Blick und seinem Pinsel ausgeliefert. Warum hatte Adèle mir nichts davon erzählt? Hatte sie mich damals schützen wollen vor meiner möglichen Eifersucht auf den großen Maler, oder war es ihr unwichtig erschienen? Und jedes Mal, wenn ich bei meinen Nachforschungen ein weiteres Odalisken-Gemälde mit Adèle entdeckte, ein drittes, ein viertes, ein fünftes, in den sechziger, siebziger, achtziger Jahren, schlug mein Herz in erschrockenem Rausch.

## *Foto 15*

Die aus einem Katalog abfotografierte Nahaufnahme in Schwarz-Weiß von Rose Valland. Laut Bildunterschrift wurde das Foto nach dem Krieg am Bodensee aufgenommen, Rose muss also um die fünfzig Jahre alt sein. Sie sitzt am Bug eines kleinen Bootes, im Hintergrund kräuselt sich der schimmernde See in der Brise, das Ufer mit ein paar Häusern am Fuß begrünter Hügel scheint weit entfernt. Rose trägt ein helles Kostüm mit weißer Bluse und steckt sich gerade eine Zigarette an, hat den Deckel des Feuerzeugs mit der einen Hand aufgeklappt und mit dem Daumen der anderen betätigt sie das Rädchen des Zünders. Hinter einer großen, runden Brille senkt sich ihr Blick auf das Feuerzeug und die Zigarette. Es ist ein sehr persönliches Foto. Das Boot könnte ein kleines Ruderboot sein, man sieht nur den Bug, und außer Rose sitzt wahrscheinlich nur noch eine weitere Person mit im Boot, nämlich diejenige, die eben noch ruderte und nun zum Fotografieren die beiden Paddel abgelegt hat.

Karolin hatte den ganzen Tag damit verbracht, einen Brief an die Matisse-Expertin Louise Bergell zu formulieren. Sie war nun bereit. Ihrem Schreiben legte sie Fotos in DIN-A4-Größe von exzellenter Qualität bei, die sie schon einige Tage zuvor für diesen Zweck vorbereitet hatte: eine Gesamtaufnahme von *Odalisque assise*, sechs Detailansichten und zwei Makrofotos, anhand derer sich Pinselführung, die Pinselschrift im vollen

Impasto, Farbgebung und Mischungen, aber auch die Signatur studieren ließen, außerdem eine Aufnahme von der Rückseite. In ihrem Brief erzählte Karolin die ganze Geschichte, die sich im Lauf von Jahrzehnten um das Gemälde gesponnen hatte, zunächst also von ihrem Vater, von seinem versteckten Manuskript, das sie mitsamt dem Gemälde im Haus ihrer Familie gefunden hatte, dann von seinem Doppelleben als Maler Isidor Schweig und von Adèle Bertin, bis hin zu Adèles Tod. Auch von Rose Valland berichtete sie, die das damals noch unbekannte Gemälde *Odalisque assise* aus der Sammlung Paul Rosenberg im Kunstdepot der Nazis im Jeu de Paume entdeckte, Adèle in der Figur der Odaliske erkannte, es heimlich entwendete und in Isidors Atelier brachte. Rose Valland habe nicht nur einen Matisse kopieren und retten wollen, schrieb Karolin, sondern sie habe das Gemälde auch zum Anlass genommen, endlich, zu spät, ihrem Freund Isidor die Wahrheit über Adèle und ihr plötzliches Verschwinden zu bekennen. Schließlich bat Karolin die Expertin um die Gefälligkeit eines vorläufigen Gutachtens anhand der beigelegten Fotos, »so mysteriös oder fantastisch Ihnen die Geschichte dieses Bildes auch erscheinen mag«, fügte sie noch hinzu.

Die Fragen an die Matisse-Spezialistin brannten ihr auf der Seele, sie ersehnte sich eine Antwort mindestens genauso, wie sie eine endgültige Klärung befürchtete. Zweifellos existierten zwei gleiche Gemälde auf dieser Welt, zwei *Sitzende Odalisken*, aber welches war das Original, welches die Kopie? Jede Erläuterung von Louise Bergell zu jeder Frage, bedeutete auch eine Auskunft über ihren Vater: War das Gemälde bis ins Detail der Pinselführung mit seinem Zwilling in Amerika identisch? Könnte es sich um den echten Matisse handeln? Und wenn es sich eindeutig um eine Kopie handelte, war sie von besonderer Qualität oder nur die Arbeit eines mittelmäßigen Fälschers? Um eine stümperhafte Fälschung, so weit reichten Karolins Kenntnisse, konnte es sich auf keinen Fall handeln. Wusste

Louise Bergell, wer Matisse zu seiner *Odaliske* Modell gesessen hatte?

Karolin saß an ihrem Schreibtisch, grauweiß lag die Stadt vor ihr, bis zum Horizont ein Meer aus Häusern. Die Sonne ging nun schon ein Stück westlich vom Eiffelturm unter, fast unmerklich hatte sich ihr täglicher Bogen in den vergangenen Wochen gestreckt, und mittlerweile wurde es auch erst nach sechs Uhr abends dunkel. Die Zeitumstellung stand bevor. Karolin pinnte das Schwarz-Weiß-Foto von Rose Valland an die Metallleiste im Arbeitszimmer. Sie hatte das Bild im Begleitheft zu einer Ausstellung mit dem Titel *La Dame du Jeu de Paume* gefunden, es mit Stativ und Makro-Objektiv abfotografiert. Die Falten in der Kostümjacke gewannen auf ihrer Fotografie an Schärfe, sie lenkten den Blick unweigerlich auf die Hände mit dem Feuerzeug, auf diese typische Geste des Zigarette-Ansteckens und auf die dicke, sehr weiße Zigarette ohne Filter im zusammengekniffenen Mundwinkel (eine Gauloise, Gitane Vizir oder Balto?), während der Hintergrund mit gleißendem Seewasser und den Bergen grobkörnig und unscharf war. Dieser Kontrast zwischen der Schärfe der Figur – Hände, Gesicht, Kleidung – und dem groben, undeutlichen Hintergrund gefiel ihr. Besonders mochte sie Roses elegante Hände, auf die der Blick als Erstes fiel. Sie waren erstaunlich schmal und langgliedrig im Vergleich zu ihrem kräftigen Körper. Am kleinen Finger trug sie einen Siegelring. Unzählige Gemälde waren durch diese Hände gegangen und durch ihren Einsatz gerettet oder nach dem Krieg wiedergefunden worden. Karolin dachte, wie hochachtungsvoll, wie liebevoll Rose die Kunstwerke im Jeu de Paume berührt haben musste.

Zwischen dem Foto von Rose Valland im Boot und Karolins Vermächtnis, dem Gemälde *Sitzende Odaliske*, blieb nur noch wenig Spielraum. Zwei oder drei Bilder hatten Platz, je nachdem, wie sie ihre Serie an der Metallleiste hin- und herschob. Rose Valland war eine der wichtigsten Figuren in Isidor

Schweigs Geschichte. Sie war seine Ratgeberin, seine Kritikerin, sein guter Engel und sein schlechtes Gewissen. Ihr war es zu verdanken, dass die Odaliske heute an Karolins Wand hing.

Rose Valland gelang es, sich vier Jahre lang auf ihrem Posten im Jeu de Paume zu halten, ohne als Spionin überführt zu werden, auch ohne eines Tages rätselhaft und spurlos zu verschwinden, denn sie wusste eindeutig zu viel. Über all die Jahre hinweg, war sie täglich von SS-Wachposten umgeben gewesen und von Spezialeinheiten der Gestapo, die für die Beschlagnahmungen zuständig waren, außerdem wimmelte es im Museum von deutschen Kunstexperten, Fotografen und Verwaltungsangestellten. Bruno Lohse gestand nach dem Krieg in einem Verhör, dass es Pläne gab, Rose Valland im Zweifelsfall hinter die deutsche Grenze zu verschleppen und hinzurichten. Der systematische Kunstraub war ein hohes strategisches Ziel, mit dem nicht gespaßt wurde. Rose muss souverän, kaltblütig fast, gewieft und geistesgegenwärtig gewesen sein, vor allem überzeugt von dem, was sie tat. Sie muss ihre Kunst und die Werte, für die sie einstand, über sich selbst gestellt haben, um sich jeden Tag von Neuem in die Höhle des Löwen begeben zu können.

Karolins Vater hatte in seinem Manuskript eine Anspielung auf einen letzten Zug voller Kunst gemacht, dessen kostbare Fracht noch kurz vor der endgültigen Niederlage in einem der Kunstdepots hinter der Grenze verschwinden sollte. Es war der Zug Nummer 40.044. Wenn Viktor Wagfall, der Reichsbahn-Oberinspektor, damals schon gewusst hätte, dass es seine (oder genauer gesagt Isidor Schweigs) alte Bekannte Rose Valland war, die den französischen Widerstand von der unmittelbar bevorstehenden Abfahrt des Zuges mit fünf Waggons voller Kunstwerke in Kenntnis setzte – auf welcher Seite hätte er gestanden? Wie lebte er die Spaltung seiner Person in Viktor und Isidor, die Schizophrenie seiner Position zwischen dem Mann, der bei der Reichsbahn den Nazi-Apparat bediente, und diesem anderen Mann in ihm, der jüdische Kunsthändler kannte und mit Rose Valland die Liebe zur Malerei teilte?

Karolin dachte, dass er sich wahrscheinlich auf keine der beiden Seiten geschlagen hätte. Er hätte Roses Spionagetätigkeit nicht wirklich zustimmen können, aber er stand auch nicht auf der Seite derer, die den Kunstraub inszenierten. Genau genommen hatte er überhaupt keine Meinung. Karolin fand keine andere Erklärung, als dass ihr Vater ein Mann ohne Meinung gewesen sein musste. Er hatte seine beiden Rollen, seine beiden »Egos« sorgfältig und wohlwollend voreinander abgeschirmt, und gleichzeitig konnten sie sich gegenseitig aufheben: plus eins minus eins ergab null. Der bürgerliche Viktor war dazu da, Isidors Boheme-Existenz zu rechtfertigen, und Isidor, der Künstler, rehabilitierte Viktors Handeln im Nazigetriebe. Er hatte sich in seinem System eingerichtet, es hatte ihm in all den Jahren das moralische Überleben gesichert und ihn gleichzeitig vor den Gefahren bewahrt, die mit einer eindeutigen Stellungnahme unweigerlich einhergegangen wären. Auf keinen Fall hätte er sein Isidor-Leben in der Rue Lepic aufgeben wollen, weil es sein inneres Alibi, seine moralisch-ästhetische Zufluchtsstätte war. Aber er dachte auch im Traum nicht daran, etwa von seinem Posten bei der Reichsbahn zu desertieren, sicherlich, weil er die persönlichen und sozialen Konsequenzen fürchtete. Als Isidor und Viktor zugleich, mit seiner variablen Identität und einem unleugbar genialen Doppelleben im besetzten Paris, konnte Karolins Vater auf zwei Seiten und gleichzeitig auf keiner Seite stehen.

Die Reichsbahn hatte wie immer mithilfe der französischen SNCF dafür gesorgt, dass der Sonderzug 40.044 rechtzeitig an Ort und Stelle bereitstand: 1. August 1944, Gare du Nord. Der Konvoi bestand aus zweiundfünfzig Waggons. Siebenundvierzig Güterwagen waren von der Amtsstelle »Möbel-Aktion« bestellt worden und sollten, beladen mit Mobiliar und Haushaltswaren aus den verlassenen jüdischen Wohnungen, noch im letzten Moment ein paar zusätzliche brauchbare Sachen ins »Reich« schaffen. Die fünf restlichen Waggons waren dem Einsatzstab Reichsleiter Rosenberg und der Kunst vorbehalten. Karolin fand bei ihren Recherchen sogar die Kennzeichen dieser fünf Waggons, sie lauteten CMDZ 122.369, MONCHEN 54.802, ITALIA 1.004.288, KASSEL 18.043 und MÜNCHEN 26.331.5. Auf dem Bahnsteig der Gare du Nord wurden sie mit 148 Kisten beladen, die mit Schablonen aufgemalte Beschriftungen trugen: Cézanne, Monet, Dufy oder Foujita stand auf den Holzplanken, aber auch die Initialen PR, die die Sammlung des jüdischen Kunsthändlers Paul Rosenberg bezeichneten. In diesen Kisten befanden sich Gemälde von Renoir, Degas, Picasso oder Gauguin.

Der Zug hätte so schnell wie möglich abfahren sollen, um noch vor der Befreiung von Paris die deutsche Grenze zu überqueren. Für die Besatzer war die Situation kritisch geworden. Zum einen rückten die Alliierten unaufhaltsam vor und auf Paris zu, zum anderen war der Schienenverkehr ein beliebter, weil besonders effizienter Einsatzbereich der Résistance. Noch dazu war die französische Eisenbahn längst von Mitgliedern des Widerstands oder deren Sympathisanten durchdrungen. Überall im Land wurden Bahnbrücken gesprengt, Gleisanlagen sabotiert, Züge vom französischen Personal unter diversen Vorwänden aufgehalten. Einige Züge kamen dennoch, langsam zwar, aber unbeschadet, bis über die Grenze. Zum Beispiel der Zug Nummer 14.166, der mit 430 Juden, jüdischen Kindern und politischen Gefangenen am 11. August in Lyon abfuhr und am 18. August im elsässischen Konzentrationslager Natzweiler eintraf. Kurz darauf rollte er störungsfrei weiter bis Auschwitz. Und ein allerletzter Zug, diesmal mit dem Judenjäger Alois Brunner und seinem Gestapo-Sonderkommando, konnte am 17. August Paris verlassen und einige Tage später Deutschland erreichen. Um seinen Fluchtkonvoi vor Angriffen und Sabotageakten zu schützen, hatte sich Brunner Geiselschutz verschafft, indem er einen Waggon mit 51 jüdischen Insassen aus »seinem« Gefängnislager Drancy anhängte. Die Endstation für diesen Waggon hieß Buchenwald.

Wie, unter welchen Umständen, war Karolins Vater zurück nach Deutschland gekommen? Auch diese Frage hatte Karolin weder ihm noch sich selbst früher je gestellt. Sie gehörte zu den ungestellten, weil ungedachten Fragen. Sie gehörte zu den Fragen, die hinter der Mauer des Schweigens verblieben waren. Wie hatte sich ihr Vater zuletzt, im Chaos vom August 1944, aus dem umkämpften Paris davongemacht? Es wurde gegen Ende immer schwieriger, noch eine Fluchtmöglichkeit zu finden.

Im Vergleich zu diesen letzten makabren Zügen, die unbehelligt die Grenze und dann die Konzentrationslager erreichten, sollte der Kunst- und Möbelzug Nummer 40.044 keine Chance bekommen, das Land zu verlassen. Zunächst einmal brauchten die Leute von der Möbel-Aktion mehrere Tage, um ihre 47 Waggons zu beladen. Das ließ dem Widerstand, den Rose Valland alarmiert hatte, genügend Zeit, sich etwas einfallen zu lassen. Daraufhin zockelte der endlich versiegelte Zug in einem nervenzehrenden Hindernislauf aus Paris heraus. Am 12. August hatte er nur ein paar Kilometer zurückgelegt und steckte, unter anderem wegen eines Generalstreiks, auf einem Wartegleis am Bahnhof des Pariser Vorortes Aubervilliers fest. Als es dort irgendwann wieder losging, fanden die Eisenbahner von Bahnhof zu Bahnhof neue Vorwände, um den Zug aufzuhalten. Bis zum 24. August brachte er weitere zehn Kilometer hinter sich, dann wurde er am Bahnhof von Aulnay-sous-Bois von einer Gruppe des militärischen Widerstands FFI, der *Forces Françaises de l'Intérieur* angegriffen und besetzt. Die Bilanz: Zwei Tote und drei Verletzte, ein Brand in einem der Waggons konnte gerade noch rechtzeitig gelöscht werden. Inzwischen war Paris fast vollständig befreit worden, und französische Eisenbahner setzten der Fahrt des Zuges ein definitives Ende, indem sie ihn auf einem Abstellgleis kontrolliert entgleisen ließen. Zu der FFI-Einheit, die den Zug gestürmt hatte, gehörte auch ein gewisser Alexandre Rosenberg. Die Ironie des Zufalls wollte es, dass sich in einem der Waggons auch Kisten mit der Aufschrift PR befanden. Alexandre Rosenberg hatte, ohne dass er es zuvor gewusst, geschweige denn geplant hätte, einen Teil der Kunstsammlung seines Vaters Paul gerettet.

Einen Tag später, am 25. August, unterzeichnete von Choltitz das Kapitulationsabkommen – im Hotel Meurice an der Rue de Rivoli, gleich bei den Tuilerien-Gärten. Tapfer, trotzig und bestimmt hielt Rose Valland in den letzten Tagen vor der Kapitulation die Stellung im schräg gegenüberliegenden Jeu de Paume. Sie saß einsam auf gefährlichem Posten, aber das war sie gewohnt. Der ERR hatte schon Anfang August das Kunstdepot geräumt und die noch verbliebene Beutekunst in den Louvre transportieren lassen, der von Wehrmacht und SS bewacht wurde. Der letzte Tätigkeitsbericht war diktiert und nach Berlin geschickt worden, darauf standen die abschließenden Zahlen: dass 21 903 Kunstwerke aus 203 jüdischen Sammlungen konfisziert worden waren. Auch der letzte Experte hatte sich aus dem Staub gemacht. Mitte August war die militärische Bewachung des Jeu de Paume eingestellt worden, weil sich nichts mehr im Museum befand, das für die Besatzer noch von Wert gewesen wäre. Die museumseigene Sammlung zeitgenössischer ausländischer Künstler, die Rose Valland unterstand und von der ein erheblicher Teil die vier Jahre der *Occupation* im Keller zugebracht hatte, interessierte ohnehin niemanden.

Zwischen dem 19. und 25. August 1944 fand der Aufstand von Paris statt. Von innen rückten die Widerstandsgruppen und von außen die Alliierten mit der Division Leclerc den noch verbliebenen Besatzern auf den Leib, immerhin um die zwanzigtausend Wehrmachtsoldaten. Die deutsche Verteidigungslinie lief dabei ausgerechnet durch die Tuilerien-Gärten hindurch und längs am Jeu de Paume vorbei. Drinnen, im Museumsgebäude, hütete Rose Valland mit zwei französischen Wärtern die museumseigene Sammlung. Niemals im Leben hätte sie ihre Gemälde im Stich gelassen, noch dazu so kurz vor dem Ende. Vom Fenster aus konnte Rose zuschauen, wie deutsche Soldaten im strömenden Regen eines Sommergewitters gleich hinter dem Museum eine Barriere aus Stacheldraht errichteten. Sie hörte Gewehr- und Kanonenschüsse, Schreie, Befehle, hin- und herfahrende Panzer und Lastwagen. Am meisten befürchteten jedoch die drei verbliebenen Zeugen des Kunstraubs, dass Kurt von Behr vor seiner endgültigen Flucht noch auf die Idee kommen könnte, ein Hinrichtungskommando ins Museum zu schicken.

Nachdem Karolin die zwölf dicht beschriebenen Hefte mit den Memoiren ihres melancholischen Kunstfälscher-Vaters zum ersten Mal durchgelesen hatte, musste sie sich eingestehen, dass sie weniger über das Dritte Reich, den Krieg und die Besatzungszeit wusste, als sie angenommen hatte. Sie hatte geglaubt, sich auf diesem Gebiet recht gut auszukennen, vor allem deshalb, weil sie sich die Geschichte nicht nur aus der deutschen, sondern auch aus der französischen Perspektive angelesen hatte. Aber wie oft stellte sie in den letzten Monaten ihre Lücken fest. Sie las diverse Bücher, klickte sich immer weiter in die Verzweigungen des Internet und durchforschte unzählige Webseiten. Sie lief mit anderen Augen durch Paris. Auch ihr Blick aus dem Fenster zur Stadt hatte sich mit den Monaten verändert, Paris war nicht mehr nur ihre Stadt, in die sie ihre eigene Geschichte frei eingeschrieben hatte. Ob sie es wollte oder nicht, ihr Pariser Leben hatte sich mit dem ihres Vaters verflochten. Es war tatsächlich alles wahr, die Aufzeichnungen von Viktor Emanuel Wagfall stimmten – jedenfalls, was die historischen Fakten anbelangte. Hans Wendland war der zwielichtige Kunsthändler, den Viktor beschrieben hatte, auch eine gewisse Charlotte, viel jünger als Wendland, war vor dem Krieg seine Frau geworden. Und Wendland arbeitete tatsächlich mit Gustav Rochlitz zusammen, der damals zu den besonders aktiven und korrupten deutschen Kunsthändlern in Paris gehörte. Details um die einzelnen Tauschgeschäfte oder etwa das Schicksal von Degas' Gemälde *Madame Camus am Klavier* hatten ihre Richtigkeit. Auch das Tandem Friedrich Welz/Rudolf Holzapfel, das den österreichischen Markt mit Beutekunst und nebenbei auch mit einigen Fälschungen bediente, agierte in der historischen Wirklichkeit.

Nirgendwo fand sie allerdings die Spur von Isidor Schweig, was sie insofern nicht wunderte, als sein Pseudonym gerade dazu dienen sollte, die Figur seines Doppellebens zu verstecken. Und welcher Fälscher suchte schon das Licht der Öffentlichkeit. Nur einmal stieß sie in einer Biografie über Rose Valland auf Gerüchte, nach denen Rose während oder kurz nach dem Krieg Beziehungen, eine *Liaison,* zu einem Kunstfälscher gehabt haben sollte. Ein Name wurde allerdings nicht genannt, und die Biografin verwarf die Gerüchte als üble Nachrede von Leuten, die ein Interesse daran hatten, Rose Valland zu verleumden und ihre Zuverlässigkeit in Frage zu stellen. Natürlich dachte Karolin sofort an Isidor Schweig. Und wenn sich doch ein Funke Wahrheit hinter dem Gerücht verbarg, fragte sie sich, statt *Liaison* zumindest Bekanntschaft? Es wäre im Übrigen der verdienten posthumen Ehre der Hüterin des Jeu de Paume in keiner Weise abträglich, einen Fälscher gekannt zu haben, es änderte jedenfalls nichts an den Tatsachen ihres heroischen Widerstands und ihrer ausschlaggebenden Mithilfe bis in die sechziger Jahre hinein beim Aufspüren der Beutekunst. Wenn also der erwähnte Fälscher mit Isidor Schweig identisch wäre?

Nach dem Krieg hatte ihr Vater noch ein letztes Mal in seinem Leben die Möglichkeit gehabt, zu wählen: zwischen Vernunft und Leidenschaft, zwischen Brotberuf und Malerei. Er hätte sich sogar eine Meinung leisten können. Die Welt um ihn her lag in Schutt und Asche. Nichts war mehr zu retten. Der Gehorsam nicht, die Ehre nicht, auch keine reine Seele vor irgendeinem Gott, und vor allem war die Moral nicht mehr zu retten. Es wäre genau genommen die rechte Zeit gewesen, um endlich ungehorsam zu werden.

Viktor, alias Isidor, schrieb, er sei Rose Valland nach dem Krieg noch ein einziges Mal begegnet. Wann und wo? Darüber hat er nichts mehr erzählt. Hat er Rose um Rat gefragt? Oder hat er sie im Namen ihrer alten Freundschaft gebeten, seine Existenz als Isidor Schweig ein für alle Mal zu vergessen? Hat er ihr seine verbliebenen Gemälde vermacht? Irgendwann, ein, zwei oder drei Jahre nach dem Krieg, muss er sich jedenfalls endgültig gegen Isidor entschieden haben. Viktor hatte gesiegt. Auch was aus dem Atelier in der Rue Lepic wurde, hätte Karolin nur allzu gerne gewusst. Im August 1944, als ihr Vater überstürzt mit den letzten Reichsbahnangestellten aus Paris fliehen musste, wäre es kaum möglich gewesen, noch schnell die Wohnung leer zu räumen und aufzugeben, oder gar alles, was sich darin befand, nach Deutschland zu transportieren. Wahrscheinlich steckte er im letzten Moment vor der Abreise dem Eigentümer wieder einen Umschlag mit der Vorauszahlung der Miete zu, so, wie er es zuvor, 1937, schon einmal getan hatte. Sicherlich versorgte er die Concierge mit einem großzügigen Trinkgeld, mit Hartwurst und Schokolade, um sein Atelier unter ihren persönlichen Schutz zu stellen.

Später, als der Krieg auch im Rest der Welt wirklich zu Ende war, muss er die Reise – die letzte Reise als Isidor! – nach Paris angetreten haben. Es galt, seiner getroffenen Entscheidung entsprechend, alle äußeren Spuren vom Maler Schweig zu beseitigen, die Farben, die Staffelei, all die rostigen Nägel, alten Rahmen und zusammengerollten Leinwände, schließlich seine verbliebenen Kopien und Fälschungen irgendwohin zu entsorgen. Wohin? Ansonsten: die bauchige gelbe Vase, die an Adèles Blumenarrangements erinnerte, die Gläser, aus denen sie Wein getrunken hatten, die Decke für das Picknick vor dem Kamin, die dreifarbigen Vorzeichnungen für *Venus mit dem Spiegel*, nach Velázquez. Und so weiter. Den dunkelroten Diwan schenkte er vielleicht der Concierge – noch immer Pauline Vignier, deren dichter, dunkler Haarschopf längst wieder nachgewachsen war, und den sie nun wieder so aufsteckte, dass es aussah, als habe sie ein flaumiges Vogelnest auf dem Kopf. Viktor entsorgte alles. Er entsorgte Isidor. Bis auf eine einzige Leinwand, ein einziges Gemälde, das er im Koffer mit sich zurück nach Deutschland nahm. Unnötig es zu nennen. Es war Isidors Vermächtnis für Viktor, die Summe des Isidor-Lebens und sein Existenzbeweis, verdichtet in einer einzigen Leinwand. Angeblich hatte er auch seine Notizbücher und Skizzenhefte mit sich nach Deutschland zurückgenommen, jedenfalls erwähnte er sie in seinen Aufzeichnungen. Aber Karolin konnte im letzten Herbst keine Spur mehr davon finden, obwohl sie das alte Haus vom obersten Dachbalken bis in die letzte Kellerecke durchforstet hatte.

Und Rose Valland? Für den Rest ihres Lebens kümmerte sie sich um nichts anderes als das Aufspüren und die Rückführung der von den Nazis gestohlenen Kunstwerke. Als ausgewiesene Spezialistin für die Beutekunst wurde sie mit dem Dienstgrad Oberstleutnant ins französische Militär integriert und reiste sofort nach dem Waffenstillstand im Mai 1945 nach Deutschland. Sie arbeitete mit den Amerikanern und den Briten zusammen (die Kollaboration mit der Sowjetunion in Sachen Rückerstattung der Kunstbeute erwies sich als kompliziert), wohnte zeitweilig in Berlin und hatte jahrelang ein Büro in Baden-Baden, in der Hauptverwaltung der französischen Besatzungszone. Nach dem Krieg lernte sie auch die Liebe ihres Lebens kennen, Joyce Heer, eine amerikanische Dolmetscherin. Karolin stellte sich vor, dass das Foto von Rose Valland im Boot auf dem Bodensee, das nun als fünfzehntes Bild an ihrer Fotoschiene hing, von Joyce geknipst worden war.

## 28

Waren meine Gefühle für Adèle genauso stark, damals, 1936, als sie nicht nur als Gemälde in meinem Leben war, sondern leibhaftig, mit ihrem warmen, vollen Körper, ihrem Lachen, ihrem Schweigen, ihren Widersprüchen? Oder ist erst später, nach dem fatalen Ende, die verlorene, die schmerzhafte Liebe daraus geworden, sodass es eher eine Vorstellung, eine dramatisierte Erinnerung ist, in die ich mich erst im Nachhinein kopfüber gestürzt habe? Zu der ich, ein Greis!, auf Wallfahrt in den verstaubten Dachstuhl steige, um ihr Gemälde aus dem Schrein einer nach Mottenpulver riechenden Klamottenkiste zu ziehen. Nichts konnte mehr nach all den Jahrzehnten wiedergutgemacht werden, nichts konnte noch einmal neu anfangen und etwa durch einen langen Brief oder einen plötzlichen Anruf eine zweite Chance bekommen. Unsere Geschichte war definitiv abgeschlossen. Nichts war mehr zu machen, außer voller Sehnsucht im schwachen Lichtkegel einer Taschenlampe ein Gemälde zu betrachten und die Reise zurück in die zweifelhaften Gefilde der Erinnerung anzutreten.

In den vergangenen Jahren tauchte Adèle manchmal vor mir auf, wenn ich hier an meinem Schreibtisch sitzend aus dem Fenster in den Garten blickte oder abends ins vage Dunkel der Nacht starrte. Mal kam sie mit ihrem schelmischen Lächeln auf mich zu, mal saß sie mit diesem nachdenklichen Blick vor mir, vor meinem geistigen Auge, und hatte die Beine zum Schneidersitz verschlungen. Plötzlich wurde mein Fenster zu einer imaginären Theaterbühne oder zur Leinwand eines Gemäldes, die ich in meiner Vorstellung aufspannte. Ein andermal erschien in der Scheibe, wie eine Fata Morgana, das große Zimmer in der Rue Lepic, mit dem runden Holztisch, der Kommode, dem Diwan, dem Kamin und seinem marmornen Sims, darüber ein Spiegel in einem goldfarbenen Rahmen und daneben die Staffelei. Mir gegenüber standen die Flügeltüren offen, führten hinaus auf den Balkon, auf dem Pflanzen in Tontöpfen rankten, mit Blüten in Violett und Gelb, in Rot und Orange. Adèle machte sich dann auf dem imaginären Balkon zu schaffen, zupfte braun gewordene Blätter ab, goss Wasser in Blumentöpfe mit der kleinen, grauen Blechkanne. Ihr Haar glänzte im Sonnenlicht. Wenn sie sich bückte, wölbten sich ihre Pobacken im Rock, ich sah den Ansatz ihrer Brüste im Dekolleté der Bluse, der Zopf rutschte über die Schulter. Jetzt drehte sie sich wieder zu mir hin und lachte, die Gießkanne in der Hand. Wie oft habe ich diese Szene gesehen, hier, im alten Haus, Jahrzehnte später, als würde sie plötzlich in meinem Fenster wiederaufleben. Statt des Gartens oder der nächtlichen Spiegelung in der Fensterscheibe, sah ich dann Adèle und mein Atelier vor mir, minutenlang, bis die Bilder in einem unerquicklichen Gefühl des Erwachens wieder verschwanden.

Wieder grübele ich darüber, ob unser Leben anders verlaufen wäre, wenn Adèle mich 1936 in ihre Pläne, in diesen wahnwitzigen Bürgerkrieg zu ziehen, eingeweiht hätte. Wenn sie mir vertraut hätte. Vielleicht hat sie geschwiegen, weil sie wusste, dass es nichts ändern würde. Dass sie, Adèle, unter allen Umständen ihr Vorhaben ausführen würde, und dass ich, der deutsche Isidor, noch ohne es selbst zu wissen, bald auf der Seite des Feindes stehen würde. Dass ich bald nach Deutschland zurückgehen würde, als der Mann, den sie schon in mir ahnte. Als der Mann, der ich letztlich war: Viktor und nicht Isidor. Aber wer *ist* man schon. Von unserem Sein zeugen am Ende nur unsere Taten. Hätte mich Adèles Mut anstecken, hätte mich ihre Fähigkeit zur Empörung überzeugen, hätte mich ihre unverbrüchliche Haltung als *citoyen*, der für seine Grundsätze einsteht, verändern können? Hätte ich zu einem bestimmten Zeitpunkt eine andere Richtung einschlagen können, sodass ich an ihrer Seite ein Mensch der Tat, des Engagements geworden wäre?

Rose Valland gestand mir das Unsagbare, Adèles absurden Tod, an jenem Abend im Sommer 1942, als sie mir die *Odalisque assise* ins Atelier brachte. Sie erklärte mir, dass Adèle es nicht gewagt habe, mir von ihrem Vorhaben zu berichten, dass der Abschied auf diese Weise für beide Seiten leichter gewesen sei. Natürlich hatte Adèle geglaubt, schon nach ein paar Monaten wieder zurückzukehren, wenn möglich erfolgreich: Franco und seine Truppen niedergeschlagen! Sie war mit ihrem Bruder Fernando und einer Gruppe junger Franzosen losgezogen, so wie unzählige andere Engländer, Holländer, Deutsche, Belgier, Italiener und Portugiesen nach Spanien gegangen waren, um die Bevölkerung zu unterstützen und in diesem eskalierenden Bürgerkrieg auf der einen oder anderen Seite für das eine oder andere politische Ziel zu kämpfen. Freiheitsliebende gegen Autoritätsgläubige, Sozialisten und Kommunisten gegen faschistische Nationalisten und katholische Monarchisten. Adèle und ihre Mitstreiter glaubten, nicht nur heil, sondern auch erfolgreich in die Heimat zurückzukehren. Eines Risikos waren sie sich kaum bewusst. Noch kannten sie ja nur das Wort Krieg – und nicht seine Realität.

Adèle hatte sich also Rose anvertraut, nicht mir. Als sie dann nach einigen Wochen noch immer kein Lebenszeichen von sich gegeben hatte, so, wie es eigentlich vereinbart gewesen war, stellte Rose Nachforschungen an und erfuhr über Adèles Bruder Fernando, was geschehen war. Adèles Tod war derart unfassbar, der Unfall mit der Handgranate derart unsinnig und gewaltsam, dass Rose es zunächst nicht gewagt hatte, mir das Unsagbare zu gestehen. Sie behielt es für sich, und ich bin überzeugt, dass sie schwer daran trug. Immer wieder schob sie die Mitteilung der Nachricht auf – unterdessen verließ ich unerwartet Paris und ging zurück nach Stuttgart –, bis es immer schwerer wurde, all das Nichtgesagte zuzugeben, von Adèles heimlicher Abreise bis zum absurden, unvorstellbaren Unfall und schließlich bis hin zu der Tatsache, mir alles so lange vorenthalten zu haben. Mit der Zeit, sagte Rose, sei es ihr unmöglich geworden, geeignete Worte zu finden. Mehrere Briefe habe sie zerrissen. Bei ihrem Besuch in Stuttgart, 1938, habe sie das Gefühl gehabt, dass meine Realität längst eine andere geworden sei. Und lebte man nicht manchmal besser, wenn man nicht alles wusste? Sie habe nach meiner Rückkehr nach Paris im Sommer 1940 und trotz der Tatsache, dass ich nun zum Feind gehörte, unter anderem auch deshalb den Kontakt zu mir aufrechterhalten, weil sie durch die Kenntnis dieses Geheimnisses um Adèle tief in meiner Schuld gestanden habe. Und dann, im Herbst 1941, wurden die Gemälde aus der Sammlung Paul Rosenberg kistenweise ins Jeu de Paume geliefert. Aber noch einmal verstrichen Monate. Eines Morgens, im Frühjahr 1942, als die Inventarisierung der Rosenberg-Sammlung schon fast beendet war, hielt einer der Kunstexperten der »Arbeitsgruppe Louvre« ein Gemälde in der Hand, und Rose schaute im Vorbeigehen darauf, blieb unweigerlich stehen als hätte sie der Anblick in Eisstarre versetzt. Das war ein Matisse, ohne jeden Zweifel, vor allem aber sah sie auf dem Gemälde eine junge Frau mit einem langen, schwarzen Zopf, die niemand anderes sein konnte als Adèle.

Immer wieder habe ich mir die Frage gestellt, was Erinnern eigentlich bedeutet. Inwieweit kann ich mir selbst und meiner Erinnerung trauen, wenn es um fünfzig, sechzig und mehr Jahre zuvor erlebte Geschehnisse und Empfindungen geht? Wo verzerrt sentimentales Gedenken das Bild, wo verwischt Zeit Erinnerungsspuren, wo löscht Verdrängung noch die letzte Fährte, die zurück ins Gedächtnis eines Geschehnisses führen könnte? Glaubt jemand, glaubte ich selbst anfangs, als ich die ersten Kapitel meiner Aufzeichnungen schrieb, dass das, was ich erinnere, deckungsgleich mit dem wahrhaftigen Erlebnis oder Erleben ist, dass man sich sozusagen Jahrzehnte später *richtig* erinnern könnte, um zu erzählen, was *wirklich* zu einem gegebenen Zeitpunkt geschah?

Sich zu erinnern, der ernsthafte Versuch, sich wirklich erinnern zu wollen, ist zunächst harte Arbeit mit sich selbst. Immer wieder werde ich mit meiner eigenen Leichtfertigkeit konfrontiert, zum Beispiel mit der Nachlässigkeit, allzu arglos meinen aufkommenden Bildern und Gedanken hinsichtlich einer Situation, eines Moments, oder hinsichtlich des Zusammenspiels von historischen und persönlichen Ereignissen aus meiner Vergangenheit Glauben schenken zu wollen. Immer wieder muss ich mich unterbrechen, weil ich mich frage, ob ich da nicht gerade ins Flunkern geraten bin, ins Verschönern, ins Über- oder Unterbewerten. War es so? Oder war es doch ein ganz klein wenig anders? Erinnern ist keine mechanische Spiegelung von Erlebtem, es ist vielmehr eine Kunst, insofern sie notgedrungen eine Neuschöpfung darstellt. Die erinnerte Vergangenheit ist nicht identisch mit der erlebten Vergangenheit. Und je mehr ich darüber nachdenke, meine ich, dass die tatsächlich schöpferische Tätigkeit des Erinnerns dem Handwerk des Fälschers ähnlich ist, nämlich indem das originale Geschehen (wie das Originalgemälde oder der originäre Stil des Malers) so genau wie möglich, so wahrhaftig wie möglich kopiert werden möchte – und doch gelingt niemals eine exakte, hundertprozentig gleiche Wiedergabe.

Aber dann verliert sich die Parallele auch schon. Auf der Suche nach meiner Wahrheit gerate ich zwangsläufig ins Gestrüpp der Neuerfindung. Kann es sein, dass ich, statt ein für alle Mal Klarheit zu schaffen, statt ein für alle Mal ein vollkommenes Geständnis des Ungesagten abzulegen, ein neues Gebäude aus Dichtung und Wahrheit auf die Ruinen meiner Vergangenheit gebaut habe? Die Erinnerung bedient sich dessen, was man vom heutigen Standpunkt aus glaubte, damals empfunden zu haben. Die verdrängten Anteile bei alldem hat das Unbewusste schon längst subtrahiert und Partikel von Vergessenem sind unauffindbar geworden, haben sich – ob nun mit oder ohne psychischen Grund – mir nichts, dir nichts aus dem Neuronengeflecht unseres Hippocampus gestohlen. Um das Rezept noch zu vervollständigen, fließen erst im Nachhinein angeeignete Kenntnisse, Umstände, Erfahrungen in dieses komplexe Erinnerungs- und vor allem Vergessensgefüge hinein.

Natürlich muss ich mich fragen, natürlich drängt sich nun zum Ende hin auch die Frage auf: Was habe ich damals wissen können, was meine ich heute, damals gewusst oder vielmehr noch nicht gewusst zu haben? Wer bei der Reichsbahn arbeitete, erfuhr so manches, hörte Neuigkeiten, Geschwätz und Gerüchte, die aus allen Winkeln des gleisvernetzten Reiches kolportiert wurden. Wie weit oder wie beschränkt war eigentlich der Informationshorizont zu einem gegebenen Zeitpunkt? Die Sache ist die: Ich kann heute nicht mehr mit aller Überzeugung behaupten, dass ich nichts gewusst, nichts geahnt habe, ich kann aber auch nicht mit Sicherheit sagen, dass ich von all dem Grauenvollen wusste. Gewiss ist nur, dass für die unsagbaren, unnennbaren Ereignisse keine deutlichen Worte existierten, sie wurden allenfalls umschrieben, weil sie eben unaussprechbar waren. Daher konnten zu Ungenauem, Unausgesprochenem keine präzisen Fragen gestellt werden, ergo wurden auch keine Fragen gestellt. Deutliche Antworten gab es also nicht, ich brauchte sie weder mir selbst noch anderen zu geben. Auf diese Weise musste ich, mussten sich diejenigen, die nicht direkte Augenzeugen der Vernichtung waren, auch keine Gedanken darüber machen, was eine Razzia in der Nachbarschaft, was der Verlust von Hab und Gut, von Beruf und Würde, was »Umsiedlung nach Osten« oder »Arbeitseinsatz in Auschwitz« wirklich bedeuteten, was der tatsächliche Sinn dieser Worte und Taten war. Ich nahm Worthülsen als Erklärung hin, nicht dankbar, nicht aufatmend, ich nahm sie, wenn ich mich nun richtig erinnere, gemütslos hin.

## *Foto 16*

Rue Lepic Nummer 6: Vor der Eingangstür (schwarze schmiedeeiserne Struktur, dahinter Milchglas) steht ein Mann und tippt mit der einen Hand eine Zahlenkombination ins Display, das sich rechts an der Wand im Torbogen befindet, die andere liegt schon am Türknauf, um die Türe sofort aufdrücken zu können, sobald die Eingabe des richtigen Geheimcodes die Verriegelung sekundenlang entsichert. Rechts von Tür und Mann türmen sich die bunten Auslagen eines Obst- und Gemüsehändlers mit Tomaten, Paprika, Orangen und den ersten, zu frühen Erdbeeren.

Die Rue Lepic windet sich in weiten Schleifen und an manchen Stellen steil ansteigend von der Place Blanche aus die südwestliche Flanke des Montmartre-Hügels hinauf. Sie endet oben auf der Kuppe, kurz vor der Place du Tertre und nur noch einen Steinwurf von Sacré-Cœur entfernt. In ihrem unteren Abschnitt, bis zur Rue des Abbesses, ist sie eine betriebsame Einkaufsstraße mit Geschäften und Lebensmittelläden, die zum Bürgersteig hin ihre Auslagen feilbieten, und führt dann in ein vergleichsweise ruhigeres Wohnviertel. Die Nummer 6 liegt im unteren Bereich der Straße, drei Häuser aufwärts von der Place Blanche und dem Boulevard de Clichy, von Moulin Rouge und Busladungen voller Touristen.

Wenn Karolins Nachforschungen stimmten, musste hier das Café Coquet gewesen sein: unten am Platz, an der Rue Lepic und auf der Ecke zum Boulevard de Clichy, in dem schmalen, nur zweistöckigen Gebäude, in dem sich heute als letzter Ausläufer des Pigalle-Viertels ein Sexshop befand. Trotz der einschlägigen Dekoration versuchte Karolin sich das Café Coquet vorzustellen, mit einem großen Saal im Erdgeschoss, mit Tischen und Stühlen hinter einer langen Fensterfront, die sich zum Boulevard hin öffnen ließ. Von der Metrostation Blanche kommend, hatte ihr Vater hier die Straße überquert und war in der Sommerhitze geradewegs auf das Café zugegangen, auf diesen offenen, sonnigen Kaffeehaussaal mit schwatzenden Leuten, klimpernden Gläsern und Tassen und dem Kellner Marcel, der sich mit seinem Tablett auf der erhobenen, flachen Hand zwischen den Stuhllehnen durchzwängte. Die junge Frau mit der sonnengelben Bluse, Adèle, musste hier, gleich rechts am Bürgersteig in der vordersten Reihe gesessen haben.

Karolin brauchte die Rue Lepic nur ein kleines Stück von der Place Blanche aus hinaufzugehen, vorbei an einem Laden mit asiatischen Fertiggerichten und einem Gemüseladen, und schon stand sie vor dem Haus, in dem ihr Vater, in dem Isidor Schweig damals gewohnt hatte. Ganz oben soll sein Atelier gewesen sein, sie zählte die Stockwerke, den Kopf im Nacken. Die Hausfassade war eine der schönsten rundum. Während die anderen Gebäude nur glatt verputzt und in hellem Beige gestrichen waren, war die Nummer 6 aus sandfarbenem Quaderstein erbaut worden, hatte dekorative Reliefs und schmiedeeiserne Balkongeländer. Die Eingangstür war verschlossen. Wie überall in Paris hätte Karolin die richtige Zahlenkombination für den Türcode kennen müssen, um sie aufspringen zu lassen. Sie überquerte die Straße. Von der gegenüberliegenden Seite aus schaute sie zum fünften Stock hinauf, dort oben war früher Isidors Balkon gewesen, der Balkon voller Blumentöpfe, um dessen jetzt nackte Balustrade sich damals Adèles Pflanzen gerankt hatten. Sie machte ein Foto.

Ihr blieb nichts anderes übrig, als vor dem Hauseingang zu warten, bis jemand die Türe öffnen würde. Nach ein paar Minuten hatte sie Glück. Sie sah den Mann schon von Weitem, er war groß, deshalb auffallend, ging die Rue Lepic hinauf, dann am Gemüseladen vorbei und auf die Haustüre zu. Karolin bemerkte, dass er sie seinerseits bemerkt hatte, weil sie wartend vor dem Haus stand. Sie hielt ihre Kamera noch in der Hand, und als der Mann die Zahlenkombination ins Display an der Tür eingab, drückte sie hinter seinem Rücken schnell auf den Auslöser. Er tippte die Zahlen 6, 4, 2 und 0 ein. Mit einem surrenden Geräusch sprang die Tür auf, es musste noch dieselbe Tür wie vor vielen Jahrzehnten sein, nur dass es damals noch keine Digitalcodes gab, sondern Concierges, die von ihren Sichtfenstern im Flureingang die Hausbesucher überwachten. Auf diesen Messingknauf hatte Karolins Vater seine Hand gelegt, als sie noch keine Fältchen und Altersflecken trug. Mit ihren schweren Eisenverstrebungen über dem dicken Milchglas fiel die Tür krachend hinter Karolin ins Schloss.

Hübsche, alte Fliesen mit dunkelrot, blau und ockerfarbenem Muster auf weißem Grund zierten die Eingangshalle, nagelneue Briefkästen und ein großes Klingelschild bedeckten die linke Wand, dann folgte eine weitere Türe (massiver Holzrahmen mit durchsichtigen Glasquadraten), die der Mann, sichtlich ein Hausbewohner, mit seinem klimpernden Schlüsselbund aufschloss. Er trug eine schwarze Lederjacke, ein helles Hemd und Jeans, unterm Arm klemmte eine Mappe, aus der Papiere oder Schriftstücke und eine Zeitung lugten, ein knallblauer, flaumiger Schal lag um seinen Hals. Höflich hielt er ihr die Türe auf, lächelte dabei aufmunternd, damit sich Karolin nicht wie ein peinlicher Eindringling im Haus fühlte. Das aufmunternde Lächeln, mit dem man eine fremde Person zuvorkommend in ein code-gesichertes Haus einließ, gehörte mindestens genauso zu Paris, wie die Codes selbst. Es hieß so viel wie: Keine Sorge, sie sehen nicht wie ein Einbrecher aus.

Karolin war all das längst gewohnt, sie bemerkte es normalerweise nicht mehr. Ihre Blicke trafen sich wegen des höflichen Türaufhaltens. Linker Hand musste früher die Loge der Concierge gewesen sein, das Reich von Mademoiselle Vignier. Sie war längst zu einer Mietwohnung umfunktioniert worden, zu einer Studentenbude, in die auch am hellen Mittag kaum Licht einfiel, weil das einzige Fenster auf einen winzigen, düsteren Innenhof hinausging.

Auch die zweite Tür rasselte hinter dem Hausbewohner und Karolin ins Schloss. Er stieg die Treppe hinauf, sie folgte ihm, ohne zu wissen, wohin sie eigentlich wollte. In den fünften Stock, das verstand sich von selbst, aber was würde sie tun, wenn sie oben angelangt war und im Flur vor mehreren verschlossenen Wohnungstüren stand? Ein weicher, roter Teppichläufer federte jeden Schritt ab, Buntglasfenster ließen ein angenehm farbig gebrochenes Licht ins Treppenhaus einfallen. Im zweiten Stock blieb Karolins Vorgänger auf dem Treppenabsatz stehen, suchte den richtigen Schlüssel am Bund, drehte sich zu ihr um. Sie schaute von ihren Stufen weiter unten zu ihm hinauf. Es war fast drollig, wie er den Kopf ein wenig neigte, sie mit einem leise ironischen Blick musterte. Sie hielt inne, sonst wäre es glatt zu einer Kollision gekommen, derart eng war es auf dem Treppenabsatz.

Wie lächelte er? Ein wenig spöttisch, aber ohne Hohn, offenherzig, ohne sich preiszugeben, leise, sanft, witzig ohne Albernheit, schön, nicht *zu* schön, aber mit eigentlich fehlerlosen Zügen. Das Verflixte, was Karolin in Bann schlug und auf ihrer Treppenstufe festwurzelte, war die Tatsache, dass er tatsächlich auf eine nicht direkte, auf eine indirekte Weise ihrem Vater ähnlich sah. Er erinnerte sie wie von Ferne an die Fotos von Viktor, an einen Viktor, alias Isidor, den sie nie gekannt hatte, an den Mann auf den Fotos der frühen fünfziger Jahre, bevor sie geboren wurde. Er ähnelte vage, aber unbestreitbar einem vertrauten Bild, das sie in sich trug. In seinen Augen, an der Nase, um den Mund spürte Karolin etwas von ihrem Vater, als stünde sie einer Reinkarnation gegenüber. Was hieß gegenüber, er war fast einen Kopf größer als Karolin und sie stand noch dazu zwei Stufen unter dem Treppenabsatz, deshalb musste sie hoch zu ihm aufschauen: etwa Anfang fünfzig, das Haar *poivre et sel* (Pfeffer und Salz, wie man im Französischen sagte, also mittelgrau), es war dicht, etwas krausgewellt und recht kurz geschnitten.

Er konnte weder eine Reinkarnation noch ein Sohn ihres Vaters sein, das war auf jeden Fall Unsinn, aber sie war dennoch von diesem Gefühl eines uralten Wiedererkennens regelrecht getroffen. »Ich weiß eigentlich nicht, was ich hier suche«, rutschte es aus Karolin heraus, um etwas zu sagen. Der Mann lächelte nun eher nachsichtig. Karolin kramte nach weiteren Worten, um ihrem ersten Satz ein Minimum an Sinngehalt zu geben: »Hmm, ja, es ist nämlich so, mein Vater hat hier einmal gelebt, aber das ist lange her, im fünften Stock, während des Krieges. Ich wollte eigentlich nur mal die Treppe hinaufgehen.« Und dann sagte er endlich auch etwas. Etwas wie: »Und ich dachte, Sie seien eine Paparazzi« – wobei er das Wort spöttisch dehnte und mit einem Nicken auf den Fotoapparat deutete. »Möchten Sie nicht erst einmal einen Kaffee trinken, hier im zweiten Stock, bevor Sie weiter raufgehen? Ich wollte mir ohnehin einen machen.« Oder sagte er etwas anderes, ganz schlicht und kurz? »Dann sind Sie also keine Pa-pa-rrrazzzi! Wie wär's erst einmal mit einem Kaffee?« Oder sagte er sogar gar nichts, gab nur seiner Haustüre einen Schubs, sodass sie einladend offenstand, und Karolin unter seinem erhobenen, die Tür aufhaltenden Arm hineinging, dicht an ihm vorbei in seine Wohnung schlüpfte, mir nichts, dir nichts, als hätte er sie in einen Zustand versetzt, den sie noch nicht einmal fähig war zu beschreiben. Auch im Nachhinein nicht. Traumseligkeit oder einer Hypnose ähnlich. Vetiver von Guerlain, das war sein Parfum. Wieder fiel eine Tür hinter ihr ins Schloss, diesmal ganz sanft klickend.

Was dann passierte: Es passierte, dass sie zusammen Kaffee tranken, etwas später Käse und dick geschnittenes, luftiges Graubrot aßen, dazu eine Flasche Rotwein leerten, schließlich noch etwas später wieder Kaffee tranken, die Uhr war unterdessen fünf Mal im Kreis gelaufen, und um fünf Uhr nachmittags gingen sie in den fünften Stock, klingelten bei einem gewissen Vincent, das müsse die Wohnung sein, in der sich Isidors Atelier damals befunden habe, sagte Antoine (so hieß der Mann vom Treppenabsatz), sie sei ganz genauso geschnitten, wie Karolin es beschrieben habe, und der Blick vom Balkon sei auch der richtige, Vincent war zu Hause und öffnete die Tür, Antoine und Vincent kannten sich gut, Begrüßungskuss, Antoine stellte vor: das ist Karolin, er strahlte dabei, dann erzählte er Vincent eine Geschichte, nämlich die Geschichte von Isidor und Adèle, aber auch von Viktor, die Karolin ihm – unter anderem – während der vorhergehenden fünf Stunden erzählt hatte, in gebührender Zusammenfassung natürlich, das sei ja spannend, sagte wiederum Vincent, sie solle sich gerne umschauen, jetzt würde er seine vier Wände mit ganz anderen Augen betrachten, wer weiß, vielleicht würde er ab heute geheime Schwingungen in dieser Wohnung erleben, Phantome der Vergangenheit, Karolin trat ins Schlafzimmer, ja, es ging tatsächlich zum Hinterhof hinaus, auf die grauen Dächer von Paris mit ihren Gaubenfenstern und tönernen Schornsteinen, darüber ein Stück Himmel, der Fußboden hatte Parkett aus breiten Bohlen und knarzte an manchen Stellen, wahrscheinlich wie damals, rechts vom Schlafzimmer befand sich eine Küche und links davon das Bad, für die Toilette hatte man ein Stück vom Schlafzimmer abgetrennt, früher war das Klo noch draußen auf der Etage gewesen, für drei kleine Wohnungen eine Toilette, dem Schlafzimmer gegenüber lag Vincents Wohnzimmer, das zum Balkon und zur Rue Lepic hinausging, es hatte dasselbe Bohlen-Parkett und auch einen Kamin, Stuck an der Decke, Holzvertäfelung an den Wänden, etwa einen Meter hoch, Karolin erkannte alles wieder, es war so wie Viktor sein Isidor-Atelier beschrieben hatte, nur viel größer als Karolin es sich vorgestellt hatte, hier stand der dunkelrote Diwan und da der runde Tisch mit den Tuben, den Pinseln, den Fläschchen und Töpfchen, dort die Louis-Quinze-Kommode, auf dem Kaminsims eine gelbe Vase, eingerollte Leinwände hatten neben der Tür am Boden gelegen, schon aufgespannte Keilrahmen an der Wand bei der Staffelei gelehnt, Karolin öffnete (darf ich?) die Flügeltüre zum Balkon, trat hinaus in die Frühlingsluft, der Blick ging tief hinunter auf die Straße und links lag die Place Blanche, sie sah auch die Flügel von Moulin Rouge und weit hinten am Horizont ragte die Spitze vom Eiffelturm auf, ein Postkartenblick für den Paris-Verliebten, das musste tatsächlich Isidors Atelier gewesen sein, und hier auf dem Balkon hatte er an der Balustrade gelehnt, um nach Adèle Ausschau zu halten, ihr schon von Weitem zuzuwinken, wenn sie unten am Boulevard auftauchte und dann die Rue Lepic überquerte. Adèle.

Karolin blieb noch eine Weile auf dem Balkon und schaute über die Dächer der Stadt. Sie hörte die Stimmen von Antoine und Vincent, die im Wohnzimmer plauderten. Niemals würde sie mehr in Erfahrung bringen können, wer Adèle wirklich gewesen ist. War sie die junge Frau, die für Matisses *Odalisque assise* Modell gesessen hatte? Nur eines schien ihr sicher zu sein: Es musste für ihren Vater, ob Viktor oder Isidor, hier in Paris eine Adèle gegeben haben, eine erste, allzu kurze Liebe. Die Sorte Liebe, die dem Körper für immer ihr Siegel aufbrennt, eine Narbe hinterlässt. Es war ein schwindelerregendes Gefühl, Jahrzehnte später genau dort zu stehen, wo ihr Vater einst gestanden hatte. Karolin empfand es als konkret und irreal zugleich, sich sein Leben hier, an diesem Ort vorzustellen. Sie zählte die Jahre und ermaß die Zeit. Näher als hier konnte sie ihm nicht mehr kommen. Aber so paradox es klang, sie war ihm gerade hier, am eigentlichen Ziel angelangt, im fast mythisch gewordenen Atelier der Rue Lepic, ferner denn je. Denn sein Leben und seine Zeit hatten sich in den letzten Wochen, seit sie versuchte sie zu rekonstruieren, allmählich von ihr abgelöst. Sie konnte ihren Vater endlich aus sich herausstellen und zu Geschichte werden lassen.

Nach einem letzten Blick über die Dächer in der Abendsonne ging sie zurück ins Wohnzimmer und bedankte sich bei Vincent für die Wohnungsbesichtigung. Antoine klopfte ihm freundschaftlich auf die Schulter, dann gingen sie zusammen die Treppe wieder hinunter, nicht weiter als bis zum zweiten Stockwerk.

# 29

Ich erinnere mich an einen Traum, aus dem ich heute Morgen erschöpft aufgewacht bin. Ich war im Garten, nein, zunächst stand ich draußen auf der Straße vor dem weißen Tor und weil es fest verschlossen war, musste ich auf und über das Tor klettern, so wie es die Kinder früher aus Spaß gemacht haben. Ich stellte den Fuß zwischen die eisernen Stäbe auf die erste Querstrebe, zog dann den anderen Fuß nach. Auf dem Knauf am Torschloss fand ich genügend Halt, um mich weiter hochzuhieven und dann rittlings über das Eisentor zu schwingen, wobei ich aufpassen musste, nicht an den Pfeilspitzen ganz oben am Tor hängen zu bleiben oder mich daran zu verletzen. Mein Körper fühlte sich schwer an, als sei ich ein zentnerschwerer Mann. Das Seltsame war, dass mir das Tor plötzlich viel höher erschien, als wäre es, während ich hinaufkletterte, mit mir in die Höhe gewachsen. Ich zögerte, auf der anderen Seite herunterzuspringen, der Abgrund war zu tief, mein alter Körper erschien mir zu gebrechlich, um den Aufprall zu überstehen. Daher ließ ich mich, die spitzen Streben umklammernd, langsam hinuntergleiten wie ein bleierner Sack. Dann stand ich in der Einfahrt.

Alles hatte sich verändert. Das Haus war verlassen, die Blendläden geschlossen, an der Fassade war die Farbe abgeblättert und nur Reste hingen noch zersplittert am Holz, auch das Fachwerk hatte gelitten, die vom Wetter gegerbten Holzbalken waren rissig und lagen bloß. Der wilde Wein von der Ostfassade hatte das Dach in Angriff genommen und wucherte in die Ziegel hinein, Berge alten Laubs bedeckten die Treppe und die kleine Veranda neben dem Hauseingang. Der Weg vom Tor zum Haus war zugewachsen. Büsche, junge Bäume, Gräser, Brennnesseln, Unkraut ließen keine Spur mehr vom weißen Kies, ich watete durch das Gestrüpp und bemerkte, dass ich eine kurze Hose trug, Stechpflanzen kratzten meine Haut und Dornen ritzten ins Fleisch. Die Wiese war genauso überwuchert wie die Einfahrt, Bäume und Sträucher waren unbändig gewachsen. Ich wunderte mich über die Thuja, die riesig geworden war, und über drei ehemals junge Birken, die jetzt in die Stromleitungen hineingewachsen waren. Die Hecke war zu einer buschigen Wand geworden, der Apfelbaum hingegen kahl, er trug kein einziges Blatt mehr, keine Frucht. Fast wäre ich auf eine fette, glänzend schwarze Schlange getreten. Panik erfasste mich. Ich stand wie angewurzelt im Gestrüpp und wagte keinen Schritt weiter. Was war geschehen, wo war Anna, und wo wohnte ich, wenn ich sichtlich nicht mehr hier in meinem Haus wohnte? Aus der Angst vor der Schlange wurde eine furchtbare Traurigkeit, ich stapfte gegen den Widerstand des Gestrüpps, das meine Beine peitschte, bis hinten in den Garten. Mein Körper brannte. Der Geräteschuppen war in sich zusammengefallen und die Glyzinie wuchs über den Schutthaufen hinweg. Hinter dem Geräteschuppen stand ein dunkelroter Diwan, aber plötzlich befand sich derselbe Diwan in einem Saal aus Glas, wie ein Treibhaus. Das Gefühl der Traurigkeit war so stark, dass mein Brustkorb schmerzte. Es war das Haus, das mir so leidtat, und der Garten. Haus und Garten schienen so verlassen.

Aber Haus und Garten waren schon aus dem Traum geglitten. Auf dem Sofa lag in sich zusammengerollt die glänzende, schwarze Schlange. Sie wirkte nicht bedrohlich. Sie schlief. Ich war Isidor, der melancholische Fälscher, der auf Ewigkeit seine Lieblingsmaler kopierte. Ich war Isidor Schweig, und es war gut so. Die Schlange auf dem Sofa schlief so schwer wie ein erschöpfter Körper, so wie Adèle schlief, ruhig, warm und schwer. Ganz fern sang jemand ein Lied nach einer alten Melodie, an die ich mich sofort wiedererinnerte. Ich setzte mich auf den Diwan neben die Schlange, es war ja nur Adèles glänzend schwarzer Zopf. Das Lied klang fern wie ein Echo in meinem Körper: *Mon jardin est rempli de fleurs. Mes yeux sont pleins de souvenirs. Mais mon cœur est vide, mon cœur est vide.*

## *Foto 17*

Ein ganz und gar moosbewachsenes Grab auf dem Friedhof von Montmartre.

Eine Serie mit siebzehn, derzeit noch unterschiedlich großen Fotos reihte sich an der Zimmerwand bis hin zum Gemälde auf. Karolin hatte allenfalls noch für ein einziges Foto Platz auf ihrer Pinnleiste, dann war die *Sitzende Odaliske* erreicht. Sie war nahezu bei Adèle angelangt. Und am Ende einer Suche. Nicht an einem objektiven Ende ihrer persönlichen Suche (hatte eine Suche überhaupt je ein objektives Ende?), es war vielmehr ein vorläufiges Ende, das sie selbst entschieden hatte. *Finding A* nannte sie jetzt ihre Serie und gab damit endgültig ihren ehemaligen Titel auf. *Finding A!* sollte die Serie heißen, nicht etwa *Rien sur mon père?* mit einem Fragezeichen. Weil sie das Ende ihrer Recherche selbst entschieden hatte, zögerte sie zuletzt auch keine Sekunde lang, zwei Bilder miteinander zu vertauschen. Wenn sie einen chronologischen Ablauf berücksichtigt hätte, hätte dieses Foto, die Nummer 17, vor dem vorhergehenden Foto hängen müssen, vor dem Bild mit Antoine an der Haustüre in der Rue Lepic.

Bevor sie nämlich in die Rue Lepic gegangen war, wo geschah, was geschehen ist, hatte sie einen Spaziergang auf dem Friedhof von Montmartre gemacht. Sie war nicht an der Place Blanche, sondern an der Place de Clichy aus der Metro ausgestiegen, hatte eine Weile in der großen Buchhandlung gestöbert, die direkt am Platz lag, und war dann über die Avenue Rachel auf den Friedhof gegangen. Karolin wunderte sich, dass die kurze Sackgassenstraße »Avenue« hieß, und überlegte, in welchem Gebäude wohl Adèles Blumengeschäft gewesen war. Tatsächlich befand sich heute im Haus Nummer 9 ein Blumenladen.

Karolin hatte kein klares Ziel, als sie über den Friedhof schlenderte, auch keinen Grund, überhaupt an genau diesem Ort spazieren zu gehen. Allenfalls wollte sie noch einmal das Grab von Heinrich Heine besuchen, wusste aber nicht mehr genau, in welchem Abschnitt des Friedhofs es lag. Sie meinte sich zu erinnern, es sei eher in Richtung Norden gewesen und schlug den entsprechenden Weg ein. Zufällig kam sie deshalb an der letzten Ruhestätte von Edgar Degas vorbei, seltsamerweise stand auf dem Grabstein *Famille de Gas*.

Als sie auf einem schmalen Weg durch Grabreihen ging, hier eine Inschrift las, dort eine Bepflanzung betrachtete oder über eine kitschige Dekoration lächelte, fiel ihr Blick auf ein einfaches, sichtlich vergessenes Grab, dessen horizontale Deckplatte ganz und gar mit Moos bewachsen war. Moos war für Karolin unwiderstehlich, deshalb gefiel ihr das Grab sofort. Sie bückte sich und streichelte über das pelzige, feuchte Grün. Dabei dachte sie an ihren Vater, dass er auf den gemeinsamen, sonntäglichen Wanderungen manchmal das feuchte Moos auf Baumstümpfen am Wegrand getätschelt hatte, damals, als sie klein war. Sie hatte es ihm immer nachgetan, daher kam wahrscheinlich ihre Liebe zum Moos. Dann erst schaute sie auf, ihr Blick fiel auf die Inschrift der vertikalen Steinplatte am Kopf des Grabes:

Adèle Bertin
2 Avril 1912 – 28 Décembre 1936

## *30*

Vorhin ist Anna abgefahren. Das Taxi stand schon zu früh in der Einfahrt bereit und so musste sie sich mit den letzten Verrichtungen beeilen. Unser Abschied ging schneller über die Bühne, als ich befürchtet hatte. Sie sah hübsch aus in ihrem dunkelgrauen Wintermantel, mit rosa geschminkten Lippen und dem flauschigen, fliederfarbenen Angoraschal. Die Haut zart und sehr hell, an manchen Stellen sah man blaugraue Äderchen, sie würde in zehn Tagen nur mit ein paar Sonnenflecken auf Stirn, Nase und Wangen von ihrem Urlaub auf der Insel zurückkommen. Ich trug den Koffer bis zum Taxi vor dem Tor, der Fahrer nahm ihn mir ab und verstaute ihn im Kofferraum. Was hätten wir auch zueinander sagen sollen. »Gute Reise, komm gesund zurück.« Und: »Du weißt, dass die Tiefkühltruhe voll ist, koch dir was Richtiges.« Wir küssten uns auf die Wangen, flüchtig schaute ich ihr noch einmal in die Augen, grünbraune Augen, mehr Grün als Braun. Das letzte Mal ihre Augen. Der Fahrer hielt die Autotüre auf, schloss sie dann sanft hinter Annas schlankem Körper. Ich winkte, bis der Wagen in der Kurve verschwunden war.

Nun bin ich bereit.

## *Foto 18*

Das Gemälde *Sitzende Odaliske* liegt auf dem Schreibtisch vor dem Fenster zur Stadt. Drum herum verstreut: die abgenommenen Leisten des Zierrahmens, ein Schraubenzieher, weiße Baumwollhandschuhe, eine Zange. Der Bildschirm des Laptops zeigt die Überschrift von Viktor Wagfalls Manuskript: *Aufzeichnungen eines melancholischen Kunstfälschers.*

Schon eine Woche später lag der folgende Brief von Louise Bergell in Karolins Briefkasten:

Sehr geehrte Frau Wagfall,

Sie können sich vorstellen, wie sehr mich Ihr Schreiben vom 23. März verblüfft hat, und ich danke Ihnen zuallererst für Ihr Vertrauen. Sie baten mich also um meine Meinung zu einem sich in Ihrem Besitz befindlichen Gemälde, das Sie mit dem folgenden Titel bezeichnen: »*Odalisque assise (La tristesse)* von Henri Matisse aus dem Jahr 1928«.

Mit der Existenz eines Gemäldes konfrontiert zu werden, das tatsächlich der Zwilling eines längst bekannten und in seiner Provenienzgeschichte bislang unbestreitbar beglaubigten Gemäldes sein könnte, bleibt für mich zum Glück eine Ausnahmesituation! Und ich möchte sofort bekennen, dass ich von Ihrer *Sitzenden Odaliske* beeindruckt bin, ja, die Geschichte, die Sie dazu erzählt und die erstaunlichen Fotos, die Sie Ihrem Schreiben beigelegt haben, konnten mich zunächst sogar aus der Fassung bringen. Soweit ich es durch die verschiedenen Detailansichten und Makrofotos beurteilen kann, handelt es sich um eine Ausführung, die einem Werk von Henri Matisse auch auf den zweiten Blick zum Verwechseln ähnlich ist. Insbesondere in den Gesichtszügen und in der Haltung der Figur, aber auch in der Handhabung der Farbschichten der Ornamentik erkenne ich die Matisse'sche Pinselführung und eine pikturale Ausdruckskraft, die auf verwirrende Weise unserem Maler aus Nizza entspricht. Selbst die Signatur ist irreführend und könnte ohne Weiteres der Prüfung standhalten.

Aber ich möchte Sie nicht lange auf die Folter spannen. Mit an Sicherheit grenzender Wahrscheinlichkeit – und unter dem Vorbehalt, dass ich das Gemälde bislang nur anhand des Fotomaterials examinieren konnte – handelt es sich bei Ihrer *Sitzenden Odaliske* nicht um das originale Werk von Matisse, sondern um eine handwerklich gelungene Kopie von *Odalisque assise* aus dem Jahr 1928. Ich habe Ihre Fotos eingehend mit dem Bildmaterial unseres Archivs verglichen, nämlich mit Fotos des, wie ich meine, originalen Gemäldes, das sich heute in einer Privatsammlung in Amerika befindet. Die Kennzeichnungen auf der Rückseite Ihrer Leinwand – Stempel des ERR (Einsatzstab Reichsleiter Rosenberg), Stempel der Sammlung Paul Rosenberg – stimmen hinsichtlich der Platzierung, Farbe, Größe und des Schrifttyps mit denen des Originals überein. Nicht zuletzt aus diesem Tatbestand lässt sich schließen, dass der Maler Ihres Gemäldes zumindest die echte Odaliske vor Augen gehabt haben musste oder außerordentlich gut über Einzelheiten informiert war. Die originaltreue Nachahmung der Stempel verweist auf einen handwerklich sicheren und geübten Fälscher.

Ansonsten, und bitte schauen Sie sich dazu die beigefügten Abzüge unseres archivierten Fotomaterials an, möchte ich zwei sofort sichtbare Unterschiede zwischen den beiden Gemälden nennen:

Erstens: Bei dem Gemälde, das sich in Ihrem Besitz befindet, ist die Gesichtsform der Figur weniger rund, die Kinnpartie dürfte, soweit ich es aus den Proportionen ersehen kann, um etwa einen Zentimeter länger sein als im Original. Der Mund ist um einige Millimeter breiter und wirkt dadurch sinnlicher. Der Ausdruck der Figur ändert sich allerdings nur geringfügig, denn in beiden Gemälden ist der Blick nach unten gerichtet, der Kopf ganz leicht geneigt, die Augenpartie einfach, aber präzise genug dargestellt, um Nachdenklichkeit, ja, eine gewisse Schwermut auszudrücken. Es ist, als wäre die Figur in der Kopie beziehungsweise im Wagfall-Gemälde gereift, als sei sie ein wenig älter. Ich habe sie auch mit vier Odalisken-Gemälden von Matisse aus derselben Schaffensperiode verglichen, für die sichtlich dasselbe Modell für den Maler gesessen hatte. Die Odaliske im Wagfall-Gemälde hat kaum wahrnehmbar andere Züge.

Und zweitens: Der nackte Fuß wurde im Original vernachlässigt und bleibt nur eine äußerst vage Andeutung von Fuß, in der nichts präzisiert wurde, was für Matisse sonst typisch ist. Der Maler der Kopie scheint mit dieser »Vernachlässigung« unzufrieden gewesen zu sein. Er hat dem Fuß zwar auch nur einige grobe Pinselstriche gewidmet, konnte aber nicht umhin, eine Idee von Fußrücken, Zehen und Ferse hinzuzufügen.

Dies zu den objektiv sichtbaren Unterschieden, die als solche selbstverständlich nicht beweisen, welches Werk von welchem Maler stammt. Allerdings hatte ich in meiner Eigenschaft als Gutachterin und Leiterin der Matisse-Archive Ende der neunziger Jahre die Gelegenheit, das Gemälde *Odalisque assise* von 1928, das damals zum Bestand des Seattle Art Museums gehörte, eingehend prüfen zu dürfen, und einen, wie ich meine, endgültigen Nachweis seiner Echtheit zu erbringen. Die entsprechenden forensischen und stilistischen Analysen wurden damals vorgenommen (chemische und graphologische Analyse, Untersuchung der Pinselführung, der Unterschrift, des Rahmens, der Beschriftungen und Stempel etc.). Bei dem Gemälde, das sich in Ihrem Besitz befindet, kann es sich auch nicht um eine eventuelle zweite Ausführung von Henri Matisse mit genau demselben Sujet handeln, da Matisse in einer neuerlichen Version zweifellos größere Abwandlungen vorgenommen hätte, also dem Bedürfnis nachgegeben hätte, sein Sujet bei der Wiederholung anders zu bearbeiten und etwa die Position der Figur oder den Hintergrund zu verändern. Womit ich sagen möchte: Die beiden Gemälde sind sich allzu gleich, bis hin zu den Stempeln auf der Rückseite, als dass es sich etwa bei beiden um einen Matisse handeln könnte.

Aus diesen Gründen gehe ich davon aus, dass eine eingehende Untersuchung Ihres Gemäldes nicht notwendig ist. Sollten Sie dennoch eine definitive Expertise unter Vorlage Ihres Gemäldes wünschen, wäre ich verpflichtet, unser Gutachten in Rechnung zu stellen.

Was nun Ihre Frage zu der jungen Frau anbelangt, die Matisse für *Odalisque assise* Modell gesessen hat, bin ich selbst untröstlich, keine präzisen Auskünfte geben zu können. Sie wissen vielleicht, dass Matisse für gewöhnlich ein sehr beständiges und treues Verhältnis zu seinen Modellen pflegte. Wir können also in fast allen Fällen mit Genauigkeit sagen, wer für welches Gemälde Modell gesessen hat. Die jungen Frauen blieben manchmal über Jahre hinweg bei ihm – sie hießen Greta Moll, Loulou Brouty, Antoinette Arnoud, Henriette Darricarrère oder Lydia Delectorskaya – und lebten mit der Familie Matisse, als würden sie dazugehören. Für eine Serie von Gemälden, die um die Jahreswende 1927/1928 gemalt wurde, darunter *Odalisque assise*, sitzt ihm eine junge Frau Modell, von der wir leider nichts wissen. Sie scheint nur kurze Zeit für Matisse gearbeitet zu haben. Der Name Adèle Bertin ist mir unbekannt. Ich wäre Ihnen deshalb dankbar, wenn Sie mir sämtliche Angaben, die Ihnen zu Adèle Bertin zur Verfügung stehen, übermitteln könnten.

Zur Provenienzgeschichte von *Odalisque assise* kann ich zum Glück mehr sagen. Zum Teil scheint sie Ihnen ja schon bekannt zu sein. Das Gemälde ging zu einem unbestimmten Zeitpunkt während der dreißiger Jahre in die Sammlung des jüdischen Kunsthändlers Paul Rosenberg ein, mit dem Matisse zeitweilig ein exklusives Vertragsverhältnis hatte. Paul Rosenberg versteckte es 1940 mit 161 weiteren Gemälden seiner Sammlung in einem Tresor der Industrie- und Handelsbank in Libourne, bei Bordeaux. Die Kunstjäger der Nazis kamen dem Versteck auf die Spur und plünderten im August 1941 den Banktresor. Am 5. September 1941 wurden die 162 Gemälde aus der Sammlung Paul Rosenberg, darunter *Odalisque assise,* ins Jeu de Paume zur Inventarisierung eingelagert. Im Rahmen eines Tauschgeschäfts gegen ein Gemälde der französischen Renaissance ging die *Odaliske* im folgenden Jahr mit einigen anderen modernen Gemälden in den Besitz eines deutschen Kunsthändlers über, Gustav Rochlitz, der den Matisse mutmaßlich an einen unbekannt gebliebenen Kunden verkaufte.

Bis 1954 haben wir keine weiteren Spuren. Dann taucht die *Sitzende Odaliske* in Paris beim Kunsthändler Drouant-David auf. Noch im selben Jahr verkaufte er das Gemälde an einen amerikanischen Kollegen, die Galerie Knoedler & Co in New York, die es wiederum einem ihrer Kunden anbot: dem Großindustriellen Prentice Bloedel. Matisses Odaliske blieb über Jahrzehnte hinweg in seinem Besitz. Im Rahmen einer Schenkung vermachte die Familie Bloedel das Gemälde 1991 dem Seattle Art Museum, wo *Odalisque assise* zum ersten Mal öffentlich ausgestellt wurde.

Ende der neunziger Jahre erkannte ein Enkel der Bloedels das Gemälde in einem Sonderkatalog wieder, in dem Beutekunst der Nationalsozialisten gelistet und abgebildet wurden. Er begriff sofort, dass seine Familie mit der *Sitzenden Odaliske* unwissentlich im Besitz eines geraubten Gemäldes gewesen ist und unterrichtete die ehemaligen Besitzer (die

Rosenberg-Familie) von seiner Entdeckung. Entsprechend wurde ich Ende der neunziger Jahre gebeten, nach Seattle zu reisen, um Nachforschungen anzustellen und ein Gutachten über das Werk anzufertigen. Natürlich erklärte sich das Seattle Art Museum einverstanden, das Gemälde seinen eigentlichen Besitzern, nämlich den Erben Paul Rosenbergs zurückzuerstatten, strengte jedoch gleichzeitig einen Prozess gegen die New Yorker Galerie Knoedler & Co an, die die ursprüngliche Verantwortung für den Verkauf des Gemäldes von zweifelhafter Herkunft an Prentice Bloedel trug. Warum hatte Knoedler & Co es 1954 unterlassen, genauere Nachforschungen zur Provenienz des Gemäldes anzustellen? Um gar nicht erst vom französischen Kunsthändler Drouant-David zu sprechen, der sich genau derselben Unterlassungssünde schuldig machte. Wie in der Welt des Kunsthandels nicht unüblich, einigte man sich in diesem Prozess auf einen Vergleich, denn Leumund und Prestige sind in solchen Zusammenhängen kalkulierbare Werte. So fand sich die Galerie Knoedler & Co bereit, eine Entschädigungszahlung von unbekannter Höhe an das Seattle Art Museum zu zahlen, welches das Gemälde ja seinen wahrhaftigen Besitzern, nämlich den Rosenberg-Erben, zurückgegeben hatte.

Im bislang letzten Akt dieser Gemäldegeschichte verkauften die Rosenberg-Erben die *Sitzende Odaliske* im Jahr 2000. Für einen nicht veröffentlichten Preis ging das Gemälde in die Sammlung des Kasino- und Hotelbesitzers Stephen A. Wynn ein. Zeitweilig hing es neben Monet, Cézanne, Pollock und de Kooning im Bellagio in Las Vegas in einer eleganten Galerie gleich hinter der Poolanlage.

Ich hoffe, Ihnen mit meinen Auskünften behilflich gewesen zu sein, selbst wenn sie vermutlich enttäuschend sind. Sie können mich gerne anrufen.

Mit freundlichen Grüßen,

Louise Bergell

Karolin hatte den Umschlag schon im Aufzug aufgerissen und stand noch immer im Flur, als sie den letzten Satz las. Enttäuschend. *Une déception.* Sie hätte eigentlich enttäuscht sein müssen, begreiflicherweise hätte nun ein Gefühl von Ärger, von Frustration, von Enttäuschung in ihr rumoren sollen. Ein Matisse, es hätte ein echter Matisse sein können. Sie hätte im Besitz eines viele Millionen Dollar wertvollen Gemäldes sein können, ein Matisse und kein Wagfall.

Sie ging ins Arbeitszimmer, knipste zwei Spotlampen an, die auf die Bilderwand gerichtet waren. Unten in der Stadt vor dem Fenster flimmerten unzählige Lichter, und plötzlich entzündete sich der Eiffelturm wie ein Weihnachtsbaum mit glitzernden, blinkenden Lichtern – das Spektakel setzte zu jeder vollen Abendstunde für einige Minuten ein. An ihrer Fotoleiste hingen siebzehn Abzüge, in Schwarz-Weiß oder Farbe, und dann kam die *Sitzende Odaliske.* Karolins Odaliske. In all den Monaten hatte sie ein zärtliches Verhältnis zu diesem Gemälde entwickelt, auch ein intensives, wie verwandtschaftliches oder sogar ein wenig verliebtes Gefühl zu der jungen Frau, zur »Odaliske«. Seit Monaten betrachtete sie ihr Gemälde jeden Tag. Jeden Tag ließ es sie an die Geschichte ihres Vaters denken. Und an Adèle Bertin.

Mitnichten! Sie fühlte verschiedene Gefühle, nur keine Enttäuschung. Im Gegenteil, sie seufzte vor Erleichterung. Von dieser Odaliske wollte sie sich nicht mehr trennen. Wenn es der echte Matisse gewesen wäre, hätte sie ihn ohnehin dem rechtmäßigen Besitzer zurückgegeben. Karolin ließ sich auf den Schreibtischstuhl fallen. Die von Louise Bergell beigefügten Fotos vom anscheinend echten Matisse-Gemälde schaute sie nur flüchtig an und legte sie dann beiseite. Der Himmel im Fenster schimmerte schwarzblau, und die beleuchtete Notre-Dame Kathedrale darunter sah aus wie ein großes, ruhiges Insekt, das in einem gleißenden Nest aus illuminierten Kuben hockte. Paris erschien in seinem abendlichen Lichtermeer begehrenswert und anziehend. Karolin wäre jetzt gerne in die Stadt eingetaucht wie in das laue Meer einer Sommernacht.

Sie nahm sich vor, gleich am nächsten Morgen Luise Bergell anzurufen, um ein Treffen zu vereinbaren. Sie wollte die Matisse-Expertin kennenlernen, vor allem aber wollte sie ihr das Gemälde (IHR Gemälde) in seiner wahrhaftigen Existenz vorführen. Sie wollte mit Louise Bergell über Henri Matisse, Viktor Wagfall, alias Isidor Schweig, und über die beiden Odalisken sprechen. Natürlich auch über Adèle Bertin. Und dann wusste sie schon, wen sie morgen als Nächstes anrufen würde, nämlich eine kleine Galerie in ihrem Viertel, Intervalle hieß sie, die regelmäßig Fotoserien ausstellte. Karolin würde ihr Projekt vorstellen: etwa zwanzig Fotos und ein Gemälde nach Matisse mit begleitenden Texten, außerdem mit Post-it-Zettelchen und einem bemalten Stadtplan. Es sei eine Suche, die *Finding A!* hieß und zwischen Deutschland und Frankreich spielte, würde sie sagen, auch zwischen den Generationen und zwischen den Zeiten. Die kleine Galerie, sollte sie bereit sein, Karolins Projekt anzunehmen, wäre genau der richtige Ort für ihre Serie. Für das letzte Foto vor der Odaliske würde sie wahrscheinlich eine Collage mit Schnipseln aus dem Brief von Louise Bergell basteln, mit Wortfetzen wie (sie überflog den Brief): … mit der Existenz eines Gemäldes konfrontiert … der irritierende Zwilling … pikturale Ausdruckskraft … eine gewisse Schwermut … äußerst vage Andeutung von Fuß … der Name Adèle Bertin … Provenienzgeschichte von Odalisque assise … keine weiteren Spuren … gleich hinter der Poolanlage …

Genau genommen war sie zum ersten Mal sogar stolz auf etwas, das mit ihrem Vater zu tun hatte. Sie fühlte sich mit ihrer Serie und seinem Gemälde an der Wand reich und voll, ihre Beine schienen fester auf dem Boden zu stehen. Nachher würde sie Antoine anrufen. Antoine aus der Rue Lepic. Zuvor holte sie jedoch einen Schraubenzieher aus der Werkzeugkiste in der Küche, zog die weißen Schutzhandschuhe an, stieg auf den Schreibtischstuhl und nahm die *Sitzende Odaliske* von der Wand. Mit dem Schraubenzieher löste sie die Scharniere des Zierrahmens. Sie wollte ihn abnehmen, damit das Bild leichter zu transportieren war. Er gefiel ihr ohnehin nicht, sie würde ihre Odaliske neu rahmen lassen, nachdem sie Louise Bergell getroffen hatte. Sie entfernte die Holzleisten, holte vorsichtig die auf den Keilrahmen gespannte Leinwand heraus, hielt sie hoch gegen die Schreibtischlampe. Es war angenehm, ein Gemälde so bloß, ohne den Zierrahmen in der Hand zu halten. Karolin drehte es hin und her, befasste es mit den behandschuhten Händen, schaute die Stempel an und hielt es gegen das helle Licht der Lampe. Die Leinwand war seltsam. Sie war ziemlich dick und kein Schimmer kam hindurch. Auf der Rückseite, an jeder Ecke des Keilrahmens, war die Leinwand zu einem wulstigen Überschlag gefaltet, der durch den Rahmen zuvor kaum sichtbar gewesen war.

War sie etwa doppelt? Mit den Fingerspitzen fuhr Karolin nun unter den ein oder zwei Millimeter über die Holzleiste hinausstehenden Geweberand – und da gab es keinen Zweifel mehr, es waren zwei Lagen, die aufgespannt waren. Wenn sie jetzt das Bild aufrecht vor sich auf den Schreibtisch stellte, die Leinwand zwischen den flachen Händen abtastete, dann war sie tatsächlich etwas zu dick für eine übliche Gemäldeleinwand. Die Spannnägel mussten raus. Karolin holte eine Zange aus dem Werkzeugkasten, löste einen nach dem anderen die großköpfigen Nägel aus dem Holz des Keilrahmens. Und schon als sie die Nägel nur auf einer Seite gezogen hatte, kam ihr die Möglichkeit in den Sinn.

Sie erinnerte sich jetzt vage an einen Satz im Manuskript ihres Vaters, den sie vor Kurzem erst getippt hatte, der also ziemlich am Ende stand. Der Satz war ihr zwar aufgefallen, aber nicht genug, um sie stutzig zu machen. Das mechanische Abtippen ließ manchmal die Gedanken schweifen, die Konzentration auf den Inhalt nachlassen. Ihr Vater hatte etwas von

»Rahmen öffnen«, von »Juwel freilegen« geschrieben. Plötzlich schossen ihr diese Worte wieder durch den Kopf. Sie ging an den Computer, gab das Wort »Juwel« in die Suchfunktion ein, um den richtigen Satz zu finden. Dann stand er im Bildschirm: *Ich könnte den Rahmen öffnen, die Leinwand mit der Odaliske von ihrem Keilrahmen lösen, das eigentliche Juwel freilegen, aber ich tue es nicht.*

Und gleichzeitig begriff sie, dass das eigentliche Juwel hinter der Odaliske lag. Es war das Gemälde, das immer nur im Verborgenen existiert hatte, immer ein Geheimnis geblieben war, wohlgehütet und versteckt hinter Vorhängen und doppelten Rahmen. Alle Nägel waren endlich gezogen, sie hob das Odalisken-Gemälde vorsichtig vom Spannrahmen ab, rieb mit behandschuhten Fingern am Rand des Gewebes und trennte zwei aneinanderpappende Lagen. Unter dem Gemälde kam eine weitere Leinwand zum Vorschein, versteckt zwischen der *Sitzenden Odaliske* und einer Leinwand, die bislang deren glaubwürdige Rückseite gebildet hatte. Das unfassbare Gemälde von Gustave Courbet. Mehr als ein halbes Jahrhundert lang hatte es wie in einem Sandwich zwischen den beiden kopierten Seiten des Matisse-Gemäldes gelegen. Unter Karolins Augen offenbarten sich der wohlgewölbte Bauch, geöffnete Schenkel und gelblich-rosiges Fleisch, das dunkelbraune Schamhaar, rosa Lippen (bis hin zu einem tiefen Rosa am innersten Punkt), eine wonnig zarte Brust und das hochgeschlagene Nachthemd oder Unterkleid, das den radikalen Bildausschnitt begrenzte.

*Der Ursprung der Welt* hatte genau das gleiche Format wie *Sitzende Odaliske.* »Ein 55 auf 46 Zentimeter großes Ölgemälde«, hatte Viktor Wagfall in seinen Aufzeichnungen geschrieben, »irgendwo auf dieser Welt. Nirgendwo. Verborgen hinter einer bukolischen Landschaft im Arbeitszimmer eines Kunstliebhabers, verhüllt von einem samtenen Wandbehang oder versteckt hinter den verschlossenen Türen eines heimlichen erotischen Kabinetts …« Karolin hatte eben gerade auf ihrem

Schreibtisch vor dem Fenster zur Stadt Gustave Courbets *L'Origine du monde* freigelegt. Es war nicht der Schoß von Joanna Hiffernan, der schönen Irin, wie Viktor alias Isidor es sich vorgestellt hatte. Das Gemälde zeigte das intimste *Intérieur* der Pariser Balletttänzerin Constance Quéniaux, Geliebte des glücksuchenden Khalil-Bey. Karolin begriff die Wahrheit, ohne sie fassen zu können. Im Orsay-Museum hing heute Isidor Schweigs *Ursprung der Welt*, und damit das Intimste von Adèle Bertin, Geliebte des untröstlichen Viktor Wagfall.